POKOŠENO POLJE

POKOŠENO POLJE

Branimir Ćosić

Globland Books

KRAJ I POČETAK

Uvek kada ga vode istražnom sudiji, Nenad Bajkić mora da pređe ceo put od zatvora do istražnikove kancelarije peške, ruku vezanih lisicama. On ide žurno, šešira namaknutog na oči, ali prolaznici ipak vide šta je, zastaju, gledaju, klimaju glavama: tako, tako... jedan zločinac manje u slobodi! Neki pođu pokoji korak za njim — da ga bolje vide. Mnogi osete sažaljenje: tako mlad! Ali mnoge razdraži pristojno odelo Bajkićevo: gospodičić... ali stegla braća!

U parku igraju deca. Kroz taj park je Nenad Bajkić prolazio prateći Aleksandru Majstorović.

— Desno! — naređuje narednik koji ga sprovodi.

Bajkić zavija u ulicu. Onda jedna velika kapija, mračni hodnici, potišteni ljudi kraj zidova, bezbojna vrata, jedna soba za rad, sto, stolice.

— Sedi!

Ruke su mu slobodne. Bajkić nesvesno trlja zglavkove.

Islednik je mlad. Ima pametno i otvoreno lice. Sposoban je. Savestan. Ali u Bajkićevom slučaju ne razume sve. Bajkić mu je simpatičan. Kao da su stari poznanici. A ipak ne može — ili ne ume — da shvati sve. Nudi Bajkića cigaretom. Pali prvo njemu (treba izazvati poverenje), pa onda sebi. Uzima stolicu i seda kraj njega. Između njih nije više islednički sto. Sasvim su kao drugovi. Čak i po godinama. Prozor je otvoren. Jedan stari kesten plamti svojim lišćem koje počinje da vene.

Bajkić pažljivo pregleda novine. Islednik ga prati pogledom. Krivica je jasna, dokazana, Bajkić je priznaje, stvar je već mogla biti završena, ali isledniku se ne žuri — praksa ga još nije napravila paragrafskim automatom — on želi da uđe u sve pobude, da stvarno razume Bajkića. Ali to ide teško. Da bi čovek razumeo čoveka, mora pre svega da shvati da čovek nije jedna za izvesno vreme završena stvar. Mora shvatiti da nije dovoljno znati šta se dogodilo nekoliko dana ili nedelja pre događaja, da se ni samim poreklom sve ne objašnjava. Trebalo je prvo imati jednu drugu sliku sveta u svesti — ali islednik je učio prava, a prava su pre svega nauka o propisanim odnosima ljudi, a ne nauka o svetu. Svet se tu posmatra samo u funkciji ljudi, a ljudi u funkciji zakona i propisa. Svet je jedna konstanta, čovek je jedna konstanta — zakoni isto tako jedna konstanta, bar u onom času kad se primenjuju, sve jednake krivice, kod svih ljudi, jednake su među sobom. Uzalud se osećanje pravde protivi takvom shvatanju zakona: zakoni su doneti punovažno od zakonodavne vlasti, i oni važe; a što je sama zakonodavna vlast proistekla iz sukoba društvenih sila, to je drugo pitanje. Glavno je da se sve mora podvući pod paragrafe i slučajeve koji su predviđeni još pre četrdeset godina. Uzalud se oblici života menjaju, uzalud nauka o čoveku ide napred, uzalud se i sam islednik kao čovek koprca — i to koprcanje je predviđeno i unapred osujećeno: ako za krivce postoji zakon, za istražnika postoji postupak. Postupak je jači od njega. Predvideo je tačno šta islednik ima i sme da uradi. U jednoj ličnosti on vrši i ulogu islednika i ulogu tužioca. Njega se tiču samo one činjenice koje potkrepljuju tužbu. Da sabira crvenilo (jedna šestina dokaza) sa bledilom (opet jedna šestina), zabunu sa protivurečenjem, da nit po nit izvlači iz okrivljenog da je kriv. Sama odbrana je izvan njegove nadležnosti — njegova savest može da ostane potpuno mirna, ta on je samo sluga zakona. On nije kriv što je postupak po kome ima da radi inkvizitorski. I što živi u 1925. godini.

Islednik bi hteo da razume Bajkića, a u stvari on nesvesno ide za što boljom fundacijom optužbe. Jer islednik je ne samo savestan, već i ambiciozan. Želi da su mu optužbe pravnički uzorita dela, duboko obrazložena. U Bajkićevom slučaju nazire motive. Ali trebalo bi biti slobodan od postupka pa doći do tih motiva. On se lomi: predumišljaj ili ne? Je li Bajkić zdrav ili nije? I dok Bajkić pregleda novine, on polako proba:

— Vaš advokat traži da se pošaljete u bolnicu.

— Zašto? — Bajkić diže glavu.

Gledaju se časak.

— Tvrdi... kako bih rekao?... da vam nervi nisu u redu.

Bajkić se osmehnu. I taj jadnik! Ne zna na koju bazu da postavi odbranu. Veli polako:

— Nažalost, nisam lud. Bio sam i jesam potpuno svestan svojih postupaka.

— A ipak se ne kajete što ste mogli uništiti dva života!

Kada kaže „život", islednik ima pred očima pravni pojam života.

— Ne. Ne kajem se. Uviđam da je moj čin, ovako usamljen besmislen i da se ništa u svetu neće zbog njega samog promeniti. Ali se ipak ne kajem.

— I da se ponovo nađete u istom sticaju okolnosti, vi biste ponovo pucali?

— Mislite li da je zecu u klopci naročito prijatno da se baca lovačkim psima u čeljusti? — Bajkić razmišlja časak. — Da li ste osetili kadgod očajanje? Beznadno, hladno očajanje? Eto... to očajanje može da oseti samo usamljen čovek. Čovek koji ne oseća dah ljudi oko sebe, koji ne oseća toplotu ljudi oko sebe, koji živi sam za sebe i sam u sebi. — Bajkić misli nekoliko trenutaka. — Ili ako hoćete ovako: čovek se ne rađa jedanput. On se rađa neprestano... umire i rađa. Njegov život stoji na izvesnim uverenjima, teži izvesnim ciljevima, i onda odjednom ona uverenja se sruše, ciljevi promene, čovek nastavlja da ide, jede, spava, a on je mrtav, lešina koja samo prividno živi... Vi me shvatate? Neki put se čovek očajno brani da ne umre, makar i tako prividno, jer još ne vidi kako bi se mogao ponovo roditi. Tako nekako.

Islednik traži da mu Bajkić objasni sebe, a Bajkić se još uvek i sam traži. Obojica lutaju po pomračini. Jedino što Bajkić već sad oseća da izlazi iz mraka, dok islednik misli da Bajkić dolazi kraj sve svoje inteligencije u red posleratne mladeži, neuravnotežene, anarhističke, dakle bolesne. Ali ne neodgovorne. Ne, Bajkić je odgovoran za svoj čin. Ta on se ne kaje! To, izgleda, najviše tišti islednika.

— A znate li da gospodin Mile Majstorović može ostati nesposoban u levu ruku?

— Pa on ne radi, niti će ikad raditi svojim rukama, ni levom ni desnom; za njega rade šest stotina pari drugih ruku.

Islednik se mršti. Raspoloženje prema Bajkiću ga prolazi. Ne voli cinizam. Naučili su ga da je cinizam odlika okorelih ljudi, prekaljenih zločinaca.

— Hoćete li ponoviti tu rečenicu i pred delovođom?

— Zašto da ne! Ja se sa vama ne igram žmure. Samo, pustite me još malo ovako, samog, molim vas.

— Vi to ne zaslužujete po svojim odgovorima. Nek vam bude! Dajem vam još jednom prilike da o svemu dobro razmislite. Što otvoreniji budete sa mnom, utoliko će vam lakše biti na sudu, utoliko će vam osuda biti blaža.

Islednik govori to iako zna da će sve što mu Bajkić bude rekao poslužiti samo što potpunijoj, što stručnijoj optužbi — na samu osudu islednik ne misli; njegovo je da sastavi optužbu, to traži postupak po kome mora da radi. Ali moć formula je ogromna: iako sve to zna, islednik u tom času veruje — i savest mu je mirna— da želi dobra Bajkiću. I možda mu u nekom kutu duše i želi. Ponovo mu nudi cigaretu. I ponovo prelazi u pameti objašnjenja Bajkićeva: da je pucao verovatno stoga da bi sprečio da se Andreja sretne sa Miletom Majstorovićem; onda, da mu je pala krv na oči kada je čuo kako se Mile Majstorović smeje, da ga je taj smeh razdražio; da tih dana skoro nikako nije spavao; onda, da je možda pucao da bi se oslobodio osećanja inferiornosti... to ga osećanje prati od detinjstva, progoni, muči — sve je to lepo, ali kada bi svi koji se osećaju inferiorni pucali na druge da bi se oslobodili toga ponižavajućeg osećanja! Kada bi svi kojima je tuđ smeh nepodnošljiv pucali! Sve to nije ono pravo, sve to ne može da dobije pravnu podlogu.

Bajkić ćuti. Islednik postaje nestrpljiv. Pita iznenada:

— Na šta sad mislite?

— Na društveni mehanizam — odgovori Bajkić posle kratkog ćutanja. — Na to kako izgleda kada se otkoči društveni mehanizam, u kom pravcu deluju njegove sile.

— Ne razumem.

Bajkić pokazuje naslove u novinama koji ga nazivaju zločincem. Lomi se malo, a onda kaže:

— Pa i vi sami... vrlo ste ljubazni sa mnom, ali za ovo nekoliko dana jedini vaš napor sastojao se u tome da moj „zločin" osvetlite što bolje. A uporno prelazite preko drugih zločina. Preko zločina Mileta Majstorovića i njegova oca, preko zločina gospodina Despotovića i njegove „Štampe", preko zločina celog jednog reda ljudi.

— To je potpuno besmisleno što govorite! — Islednik je crven. — Vi ste došli u koliziju sa pozitivnim zakonskim odredbama i tuženi ste, dok gospoda... ja, uostalom, vršim svoju dužnost u okviru koji mi je postavio zakon.

— Ja i ne sumnjam u vaše poštenje... ja samo mislim na te okvire.

— O tome nije reč, već o onome što ste uradili i po čemu postoji tužba.

Islednik zvoni. Sada je za svojim stolom. Delovođa zauzima svoje mesto. Islednik ispituje o vezi između Bajkića i Stanke Drenovac.

— Zar je to bilo samo obično prijateljstvo? Jeste li se često viđali? Jeste li kuda išli sami? Jeste li odlazili u kuću Andreji Drenovcu i njegovoj kćeri?

— Na ta pitanja ne želim više da odgovaram. Sve što sam imao, kazao sam.

— Optuženi odbija da odgovori na pitanja koja se odnose na njegovu vezu sa Stankom Drenovac.

— Zašto upotrebljavate reč veza? Nikakva „veza" nije postojala između nas!

— Zabranjujem vam da vi meni postavljate pitanja. Ko od nas dvojice ispituje?

Bajkić se stišava. Ispitivanje se nastavlja. Cela ta komedija postaje mu ravnodušna. Čudi se samo šta islednik još hoće od njega. Najzad i islednik oseća umor. Treba završiti! Uostalom, osnove na kojima ima da se digne optužba već su mu u glavi. Društvo je zajednica koja počiva na poštovanju primljenih zakona. Klice ratne anarhije treba uništiti dok su još pojedinačni slučajevi, da se ne bi pretvorile u kolektivnu bolest. Omladina bez ideala, materijalistička, neuravnotežena, nedoučena, amoralna, osvetoljubiva... Da, isledniku je jasno: sve priče Bajkićeve samo su vešta odbrana. U stvari, slučaj vrlo prost: osveta otpuštenog saradnika, kome je vlasnik preoteo ljubaznicu! Kako mu to nije palo ranije na um!

— Koga dana ste bili otpušteni?

— Ja nisam bio otpušten.

— Da, da... — islednik se smeška. — Koliko dana već niste išli u uredništvo pre događaja?

— Pet... ili šest. Ne sećam se tačno.

— Šta ste za to vreme radili?

Bajkić se zbunjuje. Pokušava po treći put da objasni svoj slučaj sa Despotovićem.

— Tražio sam da me makar ko zaštiti i pomogne.

— Ali... sem toga? Jeste li kuda putovali?

— Da, do Rume.

— Zašto?

— Da dočekam jednu osobu.

— Koju osobu?

Bajkić ćuti.

— Bolje vam je da priznate. Da niste išli... vi znate da ste pretili uredniku lista, gospodinu Burmazu.

— Nisam mu pretio.

— Rekli ste mu, kada vas je pitao šta ćete sada raditi pošto ste otpušteni: „Šta ću raditi, to ćete videti". Imam saslušanje.

— Nisam bio otpušten. Niti sam pretio. Niti je put u Rumu imao veze sa svim tim. Išao sam da dočekam gospođicu Majstorović.

— Vi poznajete gospođicu Majstorović?

— Da.

— Odavno?

— Da.

— To ste onda išli u kuću gospodina Majstorovića?

— Da.

— Ah, ah...

Islednik razmišlja: poznanstvo — poznanstva se kod nas sklapaju i suviše neoprezno — možda i malo prijateljstva, na jednoj strani bogatstvo i lepota, na drugoj siromaštvo i ambicija, neosnovane nade, možda i nade da se u listu preko toga poznanstva napreduje — a umesto toga u listu prvo gubi mesto sekretara, jer mu nije dorastao, onda ga i otpuštaju, devojka ga, shvativši šta on od nje očekuje, konačno odbija... tako je, sve je jasno! Malo ga, istina, sada buni Stanka Drenovac. Ali ne, i to je jasno. Bajkić je nju napustio zbog gospođice Majstorović — igrom slučaja i fatalnosti ona je došla do brata gospođice Majstorović, i tragedija je bila gotova.

Islednik je pošten. Bajkić mu je u početku bio simpatičan. Ali nekako same od sebe dolaze mu na um uvek misli koje idu u prilog Majstorovićevima. Ne što su oni značajne ličnosti u društvu, ne!

Već što su Majstorovići tužioci. I onda, naučili su ga da logično, pravnički misli; da se čuva psiholoških varki.

— Tako, tako...

On misli i logično i pravnički. Zvoni.

— Vodite optuženog.

Dok narednik stavlja Bajkiću lisice, islednik potpuno jasno vidi slučaj. Otvara knjigu, koliko da se podseti, čita: *Ko hotično, no bez predumišljenja čoveka ubije, da se kazni robijom od dvadeset godina. No ako je obvinjeni... u jarost doveden, delo na mah učinio, kazna se može i na zatvor spustiti, koji ne sme biti kraći od dve godine.* Islednik prevrće listove. *Pokušaj zločinstva i prestupljenja uzima se onda, kad ko učini delo, kojim je izvršenje samog zločinstva ili prestupljenja započeto, pa se zločinstvo ili prestupljenje ne izvrši zbog drugog čega, što nije stojalo do volje onoga, koji ga je započeo vršiti ... Kad se određuje veličina kazni za pokušano zločinstvo, sud će gledati koliko daleko odstoji delo, kojim je zločinstvo započeto, od svršetka njegova, pa prema tome može sići do četvrtine kazne, koju bi krivac po zakonu zaslužio, da je zločinstvo sasvim izvršio...* Tako je. Jedna teška, jedna laka povreda, priznanje, olakšavajuće okolnosti, paragraf 59 — istražnik je već sav u mehanizmu sudskog postupka. Ali savest počinje da ga muči. Sudska savest: da li je zbilja bez predumišljaja? Ponovo otvara knjigu. *Ko hotično i s predumišljenjem čoveka ubije, da se kazni smrću.* Islednik prevrće akta. Misli: godinu dana ili pet godina?

Za to vreme Bajkić ponovo korača ulicom. Svet se okreće. Dan lep. Svetlost. Puno svetlosti. Prolaze kroz park. Polivene staze mirišu. U jednom kraju grupa dečaka igra lopte. Imaju novu loptu. Koža je još potpuno nova i žuta. Na svaki udar odzvanja zvonko. Ne postoji mera kojom bi ljudi merili promene u sebi. Bajkić gleda decu, njihova zažarena lica, loptu za kojom jure, i tek po tuzi koja ga obuzima vidi da nije više dete, da je vreme kada je i on igrao lopte odavno prošlo.

GLAVA PRVA

MORA

Savski most leti u vazduh

Čist i vreo letnji dan. Sve miriše na veliki školski raspust. Vazduh u daljini, nad krovovima, nad sparušenim bagremima i lipama, treperi i iskri i otiče u dubinu jednog, pod jakom svetlošću pobledelog neba. Po krupnom pesku parkića kod „Proleća" juri za novom kožnom loptom družina razdraganih mališana: ciči, vrišti, razmahuje nogama i rukama; lopta potmulo odzvanja, ali se sva ta huka razbija o sklop kuća, što navučenih zastora i zavesa ćute u polukrugu.

Nenad Bajkić, čist dečko u plavom matroskom odelu, sa kratkim pantalonicama i dugim trakama na kapi, bio je toga dana neobično gord, jer je divna kožna lopta, čija koža miriše na novo i škripi pod pritiskom ruku, njegova. Istina, lopta je po njegovoj matroskoj bluzi ostavljala prašnjave tragove, i to ga je malo uznemiravalo: bojao se da ne ražalosti Jasnu i staramajku. Jasna je sama šila, staramajka prala njegove haljine. Dovoljno za njegovu osetljivost.

Sa gornje strane, sa Obilićevog venca, strčavši niz ono nekoliko stepenica, naglo su se pojavili gimnazisti, i pre nego što su mališani stigli da pobegnu, dokopali se lopte. Pod njihovim udarcima, uz prasak, lopta je počela da preleta s kraja na kraj parka, kidajući, u prolazu, lišće sa drveća; dva puta se, na užas Nenadov, zaplela u električne žice, koje su u dodiru jedna s drugom sevnule; najzad je pljusnula u veliku baru kraj česme. Kako je Nenad plačući trčao neprestano za svojom loptom, to su ga voda i žitko blato poprskali. Dok je on grabio mokru loptu, gimnazisti uz smeh pobegoše ka ulici Carice Milice. Krupne suze krunile su se Nenadu niz lice. Zar mu je Jasna zato kupila loptu da je već prvog dana upropasti? Lepa žuta koža jedva se videla pod blatom; gde nije bilo blata videle su se široke ogrebotine od granja i grubog šljunka. Držeći loptu obema rukama, praćen drugovima, Nenad je krenuo kući. U svakom prstu kucalo mu je po jedno srce.

Tada je u daljini video svog mlađeg ujaka Miću. Mića Bojadžić je išao žurno, i Nenad odmah uoči ozbiljan pogled sa kojim ga ujak srete. Bio je to visok, mršav mladić: pod crnim mekim šeširom izbrijano, mladoliko lice (svi Bojadžići imali su mladolika i krotka lica, po majci); sićušne žive oči, pune zlatnih pega; mali, retki i tanki brčići nisu mogli da mu skriju rasekotinu koju je imao na gornjoj usni i ispod koje su se videla dva prednja zuba: zbog tih zuba, ceo njegov izgled bio je veveričiji, vrlo mio. Visoka kruta ogrlica, jedva malo otvorena pod grlom, upirala mu se svojim belim rubom o oštru mladićku bradu. Mića je zastao, izvadio maramicu i obrisao Nenadovo mokro lice, zatim ga uzeo za ruku i poveo ga kući.

Kod kuće, međutim, niko ništa nije rekao. Stanovali su u Čubrinoj ulici, na drugom spratu jedne stare kuće. Sazidana kao pravougaoni sanduk, kuća je celom dužinom imala dug staklen hodnik, oslonjen na drvene stubove, u koji se pelo, pravo iz dvorišta, vrlo strmim drvenim stepenicama, već sasvim oronulim i rasklimatanim. Hodnik je, svojim rasušenim i mestimice isprskanim prozorima, gledao prema Savi. Nenad se još dugo kasnije sećao žuto izribanih dasaka, lonaca sa crvenim smrdljivkom i onog slapa sunčane svetlosti koji ih je zapljusnuo kada su, zadihani, izbili iz mračnog stubišta, to popodne, u hodnik.

U zajedničkoj sobi zatekli su Jasnu i staramajku uplakane. Znači, sve je gotovo. U zabuni, Nenad je samo razumeo da se sprema nešto strašno i razdražljivo (*U boj, u boj, za narod svoj... Ne boj nam se, sivi tiću...*) i da se Žarko, drugi ujak, koji je još bio u Pragu, nalazi u opasnosti. Možda će ga zatvoriti? Mučiti? Ta on je u neprijateljskoj zemlji!

Mića ga je zatim, iako se Jasna protivila, poveo ponovo.

Uzanim i praznim ulicama iza Narodne banke brzo su izašli u Knez Mihailovu; bila je prekriljena svetom, koji je sav, kao reka, tekao žurno ka Kalemegdanu. Taj završetak svetlog julskog dana, sa visokim i čistim nebom, učini se Nenadu kao nedelja. Nikad mu grudi nisu bile punije nego tada. Staze su bile prepune. Mića se probijao, javljao, zastajao; u jednom času se nađe u gomili devojaka i mladih ljudi, od kojih je Nenad izvesne poznavao još izranije, jer su dolazili Mići. Na glavnoj kalemegdanskoj stazi prema Savi, uz ogradu, stajala je velika masa sveta i gledala na drugu stranu reke. Nenad nije mogao da vidi; smetali su mu gusto zbijeni ljudi. On pokuša da se probije između nogu, ali ne uspe. Najzad ga jedan od prijatelja Mićinih uze na ramena.

— Vidiš, ono su Švabe.

Nad peskovitom pustarom, sa one strane opustele blistave reke, koju je od mosta ukoso presecao crveni odsjaj zalazećeg sunca, dizalo se ogromno, široko, bez kraja nebo. Od obzorja ka visinama se tiskali mali runasti oblaci. Rumeni i čvrsti onde gde je sunce zalazilo, oni su postajali sve belji i prozračniji ukoliko su bili u većoj visini, da se najzad stope u plavetnilo. I pod tim nebom, koje je svojim prostranstvom ulivalo stravu u Nenadovo srce, po pesku, kroz retko vrbovo zelenilo, prema dvospratnoj žutoj kući, čija se okrenuta slika, zajedno sa nepokretnom i drugom crno-žutom zastavom, ogledala u glatkoj Savi, trčale su majušne ljudske prilike, smešno male i glupih pokreta. Između zelenila blesnula bi pokoja zraka, i Nenad razumede da su to noževi na puškama. Jedan mali čun njihao se pod samim svodovima kuće. Nenad primeti i tu ljude okupljene oko čamca: ovima su se jasno videle crne visoke kape i oprema. Od onih što su trčali, kako bi koji došao pred kuću, zastajao bi i, onda, skidao kapu i brisao lice. Šta je sve to značilo? Neko kraj Nenada reče, i to izazva glasan smeh i odobravanje u gomili:

— Uče se da beže.

Ležao je već u krevetu, dok se iz druge sobe čuo razgovor. Svetlost je bila ugašena, ali je pred ikonom gorelo kandilo, i duge senke su se povodile po zidovima. Govorili su kum, Jasna, staramajka, Mića; glasovi su se dizali, prekidali, ponovo dizali. Bilo je jasno da se tamo prepiru zbog nečeg. Onda su tresnula vrata. Drvenim hodnikom, čije su daske odjekivale, žustri koraci se udaljiše. Još jedna vrata, staklena, na kraju kuće. Nenad je skočio iz postelje i izvukao se u hodnik, gde ga je oblila, sa svih prozora, jarka mesečina. On se zgrči uz dovratak: bose noge su osećale toplotu dasaka, zagrejanih preko dana; ta se toplota sa nogu pela, mileći, po celom telu kao bezbroj mrava. Pogledao je niz hodnik. Sve je bilo mirno. Na prstima — daske su i pod njim škripale — prikrao se sanduku u kome su mu stajale igračke i izvukao splasnutu loptu: koža je već bila suha i izgledala je čista; on se, umiren, vrati u postelju.

Nešto nepoznato i strašno izvuklo ga je iz sna i uspravilo u postelji. Cela kuća je hujala, dok su okna sa strane hodnika, uz zveku razbijenog stakla, padala u dvorište. Još jednom — uši su zapištale zaglušnute od novog praska — cela se kuća, iz temelja, škripeći svojim građom, zanela levo i desno. Kroz prašinu dojuri Jasna, podiže Nenada iz postelje i ostade tako, držeći ga u naručju, nasred sobe. Već je svuda mir. Noć je bila svetla toliko da se i pored spuštenih zavesa u sobi videlo sve. Dođe staramajka, ogrnuta crnim vunenim šalom. Gledali su deo odvaljenog lepa, koji je visio, klateći se, sa tavanice; i u zmijastu pukotinu iznad vrata. Kroz svetlu noć, prvo jedva čujno, onda sve jače, ču se kao zujanje nekog čudovišnog, divovskog komarca, koji bi svojim letom zamračio nebo. U sobi nestade vazduha. Prasak. Zujanje. Prasak. Još jednom. Pod, zidovi, stvari, sve je treptalo. Kao grad nošen olujom, zujanje i prasak eksplozija polako su se udaljavali.

Jasna otvori prozor. I na žutoj kući preko puta bili su otvoreni prozori. Žene i ljudi su se naginjali napolje. Bilo je svetlo. Govorili su, dovikivali se, objašnjavali da je maločas Savski most bačen u vazduh. Miće nije bilo kod kuće. Topovska pucnjava se čas utišavala, čas oživljavala, presecana suhim čegrtanjem pušaka. Dođe kum. On, Jasna i staramajka su govorili u sobi okrenutoj ulici. Nenad se ponovo izvuče u hodnik. Sve je u svitanju bilo jasno. On prvo vide jedno okno. Imalo je malu rupu na sredini. Od rupe su u svima pravcima išle pukotine. Tako razbijeno staklo nikad nije video. Onda primeti da ima više takvih okana. Bosa noga mu stade na nešto okruglo. Kliker. Otkuda tu? On se saže. Kliker je bio topao i neobično težak, od olova. On uđe u sobu da ga pokaže.

Dođe Mića. Preko svog malog crnog kaputa imao je pripasan tesak i fišeklije; umesto crnog, mekog šešira, šajkaču. Sav je mirisao na duvan i novu kožu. Nenad se seti svoje lopte, ali ga Mića poče oblačiti žurno, dok je Jasna sa staramajkom i kumom vadila neke stvari iz pretinaca, koji su za njom ostajali otvoreni.

Ulicama je, krijući se, trčao svet. U Bogojavljenskoj naiđoše na jedne taljige, koje su vozile punim kasom po neravnoj kaldrmi ka Bosanskoj, gde je zalazio, u maršu, jedan mali odred trećepozivaca. Nenadovi pretrčaše preko ulice i, kraj gvozdene ograde, dođoše do ulaza u Milošev konak, tada škole za gluhoneme. Kapija je bila samo pritvorena. Uđoše. Iza ograde otkriše divnu baštu, prepunu georgina u cvetu. Konak se dizao sa svojim lukovima i strehama beo, potpuno pust. Oni prođoše iza njega: donjim delom izlazio je konak u veliko dvorište Slikarske škole, obraslo visokom, nekošenom travom. Nekoliko hvati još neisečenih drva bilo je složeno uza zid. Neki ljudi, među kojima Nenad poznade podvornika i domaćina Slikarske škole, mračnog i mrzovoljnog starca, slagali su drva pred ulazom u podrum, praveći grudobran. Podrum, sav na svodove, koje su držali debeli četvorouglasti stubovi, bio je prepun žena, devojaka i dece, među pobacanim stvarima. Pod jednim svodom gomila gluhonemih dečaka i devojčica sedela je na nekim starim sanducima.

Zaglušen tutanj. Svetla zvezda ulaza se zamrači; ljudi upadoše svi zajedno u podrum; zatim, opet svi zajedno, nalegoše na gvozdena vrata. Mrak. Napolju je zviždalo, praskalo, fijukalo, zavijalo. U dnu se upali jedna šibica, i taj plamičak, zaklonjen jednom šakom osvetljenom iznutra, otkri Nenadu sve prostranstvo podruma. Onda se upali jedna sveća. Iza jednog udaljenog stuba, druga. Nenad vide na gomili mekih stvari jednu ženu: zavlačila je glavu pod jorgan. Gluhonemi su prvo osmatrali nepoznat svet, a onda, sa rukama na zidovima, pokušavali da osete potrese eksplozija. Najzad im to dosadi i počeše se igrati po udaljenim i potpuno mračnim kutovima.

Nenad zažele k njima. Ali ga je Jasna čvrsto držala uza se, stežući ga pri svakom pucnju sve jače. On se seti da nije poneo loptu; i bi ga žao. Odjednom, posle bliskog, jedan potmuo udarac u meko: fljus! I odmah se u podrumu sve zatalasa. Jedna se sveća ugasi. Zaglušeni od proloma, ljudi su se dovikivali. Jedna žena je vrištala. Sasvim u dnu, kroz zlatnu prašinu, sijao je otvor. Ljudi navališe na odvaljen kapak prozorčeta jednu staru slamnjaču i neke poderane fotelje. Ponovo upališe onu ugašenu sveću. Nastade mir. Čule su se još kratko vreme puške na pristaništu; onda i to prestade. Otvoriše vrata. Dotrčaše nove izbeglice. U jednom kraju poče da zuji primus. Nenad oseti glad. Druga su deca već jela. Gluhonemi su sa starih bačenih fotelja skidali kožu. Nenad im se najzad približi, te i on dobi svoj deo. Većina njih poče od kože praviti zavijače ili remenje. Niko ih nije dirao.

Po podne dođe kum. Donese im hrane. Nenad je već raspoznavao granate običnih topova, što fijuču promuklo i lete sporo; onda oštro fijukanje šrapnela; onda jasan, zvonak, melodičan polazak metaka sa monitora i len, nekako okrugao (Nenad ga je zamišljao kao krupno, masno „O”), pun zvuk naših topova sa bedema grada. Iako mu se, pri svakom prolasku granate, nešto stezalo pod grudima, za Nenada je to bilo neobično zabavno. Njihov? Naš? Naš se zove Sveti Ilija! Ne, ovo je njihov. Dok počne naš! Uvek kada počne naš, njihovi zaćute. Kada bi se otvorila podrumska vrata, Nenad bi video da napolju mirno sija julsko sunce. I to je bilo zabavno.

Pred zoru probudi se od hladnoće. Svodovi mu se učiniše viši i strašniji. Mala petrolejska lampa osvetljavala je najbliži svod: obučeni, na dušecima su spavali žene i deca. Ono nekoliko ljudi sedelo je pored dušeka i dremalo. Nenad je ležao na krilu staramajke. Jasna je sedela. Nenad vide da je budna. U tami su i pod drugim svodovima blistale budne oči: uz svileno šuškanje promicale su kraj zidova beličaste životinje. Nenad prvi put vide pacove i, videći ih, zgrozi se.

Vrata su bila otvorena, nebo čisto, svuda velika tišina; kroz mokru travu zapuštenog dvorišta gluhonemi i deca su trčali u igri. Ljudi odoše po hleb i vodu. Kum dođe. Jasna je plakala. On poljubi Nenada. I što nikad nije činio dotle, poljubi Jasnu.

Deca se provukoše kroz plot. Jedan mališan nađe jednu šrapnelsku kuglicu. Drugi parče granate. U traganju, pošto su pokupili opale zrele dudinje, dođoše do prednjeg dvorišta. Umesto malog vrta sa georginama, zjapila je velika rupa izrivene zemlje. Tada primetiše i kuću preko puta: umesto prozora, na drugom spratu je zijao jedan veliki otvor; na iskrivljenim gvozdenim šipkama visila su parčad crvenih zavesa.

Stari podvornik naiđe, noseći na ruci kotaricu punu povrća; deca se u trku vratiše natrag, provlačeći se s mukom kroz uzani otvor na plotu.

Nenad se nađe sam, pred zamrzlim kućama, u praznom, izrivenom dvorištu, koje je sve odisalo gorko na uvele georgine, u opštem ćutanju prestrašene gradske prirode. U džepu od kaputa nađe ključ od kuće. Bio je kod njega od juče, kada je Mića zaključao vrata. On se odjednom reši da pretrči donde i da uzme loptu. Gvozdena kapija bila je zaključana. On preskoči ogradu. Ulica je bila prazna; sredinom, repa između nogu, trčalo je jedno žuto i prljavo kuče. Kuće su bile mnogo veće nego obično. Sijalo je sunce; ugrejan kamen i prašina mirisali su na šalitru.

Nenad je išao na prstima, sa strepnjom otvarao vrata. Bojao se da u praznoj kući ne zatekne koga. Hodnik je bio pun šrapnelskih kuglica. On njima napuni džep. Uze loptu i pumpu. Onda se seti da bi mogao poneti bar jedan jastuk, kad je već tu. Zavese su bile još uvek spuštene, kreveti razmešteni, odelo razbacano. On izabra jedan veliki jastuk, zaključa kuću i pođe natrag. Na stepenicama mu se stade umiljavati njegova šarena mačkica. Htede je uzeti, ali ona pobeže. On ostavi jastuk i poče je juriti po dvorištu. Bežeći, mačkica ustrča uz dud; sa duda skoči na nizak krov šupe, pretrča ga i iščeze u susednom dvorištu. Nenad je bio sav u znoju. Tek tada primeti da već nekoliko časaka odjekuju topovski pucnji. Razumede da je odavno trebalo biti u podrumu. Vrata su sada zatvorena. A Jasna, kada vidi da ga nema... On zgrabi jastuk, ali nije mogao da trči, jer mu je jastuk smetao. On ga diže na glavu i tako pretrča ulicu.

Bio je kraj same gvozdene ograde. Fijuk se bližio strahovitom brzinom. Pretvarao se u urlik. Nenadu se učini da se pločnik ugiba. On pade celom dužinom, uza samo podnožje ograde; jastuk preko njega. Prolom, tutanj, crveni i crni kolutovi, presečen dah, jeka gvozdene ograde po kojoj dobuje krupan grad. Kada se sve umiri, Nenad diže glavu. Ustade. Pred njim se još pušio okrnjen toranj Saborne crkve. Trebalo je što brže preskočiti ogradu. Diže jastuk: oko njega se rasu perje. Ipak ga prebaci preko ograde. I sam skoči. Pri preskakanju zakači čakširama za gvozdeni šiljak i raspara ih celom dužinom.

Vazduh je bio pun praska. Podrumska vrata zatvorena. Pokuša da lupa pesnicom, ali ni sam sebe ne ču. Zgrabi kamenicu i svom snagom stade da udara. Najzad mu otvoriše vrata i on se skotrlja sa svojim dopola ispražnjenim jastukom u mrak, u otužni miris petroleja, u buđu. Išao je od ruke do ruke; ništa nije video sem žutih plamičaka sveća ispod svodova. Jasna je ležala bez svesti, rasute kose: žene su je polivale vodom, trljale joj slepe oči. Nenad vrisnu, ote se. Jasna dođe k sebi; grčevito ga steže u naručje. Podvornik u jastuku nađe komad granate. Nenad nije sve razumevao. Čudio se zašto ga svi redom ljube. Najzad shvati da svi misle da je samo zbog jastuka išao, da bi Jasna imala na šta da legne. Jasna je ponavljala: „Dobro moje dete, dobro moje dete!" Nenad tek tada primeti da nema lopte ni pumpe. I poče plakati. Bilo ga je stid — i zbog toga je sve grčevitije plakao — što ga svi teše, misleći da on to plače zbog pocepanog jastuka. Ali ipak ne reče ni reči za loptu. Zaspao je sa teškim srcem, sav pogružen zbog laži; osećao je da nije dostojan tolike Jasnine ljubavi. Tačno je čuo kad je podvornik rekao: „Ja bih ga za ovo izmlatio, pošteno izmlatio, da zapamti, izmlatio". Nenad je bio istog mišljenja.

Podrum

Već posle nekoliko dana, Jasna, ohrabrena drugima, poče puštati Nenada sa starim podvornikom na Cvetni trg. Oprani rosom, plavi i crveni patlidžani prelivali su se iz prepunih košara; lubenice (sa po kojom rasečenom, da bi se videlo njihovo sočno srce), dizale su se po pločniku u visoke kupe jasnog zelenila. Sve je bilo pusto. Na kućama spuštene zavese. Jedino je kratka ulica iza tržišne zgrade disala vlažnim mirisom zrelih plodova. Kupci su dolazili žurno. Seljanke, u svojim šarenim suknjama, stajale nesigurno nad svojim korpama i torbicama, kao kvočke nad pilićima. Ta neizvesnost u vazduhu opijala je Nenada. Celom dužinom ulice Kralja Milana i Knez Mihailove dizali su se asfaltni krtičnjaci nastali od neeksplodiranih granata. Nenad ih je strašljivo zaobilazio; a u isto vreme želeo da zaviri u jedan od tih tamnih, vučjih ulaza.

Jutro je počinjalo. Veliki časovnici, na koje je Nenad nailazio, svi redom pokazivali su drugo vreme. Tri, deset, tačno dvanaest — dana ili noći, ko bi znao! Pred tim ukočenim satovima, vreme, činilo se Nenadu, nije prolazilo. Sve je bilo zaustavljeno. Na izlozima navučene gvozdene roletne; na prozorima spuštene zavese, zatvoreni kapci: koliko kuća, toliko bića sa zatvorenim očima; i već posutih sivom prašinom. Ljudi i žene što trče kraj zidova bili su sasvim nemoćni da svojim pokretom ožive ukočenu mašinu grada, zastalo vreme, izgubljen odjek. Sporednim ulicama, i gde je kaldrma bila turska, rasla je žustro svežezelena trava. Iako je u pustim uličicama osećao strah, Nenadu je ipak sve to bila bajka. Strašna. Bajka o princezi koja se ubola na vreteno i zaspala... Sve će da zaraste u zelenilo, u trn, ružu puzavicu.

Ljudi se rasprštaše. Sitni, razasuti celom dužinom ulice, oni su posle svakog novog pucnja iskakali iz svojih skloništa i kao skakavci pretrčavali ulicu, zavlačili se u kapije; bilo ih je koji su za to vreme mirno išli sredinom, dižući svaki čas glave ka mirnom i čistom jutarnjem nebu. To isto čuđenje, ta ista neverica da smrt može doći iz tako lepog i svetlog jutra, punog rose (tramvajske šine, pod kosim suncem, bile su pune rose), ispunjavali su i Nenada. Ali nije imao kada da se predaje razmišljanju. Ruka mu je bila ukleštena u koščatoj ruci starog podvornika; morao je da trči za njim, da ulazi u kapije, da pretrčava, u najdubljoj tišini jutra, s jedne strane na drugu — i sve to ćuteći, zadihano, toliko brzo da su se zreli, tamnocrveni patlidžani prosipali iz podvornikove korpe. Tek po tome što podvornik ne zastaje da ih pokupi, Nenad zaista poverova da se nalaze u opasnosti.

U podrumu su šištali primusi, osvetljavajući svojim plavoljubičastim plamenovima zaposlene žene. Otužan miris sagorelog petroleuma i prženog luka lebdeo je ispod vlažnih svodova. Po krevetima, skrpljenim od raznih stvari, sedeli su ostali satima u osluškivanju potmulih eksplozija. Gluvonemi su, već pomešani sa drugom decom, gradili u najudaljenijem kutu pozorište. Nenad je, sam u kraju, od otpadaka kože krojio i šio fudbalsku loptu. Srce mu se neprestano stezalo pri pomisli na onu pravu, izgubljenu.

Sa prvim mrakom i prestankom bombardovanja, ceo svet je, skoro zagušen, izlazio na dvorište. Po zemlji, još toploj od sunca, prostirali su se ćilimovi i jastuci. Niko od starijih ne bi govorio, dok su se deca gušala valjajući se po travi, koja bi, gažena, odjednom počela da miriše na kukutu. Nebom su brisali krečni snopovi reflektora, zastajali, kočili se, a onda nastavljali dalje da ispituju dubinu neba. Jednom se jedan spusti tako nisko da kupola na tornju Saborne crkve, skoro zlaćena, blesnu jarko; sve stvari, sva lica, svaka travka ocrtavali su se poražavajući jasno. Nenad oseti kako mu se od kičme razjuriše žmarci po celom telu. Stajao je ukočen, bez daha, dok ga je ta ledena, mrtvačka svetlost brisala po licu. Viknu. Baci se Jasni u krilo, krijući oči. Čas docnije, sve je bilo kao obično; crnim nebom bez meseca šetala je mlečna reflektorska ruka pipajući, sa zastajkivanjem, blede zvezde. Dignuvši glavu, Nenad primeti nešto naročito: ceo donji rub neba, od pristaništa, bio je rumen; iz te rumeni dizali su se teški stubovi mrkog dima. Zagušljiv miris zapaljene vune dopirao je sa jedva primetnim povetarcem. Ali, to je bilo samo na mahove. Noć je mirisala na sveže izgaženu travu, na kukutu.

U opštem ćutanju, odjednom u nebo sunu, kroz onaj mrki dim, stub varnica. Za varnicama se ču eksplozija. I odmah, jedno za drugim, poče čitava vatrena kiša da šiba u nebo. Dim se kolutao, plamen rastao, sav vazduh, uz zagušene i nekako meke eksplozije, uz sitno, suho pucketanje, odisao je na gorak zadah izgorelog žita i kafe, na benzin, na vunu... Reflektori behu iščezli. U velikom muku, krvavi prozori okolnih kuća slepo su gledali prema požaru. Čulo se kako vatreni jezici oblizuju bale sa tkaninama, drvenu burad sa zejtinom, vreće sa kafom i pirinčem; i kako se bale, burad i vreće kao ogromni plameni pupoljci rascvetavaju.

Nenad se osetio sigurnim tek iza čvrsto zatvorenih gvozdenih vrata, u nepokretnom mraku podruma, ispod onih ogromnih svodova. Ali, dugo nije mogao da zaspi. Između stubova, čije su se crne senke pomerale, ispod udaljenih svodova, neko je lutao sa svećom u ruci, i senka mu je lelujala, izobličena, po zidovima. Pacovi su prolazili šušteći, cijučući. Neka žena, iz toplog mraka, uzdižući glas iznad mekog šapata, iznad disanja spavača, uzviknu: „Gospode, Gospode..."

Noć se protezala kao stonoga.

Nenadu se činilo da nije spavao. Međutim, šibica u staramajkinim drhtavim rukama je plamsala, ali nikako nije uspevala da zapali lampu. Nenad sede. Vrata su se otključavala — Jasna je govorila sa nekim kroz vrata. Staramajka upali fitilj koji poče da gusto dimi: ali ga staklo, nadneseno nad plamen, ugasi. Smrdljiv dim i mrak ponovo obaviše sve. Staklo pade i razbi se. Od vrata, u žagoru, doneše sveću. „Pazi", reče staramajka, „tu je negde razbijeno staklo, da se ne posečeš." Brisala je pri tom ruku jednu o drugu, smeteno. Jedan visok i snažan čovek se naže nad nju. Ostadoše začas zagrljeni. Staramajka uze sveću, osvetli čoveka. Iz mraka se pojavi pun lik jednog mladića: bio je neizbrijan i sav izgaravljen po licu; zbog toga su divni vučji zubi, kroz širok osmeh, izgledali još belji. Duga crna kosa bila mu je razbarušena. „Sav si mi prljav", reče staramajka, „spremiću ti da se umiješ." Ona ostavi sveću na nizak sanduk i ode u mrak iza kreveta. Dolazeći odozdo, svetlost sveće napravi od čoveka diva. Somotski kaput bio je opšiven oko ivice revera i jake crnom svilenom pantljikom; ispod visoke krute ogrlice padala je, po košulji, velika crna leptir-mašna. To je bio ujak. Nenad ga poznade i viknu. Bio je podignut iz posteljnih stvari, stegnut, izljubljen i ponovo spušten na ležaj. Ujak sede kraj njega. „Hoćeš li još?" Nenad se koprcao.

Magacini su na pristaništu goreli i dalje; mukle eksplozije ispunjavale su podrum u kome je žuto i mirno gorela sveća, topeći se. Nenad, umoran, nasloni glavu na ujakova kolena. Umiven, blistajući očima, Žarko je pričao o svome bekstvu iz Praga u Berlin. Kroz polusan, Nenad je čuo reči: Petrograd, Moskva, Odesa, Crno more, Prahovo; da li je sanjao ili je to bilo pričanje ujakovo, on nije znao. Crno more je bilo burno, u Prahovu su svi putnici istovarivali municiju, vozovi su svuda prepuni, svuda povorke, barjaci se lepršaju na vetru, veliki ratni brodovi plove uzburkanim morima, muzike po pristaništima sviraju, lepe gospođe dele vojnicima cveće... Nenad je koračao, bio je velik, snažan, svuda je oko njega buktala crvena svetlost, ljudi su mahali šeširima, uz nebo su lizali ogromni plameni jezici... bilo je svečano, radosno, mučno i toplo.

Kada se probudio, kroz otvorena podrumska vrata ulazila je svetlost osunčanog jutra, podrum je bio skoro prazan, po dvorištu se čula deca u igri.

Odlazak

Na velika ravna kola behu prvo snesene teške stvari: ormani, kreveti, divani, stolice. Po sobama su gorele sveće, zalepljene na tučane peći; na nebu je bilo još zvezda. Nenad je gledao kroz razbijene prozore kako blede. Ljudi sa Žarkom i Mićom sedoše da se odmore. Staramajka ih posluži rakijom i toplim lomljenim hlebom. Jedan stariji čovek, razdrljene košulje, zavrnutih rukava — u ogromnoj ruci nije mu se videla čašica — nazdravi staramajci: „Da su ti živi sinovi, gospoja!" Svi su bili neobično raspoloženi. Na kola postaviše prazne sanduke i kola privedoše pod prozore: meke stvari, posteljno rublje, odelo, ćilime, pobacaše kroz prozore u sanduke. U prvoj zori mali park kod „Proleća" jedva se nazirao. Mića se od prvog ugla odvoji i izgubi u praznoj ulici Carice Milice. Još dugo se čuo bat njegovih potkovanih cokula. Bilo je uveliko jutro, ptice su pevale po dubokim baštama punim voća i cveća, kada kola stigoše u nekaldrmisanu Moskovsku ulicu: nekoliko belih, prljavih pataka brčkalo se u jednoj blatnjavoj barici; na niskim kućicama su se otvarali prozori. Predgrađe. Seoski mir.

Stan u koji su se sklanjali imao je samo sobu i kujnu. Stvari do podne smestiše nekako, namestiše krevete. Sve dotle, Jasna je na Žarkov smeh odgovarala smehom, a onda se odjednom sneveseli.

Ostavi nameštanje kuće i sede kraj Žarka. Govorili su tiho, dugo, s velikim ćutanjima. Samo u jednom času Nenad ču Žarka:

— Moram... ja sam se nadao da ćeš me sasvim razumeti, Jasna. Zemlja se ne brani sa fotografskim aparatom u ruci.

Jasna je ćutala. Odvrati pogled. Nenad vide da Jasna plače. Poče drhtati. Zašto Jasna plače? „Ići" tamo gde je Mića, činilo mu se sasvim prirodno. Da je i on veći... Međutim, strava od onog noćnog požara ne beše sasvim iščezla. Uznemiren doček noć. Noć je bila puna nepoznatih glasova.

Nenad se u nekoliko mahova budio. Svaki put bi video još neraspremljen sto od večere i za stolom, nejasno, staramajku, Jasnu i Žarka. Stona lampa bila je pod zaklonom, i stvari na stolu blistale su; ali su sve, i one u svetlosti i one u senci, bile obavijene plavkastom maglom: iz senke u svetlost stalno je strujao nov duvanski dim. Pred Žarkom je ležala velika otvorena kutija duvana; njegove bele ruke, sa požutelim vrhovima prstiju, vešto i brzo su zavijale cigarete, koje su se gomilale kraj kutije. Bilo ih je već čitavo brdo. Nenad u dva maha pade ponovo u san, pre nego što razumede šta govore Žarko i Jasna. Ali treći put on ostade budan, otkrivši u teškom ćutanju oko stola ono strašno što ne sme da se iskaže, a što sadrži Žarkov odlazak. Nenad odjednom svom snagom oseti da Žarko ne treba da ide; neizdržljiv bol ga je ispunjavao; on se uspravi polako, spusti sa kreveta. Veliki se za stolom nisu kretali. Sat je užurbano kucao, gušeći Nenada. On prilete Žarku, baci mu se u naručje, zagnjuri glavu u meku crnu mašnu, punu zdravog muškog mirisa uljanih boja i duvana, i gušeći se u naglom nastupu plača, zavika: „Ujkice, ne idi, ne idi, molim te..." Čvrste Žarkove ruke privile ga uz meki somotski kaput, oštri obraz naslonio se na njegov: „De, de, ne plači, de, de..."

Sat izbi tri. Staramajka se trže, uzdahnu, ustade od stola, priđe stolici na kojoj je ležala Žarkova torba i još jednom je pregleda. Radila je to duboko sagnuta, lica u senci. Žarko poče pomagati Nenadu da

Resnik

Celo prepodne presedeli su kraj svojih stvari, na niskoj, podvodnoj poljani, pred praznom železničkom stanicom. Sunce je probijalo ovde-onde kroz oblake; pred podne se sasvim razvedri, sunce poče da peče, trava, stvari, životinje i ljudi da se naglo suše. Vlažan dim, sa zapaljenih vatri, vukao se dolinom. Seljaci, gacajući bosi po žitkom blatu punom balege, prodavali su vruće kuvane kukuruze. U neko-liko mahova, bez razloga, na prvi uzvik, celo se to mnoštvo, što je gmizalo između nabacanih stvari i nagorele slame, beše podiglo i, uz viku, zbunjujući se, sjatilo uz zatvorene kapije stanice. Ali bi pruga ostajala prazna, nikakav voz nije dolazio. Zbijen narod je teško disao, znojio se, laktovi su upirali u grudi, uglovi sanduka u leđa; nekoliko vojnika, s druge strane ograde, sa puškama obešenim o ruke, gledalo je ravnodušno na stisku.

Po podne stiže jedan voz: otvoreni vagoni bili su natovareni tucanim kamenom. Vratnice pod pritiskom počeše prskati. Uz samu ogradu stajao je pribijen jedan slabušan čovečuljak. O debelom kaišu prebačenom preko vrata i jednog ramena visio mu je kratak sanduk; sanduk je bio težak, on ga je još pridržavao obema rukama. Muškarci su preskakali ogradu. Drugi zaobilazili preko polja. Jedna kapija popusti. Uzalud su vojnici puškama odbijali, zaustavljali i vikali: „Polako, narode, za sve ima mesta, narode!" — narod je i dalje navaljivao. Žene i deca su vrištali; u času prolaz bi zagušen zgnječenim ljudskim telima; jedva je poneko uspevao, iako već na otvorenim vratnicama, da prođe. Držeći čvrsto Nenada za ruke, Jasna je stajala u kraju, ne usuđujući se da i sama pokuša prolaz. Nenad vide kako malog starca sa drvenim sandukom nosi talas. Sanduk mu je smetao, zakačinjao se o ogradu; starac se uzalud opirao gomili, uzalud pokušavao da otkači zategnuti kaiš, koji mu je oduzimao poslednji dah. Nije bilo jasno zašto vojnici sprečavaju svet da prođe kroz već otvorenu kapiju. Jedna žena, zgnječena, pisnu i omlitavi. Mali pegavi vojnik u širokom šinjelu, koji je dotle stajao zavijajući cigaretu, pozva Jasnu da pođe za njim. On sam ponese stvari. Drugi vojnik, na straži gde je prestajala ograda, propusti ih. Voz je odnekud već bio pun vojnika. Podigoše stvari, podigoše staramajku, Jasnu i Nenada. Namestiše se između denjkova. Mali pegavi vojnik sede do Nenada, spustivši noge niz vagon; tek tada zapali svoju cigaretu. Na svaki najmanji pokret kamenje se odronjavalo.

Voz pođe, pa stade. Zatim se vrati natrag. Svet je još uvek čekao pred onom provaljenom kapijom. Dva vojnika su prečila prolaz puškama. Jedan mlad narednik stajao je malo dalje sa korbačem u ruci, neobično ljut. Izdaleka se videlo kako mu usta stalno rade, ali šta je govorio, nije se čulo. Šef stanice mu priđe i poče govoriti sa njim. Narednik se i dalje ljutio, kao da mu je neobično prijatno što može tako da se ljuti, da korača nervozno između dva razgranata drveta, da sleže ramenima. Vojnici ipak spustiše puške. Narednik se zaustavi nekoliko koračaji dalje. Smeškao se. I više ništa nije govorio.

U prvim redovima stajao je zgnječen mali starac sa sandukom. Nastade ponovo strašna stiska. Starac bi gurnut natrag, on zatetura, ali mu se sanduk ponovo zakači za spalu kapiju, ispreči i skoro zatvori prolaz. Oni odnatrag su psovali, žene klele, starac je pokušavao da se iskobelja, ali je za to trebalo da oni iza njega bar malo popuste.

Čitavih nekoliko minuta potraja gušanje. Mladi narednik odjednom prestade da se smeška. Lice mu se zali krvlju, podviknu. Ali, kako niko ne posluša njegovu naredbu, on zavitla korbačem po glavama. Najbliži mu je bio starčić: narednik ga ošinu posred lica, obori mu šubaru (tanka bela i retka kosa blesnu), starac podiže ruku da zakloni lice, po kome je, izdigavši se malo na prste, kao ostrvljen udarao narednik; oni iza njega, i sami zakačeni, ustuknuše malo, sanduk oslobođen odskoči, povuče i starca, koji pade ničice. Pri padu poklopac popusti i po zemlji se rasuše drveni obućarski kalupi. Kroz kapiju nadre svet gazeći po starčiću. Voz je već kretao. Zadocneli su trčali, pokušavali da se okače, a onda zadihani zaostajali i gledali u vagone koji su kraj njih promicali. Nenad je, sav bled, drhtao. Jasna, stisnutih usana, privi ga uza se. „Kao stoka", reče mali pegavi vojnik. „Ubiše čoveka." Ove reči prođoše Nenadu kroz srce kao nož; ruke i noge mu se ohladiše. Mali vojnik nastavi da grdi. Nenadu zbog toga bi neobično drag; osećao je da ih spaja isto osećanje gađenja.

Za to vreme voz je, dašćući, puštajući naglo paru, kloparao visokim nasipom između požutelih kukuruznih polja, između retkih riđih šuma, između talasastih livada, po kojima su čučali zadeveni stogovi sena.

Noć

Po dolini, kroz koju je polako mileo voz, između usamljenih topola punih vrana, kupila se teška isparenja i lebdela nad vodama razvlačeći se u sivoplavo pramenje. Iz lokomotive je kuljao crn dim pun varnica. Varnice su se pele prvo uvis, kovitlajući se, a zatim se rasipale kao kiša po vagonima i ljudima zgrčenim po kamenju. Jasni progore na dva mesta veo na šeširu. Malom pegavom vojniku se zapali kraj šinjela. Svi redom imali su suzne i zamućene oči. Stanice su prolazile sa svojim crvenim i zelenim fenjerima, sa svojim dvojnim i melodičnim zvonima. Na jednoj maloj postaji ukrstiše se sa jednim vozom koji je vukao topove i jedan motorni čamac. Kraj čamca su, osvetljena karbidskom lampom, stajala dva mala marinca sa velikim crvenim ćubama na okruglim kapama. Njihova pojava oduševi sve. Ljudi počeše mahati šeširima: živeli Francuzi, živeli Francuzi! Jedan je Francuz pušio na lulu. On izvadi lulu iz zuba i pozdravi njome. Voz krenu. Mali Francuzi sa svojim čamcem potonuše u mrak.

— Sila je to narod — reče zamišljeno mali pegavi vojnik, zavijajući Nenada u ćebe. — Svaku ti on mašinu ima, bolju nego Švaba.

Mrak je bio neproziran. Nebo je opet moralo biti pokriveno oblacima, jer se ni jedna zvezda nije videla. U jednoj velikoj stanici, rđavo osvetljenoj, pristizaše jedan sanitetski voz. Beli vagoni, mutnih

Niš

Mala soba, u staroj turskoj kući, sa tremom obraslim u vinovu lozu, bila je prepuna stvari, mirisa kačkavalja, i miševa, koji su cele noći čegrtali po šupljim zidovima. Posteljne stvari, koje su se prostirale po podu i celu sobu pretvarale u zajednički krevet, behu se napunile stenica, i staramajka, sa naočarima na nosu, po ceo dan je provodila na tremu, istresajući ih. Ali su sa ugašenom svetlošću sve nove i nove stenice nadolazile, izvirivale iz rđavo sastavljenih dasaka poda, spuštale se niz neravne zidove, padale, kao grad, iz drvene tavanice. Za to vreme sve nove i nove izbeglice su stizale. Ulicama su prolazile taljige sa prokislim stvarima; žene su vukle za sobom premorenu decu; po školama, po tremovima, po kafanama vrilo je od sveta, improvizirane kuhinje po dvorištima i ispod streha su se dimile, vetar je iz bolnice prenosio zadah karbola, išlo se ovamo-onamo, nasumce. Međutim, dvorska straža se menjala uz zvuke vojne muzike, vojska prolazila u maršu na stanicu ili sa stanice, pred Mesnom komandom satima u razgovoru stajala lepo obučena gospoda očekujući komunikeje. Večerom, parkom kraj Nišave, šetao se mlad svet, klupe su bile prepune, po okolnim kafanama svirali su Cigani, bilo je živo, prozračno, vikalo se burno, pronosile zastave, kitili cvećem oni što odlaze.

U toj uzbuni deca su provodila svoj život. Dvorišta su se tukla sa dvorištima, ulice sa ulicama, mahale sa mahalama. Već posle nedelju dana Nenad pronađe jednu bandu dečaka svojih godina. Za bojište im je služilo jedno veliko zgarište, ograđeno visokim plotom. Zapušteni voćnjak i bašta bili su zarasli u gust korov, kroz koji se prolazilo kao kroz prašumu. Stari kokošinjak, potpuno zarastao u zelenilo, tako da se nije video, bio je pretvoren u glavni stan. Veliko brdo, stvoreno od cigalja i polomljenih crepova izgorele kuće, davalo je dovoljno gotove municije. Vođa je bio jedan lep čist mališan, Vojkan, odeven u zatvorenoplav, čupav kaput i kožnu kapu, čiji su se krajevi mogli spustiti na uši. On se prvog dana ponese veoma gordo prema Nenadu. Sa rukama zavučenim u džepove, on, posle malog ćutanja, odseče:

— Ti možeš samo za komoru. Imaš li pampurač?

— Nemam.

Vojkan sleže ramenima.

— Idi pravi municiju.

— Ja mogu da se popnem uz drvo — izjavi Nenad.

— To može svaki.

Međutim, od svih njegovih novih drugova, Nenada je jedino Vojkan privlačio. Vojkan je bio ono što Nenad nije do sada smeo da bude; činio javno sve ono o čemu je Nenad samo žarko u potaji sanjao. Vojkan je psovao, zveckao novcem koji je krao od oca, pušio, čupao se sa devojčicama i zadizao im suknjice; po džepovima je uvek imao federe od pokvarenih satova. Uzalud Nenad poče činiti nemoguće: donositi od kuće špiritus, makaze, sveće. Vojkan ostade ohol i nepristupačan.

Jednoga dana, pošto su ga pretukli štapovima i kamenjem, uhvatiše nekog matorog i olinjalog mačka i zavezaše čvrsto za jednu dasku. Ali, kako mačak ne crče ni posle nekoliko časova, veće se nađe u nedoumici na koji način da ga dotuče. Vojkan je predlagao da se obesi. Mačak je režao, iscerenih zuba. Niko se ne usudi da mu namakne omču na vrat. Vode u blizini nije bilo. Da ga dotuku štapovima, ovako vezanog, bilo im je gadno; sem toga, mačak se drao strahovito.

— Mogli bismo barutom — predloži najednom Nenad, iz kraja, sav uzdrhtao. Nije smeo da pogleda u mačora, u njegov olinjali rep, izubijane i krvave uši, zastrašene oči.

Tvrdi dečački profil Vojkanov bio je nepomičan. Nenad je kao opčinjen gledao u njega: on mora biti njegov drug, mora.

— Kako barutom? — upita Vojkan.

— Na minu — prošapta Nenad kratkog daha. Zatim pokuša da objasni.

Ostali dečaci nisu razumevali, Vojkan je ćutao. Nenad se zajapuri. Prvi put su ga novi drugovi slušali pažljivo. On izvadi nožić i u zemlji poče kopati rupu. Od rupe prokopa mali kanal koji je izbijao na površinu.

— Rupa mora da je suva da se barut ne ovlaži — primeti još uvek klečeći na zemlji — a onda se zatrpa, nabije i potpali.

— Kako ćeš potpaliti? — upita Vojkan.

— Uzmeš cevčicu od trske, presečeš je napola, jedan kraj staviš u barut, u rupu, a drugi kraj napolje, pospeš barutom, metneš jednu daščicu odozgo da zemlja ne dođe do baruta, a onda zatrpaš. Od cevčice pospeš barut dokle hoćeš, da te eksplozija ne zakači.

Iako je samo gledao, zvireći kroz plot, kako neki gimnazisti prave minu, Nenad ovo ispriča pouzdano, sa svim pojedinostima.

— Jesi li palio minu?

— Jesam...

Vojkan izvadi iz džepa malu kesu od čoje, sa nešto malo baruta, koji mu je dotle služio za nabijanje malog topa napravljenog od puščane čaure, i dade je Nenadu. Nenad poče osećati strah: ako mu ne uspe?

Posle četvrt časa minica je bila gotova. Strašljiviji pobegoše na vrh zgarišta, u zaklone od cigle. Vojkan pruži šibice.

— Bolje da legnemo.

Šibica planu, barut prihvati, zašišta i jedna šaka zemlje uz jedva čujan pucanj odiže se i rasu.

Vojkan je bio zamišljen.

— Tu bi trebalo mnogo baruta — primeti najzad.

— Da pukne, mora biti dobro nabijeno — dodade Nenad. On se osećao u tom času potpuno ravan Vojkanu.

— Kako ćeš ga, đavola, nabiti? Tu bi trebao fitilj.

— Gledao sam, rade i sa flašicom: uzmu malu flašicu, naspu baruta, stave flašicu položeno u rupu, uvuku u grlić cevčicu, a onda zatrpaju i dobro nabiju.

Vreme je bilo mutno, bez sunca, ali suho. Dečaci se rasturiše na razne strane da nabave baruta. Sastadoše se odmah posle ručka. Mačak je još živeo. U zaklonu od cigalja sabraše barut: tri patrone, koje Vojkan vešto isprazni, i nekoliko malih fišeka kupljenih po bakalnicama za po pet para — u svemu tri-četiri kafene kašičice. Bočica je bila od gumarabike, mala, sa širokim grlićem, sa gvozdenim zapušačem, koji je na sredini imao otvor: kroz njega proturiše cevčice. Izabraše mesto, iskopaše rupu, od rupe postaviše daske po kojima posuše tanku liniju baruta do samog ugla zida, iza koga se moglo sakriti, u ležećem stavu. Sav ostali barut sasuše u bočicu i napuniše je više od polovine. Nenad je osećao nepodnošljivu vrućinu. On skide svoj kaputić i ostade samo u vunenoj majici. Najzad je sve bilo završeno. Mrak se polako spuštao, po ulicama se zapališe svetiljke.

— Donesite mačka.

— Zar ne bismo mogli bez njega, da upalimo onako? — Hteo je da pobegne.

S vremena na vreme Mića bi, sav obliven znojem, tiho zovnuo. Jasna bi prilazila i brisala mu čelo rupcem. On se zahvaljivao osmehom. U sobi se ništa nije kretalo.

Napolju se začu otegnuto: telegram!... poslednje vesti!... vanredno izdanje! Glas je bio kreštav, približavao se jačajući. Drugi glasovi, bliži ili dalji, ponavljali su isto. Nenad istrča bez kape i kupi novine: na svega dve strane, malog formata, štampane na izbledeloj crvenoj hartiji. Jasna ih uze čitati. Naš se front ugibao. Neprijatelj je svuda napredovao. Jedna mala vest, u dnu, javljala je da je i najbliža okolina Beograda napuštena. Druga strana bila je ispunjena skoro cela malim oglasima sa krstovima. Krstovi, krstovi, cela strana krstova! Mića je slušao stisnutih usta.

IX

Žarko prolazi

I taj dan padala je kiša. Nenad je rano otišao berberinu i ošišao se. Zatim je obukao svoje najlepše odelo — matrosko. I onda celo dopodne i popodne do tri časa nije znao šta će sa sobom. Vazduh, težak od vlage, mirisao je na truo list, na dim, na karbol. Mića je toga dana prvi put pokrenuo ruku. Bio je radostan.

Dan je bio kratak, padala je kiša; u tri časa po podne suton je počeo da se spušta, pun čađi i oštrih krikova lokomotive. Žitko blato, u koje su tonuli konji, točkovi i ljudi, potpuno je pokrivalo širinu duge ulice, što vodi na stanicu: pod retkim i slabim osvetljenjem, ulica bleska kao reka rastopljenog olova. Kola prolaze i ne ostavljaju traga; ljudi prolaze i ne ostavljaju traga, jer se blato, gusto i žitko, kao rastopljeni metal odmah za njima sklapa.

Nenad je išao sam, noseći pod miškom mali paket: vuneni grudnjak za Žarka, vunene čarape, još tople gurabije, koje je mesila i pekla staramajka, uvijene u taj grudnjak i čarape. Tuba aspirina i kutija od sto cigareta. I to je bio ceo paket. Vojnički. Za Nenadom su žurile Jasna i staramajka. Radost koja bi im se ocrtala začas na licu bila je zastrašena i zbunjena. Nisu smele da pogledaju jedna u drugu. To je Nenad primetio i bilo mu čudno.

lokomotiva je pred stanicom očajno i dugo zviždala tražeći prolaz. Ovde su ljudi vikali: pst! čujmo! Mali narednik je u levoj ruci držao smaknutu šajkaču; desna mu je bila stegnuta u pesnicu.

Drzneš li dalje? Čućeš gromove
Kako tišinu zemlje slobodne
Sa grmljavinom strašnom kidaju,
Razumećeš ih srcem strašljivim
Šta ti sa smelim glasom govore,
Pa ćeš o stenja tvrdom kamenu
Brijane glave teme ćelavo
U zanosnome strahu lupati...
Al' jedan izraz, jednu misao
Čućeš u borbe strašnoj lomljavi:
„Otadžbina je ovo Srbina!"

— Tako je, tako je! — neke ruke ščepaše malog narednika i poneše iznad glava. On je vikao u bučnom odobravanju i tapšanju:

— Pesma nas je odgajila, njojzi hvala!

— Tako je! Živeli đaci!

— Neka je slava mrtvima! — vikao je nad glavama mladić. — Neka je slava Đuri! — glas mu je u huci slabio. Zatim prestade da se razaznaje šta viče. Čulo se samo, u talasima, kako svet odobrava: tako je! živeo! I to je slabilo, pretvarajući se u nerazgovetan žamor. Hor je sada pevao *Onamo, 'namo, za brda ona...*

Voz je dotle stajao čekajući u senci, neosvetljen. Odjednom se čuše pištaljke železničara, fenjeri potrčaše kraj vagona.

— U vagone, u va-go-ne!

— Kre-e-ći!

Mrtav voz se počeo osvetljavati.

— Žu-u-u-ri!

Jedan oficir je išao kraj vagona, sa beležnicom u ruci. Došavši prema mestu gde je Nenad stajao sa svojima, on podiže pogled i pogleda na peron: pogled mu je bio prazan, mrtav; lice je bilo ozbiljno i nepokretno. To lice, usred pesme, sledi Nenada. Šta je sve to značilo? Mladići ljube devojke, jedni pevaju, drugi plaču, treći, premorenih lica, ozbiljni i tužni, gledaju na sve to ispijenim očima.

Vrata na vagonima su se zatvarala istim zvukom kao vrata na velikim kasama: meko, uz mali zvižduk usisanog vazduha. Zvuk železničkog roga. Puštena bela para. Prvo crvena lica, svako za sebe, i ruke što mašu; onda se sve spoji u jednu jedinu prugu lica i ruku, pomešanih, stopljenih. U daljini se, iznad praznih tračnica, naglo smanjivalo crveno oko signalnog fenjera.

Uši su im bile još zagluhnute kada se nađoše pred stanicom. Jasna je vodila staramajku ispod ruke. Nenadu se učini pogrbljenija i manja. Ulica je pod svetlošću retkih žutih sijalica bleskala kao reka crnog rastopljenog metala. Vazduh je, vlažan, mirisao na trulež, na karbol, na dim od uglja. Iz mraka i daljine čulo se ujednačeno brujanje crkvenih zvona.

X

Usamljena kuća

Cerska, Kolubarska bitka... Nenad nije tačno znao. Mešala mu se imena u glavi. Glavnom ulicom, od Gvozdenog mosta do Gimnazije, pa dalje do Saborne crkve, vile su se zastave. U crkvama se održavala blagodarenja. Dva dana svet je grozničavo jurio ulicama; vanredna izdanja novina na plavim, crvenim ili žutim krpama hartije javljala o veličini poraza neprijatelja, o broju zarobljenih topova, mitraljeza, ljudi. Zatim se sve najednom utišalo i smrzlo. Zastave, pokisle, razlivenih boja, ostale na kućama. Vazduh je opet zamirisao na karbol. Padala je kiša. Zvona su zvonila po ceo dan.

Nenad je sa Vojkanom pronašao novu zabavu: osnovali su svoj detektivski biro — i po ceo dan uhodili pojedine ljude, žene, oficire činovničkog reda, zvireći kroz plotove, ulazeći u tuđa dvorišta, otvarajući tuđa vrata.

Novine se ponovo počeše puniti krstovima: mali oglas, crni okvir, mali crni krst. Mića je ležao nepomično. Pred njim je stajao prozor sa drvenim rešetkama, iza koga se videla ogolela čardaklija sa još pogdegde zaostalim riđoplamenim listom. Bolest se kravila. Led je pucao: već je pokretao prste na ruci...

Vojkan bi predlagao:

— Onaj je sumnjiv. Ruke uvek drži u džepovima. Šerlok naređuje Šamroku da ispita šta je u stvari.

Nenad je odgovarao:

— Razumem. Ali je meni potrebno pojačanje.

Vojkan-Šerlok je razmišljao. Onda dosuđivao svome kolegi Nenadu-Šamroku pojačanje u licu Vojkana-Šerloka.

— Pratiće vas Šerlok.

— Razumem.

Posle malog ćutanja, Vojkan, prelazeći na ti, i tapšući Nenada po ramenu, govorio bi:

— Pa kako je, stari druže? Gadan smo nalog dobili. Od naše veštine zavise životi nevinih. Na posao! Ti znaš da ćemo, ako uspemo, dobiti nove lule.

— Položićemo prvo zakletvu, stari druže — odgovarao bi Nenad — da ćemo do groba ostati verni svome pozivu. Desnicu ovamo! A nove su nam lule zaista potrebne.

Sve je bilo tačno predviđeno. U tome se sastojala cela draž igre. Svaki dan igra je počinjala uvek istim obrednim rečima. I uvek su im te reči izgledale nove, jer su zadaci koje su sebi postavljali bili novi. Priljubljujući se uz kuće i plotove, zadržavajući dah, sporazumevajući se znacima i otkucavajući svoje telegrafske znake na kakvom oluku za kišu ili gvozdenom električnom stubu, Nenad i Vojkan, uzbuđeni, doživljavajući sve avanture koje bi hteli, pratili bi satima svoju žrtvu. Bilo je glupih žrtava: iz kuće odlazile su pravo u svoju kancelariju. Od misterije tu nije bilo ni traga.

Čovek sa rukama u džepovima bio je odvratan: mršav, retke žućkaste brade, visoke krute ogrlice, zemljanog uvelog lica, preterano čist, lakovanih cipela. Prošavši kraj njega, Vojkan, kao nehotice, skliznu nogom u prljavu baricu. Čovek pogleda na svoje uprskane pantalone i cipele i ljutito prosikta:

— Pazi... balavče!

Vojkan stade, podiže glavu prema čoveku i, najednom, potpuno neočekivano, pogleda zrikavo, kao da se mnogo začudio. Onda ugnu ramenima i šmugnu niz ulicu. Čovek ostade izmahnute ruke. On posle kratkog razmišljanja pljunu i nastavi put.

— Kako ćeš ga sada pratiti — upita ga Nenad — kada te poznaje? Sve si pokvario.

— Naprotiv. Baš sada kada me poznaje... A fina zverka. Ima pantalone kao moj tata, crne pa na bele pruge. Činovnik, vidi se.

Činovnik je bio fina žrtva. Išao je uvek drugim putem, krivudao, pojavljivao se u nevreme u glavnoj ulici i uvek, došavši do jedne razvaljene kapije u jednoj maloj krivoj ulici iza glavne pošte, nestajao pre nego što bi Vojkan i Nenad uspeli da vide gde ulazi. Kapija ta vodila je u jedan prazan i uzan prolaz između slepog zida jedne dvospratne kuće i starog, oronulog, ali visokog plota jednog napuštenog dvorišta. Prolaz je bio uvek vlažan. U njemu su trunuli u velikim gomilama sanduci od limunova i pomorandži, drvena burad od maslina i druga starudija.

Misterija je bila potpuna. Prolaz je drugom svojom stranom izlazio u glavnu ulicu i služio kao dvorište jednoj bakalnici. Vojkan ostade jedno celo po podne pred izlazom prolaza; čovek je ušao sa strane uličice, ali nije izašao sa strane glavne ulice. Prolaz mu, znači, nije služio kao prolaz: on je negde nestajao. Tri dana Vojkan i Nenad rešavali su zagonetku.

— Ulazi a ne izlazi; znači ostaje negde. Gde? — Posle ovog šerlokovskog zaključka, Vojkan donese odluku da ispitaju prolaz.

Između sanduka, negde na sredini, oni otkriše malu putanju. Pođoše njom. Ona je krivudala i kao da nije vodila nikuda. Međutim, iza jedne gomile buradi, ukazaše se, na trulom plotu, male vratnice. Šerlok pogleda Šamroka.

— Lule nam ne ginu.

Čovek je dolazio ovamo uvek u sam suton. Vojkan pomeri neko-liko sanduka, dokotrlja jedno bure i kraj vratnica napravi zaklon. Pred veče uvukoše se polako u svoje skrovište. Po dogovoru, nisu govorili. Varoš je oko njih, sklupčanih pod onim sanducima, brujala i isparavala. Nikad do tada Nenad ne beše čuo toliko raznih glasova. Srce mu je glasno kucalo pod samim grlom. Vreme se otezalo. Nenad mu nije video kraja. On uhvati Vojkana za ruku, ali se ovaj oslobodi njegove ruke. Prislanjao je glavu na zemlju, kako je to čitao u nekoj knjizi, da bi čuo korake.

Kroz suton se najzad ukaza čovek. On se žurno približi kapidžiku, gurnu ga i iščeze iza njega. Nenad je od uzbuđenja bio potpuno gluv. Vojkan ga povuče, i oni se izvukoše iz zasede. Četvoronoške domileše do plota. Koraci se više nisu čuli. Vojkan odgurnu kapiju: zapušten vrt, sav u suhom korovu, bio je pust. Oni krenuše stazom, koja je ulazila u gusto malinovo žbunje. Onda naiđoše na jedan zapušten venjak. Sve je bilo pokriveno osušenom divljom lozicom. Staza odjednom udari u drugi plot. Na jednom mestu bile su po-maknute daske. Oni zaviriše. U maloj uvali svetlio se prozor. Kuća je bila niska; krov je skoro doticao jednim krajem obronak sa plotom. Oni poznaše kuću: njeni prozori s one strane bili su uvek zatvoreni, sa spuštenim zavesama. Kao da u kući nije niko stanovao. Jednom su samo videli jednu babu. A s ove strane prozor je bio osvetljen. Uska stazica vodila je ukoso niz obronak i zavijala iza kuće. Vojkan i Nenad skliznuše do prozora. Zavese nisu bile dobro sastavljene. Jedna senka naiđe na prozor, ocrta jasno glavu i ruku, pa nestade. Ču se zatim, sasvim prigušeno, smeh. Misterija je bila iza prozora.

— Moraš podlegnuti, visoko je — prošapta Vojkan. — Tako... Čekaj... ne odmiči se.

Nenad se osloni o zid da bi mu bilo lakše. Vojkan mu se pope na leđa. Prozorsko okno bilo je pred njim; on spljošti nos o njega.

Nenadu se učini da se Vojkan i suviše zadržava. Leđa su mu se ugibala, tetive ispod kolena drhtale od napora.

— Vidiš li? Siđi, ne mogu više.

On se malo odmače; Vojkan se sroza niza zid, ali pri padu obori i Nenada. Obojica ostadoše sedeći na zemlji. Više njih je u mraku blago zario svojom rujavom svetlošću prozor. Vojkan nije mogao doći do reči.

— Tamo... onaj čovek... sve sam video. — On predahnu: — To mu je ljubaznica.

Nenad poče cepteti. Neka neobična toplota razli mu se telom. Bi ga sram. Disao je kratko. On se trenutak ustezao; ali radoznalost mu je sada bila u celom telu.

— Da vidim... podlegni, podlegni brže.

U vrtiću je vladao putpun mrak. On se, pipajući po neravnome zidu, uzdiže nekako do svetlog ruba prozora. Stajao je nesigurno: Vojkan se klatio; pri svakom jačem pokretu Nenadu bi poklecnula kolena i mravci ga prošli do potiljka. U prvi mah ne vide ništa. Onda razazna stonu lampu sa mlečnom kuglom i sto na kome je ona stajala. Ali i to kao kroz maglu. I ništa više. Noge su ga privlačile zemlji. On skliznu. Bio je razočaran. Pipao je oko sebe po mraku.

— Jesi li video?

— Ništa.

Vojkan se ponovo pope. I odmah stade coktati. Nenad oseti kako menja noge. Zatim naglo skoči.

— Brzo. Moraš videti... vidi se lepo.

Nenad ponovo vide lampu sa mlečnom kuglom, sto. I odmah... s one strane stola, osvetljena punom svetlošću lampe, blistala je u mlečnoj belini jedna potpuno naga žena; pred ogledalom, koje je visilo na zidu, ona je obema rukama podizala i zavijala svoju veliku, dugu, punu varnica crnu kosu. Njene ruke su se zaobljavale, njena se glava priklanjala težini kose, kičma je zmijala ispod bele kože; žena se ispravljala, doticala zabačenim rukama svoj potiljak, hitro hvatala neposlušno pramenje, splitala ih, i onda, iskrećući se, ogledala u ogledalu. Tada, držeći ruke zabačene iznad glave, završavajući da doteruje kosu, ona se okrenula. Zubi su joj blistali, govorila je nešto i smejala se, gledajući u ugao sobe, gde je u polumraku stajao krevet u neredu. Nenad nije uspevao da sve tačno vidi: pogled mu se navlačio maglom, kroz maglu nazirao je tamne vrhove nabreklih grudi i još niže... On odjednom oseti grč pod grudima: žena se naglo bila ukočila. Nenad srete njene oči, koje su ga gledale tačno u zenice kroz prozorsko okno. On ču vrisak i vide, već padajući, kako žena pokri jednom rukom grudi a drugom trbuh, stisnuvši noge.

— Beži!

Mislio je da se nikad neće moći uspeti uz obronak. Međutim, u dva skoka našli su se iza plota, zgrčeni u korovu. Za sobom su čuli kako se prozor s treskom otvara. Jedna ogromna senka, sa snopom svetlosti, pade do plota.

— Nema nikog — reče krupan muški glas — učinilo ti se.

Prozor se zatvori. Nenad je drhtao celim telom. On tek tada primeti da je strašno zadocnio. Vojkan ga je jedva stizao. Teško su se snalazili u nepoznatoj bašti. Najzad, posle dugog pipanja, otkriše vratnice. U uličici se odvojiše. Nenad otkasa kući, sav u znoju. U tremu obrisa lice maramicom, podiže mokru kosu sa čela, umiri malo dah i tek onda priđe vratima.

Iza vrata je neko tiho cvileo. Cviljenje se svaki čas pretvaralo u tihu zapevku. Reči su bile mrmorene; Nenad ih nije razumevao, ali on poznade staramajkin glas i ulete u sobu. U uglu, pod malom lampom obešenom o zid, sedela je staramajka. Lice joj je bilo malo kao pesnica, gledala je nepomično ispred sebe, ruke su joj ležale, mršave i naborane, na kolenima, govorila je izbezumljeno, zaneto, sama za sebe:

— Ooo... nije ga majka ni videla dobro, tolike godine, ni poljubila dobro... Ooo... uvek daleko od majke...

— Dosta, majko, ne mogu više, dosta — uzviknu sa svoje postelje Mića.

Staramajka se ne pokrete, ne odgovori. Glas joj postade samo oštriji, tvrđi.

— Je li mu ko dodao vode? Je li bilo koga da mu zapali sveću?

Mića je jecao. Krupne suze, blistajući, krunile su mu se niz lice. On ih nije mogao obrisati.

— Ko je taj što ima pravo da moju decu šalje da ginu? — nastavljala je staramajka uporno. — Ko?... Ooo... umro sâm, ostavljen, u nekoj rupi... Ooo... sam...

Mića je šaptao: „Dosta, dosta". Nenad je, na kolenima, ljubio staramajkine hladne i mrtve ruke. Staramajka se trže. Ona podiže jednu ruku i poče pipati svoje lice, svoje oči; dotače se svoje kose. Lice joj je bilo nepokretno, bez suza, suho. Nije videla Nenada. Nenad se oseti usamljen i nepotreban; obuze ga samrtna strava.

U vlažnu i toplu zamrlost sobe Jasna unese hladnoću, svoje isplakano i omršavelo lice, kaljave cipele — iako trotoari toga dana nisu bili kaljavi. Sva ukočena, krutih pokreta, sede kraj staramajke.

— Ne, majko, ovde ga u spisku poginulih nema. — I, posle malog ustezanja, dodade: — Ovo su stari spiskovi... pre ofanzive. Sutra ću ići u Crveni krst.

— On je poginuo — suho i kao ljuteći se odgovori staramajka. — Osećam. Otišao je i poginuo. Sva ona deca odvedena su tamo i potučena. Za tri dana. Ooo... Zar su znali da se čuvaju? Ooo... u blatu, po šumama, potučeni...

Kroz tanak zid što odvaja sobe ču se prvo slabo, pa onda sve jače naricanje. Drugi ženski glas je tešio:

— Nemoj, Vaska... ne plači, Vaska... Bog...

— Krvnik! — ciknu Vaska.

— Ne, Vaska...

— Krvnik! — još oštrije viknu Vaska. — Bez groba ga ostavio... je li ti teško, Mito, bez groba? Bez krsta ga ostavio... je li ti teško, Mito, bez krsta? U polju ga ostavio da ga psi raznose... je li ti hladno, Mito, u polju?

— Je li ti hladno, Žarko, u polju? — ponovi staramajka kao odjek.

Jasna zarida zagnjurivši glavu u Mićin uzglavak. Iz druge sobe naricanje se pretvaralo u urlik:

— Mito, lele, Mito, hrano moja, kućo moja, Mito, snago moja, Mito, što ode, što me ostavi, što me napusti... — Vaskin glas se beše digao i zategao tako strašno da najednom prepuče: kroz promuklo ridanje ču se kako Vaska tresnu o pod.

— Vaska, sine... ne tako, sine, ne valja, sine...

Sve se utiša za čas. Jasna ustade, skide svoj kaput. U zagluhnutom ćutanju razmesti dušeke po podu. Svako veče pred spavanje, Nenad bi, kleknuvši, očitao molitvu: „Oče naš... da svjatisja imja tvoje... vo iskušenje... od lukavago, daj, Bože, zdravlja mojoj dobroj mami i baki, i meni; daj da ujka Mića ozdravi; zaštiti svojom svetom desnicom ujka Žarka, koji nas brani od neprijatelja; spasi ga, zaštiti, da nam se zdrav vrati. Vo imja oca, i sina, i svjatago duha, amin..." On kleče i ovoga puta pored dušeka, prekrsti se. I odjednom, zacenivši se, baci se na ležaj.

— Neću da mu se molim, neću...

On se tresao, ceptao, suze mu kvasile celo lice, pod grudima je osećao jednu snažnu ruku kako mu steže želudac, creva, i kako ga prazni, ridao je gubeći dah, malaksao, nemoćan, osećajući se strašno, očajno, usamljen i napušten, bio je kao zaklano jagnje, šupalj, opran i obešen, činilo mu se da je potpuno sam, i da su svi ostali potpuno sami, i da ne mogu više zagrejati jedno drugo... i od toga je osećao i samrtnu stravu i nemoćan, uzavreo bes.

— Mamo, nije ga spasao, nije ga zaštitio — vriskao je — zašto ga nije zaštitio, zašto ga nije zaštitio, zašto?

Cerska, Kolubarska bitka... Nenad nije znao. U glavi mu se mutilo od tih imena. Od Gvozdenog mosta do Saborne crkve vile su se zastave. Služila se blagodarenja. Vanredna izdanja novina pisala o veličini pobeda. Uveče je nošena bakljada, smolane buktinje i lučevi svetleli su dimeći crveno; muzika, blistajući svojim mesingom, svirala je vesele marševe zalazeći u mrak ulica, koji bi se od njenog ulaska naglo osvetljavao. Onda se najednom sve smrzlo. Zastave, pokisle, razlivenih boja, ostale na kućama... Iz mraka i ćutanja izdvoji se Jasnin uzdah: „Gospode, Gospode..." Noć se, puna šumova, protezala kao stonoga.

XI

Crveni krst

Jutro se dizalo mučno, vlažno i bez svetlosti. Doletevši iz magle, po ivici krova pade jato vrana, teško, kao kamenje. Vaska, vraćajući se sa groblja, poče ih razdraženo terati. Najbliže graknuše, digoše se i padoše nekoliko koračaji dalje. Pramenje magle klizilo je između njih. Vaska ih, zamorena, ostavi. Bila je čvrsto zabrađena u novu crnu šamiju, od čega su joj obrazi dolazili nekako okrugliji, detinjastiji. Mlado lice, puno pega oko nosa, bilo je bledo i izmoreno. Ona prođe, noseći praznu kotaricu od poduša, svojim raširenim korakom trudnih žena, kraj samog Nenada, kao zanesena. Jasna bi gotova, i oni krenuše ka Crvenom krstu.

To što se zvalo Crveni krst, ležalo je kraj železničke pruge i kislo, utopljeno u prljavu maglu. Mnogobrojne drvene barake odisale su na bolnicu, na kasarnu, na štalu, na sve zajedno. Put koji je od Gvozdenog mosta, kraj Grada, kroz neposejana i podvodna polja vodio do Crvenog krsta, razlivao je preko jendeka svoje bolesno žuto blato, puno otpadaka; pešačke staze krivudale su s obe strane puta, kroz upropašćenu i okaljanu travu; blato je ovuda bilo gušće, nerazgaženo, teže; hvatalo se za obuću. Nenad nije znao šta je Crveni krst: selo, predgrađe, bolnički kompleks; da li se to mesto i ranije tako zvalo, ili je tako nazvano sada. Mala železnička postaja nosila je

Bugari su se komešali. Jednoga dana kroz grad prođe vest da će Bugari prići Nemcima, da su već prišli. Čitajući novine, Nenad uoči jednu vest: u Sofiji je ruski poslanik razgovarao sa francuskim... Kako je to moguće? Oni tamo sede, prave jedan drugom posete, a Bugari već posedaju granicu. Zašto se i ta velika gospoda ne biju? Zašto i oni ne putuju vagonima za stoku na granicu? Smeten, Nenad potraži Vojkana.

— Pa to ti je diplomacija — objasni Vojkan.

— Ali oni lažu, oni se pretvaraju! — uzviknu Nenad. — Ako su naši saveznici...

Vojkan mu objasni da to tako treba, da postoje čak i škole za diplomate, gde se uče kako bolje da lažu i varaju.

— Ali zašto, zašto? Zašto da se varaju i lažu, kad mogu prosto da kažu istinu?

Nešto kao sumnja da je sve zasnovano na pravu i istini, prože Nenada. Od toga večera poče bojažljivo ispitivati kuma. Kum se zbuni. Pokuša da objasni sve izukrštane interese raznih naroda, ali se najzad sasvim smete. Čak se malo i naljuti.

— Otkud ti takva pitanja? Bolje se igraj.

Sutrašnji dan donese veliko iznenađenje: od Gvozdenog mosta do Saborne crkve, celom dužinom glavne ulice, radnici su zakopavali visoke stubove mlade jelovine. Drugi su između stubova razapinjali zelene vence napravljene od šimširovih i borovih grančica, od zimskih ruža. U prvi suton o stubove okačiše i zastave, potpuno nove, srpske, ruske, belgijske, francuske, engleske. Cela ulica je zasvođena vencima i zastavama; vetar leprša novim platnom koje pucketa; borovina i zelenilo miriše; sijalice obasjavaju slavoluke na kojima u cveću piše: *Dobro došli! Živeli saveznici!*

Novine javljaju: sinoć su krenuli iz Soluna; jutros su prošli kroz Skoplje; u podne su bili u Vranju...

Ulice se ugibaju pod mnoštvom. Vazduh kao uskršnji, pun lepršanja novih zastava pod blagim vetrom. Nepoznati ljudi oslovljavaju jedni druge, deca pucaju iz pampurača, u devojačkim rukama vene cveće izneseno za doček saveznika. Samo što niko ne zna tačno sa koje će strane saveznici ući u varoš, i u koji čas. U duboku noć svet se poče razilaziti, još uvek pun pouzdanja.

Izašavši to veče da za kumom zatvori kapiju, Nenad, u velikoj tišini noći, ču udaljenu i potmulu grmljavinu. Nebo je bilo čisto, puno zvezda. Ona grmljavina dolazila je na mahove, sa vetrom, ali jedva čujno, kao daleki šum nekog vodopada, kao prelazak volovskih kola preko suhog drvenog mosta.

— Kume, čujte, zar ne čujete? — strava se razli Nenadu kroz telo; on ščepa kuma za ruku; nebo je bilo vedro, puno vetra i zvezda.

Kum oslušnu: kao udaljena tuča grada po lišću, kao udarci meke maljice po bubnju prekrivenom crnom čojom.

— Topovi...

To je bilo toliko udaljeno da se svaki čas prelivalo u veliku tišinu noći.

Ceo sutrašnji dan zastave su uzalud lepršale, cveće venulo ispunjavajući vazduh svojim gorko-slatkim mirisom — saveznika nije bilo. Ni Vojkana da dođe po Nenada. Nenad ode da ga potraži. Još izdaleka spazi pred kućom jedan vojni kamion, na koji su vojnici završavali da tovare stvari. Nenada nešto teknu. On priđe bliže. Iz kuće je izlazila cela porodica: Vojkanove dve sestre, mati, baba, stara tetka, služavka, sa dva mala kineska psetanceta u rukama. Vojkanov otac, nizak, punačak gospodin, obilazio je oko kamiona i naređivao kako treba stvari vezati. Prolaznici su se osvrtali, zastajali, gledali ove što beže, počinjali da ih grde, svesni prevare — a onda trčeći odlazili da se obaveste, da i sami počnu sa bekstvom. Za to vreme Vojkanovu mamu, babu, tetku i devojčice strpaše u zatvoreni fijaker; devojka sa kučićima se pope na kamion. Vojkanov otac je u kraju raspravljao sa jednim bubuljičavim narednikom, kada se, najzad, na kraju ulice pojavi Vojkan: sa kapom u ruci trčao je iz sve snage i potezao na kaišu lepo sivo pseto. On ne obrati pažnju na graju iz fijakera; ne pogleda ni oca, koji mu je pretio štapom; sav crven, baci se Nenadu oko vrata.

— Bio sam čak kod tvoje kuće. Svršeno je. Bežimo u Solun. Ministarstva se sele večeras. Tata mi ne da da povedem Musu. Molim te, uzmi ga. — On utrapi Nenadu pređicu. Pas stade skičati. — Ovo ti je nov gazda, Musa, slušaj ga. A ti se ne boj, taj te ujesti neće. Pomiluj ga samo. Ja ću ti pisati. Možda ćeš i ti doći u Solun. Zdravo, stari druže.

Vojkan poljubi Nenada, isplazi se ocu, koji je vikao da požuri, uspuza se uz kamion i namesti kraj služavke, vojnika i kučića. Kamion se razgoropadi, zasu celu ulicu svojim smrdljivim plavim dimom i krete. Vojkan je mahao kapom, sve dok kamion ne skrete za ugao. Musa je cvileo gledajući za kolima, ali se nije otimao. Nenad ostade časak pred praznom kapijom. Ulica mu se stade udvajati i mutiti: dve krupne suze mu skliznuše niz obraze. On krete kući. Pas pođe poslušno za njim. Nenad nije više plakao. Samo je osećao strašan pritisak na grudima, nije imao dovoljno vazduha, osećao se zgnječenim. Sve je, znači, bila laž. I zastave, i vesti po novinama. Da bolje pobegnu! Pas mu liznu ruku. Nenad mu obavi ruku oko vrata.

To popodne poče padati sitna jesenja kiša. Za dva dana od zastava ostadoše samo šarene, izbledele krpe, zavijene oko mokrih stubova. Venci se pokidaše. Na nekim mestima su dodirivali blatnjavu kaldrmu. Preko cele noći čulo se tandrkanje pretovarenih kola i topot konja. Udaljena kanonada se čula sada i po danu. Jednog vedrog jutra u vazduhu se začu monotono avionsko zujanje. Na avion ispališe nekoliko šrapnelskih metaka; ču se eksplozija bačene bombe; avion iščeze u visini, kao bumbar; mali, beli i meki runasti oblaci od šrapnelskih eksplozija ostadoše da vise nepomično na čistom nebu.

Bekstvo

Voz je odmicao sporo i nesigurno. Zgnječen u uglu furgona, sa glavom na staramajkinom krilu, Nenad je dremao. U njegovoj svesti slike su se burno menjale... Iznenadni polazak Mićin, u noći, i njihovo žurno pakovanje; urlikanje zatvorenog Muse i njegova neočekivana pojava na stanici sa otkinutim konopcem oko vrata; i drugo: ulice okićene pokislim zastavama, ona bela naga žena, Vojkan na kamionu — pa sve to pomešano: ona bela žena sa konopcem oko vrata, dolazak u trku Vojkana na stanicu, Mića koji urla zatvoren u šupi. Nenadu je glava bučala, on se trzao i dugo buljio u mrak jedva probijen jednim žutim plamičkom sveće, koja je gorela čak u drugom uglu furgona; kraj sveće je jedno lice, obraslo u čupavu bradu, bilo nagnuto nad neku knjigu... Nenad se uzalud opirao snu, oči su mu se sklapale, i tada mu se, kroz pojačani huk točkova, činilo kao da put, od onog prvog bekstva iz Beograda, nije ni prekidan, već da traje stalno, sve u istom furgonu; ona godina u Nišu bila je kao san, kao nešto što se nije ni dogodilo stvarno, dok kloparanje voza, kiseo miris vagona, zaspale glave koje klimaju sve zajedno kao povezane, noć bez svetlosti, ta vožnja bez prekida *jeste* stvarnost. Ali to mu se pričinjavalo samo za čas. Već u idućem činilo mu se da je to putovanje san i da će se svakog časa probuditi u maloj tesnoj sobi, na svom dušeku, u Nišu.

Nadali su se da će ih jutro zateći daleko iza Vranja. Kada se Nenad probudio, voz je stajao na nekoj maloj seoskoj postaji. Oko vlažnih polja teglila su se plava brda, zatvarajući vidik. Sunce se još ne beše rodilo. Pred furgonom su vojnici i ljudi raspravljali. Glasovi su im u jutarnjoj tišini bili neobično jasni, kristalno zvonki.

— Gde smo?

Jasna uzdahnu:

— Pred Grdelicom. Spavaj.

Tišina ga zavara. Nenad ponovo zaspa.

U Grdelici zatekoše veliku zabunu. U stanici je stajao još jedan voz. Ljudi su trčali kraj vagona, objašnjavali se; drugi, u gomili, stajali pred staničnom zgradom, skupljeni oko vrata telegrafske sobe. Kroz vlažna isparenja svetlelo se sunce, ali tako bez sjaja da se moglo gledati u njega. Jedan vojnik, sedeći na nekim sanducima, skidao je sa puške kaiš. Kada ga skide, on pušku odbaci među sanduke, a kaišom se opasa preko šinjela. Radio je to mirno, sa patrljkom cigarice u čupavoj bradi. Na pumpi je galamilo mnoštvo, otimajući se o vodu, koja se nije mogla piti od teškog sumpornog smrada. Gvožđe je škripalo, čuturice i manjerke lupale, voda prskala, noge gacale po velikoj kaljuzi; jedna flaša, uz nečiji vrisak, razbi se o gvozdeno podnožje. Ali, nad tom sitnom vrevom, iznad ta dva majušna voza, te dve zarđale zmije, i bezobličnog gmizanja još sićušnijih ljudi, dizalo se nebo puno vodenog isparenja, kroz čiju je mekotu dopiralo potmulo dobovanje udaljene kanonade. Staramajka je naporno disala u mračnom kutu furgona. Jasna začu krkljanje: kao kada čovek nema vazduha, pa ga mučno, otvorenih usta, uvlači.

— Mati, mati...

— Ništa... ne boj se... malo vode...

Neka žena dodade svoju bocu: voda je bila mlaka, otužna. Stara-majci samo više pozli. Nenad zgrabi praznu zemljanu testijicu. Preko denjkova, zgrčenih nogu spavača i sanduka, prenese ga jedan vojnik; drugi ga, uzevši ga pod miške, spusti kroz vrata na zemlju. On potrča. Uzalud je pokušavao da se progura. Ručica na pumpi cijukala je bez prekida iza zbijenih stražnjica. Nenad se poče probijati između nogu. Voda je između njih oticala. Jedna ogromna čizma spusti se Nenadu na nogu. On dreknu. Nečija ruka ga odgurnu: ponovo je bio van kruga oko pumpe. Jedno pedesetak metara dalje, s druge strane pruge, Nenad primeti okrugao kameni bunar na točak. Tri ili četiri čoveka stajala su tu i vadila vodu. On pretrča preko pruge, zaobišavši vozove. Čovek koji je u tom času punio svoju čuturu, mrzovoljan postariji seljak, progovori:

— Oba voza proći neće. Ako su Bugari stigli dotle, a kažu da su stigli, do noći će biti do mosta. A kad ti se dočepaju mosta, jedna bomba i gotovo. Proći Vranje nećemo.

— Vratiće nas natrag, eto šta će biti.

— Da bar znamo koji će pre krenuti — reče treći.

— I ti vode, a? Drži, drži pravo. — Mrzovoljni seljak poče sipati u Nenadov krčag. Širok mlaz vode iz kofe prelivao se preko grlića i ledio Nenadove ruke. Uzdržan i monoton žagor, kao zujanje mirnog roja pčela na suncu, dopirao je sa stanice. Najednom, iz njega šinu u visinu, šireći se naglo, da u času ispuni celo nebo nad stanicom, mlaz povika, uzbune. Seljak tresnu kofu, zgrabi svoju čuturu i potrča preko polja. I drugi potrčaše. Nenad se prepade da ne ostane sam, da ne zadocni: na uzvišenju, kraj vozova, svet je trčao, pentrao se u vagone, vikao. Nenad i sam potrča. Ali strah da neće moći trčati dovoljno brzo, otežavao mu je noge: saplitao se o stare železničke pragove, koji su ležali razbacani sa te strane stanice, dah mu je nesta-jao; najzad, zaista zaostade poslednji i poče vikati, ni sam ne znajući šta viče.

Mrzovoljni seljak se okrete, zastade, sačeka da ga Nenad dostigne, a onda ga zgrabi za ruku i povuče za sobom. U toj trci Nenad sasvim zaboravi da je, da bi došao do bunara, prešao na drugu stranu, ostavljajući svoj voz sa one strane stanične zgrade. Sve jednako u trku, zamagljenog pogleda od zadihanosti, gledao je na dugi niz furgona, koji su bili u tom času pred njim, tražeći da otkrije svoj. Napola odškrinuta vrata jednog učiniše mu se kao prava. On se otrže od seljaka, koji je i sam, tiskajući se između zadocnelih izbeglica, tražio svoj vagon. Nenad je svojim rastom jedva dopirao do visoko uzdignutog poda vagona. On prvo podiže testiju; zatim pokuša da se i sam izdigne, ali nije imao o šta da se osloni nogom. Dok se uzalud mučio, neko ga uhvati za kaputić i podiže uvis. Viseći onako između zemlje i vagona, Nenad oseti kako ga prože jedno nelagodno čuvstvo: pred njim su bila polja, oivičena plavkastoriđim brdima... on se sav ohladi, sve mu je to bilo nepoznato... dok se skidao iz svog vagona maločas, pred njim je bila stanična zgrada... Poče se otimati iz ruku koje su ga u tom času spuštale na pod furgona.

— Ja sam pogrešio, molim vas, ja sam pogrešio! Molim vas, spustite me!...

Pokuša da skoči. Voz je kretao. Nekoliko ruku ga zadrža na samoj ivici vrata, kraj kojih su već lagano promicali telegrafski stubovi, drveće, čađavi i porazbijani prozori ložionice; stub za napajanje lokomotiva vodom, sa svojom opuštenom metalnom surlom, iz koje je pomalo još tekla voda, prođe sasvim kraj furgona i nekoliko kapljica prsnuše Nenada po licu. On se trže i skupi uz neke stvari, dok su mu tople suze tekle niz lice. Nije ih brisao; nije ni jecao: teška mora pritiskivala mu je grudi, uz strašno osećanje napuštenosti i samoće. Nečija ruka mu se spusti na glavu. Bila je laka; njena blaga toplota prože Nenada; sav uzdrhta.

— Ne plači. Možda si pogrešio samo vagon — ču se mek glas, koji se trudio da nadviče lupu točkova.

Nenad podiže pogled: žena je, lepa i mlada, bila obučena u zimski kaput tamnozelene boje, sav izgužvan od spavanja.

— Ne, gospođo, ja sam prešao preko pruge za vodu, naš je voz ostao sa one strane...

Nepoznata žena sede kraj njega, uze ga za ruke. Reče mu da se ne boji, ona će se o njemu brinuti dok ne nađe svoje. Tamo je u kraju, eno gde sedi na onom denjku, njena kći. On će sa njima dvema...

— Ne boj se — ona mu toplo steže ruku.

— Oh, gospođo, ja se ne bojim, ja se nikako ne bojim za sebe... ja sam već veliki... meni je žao, ja ne znam... — on se zagrcnu: — Kako će se Jasna brinuti, da znate, kako će Jasna brinuti! Šta će raditi bez mene? A staramajci je pozlilo... Sad je Jasna sama sa njom. — On poćuta: — Ah, gospođo, pomozite mi da se vratim!

— Ne, ne, ja sam uverena da si samo vagon pogrešio. Videćeš. Čim stanemo na prvoj stanici, vikaćemo pored vagona i pronaći. Ne plači, ne plači, drago dete.

Ceo furgon je učestvovao u ovom razgovoru. Ljudi su pravili primedbe, žene stiskale svoju decu uza se. Sa vrha svoga denjka, mala devojčica nepoznate gospođe gledala je široko otvorenim plavim i prozračnim očima na rasplakanog nepoznatog dečaka, koga njena mati teši. Sam Nenad nije video ništa. Svaki čas je očekivao da voz stane. Možda je zaista samo pogrešio vagon. Tako vatreno je želeo da je tako, da već i sam poče verovati u to. Svaki put kada bi mu se učinilo da voz usporava hod, sav bi se počeo kočiti od napregnutog očekivanja. Najzad, zamoren plačem i tim uzbuđivanjem, sasvim klonu. Gledao je, bez suza i misli, kako promiču sve strmija polja, žute strnjike, šume rumene od jesenjeg lista, plava brda, koja su se pred vozom rasklapala, za njim sklapala ili dugo putovala zajedno u istom pravcu, da najednom stanu, zaokrenu i iščeznu iza drugih brda, koja su se sve više primicala i pretvarala u uzan klanac. Na nekoj praznoj postaji voz zastade, ali, pre nego što se Nenad snašao, pođe dalje. Kraj je bio potpuno opusteo. Na celom putu Nenad ne primeti ni jednog čoveka; čak ni stoke.

Vreme je prolazilo prvo sporo, zatim sve brže. Žene su već odvijale svoje zavežljaje sa jelom, kada se tesnac poče širiti. Voz ga uskoro sasvim napusti. Talasasta polja, tamnije ili svetlije zelena, ili sasvim žuta, ispresecana nepravilnim površinama niske šume, dizala su se neprestano i u daljini prelazila u kupaste, plavkastozelene bregove, iza kojih su se, sasvim na obzorju, nazirali u isparenju lepog jesenjeg dana prozračni ljubičasti vrhovi udaljenih planina. Tu i tamo, u gustom zelenilu, blistale su bele kockice razbacanih seoskih kuća.

Voz se najednom poče naglo zaustavljati. Ceo svet bi povučen unapred; jedan čovek, koji je stajao, jedva se zadrža na nogama; mala plava devojčica skotrlja se sa denjka majci u krilo. Spolja je ulazilo strašno pištanje naglo puštene pare i prodiruće škripanje ukočenih točkova. Furgoni su drhtali kao živa bića. Najzad stadoše, ukopani. Kroz duboku tišinu polja čulo se samo kratko i ubrzano pućkanje lokomotive. Svi jurnuše vratima: Nenad bi zgnječen. Kada se iskobelja i pogleda napolje, nasipom su trčali uzbuđeni vojnici i ljudi, dok su sve novi i novi stalno iskakali iz furgona. Potmuo žagor dopirao je od lokomotive. Jedan glas dobaci i odmah se izgubi:

— Most.

Drugi naiđoše.

— Koji most?

— Kod Vranja.

— Zadocnili smo...

Jedna žena poče se krstiti; zatim se rasplaka. Odred vojnika, koji je valjda i zaustavio voz, peo se u furgon do lokomotive; i na samu lokomotivu. Puščane cevi stršile su na sve strane. Nenad se polako iskobelja, uhvati za gvozdenu polugu i skliznu na nasip. Čim se dohvati nasipa, stade trčati.

— Jasna, Jasna...

Pred svakim se furgonom zadržavao samo toliko da vikne u otvorena vrata majčino ime. Ljudi su ga, u međusobnoj gurnjavi pred vagonima, gazili, gurali, ne videći ga. On je gutao suze i sve jače vikao:

— Jasna, Jasna...

Bio je pred poslednjim vagonom. Tu se okrete i poče trčati natrag, van sebe. Protrča tako pored vagona odakle ga je dozivala nepoznata gospođa. Na nasipu zavlada kratka panika; nije se znalo zbog čega. U času niko ne ostade na nasipu i voz krete unazad. Nenad pokuša da se uhvati za jedan furgon, ali mu se u glavi zamuti od pokreta točkova i vazduha koji ga udari u lice. On izgubi ravnotežu i preturi se sa uzane staze u dubok jendek, gde je rastao visok ševar, koji ga sasvim zakloni. Jedan čas nije video iznad sebe ništa do čisto zeleno nebo, između suhog lišća barske trske. Odmah se digao i uspuzao na nasip. Voz je već bio daleko. Nenad poče trčati iz sve snage prugom. Voz je sve više odmicao. Lokomotiva, koja je pred sobom gurala ceo voz, naglo se smanjivala. Najzad postade sasvim mala, majušna. Vetar donese još jednom do Nenada njeno ubrzano dahtanje, a zatim je nestade iza jedne okuke, i nad celom dolinom odjednom zavlada dubok mir. Nenad stade: pred njim se pružala prazna pruga, iza njega prazna pruga; tračnice se u daljini blistale kao zrake; u poljskoj tišini su telegrafske žice brujale melodično. Nenad ne mogade da zaplače: on otvori usta, ali iz njih ne izađe glas. Polulud od straha, nastavi da trči prugom.

Uskoro mu nestade daha. On nastavi korakom. Vreme je prolazilo strašno sporo. Nenad poče osećati bol u cevanicama i preponama. Koračao je i dalje. Pruga se, međutim, pred njim razvijala bez kraja. Nenad se osećao kao u pustinji. Bio je sasvim premoren. Stao se svaki čas zaplitati. Najzad sasvim malaksa. Baci se ničice, zari glavu u ruke i poče plakati. Mislio je kako će možda naići neki voz i pregaziti ga... ili da će prosto umreti... patrola koja obilazi prugu naći će ga. Nenad

— Ne znam — odgovori čovek — možda su već u selu. Juče su bili u Paskovu, sinoć stigoše do nas, noćas nas poklaše... i decu... kako sam ostao živ, ne znam, a sad su možda u selu... hvala, kćeri. — Nepoznati poče navlačiti na sebe neke stare haljetke; onda, svršivši s tim, ponovo popi malo rakije. — Zbogom.

Velika zaprete vatru i tek onda odškrinu vrata. Otvor se ponovo napuni čeličnim pegama zvezda. Pre nego što će izići, čovek se prekrsti.

— Sakrij decu... ili nek beže, ako imaju kuda. I da znaš, ako ostanem živ, ja sam pop Jovo iz Poljnice.

Velika zamandali vrata i odmah se prihvati da raspali vatru, na koju baci ostatke krpa. Pod, gde je stajao čovek, zasu pepelom. Dok je to radila, kroz noć se ču nekoliko puščanih pucnjeva. Svi troje oslušnuše ukočeni. Velika se prva pokrete.

— Bežite! Bežite odmah dedi u vodenicu!

— A ti? — upita Stojan.

— Ja moram da čuvam kuću i da sačuvam kravu.

Ona dodade Stojanu kožuh, a Nenadu njegov kaputić. Kako je Nenad drhtao, ona skide sa sebe jednu povezaču i zavi mu je oko vrata. Zatim decu polako izgura na vrata.

Noć je, prepuna zvezda, iskrila. Pored ambara deca se ispeše na malu zaravan. Na drugoj strani već je počinjala niska šuma. Ušavši među žbunje, Stojan stade. Pod nogama im se nalazila kućica. Videla su se jasno vrata, mali prozor, kupasto sleme pokriveno slamom.

— Bojiš li se Bugara? — upita polako Nenad.

— Bojim se, ubili su mi oca.

— A zašto oni nas toliko mrze? — nastavi Nenad.

— Ne znam. Mome ocu su prvo odsekli nos i uši, pa mu izvadili oči, i tek ga posle ubili.

— Gde to?

— Ne znam gde, negde u Staroj Srbiji, u komitama.

Šuma je bila neprozirna. Deca se uhvatiše za ruke. Nije se videlo, ali se čulo kako se dole u selu otvaraju vrata na kućama. Poneki put bi se digla graja, osulo po dva-tri metka, pa opet utišalo. Nenada obuze panika.

— Zašto ne bežimo? I mene je strah Bugara. Gde je tvoj deda?

Iz dolje se začuše glasovi. Ljudi su se peli uz breg. Oni najednom iz mraka izbiše na čistinu pred kućom. Bilo ih je petoro, šestoro. Pas zalaja. Jedan plameni jezičak sevnu, uvalom odjeknu suh pucanj zajedno sa presečenim arlaukom psa, pa se ponovo sve smiri. Jedan vojnik započe udarati kundakom po vratima. Velika im odmah otvori. Vojnik je osvetli električnom lampicom. Zatim grunu u kuću. U kući odmah postade svetlo. Drugi vojnici stadoše tumarati po dvorištu. Iz kuće poče dopirati mala graja. Dva vojnika naviriše na vrata: svetlost potpaljene vatre osvetli ih crveno; smejali su se. Jedan od njih prisloni pušku kraj vrata, smače telećak i uđe unutra. Smeh nije prestajao. Skupiše se i ostali. Iz kuće izađe jedan, raskopčanog šinjela. Raskorači se i poče mokriti uza zid. Vojnici su se podbadali, gurali jedan drugog; čim bi jedan izašao da se pomokri, drugi je ulazio. Slutnja da se dole u kući dešava nešto gnusno i sramno ispuni Nenada. Zašto Velika ne viče? Zašto se ne otima? Ona možda ćuti da bi oni pobegli? Kada htede da zapita Stojana, on vide kako Stojan naslonjen na drvo plače.

Iz kuće odjednom dopre jedan krik; drugi zamuknu, presečen. Pred kućom su vojnici dizali na sebe telećake, uzimali puške. Zatim se odmakoše malo. Vrata za poslednjim vojnikom, koji iz kuće istrča, sa nožem u ruci, ostadoše otvorena. Ona se prvo zamračiše, a onda kroz njih sunu gust beo dim. Zamalo i samo se sleme zadimi, a odmah buknu jarkocrveno. Kao uhvaćena, deca pod svetlošću požara stuknuše.

Stojan je išao bez kolebanja. Tako prođoše šumarak, izbiše u jednu dubodolinu obraslu gustim šipragom, gde su gazili po malom potoku, pređoše preko jedne preorane njive, i opet uđoše u jedan zabran. Kada stigoše na drugi kraj zabrana, oni se nađoše na neravnom brdskom putu. Put je bio pust; oni ga zgureni pretrčaše i brzo zamakoše u nov šiprag. Više njih u selu još uvek se čuo po kakav usamljen pucanj. Nebo je naglo bledelo, pokrivajući se beličastim isparenjima; ptice, u niskom žbunju, počinjale su nesigurno sa svojim žagorom.

Išli su stalno niz brdo. Išibanog lica granjem, pomodrelih ruku, Nenad se teturao za Stojanom, potpuno u bunilu. U izvesnim časovima mu se činilo da on uopšte ne ide već da to sama zemlja ide, da se odronjava i ruši ispod njegovih nogu; svaki čas bi se poneko drvo zaklatilo i, okrećući se, pošlo prema njemu. Nenad nekoliko puta pade. Više nije znao u kom pravcu idu, niz brdo ili uz brdo, i koliko već idu.

Šuma odjednom prestade. Ivica joj je, ravna, tekla uporedo sa železničkom prugom, koja se videla na nekih četrdeset koračaji dalje. Prugom su išla tri vojnika pod opremom. Dugi zelenkasti šinjeli, okrugle kape sa vizirom: Bugari. Deca ih, ležeći i cvokoćući zubima, otpratiše pogledom. Zora je, posle svetle noći, bila siva i hladna. Puzeći domogoše se pruge, provukoše se kroz propust na drugu stranu i, puzeći dalje, uđoše u redak neobran kukuruz, koji je šuštao sam od sebe. Od straha da ih vojnici ne primete, oni nastaviše još neko vreme da se provlače četvoronoške. Nenad sede.

— Ja ne mogu više. — Oči su mu bile pune suza.

Stojan ga diže.

— Još malo. Uhvati se za mene.

Oni uskoro izađoše iz kukuruza: uska, ali na tom mestu brza i nadošla, hujala je pred njima Morava. Stojan skrete nadesno i, držeći se gustog vrbaka, uskoro izbi na nasip od jaza.

— Bolje da uđemo u vrbak i da čekamo. Možda ih ima već i u vodenici.

Nenad posluša. Oni u velikom luku zaobiđoše celu dužinu jaza i nađoše se na jednom malom uzvišenju prema vodenici. Vodenica nije mlela; iz nje se nije čuo nikakav šum; jedino se voda, cepajući se, prelivala preko zatvorene brane. Deca priđoše malo bliže.

— Vidi... — Nenad izgubi glas; izbuljenih očiju, drhteći celim telom, zurio je prema vodenici: na izbijenim vratima vodenice visio je jedan čovek; konopac je bio toliko kratak da je teme skoro doticalo gornju gredu.

Stojan je posmatrao jedan čas. Lice obešenog bilo je okrenuto na drugu stranu, ali se po stasu i odelu videlo jasno da je obešeni mlad čovek.

— Ono nije deda.

Nenadu laknu, iako nije znao zbog čega. Ponovo se vratiše u vrbak.

— Šta ćemo sad?

— Ne znam.

Vrbak je bio redak. Jutro je naglo dolazilo. Jarko rumenilo lizalo je već jednu stranu neba. Prema još tamnim padinama planinskim, Morava je svetlela prelivajući se.

— Mogu nas videti. Ustani.

Nenad se ne pomače: spavao je. Stojan ga pusti malo, pa ga onda probudi. Nenad, iako bunovan, poslušno pođe. Obala je bila na tom mestu puna vrtača. Stojan izabra jednu, potpuno obraslu vrzinom, na jedno sto metara uz vodu, tačno nasuprot onoj strani kojom se prilazilo vodenici. Tu nije bilo ni staze ni prilaza. Skliznuvši u jamu, šibani prućem po licu, oni padoše posred vreža kupine. Najzad se iskobeljaše nekako i smestiše pod gomilom suhog lišća, uz jedno trulo vrbovo stablo, koje ih sasvim zakloni. Zatrpani lišćem, stisnuti jedan uz drugog, odmah zaspaše.

GLAVA DRUGA

GLAD

Proleće je Bajkićeve zateklo u tuđem stanu, jer je njihov bio razlupan, opljačkan i zagađen: ormani provaljeni, perje iz jastuka prosuto po podu zajedno sa pocepanim knjigama, razlupanom staklarijom, zidovi uprljani izmetom, a prozori zatvoreni daskama. Sve stvari zajedno, što su mogle biti izvučene iz tog đubreta i rojeva buva, nisu mogle da popune ni jednu sobu.

Nenad je pobolevao cele zime, prezdravljao i ponovo padao u bolest. Kroz prozor velike sobe, smeštene pod sam krov jedne sive i hladne prizemne kuće, ležeći u postelji, Nenad je dočekao da trešnja, čiji se rascvetani vrh lelujao danima pod samim prozorom, zarudi. Polako povrati boju, živahnu, poče bolje da jede: ostajao je, ne osećajući slabosti ni u nogama ni u glavi, kraj prozora čitave sate.

Jasna je pre zore odlazila, zavijena u šalove, jer su jutra još bila sveža, u rejon za brašno; ili, što se dešavalo ređe, u cubokanu za cubok. Vraćala se u podne premorena, sa nešto malo namirnica, ali češće bez ičega. Živeli su od poslednjeg srebrnog novca i poslednjih srpskih novčanica, već žigosanih austrijskim pečatima; i od engleskog konzerviranog mleka, čije su poslednje kutije otvarali sa žaljenjem. Tih dana dobiše prvu kartu iz onog drugog sveta: kum se javljao iz Ženeve. O Mići nije govorio ništa. Jedna rečenica bila je izbrisana od cenzure. Možda je ona javljala o Mići. Tri dana su se Jasna, staramajka i Nenad uzalud trudili da ispod crnog tuša pročitaju zabranjenu rečenicu. Najzad se složiše da se slovo „M" vidi jasno. Jasna je čak uveravala da vidi i slovo „Ć". Da je štogod... cenzura ne bi imala razloga da briše. Znači, živ je.

Nenad je postao sve nestrpljiviji. Jasna ga najzad izvede jednog lepog i toplog dana, punog zujanja pčela. Kvadratno kaldrmisano dvorište imalo je na sredini malu baštu, ograđenu niskom žičanom ogradom. Nenad je pogledom tražio trešnju: bila je iza visokog surog zida, nepristupačna. Dvorište mu se učini odjednom neljubazno i prazno. Ono je to, i pored rascvetalog belog jorgovana, i bilo: sa tri strane gledali su u njega stanovi; sa četvrte onaj slepi zid po kome je nekada, vodenim bojama, bila namolovana šuma sa potokom (ili tako nešto, nije se videlo dobro, jer su boje bile izbledele; a i lep mestimice opao).

Svež vazduh brzo zamori Nenada. On pogleda niz pustu ulicu Prote Mateje; pogled mu se zadrža začas na praznoj stočnoj pijaci s one strane Aleksandrove ulice i odande ga ponovo vrati na neljubazne i hladne kuće, od kojih su neke imale zakucane prozore. U tom kraju Beograda Nenad nikad nije bio. Njemu se učini kao da i nije u Beogradu. U glavi mu se mutilo. Jasna ga vrati u dvorište. Na klupi je sedela, sunčajući svoje od reumatizma otečeno telo, mlle Blanšet. Sa čudnim malim šeširom od crne svile, u čipkanim rukavicama bez prstiju, sva umotana u neke crne pozelenele pelerine, potpuno seda, ona je žmirkala suznim i izbledeloplavim očima prema suncu.

— Ah, le voilà... gotovo bolestan, bonjour, mon petit.

Stara devojka pruži Nenadu svoje čvornovate i izobličene prste.

— Bonjour, mademoiselle... — promuca Nenad, neobično uzbuđen što zna toliko francuski. On sede sa Jasnom kraj mlle Blanšet.

— Bon, tout va bien.

Starica se izvinjavala što nije dolazila da obiđe mališana.

— Ja mnogo teško ide... j'ai des douleurs et je souffre, oh, mon Dieu, je souffre! — Ona se osmehnu svojim plavim očima. — Kad bila mlad, oui, ja mnogo putovala, bila u Konstantinopl, u Rusija, en Russie, učio decu od comte Balabanoff, oui, jeune homme, j'ai enseigné le français aux enfants du comte Balabanoff et maintenant... a sad ne mogu da se popenjem jedan sprat.

I onda, zaboravivši na sve oko sebe, stade pričati, teško, s naporom, mešajući srpski i francuski, o svome životu u Rusiji, kako je bila mlada i lepa i sa mladim grofom Balabanovim, koji je tada imao četrnaest godina, na jednoj božićnoj zabavi odigrala mazurku, i kako je mlade grofice izvodila u šetnju na konjima, i kako je i sama odlično jahala i imala divnog malog ponija, i kako je sve to bilo exquis, mais exquis, kako su mladi grofovi i grofice porasli i ona pošla za guvernantu kod kneza Goluhovskog u Carigrad, il était vraiment un grand seigneur et beau, mais beau! i kako je kneginja pobegla sa nekim Englezom, a lepi knez se udavio u Bosforu, i kako je onda ona došla u Srbiju sa njegovom ekselencijom Yovanovitch i tu ostala, mon Dieu, i sada ima reumatizam i živi u suterenu...

Pojaviše se i drugi susedi: gospođa Ogorelica, živahna žena ispijena lica, bolesno svetlih očiju, mršavih nogu, u velikim razgaženim i pocepanim sobnim cipelama; iza nje izviri jedno žgoljavo i šiljato stvorenje, izraslo iz haljina, koje su joj ostavljale gola čvornovata kolena i dugačke dečačke ruke: Bujka je imala zamršenu kosu, ispod koje su sevala dva krupna crna oka; starija kći gospođe Ogorelice dođe nešto kasnije iz varoši, vukući za sobom vrećicu brašna: Lela je bila neispavana, tamnožutog duguljastog lica, izgužvanog kaputa i suknje uprskane blatom. Profesor Marić pokaza na prozoru svoje ispijene obraze, obrasle u neuređenu plavu bradu, a njegova žena istrča na dvorište. I svi se obradovaše Nenadu i njegovom ozdravljenju.

— Mora sada samo bolje da se hrani, ubledeo je mnogo, a raste — primeti gospođa Ogorelica. — To vam je isto kao sa mojom Bujkom. Molim vas, na šta mi dete liči ovako?

— Da se bolje hrani, da se bolje hrani... — promrmlja Marićeva brada sa prozora. — Svi bismo mi morali da se bolje hranimo.

Lela ponudi Nenada parčetom šećera, ali joj gospođa Ogorelica uze fišek iz ruku, ocepi parče hartije i u njega stavi tri komadića:

— Bolje ovako, neka mu mama skuva šerbet.

— Nemojte gospođo, imamo još malo šećera — umeša se Jasna.

— Svejedno, svejedno... ovo od tetka-Mare. Samo uzmi, dete moje... — Gospođa Ogorelica je bila neobično mila žena. — Sva deca vole šerbet; to vam je isto tako kao i sa mojom Bujkom; a šerbet je i hranljiv i čini dobro grudima.

Nenad se snebivao. Najzad, pogledavši pre toga u Jasnu, on primi hartijicu.

— Hvala, gospođo.

Lela je vraćala kupone mlle Blanšet.

— Mora se lično, madmoazel, nisu mi hteli dati vaš deo. I molila sam, ali nisu dali.

— Bon... les assassins! On crevera! — Onda, kao izvinjavajući se: — Ne mogu da stojim, je ne peux pas, je ne peux pas, mon Dieu!

— Za danas je dosta — reče najednom Jasna, koja već nekoliko časaka posmatraše Nenadovo bledilo. — Dosta, sine, sutra ćeš opet izaći. Zahvali još jednom gospođi za šećer. Tako.

Nenad usta sa klupe: celo dvorište se polako ljuljalo, levo, desno. Naročito je slabost osećao u nogama. Profesor Marić dovikun za njim da će mu sutra dati novu knjigu, pa zatvori prozor. Gospođa Ogorelica uđe u svoj stan, gospođa Marić u svoj. Bujka, sa kućnih vrata, otprati ih svojim oštrim pogledom, koji je dolazio odozdo, prolazeći kroz pramene pale kose. Na klupi ostadoše samo Lela i mlle Blanšet. Mlle Blanšet se sećala kako se kod grofova Balabanovih, chez les comtes Balabanoffs, dočekivao Božić i Nova godina, i kako je ona tada bila mlada i lepa, i kako joj je mladi grof trpao u tanjir sve nove i nove kolače, i kako se ona, mon Dieu! smejala i branila, i gušila jedući na silu ove kolače, i kako je sve to bilo exquis, mais exquis! i kako je posle toga odigrala sa mladim grofom mazurku... Lela se diže i u poslednjem trenutku sustiže Jasnu.

— Gospođo...

Stepenice su bile prazne. Jasna se naže nad ogradu.

— Spremite se posle ručka... čula sam, jedna žena na Smederevskom đermu zaklala svinju. Znam gde je. Samo... — Lela se bledo osmehnu i stavi prst na usta. — Već nas četvoro zna.

Jasna je disala uzbuđeno.

— Da li će biti mesa?

— Ne znam... možda.

Devojka žurno ode.

Vrata se iza Nenada i Jasne otvaraju. Pred njima stoji vitka mlada devojka, krupnih crnih očiju, lepog belog lica bez ijedne pege, u plavoj suknji i beloj bluzi; u ruci joj malo pseto, koje se otima i kevće, dok se devojka trudi da mu za ogrlicu što zvecka zakaši kaišić.

— Oh, mali komšija... Dobar dan, gospođo — uzvrati devojka Jasni pozdrav. — Sada mu je dobro, je l'te, sasvim dobro? — Ona zastade, osmehnu se Nenadu, dotače ga belim prstima, koji su lepo mirisali, po obrazu.

— Kako se radujem!

Pseto onjuši Nenadu cipele, on pruži ruku psu, psetance je liznu. Devojka se začudi.

— Ami nikog, baš nikog ne trpi; muke imam sa njom kad neko dođe.

Ami je skakala sada uz noge Nenadu, skičala, velikim crvenim jezikom pokušavala da dokači Nenadovo lice.

— Dosta, Ami, mir, Ami...

Lepa devojka poteže kaišić, osmehnu se još jednom i ode.

Jasna pri svim tim osmesima i uzvicima ostade ozbiljna. Nenad primeti njen pogled kojim otprati devojku niz stepenice, i taj pogled mu pomuti malo zadovoljstvo od susreta. Lepa i mila devojka! I kako je čista, i divno miriše! Tako mirišu samo vrlo bogate i vrlo fine dame. To je, dakle, gazdaričina kći. Njihov stan nije ni opljačkan ni rekviriran. I ova kuća, i još druge dve su njihove. U stanu sada ima, jamačno, starih ormana od uglačanog drveta, mekih zastirača, svilenih fotelja. Nenad je voleo stare stvari, čije se drvo preliva u polumraku velikih soba. Voleo je svirku klavira, koja bi ponekad, zagušena, dopirala i do njih gore. Stara gospođa nije se družila ni sa kim. Živela je sa svojom lepom kćerkom u svojim sobama; kada bi se pojavila u dvorištu, javljala bi se ljubazno ali uzdržano. Služila ih je jedna suva gluhonema žena. Neki ljudi, i žene, s vremena na vreme, dolazili su i krišom unosili u kuću vrećice namirnica. Iz Guvernemana dolazili su činovnici koji su vrlo uljudno kucali na vrata, ulazilli i vrlo brzo odlazili. Kod drugih, kao kod profesora Marića, otvarali su vrata udarcem cokule ili kundakom. Sve te naslućene veze, ta udobnost u vreme opšte gladi, onda uzdržanost gospođe Lugavčanin, koja nikad ne pita svoje stanare kako izlaze na kraj, nego se samo ljubazno javlja i prolazi, bili su od drugog sveta: sitni svet stanara i suseda nije ih voleo. Ogovarao ih je. Izbegavao. Mada su Nenadovi bili novi a ne stari stanari, ipak Jasnu zabole ravnodušnost otmenih dama: za celo vreme Nenadove bolesti jedino one ne upitaše kako je Nenadu; niti mu poslaše ma kakve ponude, jedno jaje, malo masla. Jednom samo, jedne strašne noći, dok je Nenad buncao u bunilu, staramajka beše zakucala na vrata gospođe Lugavčanin moleći jednu, makar jednu jedinu kriščicu limuna. Gospođa, iako uznemirena u snu, lično je otišla do trpezarije, gde se u staklenom udubljenju zelenilo veliko limunovo drvo, sve okićeno, kao jelka za Božić, teškim zlatnim plodovima; pažljivo je birala pre nego što će otkinuti dva zrela limuna. Bila je ljubazna i dostojanstvena. Tada je rekla:

— Daće Bog, sve će biti dobro... Ako vam zatreba još koji, samo tražite.

Jasnu i staramajku bi sram da traže više, gospođa Lugavčanin sama, međutim, ne posla.

— Malom je bolje? — upitala je jednom, kada se srela sa Jasnom na vratima.

niz stepenice u žuta zatvorena vrata mlle Blanšet. Lela polako silazi, kuca. Tišina. Kuca ponovo, a onda proba kvaku. Vrata su zaključana.

— Madmoazel, madmoazel... — zove prigušeno, zatim sve jače; najzad lupa pesnicama u vrata.

Tišina.

— Treba izvestiti koga — veli Marić, koji sa svoga prozora prati šta se u dvorištu događa.

Bujka trči do Bajkićevih, i ovi se odmah spuštaju. Nenad trči da nađe žandarma, Jasna kuca na gazdaričina vrata.

Najzad se pojavljuje i vlast. Pred suterenskim vratima se drži dogovor. Namrgođeni Bosanac udara kundakom, ali vrata ne popuštaju.

Vreme prolazi. Stigao je još jedan stražar, i on sa onim prvim sasvim lako izvaljuje vrata. U lice im udara strahovit smrad; oni prvo zastaju, pa tek onda ulaze. Na postelji, zatrpana prljavim krpama i pocepanim jorganom, leži nauznak mlle Blanšet, naduvena i tamna lica, poluotvorenih pocrnelih usta. Kraj kreveta stolica. Na stolici šerpica u kojoj još ima malo prljavog, iz zemlje izvađenog, proklijalog krompira.

— Viđi stare!... — uzviknu jedan žandarm.

Drugi za to vreme, zaklonjen priklopljenim vratima, skida sa zida mali zlatan sat na dugom, tamnom, starinskom lancu. Poslednja uspomena na comte Balabanoff.

Po drvenim stepenicama čulo se lupkanje teških vojničkih cokula. Onda se odmah začulo grubo kucanje u vrata i kvaka se pod nečijom rukom spustila.

— Halo... vi ste ta učiteljica? — i neljubazni vojnik pokaza prebledeloj Jasni cedulju na kojoj je bilo napisano njeno ime, podvučeno sa tri crvene crte. — Krenite sa mnom. Šnel, šnel!

Jasna se nije usuđivala da upita kuda. Ona navuče kaput, zaboravi da poljubi Nenada i pođe za vojnikom. Čim ona izađe, staramajka poveza oko glave svoj crni veo, posla Nenada da pazi na koju će stranu otići Jasna i vojnik. Zatim brzo napravi zamotuljak sa toplom preobukom, u koju zavi malo hrane, pa i sama potrča na ulicu. Na uglu je stjao Nenad i mahao. Kada ga staramajka sustiže, Jasna se već spuštala Aleksandrovom ulicom, drvoredom mladih lipa. Tako je dopratiše do Guvernemana, gde vojnik uvede Jasnu.

U hodniku vojnik predade Jasnu drugom vojniku, a sam sa onom ceduljom nestade iza jednih vrata. U hodniku je čekalo još nekoliko naših ljudi. Časovi su se otezali, mučni, neizdržljivi. Nju su noge jedva držale.

Iza onih velikih vrata sedeo je za širokim stolom mlad oficir, glave nagnute nad akta. Jasna vide u prvom času samo jedno meko teme, obraslo tankom, svileno-plavom kosom. Kosa je bila podeljena tačno na sredini pravim razdeljkom. Razdeljak je na vrhu temena prelazio osetno u prvu ćelavost. Oficir diže glavu. U rukama je okretao jednu poštansku kartu, ispodvlačenu ovde-onde crvenom olovkom.

— Ovo ste vi pisali? — dva hladna plava oka gledala su tačno u Jasnino čelo, i to još više uznemiri Jasnu, koja nije uspevala da sretne pogled tog čoveka.

— Da, gospodine.

— Ko je taj Slobodan Uglješić?

— Moj kum, gospodine.

— On vas krstio ili vi njega?

— Ne, gospodine, ni jedno ni drugo. Moji roditelji venčali su njegove roditelje.

— Pa to i nije pravo kumstvo.

— Mi se smatramo kao kumovi, gospodine.

— Otkud to ime: Slobodan? To nije kalendarsko ime? Njegovi su roditelji bili, znači, velike patriote? Možete li mi reći gde su, šta su?

— Oni su umrli, gospodine.

— A taj Slobodan Uglješić, šta je on?

— Viši činovnik Ministarstva finansija, gospodine.

— Bio!

Oficir se nasmeja na svoju dosetku. Dva zlatna zuba, koji blesnuše kroz osmeh, unakaziše mu izraz. „Nije moguće da je zbog ovoga", mislila je Jasna. Šake su joj bile vlažne. Ona je sva ceptela. Vreme je prolazilo sporo, dok je oficir neumorno ponavljao sve nova i nova pitanja. U jednom trenutku tišine časovnik na zgradi izbi jedanaest. Kroz prozor je ulazio sunčan dan. Sa svoga mesta Jasna je mogla da vidi bronzani potiljak Kneza Mihaila.

— Mića... ko je to Mića?

Jasna je odgovarala kao u bunilu.

— Student?

— Da, gospodine.

U nekoliko mahova Jasna primeti da oficir zna sve o njoj, o porodici, i da ovo što pita čini bogzna iz kojih razloga. I dok je ona razmišljala, oficir odjednom upita:

— Kakav je bio njegov položaj u Narodnoj odbrani?

Jasna se žacnu.

— On nije...

— On jeste — tvrdo prekide oficir. — I drugo, on i sada nije u redovnoj vojsci, već u komitama.

— Oh, ne, gospodine, ne, on nije u komitama.

— U dobrovoljcima, to je isto. Zašto ne služi u redovnoj vojsci?

— Jer je bio odbijen kao nesposoban, gospodine.

Oficir se ponovo nasmeja. On uze kartu:

— Možete li mi objasniti šta ovo znači: *O Mići ne znamo ništa, javi nam kao o detetu. Mati brine?* Zašto ovo „kao o detetu"? Kakve su to misterije? Ko je to „majka"?

— Moja mati, gospodine.

— Ovo „kao o detetu" nije jasno. To vam je neka šifra. Zašto da vam javi „kao o detetu"? Da to „majka" ne znači Srbija? Ko je onda „dete"?

Jasna je gledala ispred sebe i ništa nije videla. Ona ne odgovori.

— Ukoliko budete manje uporni, utoliko će Uprava okupiranih oblasti biti manje stroga sa vama. Priznajte da su ovo ugovoreni znaci. Kakvi su ovo znaci? Šta pod njima treba razumeti? Skrećem vam pažnju da ćemo, ako mi sami dešifrujemo ovu vašu šifru, sa vama u tom slučaju postupiti kao sa veleizdajnikom.

— To nije šifra, to nije šifra, verujte!... — mucala je Jasna.

Časovnik izbi pola. Na jedna sporedna vrata bez kucanja uđe jedan lepo odgojeni gospodin, pogleda kosimice u Jasnu i priđe stolu. On izmenja nekoliko reči na nemačkom sa oficirom i ponovo pogleda u Jasnu. Jasna tek tada prepoznade čoveka i strašno se zbuni. I čovek se trže. On okrete leđa da ne mora gledati u Jasnu i nastavi prekinuti razgovor. Jasna je sa svoga mesta mogla videti potiljak Kneza Mihaila. Pod tim spomenikom, jednoga dana 1908. godine, okrenut svetini pod zastavom, jedan mlad čovek, razbarušene pesničke kose, zažarenog lica, sa rukom na srcu, recitovao je svoje stihove:

Mi, junačka deca ove dične zemlje,
Mučene, davljene od dušmana naših,
Krenućemo tamo gde nas roblje zove,
K'o jedan, bez straha od topova vaših!
Herceg-Bosna
Biće ponosna!

Sada taj čovek govori nemački, oslonjen sasvim slobodno o sto austrijskog oficira. A onoga dana uveče, 1908, ulicama je išla povorka mladića-dobrovoljaca, pevajući narodne pesme i tražeći pred Dvorom i ruskim poslanstvom otetu Bosnu, dok se trobojna zastava vila u rukama toga istoga čoveka. U redovima je bio i Mića, dečko od sedamnaest godina, kome je trebala pismena dozvola od majke da bi bio primljen u četu. Sećala se Jasna i drugih dana, proslava svetosavskih, pomena vidovdanskih. Sećala se poseta koje je taj čovek, mnogo stariji od Miće, činio ovome. Sećala se...

— Bilo bi bolje da objasnite svoj slučaj — oficir je ponovo govorio očiju uprtih u Jasnino čelo.

Jasna se trže, onda brzo dođe k sebi i odluči:

— Dobili smo jednu kartu. U njoj prebrisan red. O bratu ni reči. Od prošle godine, od povlačenja, ne znamo o njemu ništa. Drugi brat poginuo na Rudniku, četrnaeste, mati tuguje, ja brinem, pa iz straha da zbog imena ponovo ne izbrišu red...

Jasna stade. Ona je sva osuta znojem, kolena joj klecaju, u slepoočnicama gromko udara bilo.

— Tako, tako... — oficir kucka lakovanim noktima o politir stone table i pri tom pogleda u gospodina, nekada Dragutina, a sada „Karla" Šunjevića, koji stoji nepomičan. Oficir se najzad odlučuje na jednu nemačku reč gospodina Šunjevića, ustaje od stola: — Vaš iskaz ćemo proveriti. Idite i čekajte. Zabranjuje vam se da ostavite Beograd makar i za dvadeset i četiri časa. — I belom rukom odmahuje ka vratima.

Obnevidela, Jasna prolazi hodnicima, spušta se mramornim stepenicama... Napolju, na suncu, hvataju je pod ruku staramajka i Nenad i polako se vraćaju kući.

— Idite i čekajte.

To sada znaju i staramajka i Nenad. U glavi im zuji: idite i čekajte. Šta?

Ono najgore.

Na svaki korak koji se začuje na stepenicama, Jasna se trza. I sa njom staramajka i Nenad. Napregnuto slušaju sve dok se koraci ne zaustave pred gazdaričinim vratima, ili dok ne poznaju lake korake Bujke ili Lele; a onda odahnu, iako ne progovore ni reči; prave se kao da i nisu osluškivali. Kada Jasna stigne iz rejona, u njenim očima je toliko jasno izraženo pitanje (koje se ona opet ne usuđuje da postavi), da staramajka sama, i to kao uzgredno, kao nevažno, saopštava:

— Ne, niko nije dolazio.

Toliko su se navikli na to osluškivanje, a sve u strahu da ne prečuju one strašne korake, da su skoro prestali da govore glasno. U tišini kuće čulo se onda prigušeno sviranje gospođice Marije, njeno pevanje skala, udaljeno lajanje male Ami. Kroz te nestvarne, zagluhnute glasove tišina kuće postajala je nepodnošljiva. Nenad bi svaki čas, ušavši iznenada u sobu, zaticao Jasnu kako, glave zagnjurene u jastuke minderluka, beznadežno jeca.

Ovoga puta koraci su bili tuđi: drveno stubište je odjekivalo od bata muškog koraka, pragovi škripali, čovek se peo bez zastajkivanja, hitro, odlučno. Začudo, kucanje je bilo pažljivo, bez grubosti. Navikle da se vrata otvaraju i bez odobrenja, ni Jasna ni stararmajka na kucanje ne odgovoriše. Kucanje se ponovi. Najzad, staramajka nesigurno priđe vratima i, pošto je časak uzalud drhtavim rukama tražila bravu, otvori polako. Pred vratima je, sa šeširom u ruci, osmehnut, stajao gospodin Šunjević.

— Opet on! — uzviknu poluglasno Jasna, zastajući ukočeno iza stola, licem prema vratima na koja je neko pažljivo kucao.

Prvi put gospodin Šunjević donese jednu kartu od kuma. „Da vas iznenadim... inače biste čekali na nju još nekoliko dana.” Ovoga puta on donese izveštaj da je istraga protiv Jasne obustavljena. Staramajka se zaplakala, zahvaljujući.

— Oh, draga, draga gospođo, čemu... to je moja dužnost! Zbog toga, vidite, zbog tih malih pomoći našima... zar bih inače mogao da primim na sebe da služim tuđinu i neprijatelju? Ja znam šta o meni misle, ja osećam na sebi prezrive poglede, ja povijam šiju; šta mogu, svi izgledi su protiv mene — on položi ruku na gudi: maljava ruka mu je bila iskićena skupim prstenjem — ali je moja savest čista, nosim svoj krst zajedno sa nacijom — svi mi, svaki na drugom frontu, bijemo istu bitku.

Gospodin Šunjević imao je čak suze u očima. Sedeo je, tragično naslonjen na ivicu stola, zgrčenih prstiju u razbarušenoj kosi. Onda se trgao, osmehnuo nekako bolećivo, kao izvinjavajući se za trenutnu slabost, ustao i počeo da se oprašta. Staramajki je poljubio ruku obećavši joj da će gledati da preko Crvenog krsta ispošlje oglas u neke švajcarske novine i da tako potraži vesti o Mići. I onda, već na vratima, kao uzgred, on upita imaju li kupone za mleko.

— Ne, nemamo... — uzdahnu Jasna, pogledavši brižno na Nenada.

— Ni vama ne bi škodilo malo mleka. Izgledate suviše malokrvni. Do viđenja.

Jasna i staramajka ostadoše u nedoumici. Nisu umele dovoljno da se raduju lepom glasu koji behu čule. Briga gospodina Šunjevića smetala im je — a nisu znale zašto.

— Izgleda krasan čovek — reče staramajka bez ubeđenja i topline u glasu.

— Izgleda...

Gospodin Šunjević nije nabavio kupone, ali posle nekoliko dana donese lično dve konzerve mleka, pola kilograma šećera i malo masla. Bio je zadovoljan sobom, pričao skoro celo vreme sam, popušio cigaretu bez crne kafe (jer u kući je nije bilo) i otišao već u sam suton.

Sutradan se pojavio opet i, u smehu, iz džepa izvukao kesicu sa crnom kafom.

— Ovo za mamu, za staru mamu, koja sigurno mnogo pati bez kafe — šalio se.

Staramajka se strašno zbuni. Nije htela da primi.

— U ovo vreme...

— Ne, čekajte, draga, draga gospođo, da ne bi izgledalo... eto, skuvajte, i ja ću rado popiti. U stvari, to je kao da ste došli k meni na kafu, samo što ja ne umem da kuvam.

On sede za sto. Beše skinuo proletnji mantil, ugodno se namestio, ponašao se kao kod svoje kuće; staramajka je, iako se Jasna mrštila, morala da skuva kafu i da ga ponudi. I same one, Jasna i staramajka, popiše sa velikim uzbuđenjem davno željenu crnu tečnost.

Gospodin Šunjević je počeo dolaziti iz dana u dan. Uvek je donosio po nešto. Kada bi se Jasna protivila, on bi se osmehivao i odgovarao:

— Pa ja i nisam doneo za vas; vi se možete i pomučiti; ja sam doneo za moga malog prijatelja.

Pored sve ljubaznosti gospodina Šunjevića, Nenad ostade prema njemu nepoverljiv. Svaki njegov osmejak činio mu se lažan, podozriv. Kada ga jednog dana gospodin Šunjević privuče k sebi da bi ga pomilovao i podigao u krilo, Nenad se poče žustro otimati. Ukoliko se on više koprcao, utoliko ga je gospodin Šunjević, uz smeh, jače stezao.

Jasna se zbuni.

— Nenade, zaboga!

— O, ništa, ništa — govorio je gospodin Šunjević, pokušavajući da smehom i šalom prikrije svoju trenutnu smetenost. Mrskost ispuni i njega. „Čak i deca!", pomisli gnevno, jer ni za čas ne posumnja u prirodu Nenadovog opiranja. Njegovo glatko izbrijano rumeno lice preli se tamnim rumenilom; pod maskom osmeha igrali su mu mišići čvrsto stegnutih vilica.

— Valjda me ne mrziš? — šalio se dalje gospodin Šunjević, u strašnoj tišini sobe, gde se čulo naporno disanje priklještenog Nenada.

Na užas Jasnin, Nenad odgovori:

— Mrzim, mrzim, pusti me!

I pre nego što su Jasna i staramajka mogle da pritrče, on dograbi zubima ruku gospodina Šunjevića, divljački je ujede i, pušten, namah odskoči; pa jurnuvši vratima, odakle još jednom dobaci: „mrzim", izjuri iz sobe.

— Ništa, ništa! — mirio je krečnog lica gospodin Šunjević. — Detinjarija! — On poćuta i mrgodno, pokrivši opet lice maskom ružnog osmeha, dodade: — Detinjarija razmaženog patriotizma.

Kada je iz razvaljene kuće preko puta, u čijim se podrumima skupljala dečurlija iz celog kraja, video da je gospodin Šunjević otišao, Nenad, još uvek u drhtavici, pokorno se vrati u sobu da primi kaznu.

Jasna i staramajka su imale uplakana lica. One ne rekoše ni reči Nenadu. On se uvuče u najtamniji ugao sobe, gde stade misliti o svemu: o onim strašnim rečima koje mu je jutros doviknuo Mile Glavonja o njegovoj majci (Nenad je skočio Glavonji za gušu, ali je uspeo samo toliko da ga Glavonja, kao jači, pored pretrpljene uvrede još i izmesi); zatim je mislio o čestim posetama gospodina Šunjevića, a najviše o tome da ga Jasna, za njegov nečuven postupak, nije ni rečju ukorila. Jasna je morala biti saglasna s njim. I ona je mrzela gospodina Šunjevića. Zašto onda ne izrazi tu saglasnost bar jednom jedinom rečju? Nenad ostade u nedoumici, uznemiren i nesrećan sve do polaska u postelju. Jasna ga, međutim, prekrsti, a onda primi zamišljeno njegov vreli poljubac, zadržavši ga dugo u naručju. U mraku Nenad je više naslutio nego što je čuo kako Jasna šapuće:

— Dobro moje dete, dobro moje dete...

Sutradan gospodin Šunjević dođe kao i obično. Nenad to popodne nije bio kod kuće.

Topčiderski park, napušten, bio je sav u cvetu raždikljalog bilja. Na mostu, pred železničkom stanicom, pred Konakom, šiljbočili su stražari poljske žandarmerije. Sakriveni zelenilom, drvari su kopali po zemlji, tražeći suvarke. Bilo ih je svuda: po Košutnjaku, sve do Rakovice, po padinama oko Kaznenog zavoda, po vinogradima više Topčiderske crkve. Na prvi pogled sve je bilo pusto. Tek pažljivo oko otkrilo bi kako tamnim ivicama šuma, pod senkom drveća, promiču pogrbljene prilike; tek pažljivo uho uhvatilo bi u dubokoj tišini suhi prasak slomljene grane.

Toga dana Nenad je sa Mikom-Zrikom, Lelom, Žikom-Vrapcem i još jednim većim dečakom od ranoga jutra proveo u šumi sa desne strane Topčiderske reke. Breg je, iza Rasadnika, bio prvo pokriven jelama, koje su, svojim mrkim zelenilom, okružavale dve usamljene vile. Dalje, idući padinom, u pravcu prema Rakovici, šumica je bila grabova i cerova, još mlada, više šikara nego prava šuma. I tu, u jednoj uvali, družina beše otkrila pravi majdan drva: nekada, ne davno, sudeći po belini panjeva, tu je bilo oboreno dvadesetak velikih hrastova i tu na mestu otesano; zemlja beše pokrivena debelim, suhim i zdravim iverkama. Dva dana družina je izvlačila iverke, nabijala u džakove i nosila. Iz šume su izlazili zaobilazno, i vrlo pažljivo, da ih drugi ne opaze i ne otkriju njihov majdan.

U želji da što više ponese, Nenad se beše pretovario. Iako je sa odmorišta polazio prvi, do drugog bi uvek stizao poslednji. Odmorišta su bila određena ne samo po daljini, već i po zgodnosti samog zemljišta: zemlja je morala biti strma, najbolje kakav zid, nagib, šanac, da čovek bez napora može da se nasloni, opruži za časak, i isto tako bez napora digne. Na celom putu samo su se na jednom mestu odvezivali konopci, kod gornje dve topčiderske česme, pre strmog i najtežeg uspona. Tu se obično i jelo, ko je šta imao, uz neizostavno umivanje na česmama i uz pijenje vode. Tu su pojedine družine dočekivale svoje zaostale, tu su se tovari pregrađivali, tu se bremena naročito dobro stezala ukrštenim konopcima preko grudi. Mesto je uvek bilo bučno, uvek je neko pomagao nekom drugom da bolje pritegne konopce, dodavao ruku da ustane, ili se, oznojen i premoren, otimao o šačicu vode.

Lela je bila brižna. Ona posla Zriku unazad da vidi šta je sa Nenadom. Zrika strča niz putanju u park i više se ne vrati. Lela ostavi onog najvećeg dečaka kod vreća i krete i sama sa Žikom-Vrapcem u potragu za onom dvojicom. Tako prođoše kraj zapuštenog vodoskoka, spustiše se u nizinu i izbiše na čistinu, gde pod velikim platanima stoji niska kamena česma. Oko česme stajala je gomila rastovarenih žena, nagnutih nad nečim što Lela nije mogla videti. Ali, pre nego što priđe gomili, ona se rastvori i iz nje, bela lica, mokre kosice, niz koju mu se cedila voda, izađe Nenad. Zrika je bio sa njim. Kada Lela priđe, žene su još raspravljale:

— Legao da se odmori na ravno, ženo, pa kad je hteo da ustane, a konopci se stegli... Sav je bio plav, kao čivit; da ne presekosmo konopce, udavi se.

Za to vreme Nenad je neveselo stajao kraj svoje vreće, iz koje su žene, da bi mu olakšale teret, vadile najlepše cepke.

Iako se brzo oporavio, Nenad sa drvima ipak stiže kući docnije nego obično. Podne beše uveliko prevalilo i oštre senke počele se dužiti preko ulice. On na kapiji još jednom zakle Lelu da ništa ne priča ni svojima ni njegovima, a onda polako uđe u kuću i na stepenicama odveza svoj džak. Pošto se malo izduva i istegli ruke i noge, Nenad skide kapu i prstima nekako dotera razdeljak na kosi. Tek posle toga on se poče peti strmim stubištem, vukući za sobom, sa jednog stepena na drugi, svoju vreću sa drvima. Njegovo trapkanje obično bi čula Jasna i izlazila iz sobe da mu pomogne da unese doneta drva.

Ovog puta Nenad stiže i do drugog odmorišta, a iz sobe ne izađe niko. To ćutanje žacnu Nenada. On ostavi drva na banku i hitro ustrča do vrata. Ruka mu je već bila na kvaki, kada ga presekoše glasovi.

On se zadrža u pokretu, zaustavi dah... Kroz vrata je dopirao zagušen i brz govor muškarca, koji je nešto dokazivao. Nenad poznade glas gospodina Šunjevića. I odmah zatim, glas Jasnin:

— Nikada, izlazite odavde, izlazite!

Ali, čovek nije prestajao da govori, kao što ni Jasna, čiji je glas bio sve oštriji, da odbija. U sobi načas nasta tajac; onda se začu jak udar, kao kada se stolica prevrne, a odmah zatim Jasnin vrisak, naglo ugušen. Nenad, van sebe, grunu u vrata i ujuri u sobu. Video je kako gospodin Šunjević odskoči od stola kraj kojeg je, skoro oborena, ležala Jasna. Jasna se uspravi, i suho, promuklo, ukazujući prstom na otvorena vrata:

— Izlazite napolje! Možete me internirati, vešati, što god hoćete, svejedno mi je!

Gospodin Šunjević je stajao crven, zakrvavljenih buljavih očiju, napit. On šiknu snažno na nos, osmehnu se zlo, dohvati sa poda svoj šešir i žurno izađe iz sobe. Jasna je gledala kako odlazi... i sa njim zajedno brašno, paketići masla, šećer. Gledala je razrogačenih očiju, mršavih prstiju u razbarušenoj kosi, poluotvorenih usta. Njen pogled pade najzad i na Nenada, na njegove prozračne blede obraze, na njegove mršave ručice, koje su virile iz iskrpljene majice; ona se na izgled svoga sina trgla, kolebala čas sa ukočenim pogledom na prazninu otvorenih vrata, a onda priletela Nenadu, zagrlila ga, stegla cepteći i, rastrzana plačem, zagnjurila glavu u njegovo malo i mršavo naručje.

— O, jadno moje dete, nesrećno moje dete, ne može mama, ne može, oprosti!

Nenad je bio toliko slab da nije mogao podići majku. Svečano neko raspoloženje ispuni ga odjednom. On diže ruku i polako poče gladiti Jasnu po kosi. Jasna, sagnute glave, nije mogla da vidi ozbiljno lice svoga dečaka, lice jednog malog čoveka, preko koga je prešla velika tamna senka života i odnosa ljudskih, a koje je on — i ne znajući kako — ako ne shvatio, a ono gorko osetio.

Pristizalo je voće. Ali su tamnožuta, grozničava lica govorila o kolerinama, o dizenterijama, o povraćanjima. Iza spuštenih zavesa slutio se tifus.

Gospodin Šunjević nije više dolazio, iako se njegova senka osećala iza visokih prozora Guvernemana.

Jednog junskog dana Jasnu donesoše iz rejona bez svesti. Lekar dođe i konstatova preteranu anemiju i oslabelost celog organizma. Vazduh, bolja hrana, mleko. On prepisa mleko. Trebalo je tri dana dok su se u Opštini dobila potrebna uverenja, vize, dok se zavelo u protokole. Najzad su izdani i kuponi: za nedelju po četvrt litra. Druga tri dana Nenad je uzalud stajao kraj bivših mesarnica Cvetnog trga; četvrtog on dobi nešto plavkaste tečnosti; petog nisu imali više novaca u kući.

Jasna ponovo ode sa Nenadom u Opštinu. Gospoda iz Opštine nisu primala publiku toga dana. Svet je stajao u žagoru, nije hteo otići, vladala je teška zapara i stiska, kroz koju su činovnici s mukom i psujući prolazili.

— Pa vi ste dobili mleko! Šta ćete više? Zašto samo povećavate nered?

Jasna podiže pogled na čoveka koji je govorio. Njen pogled strašno zbuni čoveka. Je li ta žena luda? Ili na putu da poludi? On stade uzmicati. Mršava ruka Jasnina ga steže, rever njegovog kaputa je bio u njoj čvrsto stegnut. Čovek odjednom promeni način. Posta ljubazan, osmehnut.

— Ovde, uđite načas ovde... — on gurnu iza sebe vrata. — Čašu vode? Ili... čekajte.

Jasna ga nije puštala.

— Vi me poznajete? — progovori polako i čvrsto Jasna. Pred očima su joj igrali tamni kolutovi, koji su se svaki čas razbijali u dugina kola.

— Ne, gospođo...

— Ali, ja vas poznajem — nastavi polako Jasna. I onda, gledajući ga jednako onim pululudim pogledom: — Ja sam gladna, novaca nemam, dete mi je gladno, stvorite mi ma šta.

Čovek je mislio jedan časak. Pred vratima se čulo potmulo brujanje nezadovoljstva. On je znao ko je, šta je pre toga bio u Beogradu, znao je da tu pred vratima stoje žene njegovih nekadašnjih kolega. Znao je i Jasnu Bajkić vrlo dobro — i mada je želeo da tu ženu, koja, najzad, nije prva koja traži i preti, izbaci iz kancelarije, on se blago oslobodi njene ruke, izvadi iz novčanika deset kruna, položi joj u šaku.

— Ovo za danas. Javite mi se sutra pre kancelarijskog vremena.

— Vi me se ne sećate? — uporno ponovi Jasna.

— Ne, verujte.

Ona reče svoje ime. On se učini neobično iznenađen.

— Vi? Draga gospođo! Šta ste to učinili od sebe? Jeste, čuo sam za Žarka... Zašto me niste pre potražili? Tolika promena! Žarkova pogibija, njegova herojska smrt, porazila me je. Takav talenat! Ja...

— A kako vi niste... tamo?

Čovek se najednom pogrbi, poče kašljati. Raširi ruke, kao da tim objašnjava, ukazuje: zar ne vidite, bolestan sam čovek, na kraju. Jasna se osmehnu tako da čoveka probi crvenilo.

— Sutra ću doći. Svakako.

Sutradan bila je zaposlena kao obična radnica u vojnoj korpari, sa krunom i dvadeset od korpe, sa dvadeset filira od zaklopca.

Nenad je neumorno, iz dana u dan odlazio u drva. Suvaraka je bilo sve manje — a samo su oni smeli da se kupe. Jedna ručna testera,

jedno sekirče, donosili su zatvor, razbijanje kamena na Topčider-
skom putu — ili još gore: kopanje grobova, sahranjivanje tifusnih.
Ipak su svuda lupkale sekirice, pijukale testere, krhale se sveže zelene
grane. Jedni su hvatani, drugi uspevali da prođu, da sutradan oni
prvi prođu, a ovi drugi budu uhvaćeni. Pojavljivali su se, uz to, i neki
dobroćudni stražari, koji su sa smeškom gledali kako se deca natežu
da odvale testericom tek načetu granu. Prisustvo takvog stražara
namah bi bilo objavljeno i šuma bi bezobrazno počela da trešti od
pesme, od lomljave, od razdraganih glasova — jutro bi ličilo na
đurđevdanski uranak, da nije bilo pod svežim zelenilom šume onih
žutih lica i uskoro zatim, gde se spuštaju vijugavim stazama bivšeg
izletišta, onih mršavih prilika, pogrbljenih pod bremenom.

Posle kratke noćne kiše jutro je bilo svetlo i sveže. Preko
Topčiderskog brda strujao je blag povetarac, pun mirisa rascvetalih
ruža i lipovog cveta, noseći za greben brda vlažnim plavetnilom neba
laku konjicu belih oblaka. Konji su bili razdragani, prestizali su jedni
druge, propinjali se, otezali šaljivo vratove, razmahivali repovima i
grivama, koje bi isparavale u čistini, a onda padali po nežnozelenoj
nebeskoj livadi i valjali se, kotrljali, ujedali, i, došavši tako do tamnog
ruba grebena, propadali na drugu stranu.

Nenadova družina radila je od ranog jutra na obaranju jedne male
suhe lipe. Lipa je rasla na kraju gole uvalice, sa leve strane Hajdučke
česme, nalevo od uzane staze, koja preko brega vodi u žarkovačke
njive. Dno uvale bilo je puno lanjskog lišća, u koje se upadalo do
preko kolena. Sunčane pege igrale su po ovlaženom lišću. Miris lipa
u cvetu, lepljiv i sladak, padao je kao tečnost između grana. Pčele su,
pomahnitale, zujale u cveću. Iz gustog šipraga na vrhu brega čulo se
zanosno priželjkivanje slavuja. Kroz svu tu tihu i strasnu harmoniju
šumskog jutra probijali su tupi udarci male sekire: tup! tup! tup!

Nenad je ležao poleđuške na ivici jaruge, sa rukama pod glavom:
nebo je ravnomerno oticalo između slabo zaklaćenih vršaka drveća,

prozračno, bez dna. U jednom času Nenadu se učini da ne leži na leđima već da je nadnesen, zajedno sa granom neke vrbe, koja dotiče površinu, nad široke prozračne i bezmerno duboke vode; grana se pod njegovom težinom lagano klatila. Nenad pred vrtoglavicom stište oči, steže pesnice i iznenadi se što ostade na mestu, što ne pade. Otvorivši oči, sav uzdrhtao, on vide da nebo i dalje mirno otiče, oivičeno granama. Okrenuo se, legao potrbuške i podbočio rukama glavu. Osećao se neobično, van ovog sveta, slatko, a nije znao zbog čega. Pod njim je ležala jaruga, izlokana bujicama; sasvim u dnu, u zelenoj senci, njegovi drugovi i Lela vukli su za uže, prebačeno preko suhog i golog drveta. Nenad je sve to video kroz visoke i krte stabljike popinog praseta, koje su ga, klaćene povetarcem, golicale po licu. On skrete pogledom nadesno: ivica jaruge prelazila je tu u mali proplanak, po kome je rasla visoka trava, puna bele rade i prvih cvetova bulke; cvetovi su plamteli pod suncem, masa trave se povijala u širokim talasima, menjajući pri tom svaki čas svoju boju — od tamnozelene do srebrnaste. Nasred proplanka, crn, kvrgav, šupljeg stabla, dizao se jedan veliki hrast; nad njim, širokim i mirnim krugovima, kružio je jastreb. Nenad ponovo baci pogled dole, na suhu lipu, ne deblju od šake, kako se povija pod pritiskom one četiri male prilike što potežu konopac, pa opet stade gledati oko sebe. Uzanim puteljkom, zaraslim u paprat, prolazila je kolona malih riđih mrava. Jedni su, natovareni, išli na jednu, drugi, bez ičeg, na drugu stranu. Malo dalje, uz truo panj obrastao mahovinom, crvene bube, sa crnim pegama po leđima, žustro su se kretale, zastajale, vraćale, gurkale jedna drugu. Po strani, parovi spojeni u ljubavi stajali su nepomično; ili, što je bilo najsmešnije, vukli jedno drugo. Nenad otkide jednu stabljičicu popinog praseta i poče draškati bubice, veseleći se veštini sa kojom je jedna buba od dve morala ići unazad. Ali, odjednom oseti stid. Zemlja je pod njim bila topla. Celim svojim opruženim telom osećao je on tu toplinu sa nekim naročitim, opojnim samozadovoljstvom. Slavuj je izvijao u guštari, u slatkom vazduhu zujale su divlje pčele, zolje i bumbari. Sve je to Nenad gledao, osećao i slušao i ranije, ali je sada bilo neobičnije, uzbudljivije, naročitije. Njemu se prohte da zapeva, ali umesto toga naglo zari glavu u travu, u zemlju, u miris bliskog kalopera, i, dok mu je srce snažno lupalo, oseti najednom neobičnu sladost, koja mu prođe celim telom.

Prasak slomljenog drveta ošinu Nenada, i on skoči. U času se snađe, seti se zašto je poslat na rub proplanka i hitro se obazre oko sebe. Sve je bilo prazno. Ni sa koje strane nije dolazio niko. On zviznu. Iz šibljaka, gde se behu načas sklonili posle praska, drugovi Nenadovi se vratiše drvetu. On sam skliznu niz padinu da pomogne pri lomljenju i tovarenju.

Natovarili su se brzo i ćuteći pošli da se što pre sklone od opasnog mesta.

— Pazite, kupe!

Žena koja je to govorila ustade sa zemlje, gde je dotle uvezivala svoje poderane patike, hitnu svoj prazan džak sa konopcima na leđa i nastavi put.

— Kuda ćete danas?

— U Resnik, Pinosavu, ne znam, da vidim za brašno, u drva neću, daleko im lepa kuća!

Nenadova družina nastavi put. Da ne bi prešli preko mosta, gde bi mogli naići na patrolu, oni skrenuše kraj železničke stanice, prođoše iza oborenog mramornog paviljona, uđoše u šumicu, a Topčidersku reku pređoše preko malog drvenog mosta, pa putem oko parka izbiše iza staklene bašte. Tu je bila jedna staza — i mnogo teža i mnogo duža — koja je vodila ka školi, ostavljajući česmu, put i uobičajenu stazu daleko nadesno.

— Da se odmorimo malo — progovori polako Žika-Vrabac. Bio je, onako mršav i visok, izduženog vrata pod teretom, sav obliven krupnim graškama znoja. Znoj mu je po gornjoj usnici pravio prave male biserne brčiće.

— Posle — Lela je već koračala uskom stazom.

Nastade mučno uspinjanje strmom stazom. Konopci su stezali više nego obično, jer je teret potezao unazad. Uz to je i staza bila uska: morali su se sa bremenom probijati kroz bodljikavo šiblje, koje se hvatalo za vreće, nogavice, rukave. Svaki čas bi kakva šibljika, savijena od onog što ide napred, zviznula po rukama ili licu onog što ide iza njega.

Toga dana bilo ih je šestoro, dve devojke i četiri muškarca. Nenad, kao najmanji, ostade poslednji u redu. Kraj svega napora, on se osećao, još uvek, naročito, izuzetno dobro. Stalno je slušao kako ptičice žagore po čestaru. Onaj dobri miris smole, koji ispuštaju borovi pod jakim suncem, ispunjavao je ceo vazduh, pa, iako je bio sav usredsređen na penjanje, kratkog daha, drhteći celim telom od napora, Nenad je bio neprestano svestan ovog divnog jutra, ispunjenog mirisima, svetlošću, strasnim pokretima insekata i ptica.

Čak mu se i dahtanje njegovih drugova činilo ne kao napor, već kao deo opšteg ushićenja.

— I ti, balavac, stoj!

Nenad je stao, izgubivši i poslednju kap krvi iz lica. Snaga izađe iz njega najednom, kao da je istekla kroz noge, koje su još podrhtavale od teškog hoda. Teret je sada bio i suviše velik za njega: on poklecnu i spusti se na put. Vojnici su išli od jednog do drugog, pregledali drvo, pipali po džakovima da pronađu zabranjene alatke. Pod jednim bagremom ležala su oduzeta drva, čitavo brdo, a malo dalje, zbijeni u grupu, uhvaćeni drvari. Na drugom bregu se dizao Beograd, bez senki, bez boja; sav je treperio i iskrio u jednolikoj svetlosti podnevnog sunca. Iz duboke uvale strčao je ugašen i prašnjav dimnjak Všetečkovog mlina. Vojnik pretrese Nenada, i kako je ovaj i suviše drhtao, vojnik mu sam razveza konopce. U istom času, drugi vojnik pretresao je Lelu. Ona je stajala, tamna, mršava lica, stisnutih usana, nepokretna. Vojnik pregleda vreću i breme, pa se onda naglo okrete prema devojci, dohvati je za mišicu i stade opipavati bluzu i suknju.

— A, pasja šćeri!

Nenad vide samo kako blesnuše dve mršave butine — i već je Lela ležala na zemlji, skupljajući oko svoje golotinje razderanu suknju.

— Pasja šćeri! U suknju sjekiru!...

Uhvaćene žene stadoše se komešati.

— Ne tuci devojku!...

Pomodreo, vojnik se naglo okrete.

— Kuš!

Jedan čas streljao je očima po skupljenoj gomili, koja namah zaneme, a onda, zadovoljan sobom, naredi da se vrstaju u red.

Nenad više nije žalio ni drvo ni uzaludnu muku. Čak više nije os-ećao ni strah. Glavno je bilo: pobeći. Ma kako pobeći. Njemu je bilo svejedno što će tucati kamen, ili prenoćiti u nekom podrumu; svi su drugari bili tu: i Žika-Vrabac, i Mika-Zrika, i Mile-Glavonja, i mnogi drugi, svi u povorci su bili naši, ali da je bar na neki način moguće obavestiti Jasnu. Međutim, sprovodili su ih krajem gde nikoga poz-natog nije mogao da sretne. Zato je morao pobeći, svakako.

Kod Karađorđevog parka ženske odvojiše u zasebnu grupu i oteraše u pravcu Slavije, a muškarce pored Svetosavske crkve u Makenzijevu, pa onda Kursulinom do Botorića vile. Tu je već čekala druga grupa, sve samih dečaka od dvanaest do petnaest godina. Pošto spojiše obe grupe, oni ih oteraše do Rezervoara kod Smederevskog đerma i zatvoriše u jedno dvorište. Nenad se priljubi uz ogradu, u nadi da će ipak možda videti koga po kome bi mogao Jasni javiti da ne brine. Gledajući tako, on zaključi da bi lako mogao pobeći, ako i preko noći ostanu u dvorištu: kraj je bio pust, u blizini su bile njive, zasađene suncokretom, u koje se mogao sakriti.

U podne oni što su imali nešto za jelo podeliše s onima koji nisu imali ništa. Iz žandarmske kuhinje dobiše, sem toga, nekoliko crnih hlebova.

Po podne stadoše pristizati majke i preko plota dobacivati deci zamotuljke sa jelom. Pojedine su moljakale na kapiji da puste njihovog dečaka, jer je još mali, nejak, bolestan. Odbijene, sedale bi pod drveće s druge strane ulice i čekale. Ali ih odjuriše i odatle. Počeše da brane i prilaz ogradi. Tako Nenad primeti staramajku, čak na kraju ulice, kako moli žandarma da je pusti. U strahu da staramajka ne ode ne videvši ga, on se pope na plot i stade vikati da se Jasna i ona ne brinu ništa za njega. Dok su stražari pritrčali i skinuli ga, staramajka ga već beše čula i videla. Ona mahnu rukom i ode, oklevajući. Nenad primi dva šamara i, sa suzama, ali zadovoljan, ode u drugi kraj dvorišta.

U samu noć decu podeliše na dva dela: manje, među kojima i Nenada, zatvoriše u jednu sobu, a veće odvedoše nekuda u mrak. Bilo je tiho. Popci su pevali. Nebo je bilo puno krupnih zvezda. Sa bliskih polja dizali su se duboki uzdasi, koji su ispunjavali sav noćni vazduh, a nije se znalo ko uzdiše. Iz napuštenih ciglana čulo se isprekidano lajanje pasa.

Nenad je ležao kraj Mike-Zrike, u toploj slami, punoj buva, i nikako nije mogao da zaspi. Kuda su odveli Žiku-Vrapca i ostale? Zašto ih drže tu zatvorene? Madmoazel Blanšet je umrla, jer se otrovala proklijalim krompirima. Jasna plete korpe umesto da radi u školi. Marića su pre nekoliko dana digli onako bolnog iz postelje, raskovali i podigli ceo pod u sobi i, kada nisu ništa našli, odveli ga u grad i tamo zadržali. Šta im je Marić učinio? I šta im, onako slab, može učiniti? Nenad se naprezao da shvati, ali mu je sve to izgledalo krajnje nepošteno. Sa kakvim su pravom došli ti tuđi ljudi u tuđu zemlju — i sada u njoj raspolažu kao da su kod svoje kuće: brišu firme i natpise, pokrštavaju ulice, ruše spomenike — u ime čega, u ime koga? Tek u toj noći on oseti da ima ratova, koji su rušilački, vođeni iz nekih tamnih razloga (Nenad je te razloge zamišljao kao pitanja časti pojedinih kraljeva i careva, njihovih ličnih prestiža). On odjednom jasno vide da svaki rat ima dve strane — i da od te dve strane jedna uvek predstavlja nepravdu i silu, da pravda nikada ne može biti sa obe strane. On još nije znao za „životne interese" imperijalističkih sila; za „mesto pod suncem", koje carevine sebi silom osiguravaju; za pravo „izlaska" na more; za puteve prema Bagdadu, koji su „pitanje opstanka". On je jedino osećao da i njegov narod ima pravo na život, i na ono drugo, bez čega nema života — na slobodu.

Bilo je tiho. U toploj travi, ispod prozora, pevali su popci. U sobi se čulo tiho disanje zaspale dece, poneki uzdah ili reč izgovorena u snu. I sam Nenad, sa rukom oko vrata Mike-Zrike, potonu u san.

Vrata su bila otvorena i na njima je stajao jedan stražar držeći u ruci, visoko izdignutoj iznad glave, upaljenu sveću. Dečaci su dolazili iz mraka, prolazili kroz svetlost, koja bi im začas zatitrala po belim licima, ponovo ulazili u mrak, ispružili ruke unapred, spoticali se o one zaspale i zastajali, zbunjeni i prestrašeni, nasred sobe.

— Lezi, lezi!

Jedni su se spuštali, pipajući, prvo na kolena, onda legali pokorno. Drugi su, kao ovce u toru, trupkali u mestu.

U hodniku se neko otimao, ječao, cvileo, moljakao:

— Pustite me, ja nisam, bogami nisam...

Potmuli udarac preseče moljakanje.

— Kuš, ne laj!

Onaj prekinuti dečački glas se naglo podiže, pretvori u vrisak:

— Nisam, nisam!

Stražar se sa svetiljkom skloni da kroz vrata proleti jedan visoki dečak (Nenad u slaboj svetlosti odmah poznade noge Žike-Vrapca); trenutak je, osvetljeno bliskim plamenom sveće, buljilo iz mraka jedno crveno i brkato lice, pa se vrata zalupiše, i u sobi nasta ponovo tamno i zagušljivo. U hodniku se čulo teško trupkanje potkovanih cokula, pa i to zamuknu.

Žika-Vrabac je ležao nekoliko časaka nepomičan na slami, a onda se jednim zamahom diže i pojuri po sobi, u kojoj zavlada panika. Veliki su pokušavali da ga zadrže, tešili ga, hvatali za ruke, grlili; manji, trgnuti iz sna, stadoše plakati iz glasa.

— Nisam, verujte, nisam — urlao je Žika-Vrabac — ja sam bacao samo mrtve, samo mrtve, verujte, žive nisam, živi su topli, to se poznaje, devojku nisam ja bacio, nisam, bogami... Kad sam je uhvatio, ona je uzdahnula... i opet su je bacili u rupu, i ona je sad, tamo, živa zakopana. Oh, otkopajte je, molim vas, otkopajte! — On prestade sa zacenjivanjem i, gazeći preko tela, u nenadnom nastupu smeha, jurnu prozoru u koji udari glavom.

Kada se uzbuna malo stišala i stražari odneli krvavog Žiku-Vrapca, već je počelo da sviće.

Držeći se njiva sa suncokretom, Nenad je, gologlav, kasao iz sve snage ka varoši. Dlan mu je malo krvario od razbijenog stakla, ali on na to nije obraćao pažnju. Kod kuće zateče zatvorenu kapiju. On je preskoči. Osećao se velikim i snažnim, zrelim čovekom, koji je izvršio jedan podvig. Jasna je bila budna. Na prvo kucanje otvorila je vrata i ostala nepomična, ne mogući da nađe nijednu reč. Ranije, Nenad bi pritrčao, zario glavu u majčino naručje i rasplakao se. Ovoga puta, sve u onom osećanju snage i ozbiljnosti, on reče polako, kao da se izvinjava:

— Veruj mi... nisam mogao pre.

I kako je Jasna još uvek stajala nepomična, on dodade:

— Ne brini, ništa mi se nije dogodilo — i osmehnu se.

Staramajka je brzo skuvala malo cigure. U polusvetlosti svitanja sedeli su oko stola njih troje: dve žene su, prebledele, slušale Nenada, koji je, nagnut nad šolju, iz koje se para dizala u lice, pričao lagano. Vreme kada se još uzvikivalo od gnušanja i dobacivale u po glasa pogrde neprijatelju bilo je prošlo. Žene su ćutale, pognutih glava.

— Koliko vas je bilo? — upita najzad Jasna.

— Ne znam tačno, soba je bila puna. Samo nas malih bilo je oko trideset.

— A kuda su vodili one starije?

Nenad je oklevao časak. Svoj pogled prenese sa Jasne na staramajku. Onda, oborivši glavu, odgovori polako:

— Da sahranjuju...

— Tifusne?

Nenad još dublje obori glavu. Pod grlom mu je igrao plač.

— Da.

Nedelju dana docnije, Jasna je govorila Nenadu:

— Sine moj, ja sam razgovarala sa prijateljima, i svi se oni slažu... ti znaš, decu koja idu u njihovu školu, ne diraju.

— Ali ja sam svršio četvrti razred, šta ću ja tamo?

— Svejedno. Postoji i peti.

Zgrada je bila ista, u njoj je Nenad pre dve godine završio osnovnu školu, klupe su bile iste, zidovi obojeni istom sivom masnom bojom, zvonilo je isto bronzano zvono, čak je i podvornik bio isti, pa ipak, kada razred na kraju prepodnevnog rada usta da, pod vođstvom male učiteljice, koja se prekrsti celom šakom, otpeva habsburšku himnu, Nenad se s mukom uzdrža da ne zaplače. On je stajao u poslednjoj klupi, suha grla, stegnutih pesnica, gorko žaleći za Košutnjakom, za širinom polja, u kojima je, kraj svih žandarma, mogao bar da pevuši šta hoće.

Škola ga vrati knjigama. Iz Švajcarske počeše stizati prve uputnice, koje donekle umanjiše bedu prvih dana. Na tavanu Nenad beše otkrio jedan mali sobičak, čiji je okrugli prozor gledao na udaljeni Dunav: reka se jedva nazirala kao tanka i svetla pruga između crvenih krovova i zelenih bašta. Tu, u sobičku, punom prašine i paučine, pod suhim i mirisnim dahom ugrejanih crepova, ležao je jedan veliki sanduk prepun knjiga. Trebalo je odići čitavo brdo starudija, izlomljenih gvozdenih kreveta, točkova od dečjih kolica, razbijenih sudova, iscepanih tepiha, pa doći do sanduka. Nenad razmesti stvari, krparama i jednim starim paravanom ogradi starudije, u drugom uglu podiže mali krevet, nađe jedan stočić, neke slike zakuca po zidovima, u jednu razbijenu vazu namesti cveće... Čim bi došao iz škole, on bi se zavlačio u svoj „kabinet", vadio knjige i satima ih razgledao. Bila je tu skoro cela Srpska književna zadruga, Vukove pesme. Onda desetak divno ukoričenih knjiga sa umetničkim slikama, monografije o Rembrantu, Velaskezu, Rubensu, nekoliko teških medicinskih knjiga sa slikama u boji. Nenad ih samo prelista, pa ih odmah ostavi kraj Vukovih pesama. Monografije, međutim, nije ispuštao nekoliko dana iz ruku. Razgledanje onih divnih žena pričinjavalo mu je neslućeno zadovoljstvo. Ležao bi potrbuške na svome krevecu, kroz otvorenu badžu je strujao svež vazduh pun sladostrasnog grlenog gukanja gugutki, i satima gledao u knjigu koja je ležala otvorena pred njim: mrtve figure bi oživljavale, dobivale reljef, počinjale da se kreću, grleno da se smeju, da zabacuju glavu; fauni da proviruju kroz šume kiparisa; nimfe da blistaju u srebrnim vodama; Afrodita, izlazeći iz otvorene školjke, da jednom rukom zaklanja grudi, a drugom trbuh, stisnutih kolena. On je polako okretao listove, pred njegove oči su izlazile druge prikaze, kraljevi na konjima, male princeze u zlatnim haljinama i riševima, starci, vaznesenja, golgote, roždestva sa vlažnim gubicama volova, mora, flote, anđeli, vulkani u svojim pećinama, Zevsovi na Olimpima, Maslinove gore — ceo svet priče i istorije bio je tu i treperio na tim stranama, koje je on polako okretao ovlaženim kažiprstom. Pa ipak, nekako sam od sebe, Nenad se uvek ponovo vraćao Afroditi, njenim rukama, kojima stidljivo zaklanja svoju golotinju, njenim stisnutim kolenima. U celom tom stavu bilo je nečeg njemu poznatog, nečeg slatkog i stidnog, nečeg od čega je Nenad osećao vrtoglavicu, privlačnost i odvratnost u isti mah. Bunio se, trudio da se opomene nečeg zaboravljenog, ali ne otkri uzrok svoga nemira.

U školi nije bilo posla za Nenada. Sve što su učiteljice dovedene iz „preka" pričale, on je znao. Uostalom, u školi su glavne bile himne, pesme; i svakoga trenutka izleti u otvorenim tramvajima, sa larmom, pevanjem, sa učiteljicama u svetlim vezenim haljinama, suncobranima u boji, njihovim zvonkim smehom i rečima u kojima je blistalo južno ili kajkavsko narečje. Za tu jednu tramvajsku šetnju do Topčidera deca su pevala do iznemoglosti i, po naredbi, mahala iz tramvaja grančicama i rukama gospodi oficirima koja su prolazila kraj njih na kočijama.

Svaki izlet Nenad je okajavao u svojoj tavanskoj sobi, klečeći pred krevecem, lica u šakama. Trudio se da što više misli na Miću, koji je bio negde u neizvesnoj daljini, boreći se za slobodu. Sloboda domovine se pričinjavala Nenadu kao velika neka svetlost, kao niz svetlih, sunčanih, prazničnih dana, kao niz svečanosti na Terazijama, sa litijama, muzikama, zastavama.

Dečje knjige nisu ga više zanimale. Sva „Sokolova oka" i „Lastavičja krila" iz indijanskih priča činila su mu se nekako lažna i nevažna. Vukove pesme govorile su mu o nečem i suviše dalekom i prošlom. Rat se tamo prikazivao u blesku oružja, u zveketu oklopa, u lepršanju čekrkli-čelenki, u belim čadorima, u zlatnim jabukama i samurovim dolamama; noću je mesec plovio nad krvavim razbojištem, po kome leže, kao da spavaju, pali junaci. Rat koji je Nenad znao, bio je siv, bez lepote, zarastao u blato, trulog mesa, koje se raspada u mirisu karbola, rat gladi, tifusa, cenzure, učiteljica u veselim haljinama, gospode kao što je gospodin Šunjević. U tom mučnom raspoloženju naiđe na *Pobednika* i *Ognjem i mačem* od Sjenkjeviča. Mnogo od tih romana ne razumede, ali ono glavno, mistiku porobljenje otadžbine i svetlost njenog oslobođenja, on oseti. Mnoga nejasna osećanja postadoše mu, posle čitanja, jasnija. Srbija u njemu posta više nego zemlja i domovina. On je mislio kroz Srbiju, disao kroz Srbiju, prošlost je bila Srbija, budućnost je bila Srbija. Svi njegovi snovi dešavali su se u vreme kada Srbija bude slobodna, sve njegove misli svršavale su se mišlju: kad naši dođu. Da ga naši — i oni koji su izbegli u Francusku i Švajcarsku i sada tamo uče školu — ne zateknu kao neznalicu, on se ponovo prihvati francuske gramatike. Na Petrovdan, u podrumu razrušene kuće, u prisustvu Žike-Zrike i još desetak dečaka, Nenad razvi malu srpsku zastavu. Pošto nisu smeli pevati, da ih ne bi čuli, to klečeći, kao u molitvi, izgovoriše glasno *Bože pravde* i time svečanost bi završena.

Nekoliko dana posle ove svečanosti Žika-Zrika dođe sav zaduvan na tavan Nenadu.

— Kod nas u podrumu Rus — zarobljenik.

— Pobegao? — Nenadu senuše oči.

Zrika potvrdi.

— Pa šta će sad?

— Da beži dalje. Ali ne može u onom odelu.

Oni pređoše u razrušenu kuću da bi i Nenad video Rusa. Šćućuren u razvalinama, Rus je, posle cele noći bežanja, spavao. Bio je to mlad čovek, još mlađić, u crnom kadetskom odelu, belog lica, po kome je jedva mestimice bilo nešto paperjaste svetložute bradice. Na šum koji učiniše Nenad i Zrika provlačeći se kroz otvor u zidu, već obrastao korovom i bršljanom, Rus se probudi i još više šćućuri. Poznavši najzad Zriku, on se osmehnu nesigurno.

— Moj drugar, kamarad.

Predstavivši tako Nenada, koji izvadi komadić hleba namazanog marmeladom, Zrika poče da se dogovara sa Rusom, znacima.

Odatle se ponovo vratiše na tavan kod Nenada da se dogovore za odelo i ostalo, ostavivši Rusa da čeka do uveče. Odelo skrpiše dosta brzo. Nađe se čak i jedan izgužvan crn šešir. Ali to nije bilo dovoljno. Rus nije mogao poći u to veliko bekstvo bez ičeg u džepovima. Da povere starijima, nisu smeli — stariji se ne bi uopšte usudili da pomažu bekstvo. Okupatori su vešali ili mesecima držali u kazamatima stare tvrđave i za manje krivice. Pa ipak, Rus nije mogao ići bez ičeg. Zrika ode da čuva podrum, a Nenad ostade da razmišlja o novcu.

U poslednje vreme gospođica Marija beše uobičajila da, izlazeći u varoš, vodi sa sobom Nenada. To naglo prijateljstvo njene kćeri prema Nenadu (pa i prema Jasni, jer bi gospođica Marija sada svaki čas ustrčavala do mansarde) ostavi staru gospođu, njenu majku, potpuno ravnodušnom. Ona i dalje osta ljubazna, hladna i nepristupačna, ne postavljajući nikome nikakva pitanja. Nenad se prvo osećao strašno smetenim i izgubljenim kraj Marije. Ali je ona bila živa i mila devojka, čavrljala i pričala — ne čekajući uvek odgovora od Nenada — sva srećna, izgleda, da može govoriti, smejati se, i kretati se, da Nenad uskoro posta sasvim slobodan. Jedino je još zazirao od stare gospođe. Sada je mogao da ulazi u Marijinu sobu, veliku prostoriju zamračenu debelim crvenim brokatnim zavesama, punu vaza, okruglih tabureta pokrivenih crvenom svilom, na kojima se teško sedelo, tepiha. Obično bi se zavlačio u taman kut, koji je pravio divan sa crvenim klavirom, i tu, glave na poliranom drvetu, osluškivao Marijinu svirku; ili bi, kada bi zaklopac na klaviru bio podignut, posmatrao podnimljen veselu igru malih belih klipaka po sjajnim žicama. Mala Ami, sva okrugla i svilena, mumlajući kao medved, pela se na divan i nameštala se kraj Nenada na jednu partiju spavanja. Tek kada bi Marija počela da svira izvesnu melodiju koju Ami nije trpela, ona bi se budila, otvarala jedno oko, režala, ljutila se i — ako Marija nije prestajala — skakala sa svoga mesta, valjala se po sobi i urlikala dotle dok ili ne bi dobila batine ili Marija ne bi prestala sa svirkom.

Ostavši sam, po odlasku Zrikinom, Nenad se prvo seti da je u jednoj fioci Marijinog toaletnog stočića, među prstenjem i nekim slomljenim broševima, ugledao u nekoliko mahova srebrne dinare ili srebrne krune. Marija je uzimala odatle za svoje sitne potrebe, tu ostavljala svoj džeparac. Posle kratkog lomljenja odbi od sebe to iskušenje. Ali pade u drugo: na ormanu sa sudovima, ispod jedne okrenute čajne šolje, stajala je njihova gotovina. Dok je staramajka, pognuta nad peć spremala ručak, Nenad se prikrade ormanu i polako odiže šolju: pod njom on nađe samo tri krune i četrdeset filira. On htede da skupi sve, ali posle kratkog kolebanja diže samo one filire. Bilo mu je jasno da je to malo. Ponovo mu izađe pred oči odškrinuta fiočica na ogledalu i razbacana sitnina na dnu. Da bi izbegao napasti, on pređe u razrušenu kuću. Uzeti od svojih činio mu se manji greh nego od tuđih. U prvom delu podruma zateče čitav skup drugova u zabrinutom većanju. On položi svoja dva seksera.

— Ovako ne ide. Moraće svaki da donese po štogod.

To nije bilo lako. Bilo je kuća gde se u gotovom nije mogla naći ni jedna cela kruna. Dečaci su to znali. Krađu inače u ovom času nisu smatrali za krađu. To mišljenje malo okrepi Nenada.

— Ta stvarno ne kradeš — uveravao je jedan mališan — kad si u ratu, sve je dozvoljeno. Ti samo rekviriraš. A mi smo u ratu.

— I onda, ovo je za otadžbinu.

— Ako me mama uhvati, šta da kažem? — brižno je pitao treći.

— Ništa. Za ovo niko ne sme da zna, jer da se dozna, mogli bi nas povešati.

— Decu ne vešaju.

— Ali bi mogli obesiti tvoju majku.

Dvojica izjaviše da neće da se mešaju, da je to suviše opasno. Ali im Zrika prepreči put.

— Izdajice nećemo.

— Mi nismo izdajice! — mališan je bio zajapuren.

— Ne znamo. Da se prvo zakunete. Posle idite do đavola. Mekušci nam ne trebaju.

Ceo čopor dece uđe pod niski svod, koji je, zatrpan ruševinama, bio jedva pristupačan. Tu, u najtamnijem kutu, visila je mala trobojka. Nenad pred njom zapali sveću. Zrika ispod jednog kamena izvuče jedan zarđali vojnički nož.

— Kleknite. Metnite ovde ruke. Govorite: Zaklinjem se da ću tajnu sačuvati, da je neću poveriti ni majci, ni bratu, niti ikom rođenom ili nerođenom. Dabogda mi se ova ruka osušila, jezik oduzeo, ako izdam svoju domovinu i kralja. Amin.

— Amin.

Nenad je jedva disao od uzbuđenja. On ostavi drugove i vrati se kući.

Da ne bi sreo staru gospođu, on prođe naokolo, preko terase, čiji je krov od šarenog stakla bacao raznobojne mrlje po celom zidu, obraslom u ružu puzavicu. Šalone su bile pritvorene. U polumraku velike sobe, ležeći na niskom krevetu, Marija je, podnimljena na go lakat, sa knjigom na uzglavlju, bila zadubljena u čitanje.

Nekoliko dana kasnije, stojeći u redu pred Opštinom, Nenad primeti jednu malu grupu ljudi okruženu velikom stražom. Ljudi su bili rđavo obučeni, zarasli u brade, okovani. Išli su lagano, utučeni, sredinom ulice. U prvom redu išao je onaj mladi Rus. Nenad u prvom času ne poznade njega, toliko je ovaj izgledao drugi čovek, već žuti kaput na njemu, onaj isti koji on beše sa toliko ljubavi izvukao iz tavanske prašine.

Ni Jasna ni Marija ne razumeše ništa od teške melanholije u koju Nenad zapade. Na Marijino navaljivanje, Jasna pusti Nenada u selo S, u jednu veliku zadrugu, koja je držala u napolici zemlju stare gospođe. Nenad u selu provede četiri nedelje, i vrati se pred samo otvaranje okupatorske gimnazije kao snažno i rumeno, ali preterano ozbiljno derle. Marija lično odvede ga i upisa u gimnaziju, što Nenadu bi krajnje neprijatno. Kada se vratiše kući, Nenad, koga je krađa stalno mučila, reče joj:

— Vi ste vrlo dobri prema meni, a ja to ne zaslužujem. Ja sam... — on pogleda pravo u oči i razgovetno, iako tiho, dodade: — Ja sam vam ukrao jednom dve krune.

Kako Marija, iznenađena, ne nađe šta bi mogla reći, on žurno nastavi:

— Ne za sebe, verujte mi, ne za sebe! Morao sam.

Marija se uozbilji.

— Za dobru stvar, nadam se.

— Jedan čovek... Rus, hteo je...

— Dobro — Marija preblede — verujem ti, verujem, i opraštam. Nikome to više ne reci, nikome! Jesi li čuo? Nikome!

— Ja sam to samo vama... jer sam vaš novac ukrao i jer vas mnogo volim.

Ukoliko se dublje ulazilo u jesen, utoliko je Marija postajala uznemirenija i nesređenija; usred pesme, ona bi se prekidala i zarivala glavu u ruke — da čas kasnije, pred začuđenim Nenadom, obriše suze kroz osmeh, da prigrli Nenada i da ga dugo miluje i ljubi. Ni sam ne znajući zašto, on je poče izbegavati, mada ga je njeno prisustvo više nego ikad slatko uzbuđivalo. Mariji stade dolaziti neka njena daljna rođaka, žena jednog izbeglog doktora, mlada, koketna, živahna, zvonkog glasa. Gđa Marina je, upadljivo obučena, stizala, vukući sa sobom svoju devojčicu, oficirskim kolima, koja je terao vojnik. Njeno prisustvo u kući osećalo se do ulice. U dvorištu je niko nije voleo; niti se o njoj nije govorilo drukčije nego kao o „onoj".

Nenadovi još uvek nisu znali ništa o Mići. Karte koje su od kuma stizale iz Ženeve, govorile su samo o tome da kum raspituje i da će javiti.

Sa prvim kišama i hladnijim danima, Nenad presta ići u školu: bio je bez cipela; drvene sandale, koje je nosio preko leta, bile su nedovoljne; sem toga, po isteku semestra više nisu imali novaca da obnove školarinu. Korpara više nije radila, i Jasna je trčala po varoši, dajući časove deci mesara i bakala. Staramajka je tiho tugovala sedeći kraj većinom hladne peći. Skupljen na minderluku kraj prozora, odakle je mogao videti dobar deo ulice, Nenad je čitao *Rat i mir*. Napoleon mu se prikaza kroz tu knjigu strašno odvratan. Šta je taj čovek tražio u Rusiji? Nikakvog prava on nije imao na Rusiju! Njegovom voljom bilo je bačeno stotine hiljada ljudi, i Rusa i Francuza, u smrt, u glad, u bolest, zbog njega je Moskva spaljena, zbog njega je dobri Andreja Bolkonski umirao onako strašno. U samoći velike sobe, u tmurnoj svetlosti kišnih jesenjih dana, Nenad, ni sam ne znajući kako, potpuno zameni lik Andreje Bolkonskog sa likom Žarkovim. On agoniju Andrejinu i smrt njegovu doživе kao agoniju i smrt Žarkovu, i prvi put *zaista* oseti da je i Žarko zauvek mrtav, da ga više nikad neće videti i da je mrtav tom strašnom, laganom smrću, koja je od njega, pre nego što će ga odneti, načinila nekog drugog, stranog, strašnog čoveka. U početku je, sa vatrom u obrazima i toplih ušiju, učestvovao u Pećinom odlasku u dobrovoljce; sa zavišću pročita onu Glavu gde Peća provodi noć oštreći sablju, ali ga nenadna, brza i glupa smrt Pećina kod prvog sukoba tako prenerazi da čitavog dana ne uze više knjigu u ruke. Napoleona je, prosto, trebalo obesiti o prvo drvo. On potpuno zameni Napoleona sa svim tim austro-nemačko-mađarskim carevima i generalima; jedino ga je pomalo bunilo — i smetalo mu — što je Napoleon Francuz, a Francuze je Nenad *sada* voleo bar isto toliko koliko i Ruse.

Sedeći tako na minderluku i gledajući sa te visine na pustu ulicu, kojom je vetar vitlao ovlaženim lišćem, Nenad sve češće poče pomišljati na smrt Mićinu kao na nešto što je neminovno, što se već dogodilo. Svaki čas je sebe hvatao u tim groznim mislima, stresao se, pokušavao da ih se oslobodi, ali se ipak njima nemoćan vraćao. To je bilo jače od njega, on nije mogao ništa protiv tih priviđenja: Mića je mrtav. Nenad je, sleđen, očekivao potvrdu. Smrt je bila u vazduhu. On se čudio kako je stariji ne osećaju i ne vide; i kako Marija može, u njenom prisustvu, satima da svira. Jedino je Ami, svojim urlanjem i zavijanjem, osećala isto što i Nenad. Bar tako je Nenad mislio, slušajući kroz Marijinu svirku sve češće urlanje Amino.

Dan je bio mutan, padala je krupna kiša. U krovnoj konstrukciji i hladnim dimnjacima zavijao je vetar životinjskim glasovima. Čas je neko tiho cvileo, čas uzdisao, čas promuklo i otegnuto urlao. Vazduh je bio pun duhova. Njihov dah je ulazio kroz sve pukotine. Njihova krila, zajedno sa naletom vetra i kiše, treskala su o prozorska okna, niz koja su se slevali gusti vodeni mlazevi. Podne beše odavno prošlo. Sat je u tišini sobe kuckao nekako razdešeno, malaksalo. Jasna je odavno trebala da bude kod kuće. Podnimljen o prozorsku dasku, Nenad je izgledao niz ulicu, koja se u celoj dužini pružala pod njegovim pogledom, napuštenija i praznija nego ikad.

Tada, najednom, iza uličnog ugla izbi jedna sićušna prilika. Vetar je nosio u stranu njen žalbeni veo, zabacivao ga, milovao njim vlažne zidove kuća, niz koje se cedila voda. I sama žena, opuštenih ruku, povodila se, kao plamen sveće, za vetrom. Videvši je, ne dajući sebi računa zašto, Nenad vrisnu i, zgrčenog srca, sroza se na pod.

Prvo što je čuo kroz dolazeću svest bilo je uporno sviranje Marijino i još upornije urlanje Amino. I odmah zatim zapevku Jasninu, koja se pela stepenicama.

Mića je zaista bio mrtav.

Te godine zima poče rano. Danima je padao sneg, suv, sitan, uporan. Uskoro se pod snegom izgubio ceo grad. Snežni rovovi kraj kuća bili su toliko duboki da su se ljudima u hodu videle samo glave. Sporednim ulicama danima nisu mogla proći nijedna kola. Svuda je vladao celac, po kome se nisu usuđivale ni mačke. Teška tišina, koju ništa nije remetilo, dizala se sa belog pokrivača. Većina dimnjaka pod svojim belim ćubama ostade mrtva. Beograd je umirao belom smrću. Nije bilo ni zvona da oglase ovo umiranje.

U velikoj sobi, osvetljenoj duginim odsjajima snežnih krovova, staramajka je lutala kao senka, umotana u šalove, stalno plavih usnica, tiha i blaga, bez jauka. Jednom samo, Nenad je nađe uplakanu nad otvorenim geografskim atlasom, smežuranog staračkog kažiprsta na plavim i rumenim šarama, koje su označavale planine, reke, klance, čitav jedan kraj sveta kao i ovaj naš, pokriven sada neprolaznim snegom. Taj prst je išao tamo-amo po hartiji, pipajući, milujući, zastajući, pun blagosti, kao da želi da oseti nešto skriveno, nešto što ni oči više ne mogu da vide. Nenad nije morao da zaviruje: on je znao da pod staramajkinim prstom leži jedno prokleto mesto, negde u dubini albanskih gora; mesto gde je Mićin grob, bez belege.

Čim bi se soba malo zagrejala, napukla tavanica počela bi da kaplje. Nad tim delom kuće bio je ravan krov; na krovu brdo snega. Voda je kapala krupnim, čestim kapljicama u podmetnute sudove i celu sobu ispunjavala monotonim otkucavanjem proteklog vremena i teškom, hladnom vlagom u kojoj je mirisao ovlaženi malter. Ono malo rumenila što je Nenad preko leta stekao, iščeze brzo. Jednoga jutra staramajka ne uspe da se digne iz postelje. Ležala je nepokretna;

po prozoru je cvetalo ledeno cveće svakoga dana. Posno jelo, koje joj je Jasna sa suzama u očima nudila, ostavljala je netaknuto. Dođe lekar. On nađe da je stanje ozbiljno, preterana anemija, istrošenost celog organizma, prepisa bolju hranu, mleko, čist vazduh — i ode. Sutradan, staramajka prestade da gleda u zaleđeni prozor i u divne šare, kroz koje se svetlost lomila u hiljadu preliva; ona se sasvim okrete zidu; na zidu su visile dve fotografije u crnom floru: Žarkova i Mićina.

Jasna prestade da odlazi na posao. Išla je po sobi, lutala po tavanu, odakle je izvlačila sve što se moglo pogoreti. Uskoro ne ostade ništa. Gđa Ogorelica, Lela i gđa Marić dežurale su po ceo dan kraj staramajkine postelje. Marija je ustrčavala po nekoliko puta na dan da bi donela koje parče drveta, limuna, šećera ili šolju mleka. Ali bi dan brzo bivao završen, svi bi se razilazili, i u tamnoj sobi, punoj isparenja vlažnog maltera i hladnoće, ostajali bi sami, okruženi senkama, Jasna i Nenad. Peć bi se gasila i naglo hladila, kaplje sa tavanice usporavale bi i razređivale svoj pad — u sobi bi postajalo stravično kao u praznoj crkvi. Jasna bi brzo gasila lampu i palila mali uljani žižak, koji bi u ozbiljnost i težinu bolesničke sobe unosio svojim lelujavim plamenom i velikim pokretnim senkama neizrecivo nespokojstvo mrtve, gluhe noći. Te noći, dok su se prozorska okna pokrivala novim ledenim cvećem, bile su bez kraja.

Zgrčen iza Jasne, cvokoćući od zime i straha, Nenad bi osluškivao naporno disanje staramajkino i potmulo kuckanje vodenih kapi: tak, tak, tak, tak... U san bi utonuo naglo, gušio se tamo u teškim snovima i opet naglo budio; budio od zime, koja bi ga stresla, od nenadne tišine, koja bi ga uhvatila svojim ledenim prstima za srce. Diše? Ne diše? Jasna je u uzglavnik ponavljala: „Gospode, Gospode!...” Kroz muk sobe najzad bi se otkinula kapljica sa tavana i pala u sud na podu; a sa drugog kraja sobe, sasvim lagan, kao nošen na senkama žiška, dah staramajkin. Napregnutost bi popuštala i Nenad ponovo padao glavom u ohlađene jastuke.

Te noći Nenad je zaspao odmah, čim se spustio u postelju. Probudila ga je strava. Jasne nije bilo kraj njega. On skoči. U sobi je gorela lampa. Jasna je nešto radila nad krevetom staramajkinim, duboko pognuta. Ona se najednom ispravi i vrisnu:

— Majko, majko!

Obgrlivši oko ramena staramajku, ona je uzdiže; zatim pade na kolena.

— Majko, majko!

Nenad je već bio kraj Jasne. Voštano lice staramajkino, nepomično, zatvorenih očiju, naziralo se u senci. Dve teške kapljice vode otkinuše se od tavanice i u dubokoj tišini odbrojaše dve sekunde od večnosti.

— Diše, diše... Vode, sirćeta, vidiš, diše, je li da diše?... — I onda, kao uplašena da će staramajka ipak prestati da diše, Jasna je poče tresti, stezati u naručje, ljubiti po čelu i očima: — Majko, majko moja...

Sirće se razli po celom licu. Jasna ispusti bočicu. Kapci na očima staramajkinim zatrzaše se. Ču se i uzdah. Slab, jedva čujan. Mršavi i upali grudni koš pokretao se sada lagano. Staramajka otvori oči. Pogled je bio prazan. On se prvo zaustavi na praznom zidu, po kome se kretala velika Nenadova senka; zatim skrete sa slike; najzad pade na uzbuđeno lice Jasnino.

— Majko, zar me ne poznajete, majko!

Staramajkin pogled postade malo čvršći: u dubini zenica javi se malo života i svesti. On u jednom času postade onaj stari pogled, koji je Jasna dobro poznavala.

Njena ruka učini uzaludan napor da se pokrene, ona pokrete, jedva primetno, samo prste. Jasna dokopa tu nemoćnu ruku i obasu je suzama i poljupcima. Ruka je bila hladna; sav dah Jasnin ne uspe da je zagreje.

— Vatre, Nenade, vatre!

Malo suvaraka začas planu. Nigde nije bilo više parčeta drveta. Nenad dohvati prvu rasklimatanu stolicu. Nikada nije ni slutio da raspolaže tolikom snagom: jedan pritisak, drugi... Suho drvo se rasprsnu. Natrpavši punu peć, on se okrete oko sebe tražeći šta će dalje. Onda se seti knjiga. Otišao je do male tavanske sobe — tavanske grede su pod mrazom zvonko pucale — po mraku napipao sanduk, po mraku uzeo prvo breme. Bilo je tiho. Nenad kleče pred peć. Otvori vratanca. Crvena svetlost i jara udari mu u lice. Nije gledao šta radi. Nije mislio šta radi. Uzimao je sa gomile jednu po jednu knjigu, cepao po dva-tri lista zajedno, gurao u peć, čekao da sagori, cepao dalje... On samo u jednom času vide kako se u plamenu izvija jedno Vaskrsenje Lazarevo i pada u pepeo. Venere, kraljevi na konjima, roždestva, Jupiteri i Junone, pesme o samurovim dolamama, anđeli, priviđenja — ceo svet priče i istorije bio je tu i treperio na tim stranama koje je on, obnevideo od svetlosti i jare, polako cepao i gurao u ražarenu peć.

Tako je polako prošla ponoć. Vreme je, uprkos sve bržem i veselijem kapanju rastopljenog snega sa tavanice, proticalo sporo. Staramajka je disala, živela, zatvorenih očiju, daleka i strana. Jasna je tiho plakala naslonjena na uzglavlje.

Staramajka najzad otvori oči, pogled joj se zaustavi na fotografijama Žarka i Miće.

— Ubili ih... takvu decu, takvu dobru decu... ubice!

Ona htede još nešto reći, žile joj na vratu nabrekoše, ona duboko uzdahnu, glava joj pade nauznak, oči ostadoše poluotvorene.

— Majko, majko! — vrisnu Jasna.

— Bajkana! — ciknu Nenad.

Dva uzvika ostadoše bez odgovora. Kapljice su žustro odbrojavale vreme i večnost.

Kroz zatvoren prozor, pripijen uz Mariju, kroz suze koje su mu tekle bez prestanka, Nenad je gledao kako sprovod odmiče niz ulicu, uzanom putanjom između belih smetova snega. Napred je proticao čamov sanduk, koji su ljudi nosili na rukama. Još dve-tri žene, pop i Jasna u svojim crnim krepovima. U svemu nekoliko crnih tačkica na belini ulice, koja blešti pod suncem. Suze ga zagušiše. Cela ta strašna slika pretvori se Nenadu u bezbroj duga, u vrtoglavu igru svetlosti i boja.

Prodajući jedno po jedno, Jasna je uvek od zaostalih stvari birala one manje drage. U ovom času, izbora nije bilo, jer, sem dve burme i para brilijantskih minđuša, nije imala ništa drugo. Samo, bilo je to malo da se isplate svi dugovi učinjeni u nevolji; i da se poživi do nove uputnice iz Švajcarske; i da se Nenadu kupe cipele; i da Jasna opravi svoje. Posle dugog lomljenja i savetovanja sa Nenadom, ona od tri pirotska ćilima odvoji dva veća.

Dan svetao, bez vetra; i pored sunca, sneg je ostajao čvrst i suh. Nosili su ćilimove ćuteći. Na padinama Studeničke i Resavske bilo je dece koja su se sankala. Sretoše jedne velike saonice u koje su bila upregnuta dva divna doratasta konja, sjajno istimarene dlake. U zveku praporaca i pare iz konjskih nozdrva, saonice prođoše noseći veliko društvo razdraganih mladih oficira i lepih dama.

Nenad je znao kuda se išlo u kuću. Sa Terazija se ulazilo u jedno uzano dvorište, pa tek odatle, drvenim pokrivenim stepenicama, uspinjalo se na drugi sprat. Po staklenom hodniku igralo se neko dete, obučeno u malu kožnu bundicu, sa velikim rundavim psom. Pas poče lajati. Na njegov lavež, otvoriše se u dnu hodnika vrata, i jedna puna sredovečna žena, namrštena izgleda, proviri napolje:

— Uđite samo, ne ujeda. Marš, Lorde!

Kako Nenad ne zatvori dobro vrata, žena se obrecnu:

— Vrata! Zar ne vidiš vrata! — i gunđajući pođe prva u sobu.

Soba je bila slabo osvetljena malim prozorom, na kome je bila spuštena još i siva zavesa. Nasred sobe stajao je običan čamov sto, ničim nezastrven. Žena stade kraj njega.

— Šta je to? Ćilimi?

— Ćilimi — potvrdi Jasna.

— Ne trebaju mi ćilimi. Šta ću sa ćilimovima?

— Ćilim je uvek dobra stvar. Ovi su još naročito tkani za mene, boje su prirodne, sve je to domaći rad, takvi se ćilimi ne prodaju po radnjama — pokuša Jasna.

— Pa vi ih zadržite za sebe — odseče žena. — Šta imate još?

U sobu uđe dete u bundici, za njim pas.

— Mama, ja hoću užinu.

Žena ponovi, ne obraćajući pažnje na dete:

— Ćilime neću.

— Imam i minđuše, sa brilijantima, i dve burme.

— Ja plaćam samo zlato. U kamenje se ne razumem. Da vidim.

Dete je kenjkalo, tražeći da jede. Žena se ćuteći okrete, priđe ormanu za jelo, otvori pretinac, izvuče odande veliki beo hleb, odseče veliko parče, zahvati nožem u teglu i, onako odoka, namaza hleb debelim slojem masla. Onda se okrete stolu.

— Gde su te minđuše?

Jasna ih dade. S mukom je zadržavala suze. Nenad je gledao dete u bundi: dok je ono kidalo jedno parče i guralo u usta, pas je, stojeći kraj njega, svojim velikim crvenim jezikom oblizivao ono drugo, veće parče. Nenad proguta pljuvačku i okrete glavu.

Žena izvuče male terazije, postavi ih na sto, uravnoteži, i onda baci burme i minđuše na jedan tas. Dugo je menjala sićušne tegove dok sasvim ne pogodi pravu težinu.

— Osamnaest kruna.

— Ali to je malo, strašno malo, gospođo! Pogledajte samo izradu minđuša.

— Ja plaćam zlato, a ne izradu — hladno odgovori žena.

Jasna se lomila.

— To je malo, tako malo... A ćilime? Meni je gospođa Ogorelica kazala da ste joj naručili da vam nađe lepih pirotskih ćilimova. Ovi moji su čista vuna, bojeno u kući, predeno u kući.

Žena je ćutala. Jasna je bila pokolebana.

— Dobro, uzmite te minđuše i prstenje tako. Ali, uzmite i ćilimove. Uzmite sve zajedno.

Žena je razmišljala. Kroz jedna vrata uđe mali dežmekast vojnik u feldvebelskoj uniformi, u domaćim cipelama, raskopčanog mundira. Grgurava kosa imala je riđe odsjaje. On pogleda na ćilime, reče nešto mađarski, i ode dalje, povlačeći nogama. Žena se saže, diže jedan ćilim i razastra ga po stolu. Dugo ga je njuškala, pipkala, prevrtala; i gunđala pri tom. Jasna joj pomože da ga savije i sama razvi drugi, manji, ali mnogo lepši, svetlih, jasnih boja, divne sitne izrade.

— Ovo i nije ćilim — promrmlja žena. — Sidžade, toliko.

— Dva sa dva i po metra — primeti Jasna bojažljivo — to je pre ćilim.

— Znam i sama da ocenjujem — obrecnu se žena.

Ćilimi su, savijeni, ležali na stolu. Žena je držala na njima dlan svoje desne ruke i razmišljala.

— Ovo činim samo vama. Ćilimi mi ne trebaju... Ovaj veći četrdeset i dve krune, ovaj mali trideset.

— Nemojte, draga gospođo, eto, pedeset veliki, četrdeset manji...

— Ako nećete, nosite! — preseče suho žena. — I to vam činim, i sama ne znam zašto.

Jasna je sva drhtala. Dete u bundici jelo je u kraju deleći sa psom. Jasna prošapta:

— Dajte...

Žena podiže ćilime i odnese ih u drugu sobu. U trenutku dok je prolazila kroz vrata, Jasna i Nenad, primetiše u polumraku čitave gomile ćilima, tepiha... čitava brda posuta naftalinom.

Jasna je bila negde za poslom. U toploj Marijinoj sobi Nenad je, igrajući domine, čekao da se Jasna vrati. U velikoj sobi nije se čuo ni najmanji šum. Jedino je Ami, na Marijinom krilu, režala u snu. Kratak zimski suton brzo se pretvarao u mrak. Domine su se sve teže razaznavale na stolu. Marija obori svoje kocke. Zatim u smehu obori i Nenadove.

— Dobio bih!

— Sigurno!

— Sigurno! Zato ste i pokvarili igru što ste videli da ću ja dobiti.

Nenad je bio malo ljut. Marija baci Ami sa krila i pređe do Nenada na krevet.

— Ti si moj mali drugar... ne ljuti se!

Ona ga zagrli. Nenad se poče opirati. U sobi je bilo tiho i toplo.

— Ko je jači... otmi se, de, otmi se!

Nenad se još uvek opirao. Počeše se valjati po krevetu. Nenada prođe zla volja. On se od sveg srca predade igri. Naprezao se iz sve snage da ne bude pobeđen. U pitanju je bila čast celog muškog roda.

— Ako ste veći... čekajte samo!

— Ne za kosu! — vikala je od dragosti Marija. — Na čistu snagu ako si junak!

— Ja ne hvatam za kosu... vi zaplićete...

Topli mrak postajao je sve gušći. Ami je kraj kreveta kevtala, učestvujući u igri. Lica su i ruke bili bele mrlje izgubljene u senkama. Nenad je osećao divnu toplotu po celom telu. Obraze mu je lizao plamen. Bio je razdragan, srećan, nerazumljivo zadovoljan. Napor mišića izazivao je u njemu neko čulno i slatko treptanje. Marijini vreli obrazi ili njena kosa, koja ga je doticala časomice po vratu i

Cesarska i kraljevska realna gimnazija

Gimnazija: stara zgrada Vojne akademije, večito mračna, niskih tavanica. Sa sunca se ulazi, kraj vratarske sobe, u kojoj šiljboči vojna straža, u duge, tamne hodnike ispunjene amonijačnim zadahom zahoda i zveckanjem profesorskih mamuza i sabalja. Halo! Aptahti i pozori. Mršave ručice uz šavove pantalona. Peta uz petu. Meldegehorzami. Her-komandant, sa svojim zvezdicama pod obrijanom bradom, u divnom plavom mundiru, prolazi kroz špalir. Vera ti je grčko-istočna. Jezik ti je hrvatsko-srpski. Na rukavu metalna značka: *K. und K. R. G. Cesarska i kraljevska realna gimnazija.*

— Matić Jovan...

Pozor. Peta uz petu.

— Juče ste išli, Matiću Jovane, ulicom bez značke na rukavu. Dva sata zatvora, Matić Jovane.

— Razumem, gospodine poručniče.

Tabla sa brojnim stanjem. Ka und Ka sistem. Njegovo Carsko i Apostolsko Veličanstvo žmirka sa zidova između svojih bakenbarda na prvu generaciju đaka Okupiranih oblasti, koju vaspitava prejasna Monarhija. Bosna i Hercegovina? Ušla u „okvir Monarhije". Srbija? I ona će u okvir Monarhije. Sve će obuhvatiti taj okvir. Okvir

Monarhije se isteže kao lastiš. Radujte se što ulazite u taj okvir! U njoj je toplo. Jedan car, dve krune, deset naroda, dvadeset jezika. Slava Bogu na visini, a na zemlji mir među ljudima dobre volje.

— A, la, la... Otvori usta, stenico srpska, šta ih stiskaš! Ne kvari pesmu, Petroviću Žarko, tačno hvataj glas: la, la, la!...

Četrdeset mališana, ošišanih do glave, sa značkama na levoj ruci, otvara i zatvara usta u slavu Habsburga. Za katedrom stoji gospodin obrlajtnant profesor Klajić. Levom rukom drži sablju, desnom crnu oficirsku šapku. Gospodin obrlajtnant profesor Klajić imao je šesnaest godina kada ga je prejasna Monarhija, zajedno sa Bosnom i Hercegovinom, uzela u svoj okvir. Peta uz petu. Ruke na ivici pantalona. Sada je, hvala Bogu, obrlajtnant i profesor u Okupiranim oblastima. Širi ideju Monarhije. Stub je civilizacije. Sa rukama na šavovima pantalona može se dospeti daleko. Mladići, kao što je tamo neki Žerajić, neki Princip, neki Čabrinović, nisu to shvatili. Zato su i propali. Profesor Klajić se trudi da veliku ideju Monarhije sada prenese dalje i da je usadi u što veći broj tih ošišanih glava pred njim.

— Otvaraj usta, prasac, pusti glas...

— Pozor! Drži potiljak!

Dobro je. Tišina.

— Voljno! Sjedi!

Žagor. Prigušen kikot. Tela traže pokreta. Napolju blista sunce. Sava bleskajući protiče ispod porušenog mosta, kraj koga završavaju nov. Pred njom strše crni zidovi porušenih i spaljenih železničkih magacina. Proleće je tu. Sve miriše na proleće.

— Ko se to smije? Aptaht! Potiljak! Cijelu uru ćete mi stajati tako. Ne naslanjaj se o klupu. U potiljak!

Mušica zuji pod tavanicom. C. i K. Apostolsko Veličanstvo se smeška kroza zidove iza svojih bakenbarda. Gospodin obrlajtnant profesor Klajić strelja očima. Iza njega je Monarhija.

— Muter, sjedi. Dedić, sjedi. Štajn, sjedi.

On još probira. Monarhija zna da vlada. Povlastice, podvajanja, zavisti ostalih. Želja da se pređe linija i pomeša sa povlašćenim. Sistem povlašćivanja je neodoljiv. Profesor Klajić ga je iskusio na sebi. Muter, Dedić i Štajn sede. Oni se vrpolje, smeju, milo im je. Njima se pridružuju uskoro još dva-tri mališana. Dobri đaci, poslušna deca, meka, povodljiva, ne kao onaj tamo razbarušeni Pavlović Miodrag, koji peva zabranjene pesme na sav glas, ili kao Bajkić Nenad, čija uljudna upornost dovodi do besa. Njih treba kompromitovati.

— Bajkić, sjedi...

Bajkić polako seda, ali se ne smeje; nije čak ni odahnuo od olakšanja. Čak i sedeći on ostaje nepokretan i ukrućen kao i ostatak razreda. On nije Muter, ni Dedić, ni Štajn.

— Dosta. Voljno. Sjedi.

U učionici je tiho. Čas počinje. Napolju je proleće. Kroz zgradu, tamnim hodnicima, luta amonijačni zadah zahoda i ispod vrata se provlači u učionice. Polukasarna, poluzatvor. Na ulazu straža. Ka und Ka realna gimnazija.

U senovitom i zapuštenom školskom dvorištu, ograđenom visokim zgradama i surim zidovima, cvetali su kesteni. Snažno granato drveće pojavilo se pod rumenim i belim cvetovima. Sve staze su bile pokrivene opalim cvetnim laticama. Ogroman napor prirode da se obnovi osećao se u svemu. Čak i kroz utabanu zemlju nekadašnjih leja probijalo je, iako zakržljalo i iskaljano, zelenilo sabljičastih listova perunike; ili oštri vrhovi zumbula i zelenkade. Jedan venjak od cerovih oblica, sasvim u kraju vrta, usamljen, provaljenog krova, okružen bokorima jorgovana, trunuo je i padao u crvotočnu prašinu. Polomljene baštenske klupe, u koje su čitave generacije akademaca urezivale svoja imena i srca probodena strelama, videle su se još tu i tamo u vlažnoj, zelenoj senci novog lista.

Veliki odmor. Vrata se otvaraju na torovima. Strahovit topot drvenih sandala po kamenom stubištu. Prašina po dugim hodnicima. Po zahodima gužva. I svuda vesela lica. Dva časa su svršena, oh, svršena! Podignute ruke. Trka. Pod drvećem oni srećniji jedu mršavu užinu. Na čistini preskakanje. Korak stope. Kape lete uvis. Kraj zidova obraslih bršljanom usamljene bubalice uče nemačke i mađarske reči, dok veliki, iza venjaka, krišom puše. U vazduhu zuje pčele, ptice žagore u visokim granama, po plavom nebu klize beli oblačići. Ni po čemu se taj dan ne razlikuje od tolikih drugih prolećnih dana — kada je ovde bila Srbija.

Pošto je pojeo svoje parče hleba i otresao sa sebe mrve, Nenad je bacio svoj kaputić na klupu, natukao bolje kapu na čelo i prišao grupi koja je već igrala korak stope. Sve što se pre dva časa dogodilo na času bilo je daleko iza njega. Protekle vode... Pesma, poniženja, ona mrska slika matorog cara po kancelarijama, obrlajtnant profesor Klajić. Protekle vode! Eđer volt hol nem volt, volt eđer eđ seginj ember — sa drugog časa — protekle vode! Sada je hteo da trči. Da diše. Da se igra tri koraka. Osećao se lak, snažan, veštak u skakanju. Igra beše uveliko odmakla, i rđavi skakači već su morali da traže one tri stope i tri prsta pride da bi tek sa te nove linije uspeli da preskoče onoga što podleže.

— Hop!

Vođa preskoči i podlegač se odmiče do odskočenog mesta, još dalje. Čekajući na svoj red, Nenad dunu u šake. Na liniji su se igrači gurali.

— Sad si zaglavio.

— Hop!

— Omrsio se, omrsio!

— Nije.

— Dalje!

— Beži, be-ži...

Dvojica su čučala kraj same linije da vide da je skakač u odskoku ne pređe. Nenad uze zalet. Gledao je u dugu stazu: sa jedne i druge strane izvirivale su glave drugova, na sredini linija i na kraju, savijen, ruku oslonjenih na kolena, podlegač. Nenad se podiže malo na prste, struja zadovoljstva ga prože celog, završivši se, negde u stomaku, treperenjem. On je još stajao na mestu, pogleda prikovanog za liniju, suženih zenica, tela zategnutog kao tetiva. Već se odvajao od zemlje.

— Hu...

On se stušti. Svega oko njega nestade. Bio je jelen. Bio je hrt. On je vrištao od zadovoljstva. Linija. Hop! Zategnuta tetiva njegove leve noge odbaci ga u visinu. U ušima mu je zviždao harmonično vazduh. U stomaku oseti naglo prazninu padanja. Hop! On pade na tetivu desne noge, ona se ugiba pod njim. Hop! Dva. Već je ponovo u vazduhu. Prostor se smanjuje. Hop! Tri. Podlegač je tu, na domaku ruku koje se same ispružaju; celo Nenadovo telo je zgrčeno i napregnuto za poslednji skok. On već leti. Hop! Praznina. Zemlja tutnji. Krupan šljunak para Nenadova kolena. Ruke, koje nisu naiše na podlegača, leže mu pod samim licem kao izdrobljene. U ušima mu pišti. On se s naporom diže. Pred njim stoji podlegač, Miodrag Pavlović, gleda ga i ne pomaže mu da se ispravi. Smeška se. Kosa mu strši uvis. Nenadova kolena krvave.

— Zašto si se izmakao? — Nenadov glas je skoro ugušen uzbuđenjem.

— Jer ne dam da me ti preskačeš. Eno ti Mutera, izdajico!

Plamen liznu Nenadu uz obraze, pa se odmah ugasi. On postade još bleđi.

— Ja nisam izdajica. Pazi šta govoriš!

— Ne bojim se ja ni svetog Petra. Ako ti se ne dopada, idi pa me tuži.

— Ja nisam tužibaba.

— A ti ispričaj šta govorimo kad smo sami. I šta pevamo.

— Ja nisam špijun.

Pavlović naglo uhvati Nenada za ramena i, onako snažan, okrete ga na drugu stranu.

— Eno tvoga društva! — I pusti ga, dok se cela gomila smejala.

Poprečnom stazom šetali su u živom razgovoru Muter, Dedić i Štajn. Nenad podiže sa klupe svoj kaput, navuče ga i polako prođe kroz gomilu drugova, koja se ćuteći razmače. Kolena su mu krvavila. On se, šantajući, spusti iz parka u uzano kameno dvorište i na česmi opra kolena i ruke. Ali voda ne utiša strašno osećanje stida i nepravde, koje ga je držalo za gušu. Nenad ne spazi dežurnog profesora, lajtnanta profesora Zlatara, koji ga je, naslonjen na zid parka, posmatrao već nekoliko časaka. Profesor Zlatar je bio mršav čovek, sa cvikerom na mršavom nosu, bledunjav, tih. Srpski je govorio kao i svi Slovenci, sa neobičnim naglascima, naizgled teško, ali pravilno.

— Ko te je gurnuo?

Nenad se trže. Ruke mu, onako vlažne, pođoše same od sebe šavovima pantalona. On strašno poblede. Usne su mu bile sleđene. Profesor ponovi pitanje. Oči Nenadove se zacakliše. S naporom promuca:

— Ja sam sâm, molim lepo... zaleteo se i promašio.

Profesor ga je gledao jedan čas, njegov cviker je bleskao prema suncu, on naglo sleže ramenima i okrete se.

— Idi u kancelariju... traži od Frica da ti namaže kolena jodom.

Glad je polako privodila u krilo Monarhije zaostale srpske profesore. Bar je izgledalo da ih privodi. Šta se iza njihovih naboranih čela krilo, to Monarhija, na svoju veliku žalost, nije mogla da zna. Morala je verovati na njihovu golu reč. U C. i k. realnu gimnaziju dođoše tako četiri profesora i jedan sveštenik. Njihova iznošena odela, nesigurni pokreti, bojažljivi prolasci hodnicima, gde bi tiho, skoro na vrhovima prstiju išli ne sredinom već uza same zidove, njihovi prigušeni glasovi, kojima su pokušavali da zapovedaju, a u stvari su molili, umesto simpatija i naklonosti izazvaše kod učenika podsmeh i preziranje. Oni, istina, nisu imali silu profesora-oficira i ostalih došlih iz „preka", ali su ipak na neki način bili „njihovi", i čitavi razredi se, iako bez dogovora, sklupčaše u razdražene osinjake. Niko se ništa nije dogovarao. Bar niko nije video ni čuo ništa. Sve što je imalo ma kakve veze sa onima gore, pa bili to drugovi ili profesori, bilo je sumnjivo. Na časovima ostalih profesora sve je bilo nepromenjeno. Ali je samo čas docnije trebalo proći kraj vrata učionice u kojoj je profesor-Srbin držao čas, i čuti potmulo zujanje razdraženog razreda i uzaludne molbe profesora.

— Mir, deco, nemojte me terati da vas zapisujem; deco, molim vas bar malo mira, bar malo pažnje da možemo raditi.

— Hu-u-u... — odgovarao je razred. Vazduhom su letele mokre loptice hartije, ceduljice su išle od klupe do klupe, odvažniji su pretrčavali, čim bi profesor okrenuo leđa, na tuđa mesta.

— Ti ne sediš tu! — uzvikivao je profesor u očajanju. — Otkuda u toj klupi?

— Ja uvek sedim ovde — odgovarao je učenik, ne ustajući s mesta.

— Hu!...

— Ja ću te zapisati. To nije tvoje mesto.

— Možete. Izvol'te. Vi sada sve možete.

— Hu! hu!...

— Deco, preklinjem vas, deco!

Pobuna je disala u drvetu klupa. Jednoga dana, dok je stari i onemoćali profesor Huja, jadan u svome iznošenom geroku, lica sasvim uz crnu tablu, po kojoj je pisao i crtao, svojim sitnim i čistim rukopisom, matematičke formule i geometrijske figure, govoreći pri tom sam za sebe, da ga ni oni u prvim klupama nisu mogli čuti, Pavlović, razbarušeniji nego ikad, ustade i bez pitanja izađe iz učionice, pošto je glasno saopštio celom razredu šta ide da radi. Profesor

Huja govorio je dalje, lica uz tablu, po kojoj su se bez kraja ređale formule i likovi. S vremena na vreme zastao bi, odložio kredu i sunđer i, sve jednako okrenut licem tabli, tražio drhtavim rukama u peševima svoga geroka džep iz koga je izvlačio veliku plavu maramu, otirao njom oznojeno čelo i ćelu i ponovo je, na isti način, vraćao. Dešavalo se da poneki put krišom, ne okrećući se sasvim, pogleda na razred — ali bi taj njegov pokret izazvao jačanje larme, i on se brzo, uplašeno, ponovo gnjurao u crnu tablu, po kojoj bi, znojeći se i brišući znoj maramicom, pisao do zvona. A onda bi grozničavo grabio katalog, svoju ptičju staračku glavu zavlačio u ramena i bežao što je brže mogao iz pakla. Oni najbliži čuli bi njegov šapat:

— Za idući čas... prepisati, prepisati.

Niko nije stizao, u zviždanju i larmi, da prepiše. Čak ni Štajn. Mnoge ruke bacale su na tablu unapred spremljene krpe, koje bi se, uz prasak, lepile za crno drvo.

— Hu!... Hu!...

Posle prvog iznenađenja, profesori se snađoše. Nekoliko učenika iz starijih razreda bi izbačeno, na časovima zavlada, kraj sveg durenja i prećutnog otpora prema „izdajicama", mir. Sem na časovima starog Huje. Za sve nezgode, za sva dostavljanja, počeše obeđivati njega.

— On je. Jesi li video kako stoji pred komandantom?

— Drži petu uz petu.

— Prodao bi Boga.

— Hu! Hu! Hu!...

Prestrašen, klecavih kolena, sav skupljen u svome pozelenelom geroku, istežući i uvlačeći pri hodu svoj mršavi naborani vrat, sa katalogom pod miškom, hitao je on hodnicima, ćutljiv, krečnobled, kao da ide na pogubljenje. Bojao se svega. Komandanta. Oficira-profesora. Učenika. Posluge. Svoje rođene senke. Stražarima na ulazu skidao je duboko svoj crni omašćeni šešir. Hteo je da bude prema svima dobar, a svi su vikali na njega, svi su ga gurali, svi su mu se podsmevali. Pred njegov čas, dečurlija je, pomahnitala, pevala zabranjene pesme. Samo pred njegov čas. I to svi, i oni najmanji. Najmanji su i bili najbezdušniji. Šta je mogao da radi? Da zapisuje? Da upada u razred i prekida pesmu? Da unosi krivce u katalog? Kako bi to mogao? Ta to su srpske pesme, naše pesme. Sem toga, on nije želeo toj deci da pričini nikakvog zla. Zar i bez njega nisu dovoljno mučena? I on je, istegnute šije, kašljucao pred vratima učionica, čekajući da pesma stane da bi mogao, u trenutnom zatišju, kao da ništa nije ni čuo ni video, protrčati do table, dokopati kredu i sunđer i sav se predati pisanju i crtanju.

Jednoga dana iznenadi ga tako pred vratima, iza kojih je treštalo *Hej trubaču!*, obrlajtnant profesor Klajić. On pogleda oštro Huju u oči i, odgurnuvši ga, ulete u razred.

— Kuš, bagro prljava! Je li zvonilo ili nije?

I prišavši naglo klupama, on poče šamarati levo i desno, šakom i nadlanicom. I radeći to, on je, sav zaduvan, ponavljao:

— Ovako se to radi, kolega, ovako, ovako!

Zatim, presekavši pogledom Huju, koji je sav bled, sa katalogom pod miškom, stajao zgrčen kraj samih vrata, on okrete leđa i izjuri iz razreda. Opuštena sablja besno je tandrkala za njim.

U razredu je bio mir, strašan mir. Čulo se samo štektanje i šmrktanje išamaranih. Kao krivac domogao se Huja katedre, zgrabio kredu i već se po tabli beleli trougli, tangente, rombovi.

— Hu!

— On nas je izdao!

— Kukavica. Nije smeo sam nego doveo drugog da nas šamara.

— Saspi, saspi mu u džep!

Osinjak počinje opasno da zuji. Napolju je proleće. Napolju su laste. Ovde ih sve sputava. Huja piše po tabli lekciju. Pavlović, sa bočicom ljubičastog mastila u ruci, prilazi katedri. Džep od geroka je pred njim. Bočica se naginje. Gotovo. Pavlović se klibi. U učionici je tajac. Svi sede i čekaju nepomično. Muter i Dedić su se zavukli u klupe, prilegli na sveske, prave se da ne vide. Ne smeju da vide — sa svih strana im pokazuju pesnice. Juče su morali tri puta da viknu, pre izlaska sa časa: živela Srbija! To im stoji sada nad glavom. I zbilja ne vide ništa, od straha. Tišina vređa starog Huju. Probija ga znoj. On odlaže kredu i sunđer. Drhtavim rukama traži džep... Žmarci prolaze razredom. Oh! sad, sad... Ruka, jeste! ruka mu je našla džep, gotovo, on vadi. Gospode! on vadi maramicu natopljenu ljubičastim mastilom, prsti su mu već umazani, ah! on diže ruku...

— Ne brišite se! Stanite!

Glas je snažan. Nenad stoji nasred učionice, uzbuđen, sav crven, i sam začuđen kako je mogao tako jako viknuti.

— Ah!

— Udri ga! Udri!

Ruke se dižu. Pavlović je već pred Nenadom. Njegova pesnica ga pogađa u vrat, pa u vilicu. Nenad je obnevideo, on se baca na Pavlovića, njegovi prsti grabe njegovu čupavu kosu i već se obojica valjaju u uskom prolazu između klupa.

— Udri ga!

— Rascopaj mu nos!

Jedan tanak glas nadvikuje ostale.

— Makljaj! Ubi' ga, ubi'!

Svi su sklupčani nad ovima što se biju, svi uzvikuju — i graja otiče kroz otvorene prozore u vedro nebo — i niko ne vidi Huju kako zagleda svoje ruke, i kako naglo, kao pokošen, pada po stolu, zariva glavu u dlanove, mastiljavi obraze, tanku belu kosicu, oči, i jeca, jeca glasno, da mu se tresu mršava ramena u pozelenelom geroku.

Mir. Hodnicima zveckaju oficirske sablje. Aptahti i pozori. Učenici ne smeju trčati stepeništem. Učenici ne smeju pevati; ni vikati. U protivnom... Učenici ne smeju ući u zgradu gimnazije pre nego što zvono ne pozove. U protivnom... A zvono poziva u pet minuta do osam. Zato cela gimnazija svakog jutra stoji s druge strane ulice, bez obzira na vreme, i čeka. Seda po trotoaru. Naslanja se na razvaljenu ogradu konjičke kasarne. Pred vratima se šetkaju stražari. U punoj su opremi. Čuvaju zgradu.

Brisanje nogu pred vratima. Stražari s jedne, stražari s druge strane. U vratarskoj sobi Fric, da zapiše sve one koji zadocne. Dežurni profesor na hodniku i pred stepeništem. Zahodi, pored sveg zapta, smrde podmuklo. Kasarna. Zatvor. I sve je smireno. Dovedeno u red. Molitve. Himne. Poravnanja. Ne zna se kada je odmor a kada čas — mir groblja po učionicama. Melde-gehorzami. Brojno stanje. Učenicima nije dozvoljeno ulaziti u park i igrati se u njemu; za njih je sada određeno uzano kameno dvorište. U dvorištu je dežurni profesor. Inspektori čestitaju nastavnom osoblju — vojno osoblje udara, od zadovoljstva, petom o petu; civilno se klanja. Stari Huja je već samo davna uspomena. On gladuje negde, skriven u polurazrušenom Beogradu — možda sam, možda sa decom. Nov profesor, lajtnant Hebert, vojvođanski Nemac, još slab od velike rane na nozi, zbog koje se svaki čas oslanja na sablju, i čije tištanje đaci osećaju na sebi, jer im tada profesor, lagano, da bi utolio svoj rođeni bol, sasvim lagano i sa osmehom na licu isteže „ušesa" — uvodi svoje đake u tajne matematike i geometrije na svoj način: čitavim, mudro zamišljenim, sistemom zabrana, kazni, lišavanja. Da bi se rešio jedan zadatak, nije dovoljno stati pred tablu, uzeti kredu i sunđer u ruku. Ne. Svetlo lice gospodina lajtnanta, prema kome se ne smeju okrenuti leđa, igra u tom rešavanju veliku ulogu. I onda pete, moliću lepo! Bez toga... Onda ruka sa sunđerom. Na svako pitanje odgovor se mora dati u stavu mirno — licem prema gospodinu profesoru, koji za to vreme može čapkati nos; ili gledati kroz prozor. I onda, prilaz katedri. I odlaz od nje. U Monarhiji nema mesta za divljake.

— Uteraću ja već vama civilizaciju u glavu, vaške prljave.

A civilizacija je zamorna. Po svršenom času razred je isceđen, ukrućenih udova, neveseo. Časovi Srba-profesora pričinjavaju se sada kao prozori otvoreni prema planinama i šumama. Vazduh je lakši. Ima smeha, neusiljenosti; mladi profesor Mališa, umesto geografije, čita im divne francuske priče. Nešto toplo i očinsko, što pre nisu osećali, bije iz tih ljudi. Ali sada, sve je dockan. Huje više nema.

Marija

— Nenade, Nenade, zar me ne poznaješ?

Marija je stajala ispod drvoreda rascvetalih lipa, bledog lika i jako nakarminisanih usana. Gledala je u neverici Nenada, koji je uzmicao ispred nje unatraške.

— Ma stani, Nenade, šta ti je!

On udari leđima o živicu koja je okruživala duboki Finansijski park i umalo ne propade. Zadržavši se s mukom u ravnoteži, on okrete leđa Mariji, spreman da pobegne. Ali ga Marija sustiže i uhvati za mišicu.

— Lepo, tako se vole svoji stari prijatelji.

Svuda unaokolo prolazili su gimnazisti sa svojim metalnim značkama na rukavima i knjigama pod pazuhom. Dole, u parku, kroz gusto zelenilo starih kestenova, bleskalo se novo tenisko igralište; sa njega su se dizali kratki nerazumljivi uzvici i potmuli udarci belih lopti.

— Pustite me.

Marija mu, svojom mekom, belom i mirišljavom rukom podiže glavu prema sebi. On je i pored toga držao oboren pogled, otimajući se.

— Zar me više ne voliš?

— Ne, ne, vi niste dobri, vi... — On naglo podiže oči prema njoj i, mada je hteo da kaže sasvim nešto drugo, reče kruto: — Ami je crkla. Urlikala za vama i crkla.

Marija strašno poblede. Usne joj time dođoše još crvenije, trepavice i obrve crnje.

— Kada?

— Hallo, Marie!

Mlad oficir, sa raketama pod miškom, peo se iz parka uzanom stazom. Tek tada Nenad primeti da je i Marija imala raketu u ruci; i da je bila odevena u belo.

— Ovde sam, Fredi!

Marija se umorno osmehnu Nenadu; njena ruka omlitavi. Ali, baš u času kada Nenad htede da se sasvim oslobodi, ona ga ponovo zgrabi, najednom vesela, rašćeretana, nežno povlačeći Nenada sa sobom, nagnuta toliko da mu je obraz doticala svojom kosom, koja je, kao i sve na njoj, odisala nekim naročitim, ženskim, razdražujućim mirisom.

— Vidi, Fredi, je li da je lep moj dečkić? Seti se, znaš da sam ti govorila o njemu, seti se. I, znaš Fredi, na njega ne smeš da budeš ljubomoran, nikako; inače, ako treba da biram između tebe i njega, da znaš, ostaviću te i vratiću se kući. Upoznaj se, Nenade, daj Frediju ruku.

Fredi utaknu u levo oko monokl opervažen crnim okvirom i pažljivo pogleda u Nenada. Gledao ga je malo podsmešljivo, ali nikako zlo.

— Dakle, to je moj rival? Ovamo ruku, mladi čoveče! Tako. Nadam se da vas neću morati izazivati na dvoboj i da ćemo ostati prijatelji.

Nenad zažele da mrzi, ali nije mogao: Fredi je, sa svojim lepim i pravilnim licem, uprkos kapetanskim zvezdicama, bio živahan, simpatičan mlad čovek, nimalo napet i savršeno otmen. Bio je visok, vitak, gipkih pokreta, tople šake, kojom je krepko držao Nenadovu ruku.

— Vaše porodično ime?

— Bajkić, gospodine, Nenad Bajkić.

— A ja sam kapetan Fredi. Marie, treba li da se predstavim i drugim svojim imenima, ili je i ovo dovoljno?

Nenad se zacrveni: taj Fredi razgovara sa njim kao da je on neko malo derište. Međutim, Marija se umeša:

— Ozbiljno, Fredi, ne jedi mi Nenada. A ti, Nenade, ne uzimaj sve k srcu. Znaš, Fredi tako priča, a videćeš, nije on ni rđav, ni zao. Je li, Fredi, da nisi?

— Zaista ne — i Fredi se osmehnu veoma milo.

Dok su oni tako stajali i razgovarali, gimnazisti su prolazili i zagledali ih, što je Nenadu bilo naročito neugodno. Trebalo je da pobegne; da okrene leđa i da ode. Kao Srbin, on nije smeo da govori sa Marijom. To mu je, ovako u razmišljanju, bilo jasno. Ona je otpadnik rase; i gore: ona je uvredila svojim postupkom sve ono što predstavlja svetinju naroda. Živi sa tim Fredijem, koji je, istina, i mlad, i lep, i tako mio, ali ipak samo neprijatelj i okupatorski oficir. Međutim, dok je tako razmišljao, osećao je kako ga Marija privlači, i u svome srcu nikako nije uspevao da je osudi. Jeste, sve je ono tačno, ona je prokažena, izlučena iz zajednice, od nje poštene žene i dobre Srpkinje okreću glavu, ali možda baš zato... Nenad nije imao snage da se odvoji od nje. Bio je mutno uzbuđen njenom blizinom, njenim mirisom, toplinom njenih dlanova, ženskošću njenih pokreta (oh, ta ženskost, ta čulnost, koja kao da beše napustila sve žene, Jasnu, gđu Ogorelicu, Lelu, sve ostale, koje su beda i glad polako lišavala svega ljupkog i nežnog, svega lepog, dajući njihovom izgledu, hodu, pokretima nešto kruto, suho, muškobanjasto, siroto!).

Nenad je išao oborene glave, Marija čavrljala, Fredi zviždukao. Tako dođoše do Vaznesenske crkve. Drvena ograda beše polomljena i dignuta, ali je mlad jelik bio sav obnovljen. Nežne nove iglice, bledozeleni vršci pupili su na sve strane. Pet malih kubeta, crveno bojenih, nadvišavali su to zelenilo i upirali svoje zlatne krstove i gromobrane u prozračno i čisto nebo.

Spuštajući se od „Londona", naiđe jedan stariji oficir.

Utegnut, mrzovoljan, riđih bakenbarda. On zaustavi Fredija.

Čim ostadoše sami, Marija naglo promeni glas. Jedva je savlađivala uzbuđenje:

— Reci mi, kako je mama? Je li zdrava? Izlazi li kuda? Je li oslabila?

— Ne izlazi nikud, ne govori ni sa kim. Pokoji put dođe kod Jasne, ali nikad ne govori o vama, to nikad.

Marija ostade trenutak zamišljena.

— Mama nikad nije volela da ide u onu sobu pod krovom otkako je Bata poginuo. — Ona poćuta. — To je bila Batina soba, dok je bio student.

— Mi ne stanujemo više gore, već u dvorištu, u stanu gde su stanovali Marići. On je umro, u Mađarskoj, a gospođa Marić je otišla sestri.

— A gore?

— Nema nikog.

— Sada je znači mama sama u celoj kući — reče polako Marija.

— Zar ste morali tako da uradite? — upita najednom Nenad.

Zvuk njegova glasa, pogled njegovih svetlih očiju, koji je dolazio pravo i upirao se u same Marijine zenice, strašno zbuni Mariju. Tek tada ona vide koliko je Nenad porastao, koliko mu je dečački lik dobio u ozbiljnosti i zrelosti. To više nije bio njen mali drugar sa kojim je mogla da se igra i šali, već čitav čovek, koji postavlja teška i ozbiljna pitanja. Ona obori pogled i pođe nekoliko koraka ćuteći.

— Ti si još mali, ti to ne možeš da razumeš, Nenade — reče tiho. — Kada budeš veliki kao Fredi... Ne, nemoj me pitati o tome!

Što je bilo, bilo. Svršeno. Možda nije trebalo, vrlo dobro znam, ali...
Ne, ne, ne treba sada tebi o tome da govorim, razumeti nećeš, a
nije ni lepo.

— O, ja razumem, ja vas razumem! — uzviknu još uvek onim
ozbiljnim glasom Nenad, uhvativši Mariju za ruku. I dodade tiše,
oborivši pogled: — Jer ste voleli... tog vašeg Fredija.

— Pst!

Marija je bila sva crvena. Fredi je prilazio.

— Dođi k meni — šapnu mu Marija brzo.

Kako se Nenad ustezao da odgovori, setivši se naglo Jasne, Marija
dodade:

— Da mi pričaš o mami.

U njenom glasu bilo je toliko molbe i potištenosti da Nenad i
protiv svoje volje klimnu glavom u znak pristanka.

Kuća je imala sa ulice tri visoka prozora — ali zelene šalone ne
behu otvorene da u kuću uđe svetlost, već samo isturene. Ispod njih,
prozorska okna bila su od ispupčenog biljurskog stakla, bar ona
okna koja ostadoše cela od pre rata. Visoka ograda od gvožđa imala
je sa unutrašnje strane gvozdene table, tako da se dvorište sa ulice
nije videlo. Bakarni list jednog malog drveta crvene šljive, zajedno sa
visokim stablom jedne bele breze, prelazili su preko ivice ograde; i
sasvim u pozadini, ako bi čovek gledao sa druge strane ulice, videli
su se vrhovi dve-tri srebrnaste tuje. Japanska loza svojim gustim
zelenilom pokrivala je prazan zid susedne kuće, padajući svojim
lelujavim i nežnim izdancima po ogradi, za čije gvožđe nije mogla da
se pripije.

Tako je spolja izgledala kuća u Njegoševoj ulici, gde je kapetan
Fredi stanovao sa Marijom. Nikad se niko nije video na prozorima;
kapija se retko otvarala.

Ali unutra, prema rascvetanoj bašti, sa njenim malim venjakom u ružama, minijaturnim pećinama od sunđerastog kamena i rečnih školjki, pred kojim stoje gipsane figure patuljaka sa jarkocrvenim šiljatim kapama, belim bradama, sa njenom Venerom od sivog cementa, kojoj je odbijen nos, kuća je bila sva otvorena suncu, svetla, vesela. Po terasi, čiji su krov sa trougaonim zabatom držala dva tanka kamena stuba u nekom neodređenom stilu, vukle su se stolice za ležanje, pokrivene raznobojnim jastučićima, korpicama, Marijinim sitnicama, modnim žurnalima, priborom za manikiranje, ilustrovanim listovima. Dva velika psa ptičara, mekih, svilenih, opuštenih ušiju, jurila su se oko štale za konje, koja se dizala, i sama pokrivena onom lozom, u dnu dvorišta; pod njenim cinkanim krovom gukali su srebrnastosivi golubovi. Trebalo je samo zatvoriti za sobom tešku gvozdenu kapiju, i naći se u sredini nekadašnjeg bezbrižnog i toplog domaćeg mira. Ta kuća je bila za Nenada kao ostrvo prošlosti.

Više od nedelje dana Nenad je obilazio oko kuće, ne usuđujući se da uđe. Ali Marija ga je snažno privlačila. Potajno je pomišljao na ono, onako slatko, rvanje sa njom, na njene meke ruke, na miris njene kose. Noću, u mračnoj tišini sobe, on je, lica u jastuku, pokušavao da dočara Mariju, njen lik, njenu miloštu. Sva lepota, sva čežnja, usredsredi se na Mariju; sve ono nepoznato, ono mutno i uzbuđujuće žensko, zgusnu se oko zatvorene kuće u Njegoševoj ulici. On promeni put u školu: sad je uvek prolazio kraj nje. Jednoga dana se prelomi i uđe.

Odmah s vrata nagrnuše psi na njega. Iz konjušnice izađe vojnik sa zasukanim rukavima i viknu na pse, koji ga nerado poslušaše. Ali, dok Marija izađe iz kupatila, iz koga je vikala Nenadu kroz vrata da je čeka, psi ponovo navališe, skačući preko trskanih fotelja i terase.

— Psi, Šandore, oteraj pse, zaboga, Šandore! Marš Dijana, Hektore, džukelo!

Prostorije behu kopanjem i raščišćavanjem uveliko proširene, pa čak delimično i nameštene nekim razlupanim nameštajem. Svodovi behu sada pokriveni debelim nanosima gline, tako da se u ruševinama moglo ostati i po najvećoj kiši. U ruševinama se vodio raspusan život: kockalo se u dugmad, slike „rezanice", ali najčešće u novac; pušilo se i psovalo bez ikakva srama; u tople dane banda se spuštala na Dunav, gde se kupala sasvim gola, na opštu sablazan ostalih kupača. Sva dobra deca iz okoline behu napustila družinu; ali se zato pojaviše novi članovi, dolazeći iz dubine Palilule ili spuštajući se sa Vračara; glave divljačne, čupave; manguparija snažnih mišića, izubijana, izgrebana i prekaljena u tučama. Ničeg nije bilo što nisu smeli. Voće iz tuđeg dvorišta; ili divne crvene ruže iza gvozdene ograde. Prva fudbalska lopta na Trkalištu bila je njihova. Ako je što detaljnije mogao da sazna o onome što ga je mučilo, to je mogao samo od njih. I Nenad — iako se u početku sav ježio pri gadnim psovkama — sasvim se priključi bandi. On čak propuši. Prvi dim koji povuče izazva u njemu zadovoljstvo slično onom što ga beše osetio onog večera igrajući se sa Marijom: lako blaženstvo prostruja mu kroz telo do vrhova prstiju na nogama; u isti mah oseti u glavi laku omaglicu. Glavonja i Sveta-Kliker gledali su ga pažljivo i podsmešljivo. Na njihovo tutkanje, Nenad povuče još dva-tri dima, pri čemu se malo zagrcnu. To prvo pušenje mu, međutim, prođe bez povraćanja i izazva kod drugova opšte divljenje.

— Samo Pera-Kreka nije povraćao.

Beograd, posiveo od letnje prašine, izgledao je pod žegom još praznije. Nikoga nije bilo da prati dečurliju u njenim kretanima. Banda je išla da dobacuje, sa dvosmislenim rečima, cigarete zatvorenim ženama u Zdelarovoj gimnaziji; ili, još radije, da, skrivena u korenju vrba kraj Dunava, gleda žene koje se svlače. Zatim su, izvaljeni u svome podrumu, po asurama i krparama, pušili i pričali ono što su videli ili doživeli. Žene su ih strahovito privlačile i zanimale, i o svemu su govorili otvoreno i surovo. Za velike sve to već nije bilo ništa. Glavonja, Sveta-Kliker i Pera-Kreka već su išli nekoliko puta ženama — i o tome su pričali nekako sa dosadom, mrzovoljno. Oni su između sebe radije raspravljali o bolestima, o pobačajima, o silovanjima. Nenadu se mutilo u glavi. Pa ipak, uporno se raspitivao o svemu; naročito ga preneraziše podaci o pobačaju.

— A dete?

— Iseku ga i bace — odgovori hladnokrvno Pera-Kreka pobledelom Nenadu.

— Pa to ga ubiju!

— Oh, ono je još malo, manje od miša, što da ga ne ubiju! Video sam jedno u muzeju, zatvorili ga u teglu sa špiritusom. Ovolicna mu glava, i žmuri!

Nenad se seti, sav naježen, medicinskih knjiga na tavanu. Otkako se behu preselili u dvorište, i stubište i tavan bili su zaključani. Otvoriti jedna tavanska vrata bez ključa, sada za Nenada nije predstavljalo nikakvu teškoću. Prvo je razgledao sam; onda, posle nekoliko dana, prenese knjige drugovima. Crteži im se ništa ne dopadoše; sve je bilo kao na mesarnici; žena je bila presečena uvek preko polovine, videlo se srce, pluća, želudac i u jednoj bešici zgrčeno dete; živci su bili vidljivi pod oderanom kožom, a to je bilo najgnusnije. Istina, Pera-Kreka je pokazivao kojim putem i kako se sve to događa, ali Nenadu nikako nije bilo jasno: te crveno i plavo obojene crteže on nikako nije uspevao da dovede u vezu sa ono nekoliko krišom ugledanih žena; sa belom kožom Marijinom.

Toga dana, cela banda beše krenula na kupanje, i Nenad nije očekivao da u razvalinama na nekoga naiđe. Ušavši u podzemlje, on iz najudaljenije odaje ču prigušen smeh i brzi govor. On priđe polako, na prstima, i sav pretrnu: jedan glas je bio ženski. On proviri: pod svodom su se rvali Glavonja i jedna crnpurasta devojčica bosih nogu. Zgađen, ostavljajući iza sebe onu sramnu sliku povaljene Cigančice,

Nenad jurnu kući. To je, dakle, tako! I svi tako! I Marija... On provede, uznemiren i nesrećan, ceo dan kao u bunilu. Kada sutradan ustade, on se oseti mirnim i tužnim, kao posle nečije smrti. I sav se predade fudbalu i kupanju. Kao ostali veliki, poče izbegavati govore o ženama.

Prvih jesenjih dana poče škola. Nenad je dočeka kao oslobođenje. Profesore sada nije delio na „naše" i „njihove": svi naši nisu bili blagi, svi njihovi grubi. Sa strašću se baci na učenje. Tražio je od profesora objašnjenja, raspitivao se o knjigama. Profesor zoologije i botanike, obrlajtnant Zlatar, uze ga da pomaže pri sređivanju prirodnjačkog kabineta. U velikoj sali na trećem spratu, odakle se videla cela Sava od mosta, a Beograd od tornja Saborne crkve, Nenad je satima ostajao sam. Oko njega su, u njihovim staklenim teglama, poređanim po staklenim ormanima, stajale u dubokom razmišljanju razapete žabe, daždevnjaci i gušteri; sa zidova su ga nepomično i podsmešljivo posmatrale staklene oči ispunjenih ptica, uzalud zamahujći svojim, zauvek, nepomičnim krilima. Za to vreme, Nenad je išao od ormana do ormana, od jedne staklene kutije sa leptirovima do druge, u onom teškom vonju preparata i osušenog perja punog prašine, i upoređivao brojeve, ispisivao male cedulje, koje je onda lepio na boce, kutije, drvena podnožja. Neka tiha melanholija bi ga ophrvala kada bi se ponovo okrenulo svojim teglama punim alkohola i mrtvih životinja. Usred tog izumrlog sveta, Nenad se kretao sam sa svojim neobičnim mislima, rastrzan između samilosti (i gađenja) i grozničave želje da što više sazna. Metamorfoza gusenice u leptira, punoglavca u žabu, bacala ga je u pravo zaprepašćenje. Najzad, te fizičke promene postadoše mu ako ne razumljive a ono prisne. Jer, te promene bile su ipak nešto što se moglo gledati, pratiti golim okom; jer su bile srodne sa drugim promenama. Ali, život mrava i pčela, njihova društvena organizacija, njihovi strogo odeljeni poslovi, rad u mravinjaku i košnici, izazva u Nenadu krajnju zabunu. Stajao bi tako nad mravinjakom u dvorištu i gledao hod mrava. „I oni sada znaju šta hoće", mislio je. To, da tako majušna stvorenja znaju i osećaju, bilo je za Nenada najneshvatljivije. Pokušavao je da ih zbuni stavljajući na putanju kojom su išli kamenje, zatrpavajući izlaz zemljom; mravi bi uvek pomerali svoj put ulevo ili udesno, ali ne bi gubili pravca; ulaz u mravinjak bi u času bio ponovo otvoren. Uzalud je Nenad pokušavao da uveličavajućim staklom sasvim uđe u tajne ovih bića: sve što je otkrivao bile su samo telesne odlike, beskrajno složene, ali na kraju razumljive kao čudo prirode. Do tada, za njega je bilo potpuno shvatljivo da čovek misli i oseća. Čovek je tako bio centar svega, a oko njega su išle beslovesne životinje, raslo nesvesno bilje. Sada, najednom, pred Nenadom se dizala jedna složena i veličanstvena priroda, u kojoj je i najmanji organizam živeo svojim životom — i Nenad se pred tom prirodom izgubi i oseti veliki strah.

Sve češće Nenad poče zaustavljati profesora Zlatara pitanjima. Neprimetno, časovi provedeni u zoološkom kabinetu počeše se dužiti. Sada je i sam profesor, po svršenom poslu, ostajao u dugoj i niskoj sali. U početku se snebivao da tako malom čoveku kao što je bio Nenad objašnjava tako složene stvari. Ali Nenad je pokazivao toliko interesovanja, toliko obdarenosti, da je profesor polako popuštao, onda se i čudio i, na kraju, sa ozbiljnošću, stao ga upućivati u sve teža i teža pitanja. Nedeljom i praznikom uobičajiše da izlaze u polje, Topčider ili još dalje, Rakovicu, gde bi posmatrali biljke i insekte. Ono što mu je profesor u tim usamljenim šetnjama po zapuštenim šumskim stazama, kroz šume već taknute crvenim dahom jeseni, govorio o razvitku živoga sveta, učini se Nenadu kao najlepša (i ujedno najstrašnija) bajka: milioni godina, i kroz te nizove vekova, kroz toliko trajanje, stalne promene, rađanja i izumiranja čitavih životinjskih vrsta — glečeri koji se pomiču, mora koja se sele — i u svemu tome džinovskom i u isti mah nevidljivom postojanju, koje ne prestaje ni za čas, i koje se zbiva i pred njim, on, Nenad Bajkić, eto, ide šumskom stazom, po sveže opalom listu, i što je najinteresantnije, oseća i razume taj dah večite životne promene.

— To znači da svet nije gotov, da se još uvek, propadajući, stvara.

— Da. I ne samo organski i neorganski svet, već i sve ono drugo što je uslovljeno organskim i neorganskim svetom; odnosi zemlje i bilja, bilja i životinja, životinja i ljudi, ljudi i ljudi, i dalje, sve ono što su ljudi stvorili, materijalna dobra, kuće i spomenici, duhovna dobra, oblici života, ustanove, države. Ti si video kako se države dižu i rastu, i padaju, nestaju; kako se čitavi narodi stvaraju i propadaju. Jedino što postoji stalno, to je ta večna promena. U jednom trenutku večite promene pojavio se čovek — ah, ne ovakav kakvi smo mi danas; pre životinja nego čovek! — i ništa nam ne jamči da ga jednog drugog trenutka, kroz ko zna koliko miliona godina, neće nestati; ili da se neće razviti u sasvim novu vrstu — različnu od nas sadašnjih, kao što smo mi danas različni od naših predaka majmuna.

— Zašto nam tako ne govorite u školi, na času? — upita posle kratkog razmišljanja Nenad.

Profesor se zbuni za čas.

— To nije u programu... a i mnogi ne bi razumeli. O tome se govori kasnije, na univerzitetu.

— Ali zašto nam onda pričaju priče o stvorenju sveta za šest dana? Po Bibliji, sve ovo što je oko nas, od planina i mora do najsitnijih insekata, stvoreno je najednom tako, svaki cvet sa svojim prašnicima, i tučnicima, svaki insekt, svaka životinja sa svim svojim današnjim organima, a čovek od gline, i žena od njegova rebra, baš isti ovakvi kakvi smo danas. A ako je sve tako kako vi kažete, a vi govorite samo ono što je dokazano, onda uopšte nije bilo stvaranja sveta kako je opisano u Svetom pismu; a ako nije bilo, onda zašto nam pričaju kao da je bilo, zašto nas lažu?

Profesor Zlatar je zbunjeno išao kraj Nenada. Onako u uniformi rezervnog pešadijskog poručnika, kome sablja smeta pri hodu, a zamišljen, izgledao je vrlo smešno. On pokuša da Nenadu objasni religiju i njeno objašnjenje stvaranja sveta kao skup simbola, koji su neki put vrlo duboki, neki put mutni i apsurdni, a skoro uvek puni poezije.

— Ali mi to tako ne razumemo. Mi shvatamo onako kako nam se kaže — odgovori Nenad. — Adam zaspao i Bog mu izvukao jedno rebro, dunuo u njega i stvorio Evu.

Profesor je u velikoj nedoumici ćutao. Dugo se lomio pre nego što je izustio:

— Jeste, sve je to sada i danas nemoguće, i ti si u pravu. Postoje zakoni, ti ih sada još ne možeš razumeti, zakoni koje su otkrili veliki umovi, i po kojima... Ti si učio grčku i rimsku istoriju proše godine, i video si onu gomilu mrtvih bogova, Zevsa, Veneru, Pana, Junonu, Ceres, Marsa — i učio si kakvu su borbu vodili hrišćani protiv njih. E, lepo, ti su bogovi u svoje vreme bili mladi, snažni, u njih nisu sumnjali, oni su predstavljali za ljude ono što za nas predstavljaju, ili su bar predstavljali još za naše majke i oceve, naši bogovi... Onda su ostareli i tako... polako izumirali i umrli. Ostala iza njih gomila lepih priča, ostala poezija, ostali njihovi mitovi, a njih već odavno nema, jer ih nikad nije ni bilo, sem u glavama ljudi. Bogovi se kvare, jer se sve što ljudi stvore kvari, brže ili sporije. — On zaćuta, zagledan u polje kroz čiju su visoku travu gazili. — Po kojim zakonima se bogovi stvaraju i po kojim umiru, doznaćeš kasnije... ako budeš pošteno mislio.

On ne primeti koliko je Nenad bio uzbuđen i bled.

— A duh, gospodine, duh koji sve ispunjava?

— Vidiš: postoji materija, takav i takav sklop atoma, po toj i toj formuli — mi danas znamo sastav svega na svetu — i takav i takav sklop atoma uslovljava takva i takva svojstva, takve i takve pojave. Postoji moje telo i postoji moj duh, koji nije ništa drugo do emanacija moga tela. Shvataš li?

— Shvatam — promrmlja Nenad zamišljen.

Koračali su i dalje preko livade, gazeći do preko kolena suhu i napuštenu travu. Trava, nepokošena, propadala je sama od sebe. Odjednom, Nenadu pade na pamet pitanje:

„Ako je duh emanacija materije, onda kako, odakle materija, kako je postala materija, kako se sklopila materija, iz čega je došlo ono što je organizovalo materiju? Materija je u svakoj večnoj promeni besmrtna — ali odakle je ona, u čemu je ona, gde počinje i gde svršava? Sve je stvoreno od osnovnih elemenata, ali kako su se stvorili ti osnovni elementi? I kako se stvorio prostor u kome ovi elementi stvaraju materiju?”

Takvo pitanje i još druga dalja zbunjeno prođoše Nenadu kroz glavu. On se ne usudi da ih izusti, iz straha da ih neće dobro iskazati. Možda ima nešto što on nije razumeo. Možda materija ne znači ono što on zamišlja pod materijom. Ali ipak se oseti tim mislima malo ohrabren. On se u sebi čak i zaradova malo što bi se jamačno ovakvim pitanjem mogao osvetiti profesoru za smrt tolikih bogova.

Fric. I knjiga naredbi pod miškom. U monotoniju časa odjednom se upleli radoznalost, nestrpljenje. Neki praaznik? Ili neka pobeda? Ili neka kazna? Pozor! Podignuta sedišta na klupama škripe. U potiljak! Aptaht! Svojom naredbom od... komandant... Bio je nekakav carski dan, neka uspomena, odavanje pošte nečmu što stvarno nije imalo nikakve veze ni sa kim. Profesor-Srbin čita naredbu mrtvim glasom, kao automat. Potpis. Zatvorena knjiga. Voljno. Sedišta lupaju. Mali žagor. Međutim, Fric se naginje profesoru, govori.

— Bajkiću!

Nenad se uspravlja, nepoverljiv.

— Zove vas gospodin komandant.

Dok izlaze iz razreda, Fric mu namiguje, i to malo smiruje Nenada. Hodnici, stepeništa, mračno predsoblje u kome miriše skoro obojena drvenarija, vrata iza kojih je, za svojim stolom, okružen carskim portretima po zidovima, gospodin komandant.

— Ulazite!

Svetlost sunčane sobe. Plavi koluti duvanskog dima. Miris novih zastirača. Okrenut licem komandantu, u stavu mirno, Nenad ne vidi ko je iza njega (mada oseća još nečije prisustvo u sobi), i zato mu reči komandantove nisu sasvim razumljive. Zašto mu ovaj dozvoljava da može odmah napustiti predavanja? Ko to želi da ga vidi? I to tako hitno? Srce mu lupa nepravilno. Komandant mu više ne govori, već pruža ruku onom iza Nenada. Mamuze po tepihu. Pred njim je Fredi. Maločas izgovorene reči osvetljuju se. Fredi pokušava da se osmehne. Nije izbrijan. Izlaze u predsoblje.

— Vi ćete poći odmah?

— Da, gospodine, samo da uzmem knjige.

Nenad trči uz basamake. Marija! Zna sada samo toliko da se Marija nalazi u opasnosti i da želi da ga vidi. Na ulici, koja je sva u sjaju žutog lipovog lišća, dočekuje ga Fredi. Koračaju, prvo ćuteći, ispod drvoreda. Onda Fredi zbunjeno objašnjava Nenadu, ali ne uspeva da objasni ništa, jer neprestano zamenjuje reči koje bi nešto značile rečima koje ne znače ništa. Fredi prikriva uzrok Marijine bolesti, ali ga Nenad sluti, i to ga dovodi u strašnu zabunu.

Kuća. Spuštene i isturene zelene šalone. Japanska lozica plamti u svim bojama crvenog i zlatnog, padajući kao rastresene kose po zidu i ogradi. Bašta se guši u napuštenom bilju, povaljenim i izlomljenim zimskim ružama. Konci koji su oko terase držali ladolež, mestimično su popucali i polusuhe vreže ladoleža leže po basamacima. U sobama vašar, miriše ljuto na medikamente, na jodoform, na bolest. U trpezariji od jela neraspremljen sto. Kraj njega neka krupna, nepoznata žena, sa jakim nausnicama.

— Tu je doktor.

Doktor izlazi. Brkata žena mu prinosi lavor, poliva ga, on pere ruke. Na Fredijevo promumlano pitanje, sleže ramenima. Zatim oblači mundir. Dugo zakopčava jaku, od čega mu izbrijano lice postaje crveno kao kuvana cvekla. Onda vazdan zvecka sabljom, koju nikako ne uspeva da opaše kako treba. Fredi ulazi u Marijinu sobu, izlazi, govori tiho sa ženom, koja prilazi do bifea i dugo pretura među staklarijom.

— 'Odi! — zove Fredi.

Na prstima Nenad ulazi u sobu. Prvo ne vidi ništa, jer su šalone skoro zatvorene. U uglu se beli krevet. Na visokom čipkanom uzglavniku Marijina glava, zatvorenih očiju. Fredi gura Nenada krevetu.

— Priđi samo, ne spava.

Na tamnocrvenom jorganu zari jedna bela i mršava ruka.

— Marie...

Ona je tako daleko u tamnim isparenjima groznice da Fredi mora još jednom da je zovne. Oči se otvaraju. One prelaze sa Fredija na Nenada i na njima se dugo zadržavaju.

— Nenad, Marie...

Marija se osmehnula blago, svojom rukom traži Nenadovu ruku. Nenad seda na ivicu postelje. Marijina ruka plamti. Tek što je dlan malo ovlažen. Nenad steže tu ruku a u grudima ga guši. Marija zatvara oči i dve krupne suze krune se sa trepavica.

— Hvala... ti ipak voliš tvoju Mariju. — I sasvim tiho: — Eto, uzeli su mi bebu... — što Nenad, kroz taj jedva čujni šapat, razumede kao: ubili bebu.

Sve se to događa brzo. I već Marija tone u moru groznice. Ruka joj prebira po pokrivaču, neumorno traži nešto. Onda govori. Onda otvara oči i gleda ukočeno u tavanicu. U doktoru, koji govori sa Fredijem u uglu sobe, prepoznaje svoga poginulog brata; u debeloj ženi, majku. Fredi izvodi Nenada u trpezariju. U trpezariji još uvek neraspremljen sto. Doktor sa naporom navlači bele rukavice. Kao vetar, u raskopčanom tamnoplavom kaputiću, sva zajapurena, lisice prebačene samo preko jednog ramena, upada u kuću gđa Marina. Fredi joj pojuri u susret.

— No?

Ona se baca u prvu fotelju.

— Izbacila iz kuće! Možete li vi to zamisliti? Zalupila vrata za mnom! Za mnom! A meni ima da zahvali što joj kuća nije bila rekvirirana. Što je imala svega što je mogla da zaželi, i mesa, i šećera, i svega, svega, kao u miru! — uzela više vazduha, predahnula, skočila sa fotelje: — Herr Gott! A sada kaže da nema kćerke, da je njena kćerka za nju već umrla. A maslo je primala! I belo brašno! Za to nije pitala odakle dolazi.

— Ti Srbi! — govori polako, za sebe, doktor.

Gđa Marina se baca na doktora:

— Baš nikakve nade? Ta to je tako nevina stvar, izvršena pravilno. Pa onda?

Doktor je ponovo crven. On se oslobađa malih ruku u crvenim kožnim rukavicama.

— Dragi Bože... sepsa! Šta se tu može? Sluga, milostiva.

Gospođa ponovo pada u fotelju, pokriva lice rukama, ali ne plače. Ne može da plače. Veli polako:

— Svemu sam tome ja kriva — i okreće glavu prozoru. Iza prozora napuštena bašta. Mnogo je napora staje da bude uznemirena.

Doktor se vraća da bi dao još neka uputstva brkatoj ženi, a onda odlazi svejednako zakopčavajući svoje bele rukavice.

Marija u drugoj sobi dolazi k sebi. Vrlo dobro se seća da je Nenad maločas bio tu i zove ga. Nenad prilazi krevetu, seda na ivicu, uzima pažljivo vrelu Marijinu ruku i ćuti. Vreme prolazi. Po gđu Marinu dolazi njen stari pukovnik, i oni odlaze. Čuje se kako Fredi govori poluglasno.

— Marina? — pita Marija.

— Da.

— Neka samo ne uđe ovamo.

Nenad joj steže ruku.

— Neće. Ne da joj Fredi.

Marija se naglo naže Nenadu.

— Slušaj, ja, ja se nikad bez Marine ne bih rešila... ja bih sada imala bebu, a ovako ću umreti, zapamti to.

Po podne Nenad se ponovo vraća Mariji. Doktor više ne izlazi iz sobe. Svaki čas daje injekcije. Marija se muči. Lice joj je purpurno. Otima se. Pokrivač joj spada sa kreveta. Ona žena celo vreme mora da joj drži ruke. Međutim, Marija govori. Razgovara sa majkom. Smeje se. Ćereta. Oči su joj stalno zatvorene. Fredi, razbarušene kose, kleči kraj postelje, glave u izgužvanim zastiračima, i jeca. Nenad na prstima izlazi na terasu. Na baštu se spušta suton. Vlažan miris uvelog lišća diže se sa zemlje. Naslonjen na stub, Nenad počinje da plače. Kraj njega skiči Hektor. Svojim toplim jezikom liže mu ruku. Ne, to je nemoguće! Ta žena samo ne zna, treba joj reći, treba joj saopštiti da Marija umire, i ona će doći, ona mora doći, oprostiti. Svakako. Nenad je u to uveren, jer ne zna za jačinu simbola. Za njega, u tom času, simboli su mrtva stvar, van najosnovnijih odnosa između ljudi. On nije mogao da objasni, ali mu je izgledalo da bi mati, koja zbog kćeri — a ta je kći njena krv i njeno meso — gazi svetinje, bila prirodnija i bliže ljudskoj istini nego mati koja zbog otadžbine pušta da joj kći umire sama i ostavljena. Taj heroizam bio je mračno-uzvišen, Nenad je naslućivao njegovu veličinu, ali ga srcem nije odobravao. „Treba samo objasniti", mislio je, „da Marija umire, i ona će doći." Brzo se rešava. Ne javljajući nikome, trči kući.

Sa ulice, sva četiri prozora su mračna. „Mrak je, niko je neće videti, jamačno će poći", misli Nenad. Dvorište, između svojih visokih slepih zidova, još je mračnije. U dnu dvorišta slabo se svetli prozor na kujni gospođe Ogorelice. Ali velika kuća ni sa strane nije osvetljena. Nenad prvo lupa na suprotni ulaz, zatim na glavni, onda na vrata što vode na staklenu terasu, ali mu svuda odgovara ćutanje. On lupa, zove poluglasno, prislanja lice uz okna, ali uzalud. A tačno oseća da kuća nije prazna, da Marijina majka osluškuje iza zatvorenih vrata i prozora, iza nepomičnih čipkanih zavesa. U dubini kuće svetluca kandilo, Nenad jasno vidi plamičak i slab odsjaj oklopa na ruskoj ikoni. On zna tu ikonu, ona je čak u spavaćoj sobi. Odjednom, nema više ni te slabe svetlosti: vrata između spavaće sobe i trpezarije su se zatvorila.

Od kapije dolazi Jasna. Vraća se sa posla. Nenad joj se javlja. Stoje nekoliko časaka nasred mračnog dvorišta i razmišljaju.

— Idi ti. Ja ću sama pokušati. Možda će meni otvoriti.

Nenad ponovo trči ulicom. Tamo, pred kućom, stoje jedna kola. Na boku sedi vojnik. U mraku svetli žar njegove duge lule. Kuća je tiha. Sva vrata otvorena. U predsoblju se oblače doktor i još jedan oficir. U trpezariji gđa Marina naređuje tiho brkatoj ženi, koja plače. Na glavi joj je još uvek šešir, a na levoj ruci neskinuta crna rukavica. Izgleda kao da je došla u posetu. Vrata na Marijinoj sobi su otvorena: iza njih je mrak, proboden jednim žutim plamenom sveće, koji jedva osvetljava potpuno belo čelo Marijino. Još koliko pre nekoliko časaka to se telo otimalo i grčilo, a sada leži potpuno mirno i nepokretno ispod crvenog pokrivača. Na pokrivaču dve bele, voštane, mrtve ruke. Više njih, u senci, nepomičan lik Fredijev. Tišina. Pokoj. U miru velike kuće čuje se kako sveća puckara, kako miševi u nekom uglu kotrljaju nađeni orah.

III

Leto 1918.

Još jedno leto. Još jedan školski raspust. Još jedno široko plavo nebo nad prašnjavim Beogradom. Od celog grada živi samo Terazije sa svojim orfeumom u „Takovu" i oficirskim kinom u „Koloseumu", sa svojom „Moskvom", pretvorenom u oficirsku kasinu i jedinom poslastičarnicom kod „Difranka", u kojoj srpske gospođe, u belim čipkanim keceljama, služe bečke i peštanske kurire, špekulante i kokote, belom kafom sa obrstom. I žive još tramvaji koje obesno teraju mladi, golobradi momci, bivši studenti tehnike ili filozofije; bivši bogoslovi. I poludeli tramvaji svaki čas iskaču iz šina, udaraju na trotoare, sudaraju se među sobom. O noćnim orgijama na kermesima u Topčiderskom parku ne zna se ništa; tek po izgaženim travnicima, polomljenom cveću i šiblju, po stazama zasutim konfetima, serpentinama i pocepanim lampionima može da se nagađa o burnoj svetkovini gospode oficira. Danima još, u zagađenom parku ostaju daščare i paviljoni iskićeni zastavama i uvelim zelenilom.

Posle zoologije, Nenad je otkrio hemiju i fiziku. I kao što mu se, u prirodnjačkom kabinetu, učinilo da će svakako postati prirodnjak, sada mu je izgledalo da će svakako postati hemičar. Sve slobodno vreme provodio je nad knjigama o fizici i hemiji — ali mu one nisu bile baš od neke velike koristi. Zato je sa većim zadovoljstvom rasklapao i sklapao stara električna zvonca, pokušavao da napravi parnu mašinu, ali je za zvonce trebalo imati električnu bateriju, a za mašinu lima za lemljenje. Onda je počeo da se sprema za jesenja polaganja. Profesor književnosti mu je bio pesnik, i Nenad se odjednom našao u tihoj atmosferi jedne male sobe, pretrpane knjigama i slikama, sa prozorom koji gleda u jednu uzanu i tihu dorćolsku ulicu. Profesor mu je pre i posle časova čitao pesnike, onda tražio od njega da piše o tome zadatke, počeo ga izvoditi, kao i profesor Zlatar, u Topčider, ali, umesto prirodnih pojava, nabadanja leptira na čiode i spuštanja daždevnjaka u alkohol, pesnik mu je ukazivao na boju borovog šumarka pod olujnim nebom, na simfoniju oblaka nad vodama Save i Dunava, i upućivao ga da sluša priželjkivanje slavuja u čestaru, spuštao mu zatim pogled na granitne ploče, obrasle bršljanom, Nemačkog vojnog groblja, pronalazio posle toga u korovu i gustom papratu, sasvim u dubini rakovačke šume, napuštene srpske grobove, dizao sa zemlje ostatke granata i, kao Hamlet, govorio čudno o životu i smrti nad napuštenim rovovima. Pokazivao je Nenadu u breg usečene terase, već zarasle u travuljinu i koprivu: odatle su pucali srpski topovi 1915. — ono groblje gore njihovo je delo; i dalje, po vrhu brega, prema snažnoj liniji utvrđenih rovova, pojedinačne, plitke i daleko jedan od drugog odmaknute grudobrane (po čijoj zemlji, sunčajući se, trčkaraju male crvene bubice): tu je šaka srpskih vojnika branila svoju zemlju, a njihovi grobovi, evo ih u papratu. Lepota zlatnih oblaka mešala se tako sa vlažnim i trulim zadahom pustih rovova, sa smrću; a iz smrti i truleži dizale su se pesme o domovini, o zastavama, o slobodi, o toj slobodi koja je imala doći preko bregova i dolina, sa juga, nošena na krilima belih orlova. Nenad poče živeti u fantastičnom, u snovima; pred njegovim očima su se razvijale bitke, lepršale zastave, rušili mostovi, sloboda je dolazila u sjaju letnjeg sunca: kao da se između bacanja Savskog mosta u vazduh i tog časa, kada je tako sanjario, nije ništa dogodilo.

Sloboda, međutim, nije dolazila. Leto je monotono oticalo praznim ulicama. Grozničavo uzbuđenje, zajedno sa slatkom omamom koja se dizala iz knjiga, ustupi brzo kod Nenada mesta zamoru i melanholiji. Pojavljivao se sada kod njega strah da neće imati vremena da sve upozna, da sve nauči. Cela njegova trenutna gordost od toga kako on zna nešto više od ostalih svojih vršnjaka, pala je u prah — ostala samo beskrajna žudnja za znanjem i učenjem, za nekim intenzivnim radom (on nije umeo tačno da odredi šta bi to trebalo da bude; sva znanja su ga jednako privlačila, ali u svakome se u isti mah krilo i nešto dosadno, što ga je odbijalo). On poče čeznuti za nekim drugim školama (nije znao tačno kakvim, ali za koje je pretpostavljao da postoje u Francuskoj), u kojima bi se dosada dugih sivih časova nepomičnog sedenja i slušanja — u kojima se love muve ispod klupa — pretvorila u aktivnost celog bića. Nenad je osećao potrebu da celog sebe da nekome i nečemu. Ovako mu se neprestano činilo kao da bespovratno gubi vreme u nevažnim stvarima. Ono važno imalo je tek da dođe.

— Bajkiću!

Na uglu kod Starog dvora stajao je profesor Zlatar, nespretan u pohodnom oficirskom odelu, šapke nabijene na čelo, svetlog i nesigurnog cvikera na mršavom nosu. Mladi platani treperili su u podnevnoj žezi, lišća već taknutog umiranjem. Austrijska zastava na dvoru, u šarenilu svojih boja, visila je nemoćno niz koplje. Asfalt se ugibao pod nogama. Na kraju duge i puste ulice, kroz pokretne jezičke jare, treperila je na bregu svojim crvenim krovom mala crkva Svetoga Save. Nenad se jedva snađe.

— Što si tako omršavio? — upita profesor.

— Ne znam... učim. Ja sam mislio da se nećete više vraćati. Znači, škola će početi septembra?

— To se ne zna. Hoćeš li malo sa mnom?

Nenad premesti knjigu iz jedne ruke u drugu i pođe ukorak. Ali trenutno osećanje zadovoljstva što beše sreo profesora koga je voleo, bi zamenjeno nelagodnošću. Njihove prošlogodišnje šetnje poljima bile su nešto sasvim drugo: u poljima nije bilo poznanika, a ovde je na svakom koraku mogao sresti koga koji bi tako video da on, Nenad Bajkić, šeta sa austrijskim oficirom. Ceo svet nije morao da zna da je taj oficir njegov profesor.

— Bi li pojeo jedan sladoled?

— Ja...

— Jesi li ga jeo ove godine?

— Ne, nisam — zacrveni se Nenad.

— Eto, vidiš.

U senci, sa druge strane Terazija, beleli su se pred „Difrankom", izneti na trotoar, mali stolovi. Oni pređoše preko širine. Da hoće da uđe u poslastičarnicu! Unutra bi bili bar koliko-toliko sklonjeni od radoznalih pogleda.

— Unutra je manje vrućina.

— Imaš pravo, uđimo.

Nenad se uvuče u jedan ćošak, potonuvši sav u crveni pliš mekog sedišta. Kraj svega, ostajao je nepoverljiv i podozriv, ispod oka pratio sve oko sebe. Profesor skide šapku i pažljivo izbrisa oznojeno čelo, preko koga tvrdi rub kape beše ostavio duboku crvenu prugu.

— Sa malinom, vanilom, ananasom, kafom, molim lepo? Ili možda ajskafe?

Divna punačka gospođa, sa svojom zasenjujućom čistom čipkanom keceljom, stajala je kraj stočića i smeškala se milo, očekujući narudžbinu. Ali se Nenadu činilo da se ona smeška prezrivo: oh, Srbine, jedi samo sladoled! On jedva promuca:

— Sa malinom, molim vas.

Grlo mu je bilo stegnuto; jedva je prineo prvu kašičicu. Ali ga lagano topljenje sladoleda na vrhu jezika brzo razgali.

— Polako — osmehnu se profesor — zagrejan si, možeš promuknuti. Uzmi koju piškotu.

Kada pojedoše svoje sladolede i pred njima ostadoše samo prazne male srebrne kupe, profesor izvadi cigaretu, zapali je i dugo ćutaše, gledajući kroz dim na sunčano Terazije.

— Dakle, to tebi mogu reći, škole neće biti ove jeseni — prekide najednom ćutanje. — Ja mislim da je uopšte više neće biti, a ne samo ove jeseni. Razumeš li? Ali o tome nikome ni reči. Tako...

— A vi?

— Ja sam, vidiš, samo na prolazu kroz Beograd. Upućen sam na drugu dužnost. Vojnu dužnost. Ali mi je svejedno.

On je sav sjao; oči iza cvikera blistale su od unutrašnje, uzdržane razdraganosti. Gledao je pravo u oči Nenada, i sve se više smešio.

— Pogađaš?

Nenada prože jeza; onda mu krv udari u lice.

— Ja...

— Jeste. Naši dolaze... Razumeš li me? Naši dolaze. Tako doskora nisam smeo da govorim, sada smem.

Sva krv napusti Nenadove obraze. On poče drhtati.

— Nikome o tome ni reči. Hajde, sada zbogom. Jesi li me dobro razumeo?

— Oh, ja... — očiju punih suza, Nenad skoči, zgrabi pruženu ruku, steže je — ja... — i da ne bi zaista zaplakao, jurnu na ulicu.

Jara je u plamenim jezičcima lebdela nad asfaltnim trotoarima, tamo na bregu treperila je silueta crkvice Svetog Save, na dvoru je i dalje stajala klonula i nepomična zastava Okupacije — pa ipak, sve je za Nenada bilo promenjeno. On prelazi Terazije, ulazi u Aleksandrovu ulicu. U grudima mu se skuplja neka dosad nepoznata slast i razliva se u toplim valovima celim telom. Naši... naši dolaze. U susret mu juri jedan crn fijaker, sa vojnikom na boku. Ali šta se njega sada sve to tiče! Naši dolaze! Na jednom uglu stoji, pod svojim sivim fesom, žandarm; na pušci mu se blista bajonet. Nenad prolazi sasvim kraj njega i sav nasmejan gleda mu drsko u oči. Ne razume, glupak, da naši dolaze. Svakako, to se već i u vazduhu oseća da naši dolaze. Međutim, svi koji prolaze kraj njega imaju tako turobna lica; još se i okreću za njim; pa ipak ništa ne osećaju; ništa ne slute. Ta treba im viknuti iz sveg glasa radosnu vest, da im se lica osmehnu, da im se na kućama otvore prozori, da... Ali ne. To je još tajna. Ne sme reći! Ali, ako ne sme reći, sme pevati. Pevati iz sveg glasa. Nikoga se ne tiče zašto on peva. Ehej! spustila se voda niz Moravu, vino vini Kraljeviću Marko, svi junaci nikom pogledaše, na devojci svileni merdžani! Ulica trešti. Kako dođe nadomak kojoj lipi, on je dokači nogom. Ehej! Malo mu je čudno što nikako ne uspeva da na melodiju koju peva nadoveže tačne reči. Ali je zaglušnut svojom rođenom vikom, a sem toga reči mu dolaze, iako besmislene, nekako same od sebe, lako, i to kao da nadoknađuje smisao. A možda ni melodija nije ta koju treba pevati. Ah, do đavola i reči i melodija!

— Šta njačeš, magarčino!

Nenad gleda razjarenog čoveka, koji je, sav čupav i razdrljene košulje, izleteo na prozor, i nikako ne može da se naljuti što ga ovaj naziva magarčinom.

— Šta zazjavaš! Čisti se dok ti nisam namestio rebra!

Baš ne može da se uvredi!

— Uranila ptica šarka! — povišava Nenad glas i misli sažaljivo: „jadnik, ništa ne zna; a da zna, jamačno bi me poljubio”.

Ulice vrtoglavo prolaze kraj njega. Studenička. Beogradska. Prote Mateje. Ulica hladna, kamena. S leve, jedna kafana kraj napuštene drvare; s desne, dvorište, zagađeno konjskim đubretom, hotela „Evropa”, gde su zatvorene javne žene. Onda red nelepih gospodskih kuća, žuto bojenih. Gvozdena kapija. Slepi zid, po kome je nekad bila naslikana neka šuma, neke vode, neke prilike, sada zamrljan, opao, neodređene boje. Samo očajanje. Ali, gospodine moj, zviždim ja na sve to, naši dolaze — i, na kraju krajeva, ni ta ulica, ni ta kuća, ni taj slepi zid nisu tako odvratni ni tužni kako izgledaju, rođo moja, neka čuju za te! Prolaz se između dva visoka zida prolama.

— Zaboga, Nenade!

Sa vrata Jasna maše rukom. Pod jorgovanovim drvetom, za ručkom, sedi gđa Ogorelica sa svojim kćerkama. Na njih, na Jasnu, na razdraganog Nenada gledaju slepi prozori velike kuće.

— Prijatan ručak, ručak prijatan, neka vam je ručak prijatan! — pevajući galami Nenad.

Kapa mu je navrh glave. Čuperci kose po čelu. Kaputić zabačen preko ramena. Knjige pod miškom. Je li pijan?

— Sine, zaboga, osvesti se!

— Pa dobro, do đavola! Padajmo braćo, plinimo u krvi, gospođe i gospođice, ali me ubijte ako vas lažem: naši dolaze!

— Pst!

— Jesi li poludeo?

— Ne viči toliko!

Ruke ga vuku u kuću, vrata se zatvaraju za njim, žene su oko njega. To ga malo osvešćuje, ali mu ne kvari dobro raspoloženje. Naši dolaze, pa šta, obesiti ga ne mogu! A to je istina. Evo šije, pa neka seku. I onda pred Jasnom, gospođom Ogorelicom i Lelom ponavlja sve što zna.

— Istina, gospodin Zlatar mi je zabranio da to kažem ma kome, ali baš me briga, ne mogu više da ćutim. Dolaze, dolaze, dolaze! — i, skočivši sa mesta, on tresnu na pod kaputić, knjige, kapu. I u pomami, našavši na stolu mađarsku gramatiku, poče je u smehu čerupati. — Evo vam na, evo, evo!

Ali šta je ženama? Sve tri su ukočene, lica im sleđena, kao da im nije javio tako radosnu vest. A Jasna... on savršeno ništa ne razume! Jasna pada po postelji, zariva glavu u ruke i prigušeno jeca.

— Jasna, Jasnice!

Na svoje najveće zaprepašćenje, on čuje kroz stisnute šake:

— Ne, sine, naši neće, naši neće doći!

— Ali... Ta dolaze, dolaze!

— Nikad, nikad!

Žene uvek tako ništa ne veruju! On uzima svoj kaputić i kapu, smućeno ih otresa i tiho izlazi u dvorište. U dvorištu Bujka. On joj prilazi i, polako naglašavajući svaku reč, govori:

— Naši će doći... to ti ja kažem, i to je sigurno, kao u vosku. Zapamti što sam ti kazao: dolaze!

IV

Oslobođenje

Dani, nedelje. I kroz njihove novine javljaju se priznanja: strategijska povlačenja, ofanzivno-defanzivno-taktički manevri. Ali, kroz te proceđene vesti, imena mesta, sve severnija i severnija. Dakle, naši ipak dolaze! A onda ćutanje, muk. Počeli dani kiše i vetra. Neizvesnost. Hladnoća. Opalo lišće. Miris izgorele slame. U varoši uvek neke trupe u pokretu. Ali, još se sve drži. Još ničeg određenog. Dani, nedelje.

Jednog dana, sa kišom se pomešala susnežica. Sutradan sve je bilo belo. Sneg se držao do podne, a onda nastala lapavica. Nebo ostalo nisko, nad samim krovovima; iz njega je stalno sipila fina, nevidljiva izmaglica. Naši dolaze, to je sada jasno. Rejoni više ne rade. Iz njihovih ureda iznose, po noći, pri svetlosti fenjera, teške okovane sanduke. Prolaznici ujutru pred zatvorenim vratima nalaze samo gomilu đubreta, slame, konjske balege; i pustoš. Iz oficirskih stanova vojnici tovare na kola pokućanstvo, tepihe, slike, umetničke stvari; u dugim, teškim sanducima sluti se staro oružje. Deca u grupama lutaju ulicama i satima prate, na rastojanju, ove seobe u nadi da što zgepe. Nekoliko dana vlada mir. Zatim, svima prilaznim putevima ka Beogradu, silaze trupe. Prvo austrijske. U neredu. Čitava popodneva i večeri provode po ulicama, kraj pušaka složenih u kupe, galameći, smrdeći, kraj malih vatrica, koje lože čim stignu, ogradom, vratima, granama baštenskog i uličnog drveća. U suton, sumnjive senke šunjaju se po dvorištima, otvaraju vrata po kućama, promiču kraj zidova sa belim zamotuljcima ispod pazuha. Posle njih, nailaze Nemci. Uredni trenovi. Biciklisti. Teška masa pokrivena teškim slojevima blata. Mrka lica zarasla u čupave brade. Zemlja potmulo odzvanja pod njihovim okovanim cokulama. Kolone zastaju, trupkaju u mestu, konji jedu, zavezani za drveće i električne stubove, mokro seno. Onda ponovo kreću, zastaju, kreću; iza njih ostaju zagađene krpe, balega, smrad. Kroz vazduh se čuje pokoji pucanj, usamljen, rezak. Poslednji vozovi pišteći prelaze preko Savskog mosta. Lep red se kvari. Svuda, spuštajući se prema Savi, vrve male grupe vojnika. U stanici minama bacaju skretnice u vazduh. Nailazi odjednom napuštena stoka, izgladnele krave, koze, ovce. Tamo, po periferiji grada, žene ih hvataju i uvode u dvorišta. Iz podruma se čas kasnije čuje tužno blejanje i vrečanje: kolju ih, na brzu ruku, nevešto. Pojavljuju se i neki vojnici bez oružja, natovareni vrećama i telećacima. Jure smušeno i brzo se gube. Ta neizvesnost traje celu noć. Niko ne spava. U osvit, jedna serija teških, masivnih eksplozija. Zemlja još dugo posle toga huji i treperi. Nenad istrčava na ulicu. Ulica je pusta. On kraj kuća trči do ugla Aleksandrove ulice. Aleksandrovom trči svet. Juri prema Đermu. Drugi prema Terazijama. Izmenjuju vesti.

— Naši... Stigao jedan komita, na konju. Eno ga gore, iza Đerma.

— A most bacili?

— Bacili. A još ih ima po varoši.

Sve češće vazduhom odzvanjaju puščani meci. Nenad se trčeći vraća kući. Nebo je mutno, izmaglica sipi. Drukčije je on zamišljao dan oslobođenja. Ali nema kada da o tome razmišlja. Treba napraviti zastavu. Žene preturaju po stvarima. Belo se nalazi kojekako. Plavo prave zagnjurivši jedno parče belog platna u mastilo. Samo crvenog nema. Ni boje da oboje. Skupljaju sve što po kući ima crveno, a što pušta boju, i potapaju u vodu. Dobijaju tako neku rumenu tečnost, u koju potapaju platno. Dok se platno suši, Nenad traži motku. Jutro je već tu. Mutno i vlažno. Glasovi se dižu kao isparenja između kuća. Lela, pognuta nad mašinom, šije zastavu.

Najzad je i to gotovo. Izlaze u dvorište. Nenad vitla zastavom. Crveno, istina, nije crveno već bledoružičasto, ali to je svejedno. Razgledaju gde bi je istakli.

— Na kapiju?

— Ne. Bolje negde na kuću.

— Na naš stari prozor?

Nenad je već na drvenom stubištu. Ono mu se, u maglenom jutru, i posle toliko vremena, pričinjava nekako skučenije i mračnije. Zastaje. Nelagodno mu je, kao da ulazi u napuštenu crkvu. Koliko meseci to stepenište nije otvarano? Tamo dole, iza onih izbledelih žutih vrata, stanovala je mlle Blanšet. Bela stara gospođica, u pozelenelim čipkama, u rukavicama bez prstiju. On skrete pogled sa tih vrata i nastavi da se penje. Mali banak. Sa tri strane zatvorena vrata. Po njima paučina. Tu je, jednog prolećnog dana, prvi put video Mariju. Nosila je u naručju malu Ami i zakačinjala joj za ogrlicu kaišić. Išao je kao kroz šibu, kroz te uspomene. Drugi banak. I napukli zid. I pred njim, sasvim u vrhu, vrata njihove negdašnje sobe. Koliko su puta, vraćajući se iz drva ili brašna, sa tovarom na leđima, ta vrata za njega bila najveća radost: kraj napora; a iza njih sigurnost i toplota. On bi, došavši, trupkao po drvenim stepenicama i na njegovu larmu Jasna bi istrčala da mu pomogne; a odozgo, nagnuta preko drvene ograde, staramajka bi naprezala svoj pogled i govorila:

— O, dete, opet si se pretovario, opet si se pretovario.

Vrata su sada bila kao slepljena, kvaka zarđala... Nenad jedva uđe u sobu. Mutna i hladna svetlost severu okrenute sobe udari Nenada u lice zajedno sa teškom vonjom dugo zatvorene, vlagom zasićene prostorije. Kao da će u uglu ugledati prikazu staramajkinu, Nenad pogleda u kut iza vrata. Tamo je još uvek stajala mala bronzana peć sa ringlama na vrhu, sva pocrvenela od riđe rđe, spalih sulundara; ali, kraj nje, staramajke nije bilo. U drugom kutu, prema prozoru obraslom u paučinu, ležao je još uvek skelet gvozdenog kreveta, na kome je umrla staramajka. I više kreveta, na belo okrečenom zidu, videla su se još uvek dva mala čavla, o koja su nekad bile okačene slike Žarka i Miće. Nenad poče cepteti. Nije smeo više da pogleda oko sebe, iz straha da se ne susretne sa senkama mrtvih. Zastava u rukama učini mu se odjednom besmislenom. Njemu tek tada bi jasan onaj Jasnin uzvik:

— Ne, sine, naši, naši nikad više neće doći!

Stajao je tako nasred sobe, sa onom zastavom u rukama, najednom otrežnjen od velikog pijanstva; sleđen. Pobeda, to je bila ta prazna soba, puna uspomena na mrtve; ulazak u oslobođenje vodio je kroz tu sobu, punu memle, kao kroz mrtvačnicu: i kao iz mrtvačnice izlazilo se odatle pravo na groblje.

Na ulici se začu žagor. Bližio se jačajući. Nenad se trže. On prijuri prozoru, rastvori njegova zamućena krila. Do njega su jasno dopirali klicanje, uzvici, smeh. On isturi zastavu na ulicu, vetar je dohvati i poče lepršati njom. Klicanje je sve više raslo, to je bila bujica koja nailazi. Ona najednom preli iza ugla, uhvati ulicu. Nenad se naže još više. Srce mu je kucalo krupno i retko, čuo ga je celim telom. Sredinom ulice koračala su dva čoveka, mrko opaljenih lica, pod šajkačama, strukova i grudi uvijenih ukrštenim redenicima. Preko ramena, oko vrata, po rukama, po bedrima behu okićeni vencima, belim peškirima, cvećem, zimzelenom: jedva su se videli pod tom miloštom; jedva su koračali od težine venaca. Oko njih je gomila rasla, ruke su se pružale da ih dotaknu, iz svih vrata i kapija, iz svih pukotina ulice, izvirao je nov svet, vikao, plakao, jurio, primicao i komešajući se valjao dalje. Opčinjen, Nenad je gledao u dva mrka čoveka pod šajkačama, u crveno-plavo-bele zastave koje slobodno lepršaju po kućama — glavni deo povorke beše prošao kraj kuće, prolazili su već zadocneli ljudi i žene što trče da bi je dostigli, a Nenad još ne beše pribrao snagu da otvori usta i da vikne. Ali, kada čelo povorke poče zamicati u Krunsku, da bi se Beogradskom spustilo ka Slaviji, Nenad dođe k sebi, rukama pređe preko lica, kao da je njegova tuga paučina koja se može skinuti, i dreknu jedno: živeli! — Zatim se odbi od prozora, i, već dohvaćen opštom groznicom oduševljenja što se dizala sa ulice, smandrlja se tutnjeći niz stepenice u dvorište. A odatle, kraj Jasne i ostalih, onako gologlav, jurnu za gomilom od koje u jutarnjem vazduhu beše ostao samo prigušen žamor.

V

1. decembar 1918.

Jak zapadni vetar, vetar što ničim nezadržavan, dolazi sa sremskih ravnica, noseći ledenu igličastu izmaglicu, razbijao se o greben Beograda i još u zaletu snažno brisao terazijsku čistinu. Ali njegovi naleti, puni zvižduka, nisu uspevali da makar začas pokolebaju mnoštvo koje je, pritičući sa svih strana Beograda, već nekoliko časova, ključajući, stajalo u mestu. Na dugoj i sivoj privatnoj kući, gde je privremeno smešten Dvor, vetar je lepršao trobojnicom: njeno novo platno, u stalnom talasanju, puckalo je bez prestanka. Masa je brujala, mestimice se čulo pevanje, brzo nadjačano klicanjem sa drugog kraja. Svakog časa očekivanje bi bilo prevareno jednim preranim uzvikom i onda bi po nekoliko minuta nebo bilo ispunjavano nesložnim hiljadostrukim uzvicima, vikom prignječenih; pučina, sastavljena od glava, šešira, podignutih ruku, nadimala se između zidova kuća nekom svojom, unutrašnjom silom, izdizala, pretila da sve prelije, da se čas docnije, u vrisci, slegne i odmine na drugu stranu. Grupe mladića, ispod ruke sa rašćeretanim devojkama, probijale su se kroz stisku, bez ikakvog cilja — tek koliko da jače drže uza se privijene devojke. Malokrvne žene su gubile svest, i onda su ih ljudi iznosili na čistinu, polagali na kamene stepenice okolnih radnji, gde bi ih druge žene polivale vodom i trljale. Dolazeći od Slavije, naiđe odred Kraljeve garde, sa svojom muzikom na čelu. Između dva živa ljudska zida delirijuma, primicao je za trenutak odred, u svojim plavim dušankama, sa svojim belim perjanicama, čvrstim, ravnomernim korakom, od koga su žmarci prolazili kičmama. Onda se more ponovo sklopilo i još čvršće zbilo. Deca su, kao zrelo voće, padala u smehu, otresana sa grana mladih i golih platana; ali su se bez zamora ponovo pela uz gvozdene šipke što zaštićuju stabla.

U tom moru, zakačen za električni stub da ga plima ne odnese, tačno preko puta regentskog Dvora, stajao je Nenad već više od jednoga časa. U stalnoj borbi za mesto, bio je sav raščupan i oznojen; i već malo promukao od vikanja; ali, ukoliko se češće sećao događaja poslednjih dana, utoliko je jače naprezao vratne žile. Vraćao se jedno popodne iz varoši kući, i odjednom, sa druge strane ulice, video je kuma. Bio je isti onakav kakvog ga se Nenad sećao iz Niša. Isto onako prav. Solidno obučen. Isto onako živahan. Jedino što mu je brada pri vrhu stala da sedi. I to mu je davalo još više gospodstva. Dok se Nenad snašao i pretrčao ulicu, kuma beše nestalo. Odjurio je kući kao bez duše.

— Kum je došao! Video sam ga. Išao je sa još jednim gospodinom.

— To nije moguće! Da je stigao u Beograd, zar misliš da ne bi odmah došao da nas vidi?

— Ali... ja sam ga sasvim lepo poznao! Išao je...

Odjednom je, žacnut Jasninim izgledom, zaćutao. I polako dodao:

— Možda sam se prevario. A da je došao, svakako bi nam se javio.

Bilo je lako uveriti se u dolazak kuma: otići do njegovog stana. Ali ni Jasna ni Nenad ne progovoriše o tome ni reči. Dva cela dana prođoše u ćutanju, sumorno. Stegnutog srca, krišom da ga Jasna ne vidi, Nenad otrča ipak trećeg dana do kumove kuće. Nije morao da ulazi da pita staru kumovu devojku: još sa ugla video je malu kuću gde otvorenih prozora gleda na ulicu; neka strana, mlada i lepa žena, žute kose, stajala je na prozoru; kum je, znači, bio u Beogradu; i to ne sam. On se vrati kući smućen. Jasna je, snuždena, redila po sobi. Nenad dugo nije znao šta da radi, da kaže ili ne. Ali, koliko ga je žao bilo Jasne, toliko isto bilo ga je žao i sebe, svojih prevarenih nada, poklona iz Francuske, radosti da i on ima nekoga da dočeka.

— Jasna... — reče najzad, oborivši hitro pogled, kada Jasna upravi na njega svoje svetle, još mlade i lepe, oči. — Kum je došao. I nije sam.

— Znam, sine.

Njemu se steglo srce. Više nisu ni reč progovorili o tome. On se zaplakao i, da ne bi gledao kako i Jasna plače, izašao iz sobe. I sada se klonio kuće. Lutao je ulicama. Jurcao za povorkama. Pevao patriotske pesme sa dečurlijom. Obilazio oko vojničkih logora, gde bi im vojnici dozvoljavali da jašu na magarcima i mazgama. Odlazio sa drugovima u njihove kuće da gleda šta su im očevi doneli. Ali sve je to bilo mrtvo za njega, tuđe. Tuđe oslobođenje. Tuđa radost. Pa ipak, u gomili, ponesen opštom pomamom, kao ovo sada, dok pritešnjen uz električni stub stoji preko puta regentskog Dvora i viče izglasa iste reči koje i oni oko njega, on bi počinjao da veruje da će ova prva gorčina proći i da tek posle ovoga ima da dođe ono veliko i sjajno, ono radosno: oslobođenje, neki veliki rad, neka velika svetlost, neka velika jednakost; da sloboda ima tek da se izrazi u nečemu naročitom, nedoživljenom.

Po drugi put u Dvor ulaze gospoda, svečano obučena. Njihov ulazak se propraća bučnim odobravanjem i pljeskanjem — nad svetom se vide ruke sa podignutim cilindrima: gospoda zahvaljuju. Onda ponovo vreme prolazi, i gomila buči, i trupka u mestu, i huji, i zavarava svoje nestrpljenje na sto raznih načina. Mladići se zabavljaju sa devojkama, vetar leprša šumno zastavu na Dvoru, lepršaju se zastave po drugim kućama, izmaglica sipi, vodoskoci uzvika brizgaju tu i tamo uvis, sve je pokretno i sve ostaje u mestu. I očekuje. Iza onih visokih prozora, zastrtih čipkanim zavesama, događa se nešto sudbonosno, završava se jedan istorijski period, počinje jedan nov. Tako govore novine. Tako misle ovi skupljeni ljudi na ovom trgu, šibani naletima vetra, okruženi porušenim kućama, pod sivim decembarskim nebom. Tako misli Nenad, zakačen za svoj električni stub, promukao od vikanja.

Odjednom, mnoštvom je prošla struja. Sve se ukočilo: na jednom prozoru zaklimata se bela čipkana zavesa. Jedna ruka u beloj rukavici, i zavese se razmakle, krila na prozorima rastvorila... Iz mase digao se urlik zadovoljstva, sva usta su otvorena, sve ruke podignute uvis: na prozor staje jedan mlad čovek, mladićki golobrad, sa cvikerom na nosu, u fraku, sa crvenom lentom preko grudi; iza njega se tiskaju gospoda i, u polusenci sobe, belasaju im se uglačane grudi na košulama, blistaju im odličja na frakovima. Regent stoji i gleda: lice mu je bleda mrlja u tamnom okviru otvorenog prozora. Nenad ga vidi jasno, pa ipak nerazgovetno; zbog daljine i velikog prozora izgleda mu sitan i mali; zbog te daljine pričinjava mu se i nedostižan. Usred buke, regent je digao ruku. I u istom času čulo se stokrato: pst! i mir! i pst! — regent je hteo da govori. Dugo je još trg ključao i brujao, a onda zavlada duboka tišina, koju nije moglo da poremeti ni udaljeno vikanje gomile, tamo oko „Moskve". Regent je, jamačno, govorio: na mestu gde je Nenad stajao, nije se čulo ništa. Onda, jamačno da je prestao da govori, jer se ponovo začulo klicanje. Vikalo se: živeo Kralj, živeo regent, živelo ujedinjenje, živela braća Hrvati, živela braća Slovenci, živeli Vojvođani! — pa se opet počinjalo iz početka. I, nekako samo od sebe, neprimetno, to se klicanje pretvaralo u pesmu, pesma se pretvarala u himnu, i u jednom času iz nekoliko hiljada grla, neskladno, prestižući se i zaostajući u rečima, dizala se stara srpska himna, teška i svečana kao molitva. Glave su pod izmaglicom bile otkrivene, sve te hiljade ljudi u tom času bile su stopljene ujedno, sa njima zajedno disao je i Nenad, zagrcnut, zanesen, izgubljen u ekstazi. I usred toga uznesenja, usred tog mističnog zanosa, jedna teška ruka dohvati potiljak Nenadov. Njegova kapa, zaboravljena na glavi, slete mu.

— Kapu! — urlao je neki čovek iza njega.

— Kape! — počinjali su da urlaju i drugi.

Nenad zadrža svoju kapu i, sav u plamenu od dobijenog šamara, pogleda više sebe: obrastao u crnu bradu, duge kose, neke poluvojničke šapke i srpske kokarde, sa rukom više glave, Dragutin, Karlo Šunjević, ne gledajući više na svoju žrtvu pod sobom, drao se iz sveg glasa i u opštoj vrevi i galami njegov snažni, bikovski glas nadvišavao je sve: *Bože spasi, Bože hrani, srpskog Kralja, srpski rod...*

Nenada zali gnev. Sav zanos ga beše napustio. On vrisnu i htede skočiti u oči tome čoveku, noktima mu ih izvaditi. Ali ga masa već beše uvukla u svoj vrtlog i ponela.

— Životinjo, životinjo! — urlao je sada i Nenad. — Izdajico, podlače!

Međutim, njegov slabi glas, u opštem pevanju, niko nije mogao da čuje. Masa se sada kretala sve brže, povlačeći Nenada na jednu, Šunjevića na drugu stranu. Kroz suze srama i gneva video je Nenad još dugo visoku priliku toga čoveka, sa uzdignutom rukom, u kojoj je držao onu šapku, prateći njenim mahanjem svoje uzvike, svoje „živeli", svoje „hura".

Kada ga je masa donela do Dvorske ulice i izbacila iz svoga toka, Nenad više nije ni plakao, ni vikao, ali jedno teško osećanje nepravde, čiju je gorčinu osećao na jeziku, ispunjavalo ga je svega. Išao je kraj kuća, oborene glave, gologlav, ruku u poderanom kaputu. Išao ne žurći se, gluh za svetkovinu koja je grmela u daljini. Bilo mu je kao da mu je lice pokriveno modricama i krvlju, a on nema ni toliko snage da se obriše.

DRUGA KNJIGA

SILE

GLAVA PRVA

Sveta porodica

Sibin Majstorović je u svoje vreme „svršavao" nekih pet godina visoke škole u Beču — ali, kada mu umre otac u Vrnjačkoj banji, on morade iz Beča kući da preuzme očevo nasledstvo. Stari Sotir Majstorović je celog veka štedeo; da bi ostavio sinu. Štedeo na svemu. Pa je tako hteo da štedi i u banji. Po lekarskom propisu imao je da se leči dvadeset dana: svakog dana po jedno kupanje i po dve čaše vode. Gazda Sotir je bio čovek koji je sve stvari svodio na cifre; pa se i lečenje u banji za njega odmah pretvorilo u jednu računsku jednačinu: dvadeset dana po jedno kupanje i dve čaše vode dnevno jednako je deset dana po dva kupanja i četiri čaše vode dnevno. Račun je bio potpuno ispravan; gazda Sotir je oduvek smatran kao odličan račundžija. Nažalost, on je uvek računao samo sa poznatim količinama: sapunom, lojem, pepelom, kratkoročnim menicama, a zaboravio da u jednačini postoji i jedna nepoznata — avaj, njegovo sopstveno telo! — i njegov se račun — prvi put u životu, ali i poslednji — pokazao kao netačan: sedmog dana nađen je u kadi mrtav.

Njegov sin, napuštajući Beč, ostavi za sobom verenicu, mladu studentkinju Beti, sa kojom je trebalo da se venča čim „uredi očevinu". Ali očevina se bečkom đaku učini više nego mršava: nekoliko oronulih zgrada na jednom dorćolskom placu, sto hiljada u akcijama i po bankama, dvadeset napoleona u jednoj čarapi, a na tavanu, gde se sušio jedan vagon sirovog sapuna, i u velikoj šupi vagon i po „sirovine": neprosejanog pepela i smrdljivog loja. Sasvim logično učini mu se, dalje, da će sa ženom bez miraza nasledstvo postati još mršavije i „poješće se pre nego što se čovek okrene, a onda eto slepaca". Dok je mala Beti žureći se polagala svoje ispite da bi bila gotova kada je Sibin Majstorović bude pozvao u Beograd, dotle je on išao od jedne tetke do druge, proučavajući pažljivo spiskove beogradskih miraždžika. Jedina vredna pažnje bila je jedinica Petronija Naumovića. Ali jedinicu nije niko tražio, jer je bila velika, trapava, sa nekom bolešću u kolenima, smetena, sa rukama večito u krilu — iako neobično lepih i krotkih očiju — i jer tata „nije davao prema stanju". Majstorović odmah razumede da tu nikako ne treba tražiti „prema stanju", jer će kad-tad jedinici ionako pripasti sve; i da se tu pre treba pokazati plemenit i oženiti se „iz ljubavi", to tim radije što je devojka, već u godinama, nosila odmah malo nasledstvo svoje majke. On odmah posla jednu tetku, sa porukom da se taj i taj, sin toga i toga, zaljubio u jedinicu Simku i da će je uzeti „takvu, gazda Petronije, bez košulje... zaćorilo dete". Petronije Naumović oceni odmah svoga budućeg zeta. Donekle mu se i svide to što jedan žutokljunac želi da mu izvuče asuru. Ali, kada vide da Majstorović ozbiljno nastavlja započetu igru, on se razljuti i dade mu kćer. Dok su se pregovori vodili i svadba zaključivala, Sibin Majstorović napisa svojoj verenici Betiki u Beč pismo u kome joj iznese svoje zlo stanje posle očeve smrti, „sve same šupe, a dugovi na sve strane", sirotinju koja ih neminovno čeka. „A ja to ne mogu ni da zamislim. Ti, moj bog, u sirotinji, večita beda, ne, ne, ja nemam srca i molim te da se smatraš slobodnom", jer takvoj jednoj lepoj ženi kakva je ona predstoji velika sreća u životu, „a ne da deliš sa mnom slamaru; a ja, ja se moram žrtvovati za porodicu, za sve te tetke i babe o kojima se moram starati... ali ću uvek voleti samo tebe. Zbogom!" Beti tu požrtvovanost Majstorovićevu da spase porodicu shvati sasvim glupavo i pokuša da se otruje; ne umre, ali zanavek upropasti stomak. Hraneći se mlekom, ubledela i iznemogla, ona zaključi da to ona beskrajno voli Sibina kada se zbog njega htela ubiti; i zaključi, dalje, da posle takve velike ljubavi za nju već više nema sreće u životu, što je beskrajno rastuži. I u toj tuzi pomisli da je i on možda nesrećan sa tom trapavom i velikonogom ženom i, u želji da se „uzvisi", da „ostane dosledna" svojoj tragičnoj sudbi, ona napisa Majstoroviću nežno pismo u kome je oplakala njihovu čistu ljubav, rekla da ona nema ništa da mu oprosti jer razume njegovu žrtvu, „a ako ti zatreba jednom moja pomoć ili moja ljubav, a ti zovni... ja ću čekati". Majstorovića ovolika ljubav neobično uzbudi: on je sticao time jasnog dokaza da je „čovek koji vredi i zanosi". On pomisli da vrati Betiki vraćen verenički prsten i da je zamoli da ga zadrži za uspomenu, ali ga težina i lepota prstena na dlanu odvrati od te namere: on prsten dade svojoj nepokretnoj ženi, a Betiki napisa dirljivo pismo.

Svršivši tako najhitnije, Majstorović odmah pređe na najglavnije: on očevu sapundžinicu na Dorćolu ženinim parama pretvori u „fabriku" sapuna, tj. podiže jedan visok gvozdeni dimnjak, učvršćen debelim žicama za kućne krovove, zazida spoljne prozore i preko tako udešenog zida ispisa firmu. Posle toga s pravom je mogao na svojim posetnicama štampati: „industrijalac", što je i učinio.

Oduvek je Majstorović nosio žaket, policilindar i prugaste pantalone. Tako se nosio još u Beču. Ali mu je žaket obično udarao o kolena, dok mu je policilindar bio ako ne za ceo, a ono bar za pola santimetra manji nego što je potrebno za njegovu glavu. Da je još na rukama nosio crne pamučne rukavice, ličio bi potpuno na kakvog potunjenog činovnika pogrebnog preduzeća koji se, gledajući ispod obrva, šunja oko kuća gde umiru poznate i bogate ličnosti. Međutim, Majstorović nije nosio crne pamučne rukavice. On je uvek išao goloruk, crvenih šaka i nabreklih prstiju. Bio je to čovek koji je naučio da radi teške poslove — da se bije sa ljudima i sudbinom.

Pretvaranjem stare mumdžinice, podizanjem onog gvozdenog dimnjaka, u „Fabriku sapuna", Majstorović ne postiže ništa naročito. On to uvide odmah. U zemlji primitivne kulture sapun nije bio preko potreban espap. On pokuša sa nečim još nepotrebnijim: čokoladom; pa odmah zatim sa konjakom i špiritusom. Ali je sve to još uvek bilo manje prinosno nego — u vreme balkanskih ratova — fabrikovanje opanaka, te Majstorović još jednom izmeni „instalaciju" svoje fabrike, što nije bilo naročito teško: njegova fabrika, sem nekoliko kazana i jednog destilatora, i nije imala drugih mašina; njene mašine su bili ljudi. A promeniti ljude za njega je bilo lako, kao obući drugi par donjeg rublja. Jedino na šta je pri toj poslednjoj promeni pazio, bilo je da opanci proizvedeni u njegovoj „prvoj domaćoj" budu od što slabijeg materijala — da bi obrt bio veći. Međutim, bajka je, kao što se pričalo u svoje vreme, da su ti opanci za vojsku bili od hartije. Od pabušine možda, ali od hartije nikako, iz prostog razloga što je takvu hartiju bilo teško tada uvesti; i što bi uvezena skuplje stajala nego domaća pabušina. A Majstorović je uz to bio za „emancipaciju nacionalne industrije od inozemstva". Taj njegov patriotski stav, koji je pomagao ne samo rečju nego i delom domaću radinost, bi priznat i od države: sa svakom novom stotinom hiljada u banci, Majstorović je dobijao po nov orden. Kada ga čaršija poče ceniti na pola miliona u zlatu, on dobi orden oko vrata. Od toga časa poče sebe smatrati kao čoveka javnog radnika. Svojoj deci dade uložne knjižice i svakom uloži odmah po sto dinara; sem toga, tih praznika, odenu u svojoj fabrici dva radnička deteta, a u osnovnoj školi, u koju mu je išla kći, jednu devojčicu; sinčiću kućne pralje dade ceo dinar u srebru. Kako novine zabeležiše taj akt hrišćanskog milosrđa, to Majstorović zaključi da odsada svake godine o Ocevima odene po dva mališana i po jednu devojčicu. Samo je Svetski rat omeo da se ovo veliko milosrđe ostvari.

Za vreme rata, međutim, jedva je uspeo da održi gotovinu i tek nešto malo (za dva ili tri puta) da je uveća. Otprativši porodicu, sa ostalim izbeglicama, u Nicu, Sibin Majstorović je morao da dâ i vidnog dokaza svojoj ljubavi za pregaženu domovinu: u dva maha je putovao kao obveznik činovničkog reda noseći državna akta miniranim morima sa Krfa u Solun. I oba puta, dolazeći u Solun, on je donosio sobom i svoj privatni prtljag: dinare koje vojnici na Krfu nisu mogli trošiti i koje je Sibin, da bi se našao na ruci našim junacima sa Cera i Rudnika, kupovao po tri drahme za deset dinara. Deset dinara je, istina, u Solunu vredelo šest drahmi, jer su dinari tu mogli da se troše, ali tri drahme više na deset dinara, to zbilja nije velika zarada kada pri tom čovek mora ceo put od Krfa do Soluna da provede sa pojasom za spasavanje oko trbuha. Ne, zaista — ljudski život ima isto tako svoju vrednost. Bar Majstorović je cenio da već i samo izlaganje opasnosti vredi one tri drahme što ih dobija na svakih deset dinara. Novac se množio takvom brzinom i tako prosto da Majstorović oseti kako postaje sve veći i vatreniji rodoljub: tako, sa pojasom za spasavanje oko trbuha, u smrtnoj opasnosti od podmornica i mina, on je bio gotov da vrši svoju dužnost obveznika činovničkog reda do sudnjega dana. I strašno se razljutio kada je čuo da se govori i o nekom separatnom miru sa Austrijom. Ne! On je bio za to da ostanemo verni saveznici; i da se tučemo — do pobede. Splet ratnih prilika i bez separatnog mira prebacio ga je prvo sa Krfa u Rim, pa u Pariz, a tamo je bio kraj špekulacijama.

Drugi su bili srećniji, znao je to Majstorović; bilo ih je koji su celo vreme bili zvanični vojni nabavljači; bilo ih je čiji su tovari državnog novca bili „zakopani", ili „oteti", ili „izgubljeni"; bilo ih je koji su na obalama Crnog mora dolazili do čitavih trgovačkih mornarica i zakupa transporta u pristaništima velikim kao što je marseljsko. Ali

Majstorović nije roptao. On je, prvo, bio stoik; drugo, verovao je u svoju zvezdu; i verovao da sve što se stekne, mora da se stekne sopstvenim naporom. Umeo je da čeka i da čvrsto drži stečeno.

Zato i dođe do ozbiljne zarade tek posle povratka u oslobođenu zemlju: kako je „fabrika" bila uništena bombardovanjem, on prvo prijavi desetostruku štetu, a onda, kao industrijalac — i to kao šampion domaće radinosti! — pretvori među prvima svoje hartije u milionsku narudžbinu, i tako jednoga dana na dorćolskoj juriji osvanu nova novcata „Fabrika obuće Stela" — sa sopstvenom električnom centralom i ostalim. Novine doneše članke i slike „najmodernije fabrike na Balkanu", pod naslovom „Uskrsnuće jednog starog preduzeća". Jedan opozicioni list pokuša da pokvari to nacionalno slavlje pitanjem: kakve su to mašine bile upotrebljene u staroj sapundžinici? Jer, pisalo je dalje, nije moguće da su naše predratne goge, koje su rukama mešale pepeo i loj, ili siroti opančari, koji su u nezdravim prostorijama „fabrikovali" one čuvene opanke, u stvari bili električne mašine! Jedan drugi, istina „u načelu", pokuša da pretrese pitanje: ko je trebalo da bude pre obeštećen: mali sopstvenik, bez igde ičega, ili veliki, čija su potraživanja milionska? Ali „velika" štampa ućutka svoje kolege tvrđenjem da je tu u pitanju samo obična izborna demagogija — a možda i ucena „naše domaće industrije". A kako je sve što je domaće sveto, to i fabrika Majstorovićeva, sa svojim novim mašinama i dizelmotorima, bi prećutno proglašena za svetinju.

Međutim, u računu Majstorovićevom beše previđena jedna nepoznata (pijaca koju je tek trebalo stvoriti), i on ubrzo ostade bez dovoljno obrtnog kapitala. Sa manje industrijskog žara on je mogao kupiti i podići fabriku sa kapacitetom od pet stotina ili hiljadu pari cipela dnevno, ali pred iskušenjem nije umeo da odoli: imajući da bira između tri modela, opijen nemačkim šampanjcem, zavitlan groznicom inflacije, razdražen ženama po kabareima, u koje su ga svakog dana vodili, Majstorović je izabrao najveći, onaj od tri hiljade! Mašine su koštale bezmalo onoliko koliko je on imao po presudi Ratne štete. Kako on nikad nije bio toliko oštećen da bi tu sumu osetio realno, kako je to za njega bila samo hartija u koju je jedva verovao, to je požurio, kao kockar koji igra sa lažnim kartama, da je se što pre otrese. Sada, ukoliko mu se obrtni kapital smanjivao i sa njim produkcija, utoliko je cena njegovih Stela-cipela rasla. Majstorović je bio na najboljem putu da se sasvim zapetlja u dugove i kamate, i da propadne.

Na tastovu pomoć nije mogao računati. Njihovi uzajamni odnosi postajali su sve gori. Prvih godina svaki čas bi se starac, besneći, prisećao:

— Hteo je da me prevari, zato će i dobiti šipak! Ima prvo da se pomuči, pa tek da mu dam što i kako hoću.

Ali je u potaji samo očekivao da Majstorović jednom prestane sa pretvaranjem. Majstorović, opet, opečen jednom, nije smeo da se oda. Prisiljavao je sebe da pred tastom igra i dalje naivnost i blagost, dok je ženu premarao porođajima: hteo je da ga trone decom. Dolazio je, tako, sa decom u naručju, svakog Božića i Uskrsa, svake Nove godine i Oceva, ćutljiv, ljubazan, pun poštovanja. Nikad nijedne reči ne bi progovorio tastu o svojim poslovima; niti ga zapitao za savet. Raspitivao se jedino za „tatino" zdravlje, žalio se na proliv jednog deteta, hvalio se niklim zubićima drugog, terao decu da ljube dedu u ruku i povlačio se iz sobe posle tih poseta ozarena lica, unatraške. A „tata" ostajao sve bešnji, uvređen u svojoj taštini starog lopova:

— Gazda-Sotirovom sinu ne treba ni saveta, ni para, ni pomoći! Pa neka lomi vrat sa onom kljakavom kako zna! I neka čuva svoje poslovne tajne! Ima čovek poslovnih tajni, pa ih čuva od tasta!

Starac je sve grublje dočekivao zeta, ismevao ga i ponižavao pred poslugom, puštao ga da sa decom čeka u predsoblju, ali je Majstorović bio toliko krut i zadrt da ne oseti šta starac očekuje od njega.

On je imao svoju ideju i tvrdoglavo išao za njom: starac sa njega prenese svoju mržnju i na tu ćerku, koja je jedva dočekala da se uda, pa makar i za Majstorovića. Trebalo je da jedan od njih dvojice učini prvi korak; ali taj korak nisu mogli da učine ni jedan ni drugi. Deca su se, u međuvremenu, rađala slabunjava, postajala rahitična, živela i umirala od šarlaha i difterije, druga prezdravljala i rasla, vreme prolazilo — a odnosi dva čoveka ostajali isti: rat koji su vodili bio je rat izdržljivosti.

— Pa šta ima — govorio je sebi, tešeći se, Majstorović — sada ne da, ali će dati, daće sve, kad crkne.

Ukoliko je tast, stareći, osećao sve češće da će izgubiti — i, osećajući to, postajao sve nepomirljiviji, jer je počinjao podsvesno da vezuje svoju upornost sa dužinom svoga života — utoliko je zet, osećajući da dobija, postajao ćutljiviji i blaži, što je sve više dražilo starca. On ne reče Naumoviću ništa za fabriku sve dok ne dođe do osvećenja temelja (što nije sprečavalo ovoga da zna iz druge ruke sve). Majstorović je imao na licu svoj najlepši i najslađi osmejak dok je govorio kako je došao da zove „dragog tatu" da mu ovaj svojim prisustvom uveliča svečanost, ali dragi tata samo pocrvene:

— A, fabrika? Pa lepo, zete, neka ti je sa srećom! — I, okrenuvši mu leđa, izađe iz sobe.

Na tastovu pomoć, dakle, nije mogao računati. Da svoje preduzeće pretvori u akcionarsko društvo, u kome bi dobio svoj majoritet akcija, nije hteo. Zar on da podnosi kojekome godišnje izveštaje? Zar je zato pravio sapun, čokoladu, konjak i opanke? Zar je zato putovao miniranim morima? Zar se zato krivo zaklinjao, otimao? Zar zato davao priloge za podizanje kosturnica i spomen-ploča? Zar je, najzad, založio sve što je imao da bi drugi, sada kada je sve gotovo i fabrika puštena u rad, sekli kupone i mešali se u njegov posao? Ne!

Njemu je trebala banka, sopstvena, koja bi ga kreditirala kako je njemu potrebno, koja bi u stvari postojala samo njega i fabrike radi. Majstorović poveri ideju svome prijatelju dr Dragiću Raspopoviću.

— Ja bih voleo da o tome razgovaramo i sa Šunjevićem — primeti polako dr Raspopović.

— Onaj što je bio advokat onog grofa? Otkud ga poznaješ?

— Za vreme okupacije našao se Marini. Njemu imam da zahvalim što mi je Koka živa i zdrava.

Majstorović se namršti.

— Ne volim te tipove... uopšte...

— Prvo, na to što je nekad bilo, danas više niko ne gleda. Drugo, ja mislim da ni on sam, iz drugih razloga, ne bi želeo da se ističe. U upravu treba izabrati dva-tri profesora univerziteta i poslanika. Šunjević može kao advokat. Moje je mišljenje da prvo sa njim razgovaramo.

Za dva dana dogovor je bio načinjen, osnivački odbor sastavljen. Onda su potvrdili pravila, zakupili jedan stan na Terazijama, kupili stvari, istakli firmu, i Balkanska banka a. d. već je postojala. Očekivali su se još ulozi na štednju, pa da posao krene kako valja. Ali ulozi nisu pristizali. Vreme je za tip banke koji je trebao Majstoroviću bilo prošlo. Celom svetu trebalo je kredita. Svi su nešto gradili; ili špekulisali; ili obnavljali uništeni nameštaj; ili prosto, živeli. Nikome ni na um nije padalo da nosi uloge na štednju u banke.

Kada je potrošio kredit koji je mogao da dobije i koji je odmah digao po osnivanju banke, Majstorović je morao ponovo da snizi tek povišenu proizvodnju na pet stotina pari cipela dnevno. Novi krediti koje je mogao dobiti u zemlji bili su mali. Gomilati takve kredite i interese na njih bilo je ludo. On pusti fabriku da radi samo svojim šestim delom, pa se sav okrete banci. Da čeka, nije više mogao. Morao je za godinu dana stvoriti sebi dovoljan obrtni kapital. Da stvori ili kapitulira pred stranim kapitalom, da baci dođavola samostalnost, primi dolare ili funte i ode u Nicu ili u Viši, na lečenje. Sem ako matori donde ne oslobodi zemlju svoga prisustva. Pri pomisli na ovu mogućnost, Majstorović se sujeverno i krišom prekrsti:

— Gospode, usliši...

Balkanska banka poče da radi sve ono što se u tom času moglo raditi. Primala je na licitacijama poslove, koje je onda, uz procenat, prodavala dalje, jer ona sama te poslove uopšte nije mogla vršiti. Tako je asfaltirala ulice, izvozila svinje, montirala mostove dobivene na račun reparacija, gradila puteve. Novi advokat imao je svuda neke misteriozne veze. Izgubljene licitacije su se ništile, uslovi u poslednjem času menjali, sporovi sa državom kao čarolijom rešavali. Međutim, brzina kojom je sve to rađeno nije dopuštala da svi poslovi budu izvedeni onako čisto kako je to zahtevala sama njihova priroda, i kroz poslovne krugove počeše da kruže prvo nepovoljne vesti, pa optužbe i, najzad, na javnost izbi velika afera sa ugljem. A bio je to divan posao: na ime reparacija država je dobijala iz jednog stranog rudnika ugalj; trebalo je izvlačiti i transportovati svakoga dana određenu količinu; država nije stizala da tu količinu izvuče; vozovi zbog toga nisu imali dovoljno pogonskog materijala i saobraćaj je hramao, a država gubila i u uglju i u saobraćaju. I onda se javilo patriotsko društvo sa Balkanskom bankom na čelu i ponudilo državi da ono učini ono što ova ne stiže. Istina, ni Balkanska banka ni njen konzorcijum za ugalj nisu imali sopstvene šlepove za prenos uglja Dunavom, ali to je već bila sitnica: šlepove je ustupila država. Taj ugalj je bio za nju! Tako je, najzad, i država mogla doći do uglja kupujući svoj sopstveni, i Balkanska banka do para prodajući ono što nije bilo njeno. Šunjević je vešto pronašao paragrafe; diktirao izjave; dokazivao da ugalj i nije stvarno prodavan i da ona suma koju je država plaćala društvu po toni na pristaništu u Beogradu, nije prodajna cena već prosto naknada za izvlačenje i transportovanje uglja; i da društvo sa Balkanskom bankom radi sve to sa jedva nekoliko procenata zarade, iz čistog osećanja patriotizma, jer želi da omogući što skorije uspostavljanje normalnog saobraćaja, što za obnovu zemlje itd. itd. — sve je bilo uzalud: uzbuna je bila tolika da je došlo i do Skupštine. Kako se diskusija počela okretati protiv njega, Despotović je ustao i kratko izjavio:

— Dovođenje u vezu moga imena sa onim nedostojnim špekulacijama glupo je.

Pa, dok su mu poslanici Narodne stranke dobacivali: „Da čujemo nešto i o sekvestru!", dodao:

— Gospoda žele anketu. Molim. Ja lično ne samo da želim nego tražim anketu.

Anketna komisija nije, naravno, utvrdila ko je od strane državnih vlasti kriv za potpisivanje onog ugovora, ali je zato ipak nadležno ministarstvo poništilo ugovor i kaznilo Balkansku banku a. d. isključenjem za godinu dana od svih državnih liferacija.

Isključeni od poslova sa državom, šta su mogli raditi? Majstorović je prvo preneo fabriku na ženu i decu, i onda je jednoga jutra predsednik banke g. dr Dragić Raspopović mogao saopštiti da banka traži poravnanje van stečaja. Pismo Trgovačkom sudu bilo je remek-delo svoje vrste: hladno i u ciframa, bez nepotrebnih reči, ono je dokazivalo da je banka zdravo preduzeće i da je u bezizlazno stanje dovedeno jedino kršenjem od strane države onog ugovora o isporuci uglja. *Tako je jedan domaći zavod, sa čistim domaćim kapitalom, primoran da zatvori svoje šaltere i obustavi svoj po celinu, u ovo teško vreme opšte zemaljske obnove, samo koristan rad.*

Majstorović, razočaran, nastavi da luta i špekuliše sam, na svoju ruku. Kupovao je sanitetski materijal, vojnu odeću, gubio, dobijao, kako kad. Jedino što je stalno gubio bila je hladnokrvnost. Počinjao je da se uzbuđuje, da postaje zaboravan, da ne spava. I da ulazi u sve luđe poslove. Prve sede vlasi pokazaše mu se više slepoočnica. Vezu sa Marinom već je osećao kao teret i izbegavao da se nađe nasamo sa njom. Postajao je razdražljiv, žučan i još ćutljiviji nego dotle. Bilo je trenutaka kada je sasvim gubio energiju i bespomoćno satima šetao kroz fabriku, doticao rukama zaustavljene mašine, spuštao se u podzemne hodnike, ulazio u magacine, u spremišta za sirovinu, palio svetiljke, okretao transmisione točkove, sa kojih su smaknuti kaiši. U tim gluhim časovima postajalo mu je jasno da je to što on radi potpuno bezumno, da, eto, hoće da za godinu ili dve stvori u novcu još onoliko koliko je imao u mašinama i zgradama, koje su ga koštale ne godinu ili dve nego petnaest godina napora. Pa bi se, premoren i prašnjav, posle tih gorkih misli izvlačio iz praznih i mračnih sala, da se zatvori u svoju kancelariju i tamo, ko zna po koji put, sračunava šta ima i koliko mu još treba. Konferisao bi dugo sa tehničkim direktorom, pregledao u trgovačkom odeljenju narudžbine, indeks cena i knjigu sa dužnicima. Jedan mali detalj, jedna novootvorena ili pridobijena prodavnica, najmanje povećanje narudžbina, bilo je dovoljno da mu povrati veru u konačni uspeh.

Ti su časovi, međutim, postajali sve ređi ukoliko su rokovi menica, pristižući vrtoglavom brzinom, postajali češći. Bio je potpuno u vihoru kratkoročnih zajmova, anuiteta, konverzija, pregovora, taksenih maraka!

U početku, to je bilo jedva vidljivo, jedna oteta prodavnica, jedna preuzeta licitacija zbog niže cene. Zatim se ispoljilo u novim cenama dve manje domaće firme, koje su cipele proizvodile još uvek ručno. Cene su bile ne samo mnogo niže nego dotle, već su u isti mah bile podjednake kod oba preduzeća. Zatim se to izjednačenje naniže produžilo i postepeno obuhvatilo sve veće proizvođače, jer se odjednom beše otkrila na tržištu velika količina inostrane obuće, koja je davana, iako boljeg kvaliteta, po istu cenu. Ko je rušio cene? Nije se sa tačnošću moglo utvrditi. Bilo je jasno da jedan moćan konkurent plavi pijacu svojom robom, dajući je, očigledno, sa gubitkom. Ali iz kojih razloga? Šta mu je bio cilj? Protiv koga je bila uperena ta borba? Majstorović oseti samrtnu stravu. Da i on snizi cenu svojoj obući, bilo mu je nemoguće. On je na njoj, da bi održao makar i najnižu potrošnju, već gubio. Mogao ju je sniziti, još daleko niže nego što su ove nove cene, kada bi radio punim kapacitetom, kada bi proizvodio svojih tri hiljade pari; kada bi plate svojih direktora i inženjera, svoju struju, svoju administraciju, svoju reklamu delio na tri hiljade a ne na pet stotina; kada bi sirovinu kupovao za tri hiljade pari cipela dnevno, a ne pet stotina; kada bi... On se odjednom seti: Šunjević! To je! Jednoga dana, dok je još postojala Balkanska banka, u njegovu sobu je ušao Šunjević i bez ikakvog uvoda rekao:

— Imam jednu londonsko-bečku grupu koja se interesuje vašom fabrikom. Vama su potrebna velika sredstva, koja u zemlji ne možete dobiti. Grupa je gotova da vam odobri neograničene kredite. Njen je direktor, gospodin Švarc, moj stari poznanik.

— Još iz onog doba — prekinuo ga podsmešljivo Majstorović — kada ste skidali sekvestar sa Despotovićem.

— Švarca znam još izranije, g. Majstoroviću — odgovorio je mirno Šunjević — znam ga još iz doba okupacije, ako hoćete i taj detalj da znate. Ali ni sekvestar nije bila rđava stvar, kako mislim. Da ste vi bili na mestu Despotovića, sada vam ne bi trebali krediti. Njemu je trebao dnevni list — pa ga je i stvorio. Kada čoveku gori pod nogama, on ne bira hoće li skočiti u blato ili na suvo. Uostalom, ne vidim kakve bi sve veze to imalo sa ovim o čemu govorimo.

Majstorović nije odgovarao. Šunjević nastavi:

— Grupa daje najpovoljnije uslove. Razmislite.

— Kakvi su im ti uslovi?

— Finansijska i tehnička kontrola, podela tržišta...

— Ne. Hoću potpunu slobodu. Zašto sam se borio? Neću da se iko meša u moje poslove. Uostalom, kada budem radio punim kapacitetom, ja mogu tući koga hoću, ako ne kvalitetom a ono cenom. Ta carine su na mojoj strani!

— A dotle?

— Dotle ću podnositi štetu ili zatvoriti fabriku.

— Ako dođe do konkurencije, vi ćete i biti pod tim uslovima primorani da zatvorite fabriku.

— P... ja na konkurenciju! U ovom času ja sam najjači proizvođač u zemlji, i to mi je dovoljno. Fabrika obuće se ne diže tako lako kao fabrika kvasca.

— Molim.

Setivši se toga razgovora, Majstorović sav pretrnu. Jure ga! Hoće da ga slome. Ko je iza Šunjevića? Ko iza te bečke grupe i Švarca? Kolika su im sredstva? Neznanje Majstorovićevo davalo im je ogromne razmere. On sam sa svojom fabrikom i onom desetinom miliona dinara, koliko je vredeo, odjednom dođe sebi mali i ništavan. Da beži, nije mogao. Da napada, još manje. Da se pokori? Hteo je da se uveri. Potraži Šunjevića.

— Vi pogađate zbog čega sam došao? Pomalo? Pa dobro, Šunjeviću, hteo sam da vas pitam šta je sa onim vašim bečkim društvom?

Između njih stajao je sto prepun hartija. Šunjević pogleda svoje nokte, savi neka otvorena akta i tek posle toga pogleda ponovo Majstorovića. Lice mu je bilo obraslo u divnu crnu bradu, kao kod Đorđa engleskog. Iz te brade izbijao je snažan i prav nos, neobične beline. Ali svetle i nasmejane oči, pune stalnog podsmeha, nisu se nikako slagale sa niskim, unazad zabačenim čelom, koje se završavalo glatko začešljanom kosom na razdeljak.

— Ne znam. Tu stvar sam napustio čim sam video da vas ne zanima. Vi se sećate našeg razgovora?

— Šteta — promrmlja Majstorović. — Sada bi me zanimala.

— Videću... ali koliko je meni poznato... opšti uslovi su se za ovu poslednju godinu dana prilično promenili. Mislim da su odustali od namere sa kreditima... mislim da žele da dižu sopstvenu fabriku, ili tako nešto.

— Šteta — ponovi polako Majstorović — šteta.

On ustade sa svoga mesta. Šunjević je oborene glave uređivao i dalje svoj sto. Majstorović se najzad prelomi.

— Možda ne bi bilo rđavo da se upita, a? Da se upita?

Šunjević i sam ustade od stola.

— Pokušaću. Stupiću odmah u vezu sa Švarcom. Sve što do mene bude stajalo... verujte.

— Alo, jesi li ti? Slušaj... tvoj matori napravio je svinjariju, požuri.

Majstorovića obli znoj. On slušalicu tako grčevito steže i pribi uz uho da oseti bol. Jedva promuca:

— I sada?

— Zatvorio sam ga, dao mu injekciju, leži.

— Odmah... Slušaj, Dragiću... ne, svejedno, evo me.

Majstorović ostavi slušalicu, pređe rukom preko očiju, strese se. Htede da se osmehne, ali mu mišići na licu samo grčevito zaigraše. Pomisli:

„Možda će ovog puta... da li je već napisao testament? Ili će umreti bez njega? Možda će ovog puta zaista umreti. Ne može ni on doveka trajati. I to sa životom koji provodi! Dragić kaže da takvi ljudi najviše umiru od kaplje... nažderu se, uplaše, posvađaju i crknu; pukne im tamo neka žilica i crknu.”

Poče drhtati. Kao lud sjuri niz stepenice. Uz put je vikao:

— Kola, gde su kola?

Starac je stanovao na prvom spratu svoje palate u Knez Mihailovoj, i automobil, ušavši iz Petrove ulice, teško se probijao kroz večernji korzo.

— Požuri — urlao je Majstorović — požuri, gazi stoku, požuri!

Starac je imao pet soba s lica, ispred prve dve veliki hol; desno se ulazilo u jedan hodnik, koji je vodio u sporedne odaje, i još jedan hodnik, iz koga se izlazilo na služinske stepenice i na mali dvorišni balkon, kraj koga je prolazila po spoljnom zidu zgrade teretna dizalica. U kupatilo se moglo i iz hodnika i iz poslednje sobe, koja je bila spavaća. To kupatilo bilo je naročito luksuzno, veliko, svetlo, u pločicama, sa niskom kadom od porcelana, sa divanom i drugim ugodnostima. Ranije, u kući je uvek bilo po nekoliko mladih sobarica, domaćica, kuvarica. U poslednje vreme, međutim, starac je živeo sam. Od posluge je imao samo jednog kuvara, Trifuna, koji mu je u isti mah bio i sobar, i nastojnik, i neka vrsta poverenika. Trifunova snaha je dolazila svakog jutra, nameštala kuću, glačala parkete, prala prozore, pomagala malo u kuhinji i već u jedanaest časova odlazila. Trifunov sin, Glavički-Mlađi, radio je kod starca kao šofer; ali on uopšte nije ulazio u stan — stanovao je zajedno sa ženom u suterenu zgrade, kraj garaže. Po kući se tako kretala, u mekim suknenim cipelama, jedino ćutljiva senka Trifunova. Slepa. Gluva. Jezik mu je služio da bi mogao grditi snahu zbog velike radoznalosti. „Ribati i prati, to je tvoje, a šta gospodini radu, to je njihovo."

Ugledavši izdaleka palatu svoga tasta, osvetljenu odozdo svetlošću izloga i električnih reklama, sa njenim balkonima od kovanog gvožđa, staklenim vratima, sa ulazom obloženim zelenkastim mramorom, Majstorović se još više uzbudi. On iskoči iz kola pre nego što se ova dobro i zaustaviše, pa — iako spazi za sobom gđu Marinu Raspopović, kako se, posle šetnje, i sama skida sa svoga sivog automobila, sva u krznu, male noge u plitkoj cipeli — ulete, probijajući se bezobzirno kroz šetače, u kuću. Marina pokuša da ga stigne, ali „dragi prijatelj" i ne okrete glave na njeno dovikivanje: dok je ona došla do lifta, Majstorović je, dva sprata više, već ulazio u kabinet dr Raspopovića. Pred praznom trokrilnom bibliotekom u duborezu i brušenom staklu, sa svojim ogromnim crnim poliranim pisaćim stolom, koji je, prazan, ličio pre na nizak klavir nego na sto za rad, sedeo je dr Raspopović i zamišljeno, ali mirno pušio. Majstorović se sledi. Raspopović sleže ramenima:

— Ah, ne nadaj se, neće mu biti ništa!

— Opet pretukao neku? — upita Majstorović stegnuta grla, pošto se malo snašao.

— Ne. Ovu je vozao golu u liftu za drva; grešnica se uplašila i skočila u dvorište.

— Mrtva? — Nešto kao nada blesnu u Majstorovićevim malim crvenim očima.

— Ne. Samo slomila ruku. Dole nešto kopaju, pala na neku zemlju.

Majstorović se sruši u fotelju. Skide policilindar, izvadi maramicu, obrisa oznojeno čelo, vrat. Zatim, duboko zamišljen:

— Možda bismo mogli... u ludnicu?

— Tebe ili njega? — okosi se Raspopović.

— Mene, mene! — dreknu Majstorović. — Ne mogu više, poludeću! — On se zaista kao pomahnitao poče šetati po kabinetu. — Zašto ne bismo mogli? Zašto? On je lud, treba ga zatvoriti!

— A ti izvoli pa ga zatvaraj — Raspopović se osmehnu.

Majstorović ponovo klonu u fotelju: nemoguće! Niti je starac, kao kreditor Despotovićev i član Glavnog odbora Zemaljske stranke, običan tast, niti je on, sa svojom fabrikom zapalom u nedaće, običan zet. Ne, bolje je da onom tamo prsne neka žilica od uzbuđenja.

— Zar niko nije video? Da ga tuže, uzmu na odgovor? — uzviknu najzad Majstorović očajno.

— Oh, videlo je puno njih ono glavno, kada je devojka iskočila, a za ostalo... napravila se zabuna; još su očevici pričali kako je i stari gospodin hteo da je spreči da skoči, a ona skočila; htela da se ubije i skočila, nesrećna ljubav, šta ja znam!

— A devojka?

— Devojka će ćutati. Ako kaže zašto je dolazila matorom, daće joj knjižicu, proterati u mesto rođenja. Ovako, htela da se ubije, dotužalo joj da živi — tu sanitetska policija nema posla.

Već nekoliko trenutaka gmizala je ispod niskog Majstorovićevog čela jedna razdražljiva misao, gmizala, uvijala se kao crv, ali se nikako nije uobličavala. Visoka, suha i hladna prilika Raspopovićeva dizala se, u svome elegantnom sivom odelu, s druge strane stola. Njegove ledene, malo izbuljene plave oči počivale su nepomično na Majstorovićevom licu. Majstorović ih oseti kao dodir neke ljigave, mrtve i hladne materije, ali čitavih nekoliko časaka ne usudi se da ih pogleda. Telefon zazvoni, Raspopović diže slušalicu. Majstorović podiže oči i odmah srete Raspopovićev pogled, pogled mrtve ribe koja bi, telefonirajući, gledala svojim izbuljenim očima bez trepavica pravo u njega. Ona misao u njemu najednom stade u svome uvijanju: bila je jasna, prozračna i čvrsta kao dijamant. Majstorović skoči. Ne stiže da dohvati šešir, već gologlav jurnu tastu.

— Možda je... to dolazi najednom, čovek ide, korača i odjednom se sruši.

On tutnjeći slete sporednim, služinskim stepenicama, nađe vrata od malog hodnika otvorena, ulete u njega, otvori vrata od kupatila, čije je kamene, crne i bele pločice u tom času brisao Trifun (dok se na divanu još uvek videli ostaci ženskog rublja), predahnu časak, pa otvori, pre nego što se Trifun snašao, vrata od spavaće sobe.

Duga odaja, sa navučenim teškim svilenim zavesama, bila je potopljena u prigušenu svetlost jedne jedine lampe, koja je gorela čak na drugom kraju sobe, kraj kreveta. Mlaz svetlosti, padajući ispod ružičaste alabasterske kugle, izvlačio je iz senke samo jednu belu ruku, pokrivenu krupnim plavim venama, koja je ležala nepomično na crvenom svilenom pokrivaču. Glava, zavaljena unazad, nije se videla u senci. Nikakvog šuma. Kroz nepokretan vazduh lutao je jedva osetan zadah etera. Majstorovića odjednom ispuni izvesnost

da je starac mrtav. On se obazre po sobi. Predahnu. Stupi korak
bliže. Mislio je: da li je napisao testament ili... Dah mu stade. Htede
da krikne. Ruka mu pođe srcu: iz senke gledala su ga dva oštra
i podsmešljiva oka. On učini strašan napor volje, naže se unapred,
pokuša da se osmehne.

— Ja sam... došao sam... kako ste, tatice?

On htede da kaže kako je samo svratio da upita da li je dragom
tatici štogod potrebno, ali se starac naglo uspravi u krevetu, košulja
mu se razdrlji, sedina na maljavim grudima blesnu. Majstorović
jedva imade vremena da vidi starčevu ruku kako grabi lampu i već
je ružičasti meteor leteo ka njegovoj glavi. On uzviknu, saže se, ali
lampu, pre nego što stiže do njega, zadrža gajtan, i ona uz tresak
razbijenog stakla i kamena pade na pod. Kroz mrak se začas probijalo
samo naporno disanje dva čoveka. A onda Majstorović jasno ču kako
se starac smeje. Znoj poče da mu se sliva niz kičmu; pođe natraške,
dokopa se jednih vrata, otvori ih, pojuri, udarajući se o nameštaj kroz
mračan hol. I bežeći, on je i dalje čuo kako starac besni iza njega,
kako dovikuje za njim:

— Ne smrdi ovde još na mrtvaca, ne smrdi, prevario si se!

Onaj pad iz lifta i ona slomljena ruka sasvim zaludeše starca. On
već sutradan naredi da devojku iz bolnice prenesu u jedan privatan
sanatorijum, i onda stade iz dana u dan tamo slati Trifuna sa kuti-
jama bombona i cvećem. On sam ležao je po ceo dan neobučen na
sofi, nesposoban da ma šta razume, i poče se brijati i oblačiti tek kada
mu bi javljeno da i devojka već ustaje, da se uveliko ne ljuti, da mu je
sve oprostila i da će, čim joj lekari skinu veliki zavoj, doći k njemu, i
tada, ako joj obeća da će „poštovati svetinju ljubavi", ostati kod njega
koliko bude hteo; i da neće skakati iz lifta. Starac posle toga sasvim
pomahnita. Išao je kao mesečar kroz svoje velike i polumračne sobe,
hvatao Trifuna i ispitivao ga po stoti put o toj Bebi, i kako „onako"

izgleda, i da li će ostati kakva brazda od slomljene ruke, i naročito: vide li joj se modrice. „Trifo, vidi li joj se da se mnogo ugruvala, onako, Trifo, kao žute kruške što potamne kad se izgnječe." To je bila kao groznica: da sazna za te uboje i modrice, zamišljajući valjda u isto vreme onu njenu belinu i mekotu. Prestade sasvim da spava. Ustajao je noću i budio Trifuna, i Trifun bi onda morao da trči gore po dr Raspopovića i da ga moli da siđe i da starcu da ma šta, jer je „sav kao lud, gospodine, buncadu i ne spavadu i već me svaki čas zovedu da im pričam o toj njihovoj frajli".

Sam da odlazi starcu, Majstorović više nije smeo. Zašto bi ga bez potrebe dražio na sebe? Zato se razjuri po rodbini, i starcu počeše dolaziti neke strine i tetke, neka deca, neke sestre po majci. Pojaviše se i neki drugi, udaljeni rođaci, za koje starac jedva da je i znao da postoje — i svi su dolazili kao sumanuti i bez glave, donosili pomorandže i suhe kolačiće zavijene u džepne marame i pitali kako se oseća. Starac se u početku smejao tom kao lažnom glasu, koji je prošao kroz rodbinu o njegovoj na smrt bolesti — i to u času dok je smerao da s Bebom proživi koji mesec, njome možda i da se oženi — čak je prvih dana i sam uzdisao, uzimao pomorandže i slagao ih po noćnom stočiću, ali se onda počeo uznemiravati, misao o bolesti i smrti počela ga sve više opsedati; on se, najzad, stao grozničavo otresati tih poseta, grubo terajući te babe i njihovu dečurliju koja je plakala, na njihova pitanja kako se oseća i je li mu bolje, odgovarao osorno i jetko — i pri tom, iako se otimao, sve više bledeo i padao u rastrojstvo.

Pre svih, međutim, dođe Majstorovićev sin Mile. Iako mu otac preporuči da bude što ozbiljniji i nežniji — posle scene sa lampom, Majstoroviću je bilo jasno da je bespredmetno dražiti starca: bolje je trošiti ga polako — Mile ne nađe ništa pametnije nego da obuče jedan od mnogobrojnih očevih žaketa i da na glavu stavi policilindar. Tako, bio je potpuno umanjeno očevo izdanje, vitkije i lepše, to je istina, ali sa svima odlikama Majstorovićeve rase: sa kratkim nogama i rukama, crvenim vratom, kao od mraza ištipanim obrazima; hitrina pokreta sprečavala je da se odmah vidi sve ono što će jednog dana biti ružno a što je nasledio od oca: krupne graoraste oči, oči majkine, kovrdžava kosa, večito dobro raspoloženje, jako ispupčena donja usna, usna vlažna i crvena, oblaporna, davala mu je čak i izvesnu draž, tako da se, bezmalo, mogao uračunati u lepe mladiće. Ali crn žaket i polucilindar potirali su ono što je zračilo od mladosti, ističući ružnoću — a Mile još pojača sličnost time što ustrča uz stepenice, te u dedin stan ulete sav crven, zaduvan i već sasvim kao Majstorović-otac. Ali on beše i suviše zadovoljan maskom i komedijom koju je igrao, da, čim stupi pred Trifuna, pršte u smeh.

— Ti mislio, tata! Jok, tata ne sme ni da priviri, to sam video, ne znam samo zbog čega. — I onda, setivši se: — A naš matori, je li otegao papke? — On pljesnu Trifuna po stomaku, smejući se iz sveg glasa velikom poklonu, koji brkati Trifun na udar učini pred njim, i tako u smehu, sa polucilindrom zavaljenim na sam potiljak, upade u sobu svome dedi. — Eh, dedice, pa vi sjajno izgledate, još ćete vi nas sve ispratiti Bogu na istinu i naslediti ono malo što nam je od tatinog bankrotstva ostalo! Znate, što se tiče tate, ja to zovem onako po naški bankrotstvo — stvarno, tek otkako je zvanično propao, mi počesmo da živimo kao što treba. Uveravam vas, dedice, da je na tom bankrotstvu zaradio, brat bratu, četrdeset pet posto čistih. Moje je mišljenje da je to poravnanje van stečaja divna stvarčica. Pokupiš što se pokupiti može, što svoga imaš preneseš na ženu ili kćerku, onda ključeve u Trgovački sud: zbog finansijske konjunkture, ili kako se to već kaže — došao u nemogućnost da odgovara svojim obavezama. I ti, hajd', juri ga, ne može čovek da odgovori svojim obavezama, i tačka. Fina je to ideja. To je tati prišanuo doktor Dragić, doktor je laf, on tako i živi, prodaje nekupljeno, zalaže neotplaćeno, pronašao sistem, kao Tajlor, i živi. A što se tiče tate... nije što mi je otac, dedice, ali on ti je velika lopuža. Ali mu nije ni lako, pa mora. Znate li ono za tunele? Ne znate? On od vas sve krije kao da mu niste rod, a to za tunele baš je mogao da vam kaže. Dao milion i po, finansira čovek neko društvo što pravi tunele, oni mu izdužili menicu na tri meseca, dali dvadeset i pet posto, tati milo, već računao koliko ima da zgrne, a kad tamo, komisija se promenila, neće da primi tunele, nisu im dobri, voda probija, zidovi se ruše — i sad, tatica ako za godinu dana izvuče i deseti deo, biće dobro. Morate priznati, deda, da mu nije lako. Ono na knjižici po bankama, što mu mama čuva u vešu, među gaćicama, ono nije ni na zub. Fabrika, sve same neke specijalne mašine, niko s njima nakraj da izađe, a jurija, ne znam šta bi tati da je toliku digne, kao da će da obuva ceo svet. I sad mu je cela nada u vama: da vam se, ne daj Bože, desi štogod pre nego što stanete na lud kamen — priča tata da hoćete da se ženite nekom... onako — ništa vas moj tata ne poštuje. A ja opet molim Boga da vam se ne desi ništa bar još za tri meseca, koliko da doguram do punoletstva, inače sam vam, dedice, propao, jer onda će tata da mi postane tutor — a kome je on bio tutor, taj se već lepo proveo. Nego, vama je rđavo, da zovnem Trifuna? Dobro, dedice, smirite se, idem sada, a sutra ću opet doći da vidim kako stoje stvari.

Sve ovo učini Mile, ne iz neke velike zlobe, već iz čiste obesti i lakomislenosti. Uostalom, u svađi sa ocem zbog nekog novca (a on je uvek bio sa ocem u svađi zbog bilo kakvog novca), njemu nije bilo krivo da malo zavadi tatu sa dedom. A već o dedi Mile nije bogzna koliko ni mislio; star čovek koji bi već mogao da „otputuje" — naravno, bolje bi bilo da ne otputuje do Miletovog punoletstva, ali u tom času Mile je imao prečih briga nego da o tome misli.

Zvanično, Mile Majstorović stanovao je kod svoga oca. Ali svojoj pravoj kući odlazio je samo na ručak; na večeru je išao već manje redovno, a spavao je jedva dva ili tri puta preko nedelje u svome

velikom i čistom krevetu, koji mu je mirisao i suviše na „peglano"
i štirak. Sve ostalo vreme provodio je u stanu Glavički-Mlađih, u
suterenu dedine palate. Odatle je kretao na pijanke, tu se s lumperaja
vraćao da bi se ispavao, a Neda Glavičkova očistila mu odelo. Tu on
osnova i neku vrstu kluba, gde se na miru mogla odigrati po kakva
partija pokera, na koju bi redovno dolazila, spuštajući se sporednim
stepenicama, Miletova nerazdvojna drugarica Koka Raspopović.
Kako im je bračni krevet Glavičkih smetao, oni ga izbaciše u kujnu,
a na njegovo mesto doneše jedan nizak divan, koji Koka popuni jas-
tučićima. Postepeno soba postade potpuno Miletova; on tu prenese
i svoje tabake iz političke ekonomije i duplog knjigovodstva, i svoj
gramofon, pa i svoju seriju boksera.

Garaža sa svojim mirisom benzina i mašinskog ulja, sa svojim crno
lakovanim kolima; zatim, dva koraka odatle, kroz mračni suterenski
hodnik, stan Glavičkih sa „klupskom sobom" i tim tajnim vezama,
to su bila najmilija mesta gde je Mile boravio: bilo poleđuške ispod
teškog linkolna, umrljan po rukama i licu crnim uljem i blatom, bilo
na niskom divanu, u društvu svojih prijatelja i Koke. Stvarno, tek
tu se Mile Majstorović osećao kao kod svoje kuće. Majci se ulagivao
samo onda kada je hteo da joj izvuče kakve pare, sestre Aleksandre
se, ni sam ne znajući zašto, pribojavao, ali sa Glavičkima je umeo da
se pomeša kao sa sebi ravnima, da se smeje, razgovara i uživa.

Glavni članovi „kluba", sem Mileta i Koke, bili su Vesa N. — onaj
što je, dok je bio u Švajcarskoj, u nekoj višoj trgovačkoj školi, razbio
glavu prilikom jedne utakmice bobova u Gštadu, pa se sada odmara
od potresa mozga kod tate u Beogradu; i mala Stanka, drugarica Kok-
ina iz gimnazije, kći jednog neznatnog novinara, neobično strašljiva
devojčica, koja se u početku čak ni u klubu nije usuđivala da puši iz
bojazni da „mama ne oseti". Nju je Koka na silu dovukla u klub —
da bi učinila po volji Miletu; i da bi i ona sama imala makar kakvu
„družbenicu". I bilo je smešno imati takvu jednu drugaricu koja se

nije usuđivala da pođe sa njima u predvečernje šetnje automobilom (dedinim, naravno, kada deda ne bi bio kod kuće, ili kada bi bio zauzet svojim „poslovima"), te bi je morali ubacivati u kola i držati ukleštenu između sebe. Ona se trzala, svaki čas joj se činilo da ju je neko od poznatih primetio i da će je neizostavno potkazati majci; svaki čas je, pri naglom zaokretu automobila, pri koracima u hodniku, i u sto drugih prilika, doživljavala prave mišje panike, srce bi joj jako zalupalo, prebledela bi, naglo bi hvatala za svoj šeširić i izjavljivala da „nikad više neće..." Ali Koka je uspela da natera Stanku i da propuši, i karte da drži, i usne da karminiše, da se oblači i ponaša kao i ona: da nosi suknje preko kolena, da visoko prekršta nogu preko noge; da se duboko zavaljuje u fotelje i u jastučiće na divanu i da joj iz tih fotelja ili jastučića viri samo kuštrava glava i vrh cigarete; da šešir natiče do pažljivo napuderisanog nosića. Stanka je vremenom postala po spoljnom obliku druga Koka (Koka je u zamenu oksidisala kosu da bi bila plava kao Stanka), i kako je Koka vukla Stanku kuda god bi išla, čak u poslednje vreme i po žurevima i igrankama, to su ih poznanici nazvali — kao ljudi bez mnogo originalnog duha — „Doli sisters". Ali, jedna „sister" bila je sva neizveštačeno otmena, na njoj je biser bio biser, pti gri — pti gri a ne zec, svilena čarapa uistini od prave svile, osećalo se po svemu da spava u sopstvenom krevetu a ne sa mamom i još tri deteta; da ne radi nikakve grube poslove. A Bog sveti zna koliko je drugu „sister", Stanku, stalo suza, dovijanja i noćnih bdenja da se domogne makar i tih perla od stakla, i te kožice od zeca ili mačke, i tih čarapa i haljina od veštačke svile; koliko joj je vremena trebalo da bi uhvatila, oko prvog, oca na izlasku iz redakcije, koliko joj je pažnje trebalo da se crveni lak sa noktiju ne spere, zanoktice da se ne rascvetaju od hladne vode. Ono što je za Koku bilo tek sitnica, za Stanku je bilo ludo trošenje; a ipak, baš zbog tih na izgled jednakih haljina i jednakog ponašanja (kod Stanke na silu obesnog i zato razdražljivijeg, izazivačkijeg, jer se u dnu pogleda, u nedovršenim pokretima, jasno razabirala zastiđena čednost), bogatstvo jedne je dobijalo jedan praskav, nametljiv blesak, dok je otmenost druge bila stalno obavijena jednim tihim sažaljenjem, samilošću, tronutošću. Stankina lepota je pod tim uslovima bila nepodnošljiva, izazivala je skoro suze. Što se tiče Vese N, on je, i pre nego što mu je pukla tamo neka čeona kost, bio baš isto tako udaren, dečko lepo obučen, ali spreman za svaku ludost, gotov, ako mu kažu: čik, da skoči obučen u Savu; ili da upravlja bobom, na koji dotada u svom životu nije seo — i to po zaleđenoj stazi jednog internacionalnog trkališta.

Tako ni Miletovoj ni Kokinoj volji nije u tom društvu imao ko da se odupre. Ostali, koji su se povremeno pojavljivali u društvu, nisu značili ništa; primani su i pozivani ne iz nekog naročitog drugarstva, već da popune društvo — jer, na kraju krajeva, ni Mile ni Vesa nisu mogli na pokeru čerupati sami sebe; ili devojke.

Ovog puta jedva izabraše ko će im popuniti broj. Taj prekobrojni morao je biti dobar igrač, elegantan; i pri tom čovek koji će umeti da čuva tajnu. Ne priprema se jedna stvar tri ili četiri meseca ranije da bi vam je makar ko pokvario brbljanjem. Novi drugar bio je potpuno beznačajan, toliko beznačajan da mu ni ime ne zapamtiše kako valja, te ga prozvaše prosto „Prekobrojni". Uloga prekobrojnog osta zaista u svemu sporedna: za jednu damu je trebao igrač, i on je uzet; sem toga, kako je Mile imao da ide u sanduk, to je taj igrač tačno bio četvrti za nošenje sanduka. Ali ništa više: drugi u igri, četvrti za nošenje; njegova beznačajnost i time bi dovoljno nagrađena. On pokuša da popuni plan jednom svojom idejom (da se četiri nosača opašu lancima umesto belim konopcima, „jer takvi su vam bili u srednjem veku kaluđeri"), ali ta njegova ideja ne bi primljena, pošto je izlazila iz okvira „crno-belog" — te njegov predlog ode u arhivu.

Spremanje je bilo teško i zadavalo puno brige. Trebalo je sašiti četiri crne kaluđerske rize, sa kukuljačama na kojima bi bila samo po dva otvora za oči, nabaviti četiri bela konopca, četiri bele voštane sveće od po pola metra, jedan kratak, a ipak dovoljno dubok mrtvački kovčeg (beo), u koji bi trebalo da uđe Mile, i koji je prema tome morao da se udesi da Mile u njemu ne samo diše, nego i da ima mesta za sviranje. Ali sve je to bilo lako prema drugim dvema stvarima; prvo, Mile je morao da nauči da svira u saksofon jedan fokstrot (a on još nije znao ni kako se drži pravilno taj instrument); drugo, Stanka se morala nekako navići ne samo da gleda nego i da dotakne tu za nju groznu stvar — mrtvački sanduk. Kada je prvi put ugledala, nasred klupske sobe, tek donesen kovčeg, nju je, iako pripremljenu, uhvatila takva drhtavica da je čak i Neda Glavičkova morala dotrčati da joj silom saspe u usta čašicu konjaka. Celo popodne su Mile i Koka izgubili hrabreći je i uveravajući je da to „nije ništa", da kovčeg nije pravi, jer je od kartona i naročito pravljen za igru, i da je, naravno, prazan. Stanka je na sve to odgovarala da ona ne sme i da neće, i da je to tako strašno da će pre umreti nego dotaći se. Izgubivši strpljenje, Koka je tresnula nogom, otvorila sanduk, legla, na najveći užas Stankin, u njega i pobedonosno uzviknula: „Pa onda, šta još! Je li to tako strašno? Karton spolja, karton iznutra. Daj ruku!" Stanka se, sva bleda, morala dotaći sanduka. Tek posle toga Mile se mogao vratiti svome saksofonu i vežbanju. Vežbao je neumorno, danima; u glavi mu je zujalo, vilice u zglobovima su ga bolele od silnog stiskanja instrumenta, izazivajući obilno lučenje pljuvačke, koja mu je već nagrizala uglove usana. Kako je u takvim prilikama i mogao misliti na tatu, na dedu i na njihovu svađu?

Toga dana starac je očekivao da mu se Beba vrati. Od rodbine više nije niko puštan u kuću, ali je starac još uvek bio preplašen, i ukoliko je vreme više promicalo, utoliko je više padao u rastrojstvo. Svakog časa bi mu se učinilo da mu bilo slabi ili da dobija bolove u srcu. U isto vreme neprestano je osećao kako rodbina i dalje gmiže iza zatvorenih vrata. Tek bi se malo zaboravio a već bi prekidao govor, dizao kažiprst i, onako ubledeo i naglo izmršaveo, skakao iz fotelje i prisluškivao.

— Opet su tu! Osećam ih, čujem. Osluškuju iza vrata! Tapkaju, čuješ li, Trifune, tapkaju!

Trifun bi morao da ide i odiže poklopac na okruglom otvoru vrata — a starac se, bled i nem, prikradao za njim na vrhovima prstiju. I tek kada bi se i sam uverio da nema nikog, da je stepenište prazno, krv bi mu se vraćala u obraze i on, začas smiren, vraćao bi se u sobe da čas docnije ponovo skoči.

Aleksandra Majstorović ličila je na majku: krotka, tiha, krupnog crnog oka. I kao majka, živela na rubu stvarnosti. Samo, za majku je s one strane toga ruba bila pustoš jedne prazne prošlosti i jedne napuštene sadašnjosti; život iz njene fotelje na točkovima bio je neradostan, i ona je voljno bežala iz njega. Za kćerku, naprotiv, preko onog ruba nalazila se njena istorija umetnosti, njena uporedna književnost, njene studije, muzeji, galerije, biblioteke, Bodler u zelenom kožnom povezu, Pariz, severna Italija, Beč. Jedna nije imala više nijedne iluzije o životu; druga ih je imala sve.

Dok je njen deda očekivao da Beba stigne iz sanatorijuma — i već počeo da se pribojava što je nema, jer sat u koji je trebalo da stigne beše odavno prošao — dotle je Aleksandra, pod pogledom svoje majke, zaključavala svoje putničke kovčege.

— Dedi još nisi kazala zbogom?

— Ne. — Aleksandra porumene; pogleda na časovnik: nije još bilo podne. — Mogla bih sada, pre ručka.

— Hajde, sine.

Starac se, međutim, sve više uznemiravao. Čas je pričao Trifunu o Bebi, o njenoj mladosti i neiskustvu, o nekim tajnim lepotama i znakovima; čas pritrčavao prozoru i odizao krajičak zavese da vidi ne ide li ulicom, ne dolazi li. Pred podne on sam pozva dr Raspopovića da mu da injekciju.

— Zatvorili su je — buncao je — potplatili. Da je nisu sprečili, ona bi došla. Može li to, Dragiću, da bude? Ona je punoletna, ja sam punoletan, pa onda...

Dr Raspopović je već držao gotov špric, starac zadizao rukav na košulji, i tada sasvim potmulo i daleko odjeknu zvonce. Starac cepteći poče spuštati zagrnuti rukav. Bio je krečnobled, otvorenih usta, raširenih nozdrva; nije imao snage da se pokrene iz naslonjače. Napolju su se čuli glasovi. Trifun je nekoga sprečavao da uđe, ali se vrata ipak otvoriše i u sobu stupi, uzbuđena i začuđena tim dočekom, Aleksandra. Videći je, starcu naglo naiđe krv u glavu, čak mu se i vrat zacrveni. Lomio se između besa i smeha, oslonjen rukama da skoči iz fotelje, ali se najednom zavali i zasmeja:

— Ah, nova izvidnica, nova sila! Pa lepo, lepo, pozdravi taticu, što te valjda čeka pred vratima, da još nisam umro, još, još ne, i ne mislim skoro, eto doktora, neka kaže, od umiranja nema ništa!

— Ali, deda, pa ja... ja sam sama, ja ne znam šta to govorite! — Aleksandra je bila na samoj granici plača. — Ta ja sam sama došla da vam kažem zbogom, doveče putujem za Pariz, ja...

— A, Pariz... — oteže starac još uvek kroz smeh — pa lepo, a kada se vratiš iz Pariza, reci tatici od umiranja nema ništa, ništa, nek zna, nek se ne brine.

Aleksandrino malo kinesko kučence, ne veće od dve pesnice, divno malo pseto, kriva njuškica, krupne pametne oči, već malo plavkaste od crnila, kao zrele trnjine — stajalo je kraj Aleksandrinih nogu i pažljivo gledalo starca, koji je besneo i lupao rukama po naslonu fotelje.

— A da zna kako sam dobro, evo, pa mu pričaj!

Starac naglo prestade se cerenjem, lice mu potamne, on skoči, odgurnu naslonjaču, koja se iza njega prevrte i, pre nego što ga je iko mogao zadržati, potkači psetance nogom, i ono, uz urlik, prelete celu sobu i svom silinom lupi o veliko ogledalo, koje se rasprša.

— Eto, to se zove biti na samrti — urlao je starac trčeći za Aleksandrom — pozdravi taticu, pozdravi ga mnogo!

Smešni detalji njegovog staračkog oblačenja, srozane pantalone, izgažene papuče, razdrljena košulja, rukav čiju manžetnu nije uspeo da zakopča, u tom času su mu davali strahovit izgled pomahnitalog zlog duha. On svojeručno tresnu vrata za Aleksandrom i tek tada se raspali; ali taj novi bes nije više bio izražen neodmerenim pokretima, već pravim belim usijanjem: on je sav u unutrašnjosti goreo, smejao se, kao da je već smiren, govorio ludeći se, šeretski, šaleći se, ali je goreo, plamteo. U tom stanju je pozvao svoga advokata, u tom stanju je napisao nov testament. Čitava dva časa pisao je, i roptao, i gušio se, očiju van glave. Da bi uspeo da dopiše, morao mu je dr Raspopović dva puta dati injekciju kamfora.

Ponoć je bila uveliko prošla kada Majstorović stiže kući. Žena i kći su još bdele. On uđe, neprijatno miran, odloži policilindar i štap i priđe ženi. Ona ga je gledala unezverena, široko otvorenih očiju. Nespretno — koliko godina nije učinio taj pokret! — položi ruku na njenu prosedu kosu i dubokim glasom, koji je ipak ostajao drven i neosećajan, reče:

— Ženo, moraš biti jaka... Božja volja, smirio se...

Pa, kao da je time svršio sve što je imao da uradi, on žurno, ostavljajući iza sebe onesveslu ženu, ode u svoju sobu, obuče drugi žaket, uze iz ormana čistu maramicu i bez reči vrati se u noć.

Pogreb je već trebao da pođe. Ljudi u crnim žaketima, užurbani i zvanični, promicali su kroz svet, koji beše ispunio veliki hol i salon, obložen crnim draperijama sa srebrnim resama. U salonu je ležao kovčeg sa telom velikog narodnog i prosvetnog dobrotvora Petronija

Naumovića, kako su ga već nazivali dnevni listovi, *otrgnutog neumitnom smrću iz toplog zagrljaja njegove neutešne rodbine*, kako je stajalo na posmrtnim listama. Tri sveštenika i đakon mrmljali su molitve u teškom i pregrejanom vazduhu, zasićenom otužnim mirisom mnogih voštanih sveća, zimskih ruža i lovorike, onim naročitim, mrtvačkim vonjem koji dolazi od laka i boje, od crnih draperija u koje je ušao višegodišnji miris tamjana i naftalina, od prisustva smrti. Svet je žagorio, kretao se, obaveštavao, propinjao na prste da kraj samog kovčega ugleda predstavnike velikih škola i naučnih tela kojima je starac, kao što se pronela vest, zaveštao celu svoju imovinu i koji se behu odjednom svi zajedno sjatili, u neznanju kome je tačno i šta starac zaveštao. Univerzitetu? Trgovačkom fondu? Akademiji nauka? Ili je, možda, sve to novinarska patka? — Za to vreme, očiju nalivenih krvlju od uzbuđenja i nesanice, samo u košulji, Majstorović je sedeo zaključan u starčevoj spavaćoj sobi i, posivela lica, po treći put preturao poslednju fioku; posao mu je bio uzaludan, ni testamenta, ni hartija od vrednosti, ni gotovog novca, nikakve zabeleške koja bi mu mogla poslužiti. Kako se sve to dogodilo? Zašto? U kome se času odlučio? Posle one lampe? Ili pre? Ne! To ne može biti! I najzad, tu su deca, on je njihov otac, on se mora brinuti za njihovu sudbinu. Gospode, ima li te? Kakva je to pravda? Majstoroviću zadrhtaše mišići na licu. Bio je premoren, malaksao. Osećao se napuštenim, ucveljenim, bespomoćnim. On odjednom zaplaka glasno i, tresući se celim telom, zari lice u dlanove:

— Tolike pare, tolike pare, Gospode, tolike pare!...

Žagor poče dopirati i do njega. Neko zakuca na vrata i javi da se polazi. Majstorović obrisa nadlanicom oči, posrćući obuče kaput i iziđe u gužvu. Na pogrebu je učestvovalo i nekoliko ministara; negde u kraju stajao je i Despotović, mračan i ćutljiv. Oko kovčega nastade prilično glasno objašnjenje sa Majstorovićem oko toga ko će izneti velikog dobrotvora. „Neutešna porodica" stajala je u dnu salona. Jedino je Aleksandra plakala. Odjednom, jedna baba primeti da Mileta nema u salonu. Počeše ga tražiti. Mnogi rekoše da je „sad bio tu". „Možda mu je pozlilo!" Jedan ministar, jedan trgovac i dva predstavnika Univerziteta i Akademije učiniše se kao da poneše kovčeg. Između njih, uslužni u svojim crnim pamučnim rukavicama, četiri čoveka iz pogrebnog preduzeća uzeše na sebe sav teret teškog metalnog sanduka. Posluga i rodbina se šapćući razlete po kući za Miletom, glavnim ožalošćenim. Glavički-Mlađi sjuri se u svoj stan, ali Mile nije bio u „klupskoj sobi". Bez mnogo razmišljanja on se onda pope u stan Raspopovićevih. Kako su gospoda bila na pogrebu dole, a posluga po prozorima, to Glavički bez kucanja poče prolaziti kroz sobe; u pretposlednjoj ču glasove; u poslednjoj, bez kaputa — Majstorovićevska rasa kao da nijedan važan posao nije mogla raditi u kaputu — oznojen i rumen, naduvenih obraza i iskolačenih očiju, sa zavojcima kose po čelu, Mile Majstorović je, lupajući snažno nogom takt po parketu, učio svoj fokstrot. Saksofon je na svom donjem delu bio zatisnut maramicom, te su tonovi bili zagušeni i tihi. Nagnuta nad klavir, i ona rumena i raskuštrana, držeći nogom stalno levu pedalu da bi se klavir što manje čuo, Koka je odsečno pratila prostim akordima u sinkopama Miletovu svirku. Glavički lično oduze saksofon; zatim, malo natmuren, navuče Miletu kaput i, uzevši ga pod ruku, brzo s njim strča na ulicu. Nameštajući jaku na kaputu, i stajući kraj oca odmah iza kola, Mile se ipak u poslednjem času seti da sasksofon nije vratio u kutiju i zatvorio i, okrenuvši se Glavičkom, pokaza mu rukom kao da okreće ključ. Glavički opet njemu pokaza da zakopča kaput: jer u brzini Mile ne beše skinuo sa vrata crnu traku sa kukicom o koju se pri sviranju zakačinje saksofon.

II

Zadužbina

Trebalo je da dođe do jednog gaženja, prilikom jedne vesele automobilske šetnje na Avalu, pa da se dozna da je dr Dragić Raspopović zaista lekar. Uz sveću i jednu petrolejsku lampu, u drumskoj mehani, pred unezverenim pogledima prisutnih seljaka i svojih otmenih, naglo otrežnjenih prijatelja i prijateljica, Raspopović je, zasukanih rukava na košulji, prevazišao sve što se od gospodina njegovog ranga moglo očekivati. Istina, pregaženi seljak je dan docnije umro od „komplikacija unutrašnje prirode", ali to više nije moglo da uzdrma već stečenu reputaciju. Prva pomoć je bila data zaista doktorski — na to se ceo prisutan svet mogao zakleti.

Trebalo je, zatim, da Sibin Majstorović počne sa obaranjem testamenta velikog narodnog dobrotvora Petronija Naumovića, pa da se dozna da je dr Dragić Raspopović ne samo lekar već i specijalista za kožne i venerične bolesti. I to je sada saznala ne samo grupa ličnih prijatelja nego i cela javnost, jer su izvesni listovi već nedeljama — kao odgovor na „Štampinu" kampanju — donosili čas njegove izjave u kojima se branio od izjava, čas njegovu sliku u belom doktorskom mantilu. Pa se tom prilikom saznalo i više: da dr Raspopović ima i svoju „privatnu kliniku", i svoga „asistenta", i odvojene čekaonice za muške i ženske, i dva telefona, i puno sličnih stvari. Da je, na primer, pre smrti velikog dobrotvora, držao u njegovoj palati stan od pet soba i da je tek kasnije zauzeo i drugo, manje krilo svoga sprata, i da sada raspolaže sa osam soba, četiri klozeta, dva kupatila, dva sporedna i dva glavna ulaza, od kojih je jedan „doktorski".

Neodređeni društveni položaj dr Dragića Raspopovića (— Šta je? — Ne znam. Neki doktor.) dobi tako potrebnu čvrstinu. Ceo svet je saznao da Raspopović nije makar kakav doktor prava, nekog stranog univerziteta, već da je pravi doktor, dr M. U. specijalista, sa sopstvenom klinikom i sopstvenim asistentom. Što lično ne leči, već celu stvar prepušta onom asistentu, sa fiks platom od 1.500 dinara, samo je moglo još više da ga podigne u društvenom uvaženju. Jer, kada je neko lekar i specijalista za kožne i druge bolesti, a lečenjem se uopšte ne bavi — nego tako, tek u izuzetnim i retkim slučajevima, kada je u pitanju kakav narodni dobrotvor — onda on mora da ima neke mnogo važnije i mnogo prinosnije poslove. Raspopovićev ugled je zbog toga od danas do sutra postao toliki da su ilustrovani listovi počeli slati svoje saradnike da ga pitaju šta on kao „naš poznati specijalista" misli o ljubavi? ili o turizmu? ili o uvođenju gasnog osvetljenja? O poslovima od kojih čovek živi, međutim, nije red da se pita, pa tako o tome novinari Raspopovića nisu ništa ni pitali, još manje štogod o tome pisali — što je, opet, sasvim u redu: svaka biografija svakog značajnijeg člana društva mora da bude obavijena bar jednim velom misterije.

Što se tiče Majstorovića, on je u svome životu vodio parnice svih vrsta. One velike, sa blistavim advokatskim imenima, sa slikama u novinama, sa polemikama koje osvetljuju društvene odnose kao upaljen magnezijum: blesnu, otkriju sve u punoj sirovosti detalja, i već uminu; jedva da ostane malo dima i rđavog mirisa, koji se povlače još dan-dva u uspomeni građana. One druge, stručne i dosadne, gde dva suparnička advokata danima čitaju mrtve tekstove, koje niko ne razume. One, najzad, o kojima se godinama piše da su odložene, jer tužilac nije bio tu da da svoju reč; jer se advokat odbrane razboleo; jer su predloženi novi svedoci, koji, opet, nikako ne mogu da se pronađu; jer je tražena nova ekspertiza; jer ekspertiza nije mogla da bude izvršena, pošto su, u međuvremenu, knjige izgubljene, pa se sada moraju tražiti novi svedoci, koji će posvedočiti šta je u tim nestalim knjigama pisalo, da bi na osnovu tih izjava eksperti, od kojih je jedan u međuvremenu umro, doneli novu ekspertizu; jer novi ekspert uopšte nije ekspert; jer... — na kraju, sem onih koji se tako tuku na život ili smrt, niko više ne zna ko koga tuži, zašto; proces počinje da ide na nerve i sudijama, i advokatima, i svedocima, koji počinju da beže, i glavnim urednicima, koji, bojeći se monotonije, prosto prestanu da objavljuju izveštaje. I procesa nestane, zaboravi se, potone u mrak. Tek posle godinu ili dve na petoj strani vest od deset redi: Apelacija vratila predmet na dosuđivanje prvostepenom sudu; pa opet ćutanje. Meseci prolaze. Ponovo mala vest na sedmoj strani: Kasacija vratila predmet da se postupi po primedbama, a u vezi sa paragrafom broj taj i taj, alineja treća. Niko, naravno, ne zna kakav je to paragraf, i kada se najzad u novinama, na devetoj strani, između programa nedeljnog bogosluženja u Sabornoj crkvi i postavljenja novih honorarnih profesora na Poljoprivrednom fakultetu, saopšti da je Kasacija osnažila presudu po tužbi itd. — tu vest niko i ne vidi. Jer ko čita šta se u nedelju u Sabornoj crkvi služi i koji su novi honorarni profesori na Poljoprivrednom fakultetu?

Prvo što je Majstorović uradio toga jutra kada se probudio bilo je da se prekrsti. On, istina, nije bio pobožan; jedino božanstvo u koje je verovao bez ograničenja bilo je novac. Pa ipak... ko zna, đavolske su to stvari, možda tamo nešto i postoji, i onda je bolje da čovek bude predostrožan. Prekrstiti se nije teško. Ali, oblačeći čarape, u žurbi da što pre uzme jutarnje novine ispod ulaznih vrata, on navuče prvo levu, pa tek onda desnu čarapu. Da mu se tako što desi baš toga značajnog dana! Sve mu se odjednom prikaza u mračnoj boji.

Kad god je pogrešio i obukao levu čarapu pre desne, dogodilo mu se nešto neprijatno. Osećao se vrlo nelagodno dok je išao, onako u gaćama i košulji, ogrnut samo gornjim kaputom, kroz hodnik, za novine. Novine su bile teške od vlage. Majstorović je osećao kako mu hladnoća mili prstima i prenosi se na celu ruku, pleća, kičmu. Svaki put kad bi otvorio, praznog stomaka, jutarnje novine, Majstoroviću bi se smučilo od mirisa vlažne hartije i sveže štamparske boje. Miris koji bi tek prva cigareta mogla da ubije. Međutim, ovoga jutra, pre nego što je miris i dospeo do njegovih nosnica, on oseti kako mu srce za časak stade.

— Aha, stoka... stoka!

Grč mu steže grlo. Krv navali preko kratka vrata u obraze, glavu. Nije mogao da nađe reč kojom bi izrazio ono što je osećao. Reči su uvek bile njegov nedostatak. Držao je raširene novine i buljio u karikaturu koja ga je predstavljala kako se u opancima, sa obućarskim nožem u ruci, prikrada s leđa jednom mališanu za školskom klupom. Uvodnik, u čijem je naslovu mogao videti masnim slovima odštampano svoje ime, uopšte ne privuče njegovu pažnju. Kao što nije verovao u psihologiju i ljudsku savest, tako nije verovao ni u pisano slovo. On sam nikad nije čitao ništa, pa ipak je postao to što je. Zato ga je sva ona galama koju je dizao Despotović sa svojom „Štampom" ostavljala mirnim. Bilo je čak prirodno da Despotović brani svoje pare, sve dok ih je branio rečima. Ali pred slikom Majstorović oseti groznu nelagodnost pomešanu sa nemoćnim besom. Možda Raspopović zbilja ima pravo? Možda je trebalo promeniti taktiku? Ako je sva njegova muka uzalud? Ali sada je dockan za odstupanje. Oseti kako je stvarno okružen jednom moćnom i aktivnom mržnjom. I oseti se strašno usamljenim i slabim. On pojuri hodnikom, uleti u ženinu sobu: prvi put u svome životu tražio je od nje da učestvuje u jednom njegovom uzbuđenju. On sam nije mogao čitati. Slova su mu igrala pred očima. Video je samo po datumima kojima su počinjale alineje da je u tim sivim stupcima iznet čitav njegov život.

— Čitaj... čitaj redom!

Gospođa Majstorović, naglo trgnuta iz sna, nije razumevala ništa. Jedino što odmah vide, bi karikatura: jedno lepo dete i njen muž, koji mu se prikrada da ga ubije.

— Ali... zašto dete, zašto dete? — promuca van sebe. — Tako lepo dete! — Ruke joj počeše drhtati. Ispuni je užas...

Majstorović huknu, istrže joj novine iz ruku. Kao da je reč o detetu! I samo to što vidi pred sobom nekoga još slabijeg i bespomoćnijeg, povrati mu snagu i veru u sebe. Zašto se uzbudio? Jedna slika — glupost! Sve je dobro spremljeno. On se vrati u svoju sobu i žurno se poče oblačiti. U glavi je prelazio svoje svedoke: sve one prije, strine i tetke, sve one babe-domorotke, koje se u potaji bave podvođenjem a javno izdaju sobe za samce; sve one tastove dužnike, kojima je starac nekada zbog neisplaćenih menica prodao na doboš kuću ili radnju, ili za oprošten dug upropastio kćer; sve one otpuštene šofere i kočijaše, sve pijane nastojnike kuća; sve one devojke kojima je Naumović za jednu malu protivuslugu pootvarao modne i krojačke salone; sve one koji su ma kad bili u tajnim doticajima sa velikim dobrotvorom, a koje on beše sa tolikom strašću skupio. I sav taj glib, sva ta nesreća, sva ta trulež, da se na njima podigne stručno svedočanstvo „ličnog lekara” dr Dragića Raspopovića! Još nije bio obučen — oblačio se danas, činilo mu se, sporo — debelim prstima nikako nije uspevao da mašnu zakači ispod bele krute ogrlice, te se propinjao i krivio pred ogledalom — kada u sobu ulete dr Raspopović. Majstorović se lecnu. Znoj ga osu po čelu. Već zakačenu mašnu skide, drhtavom rukom ostavi na sto i teško sede na ivicu postelje.

Raspopović je jedva disao od brzog hoda.

— Hvala Bogu! Mislio sam da si već otišao. Sinoć nisam mogao nigde da te pronađem.

Majstorović je bio jedak.

— Stara pesma!

— Stara ili nova, svejedno.

On izvadi jedno malo parče hartije. Držao ga je časak, a onda ga pruži Majstoroviću. Na jednoj strani su bile zapisane sume dugovanja, na drugoj rokovi otplata. Rukopis je bio tanak, fin, gotovo ženski, neobično čitak. Videlo se da taj izveštaj nije pisao Raspopović. Majstorović diže pogled sa cedulje i dugo ostade zagledan u svoga prijatelja. Sumnjao je čija su ovo dugovanja, ali nije mogao da veruje, hteo je izričnu potvrdu.

— Ovo je...

— Despotovićevo.

Raspopovićeve riblje oči dobiše za časak nešto života. Bio je neobično zadovoljan sobom.

— Pa to... On je onda... uh, boga mu! On je onda truo, sasvim truo!

On pažljivo poče zagledati datume meničnih rokova. Despotović je bio u mnogo težem položaju nego što je Majstorović zamišljao. Ali je zato bio i mnogo opasniji nego što je Majstorović zamišljao. Njemu odjednom bi jasna žestina sa kojom je Despotović branio sebe: ako one akcije „Štampe” koje je Despotović založio kod starca pređu u Majstorovićeve ruke, on je gotov — bilo da Majstorović traži odmah naplatu, bilo da, kao novi vlasnik založnih akcija „Štampe”, zatraži učešće u poslu. Majstorovića prože sumnja: — Truo, naravno, ako je ovo tačno... jesi li siguran?

— Potpuno. Kao da sam sâm prepisao.

— Ko ti je taj?

— Jedan mlad čovek.

— Ne volim... mlad čovek, to nije sigurno.

Raspopović se osmehnu.

— Ovaj je siguran, isprobao sam. Imam sistem: poker. Jedna partija — i kao da sam s njim živeo ceo vek. Marinino poznanstvo, nepoznat novinarčić, ali pečen. Piše pesme i ucenjuje na sitno; drži karte, ne drhti. Izgubio je dve hiljade dinara i nije trepnuo. A jamačno da više nije imao u džepu.

— To ti je opet Marina pomogla.

Raspopović se ponovo osmehnu.

— Ti znaš da Marina ne zna poker. Ni karte ne raspoznaje.

— Sedela je jednom meni iza leđa... Deset hiljada ste mi digli.

— Još te peče! — Raspopović se sasvim razveseli. — Slušaj dalje. Čim je otišao, ja spakujem u koverat one dve hiljade i dodam još jednu, kao da se zalepila, pa mu pošaljem. Objasnio sam mu da se u mojoj kući ne igra u novac (Majstorović učini jedno: hm!)... dobro, opet za onih deset hiljada!... Da je partija bila od šale i da mu vraćam sumu koju je izgubio.

— Pa dalje?

— Nema, brate, nikakvo „dalje". Tu ti je priča svršena. — Raspopović se zasmeja glasno. — Svršena!

— A ona hiljadarka... više?

— Govorim ti: priča svršena.

Obojica u isti mah počeše paliti cigarete, zamišljeni.

— Pa sad? — upita najzad Majstorović.

Raspopović sleže ramenima.

— Dotući ga. Oteti mu sasvim „Štampu".

— Glupost!

— Jedan posao može biti dobar ili rđav, nikad glup ili pametan.

— Da slučajno „Štampa" nije dobar posao? — podsmehnu se Majstorović.

— Za Despotovića nije, ali za druge jeste. Na primer, ako svaki od poverilaca dozna u poverenju za druge, sa tačnim naznačenjem suma — to je dobar posao za onoga ko bude hteo otkupiti potraživanja, a otkupiće ih i pokupovati, ako je sposoban da stvori paniku, pošto hoće. Ali tu ne bi morala biti glavna zarada. Izvesna potraživanja čovek ima računa da otkupi i po punu cenu, jer je glavno pojaviti se jednog lepog dana pred Despotovićem, skinuti ljubazno šešir: vrlo mi je žao, ali vam moram saopštiti, gospodine ministre, da sve što dugujete, dugujete meni. Voleo bih da prisustvujem toj šali, makar ja lično ne dobio ništa — samo da mu vidim njušku!

Majstorović podiže pogled na Raspopovića. Bio je crven, dah mu je bio kratak.

— Pa onda?

— Molim. Redom. Pretpostavimo da držimo većinu potraživanja i da odbijemo konverziju makar i najmanje menice. Despotović i lično ima veliki dug, čak je i kuća u kojoj stanuje pod hipotekom: da reguliše prva potraživanja treba mu najmanje osam stotina hiljada — koje ne može nabaviti.

— Može — promrmlja Majstorović — ako uđe u vladu.

— Ti nisi čitao jutarnje novine?

— Jesam.

— Onda si čitao samo „Štampu", i u njoj video samo svoju karikaturu! — Raspopović poćuta. — Vlada je noćas sastavljena. I sastavio ju je ponovo Soldatović.

— Oh! — Majstorović grozničavo zgrabi novine, poče ih listati.

— Ne trudi se. Sve je isto. Soldatović ima svoj skupštinski broj. Dogod agrarci budu van Skupštine, on će imati svoj broj. I sve donde ni Zemaljska stranka ni Despotović neće samostalno doći do ministarskih fotelja.

— On je protivan dovođenju agraraca u Skupštinu, za njega ta kombinacija otpada.

— A ko ti kaže da on ne pušta svoju stranku da dovlači agrarce i obara Soldatovića i Narodnu stranku samo zato da kasnije skuplje proda svoju pomoć tom istom Soldatoviću?

— Na koji način?

— Cepanjem svoje partije. Stvaranjem nove partije, kojoj bi on bio šef. Zašto bi se prljao skidanjem onog sekvestra? Zašto bi osnivao „Štampu". Zašto u njoj ne piše niko drugi sem ljudi iz Despotovićeva krila?

— Pa onda?

— Pa onda... to znači da Despotović ostaje u opoziciji, da mu treba gotov novac, jer je sve što je imao spiskao u poslednje izbore, da će se pogađati i praviti aranžman sa crnim Ciganinom a ne samo sa nama, ne bi li „Štampa" nastavila sa njegovom politikom! A to znači da se jedno preduzeće kao što je „Štampa" može dobiti u trećinu cene, zajedno sa kućom, mašinama, urednicima, saradnicima i svim ostalim drangulijama. I to znači, još, da mogu napraviti pare pomažući svoje poslove, da ti možeš sam sebe podupirati u obaranju testamenta — ne boj se, sada ga i iz prve oboriti nećeš, toliko je Despotović i u opoziciji jak! I to sve lepo, čisto: orhideje, mesečina, kulturna hronika, profesori univerziteta u izlizanim pantalonama i sa devojkama za udaju pišu članke o „načelnim pitanjima", sportska hronika, slike, književnost, balet, kriminalna hronika sa humanitarnim pravcem...

— Čekaj. U slučaju da ne uspem s obaranjem odmah, onda bih i onih hiljadu i dvesta akcija iz mase... — Majstorović pokretom završi misao.

— Naravno! Tvoja lična osveta. Staralac mase, čim se „Štampa" potera, moraće da iznese taj paket na pijacu. Kao staralac — zašto je inače staralac! — on ne sme dočekati pad preduzeća s tim akcijama u masi. — Raspopović zažmuri: — On ih može izneti i pre... uz procenat.

Majstorović ovlaži jezikom ispucale usne.

— Dobra ti je to stvar, Dragiću. Velika si ti hulja, Dragiću. — Ali se odmah popravi: — Samo, bez mene. Ja imam preče poslove.

— Mi i ne tražimo pare od tebe. Ako želiš da uđeš sa jednim delom, dobro, ako ne, ne moraš.

Majstorović se prevari. Iskušenje je bilo i suviše veliko.

— Čiji je novac?

Raspopović ugasi tek zapaljenu cigaretu i dugo ostade bez odgovora, gledajući pravo u oči svoga prijatelja.

— Slušaj, ti i sam znaš da u poslovima nema mesta za iskrenost. Ja hoću da učinim izuzetak, i da budem potpuno otvoren. Novac je jednim delom moj. Manjim delom, ostatak od Banke i onih šinjela. Drugim delom Šunjevića. Njegov procenat od sekvestra. I, verovatno, novac nekih ljudi koji idu iza njega. Do tri miliona.

— Ukupno?

— Oko pet.

— Pa šta ću vam ja?

— Ime! Ti si poznat poslovan čovek. Imao si banku. Imaš fabriku. Nikoga ne može začuditi ako kupiš i jedno izdavačko preduzeće. Da mi idemo sami, bilo bi i suviše sumnjivo, pitalo bi se otkud nam novac, istraživalo.

— Čekaj — Majstorović ustade sa kreveta, priđe Raspopoviću, uhvati ga za rever. — Da zbog toga Šunjević nije pronašao da je koncern odustao od davanja kredita mojoj fabrici?

Raspopović je razmišljao časak.

— Nek bude, reći ću ti i to. Ti si najzgodnija ličnost, mi smo već radili s tobom, i ne treba se čuditi ako Šunjević želi po svaku cenu da te ima u kombinaciji. To je jedno, i na tome mu ne možeš zameriti. Drugo, koliko ja znam, koncern je, pošto si prvi put odbio kredit, zaista rešio da diže svoju fabriku. Oni moraju naći tržište za svoje sirovine. A jasno je da od Šunjevića kao njihovog predstavnika ovde zavisi hoće li promeniti odluku.

Majstorović planu.

— Dakle, na silu?

— Na silu ili ne, mi ti nudimo dve stvari, obe korisne po tebe: kredit, koji ti treba, jer do nasledstva u najbolju ruku nećeš doći skoro; i učešće u jednom rentabilnom poslu. Na stranu što ti se pruža prilika da Despotoviću vratiš milo za drago.

— A ako ja neću?

— Pronaći ćemo nekog pametnijeg čoveka od tebe, kao što ćeš i ti kad-tad pronaći nekog jačeg od sebe. Ovo što se ovako skupilo, ja, ti, Despotović, Šunjević, možda je slučajno. Ali ono što nije slučajno, to je sam red stvari, koji je neminovan.

Raspopović se opet osmehnu. Majstorović s gađenjem skrete pogled.

— Bez obzira — nastavi Raspopović, smešeći se i dalje — što je pitanje kredita konačno za tebe rešeno negativno i što kroz godinu dana imaš još jednu fabriku isto tako veliku i modernu kao što je tvoja — ali sa neograničenim mogućnostima. Čak i da rešiš na drugi način to pitanje kredita, ostaje još uvek pitanje konkurencije, odnosno rata sa jednom moćnom grupom, koja ima i sirovine, i para, i stručne spreme, i jakih svetskih veza. Bonne chance!

Raspopović uze svoj šešir sa divana, gde ga beše bacio ulazeći, popravi mu pažljivo oblik, pa ga onda isto tako pažljivo stavi na glavu. Kod vrata, on se još jednom okrenu.

— Odgovor, naravno, ne tražimo odmah. Ti si potpuno u pravu da se prvo i sam uveriš kako će ti proces poći. Do viđenja. — On otvori vrata.

— Poziv si dobio? — upita u poslednjem času Majstorović.

— Jesam. Zašto?

— I doći ćeš?

— Zašto da ne, doći ću.

— Onda je sve u redu.

Majstorović ustade sa kreveta, dohvati mašnu sa stola i odlučno se okrete ogledalu. U duši je bio manje odlučan. Đavolski lep i đavolski vešto sklopljen posao! Gadovi!

Kao što se krstio iako nije verovao u Boga, isto tako je Majstorović, polazeći na dnevni posao, ljubio ženu u čelo ne osećajući za nju ni trunke ljubavi. Poljubac, ako se u njemu ne izražava ništa, manje je od dodira ruke, a Majstorović nikad ženi nije dao ruku, nikad je nije toplo i prisno stegao. Saginjao se, hladnim usnama ispod vlažnih brkova doticao čelo i odlazio. Ali ovog puta gospođa Majstorović savlada jezu, uhvati ga grčevito i, podigavši svoje užagrene oči na njega, poče zadihano:

— Sibine, tako ti svega na svetu, ne čini to! Još ima vremena. Ta on je moj otac, deda tvoje dece! Imaš žensko dete — ne ubijaj joj glas, ne kvari sreću!

On joj grubo otkači prste sa svojih revera i baci joj ruke u krilo. Gledao ju je časak nepomično. Čak nije bio mnogo ni ljut — možda više iznenađen. A onda sleže ramenima i izađe iz sobe. Žene uopšte nisu sposobne da išta razumeju. Sreća? Žensko dete? Sreća — to su pare!

Zrela lepota septembarskog dana sasvim umiri Majstorovića. Mirni i osunčani tok ulica, potpuno čisto nebo, blagi mir vazduha obavijao je Majstorovića takvim spokojstvom da ga ponovo — uz dve čašice komovice — ispuni varljivo osećanje sopstvene jačine. Koračao je isturenog trbuha, glave malo zabačene unazad, čvrsto. Kada je ušao u sud, za njega više nisu postojali ni Despotović ni javno mnjenje — postojao je samo testament koji je trebalo oboriti. On sam stajao je nasuprot celoj Akademiji nauka, celom Univerzitetu, svima profesorima prava, pa, ako ustreba, stajaće i protiv celog sveta! Po svome običaju, nije odgovarao na pozdrave; tek ovom ili onom advokatu pružao je svoj maljavi kažiprst i, onako širok i kratak, mirno se probijao dalje hodnikom. Miris suda bio mu je dobro poznat. Prijali su mu ona grozničava uzbuđenost i žagor publike, ona svečana i preplašena lica svedoka, ono značajno namigivanje advokata, njihovi pokreti puni podrazumevanja, njihovo dogovaranje šapatom. Bio je najznačajnija ličnost. U očekivanju da se sudnica otvori, poslužitelj mu bojažljivo prinese stolicu. Ali, tek što sede, Majstorović primeti, u najtamnijem kutu hodnika, Aleksandru. Oslonjena o prljavi zid, zamišljena, njeno lice pod tamnoplavim bereom jedva se naziralo. Majstoroviću zaigra utroba. Došla je i pored zabrane! Kad god bi se jako naljutio, njemu bi zaigrala utroba. — To je Simkino maslo! Otac, deda! Daću ja njima i oca i dedu! Da je bio dobar otac i deda, svega ovog ne bi bilo! On, Majstorović, dobar je otac, jer se, evo, krvavi za decu. — On se probi kroz svet. Spazivši oca, Aleksandra se još više pribi uza zid.

— Šta ćeš ovde?

Aleksandra ne odgovori. Trudila se da izvuče ruku koju je Majstorović čvrsto držao svojim pipcima. Videla je kako su mu oči krvave, osećala kako mu dah miriše na rakiju.

— Pustite! — prošapta sve bleda, mučeći se da se osmehne; iako su bili sasvim u dnu hodnika, svet ih je mogao vedeti.

— Šta ćeš ovde? Nisam li ti rekao? Marš kući!

Ona najzad istrže ruku — prsti su joj bili bez kapi krvi, utrnuli. Jedva je disala. Očeva glava, u prljavoj svetlosti hodnika, koja je crvenom mesu njegovih obraza davala nešto trulo, dođe joj mrska.

— Marš kući! — ponovi Majstorović promuklo, prilazeći joj bliže. — I to smesta!

Bio je sav izobličen. Taj isti izraz, taj isti bes Aleksandra je već jednom videla na dedi onog strašnog dana. Taj izraz imaju ljudi, znači, uvek kada se tuku za novac; ili kada ga brane. Dlanovi joj se ovlažiše. Revolt se u njoj pretvarao u užas: svi u tim časovima postaju ubice!

— Brže! — ponovi Majstorović još jednom.

Taj čovek bio je njen otac! I ona je tog oca volela. I divila mu se, jer je bio jak, snažne volje, ćutljiv; i tako dobar: sve što je želela, imala je. A sada, taj otac stoji stisnutih pesnica, i ona oseća kako u njemu ključa mržnja. Ako se ne pomakne, udariće je pesnicom u lice. Ubiće je. Tako je deda onog dana stajao. Nije, međutim, mogla da se makne. Usne su joj drhtale. Dve podjednako snažne želje razdirale su je: htela je da se zaplače (osećala je u sebi strašnu pustoš, kao posle smrti nekog vrlo dragog i bliskog) i da u isti mah učini nešto nečuveno, da vikne ocu pogrdu, da javno... potpuno je jasno osećala da može i jedno i drugo učiniti s istom lakoćom — čak oboje u isti mah.

Najednom se ču glas pozivara. Objavljivao je početak rasprave. Majstorović se trže. Bez razmišljanja sčepa Aleksandru za mišicu, otvori jedna vrata i izgura je napolje. Onda odahnu i krete za gomilom koja je ulazila u sudnicu.

Kada se snašla, Aleksandra primeti da stoji na nekim sporednim, jako prljavim stepenicama, koje su vodile pravo u dvorište. Odjednom je ispuni radosna izvesnost da je izbegla neku veliku nesreću. Srce joj se uznemiri. Poče silaziti stepenicama. Izađe u dvorište. Sunce je zali sa svih strana. „Sada mogu kući", pomisli. Bila je sva iscrpena, jedva se kretala. A ipak, celim telom osećala je spokojstvo. Ta radost, to zadovoljstvo što živi, to spokojstvo... Ali ona nije spokojna: u njenoj glavi bukte plamene reči protesta; svesno, nju je stid sopstvene slabosti, stid je što ju je otac tako lako oterao, što je ona prećutno priznala i po drugi put ocu pravo da radi tu gnusnu stvar, to javno prljanje jednog leša, ali podsvesno ona je srećna, celim telom oseća spokojstvo sunčanog jutra.

Sve do tog časa, Majstorović se kolebao kakvu formu da dâ procesu. Razljućen Aleksandrinim dolaskom, on u poslednjem trenutku saopšti advokatima da želi što brži, što glasniji, što žešći proses.

— Možete upotrebiti sve što imate u rukama. Bez ikakvog ustručavanja. Ako je potrebno da se kompromituje Bog otac, kompromitujte!

Samo je trebalo da se u njegove stvari, posle Despotovića, „Štampe", „javnog mnjenja", prijatelja i žene, umešaju sada i deca. A on? A fabrika? Majstorović je uviđao — posle otkrića o novčanom stanju Despotovića — da je i suviše slab da dobije proces. Despotović će prevrnuti i nebo i zemlju — već ih je prevrnuo. Ali, da popusti u ovom času, Majstorović nije mogao. Ako ništa drugo, počeće! Pa kako bude! Da održi svoje dostojanstvo. Čak i deca mu popuju. A on brani svoje pravo, njihovo pravo. Da misli na starog, njegovu uspomenu? Ali zar je stari mislio na njih? Da čuva čast i glas porodice? Ali pljuje on i na čast i na glas porodice — kada se treba spasavati! Dražio je sam sebe. Da misli na škole, prosvetu? A ko misli na njega? Niko! Pa onda? Svaki za sebe!

Počelo se mrtvo, bezlično. Sudnica se brzo grejala. Novinari su se zgledali, razočarani. Zar će sve proći bez skandala? Svedoci su bili nesigurni, uplašeni; pojedini su poricali svoje ranije iskaze. Celo prepodne prođe u malim nesporazumima i sukobima. Lep red se kvario. Majstorović se uznemiri. Poče odgovarati na upadice, koje su bile sve drskije i veselije. U sudnici se događalo nešto nerazumljivo. I sam dr Raspopović, kada dođe na njega red, poče zamuckivati. Bio je mek, popravljao sebe svakog časa, zastranjivao, i onda, kao zbunjen, ne mogući natrag, govorio baš ono što nije trebalo; ili, još gore: i suviše vatreno dokazivao ono što nije trebalo dokazivati. Ova mekost i zbunljivost, uslužnost sa kojom odgovara na pitanja, gotovost da prizna da je zaista to i to tako a ne ovako, sve to nije se nikako slagalo sa njegovom visokom, suhom i hladnom prilikom, sa besprekornom elegancijom njegovog sivog odela od engleske tkanine. Ali, slagalo se ili ne, proces odjednom uze drugi pravac: umesto da se ispituje stepen neuračunljivosti velikog dobrotvora, da se dokazuju posledice sifilisa i drugo, u prvi plan dođe pitanje zavade tasta i zeta, njihova dugogodišnja netrpeljivost, njihova poslednja svađa.

Majstorović još nije bio došao k sebi, a pred svećama se stvori Trifun Glavički. Majstorović se sav zajapuri. Šta je to trebalo da znači? Ko je doveo Trifuna u Beograd? Ta Trifun je sada trebalo da bude negde u Bavaništu! Umesto njega, pred sudom je trebalo da se pročita lekarsko uverenje i saslušanje kod mesnih vlasti. On se okrete svojim advokatima. Oni su prevrtali akta, bili zbunjeni. Za to vreme Trifun je stajao uzbuđen i neispavan i čekao pitanja. Njegovo podnadulo i obrijano lice bilo je belo. Oči su mu nespokojno lutale po licima i predmetima, ali ih nijednom ne upravi na Majstorovića. On posvedoči da je veliki dobrotvor „vol'o mlogo, da prostite, 'frajle', ali je sa njima postupao kao čovek", „a bili su, znate, ko od brega odvaljeni i furt su se sa otim zanimali"; i da su starca zbog te osobine „frajle" mnogo volele, a još više „što su oni plaćali i kapom i šakom, pa ih se već nije mog'o čovek kurtalisati, same su dolazile i molile u gospodina pomoć, a gospodini su pomagali". Trifun uglavnom potvrdi svedočenje dr Raspopovića o starčevom sladostrašću, o terevenkama, ali sve to u njegovim iskazima ostade u granicama lako razumljivim, skoro čovečanskim. Starac je čitao, naročito knjige o Francuskoj revoluciji, skupljao stari novac, za Oceve uvek kupovao unucima poklone, „samo, znate, oni, mladi gospodin i gospoj'ca, nisu dolazili uvek da čestitaju, pa bi onda stari gospodini plakali".

— Ah, pogledaj, pogledaj malo i ovamo, stoko matora! — uzviknu Majstorović sav izvan sebe. — Pogledaj!

Trifun ostade nepokretan. On još jednom posvedoči da su „stari gospodini plakali i tužili se da ih niko ne vole". On čak sa razdraženošću ponovi to da su „plakali", ali se pri zakletvi toliko zbuni da jedva uspe — dok mu se ruka na Jevanđelju tresla — da ponovi one reči koje se u toj prilici izgovaraju.

Trebalo je pošto-poto prekinuti suđenje, odgoditi ga, odužiti ga što se više može. Odlaganje u ovom času za Majstorovića je značilo isto što i gubitak — ostajao je bez novca. Ali, pred mogućnošću da nasledstvo izgubi konačno, on nije mogao da se koleba. Uzbuđenje u njemu odjednom pade. Postade hladan. Nije bilo sumnje: da se dođe do nasledstva, treba slomiti Despotovića; da bi slomio Despotovića, mora obezbediti fabriku; da bi obezbedio fabriku, mora zadovoljiti Šunjevića. Tu se krug zatvarao. Majstorović je sada bio potpuno svestan da je njegov interes u tome krugu, pa ipak, celo njegovo biće je protestovalo protiv ulaska u taj krug. Bila mu je čudna i sama misao da cipele zavise od javnog mnjenja! On se naže glavnom advokatu.

— Tražite za lekarske dokaze stručna mišljenja. Kad ih dobijemo, tražićemo mišljenje Sanitetskog saveta.

— Ali... to će otegnuti stvar! Jutros ste mi...

— Jutros je bilo drugo, sada je drugo. Proces postaje nesiguran. Moramo sabotirati. Ako ne mogu da ga dobijem sada, kada mi novac treba, ne moram ga sasvim izgubiti. Jasno?

On natuče polucilindar i izađe žurno iz dvorane. Kakvi glupaci! I sa takvim ljudima treba raditi!

Napolju Majstorovića dočeka tiho septembarsko nebo, puno plavkastih isparenja, koja su nesigurno lebdela iznad okvašenih pločnika. Obuze ga melanholija. On otpusti svoj automobil i krete peške. Bio je sav potonuo u sebe i ništa određeno nije mislio. Mutne i bezoblične misli — koje bi sevnule i ugasnule odmah, kao svici — vrzle su mu se po glavi; neka ničemu neokrenuta čežnja ispunjavala mu je grudi, koračao je čvrsto, malo u raskorak, nije osećao kuda ide. Bio je pregažen. Nalazio se među stvarima i ljudima koji su se drukčije ponašali nego on. Nalazio se u drugom vremenu. Nekada, bilo je dovoljno biti jak. Sada svi idu zajedno, zavise jedan od drugog, povezani međusobno. Da održiš korak, moraš u red. Moraš da se povežeš. Da činiš ustupke levo i desno. Da deliš tržišta. Da se dogo- varaš o cenama. Još više, da primaš gotove cene! Da kupuješ sirovinu gde ti oni od kojih uzimaš pare odrede. Sve ono mučno i teško što je osećao poslednjih godina, izlazilo je iz činjenice da se nije dovoljno brzo privikao novom vremenu; što ga nije dovoljno brzo shvatao; što nije hteo da ga shvata. Tome su krivi životni uspesi! Sve što god je zamislio, uspelo mu je. Pa postao nadmen. Poverovao da uspeva, jer zna sve, jer može sve. Svi saveti bili su za njega glupi; svi ljudi nedorasli njemu. A sada je, ma koliko se ljutio, morao priznati da je Dragić Raspopović imao pravo. Gad! Blagost sutona stezala mu je grlo. On se seti parnice. Uzdahnu:

— Tolika muka, tolika muka!

Vukao se sav iscrpen. Oseti glad. To ga osvesti. Uđe u jedan bife. Pivo ga malo osveži. Stade birati šta će pojesti. Pipnu nekoliko sendviča, dade da mu se odseče praseća nožica. Usred jela pogled mu pade na telefon. Stajao je iza staklene pregrade u samom uglu. Bife je bio prazan. Majstorović ostavi do pola pojedenu nožicu, obrisa nespretno ruke jednu o drugu, zađe iza pregrade. Sve je to radio kao u snu, a ipak potpuno svesno. Skide slušalicu, zatraži broj. Srce mu je udaralo mirno, puno. On sam bio je pun života. Začu se krupan muški glas. Majstorovića prođe laka jeza.

— Alo, ko? Šunjević? Dobro je. Ovde Majstorović. Dobar dan. Vi pogađate zbog čega vam telefoniram. Da? Pa dobro... Ima li kakvih vesti? Kako? Ne, slušajte, Šunjeviću, ja sam upućen u stvar. Naravno, tako je najbolje. Danas mi je nemoguće. Tako, za dva dana. Ne, ne kod mene, kod Dragića. Zašto? Ja tamo odlazim ionako skoro svaki dan. U redu, do viđenja.

Glad ga beše prošla. Izađe na ulicu, nastavi da korača. Nikakve gorčine što je učinio nešto čemu se protivio godinama. Taj prvi korak mu čak donese olakšanje. Ipak uzdahnu:

— Ah, Gospode, tolika muka, tolika muka!

Nađe se odjednom pred crnom masom svoje fabrike. Celom jednom stranom male ulice išli su njeni goli zidovi. I ta ulica, koliko ga je ona samo napora stala dok ju je prosekao, dok je uspeo da zaleđe njegove fabrike dobije ulicu! Odbori, sednice opštinskog suda, rešenja, intervencije poslanika i ministara, napadi štampe da je on sam već pokupovao sve zemljište kako je hteo i da ga sada prodaje opštini kako hoće, da opština eksropriše po dva puta veću cenu samog Majstorovića da bi njemu i njegovoj fabrici otvorila još jedan put...

Te uspomene ga okrepiše. Isprsi se. Nije išlo jednim putem — ići će drugim. Jedino što mu je bilo u tom času teško, to je da se prizna pobeđenim pred Raspopovićem. Gad! On zavi za ugao: bio je pred glavnim ulazom u fabriku. Snažna sijalica osvetljavala je jednu veliku i dve male gvozdene kapije i zlatna slova nad njima. Iza te osvetljene kapije dizala se mračna, neosvetljena masa glavne zgrade. Nije se čuo nikakav šum. Jedan jedini prozor bio je osvetljen u visini prvog sprata. Majstorović zažmuri, obuhvati pogledom i ono što se nije videlo, osmehnu se jedva primetno i gurnu jedna od malih vrata. Ali, pre nego što će ih zatvoriti za sobom i utonuti u mrak, on se seti:

— Ah, do đavola... naravno, kad čovek obuče prvo levu čarapu!

III

„Štampa a. d.”

Ugao Knez Mihailove ulice i ...ćevog venca pretvara se bar jednom dnevno u Evropu. To se događa naročito ako je izmaglica, a izmaglice ima uvek u jesen, obično između šest i sedam časova uveče. Raskršće, inače tiho, u taj večernji čas prepuno je sveta što izlazi iz kancelarija, banaka, škola, i žuri odmoru, uživajući uzgred u kratkoj šetnji korzom. Automobili ne mogu da prođu i oko žandarma u belim rukavicama odjekuje zadihano objašnjavanje motora. Po mokrom makadamu, u kome se ogledaju siluete prolaznika, okolnih kuća, osvetljenih izloga, razliva se oštra crvena svetlost jedne električne reklame, čija džinovska slova objavljuju svetu da se u toj hladnoj i visokoj, novoj a već staroj zgradi na samom uglu nalazi „Štampa a. d.”. I sve je to toliko obasjano, hučno, užurbano, da se i ne primećuje ostatak raskršća, izgubljenog u polumraku, sa kafanicama, neizgrađenim blokovima trošnih kuća, sa piljarnicama u starim, oronulim kapijama, čije su korpe, pune jabuka i poznog grožđa, osvetljene karbidskim lampama.

Jedan moderan dnevni list, to je, pre svega, jedna kuća koja više ne odgovara svojoj nameni. Ako je list u napretku, onda je ta kuća uvek nedovoljna, stalno se nešto popravlja, ruši i doziđuje, kupuju nove mašine i smeštaju novi urednici i novi telefoni, ali uzalud, sve ima stalno izgled privremenosti i teskobe. Ako je list u opadanju ili čak samo u zastoju, onda je kuća široka, brzo se zapušta i propada, mašine koje ne rade počinju da rđaju i da se kvare, pa, iako je još sve na svome mestu, iz svih uglova stalno veje praznina i neki naročiti miris pustoši. „Štampa", sa svoja dva izdanja, jutarnjim i večernjim, od kojih ono večernje već mora da smanjuje broj svojih strana, polako se približavala ovom drugom tipu. Podignuta brzo, od starog materijala, na ostacima jednog podruma za vino, srušenog 1914. godine bombardovanjem, „Štampa" nije, uprkos svoje fasade od lažnog kamena i ogromne svetleće reklame, bila sazidana da traje. Uzalud je velika rotativa u bivšem podrumu naknadno bila montirana na betonskoj podlozi: čim bi počela da radi, cela zgrada — zajedno sa svojom svetlećom firmom, sa svojim krivim i teskobnim hodnicima, sa svojim sobama čiji prozori gledaju u slepe zidove susednih zgrada; sa svojim linotipima, telefonima, mašinama za stereotipiju u kojima ključa olovo; sa svojim okruglim zidnim časovnicima i žutim tezgama u administraciji — cela zgrada bi stala da treperi i huji; ogromna rasklimatana lira od suhih greda, povezana gvozdenim nosačima i betonskim pločama da se ne raspadne. Ali snaga i vrednost jednog lista, pa ni „Štampe", nikad nisu zavisile od toga da li su tavanice ispucane ili stepenice drvene: njegovu snagu čini kapital koji se nalazi iza te trošne fasade; njegovu vrednost sačinjavaju ljudi zatvoreni po tim mračnim prostorijama, po vlažnim fotografskim i cinkografskim komorama, telefonskim kabinama, kancelarijama, mašinskim salama, podrumima, tavanima; njegovu vrednost stvara jedino ljudski rad unesen u njega.

Međutim, Bajkić, nagnut nad svoj stočić, sa crvenom mastiljavom pisaljkom u ruci, dok u prsima i plećkama oseća oštar bol od dugog sedenja, zamorenog vida i zagušen isparenjem mokre hartije i štamparske boje, sam za sebe nije nikakva sila. On za osam stotina dinara mesečno, dva puta u dvadeset i četiri časa, pročita osam, šesnaest ili trideset i dve strane „Štampe" sa po četiri stupca na svakoj strani, garmonda, petita ili bloka, i crvenom olovkom ispisuje *a* ili *e*, umesto složenog *u* ili *o*. On nema prava da zaustavi nijednu vest, niti da pusti jednu drugu. On vrši jedan „tehnički posao" — eto šta je Bajkić. Još manja je sila Andreja Drenovac, sa svojim ogromnim znanjem, svojim plavim i krotkim očima, svojom bradom. „Andreja, nedostaje još pola šifa za *Najnovije pronalaske tehnike*" (ili za *Ljubav male Doli* — svejedno), i Andreja umače pero — eto šta je Andreja! I svi ti drugi reporteri i saradnici, kakve su to sile što noću putuju vozovima, što u zoru bivaju dizani iz postelje, što na deset stepeni ispod nule cupkaju satima po železničkim peronima i ulazima u ministarstva, smrznutih noseva i ukočenih prstiju, što gacaju kroz periferijsko blato za automobilom koji prenosi iskasapljenu ženu ili pregaženog čoveka? Čak i Burmaz, kao sekretar redakcije, ne predstavlja sam po sebi nikakvu silu. Njegova je moć do suprotnog zida: „Kakva je to svinjarija, Nikoliću, juče ste išli u policiju, a propustili ste onog čoveka što je pokušao samoubistvo?" A već s one strane zida sedi čovek koji može da precrta sve što Burmaz napiše ili „pusti", čak i njegov književni feljton, na koji je ovaj naročito gord. Svi oni vrede samo zajedno, vrede u jednom zajedničkom naporu, skupljeni i upućeni jednom zajedničkom cilju. A eto, ni taj čovek — a taj je čovek Despotović — koji daje pravac celom tom skupnom naporu, sam po sebi ne može bogzna šta: iza njega je upravni odbor „Štampe a. d.", a iza ovoga neodređena masa Zemaljske stranke — i u njoj Despotovićeve frakcije — polja, šume, rudnici, rečna preduzeća, banke, njihovi upravni odbori, eksport, import, opšti interesi, međunarodna tržišta, poslanici željni ministarskih automobila, novi upravni odbori, okupljeni oko stolova, misteriozni, nevidljivi, anonimni, svaki od tih ljudi pripadnik raznih crkvi, zajednica, partija, i svi povezani zlatnim žicama... kao da „Upravni odbor Štampe a. d." i nije nikakav upravni odbor nego tek skup predstavnika drugih „upravnih odbora", mesto gde se ukrštaju, neutralizuju ili udvajaju najrazličitiji interesi — i tamo, ko zna tačno gde, u kojoj mračnoj sobi postavljenoj persijskim zastiračima, iz kruga ljudi koji većaju, jedan čovek pokrene ruku — a ovamo Despotović promrmlja dve reči sa glavnim urednikom, i već Burmaz, crven, uzbuđen, viče kroz redakcijsku salu: „Kakva je to svinjarija, Petroviću...", a Petrović, sav pokunjen, grabi svoj kaput i juri u maglu; samo koji čas docnije Bajkić, očiju zalivenih krvlju, čita Petrovićev članak tek otisnut na vlažnu traku hartije i popravlja rđavo složene reči.

Od svega toga se spolja ne vidi ništa. U podzemlju, mašinista Fric, u svome plavom radnom odelu, sa pramenom kudelje u ruci, obilazi oko nepomične rotative. On dodiruje mesingane poluge, uvlači prste u čeljusti, dotiče čelične žice koje, onako zategnute, bruje od dodira. Pred zgradom radnici iz kamiona stovaruju bale rotacione hartije, kotrljaju ih pločnikom i slažu uza zid. Novinarčići, u očekivanju večernjeg izdanja, igraju krajcarica; ili spavaju, sa svojim praznim koricama ispod glave, između dve bale hartije. Na raskršću, saobraćajac, simbol snage i reda, belim rukavicama daje pravac: on je visok, vitak, stoji u raskorak; s koje god strane da se pogleda, po opranom makadamu titra njegov odblesak.

Reporteri i saradnici počeše nestajati jedni za drugima, neprimetno. U jednom času u velikoj sali ostadoše samo tri čoveka, u haosu napuštenog bojnog polja, ispreturanih stolica, đubreta, ohlađenog duvanskog dima, isprljane hartije: Burmaz, Andreja i Bajkić. Vrata između soba su zjapila otvorena, centralno grejanje pištalo. Potmulo zujanje ispuni spratove: u podzemlju velika rotacija beše počela svoju večernju pesmu.

Andreja se nije micao s mesta. Zavaljen na stolici, doticao je temenom zid; sa druge strane stola su provirivale njegove iznošene i grubo iskrpljene cipele. Između mršavih prstiju, koji su podrhtavali sami od sebe, dogorevala je cigareta. Cigareta mu je već pekla prste, ali on nije imao snage, opuštenih mišića, uživajući u tišini i odmoru, da je prinese ustima; ili da je odbaci u pepeljaru. Burmaz i Bajkić sedeli su na svojim mestima, praznih pogleda, izgubljeni u svojim mislima. Veliki mir, uz brujanje rotative. Predah od nekoliko časaka između dva posla.

Kroz salu protrča momak sa nekoliko svežih brojeva u ruci. On jedan dobaci Burmazu, koji ga odmah raširi, a sa drugima nestade u uredničkoj sobi. Na šuštanje lista, Bajkić uzdahnu i okrete se; Andreja se trže i baci cigaretu koja ga beše opekla. Ćuteći, Burmaz je hitro, tu i tamo, podvlačio izvesne reči crvenom olovkom. Bajkić priđe stolu. Za njim dođe i Andreja. Strana je bila prošarana. Propuštene greške! Sav crven, Bajkić ne izdrža Burmazov pogled. Durnu se:

— Pa šta... svejedno mi je... ja ionako idem.

Vrata od uredničke sobe se otvoriše sa treskom i Despotović, uzbuđen, prođe salu, praćen glavnim urednikom. Burmaz se beše digao sa svoga mesta. Despotović uopšte ne pogleda na tu stranu. On izađe, ostavivši za sobom brazdu teškog mirisa. Bajkić vide od njega samo dve sjajne beonjače i dva bela brka na tamnom, bolesno žutom licu. Posramljen što se dizao s mesta, Burmaz smrsi:

— Vise mu noge! Uostalom, i da mu ne vise, vi, Bajkiću, ništa pozitivno ne znate, ništa po-zi-tiv-no! Ali mu noge vise, vi-se, to vam ja kažem! — On se zacrvene.

— Ne treba da hitaš sa odlukom — progovori i Andreja — a kada ti Burmaz kaže, onda veruj... ja mu mnogo štošta ne verujem, ali za intrige, tu mu verujem, taj zna sve.

Burmaz se nasmeja. Razgovor se nastavi. Videlo se da je trajao već nekoliko dana, o istoj stvari. Burmaz ponovo navali na Bajkića, savetujući mu sada da od toga „događajčića" napravi dramu; „to vam je novi Hamlet, Bajkiću!"

— Kada bih ja doživeo nešto slično... to je nečuveno... biti u vašem položaju! Ja bih sve svoje misli, sva svoja osećanja, reakcije, sve to beležio iz dana u dan, jer kasnije se svega toga nećete opomenuti.

Andreja se, smeškajući, beše spustio na stolicu i umorno sklopio oči: crveno disanje cigarete u ustima pokazivalo je da iza spuštenih očnih kapaka učestvuje u razgovoru. Kako Bajkić nije odgovarao, to se Burmaz neosetno upusti u ispovesti. Pre neko veče napisao je pola jedne grandiozne pripovetke, ali mu je natovaren na vrat izveštaj o Albaniji, i sad nikako da se skoncentriše. „Rastrgnut sam, propadam, a to niko ne vidi, ni-ko!" Novinarski poziv je prokletstvo: treba gubiti tri do četiri sata samo na prazne razgovore od onih bednih dvadeset i četiri. Onda bar četiri sata na jelo, brijanje, kupovinu, šetnju, „životinja mora da se neguje!" — i za spavanje sedam časova. „E pa, recite, šta mi preostaje kada se još doda vreme što ga provedem u redakciji? Ni Bogu da se pomolim!" On ne večerava. Ali je u ovo poslednje vreme izgubio mnogo dana, jer je dobro ručao. „Ručak me parališe." I tome treba dodati da je ovih dana imao „velike prpe" zbog žena i zbog ljudi-žena. Mudro veli Lafonten:

Rien en pèse tant qu'un secret
Le porter loin est difficile aux dames;
Et je sais même sur ce fait
Bon nombre d'hommes qui sont femmes.

— Moj je život fatalno iskidan. Nikad ja ništa neću dati!

Burmaz je bio pogružen, ali ipak ne toliko da ne zapita Bajkića da li dobro izgovara francuski. „Ja od Stare Pazove dalje nisam putovao; sve što znam, to je moje lično delo, li-čno delo! Da sam bio, kao vi, bar mesec-dva u Parizu!"

— Vi uvek samo pričate... šta je sa onom vašom komedijom?

Bajkić nije znao o njoj ništa. Burmaz se odmah zanese. Komedija ta je „skoro" završena, ali je treba preraditi, dopuniti. „Ali ja, eto, nemam smelosti... trebalo bi ispisivati iz notesa, rastvarati, menjati... a nemam ni vremena." Sem toga, Burmaz je imao u glavi, „zasada samo u glavi", i jednu tešku tragediju iz našeg srednjeg veka, sa trovanjima, sa krvlju, „kao kod Šekspira", sa masnim pohotama, sa zagušljivim gadostima. Ali bi mu za takav posao trebalo godinu dana rada na proveravanju zamisli, konsultovanju profesora istorije, pisanju stihova...

— Sve je to tragično, strašno!

Burmaz htede da nastavi, ali ga preteče telefon. Bajkić je sedeo na ivici stola; klatio je nogom. Andreja je pripaljivao novu cigaretu. Na naglo promenjen Burmazov glas, obojica podigoše glavu: sav unesen u telefon, blistavih i udvoričkih očiju, osmehnut do krajnjih granica svoga crvenog lica, medenog glasa, koji se topio u „ah, gospođo!", u „oh, gospođo!", Burmaz je uveravao nekoga da će „smesta" dojuriti, koliko da uzme šešir, sa „najvećim mogućim zadovoljstvom, madam"; ali „ne, ne, nikako ne pesme, samo bez pesama!" Najzad, naglo uozbiljen, okači slušalicu: čelo mu je bilo osuto sitnim kapljicama znoja. Maramica kojom izbrisa čelo bila je jako natopljena kolonjskom vodom.

— Vi poznajete gospođu Marinu Raspopović?

Ni Bajkić ni Andreja nisu poznavali tu gospođu. Bajkić možda — nekada je znao za jednu gospođu da se zvala Marina, ali da li je baš Raspopović, to nije znao ovako. Burmazu bi krivo. Sav je treperio od radosti i od ponosa, ma koliko se trudio da izgleda dostojanstven. On najednom, već kod vrata, upita Bajkića:

— Koji vam se sto ovde u redakciji najviše dopada?

Bajkić raširi oči. Bio je mlad, lica još nežnog, neogrubelog od brijanja.

— Moj sto — nastavi Burmaz — da li biste voleli da sednete za moj sto?

Nastaviše da koračaju zajedno, ćuteći, zbunjeni obojica: Bajkić — jer nije sve razumevao, Burmaz — od straha da nije mnogo rekao, da se nije „izlanuo". Na uglu Burmaz se odvoji:

— Ja ću ovamo, do viđenja. — On se već okrete da pođe, zatim ponovo stade: — Da li vam vaš hamletovski kompleks dopušta da u ovom položaju ostanete još, recimo, dve nedelje, dve do tri ne-de-lje? Vi vidite, meni bi bilo žao da se rastanemo.

Bajkić se obrati Andreji.

— I meni bi bilo žao — promumla Andreja.

— Ja ne vidim zašto bih odlagao.

— Videćete.

Burmaz se odvoji i poče prelaziti raskrsnicu, gospodski, sa žutom torbom ispod miške, visok, ogromnih ruku u krem rukavicama. Andreja izvadi cigaretu iz usta:

— Ja ti mogu skoro biti otac, Bajkiću, slušaj me i zapamti: ovo je najveća hulja koju sam video. Taj zna koliko se ljudi njegovoj majci, dok je bila devojka, udvaralo. Ima arhiv, po azbučnom redu, u njemu svi mogući podaci. On je rođen za šefa tajne policije. Matorom poslovi ne idu, video si ga danas, ali Burmaz zna i više. — Andreja se zamisli za čas: — Ja ne verujem da je tvoja mržnja na Despotovića toliko jaka da bi mogla ići do osvete... čak i da se uveriš nepobitno da je on. Ne zaboravi da uvek ostaje pitanje ko je izdao nalog, on ili neko koji je hteo da mu se udobri, da mu olakša.

Bajkić, sav crven, obori glavu.

— Mržnja mi ne bi išla do osvete, jer sam rđav sin, je li?

— Ne, Bajkiću, nego što ti nisi osetio šta je otac. Rekao si mi: ti ga se ne sećaš. Otac je za tebe samo ideja, tvoje osećanje oca je samo osećanje nečega što nisi imao — negativno osećanje — a ne nečega što si imao — pozitivno osećanje — pa izgubio, a to je razlika. Tvoja uzbuna je od glave; ono „rđav sin", to je u ovom času važnije za tebe nego Despotović.

— Ja ga zaista ne mrzim, ja čak osećam i izvesnu privlačnost prema njemu... zato bih da se što pre uklonim.

— Opet zbog glave, jer misliš: ako ostanem i nastavim da imam za tog čoveka ma i trun simpatije, umesto da ga mrzim, umesto da tražim, kao dobar sin, da osvetim oca, ja to onda skrnavim svetu uspomenu očevu.

Prelazeći preko Pozorišnog trga, oni zaćutaše. Nekoliko osvetljenih tramvaja ukrštalo se, zaokretalo i prolazilo u isti čas, uz pištanje točkova na krivinama i zvonjenje. Dug red auto-taksija sa jedne i fijakera sa druge strane tonuo je u tamu neosvetljene i hladne Čika-Ljubine ulice. Mokar od kiše, prelivajući se pod svetlošću koja ga je osvetljavala samo odozdo, Knez Mihailo je neumorno upirao svoj kažiprst u neveselu daljinu jesenjeg neba. Ušavši u senku Poenkareove ulice, i prošavši kraj Glavne pošte, čiji su ulazi bili dopola zatvoreni, Bajkić i Andreja nastaviše svoj razgovor.

— Ja sam potišten, Andreja, ali nikako poražen, to je istina. Zamišljao sam ovih dana kako bi to bilo kada bih mu upao u kabinet i „bacio u oči istinu". Zamišljao sam kako se on cinično smeška i ja ga udaram po zubima, po nosu, krvavim ga, bacam pod noge, ubijam... Zamišljao sam sve, i na kraju ispala priča, po glavi mi se vrzli tako neki idiotski počeci rečenica: mladić je onda ušao, i Despotović je, videvši samo njegov izgled, prebledeo... bled, uzdrhtao, opuštenih ruku, mladić je stajao iznad leša... kada su policajci došli, on im je samo pružio ruke. Samo sam se ražalio nad samim sobom! Sve same gluposti. Ja zaista ne bih osetio nikakvog zadovoljstva od tog ubistva, ni olakšanja. Ja u stvari i ne znam u ovom času šta tačno osećam prema tome čoveku. Ne volim ga, ne, to ne! Ne osećam ni simpatiju. Ali me privlači, cele dane mislim o njemu. — Bajkić zastade. — Vidite, Andreja, zanima me kako to ljudi postaju od normalnih, od ljudi poštenih — nitkovi, lopovi, ubice. Šta se to kod njih dogodi, kroz kakve duševne promene prođu, uzeti nekome hleb, baciti ga jednom lažju ili krivom zakletvom na ulicu, podići, s predumišljajem, ruku na nekog i ubiti ga, ili samo narediti da se ubije?

Pod strejom stare zgrade „Bulevara", između jedne male duvandžinice od čamovih dasaka, iskićene ilustrovanim novinama, i obešenog izloga sa bioskopskim slikama, jedno crno Ture, sa crvenim feščetom na glavi, šćućureno uza sam zid da ga kiša ne dohvati, kraj svoje male, šišteće karbitske lampe, udaralo je iz sve snage četkama za obuću po svom sandučiću. Kada odmakoše malo od larme, Andreja nastavi:

— Ljudi ne misle konkretno, Bajkiću. Ti, na primer, nećeš ubiti, ti si zamislio krv, zamislio naduveno i modro lice po kome si udarao, osetio si čak i ono što će doći posle. Ljudi su lenji da misle, upravo da zamišljaju. Kao što se izražavaju u kalupima, gotovim rečenicama... kao ti sad: uzeti nekome hleb, baciti ga na ulicu, dići ruku... tako zamišljaju, u gotovim slikama: smrt, je li, to su sveće, crnina, daća, svađanje sa popovima, „banda" pred kolima, skidanje šešira; kazna, je li, to je izvestan pokret, stav, dželat koji namiče zamku, atentator koji okida revolver, dok prolaznici prihvataju tiranina kome je spao šešir. Ali sve to nije ono pravo, ona krv što toplo klizi niz grudi i lepi košulju, smrt sa ropcem, sa kricima, sa bolovima, otkinuti udovi i ostalo. Mi živimo u stvarnosti koju ne vidimo i ne osećamo, ograđeni opštim mestima, izlizanim rečima i pojmovima, srećni čak što ne moramo da se uzalud mučimo, da se uzbuđujemo i osećamo, što ne moramo osećati. Naš život, to su reči: oslobođenje, porobljena braća, politička prava, nacionalna privreda, međunarodna utakmica, ili porodična čast, sinovljeva dužnost, roditeljska briga. Ali, ko iza „porobljene braće" vidi imperijalizam, ko iza političkih prava vidi interese pojedinaca? Ubica ne gleda svoju žrtvu posle ostvarene namere: on ju je pratio dok je bila živa... ali ne gleda, okreće glavu, beži od leša. A mi gledamo, žene što prolaze noseći decu u naručju zastaju i gledaju, svi mi gledamo, jer nismo to delo izvršili, jer je to tuđ greh, ne naš. Vidiš, ljudi pre nego što podignu ruku na nekog, kako ti kažeš, uopšte ne misle na ovo što sam ti ispričao. Oni idu vođeni jednom idejom, nacionalnom, političkom, ličnom — oni se umom kreću u apstrakcijama, mašte lenje, urasle u salo životnog pokoja, i nije tu u pitanju uništenje jednog života, ono telo što je išlo, osećalo, volelo, patilo, činilo da drugi pati i sada se raspada, već neprijatelj, smetnja, vlast, protivvlast, teza, antiteza, i šta ti ja sve znam!

Stajali su kraj pekarnice, čija je niska i kriva zgrada zauzimala ulični ugao. Pod podignutim kapcima tepsije sa burekom, gomila hlebova. Peć u dnu bila je otvorena, i u njoj je buktala tek zapaljena vatra. Jedan snažan momak, zasukanih rukava na košulji, zaprašen brašnom, sa jedne strane sav zažaren, oslonjen o nagorelu motku s kojom je podsticao vatru, posmatrao je zamišljeno kako se plamen širi i, svaki čas, dohvaćen vazdušnom strujom, liže kroz uzani otvor napolje. U uglu, i on osvetljen crveno, ali samo po leđima i sedoj kosi, gazda je na kraju tezge brojao pazar i ređao novčanice na jednu, metalnu sitninu na drugu stranu. On se diže da usluži Andreju, i čim ga usluži, on ponovo sede da broji novac. I sami osvetljeni vatrom, čija je toplota dopirala do njih, u tom mirisu hleba i masnog peciva, naslonjeni na ćepenak, Andreja i Bajkić pojedoše, izgladneli, svoju parčad bureka, sa velikim apetitom. Iza njih je oticala vlažna i rđavo osvetljena ulica.

Brišući bradu i brkove od mrva, Andreja primeti polako:

— Ko bi rekao, da nas vidi ovako, mirne i skoro zadovoljne pred ovom straćarom, u izmaglici, da nas dvojica, svaki dan, učestvujemo u pisanju jedne nove Glave, jednog novog Pevanja *Pakla*. Istina, naša se *Božanska komedija* zove „Štampa", i nije u tercinama, ali ipak: šta veliš na ono kako je juče izjutra nađen jedan mali šegrt, pitomac „Privrednika", obešen o gredu podruma; pa kako je dečko bio vesele naravi i kako su ga svi voleli; i kako je uzrok samoubistva nepoznat. Vest je napisao Petrović, beslovesno, umoran i neispavan, jedući kiflu sa kajmakom. Pet hiljada Petrovića i Petrovićki večeras će tu istu vest pročitati ili uz kafu, posle jela, ili u postelji, krajičkom oka, i suviše lenji da zamisle tragediju koja se morala odigrati u duši onog malog „dečaka vesele naravi" — sve to ostaće samo reči, divna vest. Svi smo mi podlaci, kukavice! Podlaci i kukavice! Samo da ne poremetimo svoj mir, svoju savest, svoje kalupe u koje smo se začaurili! A zamisli samo šta svakog dana „Štampa" predstavlja sa svojih šesnaest stranica, kakav pakao iza kulisa njenih reči, iza „malih dečaka vesele naravi" što se vešaju, iza oglasa besposlenog oca, koji traži posao, iza „pomorskih sporazuma", iza „napredovanja severno-kitajske vojske", iza „teških železničkih nesreća u Nemačkoj"! — Andreja predahnu: — Udaljio sam se od onoga što si pitao! Ali, ipak, to ti je to: lenjost. Lenjost da se zamisle posledice; lenjost i strah da se ne poremeti dnevni mir; lenjost da se izađe iz kruga navika. Uostalom, šta je tu osnovno, šta iz čega izlazi: lenjost, koja je urođena, ili navika, koja je stečena; da li lenjost utiče na stvaranje navika ili navika na stvaranje duševne lenjosti — to ti ja ne znam.

Iz Druge muške gimnazije izlazili su u tom času đaci nekog večernjeg kursa. Nakrivljenih kačketa, knjiga pod pazuhom, gurali su se još uvek kroz uzanu gvozdenu kapiju, udarali po plećima, muvali, grajili, saplićući se o prolaznike. Drugi, ranije izašli, začikivali su dve devojčice, ne dajući im da prođu. Treći, koristeći se senkama, pripaljivali su kraj kapija susednih kuća cigarete. Andreja se zaustavi.

— Najzad, postoji još jedan razlog... verovatno najglavniji — pitanje opstanka. Bojazan da zavirimo iza stvari, da tamo ne bismo otkrili, da tamo ne pronađemo nešto što bi nas primoralo... Čekaj, to sve nije tako jasno, niti sve to ide racionalnim putem, niti direktno. Kad dođe do svesti, čovek postaje ili revolucionar ili svesni konformista! Drugog nema. Život divlje životinje zavisi od njene srčanosti, njuha, sluha... da bi osigurala sebe i svoju hranu, njeni organi se oštre, profinjuju, stiču se osobine kao što je sličnost njenog krzna sa biljem u kojem živi. Naše krzno, to je naše vaspitanje, naša pristojnost, naša religija, naš patriotizam i sve što ide uz to i što nas čini pristojnim građanima, što nam omogućava da živimo u našem kutu neprimećeni, sliveni što je moguće više sa celinom. Živimo mi u našem kutu već toliko stotina i hiljada godina, i naša predostrožnost je postala instinktivna: zatvorimo oči gde treba, slažemo gde treba, osmehnemo se gde treba... To je naš njuh, naš sluh, kojim se čuvamo od onih od kojih smo slabiji, a da pri tom ne moramo nekako naročito da budemo pokvareni.

— Lepa vizija čovečanstva! — osmehnu se Bajkić.

— Dok čovečanstvo bude organizovano na principu džungle — pravo jačega, pravo lične slobode, što preneseno na naš, čovečanski teren, znači pravo novca i pravo eksploatacije čoveka čovekom — dotle će i ovo stanje trajati, i ovi instinkti, i ove gnusobe.

— A poštenje?

— Šta nam pomaže lično poštenje, ako se ne mogu u svim, apsolutno svim, slučajevima povući krajnje konsekvence? Šta meni vredi što sam lično pošten u svim vidljivim slučajevima? što ne kradem, ne pljačkam, ne silujem, što mi se sme poveriti tuđa tajna ili tuđa čast... — sve to ima vrednost u društvenom pogledu, ne poričem — kada ne mogu da budem pošten — najveći deo nas, Bajkiću, u današnjem sistemu to ne može da bude, jer najveći deo nas nije slobodan — kada ne mogu da budem pošten i u svim onim nevidljivim slučajevima, u kojima je angažovana samo moja savest i moje moralno osećanje, da budem pošten pred samim sobom, kao što sam pošten pred licem celog sveta! Eto, ja znam da je Despotović lopov, da je do svoje „Štampe" došao na taj način što je omogućio da se sa imanja jednog mađarskog ili austrijskog grofa skine sekvestar, a on digao procenat, da je, dakle, novac kojim me plaća razbojnički novac — pa i da nije novac tog sekvestra, isto bi bilo! — ali šta ja mogu sa svojim poštenjem i svojim moralnim osećanjem, kada sam pre ovoga bio dva meseca bez posla, a hranim ženu, sebe i četvoro dece? Da radim nešto drugo? Ali čovek ne radi skoro nikad ono što hoće, nego ono što može, inače bi život bio i suviše lep!

— Onda, po vama — uzviknu Bajkić — čovek živi i tone svakim danom sve dublje u konformizam, postaje sve nepošteniji, moralno osećanje mu polako gubi, postaje sve veći egoista, oči mu se sve više lepe testom nasušnog hleba...

— Ako čovek vidi istinu, a živi kao što ja živim, onda on žrtvuje u stvari sebe, ono što je najbolje u njemu. Ali, to žrtvovanje taloži u nama i jedno osećanje gađenja, protesta — onda još nije sve izgubljeno — jednoga dana sve to može da se pretvori u pobunu i da posluži...

— Čemu?

— Oslobođenju! Menjanju svega onoga što nas kalja i blati! — Andreji sevnuše naočari. — Menjanju uslova pod kojima ne možemo da budemo pošteni!

Ovlaženo drveće pod kojim su stajali prelivalo se kao prevučeno lakom. Andreja se polako vraćao u stvarnost. Kod „Dva pobratima” Cigani su svirali. Na vratima, na sveže opranom panju, pušilo se tek doneseno pečeno prasence. Dva-tri gurmana se gurala oko gazde, čoveka debelog, opasanog pod kaputom, na kome su tek malo zavrnuti rukavi, belom keceljom. U nameri da sunce ogreje pticu, neko iz kafane beše, jamačno još tog jutra, obesio iznad panja kavez sa štiglicom. Zaboravljen, pokisao, štiglic se sada manje žacao plehane firme, koju je vetar lagano ljuljao; na svaki udar kratke „satare”, kojom je gazda odsecao pečenje mušterijama, izmorena ptica bi sunula u žičani krov svoga kaveza, i tu, raširenih krila, ostajala obešena nekoliko časaka, dršćući. Mesto je bilo puno iskušenja za Andreju.

Pozva Bajkića (samo na čašicu!), ali Bajkić odbi. Žurio se. A ipak je oklevao da ostavi Andreju.

— Slušajte, Andreja, hteo bih nešto da vas pitam... znate li štogod više o Despotoviću, da li, istina, može doći do toga da izgubi list?

— Pa stvar je prosta, Bajkiću! Despotović je iskoristio pre dve godine trenutak kad je njegova partija došla na vlast... da je ne bi pocepao, dali su mu ministarstvo koje je hteo, a on skinuo sekvestar da bi došao do svoga lista i svoga ličnog izbornog fonda. Jedan dnevni list koji se stvara iz opozicije — bez dispozicionih fondova!

— đavolska je stvar. I, eto, dve godine u opoziciji, onda poslednji izbori, deficit u listu, troškovi, menice — ja mislim da je to. Zaglibio se. Bojim se da se i mi sa njim ne zaglibimo. Još malo dublje nego što smo sad.

Andreja je bio na samom kafanskom pragu. S druge strane ulice odjednom dotrča jedan mališan.

— Tata!

Andreja se trže, namršti. Odjednom mu svi pokreti postadoše nekako skučeni, zbunjeni.

— Jesi li sam?

— Ne. Stanka me čeka.

Na kraju neosvetljenog i neograđenog malog skvera stajala je jedna devojka; ispred nje se, između Hilandarske i Bitoljske, dizao plot jednog velikog praznog placa, išaran i potpuno pokriven reklamnim plakatima. Devojka je bila vitka, još oštrih i detinjastih oblika; mali pomodni kišobran, koji je okretala nervozno, zaklanjao joj je lice. U jednom času, jedan automobil svojim farovima obli svetlošću rastopljenog srebra devojčinu priliku: Bajkić vide, u trenu dok se devojka okretala, malu glavu, ogromnih očiju, uokvirenu neobično svetlim, skoro žutim pramenovima kose. Njemu bi čudno da je ta tako otmena i divna mlada devojka bila kći njegovog prijatelja. Andreja je bio smeten. On se osmehnu u bradu, pruži ruku: „Šta ćeš... Oženjen čovek". Ali, uzevši Bajkićevu ruku, on odjednom promeni nameru i povuče Bajkića za sobom.

— Da te upoznam, dobra devojčica...

Devojka ih dočeka na kraju skvera, sva oblivena rumenilom. Andreja htede da povuče Bajkića i dalje, ali se Bajkić, i sam crven u licu, odupre. Zaista je hitao na Univerzitet. On još jednom steže Stankinu malu i ledenu ruku, nespretno promrmlja nekoliko nesvršenih reči i žurno se udalji. Posle nekoliko desetina koraka, on ne mogade da se uzdrži, već se obazre: otac, vodeći za ruku sina, ulazio je u senku Hilandarske ulice. Kći je išla ivicom trotoara, kao da želi da se što više odvoji od oca i brata. U času kada se Bajkić obazre, i ona sama učini to isto. Iako su bili već toliko daleko da su se jedva nazirali, oni se brzo okretoše i nastaviše da idu svaki u svom pravcu.

Burmaz je bio načitan čovek. Stihovao je vrlo lako *glatko* sa *slatko*. I zbog te dve osobine smatrao sebe za filozofa i pesnika. Ali je u isti mah imao i mnogo širih pretenzija: da bude evropski kulturan, da bude elegantan, da piše svoje memoare, da ide u državne misije u inostranstvo, da uređuje časopise, da ima uspeha kod žena i, naravno, da bude bogat. Zato, kada mu se jednog dana ukazala prilika... Ah, ne, on nije učinio ni zločin, ni krađu, ali je prepisao jednu malu ceduljku — ništa više. I to ne radi... Ne. Prosto je prepisao, jer je verovao u sudbinu. Sudbina je stavila tu ceduljicu pred njega, i on je, da je ne bi uvredio, prepisao. A kada ju je prepisao, morao ju je i upotrebiti. Sreća ne dolazi na naša vrata dva puta! Ne treba iskušavati proviđenje.

Bilo je uveliko prošlo deset časova kada potraži telefon redakcije i zamoli Bajkića da on sa Andrejom svrši večernji posao. „Zauzet sam važnim stvarima, neodložno." Bajkić mu na to saopšti da je on i sam zadocnio na posao, da je Despotović već u dva maha tražio Burmaza i da je neobično ljut.

— Ah, vous savez, sada, je m'en fiche!

— Ja isto toliko koliko i vi.

Burmaz ostavi telefon i onda stade, zanesen, ispunjen zadovoljstvom kao ćup vodom, do vrha, da uživa u onom nejasnom i uzbuđujućem mirisu budoara jedne koketne žene. Sve ono što je on godinama zamišljao, čemu je težio, bolujući od želje da živi i da se kreće u rafiniranom i bogatom društvu, zasićenom mirisima, slobodnom, utonulom u meko svileno rublje nežnih boja, izgubljenom, iza brokatskih zavesa, u polumračnim i tihim sobama sa nameštajem od skupocenog i retkog drveta, koje se ogleda po parketu — sve to je odjednom postalo stvarnost, i ta je stvarnost, svojim raskošnim pojedinostima, daleko premašala Burmazove snove, snevane po sobama za samce i kafanama gde se hranio. Linija koja je odvajala njega, malog novinara i nepoznatog pesnika, od gospoštine, njihovih izleta, njihovih „porodičnih" večera, kao što je ova večeras, njihovih tajni, nije više postojala: on je bio prebačen preko nje, primljen među izabrane, priznat za „njihovog". I začudo, Burmaz više nije bio smeten, uzbuđen, nesiguran; uglačani parket nije više za njega predstavljao nikakvu opasnost; on je disao taj naročiti vazduh bogate kuće punim grudima, gledao oko sebe otvoreno, osmehnut, i sam se čudeći (i diveći se sebi) otkuda mu taj gospodski stav pun samouverenja. Ali, što je duže mislio, sve mu je jasnije bilo da je sve to u stvari vrlo prirodno i prosto — kada je čovek, kao on, rođeni gospodin.

Radoznalo se osvrtao oko sebe: ta poplava svile, krtog nameštaja kome nije znao tačnu namenu, srebrnih stvari, vaza od brušenog kristala ili od porcelana, čiji su bokovi toliko tanki da se proziru, niska fotelja presvučena tamnocrvenom svilom koja plamti pod stojećom lampom, široka, meka, skoro živa u svojoj mekoti i razuzdanosti, oblak jedne isto tako meke, penušave zavese od tila, sve u naborima, za Burmaza, nogu utonulih u persijski ćilim, razdražujući raskošna; cela ta soba, od jednih dvokrilnih vrata, što se otvaraju u tamnu spavaću sobu, nevidljivu iza spuštenih draperija, do drugih, otvorenih na niz osvetljenih soba, po kojima su, u malo plavkastom vazduhu od duvanskog dima, promicale ljudske prlike, dovodila je Burmaza do ludila. On se samo sa velikom mukom uzdržavao, u detinjskoj radosti što je tu, da ne dodirne rukom, da ne pomiluje dlanom, da ne okuša prstima glatkoću, mekotu, blagost svih tih, dosada samo kroz izloge luksuznih trgovina ugledanih stvari. Ali, posle kratkog lutanja, njegov pogled se neprestano vraćao praznoj fotelji, u kojoj je morala neobično izgledati, okružena jarkom svetlošću crvene svile, opaljena, kao zrela breskva, baršunasta lepota Marine Raspopović. I, kako mu je tog večera izgledalo sve moguće, on se najednom okrete od fotelje i njene pohotljive zavaljenosti, prođe kroz klavirsku sobu u kojoj su Koka i Mile vežbali svoj fokstrot, zatim kroz trpezariju, gde je već bio postavljen sto. U jednom kutu salona tiho su razgovarali Majstorović i Šunjević. Upravo, Majstorović je govorio i mlatarao rukama, a Šunjević ga slušao i pušio. I pušeći, gledao da dopuši cigaretu do kraja, ne stresajući pepeo. Marina Raspopović, besposlena, sedela je i dalje na divanu, gde je čas ranije beše ostavio Burmaz. Kroz pritvorena vrata kabineta čula se pisaća mašina, na kojoj je, sa očitim neznanjem, sudeći po oklevanju između dva udara, morao kucati sam dr Raspopović. Burmaz, sav zažaren, priđe divanu.

— Da li biste prešli za čas u drugu sobu?

Ona je išla pred njim, teških grudi i tankih članaka, prava, tek malo razbarušene kose, koju je doterivala zabacujući s vremena na vreme glavu unatrag. Kada stigoše u budoar, Burmaz zamoli:

— Sedite, sedite u vašu fotelju!

Ona sede, začuđena tek koliko je potrebno, prekrsti nogu preko noge, povuče kratku suknju preko kolena, ali joj ipak ostadoše oba, glatka, u zategnutim svilenim čarapama, otkrivena; čak se više jednog, u rumenoj senci, naziralo mesto gde je čarapa prestajala.

Svetlost joj je padala na teme i okrugla ramena, ostavljajući joj lice, grudi i ruke u senci.

— Ja čekam.

— Ništa drugo, niša drugo, samo sam hteo da vas vidim u vašoj fotelji.

Marina Raspopović se zavali u svileni naslon i uzdahnu. Čak sklopi malo oči. Lampa joj je sada osvetljavala malo i glatko čelo i obraze, naprašene puderom ciglene boje. Oko očiju, pod tom toplom svetlošću, Burmaz je mogao videti sitne bore, koje su tu ostajale uprkos masaže i kozmetičkih sredstava. Ali on gledaše u njene pune, još uvek detinjski napućene usne, premazane jakim slojem ugasitocrvenog karmina, u njenu nausnicu, zasenčenu, kao i u svih jako crnomanjastih žena, u njene obraze i vrat, po kome su igrali rumeni odsjaji crvene svile. Ona najzad otvori oči, osmehnu se njegovom bledilu, njegovoj drhtavici koju je jedva prikrivao i, sažalivši se, spusti nogu, ispravi se, osloni laktove na kolena, nasloni svoju kovrdžavu glavu na dlanove, i onda mu ispriča, pavši u melanholiju, da je ta fotelja jedna literarna uspomena: išla je u peti razred gimnazije kada su je uhvatili da pod klupom čita *Nanu*. Nastavnica je dobila nastup, oduzela knjigu — koju više nikad nije vratila — a Marina je sa skandalom bila izbačena iz škole.

— A, zamislite, iz cele te knjige ja sam zapamtila samo opis Nanina kreveta i crvenu fotelju grofice Sabine! Još mi ni sada nije jasno zašto su me isterali.

Marina Raspopović ga je gledala natremice teškim i sjajnim očima crnke, ali Burmaz ostade nepokretan: i Nana i grofica Sabina sa svojom crvenom foteljom bile su za njega španska sela. On ne razume i ne oseti most koji mu je Marina bacila, ali nasluti da se iza toga moralo nešto kriti. Uplašen da ne oda svoje neznanje, on se obori na Zolu i celu naturalističku školu.

— Ja stojim nepokolebljivo, ne-po-ko-leb-lji-vo na sasvim drugoj platformi... i o umetnosti imam potpuno drugo mišljenje.

Ne reče kakvo. Beše se spustio na nizak taburet i, sedeći tako, skoro do nogu Marine Raspopović, izgledao je još ogromniji i zdepastiji. Izlazeći svojom crnom masom iz zatvorenoplavog čupavog tepiha, Burmaz je ličio na ogromnog nilskog konja koji je načas izronio iz vode. Nije više znao da poveže stvari, i zaćuta, dok se ona igrala dugim resama španskog šala, koji beše prebačen preko stojeće lampe. Njegovu pažnju privuče veliki zeleni prsten.

— Ništa naročito, to je uspomena... od dragog prijatelja. — Ona se osmehnu vlažnim zubima: — Majstorović voli da lomi jadac, ali, siromah, uvek izgubi. Ovo je lepše... — Ona mu pokaza nisku bisera.

Da je vidi, Burmaz se morade malo nagnuti. Marina ispruži vrat, zakačivši prstom ogrlicu: slobodne, u svilenoj haljini, grudi Marinine, teške od zrelosti, ali još čvrste i oble, blistale su pred Burmazovim očima. Pred savršenstvom tih plodova, Burmaz zatvori oči. Marina Raspopović se već odmicala, ostavljala ogrlicu i tražila da joj Burmaz, sada kada su sami, pročita koju pesmu.

Ali, poklon „dragog prijatelja" sa kojim se Marina tako nevino hvalila, uprkos intimnosti malog budoara, pritajenoj svetlosti, njenom mirisu, paklenoj viziji njenih nedara, naglo urazumi Burmaza. „Pazi mladiću... rano je još, mladiću... pokvarićeš svoj posao, mladiću!" I on brzo, još jednom, pređe u pameti uslove od kojih neće ustupiti: pisan ugovor, određen deo. On pomisli: „Ako ne pazim, žene će mi doći glave".

Marina je, zavaljena, jednog obraza na naslonu fotelje, čekala pesmu.

Burmaz je sada jasno video sitne bore oko očiju i krupne poteze tamnoplavog krejona oko trepavica i na kapcima. On izvuče iz džepa jedan tabak hartije, privuče svoj taburet sasvim do fotelje i hartiju raširi na naslonu. Marina Raspopović se naže i celom svojom stranom, rukom, ramenom, kosom, dotače njegovu ruku, rame, obraz. Dugi redovi cifara, kose crvene linije, koji idu iz jednog ugla u drugi, spajajući zbirove: „Aktiva", „Leteći dugovi", „Kratkoročni zajmovi". Marina podiže oči: zbog blizine, bile su ogromne; on je video, dok mu je njen dah, mlak i vlažan, palio lice, zenice tih očiju, maslinastu dubinu dužica, ali, imajući odgovor, ostade miran:

— Zar to nije najlepša pesma našeg vremena?

— Nečuveno, nečuveno! A naslov?

Oni su se sada smejali: ona prikazuje svoje nezadovoljstvo, on, jer beše razbio čini tog divnog tela, koje se još uvek meko izvijalo po crvenoj svili niske fotelje.

— Naslov je malo romantičan: *Bankrotstvo luta oko kuće, ili labudova pesma knjigovođe.*

Kokina i Miletova svirka beše prestala za čas. Iz klavirske sobe čulo se njihovo objašnjavanje i Miletovo uporno: „Nikad ja to neću naučiti!" Koka ga je hrabrila, njene reči se pretvoriše u šapat, ču se mali nervozan smeh, sasvim prigušen i još prigušeniji zvuk jednog vlažnog poljupca, mali uzdah posle trenutne tišine — i Mile poče ponovo saksofonom, uz sinkope klavira, da uči svoj fokstrot.

Marina se osmehnu, slegnuvši ramenima: dečurlija!

— I ne slute koliko je život komplikovan!

Burmaz prihvati taj ozbiljan početak, i čitavih deset minuta razgovarali su o uzvišenim stvarima života i smrti. On priznade da život shvata „sasvim romantično", miseovski, da je zaljubljenik mesečine i da ljubav razume samo kao „integralno doživljavanje cele ljudske sudbine". Ona na to zavrte glavom, uveravajući ga da svi muškarci tako govore do prve prilike, kada se to „integralno doživljavanje" svršava najobičnije, bez „angažovanja sudbine", fiziološki. Marina priznade: govorimo otvoreno i drugarski, zar ne?... bar što se tiče ljubavi... kod nje, bar za nju... Neosetno, bez koketerije, Marina ponovo beše uvukla Burmaza u čarobni krug pola. Sasvim poverljivo, ona mu je pričala i žalila se na dvojnost svoje prirode. Ljubav je za nju bitka — ona pokaza, u jednom nesigurnom osmehu, svoje blistave zube — i druga strana je neprijatelj... koji se mrzi voleći, koji se ujeda ljubeći, koji deluje na nju fizički, skoro protiv njene volje... kada ne bi bilo koga da je zaštiti! Dovoljna je, međutim, samo jedna senka prijateljstva, razumevanja, drugarstva, i čovek za nju već prestaje biti ljubavnik.

— Sama pomisao na bliži dodir sa jednim čovekom koga razumem, sa kojim mogu da razgovaram o svojim najtajnijim stvarima, ledi u meni svaki ljubavni pokret. Ja ne znam, možda sam ja monstr, ali meni, za moj normalni život, trebaju dva čoveka. Mislite li da je to strašno nemoralno? Da li je to tako i kod drugih žena?

Dok je Marina govorila, Burmaz je u sebi neumorno ponavljao: „Pazi, mladiću, pazi, mladiću..." trudeći se time da odagna od sebe dvoumicu u koju ga je dovodilo ovo neočekivano priznanje. Da li je za Marinu Raspopović on već srodna duša, čovek koji je razume, ili... I, ma koliko opominjao sebe, on se ne mogade uzdržati da, radi budućnosti, ne razuveri Marinu, bar što se tiče monstruoznosti. Sve je bilo u njenom slučaju prirodno. Treba samo uzići uz tok života do izvora. Sve je u prirodi prirodno. On se obori na Frojda. Frojda i njegovu teoriju on, istina, nije znao iz originalnih tekstova, ali je ipak bio upućen, jer je, kao sekretar redakcije, propustio kroz ruke jedan niz članaka o Frojdu i njegovoj psihoanalizi, koje beše napisao jedan profesor. On objasni začuđenoj Marini mehanizam „refulmana", pomenu reč „tabu", raščlani joj jedan san i na kraju izađe da je Marina nekad u detinjstvu osetila grešnu privlačnost prema svome ocu, sa kojim se ona inače duhovno potpuno slagala, da je tu želju, „potisla" u podsvest, odakle je ona sada muči uvek kada... — Otuda onaj prekid u kristalizaciji ljubavi, kako bi rekao Stendal, otuda nemogućnost da duh spojite sa fiziologijom... vi me razumete... izaći iz toga začaranog kruga vrlo je lako — po Frojdu, kada se otkriju izvori — ja ću biti neobično srećan ako vam u tome pomognem.

On otprati Marinu Raspopović do stola, jedva savlađujući oduševljenje: ne samo da je zaista bio pravi gospodin, nego je umeo i da vlada sobom! Za večerom prevaziđe čak i svoja intimna očekivanja. Bio je blistav, po sopstvenoj oceni. I ne primeti da Marina postade zamišljena i neraspoložena. Sve je znao. O svemu imao podataka. Najviše o samom Despotoviću.

— Pola svog životnog uspeha duguje on svom licu — primeti dr Raspopović, neobično raspoložen toga večera. — Da nema lice kao fotografski negativ... bio bi kao ja ili vi; a ovako, molim vas, lice mu crno, brkovi i kosa beli; ne znam, ali ja sam uvek osećao to lice kao negativni otisak njegovog pravog lica. A kako, đavola, čovek da po negativu proceni kakav je ko?

— Ali, to mu je lice bilo u isti mah i smetnja — odgovori Burmaz. — Morate priznati da zaslužuje bolje od večito drugog. Sa tim licem čovek zaista ne može da pridobije simpatiju, a poštovanje i strah koje uliva ljudima nisu dovoljni za vođu.

— Ah, to je tako tačno, tako tačno! — uzviknu Marina. — Jedino lice koje uliva poverenje... — ona se umilno osmehnu.

— Imao je, međutim, sve uslove. Njegov je otac bio partijski prvak u svome kraju, zar ne? — upita Šunjević.

— Partijski zelenaš — popravi Burmaz uz osmeh. — Mali agitator i seoski dućandžija... sistem je kod nas pronađen zajedno sa prvim partijama... i onda, znate kako ide, raboš, kreda, i čovek drži u rukama one najsiromašnije. — Burmaz se seti: — Znate li da se priča da je Despotović video kako mu ubijaju oca — imao je devet, deset godina; upali seljaci, dužnici, sa vilama u bakalnicu, seljački recept za pravdu — a on ni pisnuo nije; mogao je da viče, da dozove u pomoć, bio je iza tezge, mogao je da pobegne.

Prestavši da jede, Majstorović dobaci, ne dižući glave sa tanjira:

— Šta pričaš! Da je viknuo, klepnuli bi i njega! Vidi se da je i onda bio pametan.

Svi se nasmejaše.

— Ali — ponovo upita Šunjević — vi se sećate, u onoj brošuri što su izdali njegovi prijatelji o njegovoj šezdesetogodišnjici... tamo je izneto da su Despotovićevog oca ubili politički protivnici, na osnovu toga su ga i proglasili „partijskim detetom", školovali ga o trošku partije, slali u Beč i Pariz, oženili ga partijskom miraždžikom — njegova je žena bila, ako se ne varam, kći starog Vulike.

— Dragi gospodine — uzvikne Burmaz — sve je to donekle tačno... i verovatno da je među onim seljacima koji su mu ubili oca bilo i pripadnika drugih partija — u pitanjima raboša partijska boja ne igra nikakvu ulogu — ali odatle pa do čistog političkog ubistva još je uvek daleko. Što se tiče školovanja... do mature je prao sudove kod partijskih gazda, a u inostranstvo su ga poslali o državnom trošku. Bio je, vele, pravi mali janičar. Priča se da su ga gazde, onako, kad se posle slavnog ručka razvesele, zvale iz kujne u gostinske sobe i pitali ga šta je, a on, vele, ne bi odgovarao da je Srbin, već pripadnik te i te partije.

— A otkud ti to sve znaš? — upita odjednom kruto Majstorović.

Svi se ponovo zasmejaše. Burmaz se začas zbuni. Bio je crven čak do ušiju. On jedva nađe odgovor.

— Ah, to je sitnica, to su najobičnije anegdote, to je priča za ceo svet! A ja, uostalom, skupljam građu za jednu knjigu, u kojoj bi bile biografije svih vodećih ljudi za poslednjih dvadeset godina u nas.

Kafa je bila doneta u kabinet. Gospoda pređoše tamo i, pušeći, raspravljajući, kucajući na mašini, znojeći se, ostadoše do posle pola noći. Marina beše uveliko legla kada Raspopović isprati Majstorovića, Šunjevića i Burmaza. Pratio ih je sve do izlaza, gde lično pozatvara sva vrata.

Ostavši sam, nasred praznog hola, on se najednom osmehnu, pređe dlanovima preko lica, postaja tako, i onda ode u spavaću sobu, zaboravivši da izgasi osvetljenje za sobom.

Marina je ležala poleđuške u postelji i široko otvorenih očiju gledala negde ispred sebe. Raspopović, zviždeći, poče da se svlači, razbacujući odelo po celoj sobi. Ali sećanje na neobično trezveno i hladno ponašanje Burmazovo, uprkos zauzimanju Marininom, pomuti mu začas zadovoljstvo. On zastade u spremanju i, onako dopola svučen, sa jednom mršavom nogom u nogavici pidžame, sede kraj Marine. Misao da odsada mora računati i sa tim novinarčićem, jedila ga je više nego veličina udela Burmazovog. On planu:

— Neverovatno je kakva je to propala mladež... bez ikakvog respekta ma pred čim, cinična, sva za novac!

Marina kao da ga ne ču dobro. Ona sede u postelji, divna u svojim nežnim čipkama.

— Ko je taj Frojd, Dragiću?

On se trže, izbulji svoje riblje oči, i tek posle toga nastavi sa oblačenjem druge nogavice.

— Ne znam, zašto?

— To ti je neki kolosalan tip. Ja, na primer želim nešto... onako nedozvoljeno, želja mi se ne ispuni, otplačem, i ti misliš gotovo, a ono, želja otišla u podsvest... ja to sad ne umem da ti objasnim, ali je sve to strašno amizantno, u meni nastane borba između mene i sebe, u meni počnu da ažiraju dve sile, jedna napada, a druga me brani... a mi ništa i ne znamo, i posle voliš ovo, ne voliš ono... strašno amizantna stvar!

— Pa?

— Ti si glup, Dragiću, ništa ne razumeš! Laku noć.

Zavlačeći se pod jorgan, Raspopović pomisli da će već naći načina da se oslobodi Burmaza, ako bude bilo potrebno. Jer mladić je vešt... za svoje godine i više nego vešt. „Kakva mladež!..." Na ženu i na

Frojda uopšte ne pomisli, već zaspa umoran da i u snu nastavi sa razmišljanjem i realizacijom svojih planova.

Ostavši sami na praznom trotoaru — Šunjević se još na samom ulazu odvojio od njih — Majstorović povede sa sobom Burmaza. Burmaz mu se neobično beše dopao. Sposoban mladić. Malo je brbljiv i brzoplet, ali sposoban. Majstorović se osećao i suviše sam prema Raspopoviću i Šunjeviću. I kako je u poslednjem času i sam ušao u posao sa pola miliona, to je u Burmazu nazirao mogućeg pomagača. Ali je morao da ga dobro ispita, da ga dobro upozna.

— Ne spava ti se?

— Ta, ne!

— Onda, hajdemo negde gde ima ženskih. Jesi li bio kod „Lire"? Video sam skoro jednu što igra... Ovolike joj butine, a sva bela. I pevaju. Sve same ruske grofice, pamet da ti stane!

Burmazu se sve okretalo. On pođe kao u zanosu. Zaboravi da se drži otmeno. I celo mu to vreme provedeno sa Majstorovićem prođe kao u snu. Bila je već uveliko zora kada Majstorović poče polagano i zamišljeno vaditi iz zadnjeg džepa pantalona svoj buđelar. Na taj njegov pokret Burmaz dođe k sebi, uzmuva se. Trudio se da, kao, pronađe svoj novčanik, ali kao da je sasvim zaboravio u koji ga je džep pre toga stavio, jer se dugo, izgubljena i prazna pogleda, pipao po svima redom džepovima. Majstorović je sve to posmatrao ispod svojih čupavih obrva, uživajući da ga muči svojom sposobnošću. Njegov buđelar se najzad pojavi, izlizan i prljav, rašivenih uglova i nabrekao, i baš u tom času Burmaz užurba se: „Ali, molim vas... dopustite!" Majstorović ga pogleda pravo u oči, nasmeja se najednom, vrati svoj novac u džep, natuče svoj policilinder još dublje na oči i polako, bez zbogom, okrete mu leđa.

— Jedna zvrčka neće mu škoditi.

IV

Sadržaj jednog života

Susret sa Stankom ostavi Bajkića u nedoumici. Nezadovoljan sobom, i bezrazložno tužan, stiže pred Univerzitet baš u trenutku kada izbi sedam časova. Malo kasnije, stara zgrada, sa hladnom i slabo osvetljenom aulom, bi ispunjena glasnim žamorom, tapkanem mnogobrojnih nogu, dozivima, smehom. Kroz ulaze istrčaše prvo dva-tri studenta, onda naiđe čitav val muškaraca, onda drugi val studenata pomešan sa studentkinjama i, najzad, poslednje, pojedinačno, same studentkinje, koje su, iako već na izlazu, još uvek doterivale svoje kovrdže i šešire; ili se u hodu ogledale. Stojeći na ivici neosvetljenog trotoara, malo postrance, Bajkić najzad ugleda, zbog veličine vrata, sićušnu priliku jedne studentkinje. On sačeka da mu ona priđe, skide šešir, ćuteći joj steže ruku, i oni odmah prođoše kroz mali park, pust i vlažan, ka Dorćolu.

— Jeste li doneli?

On potvrdi. Aleksandra Majstorović beše skoro Bajkićevog rasta, samo još vitkija, još nežnija, neobično tihih pokreta, ćutljiva, velikog tamnog oka. Imala je osmejak bojažljiv i krotak, koji bi joj naglo osvetljavao lice. Velike usne, oštro srezane, otkrivale bi tada dva reda krupnih zuba, retkih kao u male dece.

Pri prelazu ulice, kod stare Uprave grada, Aleksandra se uhvati za rukav Bajkićevog kaputa: ona je, sa svojim visokim potpeticama, teško prelazila preko oblog i klizavog kamenja. Ukoliko je veče više odmicalo, utoliko je izmaglica bivala gušća; žuta svetlost uličnih sijalica postajala je narandžasta. Bajkić se odjednom jasno seti onog večera kad se upoznao sa Aleksandrom u Parizu: posle čaja u klubu „Prijatelja Francuske", upoznati od zajedničkih poznanika sa Sorbone, oni su ostali usamljeni u jednom kutu, dok je u drugom salonu jedna stara dama recitovala Lafontenove basne, progovorili i videli da o mnogim stvarima isto misle, i, kada su izašli, on ju je otpratio. Šetali su to veče, magličasto kao ovo večeras, ulicama, otišli metroom do Jelisejskih polja i zaustavili se na Trgu Konkord, koji je, ovlažen, sa svojim đerdanima gasnih svetiljki, ličio na ogromno crno ogledalo; ili na površinu široke i mirne reke, jedne noći pune zvezda. Tada je Aleksandra, prelazeći preko ulice, pred zidom zaustavljenih automobila, učinila ovaj isti pokret, pun poverenja, tako drag Bajkiću, jer je značio traženje zaštite, privijanje jednog fizički slabijeg bića jačem. I Bajkiću se tada to učinilo kao pravi i jedino mogući odnos čoveka i žene. Odnos pun nežnosti s njegove strane, pun poverenja sa njene.

Ušavši, kraj zapuštenog turskog tulbeta, oko kojega je rastao iza razvaljenog plota gust, sada osušen korov, u Višnjićevu ulicu, potpuno mračnu i praznu, osvetljenu tek tamo dole, pred belim zidom naherenog Dositejevog univerziteta, jednom jedinom sijalicom, Aleksandra upita polako:

— Jeste li bili pametni?

— Oh, bio sam, bio! — uzviknu brzo Bajkić. — Obećao sam vam.

Aleksandra proturi svoju ruku ispod njegove. Išli su, po mraku, kraj visokog i hladnog, večito vlažnog apsanskog zida, ćuteći. Na raskrsnici, kada ona ostavi njegovu ruku, Bajkić nastavi:

— Mada slutnja — ili uverenje, kako hoćete — moje majke može biti tačna. Ja sam jutros u biblioteci pronašao u novinama iz onog doba podatke o jednom pretresu: jedan od glavnijih ljudi iz očeve partije otkrio je jedne večeri pod svojim krevetom jednog vojnog begunca iz Austrije, sa oružjem u rukama. Nesrećnik je docnije priznao da je dobio naredbu od vlasti da ubije čoveka i da mu je za tu uslugu obećana dozvola da ostane u zemlji. Taj atentat nije uspeo, ali zar onaj na oca nije mogao biti naređen od istih ljudi? Uostalom, to je, izgleda, tada bilo u običaju: suparnicima su paljeni stogovi sena, kuće. Zašto se Despotović ne bi istim poslužio?

Na drugom uglu dizala se starinska i gospodska kuća Majstorovića. Imala je samo prizemlje, ali je bila nekako izdignuta, ohola, povučena u sebe, a mračna i po sunčanom danu, sa svojim teškim zelenim šalonima, skoro uvek zatvorenim. Ogromna dvokrilna kapija, na samoj kući, imala je na sebi još jedna manja vrata, koja su još uvek, sa kvakom od livenog gvožđa, bila velika i teška. Bajkić ih otvori, nalegnuvši na njih ramenom. Zasvođeni ulaz bio je osvetljen fenjerom od šarenog stakla. Već tu, iza zatvorene kapije, osećao se miris kuće, kuće pune starog orahovog nameštaja, džinovskih stolica postavljenih kožom, visokih ogledala, potamnelih zlatnih ramova u duborezu. Pri otvaranju i zatvaranju staklenih vrata, što iz ulaza vode u malo predsoblje sa čivilukom od jelenskih rogova, odzvanjalo je, u dva tona, zvono. Njegov glas izazivao je u Bajkiću uvek raspoloženje malih stanica, u praskozorje, sa vozom koji je ućutao. Beskrajne tišine polegle po tračnicama. Tišine pune očekivanja nečeg neodređenog i velikog. Odmah iza tog malog predsoblja, uz tri stepena od teške hrastovine, ulazilo se u veliku i uvek polumračnu trpezariju. Nad stolom, zastrvenim žanilskim zastiračem, visio je težak bronzani luster, sa praznim mestom gde je nekada stajala lampa za petrolej, sa lancima oko kojih su obavijene električne žice. U staklenim ormanima kraj zidova bleskali su iz tame staro srebro i kristal. U toj ogromnoj sobi, ispunjenoj tišinom i teškim, nepokretnim stvarima, zaspalim mačkama po stolicama, kraj prozora koji gleda u veliko dvorište, sedela je po danu gđa Majstorović, izgubljena u promatranju sve istog predela: napuštene i prazne konjušnice, obrasle bršljanom, spalih vrata.

Dok je Aleksandra skidala svoj kaput i kapu, popravljajući u brzini rukom kosu, koju je nosila dugu, podeljenu na sredini, na ruski način, Bajkić priđe gospođi, koja se sa prvim sutonom beše premestila sa svojim radom za sto. Iza nje se dizala velika bela peć, kroz čija se otvorena vratanca sijao usijani ugalj. Sve je u toj sobi visoke tavanice bilo ispunjeno mirom i zaspalošću. Gospođa Majstorović ih ne upita: „Kako ste, deco?", niti im ponudi čaj, već ih pusti da odmah odu, isprativši ih brižno pogledom.

Iz trpezarije prođoše kroz jedan mali hodnik, popločan crvenim pločicama i zastrt uskim tepihom, uđoše u Aleksandrinu sobu, pretrpanu nameštajem, knjigama, slikama, starinskim foteljama, sobu mirnu i izgubljenu, u koju nije dopirao ni jedan glas sa ulice. Na sredini je stajao nizak okrugao sto od politiranog drveta, na stolu lampa sa zaklonom od zelene svile, koju Aleksandra, ušavši, upali. Kao i u trpezariji, i ovde svi uglovi ostadoše u senci. Ogromna tišina bila je prekidana samo slaganjem sagorelog drveta u peći; ili krckanjem poda pod nogama. Ali i to slaganje i pucketanje drveta bilo je prigušeno.

Čim se nađoše iza zatvorenih vrata, ograđeni od sveta, Bajkić poče da priča šta mu se sve toga dana dogodilo. Prvo odlazak u biblioteku, onda čudno ponašanje Burmaza, koji ga goni da pričeka još koji dan sa otkazom, onda razgovor sa Andrejom. On ne uspe — u svojoj vreloj privrženosti — da se uzdrži, već ispriča i ono o susretu sa Stankom, i da ga je Andreja upoznao sa njom. Dok je Bajkić ovo govorio, stojeći, sa obema rukama u džepovima kaputa, Aleksandra sede u fotelju kraj peći i zabaci glavu unazad. On je govorio uzbuđeno, ozbiljno. Iako je gledala netremice, Aleksandra kao da nije slušala dobro (ili bar ne sa razumevanjem) ono što je on pričao. Pratila je njegove pokrete, izraz njegovih tankih usana, liniju njegovih mršavih obraza, osećala nervni napor njegovog vitkog tela da ostane što nepokretnije i mirnije. Ona pomisli: koliko pati... Nju ispuni neodoljivo ogromna tronutost mlade majke koja, stegnutim srcem od ljubavi, gleda lepotu i bespomoćnost svoje bebe. Kako je slab, kako je nezaštićen! Aleksandra se osmehnu Bajkiću. I to ne licem, ne usnama, kako se smeje, već očima. Držala ih je malo zažmurene, svetlost je izbijala ispod trepavica; u jednom trenutku ceo njen tajni i blagi život, cela njena ljubav i buduće materinstvo bili su u tom, za Bajkića zagonetno nasmejanom, pogledu. On se prekide u govoru, sede na divan i zari lice u dlanove, ne mogući da nadvlada uzbuđenje koje ga obuze od toga velikog i zračnog, osmehnutog pogleda.

Za onaj čas što je ostao sa licem u dlanovima, Bajkiću blesnu da je još jednom bio uzbuđen ovako strašno i neodređeno nečim što je imalo doći, što je bilo veliko, daleko, a ipak, sa nekim natčovečanskim naporom, moguće, čak neizbežno. To je bilo onoga dana kada je, posle dva meseca boravka, napuštao Pariz. On je stajao na otvorenim vratima vagona, ona na peronu. Bili su već kazali sve što su smeli reći — sve što je moguće mirnijim glasom, da ne bi otkrili uzbuđenje koje ih je davilo; a voz još nije polazio. U mirnom i slatkom ćutanju ostali su nekoliko časaka, a onda je Aleksandra podigla pogled prema njemu i pogledala ga isto ovako zračno, predano i zamišljeno, osmehujući se samo očima. Taj pogled bio je celo i jedino priznanje.

Bajkić spusti ruke, osmehnu se i sam Aleksandri, a onda priđe stolu. Jedan svežanj obične kancelarijske hartije, požutele pri krajevima i ispresavijane na četvoro, bilo je sve. Aleksandra dodirnu prstima listove, otvori ih pažljivo i prelista. Sa hartija se, ispisanim lepim rukopisom, dizao miris dobrog i suhog duvana.

— Vaša mama ne zna da ste otkrili ovaj rukopis? — upita.

— Ah, ne, ne! Jasna ne zna. Uostalom, možda ću joj i reći... On je i inače bio meni namenjen, ranije ili docnije... svejedno, zar ne? Našao sam ga slučajno, u jednoj kutiji duvana — kutija je ta ostala kod nas pri poslednjem prolasku moga ujaka Žarka, u njoj još i sada ima nekoliko cigareta, sasvim požutelih i suvih... jedino što nam je od njega ostalo. — Bajkić zaćuta. — Strašne su uspomene, Aleksandra. Naročito one male, neznatne, bez materijalne vrednosti, kao ova kutija iz koje je ujak uzimao pre polaska na front jednu cigaretu za drugom, svojim dugim nervoznim prstima.

Nevidljivi sat u kutu sobe otkuca sedam i po. Bajkić se trže.

— Požurimo. U devet moram biti u redakciji.

On primače stolicu, sede, sačeka da Aleksandra sedne kraj njega, i onda, uzbuđeno, brzo, prekidajući se samo onda kada bi izgubio stranu i začas tražio nastavak, poče čitati rukopis.

TVOJ OTAC

Po smrti tvoga oca bila sam jednom u njegovom selu, u Valjevskoj Podgorini. Kuća je bila prezidana, ali je u svemu morala ličiti na staru. Odmah iza nje bio je šljivik, koji se verao uz padinu. Kroz njega se dolazilo do jednog strmog pašnjaka oivičenog živicom (na njemu je pasla jedna bela krava). Više pašnjaka prolazio je uzan put, koji je zaobilazio oko brda, provlačeći se kroz gustu leskovu šumu. Kako je već bila jesen, list je bio plamen i zlatan. Čitava jata veverica njihala su se u granju. Zimi, na toj padini mora da je sve zavejano smetovima i da se vuci spuštaju do samih torova i obora. Mati tvoga oca bila je udova kad se udala za starog Bajkića. Teško je kada se žena uda pa zatekene pastorke kao oženjene ljude sa decom; ali, ako još i ona sama rodi, onda njen život nije ništa drugo do stalno mučenje. Nezadovoljstvo među sinovima starog Bajkića bilo je veliko kada se rodi tvoj tata: njegovo rođenje za njih je značilo katastrofu; oni u njemu nisu gledali svog malog brata po ocu, već gotovana koji je došao da deli imanje sa njima — imanje koje su oni već dvadeset i više godina radili. Svi su mrko gledali na maćehu i govorili joj: „Bolje da si ostala udovica, pa sada svoju unučad da ljuljaš, nego što si došla ovamo da nam kuću razoriš".

Svekrva Jevrosima pričala mi je ovako: „Istoga dana kada mi je jedna snaha trebala da dobije prinovu, osetih i ja isto. Oko nje se skupljaju žene, užurbale se, greju vodu, a ja, grdna, od srama, ne smem nikome u oči da pogledam, nego beži iza staje da me ne vide i ne čuju. Sneg prestao da veje, izvedrilo se i stegao mraz, a ja od groznice ne mogu da stojim. Tek ja iza staja, pade muško dete, a ja udri se u glavu: kuda ću od bruke i rezila sa njim! Klečim kraj deteta, a ono pomodrelo od zime, zanemoglo od pištanja. Odgrnem ponjavicu, ono se skupi kao zgažen crvić, a meni suze na oči. Bi mi žao nevinog deteta, uvih ga dobro u ponjavicu i skut, pa velim sebi: da zatrem svoj porod! a kako bih onda pred Boga? Poče da me hvata zima, te ti se privučem bliže uz ambar: da se malo zagrejem dok ne padne mrak, pa da uđem u kuću. Sedim tako i drhtim, kad eto ti Bajkića, a ja se posramila, sagla glavu, dok on viknu: „A šta ćeš tu, crna ne bila, hajde u kuću!" On pođe, skinuo šubaru, a ja za njim, stisla detence na grudi, ne znam gde gazim. U kući on iznese najbolju rakiju pa veli: „Pijte, ljudi, rodio mi se mezimac!"

„Ali mi Bajkić umre pre nego što Jova sastavi godinicu, te ostadoh sama sa sedim vlasima i detetom na rukama, a braća ga guraju od sebe kao šugavo prase. Gledam ja šta se čini pa mislim: ama nije Bog kao zli ljudi, pobrinuće se on i za moga sirotana. A Jova mi je bio pametan, kao matorac; sa ljudima je znao govoriti da ga je bilo milina slušati. Oni opet, krvnici, mrze ga pa vele: „Došao da otme imanje od naše dece, ali ga neće majci uživati!" U mene ušla neka zima, sve mislim desiće se detetu kakvo zlo; vidim kako na njega pogledaju. Ono jadno ostalo malo i žgoljavo, a oni mu uprte pune torbe da nosi radenima na njivu. U meni se sve kameni, hučem i uzdišem gledajući pokor. Čuju oni, pa mi kažu: „Šta je, što hučeš? Neka radi, valjda ti neće biti gospodin". A ja gledam, ocenjujem, on slabačak, pa mislim: vala nije ni za seljaka; kad igra sa decom, sve igra sa onom većom i sve im on starešina; ako igraju škole, on im učitelj, ako igraju vojske, on im komandira. Legnem tako pa se u mraku molim Bogu i njegovim ugodnicima i svetom Đorđiju, da mi sačuva dete od neljudi, od braće njegove, i da ga izvede na put.

„Sprema snaha svoje dete, pa i ja svoga mezimca za školu. Spremim mu tako bele rubenine i šarenu torbicu, i sve hvalim Boga što to dočekah. Kad bi dan da se pođe, a najstariji me pastorak mrko pogleda, veli: „Kuda ćeš ti, dado, sa tim bangavčetom?" „U školu, sine", velim ja, „vreme je, uzeo je sa srećom sedmu godinicu." „More batali, dado, kakva škola, treba neko i kod kuće da ostane; a Jovan ni oca nema, ko će njega školovati?" „Pa ja", velim, „ja i ti, sinko, i druga njegova braća." On se namrštio, suče brke, neće da čuje. „Pa dobro", reknem ja, „ako nećeš ti, školovaće ga njegov mal." Zgrabim dete za ruku da ga povedem u Brankovinu, a Jova zna kako sam ga učila, kaže: „Rođo, da poljubim batu u ruku?" „Idi, sine — idi, poljubi ga, on ti je namesto oca." Dete priđe, a odrod samo odmahnu rukom. „Batali", kaže, „ne treba."

„U školi se odmah istakao. Bio je za nas seljake mali i bledunjav, ali nije bio bolestan; u licu milokrvan, svakog pravo gleda, učitelj se hvali da mu je prvi đak. Pastorcima krivo, zadržavaju ga kod kuće, teraju ga svinjama, on plače, otima se, ali mora, zgrabi svoje knjižice pa nikud od njih. Dok ti on čita svoje nauke, svinje mu pobegnu. Uveče, kad se vrati, oni da ga ubiju tučom, a ja im velim: „Ne bijte, ljudi, vidite da nije za ta seljačka posla". A pastorci se samo smeju, i sve gori. „Naučiće", kažu, „i seljačke nauke." Dodija mi zulum, a i dete mi potamnelo, kad spava bunca, pa zatražim što je detinje i moje, da se delimo. Meni dadoše jednu volovsku zapregu i nešto ovčica, a za *detinje, to, vele, ide u masu. Tako ti se ja sa detetom vratih u prvi dom, u Jankoviće, u Rađevo Selo."*

Sirotinja je jedva dočekala da se dočepa deteta koje ima masu. Tvoj tata je i ovde gorko zarađivao ono parče hleba što se zvalo „izdržavanje". Seljak o radu i zarađivanju ima svoje poglede, koji su nemilostivi.

Sa svršenom osnovnom školom nastadoše opet prepirke oko toga hoće li se i dalje školovati, ili zadržati u selu, ili dati u službu. Kraj sveg detinjeg opiranja da ne ide u službu, kraj sveg plakanja i molbe da ga puste u školu, Jankovići ga dadoše jednom bogatom trgovcu u Valjevo. Ali, kad moja svekrva Jevrosima vide da taj trgovac ima sina u gimnaziji, Jovanovih godina, ona bez dogovora i premišljanja odvede i svoga sina direktoru. „Učitelj mi reče", kazala mu je, „da ga školujem, on sam plače za školom, a slabičak je za nas seljake, pa ti ga dovedoh, gospodine, a ti sad presudi." Nekoliko godina je proveo u toga trgovca poučavajući njegovog sina Blagoja, izvlačeći mnoge grdnje i batine zbog njegove gluposti i lenosti, jer za svaku rđavu ocenu nije bio kriv onaj što nije hteo učiti nego Jovan, koji mu, kao, nije dovoljno objasnio. Jovan je ušao u peti razred, a Blagoje sa ponavljanjima ostao u trećem, te tvoga tatu uzme tada, opet zbog sina rđavog đaka, predsednik Okružnog suda u Šapcu. Već tada on se grozničavo spremao, čitao bez reda, učeći u potaji francuski, zanoseći se idejom da istraje do kraja i ode na univerzitet. U šestom razredu znao je francuski toliko da je mogao davati časove, a sam čitati Viktora Igoa u originalu. Ali, ukoliko se školovanje u gimnaziji približavalo kraju, utoliko mu je život u kući predsednika suda postajao nesnošljiviji. Ne samo s toga što je kao mladić imao više potreba, a iz sela već nekoliko godina nije dobijao ni za odelo, jer je, kako su braća govorila, „potrošio masu na školovanje"; postajući stariji, on je sve više, čitanjem i razmišljanjem, počinjao da shvata prirodu društvenih odnosa; ponos mu nije više davao da se sa njim postupa onako kako se postupalo. Zanimljivo je da se tvoj tata nikad nije žalio na svoju braću po ocu zbog imanja; koliko sam kasnije mogla shvatiti, a sam o tome nije nikad govorio, zemlja treba da bude onih koji je rade. Ali nikad nije mogao da prežali neprijateljstvo njihovo, tuču njihovu, kao ni teški život u kući onoga trgovca i predsednika suda, pun ponižavanja i zapostavljanja. U kakvim je idejama tada u sedmom razredu bio, ne mogu da znam. Je li se već tada bila iskristalisala u njemu misao o službi narodu iz koga je izišao i čiju je grubost, predrasude i neznanja iskusio na sebi? Ili je odlučio da prekine sa gimnazijom da bi se što pre i brže obezbedio materijalno? Bilo jedno ili drugo, tek on iz sedmog razreda gimnazije pređe u Beograd u učiteljsku školu.

Učiteljska škola je u to vreme bila na vrlo dobrom glasu i njeni đaci su rado uzimani za domaće učitelje. Porodice koje bi trebale domaćeg učitelja, obraćale su se upravi škole, koja je onda preporučivala najbolje đake. Već posle nekoliko meseci, najbolje kondicije dobio je tvoj otac, među ostalim i kondicije u kući ministra P, i time obezbedio bar unekoliko svoj materijalni opstanak. Onako povučenom i gordom, čisto obučenom, profesori zadugo nisu znali pravo stanje. Mada veseo i nestašan po prirodi, tih prvih godina samostalnog života bio je i suviše ozbiljan. Sa većim iskustvom, sada nije dao da se očevi rđavih đaka ponašaju prema njemu kao prema nekome koji je plaćen i zato niži na socijalnoj lestvici. U tome je bio neobično osetljiv, sa pojmovima utvrđenim i jasnim. Događaj koji ću ti ispričati, najbolje će ti pokazati da nije bio arivista.

U kući ministra P. poučavao je sestru i brata. „Ta topla kuća, sa svetlom trpezarijom i uvek punim stolom, koji me je dočekivao svakog dana", pričao mi je kasnije, „a naročito pitomost ljudi, njihova evropska uglađenost, način na koji su opštili sa mnom, najzad velika biblioteka iz koje sam mogao uzimati što sam hteo, a u kojoj sam našao i Prudona, i Sen-Simona, i Černiševskog, i Tolstoja — sve to, a najviše ona toplina kuće, koju dotada nisam osetio, nadoknađivalo mi je ono što kao dete nisam imao. Posle časova ostajao sam da sviram sa gospođicom. Činilo mi se da sam bio srećan. Retko kada da nisam našao, vrativši se kući, u svojoj violinskoj futroli kakvu lepu voćku ili finih bombona.” Tada je ponovo počeo misliti da bi možda ipak mogao ostati u varoši, preći na univerzitet, stvoriti sebi položaj. Sam mi je priznao da je dopuštao sebi najluđe snove. Jednoga dana, došavši na čas, on zateče gospođicu neobično raspoloženu. „Vidite, gospodine Bajkiću, naša Kata kaže da hoće da se uda za ovog učitelja, pa me zamolila da vidim šta joj piše. On joj vrlo često pravi serenade i stoji, upravo čuči kod suterena. Poznajete li rukopis? Potpis je: Steva.” Ja uzeh pismo i sav pretrnuh: poznao sam rukopis Steve Vukovića, koji je, pored sve zarade oko litografisanja tabaka, ostajao, zbog svoje nemilosrdne ješnosti, gladan. Glasilo je:

„Gladan sam, dušice moja. Čekaću kod trećeg fenjera posle večere. Ako mi ne doneseš ništa za jelo ni večeras, znači da me više ne voliš. Dođi, srce moje, što pre, jer me jednako zove ona tvoja debela drugarica iz preko puta.

Ponesi ako imaš malo hladna pečenja.

Voli te tvoj
Steva
koji čeka kraj fenjera.”

„Pročitavši pismo, pored sve očiglednosti, ja energično odbih da taj mladić može da bude budući učitelj i moj drug. „Ali Kata kaže da nosi seljačko odelo.” Rekavši to, ona se najednom zbuni i poče prevrtati po knjigama na stolu. Čas je prošao bez volje. Činilo mi se da traje neobično dugo. Pred sam kraj gospođica me, uozbiljena, upita: „Zašto učite tu sirotinjsku i seljačku školu? To nije za vas.” „Zašto da nije za mene? Ja sam seljak i želim da se vratim selu i narodu iz koga sam izašao. Biti seljak nije sramota, zar ne?" I onda, kako je očito drukčije mislila: „Oh, nije sramota... Zašto sramota?" Ali taj mali događaj naglo me je otreznio i pokazao da, ako nisam isto sa Stevom Vukovićem što čeka kod fenjera, iako istog porekla, da nisam isto ni sa tom kućom gde sam tako lepo primljen, ali gde je „sirotinja" isto što i „seljak", a oboje isto što i prostak."

Otkazao je dalje kondicije i ponovo se sav vratio stvarnosti i učenju. Ali još jednom okolnosti su ga naterale da trenutno napusti put kojim je mislio da treba da ide. Bio je mlad i lako se zanosio prvim uspesima. Tako, čim je te godine završio maturu, on odmah, umesto u selo i narod, radosno prihvati mesto koje su mu ponudili: da postane zvaničnik u Ministarstvu prosvete.

Cela njegova sudbina, pa i naša sa njim, bila bi drugojačija da se njegovoj majci Jevrosimi nije prohtelo da ima sina učitelja na selu. Ostarela, skoro obnevidela, večno sa plavom cicanom maramom u rukama, kojom je brisala oči, što joj bez prestanka suze, nije više bila ni za kakav posao, te su joj sinovi iz prvog braka počeli govoriti: „Idi, što ti je dao Bog sina gospodina, idi pa uživaj". I ona je lično došla, sa svojim zavežljajem, čak u Beograd, da vidi zašto i njen sin ne dobije za učitelja „kao drugovi njegovi". Njen dolazak značio je za tvoga oca novi priziv stvarnosti. Bio je ljut, nesrećan, tražio da se opravda pred sobom što je izneverio na prvom koraku, kod prvog iskušenja, svoje mladalačke snove o „službi narodu". Ali ukus građanskog života bio je u njemu kao crv. Selo sa svojim bedama, sa svojim mrakom, sa svojim teškim življenjem zemlje orane drvenim plugom, bilo je, činilo mu se, daleko iza njega. On uhvati svoju majku pod ruku: „Rođo, idi ti kući, a ja ću doći po tebe". Ali Jevrosima se očajno poče opirati. „Jok, sine Jovane, dosta sam se mučila zbog tebe, sedeću ja u kafani dok ti posla ne svršiš." Šta je mogao raditi sa majkom u Beogradu? On oseti najniži i najsramniji osećaj koji jedan čovek može da oseti: stid od majke seljanke. I to ga odluči. Ko je on bio? Šta je njegova *prva dužnost? Uzalud se otimao, ceo on bio je vezan za selo i za tu poluslepu majku, koja ga je podigla, seljački, krvavo. On se neprestano sećao njenih dolazaka u Valjevo ili Šabac, pešice, sa šarenom torbicom na leđima, u kojoj je bila bela pogača, teško stečena, i mala grudva sirotinjskog sira. Tek kada se zakleo Jevrosimi da će doći po nju kroz mesec dana, ona je pristala da napusti Beograd.*

Tako je i uradio. Dobio je da otvori školu u Maloj Vranjskoj kod Šapca i doveo majku da se „gospoduje". Mlad, pun duha i života, trebalo je da se sahrani u seosko blato, između neprijateljskog školskog odbora, koji uskraćuje drva i osvetljenje, i prgave i džandrljive majke, koja od famulusa traži da je dvori, poliva i izuva. Uzalud je on molio majku da to ne čini, jer će je morati vratiti kući... ona je vadila svoju osušenu dojku da nad njom kune što je sin proganja. Uzalud je on pokušavao da uredi školu, da zgradu dotera, da peći i prozore popravi, da osnuje čitaonicu i drugo, već što svaki mlad učitelj pokušava prvih meseci svoga rada da učini... na sve to kao odgovor dobijao je samo šeretske osmehe, tvrdoglavost ili, najčešće, uzdah: „Ne znaš ti, učitelju, mlad si ti još". Očajan i nemoćan, bez saveta, on ostavi sve da ide kako ide, pa i po najgorem vremenu poče ostavljati školu i odlaziti u Šabac. Počeo je opet da daje kondicije iz francuskog jezika. Često sam ga docnije viđala kako, otmen, propisno odeven, ulazi u Šabac, a služitelj sa šarenom torbicom o vratu nosi za njim njegov prašnjavi mantil i kutiju sa violinom.

Ja sam ti u više mahova pričala o mojoj porodici, o mome ocu, o mojoj braći, o našoj kući i životu kod nas. Ovog puta ću ti reći ono najglavnije što ima veze sa mojim odlaskom za učiteljicu i kasnijim odnosima moga oca i moga muža.

Moj otac, hadžija, poznati beogradski trgovac Bojadžić, bio je fizički neobičan čovek. Pred kraj, kada je propao i počeo da radi kao činovnik u Opštini, on je, onako ubijen, povijenih leđa, poneo obično građansko odelo. Ali, dok je bio u svoj svojoj sili i moći, kada je Savom i Dunavom plovilo nekoliko njegovih lađa, kada su se na uzanom pojasu zemlje između nekadašnje Bare Venecije i Save dizale čitave tvrđave suhe bukove građe, kada se glomaznim i mračnim magacinima malenih prozora okovanih gvožđem prelivalo žito, otac se nosio naročito, kicoški, na stari način, iako je već i tada bio skoro sam u malom Beogradu, koji se naglo evropeizirao: u čizmama od juhta preko kolena, opasan tamnocrvenim, višnjevim pojasom, ogrnut i leti kratkim ćurkom postavljenim lisičinom, sa natučenom astrahanskom šubarom do očiju, lica obrasla u meku garavu bradu, koja je na suncu sevala riđim odsjajima, duge ćilibarske muštikle u mršavim prstima, koji su mirisali na duvan i žitnu prašinu, prav, visok i plećat — on je bio najlepši i najstrašniji čovek koga sam u svome životu videla. Starinom iz Peći, ustaljenih životnih pogleda, strog i pravičan (držeći se, naravno, onog što je on smatrao za pravdu), on je vodio kuću isto onako neumitno i teške ruke kao i svoju trgovinu, svu osnovanu, starinski, na časti, poverenju i poštenoj reči. Karaktera beše teškog: plamen i žestok, u ljutini je bio nepristupačan, ali je zato, u časovima spokojstva, bio neobično mek, dobrog srca, uvek široke ruke. Njegova žestina i donela mu je hadžiluk.

Naša kuća je bila tip patrijarhalne srpske kuće, sa majkom, decom i poslugom, na jednoj strani, i ocem, samodršcem, koji deli kišu i sunce, na drugoj. Majka moja bila je iz prečanskih krajeva, vaspitana evropski, školovana u Sremskim Karlovcima i Zemunu, sa humanističkom maturom, govoreći odlično nemački. Sitna i nežna, u turnirima, bila je suša protivnost ocu samouku, odevenom još uvek istočnjački. Začudo, oni su se slagali, i ja ne pamtim da je otac ma i jednom viknuo na majku. U očevu ponašanju prema majci čini mi se da sam još kao dete, nesvesno, primetila, kraj ljubavi, koju uostalom nije pokazivao, jednu vrstu poštovanja — što je za njegova shvatanja moralo značiti mnogo. Kraj svega toga, majka nije učestvovala u njegovim poslovima. On je odlazio do Slavonije po drva i sa drvetom se spuštao do Braile, odakle *je donosio žito; kupovao kuće i vinograde, prodavao ih kada bi prestao da uživa u njima, ali o svemu tome nije govorio sa majkom. Sasvim nenadno dolazio bi iz varoši kući, umivao se i oblačio, majka mu za to vreme spremala preobuku (i samo po količini preobuke koju je tražio pogađala da li ide na nedelju-dve, ili mesec-dva, Savom do Drine ili Dunavom do Oršave — ako on sam ne bi kratko rekao mesto kuda odlazi). U kovčeg, četvrtast, težak, okovan žutim okovom, sa rezama i katancima, stavljala je drvenu putničku ikonu, i dok je ona to radila, on je već ljubio svu decu redom, golicajući nam lica svojom svilenom bradom punom ljutog mirisa duvana, koji smo udisali duboko, i odlazio dvorištem, kroz kapiju koju je otvarala služavka, prav, ogroman, praćen jednim snažnim momkom savijenim pod kovčegom. Dani bi prolazili. I onda bi se otac isto tako nenadno vraćao, ljubio nas ćutljivo, zagledajući nas u oči da vidi jesmo li zdravi. Brada mu je, i on sav, mirisala na nepoznate krajeve, na vode, na vanilu, na otužni i slatki miris alve, na maslinu, na mračnu brodsku kajitu pod krmom. Kovčeg se otvarao, ikona vešala više njegove postelje; iz žute uglačane dubine, mirisne kao i sve što je dolazilo iz daljina, izlazili bi mali pokloni, ali je uvek na dnu ostajalo nešto nad čime su, uz zvek novca, ostajali dugo u noći zajedno i on i majka. Već sutradan kovčega više nije bilo u sobama; otac je izlazio i ulazio, govorio sa ljudima i pušio na svoju ćilibarsku muštiklu, odlazio u magaze, u kafane, na Savu.*

Jednoga dana on se vrati sa puta mračan i zamišljen. Kovčeg ne bi ni otvoren. Iza zaključanih vrata slušali smo kako je nešto dugo govorio majci, čuli smo zvek ključeva, čuli sitnu zveku srebrnog i zlatnog novca, i čuli majčin plač i njegovo tešenje. Idućeg jutra, otac, obučen za put, pozva nas k sebi, reče nam da slušamo majku dok on bude putovao, da budemo dobri, i dugo nas držaše zagrljene i ljubljaše. Momak nije išao sa njim. On sam nosio je u ruci jednu malu torbu i štap. Ispratili smo ga svi, sa majkom, daleko izvan varoši, sve do Vozarevićevog krsta. Bila je već duboka jesen; kukuruzi po njivama su bili žuti i šumeli pod slabim vetrom, u daljini ispod nas maglio se Beograd, potonuo u svoje bašte i svoje orahe. Na velikom putu, belom pod debelim slojem prašine, otac je stao, okrenuo se Beogradu, iznad koga se dizao jasan i visok toranj na Sabornoj crkvi. Prekrstio se, iznad nas načinio znak krsta i onda zakoračio putem. Stajali smo i, videći da majka plače, plakali i mi sami, ne razumevajući taj čudni odlazak. On je tonuo u prašinu drumsku i daljinu, dok se nije izgubio.

Tek idućeg leta vratio se otac, progušane brade, sa brojanicama u ruci, blag i malo poguren, kao hadžija. Mnogo kasnije ispričala mi je mati uzrok toga priklanjanja i tog pokajanja. Na poslednjem trgovanju, sa brodom natovarenim do vrha žitom, tako da se nad vodom video samo uzdignut i savijen kljun i kajita, na čijem je krovu stajao krmar, držeći u rukama tešku krmu, na koju se morao naslanjati celim grudima da je pokrene, uhvati ih nevreme na širini pred Smederevom. Šibani kišom, zapljuskivani talasima, na krmi su stajali otac i Janoš, najbolji očev lađar. I onda je nastala prepirka: otac je zahtevao da se Janoš drži što više leve obale i da nastavi put, Janoš, mali krivonogi čovek, dugih ruku, naslonjen na ručicu krme, uporno je ćutao, dajući lađi sasvim suprotni pravac, u želji da pristane uz desnu obalu. Otac ga dotače po ramenu: „Okreni, Janošu!" Janoš ga pogleda popreko, smače ramenom da se oslobodi njegove ruke i polako, mrzovoljno smrsi: „Vi ste gazda na suvu, ovde sam ja". Iako ga nisam videla, mogu da zamislim ceo prizor: otac je pocrveneo, oči mu se zalile krvlju i, pre nego što se Janoš snašao, već je, onako krivonog i velike glave, leteo preko ovlaženog krova u uzburkanu dunavsku vodu. U prvi mah otac se nije ni okrenuo za njim, već je prihvatio krmu. Ali, umesto da čuje zapomaganje — Janoš je bio plivač, ali čovek slabog srca — iza njegovih leđa dizala se tišina prekidana samo fijukom vetra i šumom talasa. Uznemiren, on se okrenuo, i baš u tom času voda je izbacila prvi put Janoša na površinu: mlitav, bez svesti, slika utopljenika pod nepogodom. Ne obzirući se na brod, ostavivši krmu, onako obučen, otac je skočio za Janošem, uspeo da ga uhvati i izvuče. Onda ga je on sam položio na pod, izbacio vodu iz njega i, posle duge muke, povratio ga svesti. Ljudi su stajali okolo, ne smejući da mu priđu. U kajiti je raspaljen mangal, i Janoš, u suhom rublju, stavljen kraj njega. Noć je pala, brod se na kotvi ljuljao; s druge strane sedeo je otac, lica osvetljenog žarom. Pokrenuo bi se tek kada bi hteo da pruži Janošu čašu vruće rakije. Onda bi se naglo ponovo naljutio, skočio i besan viknuo: „Mogao si se udaviti, životinjo!" Sutra ga je isplatio, obdario ga sa deset napoleona i novim odelom; ali ga je smenio sa broda i ostavio u jednoj svojoj magazi na putu. Međutim, ona prikaza polumrtvog Janoša, koga voda izbacuje na površinu, nije ga ostavljala. Usled svoje žestine, zbog koje je mogao postati ubica, uzeti oca deci, zavetovao se da peške, sirotinjski, sa štapom u ruci, ode do Svetog groba da se pokloni i stiša.

Ali, ako je po povratku sa Svetog groba i došao blag i tih, držeći svoj bes u rukama kao jagnje, ipak je i dalje ostao uporan i nepopustljiv u svojim shvatanjima. Čak i uporniji, jer je ranije, posle časova besa, bio popustljiv i blag, dok je sada njegovo raspoloženje bilo jednako, bez dizanja i padanja, čvrsto kao granit. Za njegov pojam porodičnog dostojanstva, imati sina slikara bila je čitava sramota, gore nego imati sina lolu, koji se sa Ciganima u zoru vraća kući. Naklonost i, kasnije, strast Žarkova za slikarstvom morala je biti skrivana kao najstrašniji porok, kao najteža bolest koja baca ljagu na ime Bojadžića. Hadži-Bojadžićev sin — moler! Kako ga je otac hteo dati u Vojnu akademiju, Žarko je jedne noći pobegao od kuće i sa još jednim drugom prešao, bez novca i pasoša, Savu u čamcu, sa kutijom boja pod miškom. Prve godine Žarkove u Beču i Pragu bile su strašne. Krišom od oca, mati i ja, i pokojni Nikolica, ujak, koga ti nisi zapamtio, slali smo naše male uštedevine, što je, naravno, bilo nedovoljno. Pred ocem i u kući Žarkovo ime nije smelo da se izgovori. On je bio mrtav, odsečena grana. Tek mnogo godina kasnije, već pri kraju života, propao materijalno i fizički, posle Nikoličine smrti, on je oprostio Žarku. Ali Žarko nije smeo još nekoliko godina da se vrati u domovinu od straha da izađe pred oca. Isto tako nepopustljiv pokazao se u početku i prilikom moje udaje, jer mu nikako nije išlo u glavu da njegova kći, kći jednog Bojadžića, makar i propalog, može da se uda za malog seoskog učitelja bez korena. Ali sada nekoliko reči o tome kako sam otišla u učiteljice.

Prvi veći udar pretrpeo je otac kada su mu se zapalile magaze, pune žita. Da bi se podigao, morao je hitno da proda našu veliku kuću u Pozorišnoj ulici i imanje u Beogradskoj, a sa nama da pređe prvo u Avalsku, gde je imao jednu malu kuću, okruženu voćem i lozom, a onda odatle, poslednjih godina, čak u Baba-Višnjinu. Onda je došlo bankrotstvo jednog trgovca, kome je otac bez svedoka pozajmio jednu veću sumu. Onda je morao da isplati menicu jednog drugog (kućom u Avalskoj ulici), koji se za to vreme provodio u Pešti. Posle toga, poslednje dve dereglije potonule su, pune građe, i sa njima potonulo je i poslednje naše bogatstvo. Posle propasti lađa umro je i Nikolica, jedina očeva nada. Ceo taj slom nije trajao duže od dve godine. Bilo mi je sedamnaest godina. Ostatak nameštaja, crveni majčin salon, sa foteljama prevučenim sivim navlakama protiv prašine, podsećajući nas na bolje dane, bio je smešten nekako u jednu sobicu, ali nas je bilo mnogo, trebalo je živeti, i salon je jednog dana bio prodat. Otac je dobio službu u Opštini, ali je njegova plata bila mala da osigura život i budućnost svima nama. Mića još dete da bi se moglo računati sa njegovom brzom pomoći, Žarko daleko, Nikolica mrtav: sve nade bile su položene u mene, koja sam tada imala šest razreda devojačke škole. Od svih poziva najbliži mi je bio učiteljski, i najpristupačniji. Svi drugi su tražili veće žrtve i duže vremena — a svi smo morali živeti. O svojim godinama u školi da ti ne govorim, jer su uvek iste. Prvo mesto koje sam dobila bilo je u Krajini. Mati je išla sa mnom; kada bi ona morala da se vrati u Beograd, ostajao bi Mića, kome je tada bilo deset godina. Pa ipak, u ovoj divljini, među brdskim

Vlasima, poludivljim, u kabanicama i teškim šubarama od jagnjeće kože, osećala sam se i nesigurno, i prognano, i strašno. Na vrata sam, za vreme dugih i snežnih zimskih noći, navaljivala sto i stolice, na prozore preko zavesa vešala ćilime da ne bih čula zavijanje vukova i trupkanje seljačkih opanaka oko prozora. Bila sam ambiciozna i čitala sam mnogo. Imala sam svoju kuću. Bila „svoj čovek". Pa ipak — o, to nimalo! — nisam osećala baš nikakvu gordost što sam svoj čovek i što zarađujem.

Iduće školske godine dobila sam Orid kod Šapca. Bilo mi je kao da sam se preporodila. Mačvanska pitomina, Sava, na koju sam navikla od detinjstva. Dolazeći, oko crkve pod orasima zatekoh malo društvo. Stari mi učitelj objasni: „To časti mladi naš kolega Bajkić; raskinuo je veridbu, pa mu milo". Ja se nasmejah: „Časti li on to često?" To su mu, naravno, odmah ispričali, i tako je počelo naše poznanstvo i ljubav.

Posle godine dana posmatranja, ja se udadoh za njega. Prošli smo kroz velike prepreke. Više od šest meseci nismo dobijali očev blagoslov, jer je primao anonimna pisma od porodice bivše verenice. Uostalom, i bez tih pisama, otac se teško mirio i sa samom mišlju da mu je ćerka seoska učiteljica, a još teže da sada treba da se uda za seoskog učitelja, lolu, pijanicu i kartaša, kako je Jovan bio predstavljen. Po svome običaju, otac je bio nepristupačan drugim razlozima; a da i lično vidi Jovana, nije nikako hteo.

Jednoga dana, sedeli smo pod stogodišnjim orahom ja, mati, on i pop Mika (jedan dobar i druževan seoski popa, koji se u mantiji osećao i nelagodno i smeteno; zato je najčešće išao bez nje, na veliku sablazan dobromislećih; on je to, međutim, objašnjavao time što se njegov konjić Miško plaši mantije; „a Miško mi je jedini prijatelj, što da mu ne ugodim?"). Posle kratkog razgovora o ovome i onome, a primetila sam da je Jovan uzbuđen, on ustade, priđe majci i energično je zapita: „Recite mi, gospođo, jeste li me dovoljno upoznali?" „Jesam", odgovori bez razmišljanja majka. „Ako je tako", nastavi Jovan, „onda se vi nikako ne možete složiti sa ponašanjem vašega muža." „Ah, ne slažem se!", uzviknu majka. Jovan se odobrovolji, poče da govori, a kada bi se zaneo, njegov govor onda ne bi imao kraja, razlozi bi izvirali, i to sa takvom lakoćom da se i najupornijem protivniku počinjalo činiti da i on misli baš tako, i nikako drukčije. Bilo je toga dana toplo, orah je mirisao, utabana i polivena zemlja školskoga dvorišta sušila se naglo u isparenju ovlažene prašine, usamljeni zrikavci ispunjavali su nepokretan i svetao vazduh svojom nesigurnom pesmom, a Jovan je govorio, i na svako njegovo pitanje, majka, opčinjena, odgovarala potvrdno. Kraj njega, potpuno smo zaboravili na oca. Moja je sreća bila tu, kraj njega. On me uze za ruku, uvede u kuću i pred zgranutom majkom, pop Mika nas „po svima pravilima svete pravoslavne crkve" ispita. U Šapcu zaprepašćenje. Sad su tek mnogi „primetili" da sam i mlada, i lepa i pametna, sada kada postadoh njegova verenica. On odneo celu platu i častio, kaže, za inat, sve svoje neprijatelje. „A prijatelje?", pitala sam. „Pa prijatelji znaju da sam ja zaslužio takvu devojku kao što si ti; oni se zajedno sa mnom raduju, ne treba im moja čast." Očev blagoslov dobio je lično. Odmah po našem ispitu otputovao je u Beograd i našao oca. Kakav je taj njihov sastanak bio, mi nismo nikada doznale, ni mati, ni ja. Na sva moja pitanja, smeškao se: „Sporazumeli smo se kao ljudi". Otac ga je zavoleo uskoro više nego Žarka i Miću, jer su svi oni, nasuprot ocu, bili sanjalački i meki ljudi, dok je nemirni i energični Jovan odgovarao potpuno očevom shvatanju čoveka.

Od prvih dana on je sasvim napustio svoj stari, momački način života, karte, sastanke po kafanama... Ponovo je počeo mnogo da čita, ponovo, kao u vreme svoga boravka u Beogradu, da misli na dalje, na onaj rad koji je on, i to s pravom, smatrao za najglavniji, na rad u narodu. Naš problem — mislio je — jeste padagoški problem. Trebalo je zato poći od osnovnih škola. Ali nova škola nije se mogla stvoriti bez novih učitelja, a ove je mogla dati samo reformisana učiteljska škola.

A da bi se dobila reformisana učiteljska škola, trebalo je obnoviti univerzitetske programe i u isti mah srednju nastavu. Sve je to bilo u uskoj uzročnoj vezi i predstavljalo jedan živ i organski vezan kompleks pitanja, koji se nije mogao rešavati parče po parče. Ali dalje Jovan otkri da se ta uzročnost proteže i na društvo, da društvo ima i stvara samo onakve institucije koje organizaciji društva odgovaraju i da hteti reformisati nastavu samu za sebe, bez promena u društvenom uređenju, znači uzimati posledicu za uzrok. Od ovog otkrića do zaključka bio je samo jedan korak: Jovan ga je u svojoj savesti odmah i učinio.

Ipak, kada je raspisan stečaj za raspravu o reformama u narodnim školama, i on je podneo svoju studiju. Zato što se nije moglo sve izvesti, nije se smelo ne raditi ništa. U nedostatku drugog, Jovan je prihvatio reformu. Na pokret mladih gledalo se isto tako kao i danas, i gore. Stari učitelji su uvek hteli da budu učitelji i mlađim učiteljima. Ali, kao učitelj sa svega tri godine službe, napisati opsežnu raspravu o reformama u osnovnim školama, osetiti i opaziti praznine i potrebe moderne škole, tražiti uzdizanje učitelja i njegovog ugleda, koji je bio sravnjen sa pandurskim — za to je sem dugogodišnjeg iskustva trebalo i stručne spreme, i poznavanja modernih shvatanja tih problema u Evropi, a, bogami, ne manje, i hrabrosti. Ja sam se u početku bojala, ali ukoliko se rasprava više razvijala, utoliko su mi se razlozi i zaključci činili teži i osnovaniji; kada je bila završena, ja sam bila potpuno uverena u vrednost toga rada. Veliki je praznik bio za nas male sirotane kada smo poslali Učiteljskom udruženju lepo zapečaćen paket pod pseudonimom, a još veći kada dobismo telegram: „Čestitamo, Sokoliću, dođi, rasprava primljena". Kažu da je među starima nastala velika potištenost. Zar da žutokljuni pobedi! Dvadeset i tri godine, tri godine učiteljske službe i deset meseci braka!

Bože, šta je činio! Govorio je: „Je li da se više ne kaješ što si se udala za mene? Učinićemo mi još više, videćeš, naša je budućnost!"

Svoju je raspravu čitao na glavnoj učiteljskoj skupštini, avgusta meseca, a ja nisam mogla da idem, jer sam čekala bebu, koja se rodila čim je tata došao. Rasprava je bila primljena aklamacijom, s tim da se cela odštampa u narednom broju „Učitelja", a da se iz nje izvuče rezime za zakonski projekat.

Ali ovo nisam kazala: posle skupštine optuže ga svi školski nadzornici u zemlji za uvredu i klevetu, jer je na skupštini kazao: „Nadzor, ovakav kakav je, demoralisao je učitelja". Naravno, da bi dokazao ovo tvrđenje, on je naveo i masu primera. Nije prezao što su, kao gosti, u prvim redovima sedeli školski nadzornici i, onako malog, golobradog, presecali ga pogledima. Još je stajao za stolom a već su ga počeli vući za rukav i pitati da li zna šta je kazao i da je to uvreda za sve njih. — „Da ne znam šta znače moje reči, ja ih ne bih ni izgovorio; a kada vi kažete da je to uvreda za vas, znači da nije pošteno to što sam kazao da radite, a znači da sam u pravu, jer i vi mislite kao i ja, inače se ne biste osećali uvređenim. Uostalom, ko je uvređen neka me tuži."

U međuvremenu, divni naši drugovi osećaju strah od posledica što su takvu raspravu primili i nagradili i, da se ne bi zamerili školskim nadzornicima, sazivaju sreski zbor učitelja da osude svoga druga Jovana Bajkića, koji se drznuo da onako što kaže javno. Pošto su svi redom govornici kazali svoje, onda je Jovan dao odbranu, kratku i jasnu, u prisustvu novopostavljenog nadzornika, svoga bivšeg profesora g. P. LJ. Jovan je samo kazao da žali što njegovi drugovi odbacuju i potiru ono što se potrti ne može. „Jer svi su oni konkretni slučajevi koje sam naveo vama vrlo dobro poznati, jer su svi iz vaše sredine uzeti. Da, gospodo, iz vaše! Tu je među vama drug, što sada kukavički drhti za svoju kožu, koji mi se nedavno, pun revolta, žalio kako je nadzornik „poželeo" divljač i, dok je on, mučenik, sa famulusom lovio po planini, nadzornik je, po dobroti svoga srca, zabavljao mladu gospođu učiteljicu ceo dan i celu noć. Sutradan je otišao iz sela pre zore, krišom, naredivši da mu se katalog pošalje u drugo mesto, gde je ispit držao.

Dao je dve petice. I to bez ispita, ako ih jadna učiteljica nije položila za oboje. Eto vam nadzornika, gospodo, pa ako vam ih je žao, izvolite, idite i vi drugi u lov, bar ćete tako osigurati sebi petice i povišice!"

Želeći da mi uštedi bol, molio je da ne idem na taj zbor gde će ga drugovi osuđivati. Naravno da ga nisam poslušala. Uživala sam gledajući kako se poneki uzdržavaju i da pozdrave Jovana, stavljajući u to svoje uzdržavanje svu svoju veštinu, ne bi li i sam nadzornik jasno video da oni ne dele to bogohulno mišljenje njihovog druga. Ja i Jovan sedeli smo za jednim stolom, u kraju, potpuno sami, i posmatrali ceo taj pokor.

Posle svih govornika, zatražio je najzad reč i školski nadzornik. Da ti je bilo videti ona zlurada lica i sažaljiva smeškanja! Ali, to je trajalo samo trenutak, jer nadzornik odmah u početku reče: „Ja vrlo žalim što sam bio svedok ove današnje scene. Vi ste se, gospodo, i suviše požurili da osudite jednog vašeg odličnog druga, odličnog učitelja. Gospodin Bajkić, svojom spremom, svojom retkom inteligencijom, svojom moralnom i građanskom hrabrošću, može da čini čast ne samo vama ovde, gospodo, nego i celom učiteljstvu. I baš takvoga učitelja vi ste se ovde skupili da sudite i osudite. Zašto? Samo zato, jelte, što je jedini u učiteljstvu imao hrabrosti da otvoreno pogleda i da kaže istinu u oči onima koje ste se čak i vi našli pobuđeni da branite. Zašto? Zato, jelte, što su to vaši pretpostavljeni i što vam od njih zavisi ocena i sa njom i napredak u službi. I meni je neobično teško što se to desilo u mome okrugu i što moram da kažem ovo: odbijajući od sebe sve prigovore učinjene nadzoru i nadzornicima, ja moram stati na stranu gospodina Bajkića, koji tvrdi da je današnji nadzor, onakav kakav je, demoralisao učiteljstvo. Da nije tako, ovoga zbora ne bi bilo. To je moja reč. Još ovo: Zanimljivo je da iz cele rasprave, koja je puna originalnih i novih misli, smelih predloga, vi niste našli ništa na čemu bi bilo vredno da se zadržite sem na ovom."

Tada se ljubazno i srdačno rukovao sa Jovanom, ostalima se samo poklonio i izašao.

Šta je bilo posle toga? Izvinjavanja, najniža, najponiznija izvinavanja! Ta, zaboga, zar nadzornik nije na strani onoga koga su oni pokušali da osude? A kada je nadzornik sa njim, otkuda oni mogu da su protiv?

Ushićen i srećan, zavalio se u fijakeru tvoj otac i sa zadovoljstvom otpozdravljao drugovima pred kafanom, koji su ga, ostavši da posle velikog posla pijucnu, bučno i upadljivo ljubazno pozdravljali. A znaš li šta mi je odgovorio na moje gađenje? „O, Jasna, pa oni su u mnogo gorem položaju sada nego ja maločas. Ovima koji su me danas osudili, ideal je „ugojena svinja" i „školska njiva", i uznemirili su se jer su pomislili da su im ta dva dobra u opasnosti. Čim su videli da je opasnost prošla, upravo da njima nije ni pretila, oni su mi ponovo prišli. Ja mislim da inače nemaju razloga da me mrze; nisu me samo razumeli! Njih ionako nije briga za reforme u osnovnoj nastavi!" Kada sam mu primetila da je ipak, iako u pravu, bio i suviše uočljiv, naročito kod onog slučaja sa lovom, jer je grešnik bio prisutan, i da mu ta uočljivost ne može uvek koristiti u životu, on je uzviknuo: „Ali je bar taj nevaljalac i mekušac pocrveneo!"

Preko istorije tvoga oca, kratke i proste, prešlo se i preći će se kao i preko drugih istorija drugih ljudi koji su bili slomljeni pre nego što su se razvili i dali od sebe ono najbolje — ono zbog čega ih je društvo i slomilo. Velika istorija se klanja i beleži sa strahopoštovanjem rezultate; sve što nije uspeh i postignuće, istorija ne beleži — nema ni mesta, toliko je naš život ispunjen zasenjujućim uspesima i pobedama. Ali, gledajući kasnije neke od tih uspeha, ja sam se zapitala da li bi ih uopšte i bilo da nije bilo malih i svakodnevnih borbi i poraza bez slave i sjaja; da li bi ih uopšte bilo da nije legije onih sitnih heroja pregaženih širom naše nemilosrdne i lepe, besputne i blatnjave zemlje — u borbama bez lepote, u borbama vezanim za stvari sitne i prljave, za stvari najobičnije svakidašnjice? Velike zablude žive na malim zabludama, veliki tirani na malim tiranima, veliki heroji na malim herojima, velika istorija na maloj. U stvari, sine moj, sve je veliko i sve podjednako značajno: svako najmanje herojstvo, svaka najmanja žrtva može biti isto tako značajna kao Francuska revolucija ili Hristovo stradanje, kao što rušenje jedne sićušne zablude može biti jednako po značaju rušenju Bastilje. U pitanju je samo spoljašnja razmera, a čovek strada i pati u svakom slučaju podjednako. Kakav ozbiljan uvod za priču o našem malom životu, o našim malim borbama, u maloj i prljavoj sredini malih seoskih i palanačkih tirana!

Novu školsku godinu dočekali smo u L. Varošica je imala samo dva bogataša-spahije: Baba-Smiljiće i Jakovljeviće, sve ostalo bile su samo njihove kupljene duše i — argati. Teško je bilo mladom učitelju, upravitelju škole, tu održati ravnotežu, koja se obično održavala menicama ili ljubavnim odnosima gazda i učiteljica. Sa novcem, ta se dva čoveka nisu stidela ničega. Čim smo stigli, svaki od njih pokuša da nas privuče na svoju stranu. Zove jedan, zove drugi. Jovan ostade dobar sa obojcom. Nudi fijaker jedan, nudi drugi. Jovan poče uzimati kola i plaćati. Jakovljević — predsednik opštine pa i školskog odbora, počeo dolaziti u školu svaki dan. Razmetljivo i prostački počeo je izvoditi svoj plan. Jednom, za vreme odmora, donese kelner celom kolegijumu pivo. Drugom prilikom, Jakovljević i sam dođe u kancelariju da popije pivo, ali Jovan kelnera najuri iz kancelarije, a Jakovljeviću reče: „Ako vam je do čašćenja, a vi častite u kafani ili u svojoj kući. Ko je raspoložen da pije, doći će vam i tamo. A ovde ne dozvoljavam da se od škole pravi seoski vašar". Jakovljević planu i reče da će on, kao predsednik školskog odbora, već umeti da mu vrati milo za drago. I zaista, nije bilo niskog načina koji Jakovljević nije upotrebio u toku našeg boravka u L. da nam zagorča život: usred zime nestajalo je drva, na školskoj zgradi su se nekako sami od sebe razbijali usred noći prozori, pilići i mačke nam crkavali iz nepoznatih uzroka, posluga nam otkazivala, krave iz cele varošice nisu za nas i našu bebu imale mleka. Meso, šećer i kafu morali smo kupovati čak u Loznici ili Šapcu, jer je jedina radnja bila Jakovljevićeva, a u njoj nismo mogli dobiti ništa. Škola je bila opkoljena velikim voćnjakom, koji se graničio s jedne strane portom. Ograde nije bilo, a živica je na jednom mestu bila isečena, te smo mogli stazom kroz voćnjak i portu da odmah izađemo na trg, koji je tada jedini bio popločan. A na trgu je bila jedina bolja kafana, kuda smo odlazili ponekad na pivo. Jakovljević naredi, i voćnjak „zbog dece" ogradiše plotom; morali smo od tada da prolazimo kroz dve nekaldrmisane ulice, po kiši i snegu neprohodne, da bismo stigli do trga. Dok su se odnosi sa Jakovljevićem iz dana u dan pogoršavali, na opšte uveseljenje njegove polovine varošice, dotle su Baba-Smiljići ponovo počeli da nas zovu i čine male usluge. Nevoljno, mi smo klizili u njihovu partiju. Ali zakratko. Jednom, posle večere, Jovan zažele da odigra partiju sansa, koji nije igrao od venčanja. Posmatrala sam igru dok ne primetih da jedan od Baba-Smiljića više gleda u mene nego u karte. Bi mi nelagodno, i rekoh Jovanu da ću kući. Sedeli smo jedno prema drugom. Ali u istom trenutku osetih snažan pritisak na nogu da umalo nisam vrisnula. U nedoumici se odmakoh od stola, jer sam mislila da je to Jovan, koji me zadržava da ostanem još malo. Nezadovoljna tim postupkom, ja mu prebacih čim stigosmo kući. U prvi mah nije odgovorio ni reči, već je bled, sa rukama u džepovima, dugo hodao po sobi, zamišljen. Jedna nesreća sprečila je drugu. Te noći razbolela nam se mala Cana. Kad se, sutradan, pred kuću dovezao Baba-Smiljić, nalickan i obrijan, da nas, samouveren, pozove u svoj vinograd, Jovan mu je samo pokazao rukom vrata. Tada se dogodila jedna grozna stvar, koja i sada, dvadeset i dve godine docnije, izaziva u meni revolt i strah. Tako tvrda srca, tako nečovečni mogu da budu samo ljudi. Jedini fijaker, sem fijakera Jakoljevića i Baba-Smiljića, bio je popov. Cani je bilo sve gore i mi, uplašeni da nije difterija, rešismo da dete odnesemo u sresko mesto, lekaru. Javismo popu za fijaker, i on odgovori da će ga poslati najdalje za pola časa. Vreme je prolazilo a kola nisu dolazila. Nestrpljiv, Jovan sam ode do popove kuće, ali popa tamo više nije bilo, a sluga reče da je jedan točak napukao i da mu je pop rekao da ne preže. Već spremna za put, sa detetom u rukama, čekala sam Jovanov povratak kao u groznici, jer je mala sve teže, hropćući, disala. On dođe kući strašno bled, gologlav. Nisam ga pitala gde su kola. Pogledasmo se, on postoja u oklevanju jedan časak, onda mi uze dete iz ruku i naredi da se bolje utoplim. Poslušah ga.

Bilo je već podne kada se nađosmo na putu. Posle sunčanog jesenjeg jutra, poče da duva vetar koji natera sitnu i hladnu kišu. Čitavih pet kilometara išli smo tako kroz vetar, blato, i kišu do prvog sela, gde dobismo kola. Celo vreme Jovan je sam nosio dete, mračan i potišten. Dok je mehandžija prezao, on me uze za ruku i tiho reče: „Oprosti mi, Jasna, ja ne znam, ali, ili ni ja ni ti ne valjamo, ili je zaista ceo svet tako pokvaren i rđav". Avaj, sve je bilo dockan! Bolest je, dok smo čekali kola, a zatim išli peške, bila uzela i suviše maha. Doktor je dao injekciju, posedeo malo i otišao, a mi ostali sami, u hotelskoj sobi, sa detetom na rukama. Premorena od teškog hoda, sa nogama kao od olova, u vatri i groznici od brige, ja sam se jedva držala. Oko ponoći me prevari san.

Snila sam kratko i strašno: hodala sam po teškom, lepljivom blatu, u koje sam upadala pri svakom koraku sve više. Kroz veliki prozor videla sam kako se sa maglovitog obzorja strahovitom brzinom približava jedna crna mačka. Ona je prilazila kao oluja, kao oblak koji donosi pomrčinu, tako brzo da nisam mogla pobeći; prozor se pod njenim skokom rasprskao u hiljadu komada, njen dah me opalio po licu, ja vrisnula i pala po detetu da ga zaklonim. Padala sam strmoglavo; ispod mene bila je praznina i bezdan, nestade mi srca. Kada sam iz vrtoglavice došla k sebi, videla sam hotelsku sobu praznih zidova, osvetljenu ne samo lampom nego i lelujavom svetlošću male voštanice, koju je Jovan držao, dok su mu se suze kotrljale jedna za drugom niz premoreno lice. Naša mala Cana bila je mrtva.

Zatvorili smo se, usamili i potpuno predali našem prvom velikom bolu. Dani su nam prolazili u radu i samo u radu. Studije iz pedagogije, članci o stručnoj literaturi smenjivali su se sa korekturama prvih Jovanovih knjiga za decu, ali sve više i više osećao je on uzaludnost svoga usamljenog napora. Trebalo je sve okrenuti. Trebalo je po svaku cenu izaći iz uskog okvira stručnog pisca. Ući u široki život, koji je strujao celom zemljom, uticati na to strujanje i tek onda omogućiti ono glavno, onu veliku reformu. Pošta nam je donosila sve veće pakete novina i knjiga: Černiševskog, Svetozara Markovića, francuske istoričare. Danima je čitao jednu istoriju engleskog parlamentarizma, čijeg se pisca više ne sećam. Ali je još veći deo vremena provodio po selima prateći uzbuđeno kako se velike porodične zadruge raspadaju, kako se imanja sitne i kako se selo, preko sve većeg broja inokosnih porodica, polako podjarmljuje palanačkim bogatašima, kako sve više postaje zavisno od grada. Trebalo je taj proces uputiti drugim pravcem — porodično zadrugarstvo zameniti višom formom opšteg zadrugarstva — a da se to učini, trebalo je izvući seljaka iz jalovih borbi građanskih stranaka, stvoriti pokret za sebe. Već u nekoliko mahova toga proleća dolazili su Jovanu glasnici bivšeg ministra i poslanika na strani generala St. O, koji je tada živeo na svome majuru kraj Šapca i koji je, zapostavljen, hteo da osnuje „svoju" stranku. Bio je to čovek namršten, krupnih i naduvenih nogu, inokosan i velikog bogatstva, evropski obrazovan i čudno vezan za zemlju — ili je bar to bio njegov politički stav. U varošici L. život nam je bio težak, ti si trebao doći na svet, Jovan je želeo da se izbliže upozna sa namerama generala St. O, te zatražismo premeštaj u kakvo selo bliže Šapcu, i dobismo obližnje selo.

Ali pre nego što počnem sa opisom tih strašnih godinu i po... Kako si bio mali i mio! Tvoje očice su se posle šest nedelja zaustavljale na *predmetima, a tvoj prvi osmejak došao je već u sedmoj nedelji i doveo do lude radosti tvoju mamu. Držala sam te u naručju i pokazivala svojim malim đacima: „Vidite, vidite, deco, beba se smeje!" I mom ushićenju nije bilo kraja. Bebi je tako lepo stajao taj osmejak da sam ja htela da se beba uvek smeje. U trećem mesecu opazismo kod nje da će imati smisla za muziku, jer kad god smo je hteli zabaviti da ne plače, navijali smo naš sat-budilnik, koji je svirao. Čim bi sat stao, beba bi ponovo počela da plače. Ali je mama morala da zabavlja i uči pored svoje bebe i drugih pedeset velikih i balavih seoskih beba, zato je trebalo da nam beba po svaku cenu ćuti i kad ne spava. O zavesice njenih kolica vešala sam šarenu lopticu i beba se zabavljala; ali, kad više nije htela ležati, tada sam je nameštala, kao kakvu lutku, među bele jastuke i bez duše trčala do učionice po tatu da vidi kako mu sin — sedi.*

Znali smo i podvaliti našoj bebi kad nije htela da zna da je njena mama na času. Tada sam joj samo jedan prstić mazala medom i na njega lepila jedno lako perce. O, sa koliko je strpljenja beba skidala sa prsta perce, koje se uvek lepilo za prst druge ručice! Ali ni naš „pronalazak" nije mogao dugo trajati, jer se naša beba vrlo brzo razvijala. Opet sam joj tako bila zalepila perce i otišla u kujnu poslom, kada čuh kako beba grca i kašlje. Uletim i odmah vidim u čemu je stvar: moja pametna beba došla do uverenja da su njeni prstići slatki i bez obzira na perce počela ih sisati; perce se, naravno, zalepilo za nepca i ko zna kako bi moja dobra beba prošla da nisam odmah dotrčala.

Još nešto. Kad ti je bilo četiri nedelje, bebi se odrešio pupak i počeo da kvasi pelenicu. Odmah je odnesosmo u Šabac lekaru. Pri povratku najednom se natušti. Tata svrati u neku kuću nakraj varoši da potraži kakav pokrivač, ali tek što on ode, prasak groma se prolomi, munja ošinu nisko i zaseni konje koji frknuše i stuknuše ustranu, a provala oblaka zasu kola, mene i bajku, koja je na rukama držala bebu. Provala je bila tako strašna da su nam i noge i sedišta bili u vodi. Dete smo jedva branili od pljuska: voda je svaki čas punila kočijaševu kabanicu kojom smo je zaklanjali. Izbezumljena od straha da će mi se dete udaviti ili tom kabanicom i pokrivačima, kojima smo ga utrpale, ili kišom, ja sam sve češće vikala kočijašu da tera što brže. Ali kočijaš poče zaustavljati konje, jer je siromah Jovan jurio za kolima i vikao da stanemo. Još dosta daleko videla se majurska škola. Samo za trenutak sam oklevala: za kolima je vikao čovek za koga bih do pre nekoliko nedelja i život dala, a na grudima mi je bilo jedno parčence živog mesa, i ja tek tada osetih kada je trebalo birati, šta znači ono: da je to deo mene same, moja krv, moja duša, moj život — i ja bez ikakve milosti viknuh kočijašu da tera i ostavih jadnika usred polja, pod gromovima, u blatu do kolena, pod slapovima vode. Pred majurom već i kiša stade, i mi siđosmo s kola da se kod majurskih učitelja osušimo. Kada smo izvukli bebu iz gomile mokrih pokrivača, ona je mirno spavala, dok su joj po čelu izbijale krupne graške znoja. Malo zatim drugim kolima stiže nam i tata, pa, ne zdraveći se niti oslovljavajući koga, ulete u kuću i s vrata viknu: „Šta je s detetom?“ Videći te gde spavaš, on me potapka po ramenu i reče smešeći se nekako tužno i prekorno: „Sad znam koga više voliš“. Nisam smela da ga pogledam u oči, već tiho, kao krivac, rekoh: „Pa ja sam ti spasla sina“. On se nasmeja i, po svome običaju, reče: „Šalim se, šalim se“.

General St. O, čuvši za događaj, došao je lično u školu da nas vidi. To veče se rešila naša sudbina. Kada smo odlazili, tata je bio rešen da stupi u tu novu partiju; upravo da je stvori.

Generalu St. O. bilo je, izgleda, više stalo da bude „vođa“, šef partije, jer je jedino tako tamo onima gore mogao da „pokaže“ da je on čovek još uvek sposoban za velike stvari na korist otadžbine, nego da stvara neku idejnu podlogu svojoj novoj partiji. Po njegovoj zamisli imala je to biti partija programska slična ostalim partijama u Srbiji, sa parolama kao što su one: „Glas naroda, glas Sina božjeg“, ili: „Narod je utoka i istoka vlasti“, a da će već njegova ličnost na vođstvu stranke biti dovoljna idejna razlika za opredeljenje biračkih masa. Naravno, on to nije rekao, već je, onog večera na svom majuru, govorio o jednom pokretu koji ne bi bio stranački, predlagao sniženja poreze i vojnog roka, pričao o osiguranju poljoprivrednog beskamatnog kredita za prolećne radove i nabavci modernih sprava; u njegovim se očima čak pojaviše i suze dok je govorio o svojoj ljubavi za rodnu grudu i na njoj mučenog seljaka, koga sišu seoski i gradski zelenaši — ali kroz sve to Jovan uoči jasno ranjenu taštinu svetskog i dvorskog čoveka, bačenog u pozadinu; i uoči, dalje, nesigurnost i labavost njegovih osnovnih nazora: trska povijena vetrom taštine. Vraćajući se kroz svežu i zvezdanu noć, opranu provalom oblaka, Jovan mi reče: „Ovo je čovek koji će primiti, uspeha radi, i ako mu se sve to predstavi kao logično razvijanje njegove „glavne linije", sve što mu budem predložio. Oni gore, znajući njegovu idejnu maglovitost, ostaviće nas u početku na miru, koliko da organizujemo glavne i okružne odbore".

Sutradan, pred našu školu doveze se na svojim belcima sasvim iznenada general St. O. „Hteo sam da vidim gde ste", reče, silazeći iz kola, dok ga je njegov bivši seiz, a sada lični sluga, pridržavao. „Noćas nisam spavao, skicirao sam neke paragrafe našeg novog programa. Pregledajte i stavite svoje primedbe." Tako je gospodin St. O. sam stvorio mogućnost — možda namerno — da Jovan unese u program, sastavljen inače od samih opštih mesta, nekoliko osnovnih stavova na kojima se uglavnom ima graditi taj seljački pokret. Jovan se, naravno, koristio tom prilikom, i stranka je tako dobila svoj isključivo seljački i zadružni karakter. „Vođu" je to toliko oduševilo da je odmah dao da mu se izradi slika u obliku dopisnice: bio je u generalskoj uniformi, sa svima dekoracijama; grudi mu se nisu videle pod ordenjem. Zatim su nastala konferisanja, sastanci, susreti sa ljudima... Ideje su bile jasne i proste, odgovarale potrebama, i ljudi se počeše skupljati. Između našeg sela i onog majura kraj Šapca neprestano su išle skoroteče sa pismima i porukama. Između razmetljivog i bolesno ambicioznog vođe, koji je za seljačku svest agitovao svojim ordenjem, i Jovana, koji je govorio razlozima, nije bilo teško opredeliti se. Uskoro se bez Jovana ništa više nije odlučivalo ni radilo. Glavni sekretar, iako nije imao tu titulu, član glavnog odbora, a tamo kasnije i glavni govornik, Jovan je već prvih meseci rada postao stvarni šef.

Urednik strankinog lista iz Beograda dopisivao se uglavnom sa Jovanom, predsednici okružnih i mesnih odbora dolazili su prvo Jovanu u naše selo, pa tek onda odlazili vođi na njegov majur. O našem selu počeše govoriti u politici. „Neki Bajkić, učitelj, pokreće seljačku stranku.” Počeše ga intervjuisati. Dok su tvoja kolica stajala u hladu pod lipom, pred školom su se iz dana u dan zaustavljali fijakeri. Urednici dnevnih listova iz Beograda i drugi odlični i inteligentni ljudi dolazili su da vide i čuju Bajkića i od njega dobiju izjave o namerama stranke. A njemu dvadeset i sedam godina! Celog tog proleća i leta išle su predstavke partizana drugih partija njihovim glavnim odborima i poslaničkim klubovima, u kojima su skretali pažnju na rad tvoga oca, i to rad još uvek teoretski i kabinetski; on tada nije još izlazio u narod niti održavao zborove. Ali on je zračio, on je iz onog sela organizovao i budio ljude, ukazivao im gde su njihovi interesi, i to je smetalo. Smetalo podjednako svima ostalim partijama.

Najzad, okružni odbor jedne od dve glavne partije zatraži od svoga poslaničkog kluba i ministra prosvete da se Jovan u interesu njihove stranke ukloni iz okruga.

Bilo je pred izbore. Ministar prosvete bio je strašni i energični Despotović. Posle jedne iznenadne policijske premetačine, Jovan bi hitno pozvan u Beograd, lično ministru. „Vi ste”, rekao mu je ministar bez ikakvog uvoda, „obeleženi rđavo: kod vas su našli francuske i ruske ekstremne pisce. Sada ste se upleli u jednu partiju čiji je vođa jedan još gore zapisan čovek. Danas, kao vaš ministar, tražim od vas da date izjavu da zbog porodičnih razloga istupate iz te vaše seljačke stranke. U protivnom, Bajkiću, čeka vas Homolje.” Jovan je jauknuo od uvrede.

„Zar ja da dajem takvu sramnu izjavu samo zato što se bojim Homolja!" „Ne, ako daš izjavu, premestiću te u Obrenovac, ili u koju god hoćeš veću varošicu." Ta strašna ponuda uvredi Jovana još više: „Zar tek tim putem može jedan vaš spreman učitelj da dođe do varošice? Nikada, gospodine ministre! Ako ja nemam vrednosti kao učitelj, Obrenovac neću kupovati po tu cenu. Ja sam član glavnog odbora te stranke i ja sa toga mesta nikada i nikako neću uniziti ugled srpskog učitelja". Ministar se smejao podsmešljivo: „Hajd', hajd', imaćeš vremena da se predomisliš!" „Nemam šta da se predomišljam, moja je odluka gotova." „Onda dobro, idi i čekaj: kada mi bude volja, ja ću te premestiti."

Pozvao ga je još jednom. I mene sa njim. Primio je prvo njega; kada je Jovan izašao, pozvao je mene. Govorio mi je dugo i savetovao mi da utičem na svoga muža da dâ izjavu, jer će svojim uporstvom upropastiti i sebe i porodicu. Ja sam odbila. „Moj muž je punoletan i on zna šta radi. Ja se u celosti slažem sa njim i odobravam njegovo držanje." Poslednje reči ministrove koje sam čula bile su: „Kajaćete se!"

Vratismo se u selo u očekivanju — osude. Raspored bio i prošao, učitelji otišli na svoja mesta. Mi spremni svakoga časa da pođemo. Dođoše i novopostavljeni učitelji, i mi se povukosmo iz škole i stana. Jesen hladna i močarna. Jovan me samo tužno pogleda, a oboje u tebe. Dođe u tom očekivanju i oktobar, i mi tek tada, „po potrebi službe" dobismo za to vreme strašno mesto L. u još strašnijem Homolju. Bog neka mi oprosti, tada je moja gorka suza pala na dete onog groznog čoveka.

Kako su nas „drugovi" žalili i — savetovali! Tvoj otac je uzdigao glavu i pošao napred. Jedino što je pitao bilo je: hoću li da idem sama u Obrenovac. „Ti ga moraš dobiti, tebe ne sme da kažnjava." Ne, njega samoga nikad ne bih pustila! Zar u času kada ga zli ljudi gone i ja da ga napustim? Ja sam bila njegova žena, i moje je mesto bilo kraj njega. On me je samo ćuteći pomilovao po kosi.

Pri prolazu kroz Beograd, javio se ministru, „koliko da mu stegne ruku". Ovaj mu reče: „Pa i tamo su nam potrebni dobri učitelji". „Razumem, gospodine ministre, ja zato i idem tamo, treba i onaj narod prosvetiti."

Da, evo još jednog razočaranja. Niko iz stranke zbog koje stradasmo ne zapita: zašto ideš? čime ideš? Jesi li odužio dug koji si napravio primajući kroz godinu i po dana u svojoj kući čitav jedan narod delegata i članova stranke, koji je tu jeo, spavao, pio? Ali je Jovan ipak bio srećan, jer smo svečano ispraćeni do Šapca, a sam general St. O. držao te na rukama dok smo ulazili u lađu. Kada se brod sa izgnanicima krenuo, on pogleda tu gomilu sa generalom St. O. na čelu i reče mi: „Možda je ovo početak jednog drugog doba". U Šapcu ostavismo nekoliko menica, ulazeći u neizvesnost siroti, sa malim na rukama, sa jednom jedinom platom u džepu.

Sveti Luka. Osvanuo sneg. Manastir Gornjak nas je primio da se otkravimo. Putovalo se besputnom i mećavom zavejanom klisurom, malim trošnim kolima sa platnenim arnjevima, dugo i strašno. Rekoše nam da je sifilis ovde „narodna" bolest, i mi spremismo krčage s vodom.

Posle očajnog putovanja stigosmo jedno predveče u L, prozebli, gladni, iznemogli. Zaustavismo se pred kućom učitelja. Zar nije to najprirodnije? Vrata otvori — zamisli ko? — Steva Vuković, onaj tatin uvek gladni drug, „Steva što čeka kod fenjera". Ali umesto da nas pozove u kuću, on stade na prag i otvoreno reče da nas ne može primiti na konak, „jer, ovaj, o tebi vlasti ne govore baš lepo". Tvoj mu otac samo zagleda u lice. Bio je belji nego sneg oko nas. Da ga ne uhvatih za ruku, izudarao bi ga sigurno. „Samo kaljaš, Stevo, ovu sirotu zemlju!"

Pred zatvorenim vratima jedine kuće u koju smo mogli, nasred druma, u snežnoj noći, u tuđem selu, pod podsmešljivim i zluradim pogledima seljaka koji su se kupili oko nas i kola, trebalo je odlučiti se na šta bilo. Uđosmo u mehanu punu dima i smrada, od isparenja ovčijih kožuha, punu zadaha od jodoforma. Plakala sam, jer sam se osećala i suviše slabom da izdržim ovo mesto prokaženih. Stajali smo nasred prljave i smradne sobe, u kojoj se ničega nismo smeli dotaći. Otac te je držao na rukama, utučen, i, čini mi se, preda mnom posramljen; grcajući, reče mi: „Oprosti mi, Jasna. Ovo nisi zaslužila. Moj sin još manje”. Po stolu prostresmo naše stvari i ja se s tobom odmarah, dok je on celu noć presedeo na stolici pored nas.

Već sutradan niko nije mogao da primeti njegovo neraspoloženje. „Stvarnost je tu, moramo se s njom pomiriti, jer nam treba živeti i raditi.” Još je bio idealista. Verovao da će partija sve „pozlatiti”, a ni za čas nije posumnjao da je „vodi” moglo biti drago njegovo uklanjanje iz jednog kraja gde je njegova popularnost postajala veća od vođine. „Za moje mišljenje dobio sam Homolje. Do đavola, dosada sam samo govorio, odsada ću i raditi!” I baci se svom svojom ludom energijom na organizovanje stranke. Njegova prepiska posta ogromna. Iz dana u dan, iz nedelje u nedelju, poče sa sazivanjem sreskih i okružnih zborova. Nisam mogla da zamislim šta jedan čovek može sam da učini: nije proteklo ni nekoliko meseci od našeg dolaska ovamo, i već je ceo kraj bio upaljen. Ovde nije bilo „vođe” da svojim postupcima razblažuje osnovne principe pokreta. Dotada je pokret bio najglavniji u Podrinju; sa Jovanovim dolaskom ovamo, pokret postade značajniji u požarevačkom okrugu. Vođa je zamišljao da zemaljski zbor održi u Topoli, ili gde na sredokraći; značaj i zamah pokreta u ovim planinama, najzad lični ugled Jovanov odluči drukčije: zemaljski zbor je imao, uprkos daljine, da se održi u požarevačkom okrugu. Opomene da se ostavi zborova počeše stizati sa svih strana: od policije, nadzornika, ministarstva. Svima je Jovan odgovarao: on smatra da druge potrebe nije bilo da dođe u Homolje, sem da narodu otvori oči.

I taj nesrećni zbor na kome je bilo, uprkos policijskih mera, preko tri hiljade duša! Ljudi su ga na rukama nosili i oduševljeno mu klicali.

On je predstavljao vođu stranke, generala St. O, ali je zbor u jedan glas odgovarao: „Ti si nam vođa, ti s nama patiš, ti s nama živiš!" I mada je on predlagao i dalje za predsednika zbora generala St. O, zbor nikako nije hteo drugog sem njega. Pričali su mi kasnije — jer tada nije bio običaj da žene prate muževe po političkim zborovima — da zbog toga umalo nije general napustio zbor: jedva su ga prijatelji odvratili, ali je do kraja ostao bled i nije ni reči progovorio. Ponesen oduševljenjem naroda, Jovan je održao jedan veličanstven govor, koji je trajao dva ili tri časa. Svi govornici posle njega odrekli su da govore, jer nisu imali šta više da kažu. Klicanju i vici nije bilo kraja. Svi su hteli da se rukuju sa Jovanom, starci su ga ljubili, i najzad sve to oduševljenje pretvori se u jedan zajednički uzvik: „Idi u Skupštinu, ti nas jedini možeš zastupati, idi u Skupštinu!" Nije mogao, nije imao godina, ali je on i bez toga bio presrećan — jer stranka počinje da znači nešto. To oduševljenje bilo je toliko zanelo tvoga tatu, toliko ga opilo da je potpuno zaboravio da je on samo jedan mali nezaštićeni učitelj i da je stranka iza njega još uvek samo nebuloza oduševljenja bez čvrstine.

Po završenom zboru, kako narod nije hteo nikako da se raziđe, bi odlučeno da jedna povorka prvaka sa Jovanom i kandidatom za poslanika prođe kroz okrug. Vreme je bilo tmurno, magle su padale, teške i neprozirne, sa prvim sumrakom; putevi bili nesigurni, potoci nabujali. Išlo se na konjima i peške, sa barjacima, muzikom, pucajući iz pušaka. Čitava sela su im izlazila u susret, sa starcima, ženama i decom. Ali taj trijumfalni put nije dugo trajao. Već drugog dana iz Beograda je stigla naredba vlastima, sreskim kapetanima i okružnom načelniku, da po svaku cenu spreče dalji ophod. Međutim, vlasti su bile nemoćne, u povorci je bilo preko dve stotine konjanika i nekoliko stotina pešaka. Da zatraže pomoć od vladinih ljudi, nisu se usuđivali, jer bi to značilo uzeti na sebe odgovornost za puškaranje. Samo u slučaju nereda mogao se zabraniti dalji put. Ali povorka je prolazila *ne odgovarajući na izazivanja organizovana u nekim selima. Tada se dogodilo ovo (sve je to polako kasnije izašlo na videlo, ali avaj! kakve smo pomoći, ja i ti, mogli od toga imati?): ministar Despotović pozvao je na telefon načelnika — to se čulo još sutradan; načelnik je useo na konja i našao sreskog kapetana. Sreski kapetan je otišao do predsednika mesnog odbora ministrove stranke. Zatim se vratio i priredio ručak okružnom načelniku, sa pečenim jagnjetom, vinom i Ciganima. Tek sutradan otpratio ga je lično do okruga. Ceo svet je video da toga dana nisu ni jedan ni drugi — „bili na terenu".*

Za to vreme, nesrećna ona povorka išla je iz jednog sela u drugo, sa najkraćim odmorima. Ali, ukoliko je više išla, njen lepi red se kvario: mnogi, toga trećeg dana pohoda, behu zaostali, mnogi novi pridošli. Između tih novih bilo je mnogo poznatih domaćina, ali i mnogo seoskih goloturana, badavadžija i pijanica, koji se behu pridružili povorci da se besplatno napiju i najedu. Pred jednim selom, konjanici, da bi objavili svoj dolazak, pripucaše. Jovan, koji je jahao na čelu, viknu, uhvati se za slabinu i zanese. Nastala je pometnja. Zbrka, u kojoj više niko nije znao šta radi. Večernja magla je padala, većina pešaka u onom strahu se razbegla po prisojima, srez izvešten i, već nekoliko časova docnije, dok je Jovan ležao neprevijen u drumskoj krčmi, doneto je rešenje o zabrani daljeg hoda u grupi. Lekar nije stigao sve do kasno u noć, jer je konjanik, poslan po njega, bio zadržan na putu od pisara koji je krenuo u isleđenje i „saslušan". Dok je pisar isleđivao, lekar je izvadio kuršum. Pisar je kuršum pridružio aktima, ali je on uz put izgubljen i sa njim mogućnost da se pronađe krivac. Jer, da je postojao krivac, govorila je visina rane i sam metak: niko od seljaka nije imao revolver, pucalo se uglavnom iz starih pušaka kremenjača i iz lovačkih dvocevki, dok je zrno u rani bilo revolversko. Čudno je bilo što, i pored tvrđenja lekara i još nekih prisutnih, i samo vodstvo stranke (pod pritiskom, valjda, generala St. O, kome lično nije išlo u korist da stupi u otvorenu borbu s policijom) primi zvanično objašnjenje, i u novinama, bez prethodnog razgovora sa Jovanom, izađe vest da je Jovan ranjen „nesrećnim slučajem". Istraga posle toga bi prekinuta i akta bačena u arhivu. Usamljeni kakvi smo bili, zauzeti uglavnom Jovanovom ranom, ni ja ni Jovan nismo u tom času pomišljali da tražimo pravdu. On je bio, i pored lekarevog mišljenja, prenesen kući u L, a ne u bolnicu. Ko je to naredio, kada su ga ljudi već poneli u srez, ostalo je neobjašnjeno. Zbog te zabune zavoj na rani ostade nepromenjen više od dva dana. Lekar, čovek mlad i pošten, ali neiskusan i uplašen, ostade kraj nas ceo dan i noć i obeća da će doći kroz dan-dva, ali dođe tek trećeg. Rana je bila čista i već počinjala da se zaceljuje. Tada nam lekar reče da je u početku mislio da je u rani ostala koja koštica i da će trebati operacija, ali da znači da u rani nema ništa. Međutim, nekoliko dana kasnije, oko rane se pojavi crvenilo, bolovi ponovo počeše, kada zavoj bi skinut, lekar na njemu opazi gnoj. Prvo bi rešeno da se preveze u Petrovac. Poslasmo molbu za odsustvo i otputovasmo. Ali u petrovačkoj bolnici nije operacija mogla da bude izvršena, a odsustvo ne stiže. Svi naši telegrami ostadoše bez odgovora. Petnaest dana otkako je ranjen bilo je prošlo i s tim odsustvo na koje je imao pravo. Rana se beše ponovo primirila — mi se vratismo u L. Ja radim u oba odeljenja, negujem Jovana i tebe, kuvam, perem! Odsustvo za odlazak u Beograd ne stiže nikako. Steva Vuković, onaj gadni učitelj, optužuje Jovana ministarstvu kako već nedeljama ne ulazi u školu. I mesto odsustva toliko očekivanog, ministarstvo ga uzima na odgovor. Akt stiže onog dana kada on umire.

Sve je bilo na izgled dobro. Održao je odborsku sednicu u postelji, posvršavao najhitnije stvari. Uveče smo do jedanaest časova lepili slike za dečju knjigu, za koju je toga dana dobio odgovor da je pošalje u štampu. Još smo radili a njemu poče bivati zlo. Već dva dana on je osećao sve češće nastupe groznice, noga mu beše otekla, ali je to krio od mene da me ne uplaši. Krišom beše poslao majci depešu da je meni zlo i mati stiže oko ponoći. Groznica je sve više uzimala maha, pred

*zoru poče gubiti svest: izbezumljena, ne znajući šta da radim, smakoh
zavoj: rana je bila zaokružena velikim ljubičasto-crvenim krugovima
do pod plećku i daleko dole preko kuka. Nas dve žene, same u praznoj
kući, probdesmo celu noć. U zoru poslasmo famulusa u srez po doktora,
ali Jovan pre dana umre.*

*I tako si mi ti, čedo moje, postao siroče, i to zbog toga jer su ti
oca ranili plaćeni ljudi, a nije dobio odsustvo da ranu može lečiti u
nekoj velikoj bolnici ili Beogradu. Moja iskrvavljena duša nije mogla
drukčije, i opet sam prolila teške suze, koje su morale pasti i na dom
onog nesrećnog čoveka koji mi je kuću razorio.*

*Kum Slobodan reče ocu da me dovede. Napustila sam kuću i
dužnost ne znajući ni za šta, i vratih se s tobom, mojom jedinom
nadom, kući u Beograd. No, da ne pišem o sebi. Jednom ću ti ispričati
kroz kakve patnje jedna žena u borbi za koru hleba mora da prođe.
Sem toga, posle smrti tvoga tate, uskoro je umro i otac. Mati i Mića
su pali na moj teret, a Žarko još uvek u inostranstvu. Pa i za to
bih hvalila Boga, da nije došao rat, koji nam je još jednom razorio
kuću i uzeo nam najdraže. O svemu tome drugi put. A i ti sam znaš
najglavnije. Ali hoću da ti ispričam još o sprovodu tvoga oca.*

*Homolje. Sneg je pokrio sve što je prljavo i gadno. Njegova je želja
bila da se sahrani u Žagubici. I... ja nisam osećala zimu, išla sam
peške. Kroz pusta bela polja, kovčeg beo, sa belim vencem od zimskih
ruža, na kolima sa belim platnenim arnjevima. Koliko smo tako išli,
ne znam, možda sat, možda i više. Pred Žagubicom, kroz snežnu
tišinu začuh crkvenu pesmu i zvona: cela varoš, sa oba sveštenika, sa
ripidama, beše izašla u susret tvome tati, daleko u pusto polje.*

*Ne mogu dalje. Vratila sam se sa prepolovljenom dušom: jedan
očajan vrisak, sa kojim sam mislila da mi izlazi ceo život iz grudi,
bio je moj ulazak u pustu kuću, u kuću bez domaćina. Videla sam još
tvoja kolica i pala bez svesti kraj njih.*

„Mama, ja hoću kod tebe." Taj nejaki glas bio je dovoljan da me povrati u život. Otvorih oči. Iz kolica si mi pružao obe svoje ručice, i ja te zagrlih, ludo, divljački, drhteći od tada celog svog života nad tobom: ceo moj život je bio u tebi.

Da završim. U sobi se jedva diše od praznine, od još uvek strašne prisutnosti smrti. Svi ćutimo, najednom ulazi Vlaurda, sa šubarom do ušiju, i pruža mi nekakav akt. Obnevidela od suza, dadoh majci da vidi. Kakve gadosti! Steva Vuković, učitelj, saopštava mi da ga je odbor odredio da vrši dužnost upravitelja, i on, kao nov upravitelj, traži da smesta vratim sve školske stolice koje sam uzela bez pitanja, a koje sam zadržala i posle smrti svoga muža (bejah ih uzela za taj strašni dan). Gornji akt daje mi se na potpis. Ja skočih, oko mene je bilo sve crno, zgrabih akt, iscepah ga i bacih pod noge.

Time je otpočeo moj gorki udovički život.

Bajkić jedva završi čitanje; glas mu je, premoren, bio postao bezbojan i jedva čujan. Aleksandra je sedela nepomična, svetlih očiju, prebledela. Bajkić je pogleda iskosa i odjednom ga bi stid što je sve to pročitao Aleksandri. Sva ta tragedija, sve te naivnosti, sve te svete stvari trebalo je da ostanu skrivene u plehanoj duvanskoj kutiji, u porodici. Aleksandra se trže.

— Vratite rukopis na svoje mesto. — Ona poćuta; zatim dodade:
— I možda bi bilo dobro da vašoj mami i ne govorite da ste taj rukopis pročitali... Naročito da ste ga pročitali još kome stranom.

Ona se beše zažarila. Bajkiću bi teško, iako mu je Aleksandra u tom času bila neobično draga.

— A Despotović? — progovori on sa strahom.

Ona ustade, priđe peći i osloni se na nju celim leđima tražeći toplotu. On ponovi pitanje. Ona s mukom odgovori:
— Ne znam... ne znam, to prelazi moju snagu, ja ne smem ništa da kažem!

Bilo je devet časova. Bajkić skupi hartije i pođe vratima. Ona ga isprati. U malom predsoblju ga zadrža, stegnuvši mu desnicu obema rukama. Zvonce na vratima još je brujalo od prvog udara.

— Ali mi obećajte još jednom da nećete ništa preduzeti dok meni ne kažete. Molim vas, obećajte!

Iz hodnika je ulazio hladan vazduh. Aleksandra je drhtala.

— Obećavam... to vam obećavam...

Bajkić se saže, dotače usnama njenu ruku i žurno ode.

Zvonce zabruja po drugi put tek kada Bajkić izađe na ulicu.

Nekoliko nedelja kasnije, pogledavši na stoni kalendar i uverivši se da je toga dana rok jednoj menici, Despotović skide slušalicu i potraži broj koji mu je trebao.

— Ovde Despotović. Da, rok je danas. Kako? Ne razumem. Eskontovali? Kod koga? Koga? Pa to je skandal, to je svinjarija, jesam li ja mrtav! Jesam li bez pokrića? Razgovaraćemo mi o ovom, to vam svečano obećavam.

On tresnu slušalicu. Ustade od stola. Kao što nije mogao sa svojom crnom mašću da pobledi, tako nije mogao ni da pocrveni: lice mu je bilo sivo, kao pepeo. On odjednom stade, prijuri stolu, otključa glavnu fioku, poče kopati po hartijama. Onda se seti da je list sa zapisanim rokovima zaboravio u kožnoj mapi. Razgledao ju je i zapisivao nešto po njoj kada je neko ušao, i on je, i ne misleći, stavio pod mapu. I tu zaboravio. Grozničavo podiže kapak sa upijaćom hartijom: list je, malo izgužvan, stajao na mestu. Despotović odahnu. Ali ga odmah obuze slutnja. Poče redom zvati svoje poverioce. Posle drugog razgovora njemu bi sve jasno. Obli ga znoj. Zapali cigaretu da bi se umirio, ali je odmah baci. Nije mogao ni da psuje. On kao u bunilu ščepa telefon, zatraži Majstorovićev broj. Napolju je bilo vlažno, aparat je krkljao i zujao.

— Ovde je Despotović, alo...

Ali ga prekide smeh: Majstorović se na drugom kraju žice smejao.

— Ah, to ste vi! Znam, znam. Pa vidite, gospodine ministre, ovo je za onaj ugalj. I za onu karikaturu. I za testament. Alo, čekajte! Kada cena mojih cipela zavisi od vašeg javnog mnjenja... alo... da — zašto i vaše javno mnjenje ne bi zavisilo od mojih cipela? Cipele „Stela" su danas vrlo solidne... zašto ne bi mogla stvar malo i da se obrne?

I pre nego što Despotović stiže da otvori usta, Majstorović zatvori telefon.

V

Crni i beli

Sve bi izvedeno po planu: sanduk, kostimi, i potrebe preneseni na vreme u uzetu sobu i, na dan bala, celo društvo, Mile, Koka, Stanka, Vesa N. i Prekobrojni, već oko devet časova sakupljeno i neobično uzbuđeno. Kraj drugog hotelskog ulaza, u mračnoj ...skoj ulici, Glavički-Mlađi — od starčeve smrti u službi Raspopovićevih — čekao je sa automobilom. Oko deset, prvo Vesa N, a onda i Prekobrojni siđoše do sale da vide kako izgleda... Tu i tamo pokoji lep kostim ili grupe pekara, odžačara, crnih ili belih pjeroa, ali nijedan kostim ili grupa, po originalnosti, kako su mislili, nisu dostizali njihovu zamisao. To ih umiri i raspoloži.

Koka je sedela kraj Stanke, ispružene po divanu, držala je obgrljenu oko struka i, nagnuta nad samo njeno zažareno uho, dokazivala joj nešto. Mile se premazivao, uz pomoć ostale dvojice, crnom bojom. Očekivali su samo ponoć.

Grand hotel je bio tek sazidan, velik, luksuzan, ali još neuveden i bez stalnih, društveno određenih gostiju. U njemu su odsedali narodni poslanici, koncertni pevači na turneji, bogati stranci, koji traže sobe sa kupatilom i tekućom hladnom i toplom vodom, trgovački putnici i agenti iz inostranstva, veliki trgovci iz unutrašnjosti, čuveni hiromanti i proročice. Skromniji svet nije se po drugi put usuđivao da dođe u Grand hotel, uplašen njegovom poslugom u frakovima ili zelenim keceljama i sobaricama čipkanih belih kapica, kraljevskim stubištem, od lažnog rumenog mramora, zastrvenog crvenim zastiračima. Iz hola se levo ulazilo u dvorane za zabave. Desno u restoraciju i bar. U prizemlju je od jedanaest časova radilo varijete. U dnu hola počinjalo je stepenište, kraj kojeg je, na gvozdenom kavezu lifta, svetlucao, trepereći, crveni signal.

Nešto pre ponoći, jedan neuglađen gospodin, u iznošenom kaputu i brižna izraza, uđe u hotel. Bio je toliko neugledan i toliko povučen u sebe da čak ni portir — naročito ovog dana, kada je sve blistalo od osvetljenja — nije obraćao pažnju na njega. Znao je samo toliko da je to neki rezervni kapetan, koji je u Beograd došao da reguliše svoju invalidu; i znao je još da je vrlo siromašan (čovek koji više nikad neće odsesti u Grand hotelu). Zato mu nikad nije skidao ni dodavao ključ, već je puštao da to nepoznati sam učini. Ovog puta, uzevši ključ, čovek se duže zadrža u vratarskoj loži: razgledao je vozni red. Hol je bio prepun pušača, duvanskog dima, žagora i muzike, koja je u talasima navaljivala, čas jače, čas slabije, iz udaljene dvorane. Crveni rubin lifta je misteriozno svetlucao kroz tu plavkastu maglu, dok je lift zujao negde u visini. Svetlucanje malog rubinskog oka zastrašivalo je nepoznatog. Stepenište je bilo prazno, tiho, svečano i napušteno. On se poče njime peti. Išao je ivicom prostirke. Sav taj sjaj purpurnog tepiha i veštačkog mramora bio je i suviše lep za njegove blatnjave i teške kaljače; za njegovu neznatnu, premorenu, više nikome potrebnu sobu.

Susret se dogodio na samom zaokretu za prvi sprat. Slabo obučeni gospodin se peo, i što se više peo, brujanje i muzika postajali su sve slabiji. Oni su se, međutim, iz tišine spuštali muzici i žagoru: četiri nečujne aveti u crnim rizama, sa kukuljicama namaknutim na lice, sa četiri ogromne upaljene sveće u rukama, sa belim mrtvačkim sandukom između sebe (četiri aveti su taj sanduk nosile sa očitim naporom, presavijene).

U graji i zabuni koja je nastala nije se moglo doznati kako je do katastrofe došlo. Ili je nepoznati, primetivši tu paklenu grupu tek kada joj je prišao na nekoliko koraka, kriknuo i srozao se na stepenište, što je prestrašilo Stanku, te ispustila svoju ručicu; ili je, naprotiv, prvo Stanka zbog težine ispustila svoj kraj, a sanduk pao i zaklopac odskočio i iz sanduka — uz psovku — ispao crno ofarbani Mile, te ta divljačka scena prestrašila nepoznatog. Bilo jedno ili drugo, na crvenom zastiraču (mokar šešir se beše otkotrljao), sa glavom uz ružičasti veštački mramor, otvorenih usta, zuba crnih od nikotina, čupave žute brade, prevrnutih beonjača i sav zgrčen, ležao je mrtav čovek. A njegov krik je još uvek odjekivao negde vrlo visoko između uglačanih šina lifta.

Stajali su preneraženi, zaboravivši čak da smaknu kukuljice sa lica. Vesa N. priđe i donjim krajem sveće gurnu čoveka. Kako mu je sveća još gorela, priseti se i zalepi je na jednu stepenicu. Stanka je cvilela, suviše uzbuđena i presečena da bi mogla pasti u nesvest.

Pritrčala je posluga, muškarci u zelenim keceljama, devojke u čipkanim kapicama. Pritrčali neki prolaznici. Zašto? Kako? Dajte vode!... Zar je sam sebi nosio kovčeg?

Lift se zujeći spuštao. Bio je za sprat više. Koka se približila vratima, pritisla na dugme. Lift naišao i stao. Ona otvorila vrata i gurnula unutra Stanku i Mileta; Prekobrojni je sam uleteo; Vese N. već nije bilo. Spustili se do podzemlja. Hodnikom pored varijetea izašli na ulicu, gde je u senci čekao automobil i potrpali se u njega. Nad ulicom se dizao ogromni crni blok Grand hotela.

U automobilu smakoše kukuljice. Lica su im, osvetljavana u prolazu uličnim sijalicama, bila bleda. Jedino se u Koke blistale oči: od ljutine.

— To nam je nauka da ne vučemo po drugi put sa sobom po... ah, zut alors! Svršeno! Tolika naša muka.

Stanka glasno zaplaka. Ona se sva zgrči. Mile je privi uza se.

— Prvo je Stanka ispustila svoj kraj — primeti Prekobrojni.

— Pre ili posle, to nema nikakvog značaja, onaj je ionako bio gotov — odgovori Mile, mada prilično nesigurno.

Stanka se zaceni od plača.

— Možda se samo onesvestio — pokuša Prekobrojni.

Koka se durnu:

— Onesvestio... svršio čovek!

Stanka poče nešto tiho i grozničavo šaputati Miletu. Njegova ruka, hrabreći je, stezala ju je i privijala sve jače. On sam osećao se nekako prisnije i sigurnije uz Stankin vreo dah.

— Ako je... onda će nas zvati u policiju — nastavi Prekobrojni sve više se uzbuđujući.

— Naravno... i dosta. — Koka uze od Mileta cigaretu i, zapalivši je, zavali se u ugao kola. Pušila je dubokim dimovima i žar joj je osvetljavao malo okruglo lice pod razbarušenim žutim loknama.

Automobil iz mračnih ulica izađe na osvetljeno Terazije, široko i prazno. Vetar je kovitlao otpacima hartije, usamljeni prolaznici su se žurili kraj mračnih kuća, podignutih jaka na kaputima.

— Ja ću da siđem — izjavi najednom Prekobrojni, pokušavajući da se u onoj teskobi izvuče iz mantije.

Niko mu ne odgovori. Stanka se nije micala, lica zagnjurena u Miletove grudi. Slobodnom rukom on je otirao svoju crnu boju. Automobil, pršteći gumama po blizgavici, prođe Knez Mihailovu, zavi za ugao i zaustavi se naglo, zanevši se malo.

Svi su čekali. Na drugom spratu, na stanu Raspopovićevih, dva prozora bila su osvetljena. Glavički-Mlađi se dugo okretao sa svojom senkom oko vrata. Farovi su osvetljavali svaki njegov pokret jasno, oštro; svaki deo njegovog odela se video; kapa sa zlatnim širitom, kao u marinskih oficira, duge kožne rukavice, koje je on polako skidao, savijao i stavljao u džep kratkog kožnog kaputa. Kaput se, pod svetlošću, prelivao kao okvašen. Dva talasasta izdizanja i crna masa automobila utonu u razjapljene čeljusti suterenske garaže.

U „klupskoj sobi" svi živnuše sem Stanke, koja odmah leže na divan i ostade tako, lica zagnjurena u ugao, među jastučićima. Nije više plakala, samo je stalno podrhtavala. Nije se usuđivala da podigne glavu, iz straha da u drugom uglu sobe, sa glavom uza zid, ne vidi onog strašnog čoveka. Kako je viknuo! I kako podigao ruke pre nego što će se slomiti niza stepenice! Odjednom je ceo čovek postao tako mek kao da je bio odsečen konac o kome je visio! Viknuo i srozao se. Digao ruke da se uhvati za prekinuti kraj, i srozao se. Da hoće ko bar da joj kaže sada jednu reč, da sedne kraj nje. Sama nije smela dići glavu, mogla je videti čoveka. Ni Koku nije mogla pozvati, od srama što je tako slaba. Bila je, lica u šakama i jastučićima, koji su joj vraćali u obraze njen vrući dah, potpuno ostavljena i sama. Napuštena. Njoj počeše da teku ponovo suze i uskoro se sva umrlja; vrhom jezika kupila ih je sa krajeva usana. Da nije samo toga čoveka, kome gori više glave sveća, onih otvorenih usta, i, oh Bože! onih ružnih crnih zuba, onih crnih pokvarenih zuba!

Pored prozora neko prođe teškim korakom. Možda žandarm.

Između ova poznata četiri zida, Mile se kretao potpuno pouzdano. Umiven, on je svetleo svojim rumenim obrazima, oči su mu bile bezazleno plave, gledale otvoreno. On vide nepomičnu Stanku i sede kraj nje. Koka je gurala nogom u kraj svoju skinutu rizu. Mile pruži ruku. Hoće li ga Stanka odgurnuti kao dosada? On zažali što nisu još u automobilu. Kad žene plaču, onda su strašno popustljive. I onda se tako slatko ljube! Žene vole da se ljube kada plaču, kada im je srce razmekšano jecanjem, kad im je lice mokro i toplo od suza. Velika slast se krila u suzama i u tuzi. — Mile beše nešto naslutio i iskusio od toga. On pomisli: žene treba uvek prvo rasplakati, makar i tučom. Njegova ruka već je bila u Stankinim šakama, kraj njenih usta: ona se grčevito držala nje. Mile se približi još bliže. Ona se ugnu malo u stranu da mu napravi mesta. On je obuhvati oko struka. Struk joj je bio vitak, topao: ceo njen trbuh ležao je na njegovoj šaci. On se naže nad njen potiljak.

— Zašto ležiš tako?

— Ja nisam prva... on je tako viknuo... otvorio usta, prepala sam se.

Nije znao šta da odgovori. Nije uopšte umeo da govori nežno. Reče:

— Naravno... onaj je i bez tebe mogao krepati. — On se namesti na divanu još udobnije: osećao je sada u svojim rukama celo to vižljavo telo, koje se, tepereći od plača, tako nevino podavalo njegovom jedva primetnom milovanju. Uživanje koje je počela osećati učini se Stanki kao da dolazi od Miletovog tešenja. Miletu se činilo... ne, on je bio uveren da tim načinom, stiskajući je uza se, gladeći joj rukom bokove i gore, neprimetno, rukom ispod pazuha, prvu oblinu grudi, on zaista teši.

U hodniku odjeknuše koraci. Zatim se otvoriše vrata na nekadašnjoj kujni. Jedan krupan glas je pitao: je li ovde? Noge su se u teškim cipelama povlačile po betonu. Neko uzdahnu kao da se oslobađa tereta. Onda su druga dvojica govorila nešto tiho. Zatim se jasno ču smeh.

Koka odahnu. Bila je dotle bleda kao i svi. Ona uhvati krajičkom oka Stanku, koja beše na prvi glas skočila i ostala tako kraj divana, široko otvorenih očiju, i, slegnuvši ramenima, priđe da otvori vrata. Prekobrojni pokuša da je zadrži od toga.

— Pa to je Vesa, sklonite se.

Vesa N. je zaista stajao u prednjoj odaji i prepirao se sa dva nosača. Na podu je ležala velika gomila stvari.

— Gde vam je sanduk? — upita Koka.

Vesa N. je pogleda preko ramena i namignu:

— Odrešio sam se onom starom. Tačno je ušao unutra.

Nosači odoše, pošto uneše stvari u klupsku sobu. Prekobrojni odmah pronađe svoj zimski kaput, svoje zimske cipele, šal, šešir, i neprimetno se izvuče iz sobe. Stanku ovo poslednje uzbuđenje sasvim obori: ona više nije ni plakala, ni jecala, niti se trzala; ležala je poleđuške, jako bleda, sklopljenih očiju, poluotvorenih usta, sa kojih beše otrt karmin; desna ruka, sa mokrom maramicom u šaci, bila joj je opružena, klonula. Koka priđe i pokri je jednim kaputom. Mile je ispitivao Vesu N. Ovaj je bio neobično razdragan i raspoložen; pričao je razmahujući rukama, blistavih očiju.

— Stvar je ipak u redu: ma kako da je uzmeš, mi smo senzacija. Treba samo da spremimo slike, jer će novinari sutra pre zore da nas pojure za intervjue.

— Ako nas novine dohvate tako, onda je to skandal a ne senzacija — primeti Koka.

— U svakom slučaju imaćemo posla sa policijom i sudom — dodade Mile.

— A zašto? Nesrećni slučajevi ne povlače za sobom odgovornost. To je rekao i pisar koji me je saslušavao. Mi u svakom slučaju ne možemo biti krivi što je tamo nekome pokvareno srce. Najzad, mi smo, brate, slobodni građani i živimo po svome ćefu.

— Ipak... kad promislim dobro — Mile opsova — gadno je i nekako mi je žao; iako ga ne poznajem, do đavola, i on je bio čovek.

— Kakav čovek! Gledao sam: kaljače pocepane, u džepu mu našli dvesta i pet dinara. Odseo gospodin u Grand hotelu... sama hohštaplerija, gde god se okreneš. Gadna smo mi rasa.

Stanka nije otvarala oči, mada je i tako neprestano videla, sa glavom uza zid, mrtvog čoveka. Posle drhtavice, u glavu joj poče udarati vrućina. Osećala se baršunasto, meko; neprestano je tonula, sa strepnjom pod grudima, u dubinu divana, koji se rastvarao pod njom.

Neda Glavičkova — nova kuvarica Raspopovićevih — donese topal čaj, limun i malu bocu ruma. Dignuta iz postelje, sanjiva i topla, ona je sva mirisala na belinu, na ugrejanu postelju. Dok je ona ostavljala stvari na sto, Vesa N. je zagrli i poljubi, što Neda primi sanjivo i blagonaklono.

Popiše čaj. Dadoše i Stanki čašicu ruma. Mile je sedeo na ivici divana i zaklanjao je od ostalih. Usnice su joj još bile vlažne od ruma. Mile je poljubi. Ona je još uvek tonula, ali blaženo... i tako meko. Ona se osmehnu (glava joj je padala unazad) i sama dade još jednom usne.

Vesa N. ode.

Iako još slaba i malaksala, Stanka je sve oko sebe osećala lako i jasno. Mile joj pomože pri oblačenju. I sam se obuče da je isprati. Pogasiše osvetljenje. Koka reče zbogom i pođe napred, lenjih pokreta. Njeni još uzani bokovi imali su već talasasto gibanje teških bokova Marine Raspopović.

Mile poče otključavati vrata sporednog ulaza. Dugo nije uspevao da uvuče ključ u ključaonicu. Stanka ga je držala za rukav od kaputa. On najednom ostavi ključ, okrete se, obujmi devojku oko stasa i, zadihan, stade je ljubiti. Jedan čas ostadoše tako, čvrsto priljubljeni, spletenih ruku i spojenih usana, oslonjeni o hladan zid podzemlja. Na kraju hodnika, između golih cevi centralnog grejanja, koje su išle ispod okruglog svoda, gorela je mala sijalica u žičanoj korpici. Jedna vrata su bila otvorena i kraj njih je stajala vrbova korpa za ugalj, sa jednom otkinutom ručicom. Iz dubine onih otvorenih vrata, iza korpe, sinuše dve fosforne tačke i ugasiše se: jedna šarena mačka, isprljana od ugljene prašine, sunu niz hodnik. Stanka se nije opirala. Bila je meka, povodljiva, sve je bilo tako prozirno i jasno; i prosto. Mile je odvede natrag u klupsku sobu. Gušio se. On ipak uspe, kada

Stanka poče da se brani, da joj kaže kako on ne želi „druge male ženice do nje, samo nje". Njegov prsten pređe na njenu ruku. Sve je Stanki bilo tako prosto: čekala je već nedeljama na taj znak. Ona steže ruku sa prstenom, privi je na grudi.

— I to je istina?

Zašto ne bi bilo istina? On se zakle. Stanka je jedva stajala. Učini joj se sasvim prirodno da tu ostane.

— Reći ću mami da sam spavala kod Koke.

Glava joj ponovo postala mutna; pramenovi magle, baršunasti i meki, obavijali su je.

— Samo... ti ćeš biti dobar?

On se zakle. Njoj se i to učini mogućnim i prirodnim. A strepela je. I želela jedan nečuven događaj. Podeliše divan. Ona podiže na sredinu malu barikadu od jastučića. Zar nisu toliko puta spavali, i njih više, po celo popodne na tom istom divanu?

— Okreni se... Ne, ja ću ovako, u haljini.

Ona leže. On htede da ugasi svetlost.

— Nemoj... ostavi.

Čekala je. I dok je čekala, ona odjednom oseti strašnu stravu, htede da skoči.

— Ne, ne...

Mile se spusti kraj nje. Ruke. Usne. Suze. Gospode Bože. Ne... Ti si moja mala ženica. Ah, dosta. Ženica... Ne, ne, molim te. Samo tebe. Majčice... Teško meni.

Tišina. Ćutanje. Baršunasti mrak. Suze koje bez jecanja teku. I toplota. Malaksalost. Usne pune ukusa suza i bola; i tuđih usta.

Oko deset časova izjutra, Koka dođe da uzme nešto iz klupske sobe. Vrata nisu bila zaključana. Jednim pogledom obuhvati sve, haljine, divan. Stanka je spavala. Koka se okrete i izađe. Mile se izvuče iz pokrivača i potrča za njom. Stiže je u prednjoj sobi.

— Čekaj.

Koka se okrete. Oči u oči sa njom, on više nije znao šta da joj kaže. Šta joj je i mogao reći? Ona sama treba to da razume. Što je bilo između njih, bilo je i prošlo. Drugarski. Cerio se potpuno idiotski. Koku to više naljuti nego ostalo. Ona steže svoju malu šaku, prope se na prste i svom snagom udari Mileta po obrazu. Jedan nokat zapara kožu. On se ne naljuti. I dalje se cerio, iako je osećao koliko je bedan, ali u tom času nije znao šta bi drugo. Koka već beše izašla. On obrisa rukavom krv sa obraza i onda se polako uvuče natrag u sobu. Stanka je još spavala.

Reporteri su dolazili lenjo, tek umiveni, doručkujući uz put; crven od vrućih kompresa posle jutarnjeg brijanja, napudrovan do očiju, ali još trom i snen, Burmaz je uzimao jedan po jedan rukopis, čitao ga jednim okom, ispisivao naslov i gurao dalje; sprat niže linotipi su kucali nejednako i sporo; jedan stenograf je razgovarao sa telefonistkinjom o nekom večernjem izletu, čekajući da se jave Zagreb i Skoplje; u podzemlju je pomoćni mašinista spavao na uglačanom stolu, sa paketom novina ispod glave. Sve je još bilo pusto i bez života, podovi čisti, mastionice, pera i pepeljare svrstani, stolice podvučene pod stolove, korpe za otpatke prazne — i svuda belina čiste hartije. Poslužitelj pronese prvu šolju tople crne kafe. Oni što su ulazili spolja donosili su na svojim kaputima i šeširima hladnoću zimskog jutra i pokoju pahuljicu vlažnog snega, koji se odmah topio.

Dok je džez u dvorani nosio na svojim pomamnim krilima parove najelegantnijih igračica i igrača, obećavajući već i po tome da će bal crno-belih biti jedan od najšarmantnijih balova u sezoni po fantaziji, uloženoj duhovitosti i retko obilnoj poseti najboljeg društva, dotle se na odmorištu prvoga sprata odigrala jedna jeziva i krvava drama.

Burmaz otvori i drugo oko: pero mu je već ispisivalo prvi deo podnaslova: *Dok džez svira...*

... Mi nikako ne možemo celu ovu groznu stvar da nazovemo samo igrom slučaja i smrti, nesrećnim slučajem. Događaj otvara čudne perspektive na ono što zovemo dušom. Po igri možemo nazreti buduće ljude, korisne ili štetne članove društva, ljude osećajnosti i smisla za lepo, koji će umeti spojiti svoje uživanje sa diskrecijom i taktom. A kakvi će biti ti ljudi, taj Mile Majstorović, koji leže u mrtvački sanduk, taj Vesa N. i njihove partnerke, devojke iz najboljeg društva čija imena nećemo ovoga puta iznositi...

Jadna, nesrećna žrtva obesnih mladića odneta je odmah u prosekturu, gde je izvršena obdukcija leša, kojom je prilikom ustanovljen uzrok smrti. Naš saradnik se obratio na nadležno mesto gde mu je rečeno:

— Smrt je prouzrokovana grubim nervnim šokom. Verzija da je dobri čovek umro jer je pri padu razbio glavu o stepenik potpuno je neosnovana. Po mome uverenju, to je samo traženje adusirajućih okolnosti za ovaj nezapamćen slučaj. Uostalom, nauka je rekla svoju reč, reč ima sada policija — završio je naš sagovornik kroz jedan fini osmejak, izražavajući tako naše uverenje da se ova stvar mora izvesti na čistinu — a ako vinovnici ove tragedije ne mogu biti kažnjeni krivično, ono tražimo da javnost jednom žigoše predstavnike one omladine koja na našu sramotu...

Burmaz pogleda ispod trepavica niz redakcijsku sobu: pisac ovog članka, Petrović, mršavi kriminalista, već beše otišao. Malo dalje jedan mlad čovek, elegantan, sa cvetom u rupici kaputa, preterano napuderisan, preterano uglačane kose na razdeljak, preterano plav, specijalista za balove, mondenske skupove i svadbe, diplomatska primanja i godišnje skupštine ženskih dobrotvornih društava, pišući u izgubljenim časovima, u vidu dopisa, čulne i dvosmislene članke o Parizu i njegovom Monmartru i Mulen-Ružu, vadeći podatke iz listova kao što je „Paris Plaisir", opisujući budoare velikih kurtizana i glumica iako u njima nije nikad bio, dajući svojim opisima balskih toaleta svu mogućnu pohotljivost — sedeo je za svojim stolom i tankom turpijicom doterivao svoje duge i uglačane nokte. Dilberov je obično govorio: konsomirati umesto popiti, šarmantno umesto ljupko, desu za donje rublje, ženerozan, braserija, akolada; ljubav je kod njega bila Ljubav, žena Žena, noge Noge, soba za samce garsonijera. Njegov uticaj u pogledu jezika bio je u redakciji ogroman. Sav je mirisao na teški i otužni miris postelje lakomislene žene. I mada je bio uvek ispeglan i dobro napuderisan, novog novčanika, čistih maramica, srebrne tabakere, on je ipak ostavljao neugodan utisak. Za trovanje javnosti, za izazivanje mutnih misli, pohote i neodređene čežnje kod devojčica i žena, dobijao je od redakcije tri hiljade dinara mesečno.

Burmaz prvo sam pokuša da sa dva-tri poteza pera promeni smisao. Tako rečenica: *Mi nikako ne možemo celu ovu groznu stvar da nazovemo nesrećnim slučajem* — postade: *Mi možemo celu ovu stvar da nazovemo jedino nesrećnim slučajem.* Ali ceo je članak bio i suviše negativan — i dug. Burmaz zovnu Dilberova, podvuče popravljenu rečenicu.

— Popravite u ovom smislu. I bez imena. To dajte samo kao post skriptum vaše hronike o balu. Dvadeset redi je dovoljno.

Približavalo se podne. Rad je i dalje ostajao trom. Svaki čas su se obrazovale, tu i tamo, male grupe koje su raspravljale u po glasa. U „Štampi" se događalo nešto neobično. Raspravljali su saradnici, tipografi i mašiniste, činovnici u administraciji. Rotacija je već izbacivala provincijsko izdanje, kada stiže Despotović. Njegovom dolasku niko ne obrati pažnje. Dva-tri pogleda, jedno javljanje; Burmaz se ne podiže od stola, niti pozdravi: činilo se da nije primetio ko je prošao. Despotović ostade u svojoj direktorskoj sobi jedva pola časa. Onda izađe, noseći pod miškom svoju torbu nabijenu hartijama. Prošavši kraj Burmaza, on zastade. Htede da se vrati, ali se predomisli i prođe između stolova, nekako sav ukrućen, sa pogledom iznad povijenih glava. Kod vrata on se ipak sukobi sa očima Bajkićevim i, osmehnuvši mu se, klimnu mu glavom. Bajkić oseti kako mu pod grlom zaigra. On obori pogled na svoje korekture. Ruka sa crvenom olovkom mu se tresla.

U međuvremenu, Burmaz je telefonirao ovamo i onamo, zakazao dva sastanka, ponovo progovorio nekoliko poverljivih reči sa Dilberovim, te ovaj odmah otišao nekud. Najzad se i sam Burmaz obukao i, ostavivši sve, otišao do „Ruskog cara", gde ga je već čekao kriminalista jednog velikog jutarnjeg lista. Nad kriglama piva, pred piramidom toplih pogačica, oni ostadoše dugo, u vrlo živom razgovoru. Kriminalista je bio čovek između dva doba: visok, mršav, u crnom kaputu i prugastim pantalonama, sa pošom i krutom kragnom, malih brčića, koje je, sasvim bezrazložno, zavijao na vrhovima. Sedeo je nepokretno, izbledelo plavih očiju, i nije govorio ni da ni ne. Pogačice su nestajale vrtoglavo ispod njegovih rastegnutih brčića. Burmaz je na kraju ipak postigao što je hteo, naglo se uozbiljio, zovnuo kelnera, platio, rukovao se, i otišao. U Đorđevićevom bifeu je ostao stojeći, kraj visoke tezge, naručivši jednu gorkovaču. Čekao je dobrih četvrt časa, javljajući se poznanicima, koji su ulazili i izlazili. Mladić koji je dolazio spolja, raskopčanog kaputa, niske ogrlice sa dugim krajevima, naherenog šešira, aljkavog ali sportskog izgleda, preplanulog lica, na kome nije bogzna šta imalo da se obrije, poče još s vrata da se pravda.

— Dajte — prekide ga Burmaz.

Jojkić pruži hartiju. On je očekivao da će Burmaz baciti bar jedan pogled na nju, ali je ovaj odmah stavi u džep.

— Mislim da je sonet bolji od pesme... uostalom, vi ćete već videti.

Burmaz plati, i oni izađoše na ulicu. Sat na Hipotekarnoj banci se jedva video od snega, koji je padao gusto, u krupnim i vlažnim pahuljicama. Trotoari su bili razgažena prljava masa snega i vode, u koju je obuća upadala mljeckajući.

— Ja ću urednika „Mesečnog pregleda" naći večeras — reče Burmaz — preporučiću vas što mogu bolje. Mislim da je ovog puta vaš ulazak osiguran.

Jojkić je sijao. On ne reče ni reči. Šljapkao je kraj Burmaza sav srećan.

— Jeste li već pisali o onom slučaju na sinoćnom balu u Grandu?

— O Majstorovićevom sanduku? Još ne. Ja pišem tek po podne. Lepo parče: naslov na tri stupca, najmanje.

— Lepo... i neprijatno. Poznajete li malu Raspopovićevu?

Jojkić se zažari.

— Odlazim poneki put njima.

— Koka je bila jedna od dve dame.

Oni se rukovaše, pred vratima „Štampe".

— Ja sam učinio nešto malo da ublažim stvar — reče Burmaz polako.

— Pa svakome može da se desi slična neprijatnost. Tu lične odgovornosti nema — izgovori naglo Jojkić.

— Svet to neće razumeti. Kod nas je sve demagogija. Ja se bojim da samo zato što su bogati, naši prijatelji ne prođu rđavo. Već vidim naslove u sutrašnjim jutarnjim listovima: *Dok džez svira...* ili: *Zabave bogatih* — ili: *Obest sitih tera u smrt jednog nesrećnog čoveka*.

— Još mogu pronaći — reče Jojkić sa neočekivanom mržnjom u glasu — da je taj matori idiot bio neki nacionalni borac, neka žrtva.

— To je više nego izvesno — odgovori zamišljeno Burmaz. On izvadi džepnu maramicu. Bila je čista, natopljena kolonjskom vodom. Njemu bi žao. On pljunu u ulični oluk, a čistu maramicu vrati u džep. — Mi smo još i suviše divlji da bismo bili pristupačni razlozima. Krvna osveta tek što je pre nekoliko decenija ukinuta. Naša je dužnost, nas kulturnih ljudi, da stišavamo strasti.

— O, svakako...

Jedva pred podne usudi se Stanka da se vrati kući, i to tek pošto ju je Mile uverio da je taj povratak neophodan, dok on ne uredi svoje stvari, ne nađe novac i ne izvadi uverenja. Koračala je oborene glave, kraj samih zidova kuća. I to ne Knez Mihailovom, koja je u taj čas dana bila preplavljena svetom, već polutamnom Čika Ljubinom, kraj hladnih izloga ono nekoliko grosista. Kada je pošla, mislila je da će joj približavanje kući biti strašnije. Međutim, sem nešto malo telesnog bola i zagluhnutosti, nije osećala ništa naročito. Nije se ni najmanje osećala drukčijom nego što je bila juče: možda nešto malo hrabrije, zbog onog prstena na ruci, ali još uvek, kroz onaj jedva primetni bol, ona je videla isti svet, zidove kuća, pobelele krovove, ljude i žene zamotane i užurbane pod vejavicom. A ipak, ona je već bila žena. Znači samo pričanja. Ili će, možda, ono veliko biti otkriveno tek kasnije. U svakom slučaju. Jer zašto bi inače svet toliko pričao, toliko sanjao o tajni ljubavi, toliko čeznuo za ljubavlju? Ona je volela, ali još nije ušla u samu tajnu — jedva je naslućivala sav njen značaj: taj bol je samo početak. Njoj bi čudno da sve mora da počne kroz bol. I to kroz stidan i nečist bol. Sa gađenjem se sećala onog časa, sijalica je gorela... zatvorila je oči, a ipak... Prelazeći Pozorišni trg, Stanka se nije usuđivala da podigne glavu da se *ono* ne vidi na njenom licu. A na licu se moglo videti, jamačno. Kod Pošte ona oseti da više ne može natrag; oštra radost ispuni je zbog toga. Pred kapijom svoga dvorišta ona sa nestrpljenjem pomisli da će Mileta videti tek doveče. Na vratima njihovog stana dočeka je mati, žena oronula, glave u povezači, sa krugovima krompira prilepljenim na čelo zbog večite glavobolje, jetka i nezadovoljna izgleda, ruku crvenih, izjedenih od ceđa. U tom času, pred koritancetom punim pelena, ona je brisala te izmučene ruke o pocepanu, plavu cicanu kecelju.

— Gde si, gospođice?

Iza glasa koji je hteo da bude oštar, Stanka oseti kao ravnodušnost, kao malaksalost. Ona bolje zagleda u mater: više leve obrve spazi joj svežu modricu.

— Evo me. — Ni Stankin glas nije bio toliko durnovit koliko je ona htela. „Tukli su se", pomisli, „i tate sad nema, a i ako dođe, biće pijan..." Ona odahnu. Dođe joj volja da prkosi. Skidajući se, ona poče isticati ruku sa prstenom, u ćudljivoj želji da joj ga mati vidi, da je ispita, da je prisili da joj kaže i ispovedi se, da je istuče do nesvesti, da učini sa njom, posle onoga što se desilo, nešto nečuveno, ponižavajuće, što će joj dozvoliti da se isplače, mnogo, toplo, sa zacenjivanjem. Mati, gospa Rosa, imala jer prečeg posla: ona istuče, ali nekako bez volje, kao po dužnosti, mališana koji uđe sav mokar, vukući sa sobom drvene saonice, koje mu Andreja beše slupao od nekog čamovog sanduka; zatim ponovo povi svoju najmlađu kćer, koja je vrištala, sva pomodrela, na kraju minderluka, ograđena pocepanim jastucima; posle toga, uzdahnuvši, sede kraj štednjaka, u kome je pištalo mokro drvo, i stade čistiti crni luk za zapršku.

Prkos kod Stanke pade. Vazduh u toj maloj kujni, zagađen svim mogućim isparenjima, gde se živelo u šestoro, poče je gušiti. Ona se oseti potištenom. Ali, u isti mah, posle jednog časa samrtne strave da će se možda doznati sve, ona oseti i pomamnu radost što će se izvući, jednom za svagda, iz ovih zidova okrečenih zeleno — jer je galica jeftinija od najjeftinije boje — iz ovih pohabanih stvari, iz ovog mirisa pokipelog pasulja i ustajalog ceđa; što će uskoro imati svoj krevet, svoju sobu, pravo svileno rublje, što će biti gospođa, imati poslugu, kupatilo obloženo pločicama, što će putovati i, na kraju, što će voleti i biti voljena. Ona pređe u očevu sobu, gde je kroz staklena vrata i tanku zavesu mogla da prati šta se u kujni dešava. Ispružena po krevetu, Stanka ostade sve do ručka nepokretna i mutno uzbuđena.

Jutarnji listovi, sem dva glavna, bili su nemilosrdni. U jednom listiću i slika Vese N. i imena Koke i Mileta. Slika je pokazivala Vesu kraj boba, u jednom zimskom pejzažu. On sa novinama dojuri Koki da se pohvali. Imao je nameru da svima listovima koji su doneli tek po red-dva, bez imena, ili samo sa inicijalima, pošalje izjavu u kojoj je hteo, „istine radi", da iznese pravi tok stvari. Sa mukom, grdeći i praskajući, Koka uspe da ga odgovori od toga. On ode, sa džepom punim onih novina, nezadovoljan i u čuđenju. Razdavao ih je, sa melanholijom nepriznatog junaka, svima poznanicima koje je toga jutra sreo.

Na Univerzitetu, za vreme časa, jedan student doturi Aleksandri članak. Ona ga pročita kao u snu: u ušima joj je pištalo, krv naišla u obraze. Prestrašena, smetena od srama, ona odmah po svršenom času odjuri kući. Još u ulazu ču veliku graju. U trpezariji, kraj stola, zateče prebledelu majku. Pre nego što je stigla da šta zapita, vrata se na jednoj sobi s treskom otvoriše i Mile, sav razdrljen i čupav, izlete u trpezariju. Na širini ga otac ponovo ščepa za vrat i nastavi ga gurati k maloj sobi kraj ulaza. Mile se uhvati za ivicu komode. Komoda je bila i suviše laka da odoli njihovom zamahu: ona se odmače od zida i nekoliko tanjira za voće pade na pod. I otac i sin imali su potpuno plava lica. Njihovo naporno disanje ispunjavalo je celu odaju. Majstorović ugura najzad Mileta u sobicu i zaključa vrata, o koja Mile, u poslednjem besu, udari dva puta snažno nogom.

Zavlada trenutna tišina. Majstorović odahnu, dođe malo k sebi, pogleda u ženu i kćer. Onda popravi iskrivljenu mašnu, zakopča otkopčana dugmeta na prsluku i teško pođe izlazu. Već kod vrata, on mrko dobaci ženi:

— I da se nisi usudila da ga puštaš! Ima da crkne, kad mi smeta.

Oko šest časova Stanka se polako uvuče u klupsku sobu. Vreme je, međutim, prolazilo a Mileta nije bilo. Oko sedam časova, sva uplakana, ona izađe da pogleda nije li kod Koke. Na osvetljenim stepenicama popravi svoje usne i lice. Radila je to sada isto tako vešto i brzo kao i Koka. Neda joj saopšti da je gospođica otišla od kuće pre pola časa.

— Sama?

Dok je to pitala, Stanka je sva drhtala.

— Sama.

Stanka odahnu i siđe na ulicu. Pođe Knez Mihailovom kući. Na polovini puta ona se najednom uznemiri: ako je Mile došao, zatekao praznu sobu i otišao? Vratila se u klupsku sobu zažarena i zadihana od trčanja i mraza. U sobi nije bilo nikoga. Stanka se najednom odluči da čeka Mileta dok ne bude došao. Svejedno dokle.

Ona skide kaput i šešir, zavuče se u kut divana. Bila je potpuno bez misli. Čula je samo tupe udare svoga srca.

U devet časova ona začu korake. Neko unese neke stvari, ostavi ih u prvoj sobi i ode. Odmah zatim začu se ključ. Ona skoči. Mile uđe, rumen i nasmejan. On ščepa Stanku i dugo joj ne dade poljupcima da dođe do reči. Onda sedoše na divan, zagrljeni, umrljani od poljubaca, i on joj ispriča kako su ocu u fabrici pokazali one novine u kojima je bila Vesina slika, kako je otac dojurio kao lud, isprebijao ga na mrtvo ime i zatvorio pod ključ (Mile priznade to o tuči sasvim otvoreno, bez zavijanja).

— Sumnjam da će na tome ostati; izgleda da hoće ponovo da me otera u Pariz da polažem ispite; tatica je sasvim poludeo. A jasno, opet nešto petlja sa parama, malo mu cipela, nego uzeo i novine, sutra tamo prijem — uplašio se da ga druge novine ponovo ne zakače kao ono za dedino nasledstvo, fras dobije čim ugleda svoje ime naštampano!

Stanka se odmače. Mislila je samo na jedno.

— Ako te je zaključao... Kako si onda?

— Sasvim lepo: na prozoru obične šipčice, iskrivio, pokupio neke stvari, sačekao da se smrkne, skočio u baštu, i gotovo.

— Pa sada?...

— Kako sada? Sada ništa! Živećemo skriveni, dok ne smislimo nešto pametnije.

Stanka izgubi dah; žmarci joj prođoše kroz celo telo.

— Ali...

Mile je preteče:

— I ja sam isto tako prekinuo sa kućom. Nek tata ide sam u Pariz, ako hoće! Glavno je da niko ne dozna gde smo, dok ne napunim dvadeset i prvu godinu, a to je za nedelju dana. Posle, lako ćemo! Za noćas niko pored Nede i Glavičkog doznati neće, a sutra bežimo nekud na Pašino brdo, pa nek nas traže. U krevet, bebice!

VI

Blagi dani

Vrata se na direktorskoj sobi ovoriše najednom, bez šuma. Na njima se, u crnim žaketima, pojaviše tri čoveka. U sredini, viši za čitave dve glave od svojh pratilaca, Majstorovića i Burmaza, stupao je doktor Dragić Raspopović, sa levom rukom zadenutom za rever svoga žaketa. U opštem ćutanju, dok su se saradnici, slagači, mašiniste i činovnici „Štampe" sklanjali, gospoda dođoše do sredine sale i tu se zaustaviše. Raspopović zažmuri malo, pređe pogledom preko svih prisutnih.

— Gospodo, i, mogu reći to od danas, prijatelji. Svi bez sumnje znate dovoljno dobro kakvu visoku ulogu u životu jednog modernog naroda ima da vrši nacionalna i savremeno organizovana štampa. Zato o tome, kao i teškom, odgovornom i punom ponosa poslu, koji vi ovde, na ponos naš kao civilizovane države i nacije, vršite, neću govoriti. Neću govoriti ni o žrtvama koje jedan spreman novinar, u službi istine i radi istine, podnosi. O tom herojskom životu — o kome pesnici moraju jednog dana zapevati — zna ceo svet. Jedan novinar je danas isto toliko popularan koliko nekada — proslavljen kroz romane u licu Šerloka Holmsa — detektiv, tražilac istine. Jedan novinar nije samo saradnik lista u kome radi; on je, kao što lepo i jasno kaže već i sama reč saradanik, čovek koji sarađuje na izgradnji celog društva; on je saradnik društvenog aparata, svih državnih i nacionalnih ustanova; saradnik političara, finansijera, industrijalaca; saradnik sa pravdom koja nas zaštićava od lopova, brani od razbojnika i kažnjava opasne elemente; saradnik sa borcima za slobodu i demokratiju; novinar je, svojim pozivom, upleten u ceo život, i to je valjda jedini čovek, pored lekara i policajaca, a možda i pre ove dvojice, kome je pristup svuda dozvoljen, čija je pomoć svuda tražena. Ali, velim, izabravši taj poziv, vi i sami, gospodo i prijatelji, znate veličinu i značaj rada kome ste se odali svim srcem i dušom, ja vam neću o tome govoriti. Međutim, stupajući na ovo mesto, preuzimajući direktorski položaj, pun odgovornosti, nacionalne i moralne, ja želim, prijatelji i gospodo, da vam ukratko izložim ne ono što ću ja kao vaš direktor tražiti od vas — budući da vi znate svoj posao — već neke svoje poglede na pitanje nacionalno, upravno, finansijsko, jezično i neka druga, od ne manje važnosti za dobro funkcionisanje našeg lista i za dobre odnose između mene, vašeg direktora i vas, mojih saradnika.

„Gospodo. Oko nas su senke onih koji svoju umnu i moralnu snagu nisu stavili u službu zlatu, već idealu slobodne domovine. Plamen požrtvovanja za opšte dobro — u kome su i najbolji sagoreli — spržio je i njih. Taj plamen, veliki i strašni rat, u kome je trebalo da nestane malene i hrabre Srbije, pretvorio se u feniksa slobode i oslobođenja. Te svete senke, koje lebde oko nas, traže od nas kategoričkim imperativom da sačuvamo ovu svetu grudu. Gospodo! „Štampa" je dosada bila ne otvoreno, ali po svome bivšem direktoru i fondovima čisto politički list. Zahvaljujući nezainteresovanoj pomoći moga velikog prijatelja i veoma dobro poznatog borca za našu domaću radinost, gospodina Sibina Majstorovića, čija je fabrika po svome uređenju i veličini najveća i najmodernija na Balkanu, blagodareći činjenici da je takav čovek postao nov vlasnik, uz izvesnu materijalnu saradnju i nekih drugih prijatelja, pa i moju, ovog organa javne reči, ja sam srećan da vam objavim da od danas „Štampa" prestaje da radi za bilo koju partiju, sa devizom: opšte dobro pre svega! Takav list, politički nezavisan, gledajući veliku budućnost slobodnim sokolovim okom — a ne kroz oportunističke partijske naočari — biće najdostojnije oduženje onim žrtvama koje leže rasute po Ceru, Kajmakčalanu i drugim krvavim bojištima. Gospodo, za mene — dakle za i za vas — domovina pre svega!

„Iz tog osnovnog stava izlaze logički svi drugi. Svi mi u ličnom životu možemo verovati ili ne, ali u narodnu dušu, u religiju naroda ne smemo dirati. Gospodo moja, ja mislim da su vama svima poznate zasluge koje je za održanje naše nacionalne svesti imala naša sveta pravoslavna crkva. I da vam je poznato koliko je ona duboko pustila korena u dušu našeg seljaka, našeg toliko nepravo ocenjivanog gedže. Ako mu oduzmemo veru, ako u njegovu dušu pustimo crv sumnje, šta će od njega ostati? Bezmalo divljak. Mi, kulturni i obrazovani ljudi, koji imamo razvijen intelektualan i moralan život, mi možemo bez štete da se prođemo crkvenog morala i deset zapovesti. Mi još uvek, i ateisti, možemo, vođeni visokim građanskim i ličnim principima, biti duboko moralni, viskoko ispravni, nežno sažaljivi, jer je kod nas duševni život razgranat i razvijen. Hteti narod uvući u vir naše filozofije, na silu od njega stvoriti obrazovanog čoveka koji može biti bez Boga, besmisao je i nacionalna pogibelj. Ove moje reči ne treba shavatiti kao isključivost. Ne. Ja jesam, i gordim se time, jedan stari i okoreli pravoslavac, za koga su i Žiča, i Ravanica, i Dečani i druge veličanstvene srednjevekovne građevine naše svetinje. Ali, gospodo, kako sam rekao, nacija pre svega, i prema tome: brat je mio koje vere bio. Time sam rekao drugu reč naše devize: trpeljivost.

„U ovom času, gospodo, našega javnog i državnog života, najvažnija je rekonstrukcija. Na svima poljima. A to možemo postići samo kooperacijom sa svima konstruktivnim elementima, kojima dobro ove lepe zemlje, lepe naše domovine, kako se peva, leži na srcu.

Svaki napor ka rekonstrukciji se mora pomoći. Kako takvu jednu rekonstrukciju može da izvodi samo jedna jaka i popularna vlada, to ću uvek svaku takvu vladu pomoći rečju i delom. Da, gospodo moja, lako je kritikovati — a mi smo rođena rasa kritičara — ali je teško stvarati. „Štampa” će tu tešku ulogu uzeti na sebe i izvršiti je, ja se nadam, sa vašom pomoći, na opštu korist zemlje i naroda.

„Ali, gospodo i prijatelji moji, materijalna rekonstrukcija opustošene zemlje nije sve. Postoji jedna druga, još značajnija rekonstrukcija, a to je — duhovna i moralna. Jedna vlada može da naredi, da naruči i da izvede podizanje svih porušenih mostova u zemlji i samim tim da uspostavi normalan saobraćaj, kao pre kataklizme, koja je u vidu orkana prešla preko ovog kuta sveta, na kome nam je istorija dosudila da živimo. Ali naš slomljeni moralni stav ne možemo zameniti prostom zamenom polomljenih delova — kao što misle izvesni naši eminentni duhovi, na čiji račun moram uvek da se slatko nasmejem kada pomislim do kakvih apsurdnosti ne dovede te ljude stalni boravak u kabinetu i kuli od slonove kosti — kao što vele književni kritičari — velim, za mene se ta zamena ne može izvršiti, jer delovi nisu od čelika i ne mogu se dobiti na ime reparacije od Nemačke. Ma šta kazala tamo neka gospoda, činjenica je da je u našem etičkom životu osvećenjem Kosova i sada ovim veličanstvenim ujedinjenjem, kojim su krunisani napori vođeni u tom cilju decenijama, nastala ogromna praznina. Do osvećenja Kosova naša je kultura bila eminentno duhovna. Novac nije bio sve. Ideal je goreo pred našim očima, za njega se žrtvovalo sve: životi, vreme, imanja. Danas, u širokim masama — a to je strašno! — novac nema protivteže ni u čemu, ni u kakvom idealu. Sve to želi novac, i samo novac, i uvek novac, kao da je novac sve, kao da naš život, i život naroda, i društva, i celog sveta, nije zasnovan na nečem uzvišenijem nego što je prljavi novac. Da nema ideala, novac bi od nas uskoro napravio divljake, vratio nas u varvarstvo. Gospodo, „Štampa” mora ne samo da pomaže povratak ideala nego da bude i začetnik i vođa u traženju novih duhovnih ciljeva, novog Kosova. Naciji treba postaviti novi, uzvišeniji cilj, kao što je vekovima bilo Kosovo, i mi ćemo biti spaseni grubog materijalizma, zbog koga se uz tresak ruši civilizacija trulog Zapada. Ali, kada sam protiv materijalizma Zapada, koji je iskvario sve odnose i berzu postavio više hrama, ja sam isto tako protiv nirvane i neaktivnosti, tamo neke istočnjačke kontemplacije, koja dopušta da u najrodnijim krajevima sveta vlada glad. Ne zaboravite da smo mi sinteza Istoka i Zapada, i da je na nama da ostvarimo idealni spoj dva neprijateljska dela sveta. Zato smo mi za realno gledanje na stvari, za realno prosuđivanje svih vrednosti. Zato će novac u našim rukama u prvom redu služiti duhu.

„Gospodo, ja neću da preterujem — i ne volim da se služim hiperbolama, moje vaspitanje nije humanističko, nego naučno, kao lekar ja volim samo i jedino činjenice — ja ne preterujem ništa kada kažem da su naše, naše rase mislim, mogućnosti neiscrpne. Mi, istina, nemamo još svojih Fordova i Rokfelera — iako imamo već nekoliko naših ljudi koji su, radeći i dajući drugima da rade, stekli popriličana bogatstva, da ih ne spominjemo po imenu, pošto ih vi svi znate, imajući prilike da svakodnevno trošite njihove produkte, koji po kvalitetu nikako ne zaostaju za inostranim — mi nemamo, velim, još oblakodera i drugog, ali smo mi ipak zato u pravom smislu mala Amerika. Sve što trebamo od sirovina imamo u zemlji. Sem nafte, ali u Bosni se već u tom pravcu radi. Naš bakar, naša hromna ruda, naša hrastovina, naše meko drvo, naš afion nemaju premca u Evropi. Jedino što nam nedostaje, to je naučno, racionalno iskorišćavanje u vezi sa kooperacijom i organizacijom. Ali ipak, danas je Beograd u Evropi jedina varoš koja se izgrađuje u američkom tempu i na američki način. Ja sam skoro rođeni Beograđanin, predratni, i znam svoj Beograd u prste. Juče, međutim, svojim lekarskim poslom prošao sam iza Svetosavske crkve. E, lepo: umalo se nisam izgubio.

Tu su nekada bile poljane sa žitom: tu je nekada bio sirotinjski kraj, tu su negde Cigani iz Orlovske ulice slavili svoju „tetku": sada su tu najelegantnije vile, sa terasama i cvećem, u najživopisnijim stilovima. Treba samo da dobiju kanalizaciju, pa će kraj biti nenadmašan. Moje je mišljenje da bi trebalo što više zidati u stilu naših srednjevekovnih crkava, prilagođenih savremenim potrebama. Ma šta kazali, Gračanica je sinteza našeg umetničkog duha i zbilja lepa stvar. Šta će nam onda gotika, romantika ili ruski ampir?

„Dotičući ovde pitanje umetničkog stila u arhitekturi, ja želim da vam kažem koju i o drugoj jednoj važnoj stvari: čistoći jezika. Gospodo, ja sam nepopravljivi purista, i u tome ću biti nemilosrdan. Moj list mora da bude redigovan u najpravilnijem jeziku, on mora da bude najčistija ekspresija naših nacionalnih aspiracija. Žargon kojim se danas piše, ne samo po novinama nego i po književnim revijama, nije dostojan jedne slavne i emancipovane nacije, koja se gordi ljudima kao što su bili Njegoš i Filip Višnjić.

„Ovo nekoliko reči bilo je neophodno da biste znali uglavnom ideje vodilje u kojima će „Štampa" od idućeg broja biti uređivana i da biste se prema njima upravljali. Za vreme blagih dana koji nastupaju, moći ćete o svemu još promisliti, ispitati svoju savest — za pravog rodoljuba tu nema dileme! — jer ja hoću, to je moja neopoziva namera, da od redakcije ovog lista stvorim jednu homogenu ekipu u čistom nacionalnom duhu.

„A sada bih zamolio našeg novog urednika, g. Burmaza, da predstavi gospodinu Majstoroviću i meni gospodu saradnike i ostali personal."

Većina je ljudi za vreme celog govora ostala ravnodušna, bez ijednog znaka odobravanja ili neodobravanja. Glavni deo saradnika predstavljali su profesionalni i iskusni novinari, navikli na promene vlasnika, direktora i urednika, na lutanja iz redakcije u redakciju, na govore. Oni su bili mnogo više zainteresovani platama i redukcijama nego idejama novog direktora. Ostali saradnici, u većini nesvršeni studenti, što se novinarstvom izdržavaju na studijama i sanjaju da se što pre dočepaju kakve advokatske kancelarije, ili kakvog mestanca u državnoj administraciji, saslušali su govor otvorenih usta, sa potajnim odobravanjem u sebi, jer su i sami o svim tim „problemima" mislili na isti način.

Upoznavanje se vršilo brzo, bez neke naročite prisnosti. Koliko već u novinarstvu? Tri godine? Onda ste to... Kako? Od početka lista? Nikolić... Vaš je ujak... Molim vas, vi znate tri jezika. Oh, vi ste taj čuveni gospodin Andreja, o vama mi je gospodin Burmaz već govorio. Neobično mi je milo.

— Gle, i ti si, Bajkiću, tu — primeti krupno Majstorović, spazivši u kraju Bajkića.

Svi pogledi skrenuše Bajkiću, koji, sa licem u vatri, jedva izdrža ovu počast. Raspopović sam učini korak do njega.

— Ja sam u šabačkoj gimnaziji učio šesti razred sa jednim Bajkićem. Vaš otac? Kakve slučajnosti. Bio je veliki talenat. Umro? Kakva šteta! Neobično mi je drago. Mi ćemo još razgovarati. Gospodin Burmaz mi je neobično lepo govorio o vama. U njemu imate velikog prijatelja.

Gospoda počeše prolaziti kroz odeljenja. Majstori su objašnjavali. Pokucaše malo na linotipima. Fric pusti u pogon rotativu. Poslaše jednu složenu stranu pod presu, izvadiše tabak preparisane hartije sa otiskom, izliše jednu olovnu stranu. Prođoše kroz ekspediciju, gde su vrtoglavom brzinom pakovani poslednji primerci velikog božićnjeg broja. Prođoše administraciju. I najzad odoše.

Saradnici ostadoše još nekoliko trenutaka zajedno, zaključiše da je najveći deo prošao dobro, samo sa smanjenjem plate za deset odsto, zatim i oni odoše.

Kao i uvek, Bajkić izađe sa Andrejom. Dan je bio sunčan i hladan; sneg se topio tek mestimice. Gomila čistača je skupljala sa sredine ulice grudve snega, podizala u teške kamione ili sipala u otvorene ulične kanale, iz kojih je sukljala topla para. Ulice su bile pune nekako i suviše raspoloženog sveta, koji je vukao pune ruke zavežljaja i paketa. Od svetlosti i pokreta bolele su oči.

Andreja je išao oborene glave, razbarušene brade, ruku u džepovima. Bajkiću se učini stariji nego obično.

— Šta je vama, Andreja?

Andreja se začudi. Iza naočara sinu čisto plavetilo njegovih očiju.

— Zar ti nisam rekao? Posvađao sam se sa ženom.

Andreja nastavi da korača, pognute glave.

— Valjda ne... ozbiljno? — upita neodređeno Bajkić.

— Ozbiljno? Ah, ne, ne ozbiljno... onako, obično, tek tri dana kako nisam išao kući.

Bajkić htede nešto da kaže. Andreja ga preteče:

— Koliko da odahnem, brate. Znam, ti misliš: rđav otac. Svi misle: rđav otac. Pa neka sam i rđav otac... i ja sam čovek. Vidiš i sam, radim od jutra do mraka, koliko mogu, i više. A rđav otac nisam, samo što kuću ne vodim ja nego žena. Ja nisam tamo ništa. Deca me plaše da će me tužiti mami. Uostalom, sa decom živim dobro. Dajem im krišom pokoju paru za alvu — Stanki za njene sitnice — vodim one manje, sem Stanke i Bebe, u bioskop, u Topčider, i onda smo kao drugovi, igramo se hajduka, preskačemo se, ja im pričam malo o istoriji. I sve to uzalud. Kada se vratimo, žena ih krišom ispituje, ne šta smo radili nego šta sam im govorio, jesam li im govorio što protiv nje. Deca, šta mogu, u želji da se udobre — jer ona ih tuče, tuče kao drvo, kao da nisu njena krv — deca izmišljaju, a znam da mene više vole nego nju, lažu, kosa mi se na glavi digne kada poneki put lažući kažu... ne veći, ne onaj što si ga video pre nekoliko nedelja, veći ćuti, ali manji, onaj što ima šest godina... taj mali poneki put kaže baš tačno ono što ja mislim, kao svoju najveću tajnu. I kako dođu, kako otkriju, kako uopšte mogu tako mala deca da naslute i razumeju tako niska osećanja? Pre nekoliko dana, taj mlađi je rekao ženi, kada ga je počela ispitivati šta sam mu rekao o njoj, kako sam ga pitao: „Da li bi tebe, Dragane, bilo mnogo žao kad bi mama umrla?" Zamisli, čak ni samo žao, nego mnogo žao. Šta je posle toga bilo? Žena... Veruj, Bajkiću, veruj, poneki put želim ne da umre, nego da crkne, da krepa. A bez nje ne mogu deca... pa ni ja, sad je sve dockan, svi smo vezani za nju, suviše mnogo vezani, suviše mnogo krvi, zajedničke patnje. Najviše ćutim i trpim. Kada pokušam da kažem ili učinim što, onda ja nisam dobar otac, jer inače ne bismo živeli u sobi i kujni, već bismo imali svoju kuću, žena bi imala kaput kao prija Persa, što se udala za toga i toga, deca bi imala cele cipele... Uvek mi time zatvori usta. Šta mogu? Ja se mučim, radim. Žrtvujem svoju budućnost, koja mi je sva propala da bih ih ishranio. Uvek sam bez para. Ona mi sve oduzima. Šalje decu za mnom da me spreče da ne popijem koju. Sramoti me. Ali danas me neće sprečiti. Danas imam novaca i napiću se. — Andreja se skoro zagrcnu od smeha. — Hoću bar jednog dana u tri meseca da živim po svojoj volji, po svojoj sopstvenoj! Do đavola! Hoćeš li sa nom? Dobro. Srećan ti Božić!

— Slušajte, Andreja — zaustavi ga Bajkić. — Vi znate da poznajem, da sam drug, da drugujem sa ćerkom gospodina Majstorovića.

— Znam. Zašto?

— I vi niste ništa pomislili?...

— Šta? Ne...

— Smem li ja onda... kako će to izgledati, ako primim mesto sekretara?

Andreja se iskreno začudi. On spusti malo glavu i pogleda Bajkića preko naočara.

— Kakve to veze...

— Moglo bi da se pomisli.

— Šta se tebe tiče nešto što bi moglo da se pomisli! Pusti svet da misli šta hoće. To je njegovo pravo. I zbogom.

Andreja se naglo odvoji od Bajkića i zavi za ugao, u Skadarliju. U senci, kod ulaza u bioskop, Bajkić spazi Andrejinog mališana, prilepljenog nosa uz izlog sa kaubojskim slikama.

„Propustio oca!", i Bajkiću odjednom bi strašno, neopisano teško. Zbog dvoumice u kojoj se on sam nalazio, zbog Andreje, zbog tog malog koji će kod kuće dobiti batine — pomisli: „Sve tako glupo, tako odvratno glupo!"

U tom istom času u Prvoj srpskoj fabrici za izradu obuće „Stela" — brzojavna skraćenica Fizos — slavila se jedna mala slava. Ulazna vrata bila su okićena vencima od borovih grančica, na krovu su se vile dve velike zastave — državna i fabrička, zeleni trougao sa belom zvezdom — u direktorskom vestibilu momci iz „Srpskog kralja" uređivali su bife. Cela zgrada, sa svojim dugim i svetlim salama — staklo i čelik — sa svojim novim žutim transmisionim kaišima, sa svojim dobro popravljenim i punim od blesaka mašinama, ćutala je, nepokretna, u očekivanju signala. Radnici, dobro izbrijani i čisti — specijalna naredba uprave — stajali su na svojim mestima i još poslednji put pregledali je li sve kako treba. U direktorskom kabinetu — sa izgledom na neljubazno, crno i sivo fabričko dvorište — bio je skupljen sav upravljački personal: novi tehnički inženjer Gajger, izbrijane lobanje, čist, plav, nemački ukrućen; administrativni direktor DŽ. B. Harison, ljubazan, rumen, okrugao; glavni inženjer Semjonov, koji je, da se ne bi znalo da je ruski izbeglica, govorio samo engleski; onda gomila šefova raznih odeljenja, poddirektora, podinženjera, i među njima svima, debeo kao Buda kome se svi klanjaju, ali koga više ništa ne pitaju, Majstorović, zavaljen u stolicu, za glavnim stolom. Gospoda direktori su govorili između sebe, Semjonov gledao kroz prozor čupajući retke, mongolske brčiće, Srbi, neraspoloženi, ćutali, na velikom zidnom satu šetalica prelazila svoj jednolični put od jednog staklenog zida do drugog. Sat izbi podne. U istom času zaurla i fabrička sirena. Majstorović se diže kao automat. On potpisa jednu otvorenu knjigu, odloži pero i krete, praćen celom svitom, u komandno odeljenje. Svojeručno je trebalo da spusti prekidač, ali mu je žaket suviše sputavao ruku: on učini samo pokret, a glavni podinženjer dade vezu, uz malo prskanje plavičastih iskri. Gvozdeni pod na kome su stajali odjednom poče treperiti. Celu zgradu ispuni zaglušni šum mašina. Gospoda kretoše dalje. Niko ništa nije govorio. Prođoše pored grupe dizel-motora, prođoše kroz distribucionu salu, kroz prve magacine, kroz prvu mašinsku salu. Svuda isti šum gvozdenog vodopada, svuda isti miris ulja i čelika koji se greje, miris kože, svuda, za svakom mašinom, ljudske prilike. Direktori su pogledali u časovnike, zamišljeni. Hod se kroz sale nastavljao. Najzad stigoše u sabirno odeljenje. Satovi su pokazivali još nekoliko minuta do jedan. Majstorović priđe kućnom telefonu, otkači slušalicu, pritište određeno dugme. Kada skazaljke pokazaše tačno jedan, on izgovori jednu kratku reč, i sve ponovo potonu u gluhu tišinu. Gospoda su razgledala cipele, pipkala ih i okretala, ponovo ih vraćala na stolove, gde su radnici vršili prebrojavanje.

— Koliko? — upita Majstorović kratko.

— Trista sedamdeset i pet pari — odgovori šef.

— Drei hundert fünf und siebzig — ponovi gospodin Gajger.

— Three hundred and seventy five — ponovi DŽ. B. Harison. — All right!

Gospoda se popeše u direktorske prostorije, gde ih je čekao bife. Na jednom stočiću, okićenom cvećem, stajali su izloženi svi tipovi cipela „Stela". Kraj stočića stajao je Burmaz i posmatrao. Spazivši ga, Majstorović mu hitro priđe.

— No? Jesi li ga pronašao? — upita prigušeno.

— Sve je u redu.

— Gde?

— Više Slavije, imam adresu.

— Hvala ti.

— O, molim, to je... — Burmaz htede da kaže da mu je to bilo zadovoljstvo, ali se seti one pouke sa novčanikom: „Ne smem blefirati!", pomisli. — To mi je bila dužnost.

Pruži ruku da se oprosti.

— Zašto? 'Odi da te upoznam. I da se prihvatiš.

Prvi put posle toliko nedelja, Jasna je ručala zajedno sa svojim sinom. Njeno mladalačko lice, uokvireno zavojcima meke svetlosmeđe kose, protkane belinom (koja bi se ugledala tek pri pokretu glave, kada bi srebro vlasi blesnulo pod svetlošću), bilo je čisto, otvoreno, jasno u svojoj mirnoj sreći. Ručali su u malom predsoblju, za stolom stisnutim između jedinog prozora i otvorenih kuhinjskih vrata. Bajkić je bio utučen Jasninom radošću: kada joj je, došavši, saopštio za svoje unapređenje i ona ga zagrlila (još je osećao na obrazima dve vlažne ruže od njenih poljubaca), njegovo je srce postalo meko kao topli hleb, i više nije uspeo da joj kaže razloge zbog kojih se lomio. I što je vreme više odmicalo, on je sve jasnije osećao nemogućnost da joj pokvari sreću, da kaže da bi voleo da ne primi to mesto. Jasna je već pravila raspored povišice: nov sto za njega, to je prvo; u malim oglasima našla je divnu priliku; onda, od prvog maja uzeće nov, veći stan, jer je njegova soba u ovom od dve sobe i kujne i suviše mala. I sva u tim planovima, svetlih očiju, Jasna je ustajala od stola, odlazila u kujnu i donosila odande jelo, koje se u njenim rukama pušilo.

Na pragu kuhinje, uškiljenih očiju, nepokretna i zamišljena, mačka Belka je prisustvovala ručku. U nekoliko mahova, kada je Nenad pogleda, ona stisnu oči u odgovor na pogled svoga gospodara. Nenad poče navlaš da je pogleda i uvek srete mandarinski mudro i poverljivo stiskanje očiju: samo ti jedi, ja ću već pričekati. Nenada ova igra malo razgali. Poče se naglas smejati. Belka okrete glavu kuhinji, duboko uvređena. Na sve dozive i moljakanja ostade gluva. Jasna se diže, dohvati iza ugla mali plehani tanjir, nasu jela i odnese ga pod štednjak. Belka napravi grbu, uspravi rep, pomilova se leđima o dovratak i tek posle toga priđe i poče sa puno dostojanstva jesti, vrhom njuškice, delikatno, stresajući se.

Dok je Jasna spremala sto, Nenad se zagleda u njene ruke: dugi i nekad lepi prsti bili su zbrčkani i izjedeni od rada. I on je još mogao čitavo jutro da se lomi samo zbog izgleda stvari, dok su prsti Jasnini, ogrubeli od rada — stvarnost a ne izgled!

Za crnu kafu pređoše u Jasninu sobu. U uglu, iza vrata, stajao je krevet, kraj prozora veliki ravan sto, sa knjigama. Između prozora i vrata što vode u Nenadovu sobu starinski divan od mrke kože, oronuo, mek i prijatan; preko od njega mala irska peć, jako zagrejana. Pirotski ćilim pokazivao je od duge upotrebe svoju belu potku. Ali i takva, soba je sa svoje dve-tri uveličane fotografije (Jovan, Žarko, stara Bojadžićka) i jednim uljanim pejzažem Beograda po kiši, velikog rada Žarkovog, od koga rat beše ostavio tek prvi sloj, sa svojim teškim pirotskim zavesama i onim kožnim divanom starinskog oblika i potamnelih mesinganih dugmadi, na kome su, pijući kafu, sedeli Jasna i Nenad — soba je bila topla, čista, udobna. Iz dana u dan, za onim stolom, Nenad je viđao prema svetlom prozoru nagnutu Jasninu glavu, i prema njoj dignute nosiće i široko otvorene oči dečje. Koliko ih je prošlo! Iz svoje sobe, već u rano jutro, on je čuo nesigurne glasove kako ponavljaju tablicu množenja ili sriču prve slogove. I onda smeh, i tapkanje nogu i u predsoblju navlačenje kaputića i malih kaljača. Za čas tišina, pa zvonce, pa novo tapkanje, novi glasovi. I uvek, prema svetlom prozoru, glava Jasnina. Onda brzi jutarnji odlasci na trg. Onda kuhinja. Onda sudovi koje je trebalo prati, spremiti. Kao i uvek kada bi o tome mislio, Nenada ispuni duboka tronutost — i stid. Oči su mu bile pune suza. On uze polako majčinu ruku, lepih uvelih prstiju, i držaše je dugo. Najzad reče, i oseti duboko olakšanje od toga:

— Ni sto, ni stan. Ali ćeš od prvog uzeti devojku. — A kada Jasna pokuša da protestuje i da uverava da je to nepotrebno, da još može sama, Nenad je uze za obe ruke i sasvim ozbiljno reče:

— Ne, Jasna, ja hoću tako, i tako će biti. Uzećeš devojku, nije više za tebe da pereš sudove.

U njegovom glasu bilo je toliko čvrstine da Jasna ne pokuša da mu se opre. Kako beše ustao da ode u svoju sobu, Jasna ga privuče k sebi i poljubi.

Jednom u svojoj sobi, i sam, njega ponovo obuze neraspoloženje. Pokuša da se razgali čitanjem. Sede na pod, kraj svoje police sa knjigama, i poče prebirati. Tražio je one knjige za koje se sećao da su mu nekada pričinile veliku radost. Ali mu je misao brzo napuštala ono što je čitao — mada su oči još uvek pratile redove — i on bi, ra-zočaran, zaklapao knjigu da je vrati na mesto. Osećao se neodređeno i slatko: kao pred velikim putem, na kome su mu se mogle desiti nečuvene stvari. Ceo on nije bio ništa drugo do jedna velika čežnja, koja nije bila svesna sebe; ni cilja. Zapali cigaretu. Misao mu je bila duvanski dim, koji bez prestanka menja svoj oblik. Zvonce na ulazu ga trže. Skoči. Upali svetlost. Ženski glas? Oslušnu i pretrnu. Lice mu planu. Sasvim nesvesno pređe rukom po kosi, dotače lice. Alek-sandra! Sva ona neodređena čežnja upravi se odjednom prema glasu koji se čuo iz predsoblja. Ali... otkuda da dođe? Ona još nikad nije bila kod njega. Da se nije dogodilo nešto naročito? On otvori vrata: Jasna je držala Aleksandru za ruku i smešila joj se. Nenad pritrča.

— O, mi smo se već upoznale! — Aleksandra pogleda Bajkića pravo u oči. — Mogu li ostati jedan čas?

Bajkić se užurba oko njenog kaputa, snežnih cipela. Belka, sva nakostrešena i nepoverljiva, priđe da omiriše sneg.

— Cela porodica!

Aleksandra se oseti prisno. Pomilova mačku. Onda ponovo uze Jasnu za ruku.

— Nisam vas uznemirila, gospođo?

— Ne, dete moje, uđite samo. Hoćete li čaja? Sad ću.

U Nenadovoj sobi, Aleksandra zastade. Gledala je sve pažljivo — a srce joj je lupalo — male sitne stvari, njegov krevet, sto, lampu pod staklenim zelenim šeširom, knjige, peć, prozor kroz koji je nazirala savsku padinu pod snegom, dve-tri slike... Svaka stvar za sebe bila je obična, svakodnevna, polica za knjige od čamovine, gvozdeni krevet, a ipak... ona nije znala...

— Kako je prijatno ovde kod vas! — I ona priđe stolu, uze jedno malo psetance od pečene zemlje, pređe prstom preko njegove gleđosane grbine.

— Nešto se dogodilo? — upita Nenad.

Ona ostavi figuricu, okrete se prema Bajkiću.

— Putujem.

— Brzo?

— Sutra. Zato sam se i usudila da dođem.

— Predosećao sam.

Aleksandra se osloni o sto. On je nije nudio da sedne.

— Zašto tako brzo?

— Nemojte me pitati o tome, molim vas! — I, spuštajući glas, uze ga za ruku: — Ovog puta neće biti dugo, vratiću se što mogu pre, verujte. — Pa kako je on i dalje ćutao: — Nije po mojoj volji, toliko vam mogu reći. — I sasvim tiho, oborivši glavu: — Uostalom, vi i sami slutite... možda i tačno znate, a ja sam ionako već pre dedine smrti trebala da odem i završim ispite.

On učini veliki napor volje da ne bi govorio o njenom odlasku. Poče je dirati za njene studije.

— A kada svršite, šta ćete raditi? Udati se?

— Mislite da ne bih bila sposobna za rad?

— To ne... ali svaki dan u određeno vreme odlaziti... Sa vašom diplomom možete raditi samo dve stvari: nastavu, predavati iz dana u dan francuski jezik ili istoriju u nekoj gimnaziji, ili ući u neku biblioteku.

— Ili nastaviti univerzitetsku karijeru. Zar mislite da ne bih mogla doktorirati? Raditi samostalno, naučno?

— To ne. Toliko muškaraca i mnogo slabije inteligencije doktorira... i radi „samostalno". Nisam toliko zaostao da sporim žensku sposobnost — iako mislim da ima stvari koje žene ne bi trebalo da rade, ne što ne bi mogle, nego tako, što se ne slaže sa biologijom ženskog bića. To je jedno. Ali ostaje drugo, Aleksandra, ja se vraćam: mislite li vi da biste mogli žrtvovati vaš komoditet, vašu slobodu, vaše odlaske u Beč i u Bejrut, u Salcburg na muzičke festivale, vaše odlaske u Pariz i gornju Italiju... da li biste se mogli navići da ustajete svakog dana u određeno vreme, da odlazite na dužnost — dužnost je sasvim nešto drugo nego jedan rad za koji se zna da se može ostaviti kada se hoće, dužnost nije nimalo zabavna, čak i kada se voli, jer ponavljanjem postaje monotona — da li ste mislili da biste se morali podvrći izvesnoj radnoj hijerarhiji? Ne znam, ali se meni čini, ja se bojim da za vas već nije malo dockan, da vas je život već malo — možda i nepopravivo! — razmazio i da... mogu li da kažem sasvim otvoreno?

Aleksandra se smejala:

— Samo kažite!

— Pa eto, da ste postali... ah, ne svojom krivicom, to ne, prosto činjenicom da ste uvek imali sve što vam je trebalo, da ste se navikli na lepe stvari i lepe mirise, na svileno rublje i vagon-li, i da je sve to od vas stvorilo diletanta, Aleksandra. Ima stvari koje izgledaju vrlo lake... kada čovek samo govori o njima, ali su neobično teške, ako ne i neizvodljive, kada treba postupiti po njima.

— Ja ne mislim da budem diletant. Čim svršim studije, počeću da radim.

— Čak i onda ako budete morali napustiti svoj dosadašnji način života?

— Moj način života? Pa ja živim sasvim, sasvim prosto!

Bila je potpuno iskrena. Bajkića tronu njena naivnost.

— Prosto! Ali, ako bi trebalo živeti još prostije? U dvema sobama? Nositi proste haljine, hraniti se u kafani ili sama po povratku s rada spremati jelo? Niste nikad mislili da ispod vašeg prostog života ima deset, dvadeset slojeva još prostijeg života?

— Ne... ali vi preterujete u ocenjivanju ovoga što vi zovete mojim načinom života. Ja stvarno... uostalom, zašto toliko važnosti pridavati čisto spoljnim stvarima, sporednim... ja nikad ne mislim na te stvari.

— Zato što ih imate, Aleksandra. — On je čekao jedan čas. — Ja ne pridajem važnosti stvarima zbog njih samih. A mislim na njih samo utoliko ukoliko ih nemam, a osećam potrebu da ih imam — svi mi volimo lepe stvari, udobnost... i svi bismo voleli da ne moramo na njih misliti, da se one podrazumevaju kao nešto što je dato sa čovekom, naravno ne kao merilo čoveka, već samo kao podloga njegovom razvitku. Način života, to nije samo živeti ovako ili onako, nego pre svega imati ili nemati ovo ili ono. Imati, znači biti... biti u određenom društvu, vršiti određene radnje — bez obzira da li ih radite s uživanjem ili ne, s uverenjem ili ne — pokoravati se određenim pravilima, stanovati u određenim hotelima, putovati određenim vozovima i klasama, dolaziti u dodir sa ostalim ljudima samo u određenim slučajevima — sve to mora da stvori drukčijeg čoveka. Kao što nemanje istroši i ubije čoveka, tako isto imanje razgrađuje čoveka — ili ne dopusti da se sagradi uopšte. Zašto bi se i izgrađivao? Njemu nije potrebno da *bude* po svom unutrašnjem sadržaju, on već *jest* po spoljašnjem, od rođenja — ono „imati" oslobađa ga obaveze da bude lojalan i pristojan, da zna nešto, da poštuje tuđu ličnost i da se pokorava redu; oslobađa ga obaveze da lično bude čovek, koristan čovek — mesto njega ulogu društveno korisnog igra njegov novac; oslobađa ga da misli — za njega misle profesori univerziteta. Kada kažem: način života, ja mislim na sve to — i promeniti ga znači promeniti celoga sebe, iz osnove, promeniti sebe potpuno, osloboditi se navika, porodičnih i društvenih predrasuda. — On poćuta, zamišljen. — Ima stvari... eto, i ja sam, postoje tako neke sitne predrasude pred kojima sam slab, sasvim slab, ne mogu da im se otmem.

Jasna unese čaj, posede malo i ode. Napolju je već sve bilo mračno, i u prozoru se ogledala cela soba. Aleksandra je čekala da Bajkić nastavi, ali je on ćutao. Ona se oneraspoloži. Ustade.

— Moram da idem.

On je pogleda, naglo uozbiljen.

— Da li biste mi rekli nešto... samo, meni treba potpuno otvoren, potpuno određen odgovor?

Aleksandra se i sama uozbilji: slepoočnice joj pobeleše, postadoše tanke, prozračne.

— Da li ste znali za promene u „Štampi"? — upita Bajkić stegnuta grla.

— Ne.

Aleksandra izvi jednu obrvu. Sva je bila čuđenje.

— I nijedne reči niste progovorili sa vašim ocem, sa vašim gospodinom ocem... mislim nijedne reči pohvale o meni? Ili da ste tražili nešto za mene kada ste doznali za promene, kada ste doznali da je vaš otac kupio list?

— Ne. Nikad. Uveravam vas.

Njemu laknu. Sve ono što ga je mučilo celoga dana iščeze. Osmehnu se. Uze je za ruku.

— Hvala vam, Alek! Nikad vam to neću zaboraviti. — I najednom, sasvim dečački: — Da vas ispratim, a? — i odjuri po kaput.

Aleksandra ništa ne razumede. Jedino se čudila sama sebi zašto joj srce tako krupno i neravnomerno lupa. Kao da je pored nje prošao neki veliki događaj.

Gospa Rosa je još držala ruku na kvaci tek zalupljenih staklenih vrata. Drugom rukom, koja joj je bridela od napora, podvuče pod povezaču ispale pramenove kose. Disala je kratko i brzo. Ljubičasti pečati po bradi davali su joj krajnje nepijatan izraz. Čvrsto stisnute usne povlačile su dve duboke bore od oblog i sjajnog nosa ka uglovima usta. Oko nje je sve blistalo od iskričavog odbleska snežnog krova susedne zgrade, obasjanog punim podnevnim suncem. Ona je razmišljala, sva usredsređena na jedno: njene oči, upravljene pravo na kvaku sa rukom, nisu videle ništa. Njena seljačka glava radila je hitro. Moglo se... ili... oči joj blesnuše; ona energično otvori vrata.

— Ocu ni reči, jesi li čula?

Stanka, zgrčena na podu, rašćupana, jednog ogoljenog ramena, ne odgovori. Mati povisi glas; bio je promukao, neprijatan, surov glas:

— Jesi li čula?

Stanka uzdahnu. Gospa Rosa se zadovolji tim odgovorom i zatvori vrata. Stankinu sudbinu uzimala je ona u svoje ruke. Onda sede kraj štednjaka na nisku šamlicu, podiže sa poda drvenu karlicu, u kojoj su bili dopola oljušteni krompiri potopljeni u zamućenu vodu i, svejednako zaneta u one mučne misli, poče ih čistiti. U jednom mahu dve krupne, teške suze skliznuše niz obraze: zaustavivši se začas u borama kraj usta, padoše na ruke, koje su se sa kratkom seljačkom britvom mehanički kretale. Ali se usta još jače stegnuše i užagrene oči presušiše: kraj niskog prozora su svaki čas promicale glave susetki; jedna čak, zasenivši rukom oči, pokuša da vidi šta se u kujni dešava.

Za to vreme Stanka je ležala onako nepomična nasred prazne očeve sobe, čela na goloj dasci poda. Po celom telu osećala je tupe bolove, ali je najviše tištao prst sa koga joj čas pre mati beše strgla prsten, njegov prsten. Misli su joj se smenjivale ogromnom brzinom: ni za jednu nije mogla da se uhvati, da je zadrži, kao u nesanici. Zašto sva ona lica, koja behu to jutro nagrnula u „njihovu" sobu? Koka je virila iz automobila... i ni reči nije htela da joj kaže. Još se smejala. Otac Miletov ju je udario. Mile je zamahnuo na njega. Oh, Gospode! Tramvaj je hteo da je pregazi, jer je išla sredinom ulice. Ruke su je ščepale. Crvena i ljutita lica bila oko nje. Žandar, kondukter i kočničar, i nerazumljive reči, i nerazumljivi usklici. Ležeći, Stanka jasno još jednom ču onu strašnu reč koju joj je Miletov otac pred svima dobacio — izbacivši je kroz vrata kao stvar — sa užasom videla njegovo razgoropađeno crveno lice, pljuvačka mu je prskala na usne. Zašto je, zašto je svuda oko sebe viđala samo ta strašna lica, slušala te opore reči, zašto je dobijala udarce i pogrde, Stanka nije mogla da shvati. Ona nikome ništa nije učinila. Ništa. U njoj je bilo prazno, slomljeno, život ju je napuštao — štektala je na podu iscrpena od plača: srce joj je bilo razmeškano od suza i puno samilosti prema sebi samoj, prema tom od celog sveta ostavljenom detetu, i još poniženom, ispljuvanom, odgurnutom.

Hladnoća sa poda poče je kočiti. Ona s naporom sede. Razbarušena kosa, oblak sirove žute svile, padala joj je po licu. Zadiže je. Lice je bilo puno uboja. Ona ga zagnjuri u hladne dlanove. I, sedeći tako, odjednom oseti veliki mir, ledeni kristalni mir, obasjan hladnim suncem. Njeno srce bilo je ledeni kristal, njen stomak ledeni kristal, šupljina grudi obložena ledenim kristalima. Pod se, neravan, širio pod njenim ukočenim pogledom. Skoro pran, žut, grubo sastavljenih dasaka. Jedna mala stenica, mršava, prozračnog žutog tela, hitro je išla samom ivicom jedne daske.

„On mora nešto učiniti", mislila je uporno, „mora, mora, ja sam njegova žena, mora, ja sam njegova žena!"

Dan posle ove scene — a to je bilo na sam Badnji dan — Andreja se probudi dockan, u nepoznatoj sobi i tuđem krevetu. Dva prljava prozora, obrasla paučinom, gledala su na nepomično plavo nebo. Napolju je, znači, sijalo sunce. On skrete pogled: u sobi je bilo pet do šest zarđalih vojničkih kreveta; iz slamnjače je ispadala slama, siva ćebad bila su pocepana, a svuda nije bilo posteljnog rublja. Na drvene trupčiće položene daske služile su za klupe. Po svima zidovima visile su stvari i zavežljaji. Pred stolom uz prozore stajao je jedan mladić ogrnut ćebetom i, pomažući se velikim lenjirom, izvlačio pažljivo linije po crtežu. Drugi jedan, go do pasa, umivao se iz zemljanih sudova, hukćući. Andreja spusti noge niz postelju. Prolazak jednog tramvaja, od čega se cela soba, sa svojim ispucanim i olupanim zidovima, zatrese iz temelja, pomože Andreji da se snađe: nalazio se u jednoj sobi studentskog skloništa kod „Zlatnog anđela". Onaj student svrši sa umivanjem. Tražio je čime da se obriše. Okrenuvši se, spazi Andreju. I jednom i drugom bi neprijatno što se gledaju.

— Kako sa buvama? — upita student grabeći prvu belu stvar koja mu dođe pod ruku da se obriše. — Izgladnele nam mnogo, studentarija naša mršava, nemaju za šta da ujedu, jedva dočekaju goste.

Andreja je bio trom, gladan i žedan; i nije mogao više da gleda golog studenta: uspomena na probančenu noć — a on se sada sećao svega jasno — bila mu je nepodnošljiva. On se žurno obuče i štuče na čist vazduh. Da diše! Da se kreće! Ali od hladnog vazduha još više malaksa. Uđe u prvi bife, gde pojede dva kisela krastavca i popi dve gorkovače. To ga malo okrepi, ali ne razveseli. Pope se do „Štampe".

Tamo, sem dežurnog saradnika, nije bilo nikog. Saradnik je bio govorljiv. Andreji bi dosadan.

— I tako naš gospodin Bajkić postade sekretar.

Andreja ne odgovori.

— Ali kako... šta vi mislite da on nema neke naročite veze?

— Ne, kakve veze? Nema, zašto bi mu trebale — odgovori rasejano Andreja stojeći na prozoru i gledajući na raskršće po kome je vrveo svet. U nekoliko mahova prođoše ljudi noseći božićne jelke, i njihovo tamno zelenilo ga svaki put taknu bolno.

— I vi ne vidite šta znači to postavljenje? — navaljivao je saradnik.

Andreja pogleda mladića preko svojih naočara.

— Ne, stvarno ne znam šta bi to moglo da znači. Ja... upravo. Koji je danas dan?

— Dvadeset četvrti.

— Ah...

On ponovo priđe prozoru. Retko koji prolaznik da nije nosio nešto u ruci. Naiđe jedna grupa mališana sa divnim gvozdenim sankama. Kroz zatvoren prozor huk ulice dolazio je do Andreje prigušen, ali i tako, njemu se učini da je ta graja nekako naročito vesela, praznička. On izvrte sve džepove, prebroja novac. Ostalo mu je od plate još stotinu i nekoliko dinara.

— Možete li mi pozajmiti dvesta... trista dinara? — upita uzbuđeno.

Dok je dežurni vadio novac, Andreja hitro navuče kaput; zatim se trčeći spusti na ulicu. Na ulici ga zahvati ljudska bujica, njen pokret. Sneg je, topeći se, padao u teškim i mekim komadima sa ivica krovova i razbijao se pršteći po trotoaru. Tolike dane živeo je kao najveći egoista, kao otpadnik! Nestrpljenje ga je gušilo, strava da ne zadocni gonila ga je da svaki čas strčava sa ivice pločnika da bi obišao prolaznike, koji su, kako mu se činilo, išli i suviše polako. Prvo ga zadrža jedna radnja sa igračkama, onda jedna pomodna trgovina, onda jedna trgovina bombona. Začas je Andreja bio jedan od mnogobrojnih ljudi ruku i džepova punih paketića. Pred jednim izlogom se dugo lomio između jedne male jelke, već gotove i iskićene, i jednih gvozdenih saonica, crveno obojenih. U oklevanju ga zateče podne. On odloži odluku za poslepodne i, onako natovaren, ode u kafanu da ruča.

Ponovo popi dve gorkovače. Ručao je žurno, prateći jelo dubokim čašama vina. Neizvesnost je sa vinom nestajala. I neprijatna misao, koja ga je gonila dok je maločas kupovao. Ukoliko mu je krv postajala toplija, utoliko je on sam postajao življi i radosniji; i govorljiviji. Prva osoba kojoj otkri svoju radost bio je kelner. Oni zajedno zaviriše u pojedine pakete. Caklesi naočarima, Andreja mu pokaza mehaniku jednog divnog šarca: kretao je taj konj i ušima i repom; i još je rzao i kopao prednjom nogom. Kelner se rasmeja do suza, što samo još više razdraga Andreju. On pusti da malo zuji, između tanjira i čaša, svetloplavi automobilčić.

— To je za malog, a za onog većeg, vidiš, čitava fabrika; sa ovim može da napravi šta hoće, tramvaj, dizalicu; vidiš, ovde su slike i pregledi... Dete se i uči i zabavlja. Čekaj, to nije ništa, to ti je samo lutka od kaučuka, za onu najmanju.

— Koliko ih imate? — uzviknu kelner.

— Četvoro — Andreja sav sinu — dve kćerke, dva sina.

Stolu priđe i sam kafedžija.

— Vidi se, dobar otac, voli decu.

Sva trojica ponovo zaviše stvari, ali, pored svega truda, paketi nisu više bili onako glatki i lepi.

Bilo je već tri časa po podne kada Andreja napusti kafanu.

— Zapalićemo jelku — mislio je oduševljeno, dok mu je srce već sada lupalo od uzbuđenja, zamišljajući dečju radost, jer jelke dotada nikad nisu imali. — Pevaćemo pesme, večeraćemo po običaju... —

Andreja se smrači setivši se da žena nije imala novaca. — Možda ni za jelo, možda... — On uđe u prvu radnju sa delikatesima.

Griža savesti, pojačana popijenim vinom, bila je nezajažljiva: on kupi maslina, jednu bocu konjaka, jednu bocu starog vina, sardina, ruskog ajvara. U staklenim činijama nekoliko pečenih prasića čekalo je bogate mušterije. Sa strepnjom pod grudima, Andreja odabra jedno. Ali sam više nije mogao nositi. On posla dečka iz radnje da nađe jednog besposlenog čoveka za nošenje. Dok je čekao ovoga, on s nogu popi još nekoliko čašica klekovače. Između dve čašice on pokaza gazdi i gospođici za kasom mehaničkog konja. Konj mu se tog puta učinio neobično smešnim. Morao je da skine naočare da bi obrisao suze. Oprostio se srdačno sa svima, i izašao ponovo na ulicu. Sve je već bilo osvetljeno električnom svetlošću. Mada je bilo još svetlo, ulične svetiljke i one po radnjama behu već upaljene: njihova svetlost bila je čeličnoplava, i više su se opažale po toj boji nego po svetlosti.

Osmi čas zatekao ga je u Poenkareovoj ulici.

Preko dana otopljeni sneg smrzavao se brzo u klizave breščiće. Andreja je, raskopčanog kaputa, zarumenjen, hitao oduševljeno napred, noseći u jednoj ruci, sa velikom pažnjom, gotovu malu jelku, čiji su stakleni ukrasi sitno zveckali; male crvene sanke nosio je za njim čovek. Čovek je, pretovaren, gunđao, i to gunđanje mučilo je malo svetlo raspoloženje Andrejino. On uvede čoveka kod „Ginića" da ga nekako raspoloži: njemu je, srećnom, bilo nepodnošljivo da ma ko toga blagog večera bude tmuran i potišten. Ulice su se naglo praznile. Svaki čas bi jedan od njih dvojice ispuštao nešto, saginjao se da dohvati i pri tom ispuštao drugo. Ali te male nezgode više nisu mogle da pokolebaju olimpijsko raspoloženje Andrejino. On se blaženo smejao, brbljao, zastajao da objasni ovo ili ono, klizao, a u nekoliko mahova i pao, ali je iz svih tih nezgoda uspevao da izvuče jelku čitavu; bar je on tako verovao. Govorio je čoveku koji se vukao prilično nesigurno, sa zavežljajima:

— Upalićemo jelku, obradovaću ih sve, svima sam ponešto kupio. I ti ostani sa nama, za sve će biti mesta. Praznik mira i ljubavi, mira i ljubavi, to ti je, brate, Božić.

Kada stigoše do kuće, Andreju porazi mrak u dvorištu. Tu i tamo gorela je svetlost, ali je već sve bilo tiho i zamrlo. Kako je brzo prošlo vreme! Neprijatno predosećanje ispuni ga odjednom.

„Deca spavaju", pomisli, „znači da je dockan."

Međutim, njemu se još uvek činilo da je tek pre nekoliko časaka izašao iz uredništva; u ušima mu je još zvonio smeh one gospođice na kasi kada joj je pokazivao mehaničkog konja.

— Gde je konj?

Čovek se zaustavi. U mraku se stadoše pretresati. Najzad ga otkriše. Andreja se umiri.

— Zakucaćemo... I gotovo...

Poče polako kucati na vrata; bar je verovao da kuca polako.

— Otvorićemo flašicu, popiti gutljaj... ima, brate, i maslina... bacaćemo orahe, prostrti slamu, videćeš.

Iz kuće nije niko odgovarao. Andreja, koji je postajao nestrpljiv, zabubnja nogom.

— Roso, otvori!

Prozor kraj vrata ostajao je mračan, neprijatan. Vrata se, na jednom stanu dalje, odškrinuše, i nečija čupava glava, čija se senka spusti preko celog dvorišta do suprotnog zida, izviri, pogleda i brzo se uvuče; i brava suho škljocnu. Andreju obuze nestrpljenje; on podnožjem jelke udari snažno u drvo pred sobom i jedan krak krsta na kome jelka stoji otpade. Krv mu zašume u ušima, celom težinom se upre u vrata. Ali vrata izdržaše, cvileći, napad. Onako naslonjen, Andreja ču s druge strane kratko disanje; kvaka pod njegovom rukom se poče opirati.

— Otvori... — prošišta Andreja.

— Pijan si... idi gde si dosada bio!

Andreja se odmače od vrata. Sa svih strana su virile, njuškajući, komšijske glave. To Andreju naročito razbesne. Stajao je nasred dvorišta, u levoj je držao jelku, u desnoj konja.

— Otvori...

Prozorom prominu jedna bela senka. Mehanički konj tresnu u prozor. Okno se raspršta zvonko; parčad meko utonu u nagomilani sneg.

Vrata se ni ovog puta ne otvoriše. Andreja klonu. On sede na basamak. Čovek koji je nosio zavežljaje ražali se. On priđe razbijenom prozoru i poče pregovarati.

— Božić je, gospoja...

Jedna stara žena pređe preko dvorišta, šljapkajući papučama.

— A šta ćeš, gospa-Roso, pusti ga, gde će na blagi dan i po ovoj zimi da ga ostaviš da spava u šupi — ne valja se, gospa-Roso!

Vrata su uporno ćutala. Ona stara žena priđe. Stavi Andreji ruku na rame:

— Ustani, gospodine, nazepšćeš, hodi k meni.

— Ah, b... mu ljubim, otvoriće ili ću sve razlupati! — viknu Andreja skačući. On se zagrcnu: — Sve sam to kupio... za nju, za decu, za praznik. Evo joj, do đavola, evo!

Jelka odlete za konjem u prozor.

— Nemoj, gospodine, grehota je, gospodine...

U mračnom dvorištu nastade začas tišina, u kojoj se samo čulo naporno disanje Andreje, koji se otimao iz ruku one žene. Uto se u stanu upali svetlost i vrata se otvoriše: pre nego što se bela senka snašla na pragu, Andreja se otrže od starice, koja ostade da u snegu traži spalu papuču i dva zvonka šamara, uz ženski vrisak, ispuniše oštri, smrznuti vazduh.

— Pijanico, pijanico...

Iz crne dubine dvorišta pojuriše crne senke komšija i kevćući načetiše se oko vrata, iz kojih su, sa snopom blage svetlosti, izbijali prigušeni uzvici, nerazumljive reči, tupi, ravnomerni udarci, kao da neko trupka po utabanoj zemlji.

— Razvadite ih, ljudi.

— To se tebe ne tiče.

— Ti si mi bolja, aspido, mora čovek!

— Šta čini piće, žene.

Glasovima žene i čoveka iz kuće — njihovim krupnim razdešenim glasovima — pridruži se prvo jedan, pa drugi, pa treći dečji vrisak.

— Neka mi se plati, pa da idem, celo veče vučem za njim... i meni je Božić.

— Naplati ako možeš.

Neko se nasmeja.

Čovek je stajao razmišljajući. Onda odgurnu pritvorena vrata i celo svoje breme zavežljaja ubaci u kujnu: prase, masline, kutije za metalne konstrukcije, poklone za Stanku i gospa-Rosu, male crvene saonice, čiji je naslon bio iskrivljen. U svojoj revnosti on dohvati ispod prozora polomljenu jelku i ubaci je na gomilu: prolazeći kroz snop svetlosti, mali razlupani ukrasi i staniolni sneg po granama zableska slabo. Čovek otrese dlanove, popravi kačket na glavi i između komšija izađe iz dvorišta. Mumlao je, u svoju čupavu (neuređenu) bradu, u svoje opuštene vlažne brkove; ali to mumlanje nije bilo ljutito. Išao je ulicom, zastajao, mumlao, kretao, ponovo zastajao i sam sebi objašnjavao nešto što ga je, onako napitog, moralo jako dirati, jer je nadlanicom nekoliko puta otro svoje crvene, otekle kapke, kapke čoveka koji ceo svoj život provodi pod vedrim nebom, šiban vetrom, prašinom i kišom.

— Kupio... praznik da provede... sad se tuku, deca plaču... nesreća! — On zastade. — Nesreća!

Dva crvena oka, vatrena perjanica zabačena unatrag, užurbano olujsko dahtanje u proždiranju bele zimske noći. Za tom glavom od vatre vijugalo se, kroz slavonsku ravnicu, između crnih kvadrata šuma, vitko (i tamno, jer su zavese na prozorima navučene) telo simplon-ekspresa. U veliko, nepomućeno spokojstvo zaleđenih ritova, snežnih polja i ogoljenih, od mraza ukočenih šuma, crveni okrugli fenjer na poslednjem vagonu što se sve brže smanjuje, svojom rubinskom bojom, svojom ukočenošću unosi nespokojstvo. Tek kada to krvavo oko utrne u daljini, prostranstvo ponovo počne da diše glasovima svojih noćnih ptica, udaljenim lavežom pasa, treperenjem svojih kristalnih zvezda.

Na gornjem krevetu, u plavoj prugastoj pidžami, klateći bosim nogama, Mile Majstorović je pušio. Burmaz je, još obučen, izvalen na donjem ležaju, poluzatvorenih očiju, sanjario. U mekoj i ututkanoj kabini spavaćeg vagona bilo je toplo. Potmuli ali umekšani udar točkova o sastavke tračnica ispunjavao je mali prostor, stalno u blagim pokretima, jednom nervirajućom metalnom muzikom pređene daljine. U kabini su gorele sve svetiljke. Mesing je iskrio, ogledala bleskala svojim srebrnim površinama.

— Da vam čovek, gospodine Majstoroviću, ne zavidi! Verujte mi, da bih se bez premišljanja menjao sa vama. Pariz!... Foli Beržer, Mulen Ruž, sloboda, lepe žene i uz to elegancija, metro, i čistači govore francuski! Zamislite šta bi značilo za mene da provedem bar koji mesec! Koliko bi mi to proširilo vidike. Molim vas, ja iz Jugoslavije još ni nosa pomolio nisam, kao u kavezu, kao u ka-ve-zu...

Putovanje od četiri časa i večera, sa dobrim vinom u vagon-restoranu, behu malo smirili i ublažili Miletove radikalne namere prvih trenutaka kada je pomišljao da ponovo, za inat, iskoči iz voza na prvoj stanici, da se odrekne nasledstva, što se postepeno pretvorilo, ukoliko su kilometri više rasli, u odluku da u Francusku dovede Stanku — ali ni u to sada već nije bio uveren: Stanka će ga, mislio je, čekati; za to vreme on će već privoleti oca, itd. Međutim, u nekoliko mahova, jedna misao, koju bi on odmah zataškao, beše ga stresla, ujevši ga nestašno i radosno za srce: ja sam slobodan! Oženio bih se, govorio je u sebi, kao da se pravda, ali mi nisu dali, šta ja mogu, nisu mi dali. On na dopušenu cigaru upali novu. Oslonivši se jednom nogom na lestvice, skoči dole.

— Znate li šta, Burmazu, sasvim drugarski, vi vidite da se ne otimam, tatici za volju idem kuda hoće, još ću i ispite da položim, ali mi kažite kako je to došlo do njega.

— Cherchez la femme! — uzviknu Burmaz šeretski, dignuvši prst, ali se odjednom uozbilji. — Ne treba o tome da me pitate, jer se o tim stvarima ne govori. Bar ja, razumejte me, ne mogu da govorim.

— Ako je žena, onda je Koka. — Miletu sinu lice; on sede kraj Burmazovih nogu. — Vi ne morate ništa reći, samo potvrdite, ako jeste.

— Uzmite kako hoćete, ja nisam ništa rekao! — Burmaz se zagrcnu od dragosti, toliko mu je to kao bilo zabavno. On nastavi još nekoliko minuta tu igru mačke i miša, i onda, kao zamoren, kao pobeđen prijateljstvom, spustivši noge sa ležaja (ceo je prostor male kabine bio ispunjen njegovom zdepastom prilikom) i zagrlivši Mileta oko ramena, poverljivo i ozbiljno reče: — Da ste se obratili na mene, što, meni bi bilo čak vrlo prijatno da vas ma čim zadužim, ma čim, ja bih vas pomogao. Pokvario vam je vaš Vesa. Shvatio sve romantično, zamislio vaše tajno venčanje u cilindrima, sa svedocima u žaketima, sa hodom u manastir Rakovicu u pet izjutra, drugog svedoka nije imao, našao onog vašeg malog, što je bio peti s vama na balu, onaj se uplašio, odjurio i sve ispričao Koki... i sve otišlo do đavola! Čujte me, Majstoroviću, ozbiljno vam govorim, ta vas mala voli.

Mile ga zbunjeno pogleda iskosa, osmehnuvši se nesigurno.

— Bio sam — nastavi Burmaz — kod vašeg gospodina oca... neverovatno, Majstoroviću, ne-ve-ro-vat-no, bez obzira što sam tu...

ja sam dosada verovao da se tako što može naći samo u romanima, ne razumem čime ste to dete privezali za sebe! Prava mala tigrica. Njena lepota je u običnim prilikama i suviše slatka, oksidisane žene ne volim, Majstoroviću, ali u onoj pomami, u onoj ljutnji, velim vam, neverovatno, prava divlja mačka, dužice joj se raširile, postale fosforne...

Leurs reins féconds sont pleins d'étincelles magiques,
Et des parcelles d'or, ainsi qu'un sable fin,
Etoilent vaguement leurs prunelles mystiques.

Tako je o mačkama mislio Bodler.

Mile se i dalje smeteno smeškao. Burmaz zaćuta. Prekidajući se u mislima, Mile upita:

— A otac, kako ćete s njim?

— To vam je budala svoje vrste — odgovori Burmaz bez razmišljanja, shvativši u času koga se oca tiče — pametna budala što predstavlja najgluplju vrstu svih budala, on ništa, prvo, doznati neće, jer Stanka sama reći neće — gde devojka priznaje ocu takve stvari! — a ja sam uveren da će i majka sama pomoći da se sakrije. To vam je, Majstoroviću, tako u prirodi stvari. Vaša avantura nije prva. Postoje pravila, oprobana, naučno dokazana. Nego, da spavamo, ja sutra moram da se vraćam. — On poćuta. — Šta mislite da li će vaša gospođica sestra u to vreme biti već budna? Želeo bih i od nje da se oprostim.

Dok se Burmaz skidao, Mile se pope na svoju postelju. Sa rukama pod glavom, on je zamišljeno gledao u beli plafon vagona, u kaiše i pređice koji su se pod pokretom voza lagano ljuškali. Točkovi su pevali svoju metalnu pesmu zanosno i dosadno, kao cvrčci. Burmaz ode u lavabo, gde je ostao nekoliko časaka, paleći i gaseći svetlost, otvarajući i zatvarajući niklene slavine. On opra ruke iz prostog zadovoljstva da bi ih mogao obrisati o jedan od četiri mala, čista i kruta ubrusa. Njegova velika glava je radila punom snagom. On se seti da je toga večera Badnje veče. I to dade još veću vrednost blistavom komforu spavaćih kola.

„Kada čovek pomisli", razmišljao je gaseći svetlost i ležući zadivljen plavom svetlošću noćne lampe, „da je pre dve hiljade godina... staja, vo i magarac, rođenje u jaslama, a ja danas putujem u krevetu, u toploj kabini, na podu tepih, bos mogu da idem po njemu."

Ta mu se misao učini neobično originalnom. On upali svetiljku više glave, odgurnuvši mali poklopac, i, izvukavši svoju beležnicu, zapisa: *Božićna noć, poema, pomešati legendu sa komforom našeg veka.*

GLAVA DRUGA

Bajkić kao sekretar

Posle nekoliko dana mraza, koji je održavao sneg čak i po glavnim ulicama, nastupi promenljivo vreme, sa kišama, maglama, večernjim poledicama; snega ostade još u prljavim gomilama po uličnim olucima i po okolnim bregovima, Laudanovom šancu i Topčiderskom brdu. Dane košave smenjivali su dani teškog južnog vetra, što od jutra do mraka valja niske i mutne oblake: nije bilo večera bez elitnog bala (dame u balskim toaletama, gospoda u večernjem odelu); ni dana a da po nekoliko saradnika „Štampe" ne dođe umotano u šalove, otečeni i u gripu. Dilberov, kraj sve svoje poznate veštine da bude čist, izmasiran i izbrijan, povlačio se iznemoglo redakcijom neispavan, podbuo, u fraku, koji je pod dnevnom svetlošću već blistao usijanim laktovima i kolenima. Kriminalista Petrović je uzalud lečio svoj nazeb „srpskim čajem", ugrejanom i zaslađenom rakijom: nazeb ne samo što nije popuštao, već se pogoršavao tako naglo da Petrović izgubi sasvim glas. Burmaz, opkoljen valda-pastilama, vapeksom, pumpicama za hladno inhaliranje, skakao je, čim bi pregledao koji rukopis onih bolesnih, da opere ruke rastvorom lizoforma. Specijalnost saradnika postojala je još samo teoretski: saradnik za spoljnu politiku pisao je o krizi drveta za ogrev, sportski saradnik o ubistvu iz ljubomore, gospodin što pod pseudonimom Merkur ili Ekonomist piše uvodnike o privrednim i ekonomskim pitanjima, bio je jednog dana poslat na dečji bal Materinskog udruženja, dok su dva mala žutokljunca umesto dnevnih vesti sa autoritetom pisali jedan o pozorišnom, drugi o valutnom pitanju. Čak je Dilberov, u jednom času opšteg rasula, opisao arhijerejsku službu i litiju sa osvećenjem vode na Bogojavljenje. Istina, u opisu su se potkrali i „čisti, magdalenski likovi nežnih profila, naših prvih dama", što „s pokajničkom pobožnošću, još umornog tela od poslednjeg fokstrota, vatreno mole u mirisu tamjana za oproštaj grehova". Ali ti zlatni končići seksualne proze behu utkani u čvrsto tkivo pobožne poezije, u kojoj pevaju „nebesni horovi", dok mitra na glavi nj. sv. Patrijarha blista svojim draguljima. *U toj atmosferi ispunjenoj selestnim glasovima, svetlucanjem sveća i ornata, zajedno sa tamjanom koji se u mekim oblacima dizao u tamne svodove, osetili smo i mi sami kako se i naše duše dižu u jednom snažnom elanu ka Tvorcu sve ove lepote. Službi je prisustvovalo, a zatim pobožno išlo za litijom više odličnih predstavnika naše...*

Uostalom, čudo nije bilo u tome što su ljudi pisali o predmetima koje nisu poznavali. Ni Burmaz, kao glavni urednik, nije znao više od svojih saradnika, pa je opet bio glavni urednik. Čudo je bilo što je „Štampa" ipak izlazila bez ikakve vidljive slabosti, održavajući i dalje svoju liniju „ozbiljnog i pismenog dnevnog lista". To čudo stvarala su dva čoveka: Andreja i Bajkić. Izmršaveli, neobrijani, okruženi makazama, bočicama lepka, šoljicama crne kafe, gomilama rđavih rukopisa, isečcima iz starih novina, oni su sekli, lepili, sekli, brisali, i na Burmazov sto je dolazio već sasvim pristojan materijal. Međutim, bilo je trenutaka kada ni makaze ni lepak nisu pomagali. Da ne bi gubio vreme, Bajkić je umorno zvao nesrećnog reportera, obično tek iz gimnazijskih klupa izašlog pesnika:

— Ispričajte ovo što ste napisali Jojkiću. On će to bolje napisati. I gledajte da shvatite kako se to radi.

Bajkić više nije stizao čestito ni da ruča, ni da večera, ni da spava. U redakciju je dolazio prvi i ostajao u njoj do u duboku noć. Svoj položaj beše shvatio sasvim sportski i borio se fer, pošteno i časno. Svaki dan: nova borba u kojoj su morale da pobede boje „kuće". Bez obzira na žrtve. Gledajući ga sa kolikom strašću radi, Andreja bi počinjao mumlati:

— Zašto se toliko naprežeš? Cela ova muka od danas, sutra je već mrtva. Samo još u provinciji čitaju ljudi novine stare četrdeset i osam časova.

Ali i sam Andreja je radio tih dana kao mašina. Njegovo znanje bilo je neiscrpno: u istih pola časa mogao je pisati o mosulskom petroleumu, o uporednoj gramatici i o osnovnim tačkama Versajskog ugovora.

Neosetljiv prema sebi, Bajkić je bio neosetljiv i za druge. Sve snage imale su da se usklade za napredak lista. List je bio božanstvo kome je moralo da se žrtvuje sve: i vreme, i porodični život, i uživanje, i sama ličnost čovekova. Svi individualizmi imali su da iščeznu i da se stope u jedno jedino kolektivno osećanje: u list, u „Štampu". Jedino ona mogla je da ima svoju volju, svoju ličnost, svoju individualnost. Zasenjen tom apstrakcijom, on poče naturati saradnicima (kojima je kao sekretar delio posao) sve teže poslove; bez obzira na odnos između onoga što im je „Štampa" plaćala i onoga što je od njih zahtevala. On prvo rasturi „kartel dnevnih vesti", koji je funkcionisao mesecima besprekorno, sa sedištem kod „Ruskog cara". Svaka vest za „Štampu" morala je biti izvorna, a ne zamenjena. Rušiti jednu novinarsku tradiciju bilo je opasno: svi mlađi saradnici okrenuše se protiv Bajkića. Redakcijom počeše da proleću zajedljive reči, aluzije. Izvesni saradnici se usudiše i na direktni napad. Ali Bajkić sve to ne primeti, toliko je tih prvih nedelja svoga sekretarstva bio zauzet poslom. On se prema svima odnosio kao i ranije, prijateljski i drugarski. Drugarstvo je bilo jedno, a disciplina u poslu drugo.

Čak i prema Burmazu, sada samom u uredničkoj sobi, ponašao se poverljivo i prijateljski. Ali, dok su saradnici, uvređeni nenadnim postavljanjem Bajkića za sekretara, na njegovo prisno ponašanje gledali kao na demagogiju, dotle je Burmaz tim istim ponašanjem bio pomalo uvređen u svom novom dostojanstvu. Na sve moguće načine trudio se da pokaže Bajkiću da je on pod krovom „Štampe" značajnija ličnost. Van posla — to je, naravno, druga stvar. Ali ovde... Ostavljao je tako da Bajkić stoji pokoji minut pred stolom, sa rukopisima u ruci, a on se pravio kao da piše i da nije primetio njegov dolazak. Ili je, ako bi ko od stranih bio tu, naređivao zvaničnim glasom Bajkiću da dođe kasnije. Međutim, posao se gomilao i Bajkić nije imao vremena da misli o promeni u Burmazovom držanju.

Jednog dana Bajkić ne izdrža:

— Ne mogu više. Treba mi još jedan ozbiljan redaktor. Polovina ljudi ne zna stvari o kojima piše, a dobra četvrtina je nepismena.

— Dobar novinar može i mora da iskoristi sve, pa i nedostatak svojih saradnika — odgovori Burmaz suho, sastavljenih veđa.

— Da — ljutnu se Bajkić — kada bih imao još četiri ruke.

— To sam govorio i ja dok sam bio na vašem mestu.

Bajkić srete njegov pogled i naglo pocrvene. Pokloni se lako i bez reči napusti urednikovu sobu. Ah, dok sam bio na vašem mestu! Bajkić je sav plamteo. Gospodin urednik!

Sedeli su toga večera u onom gluhom času između dva posla, dok je rotativa u prizemlju pevajući izbacivala svojih dvadeset hiljada primeraka „Štampe" na sat. Andreja je pušio, zavaljen u svojoj stolici, a Bajkić, zamišljen, crtao perom po upijajućoj hartiji. Burmaza, koji je još jedino tu naviku čuvao da pođe po svršenom poslu u društvo svojih starih prijatelja, nije bilo ovoga puta.

— Primetio sam — reče Bajkić — da me drugovi ne vole. Neprestano padaju zle reči; ako priđem dvojici koji razgovaraju, oni zaćute. Sinoć mi je Petrović rekao da mi je lako biti sekretar! U stvari, koliko ste vi znali o promenama u „Štampi", toliko i ja kao prijatelj gospođice Majstorović.

— To mogu da ti verujem ja, ali oni ne. A da budu zavidljivi, i ljuti, imaju pravo — odgovori Andreja vadeći cigaretu iz usta. — Petrović je, na primer, posle mene najstariji saradnik u kući. I dok su svima plate snižene, tebi je sa osam stotina podignuta na dve hiljade. Te stvari se ne opraštaju lako.

— Ali mesto sekretara ranije je donosilo tri hiljade, a danas samo dve. Znači da je i tu smanjeno — i po veličini plate nisam prešao nijednog starijeg saradnika. Zašto bi se ljutili u tom slučaju?

— Što je nekoliko njih želelo da postane to što si ti.

— Ali ja nisam želeo!

— To ti čak ni ja ne bih mogao verovati — nasmeja se Andreja. — Ali sada, pošto si uzeo mesto, to više i nema značaja.

Bajkić se munjevito seti dana kada mu je Burmaz saopštio da je mesto sekretara zadržao za njega; seti se svoje neodlučnosti, pa radosti Jasnine, i mučno donete odluke. Polako reče:

— Tako je, Andreja. Potpuno si u pravu. Mi se ovde tučemo o koru hleba. I da hoćemo, ne možemo da se uzajamno volimo. Do đavola! Postao sam sekretar i hoću da opravdam poverenje koje mi je ukazano. Hoću da pokažem da sam došao na ovo mesto zbog sposobnosti, a ne zbog... Vidite, mislim nešto o ogromnom gubljenju vremena pri popravci rukopisa. Koliko truda, a opet... Oni nepismeni... Oni bi mogli biti dobri novinari kada ne bi morali da pišu. Dobro. Oni drugi sve su sami preispoljni pesnici i čistunci, boje se da se isprljaju, kukavice su da izađu u predgrađe noću, ne usuđuju se da ukradu prepis dokumenta, nesposobni su da odvedu jednu daktilografkinju u bioskop. Dobro. One prve formiraću u grupu njuškala, oni imaju da idu, da pronalaze događaje, da putuju, da ulaze u kafane, da daju telefonistkinjama besplatne pozorišne karte, da učestvuju u svemu i samo telefonom sa mesta događaja da javljaju šta se tamo događa; ove druge imam da zatvorim ovde, kod telefona. Svakome treba dati da radi ono što mu odgovara: jednima pokret, drugima da grickaju pero. I jeste li primetili da ovi nepismeni, kada pričaju, pričaju sjajno, slikovito, direktno i prosto — dok sve pokvare čim se maše pera. Zašto im gurati pero u ruke? Neka govore u telefon. Posao oko popravljanja rukopisa ima tako potpuno da otpadne, a informacije će se nesravnjeno poboljšati.

Andreja je ćutao.

— Zašto ne kažete ništa? Zar vam se plan ne dopada? Šta mislite?

— Mislim — odgovori polako Andreja — da oni koji imaju novca sjajno umeju da nađu sebi pomagače.

— To se odnosi na mene?

— I na mene. Na nas i na one koji nas plaćaju.

— Ne razumem.

— Svejedno, Bajkiću. Ja te volim. Ti si neiskusan, a sve stvari radiš strasno i predano. Ti si najidealniji tip za eksploataciju. Kao i ja, uostalom. A Burmaz, pored svega toga što je nekulturan, što je kao pesnik idiot, što je pokvaren — veći je psiholog nego svi mi zajedno. Zato je i najopasniji. Ume da oceni i pronađe ljude koji im trebaju. Oni ne eksploatišu direktno. Nađu tako mlade i ambiciozne ljude kao što si ti, pretvore ih „poverenjem" u svoje mašice i onda ti izvlačiš kestenje za njih. Ako budeš izdržao, ako budeš sačuvao svoju naivnost, i budeš dalje gledao na svoj poziv spolja, idealistički, postaćeš sjajan novinar — ali nikada svoj čovek. Kao ja. A to ti ne želim. Ja nisam najbolji primer. Propalog čoveka ne treba uzimati za primer.

Dok je Bajkić, zbunjen, tražio odgovor, u redakcijsku salu ulete Burmaz. Dolazio je iz direktorske sobe, crven, razdragan, jako namirisan. Još s vrata poče sa izlivima prijateljstva:

— ...a ono od pre dva dana ne treba, dragi Bajkiću, da primite k srcu. Ne, ne, bez pravdanja, dopustite, ja jasno primećujem da vas je ona moja vojnička grubost takla, i na meni je da se izvinim. Međutim, vi shvatate, jedno preduzeće bez discipline... uzmimo...

— Sasvim. Ja sam shvatio sve kako treba. U redu vi ste urednik, a ja sekretar. Drukčije ne ide. — I Bajkić izloži ukratko Burmazu svoj plan o obrazovanju one leteće reporterske grupe.

— Odlično. Dolaze u obzir?

— Svi mladi: Jojkić i Šop kod telefona, Desnica, Nikolić, Stojkov i onaj novi čupavi razbojnik za teren. Jedan bi dobio Zemun i Pančevo sa beogradskim pristaništem, drugi Čukaricu, Topčider, Dedinje i Rakovicu, treći Cvetkovu mehanu i sva okolna predgrađa sa selima, četvrti samu varoš. Po potrebi se skupljaju na najvažnijem mestu i vrše po svojoj sopstvenoj inicijativi anketu i slikaju. Ili traže svedoke. Ako budemo i večernjem izdanju posvetili onu pažnju koju posvećujemo jutarnjem, to možemo ovim načinom u dnevnoj hronici tući sve ostale listove.

— Hodite do gospodina direktora.

Odlazeći hodnikom, koji je od sale bio odeljen staklenom pregradom, Burmaz je pričao Bajkiću, a Andreja čuo svaku reč:

— Napisao sam polovinu jedne sjajne priče, sjajne priče! Glavni je motiv kiša. Ali, eto, Markovac je dobio grip, ja lično, molim vas, ja lično svakog časa moram u tu prokletu Skupštinu. Ja ću ovako sasvim propasti...

Otvorena vrata. Zatvorena vrata. Tišina. Rotativa u utrobi zgrade zuji, i od njenog rada trepere zidovi, pod, sve stvari. Andreja, koji je dotle sedeo nepomičan, prenu se, izvadi ostatak cigarete iz staklene muštikle (poklona Bajkićevog), baci ga na pod, dohvati čašu s ostatkom zaslađene tople rakije (po receptu Petrovićevom, kao predohrana protiv gripa) i iskapi je. Zatim, kako nije znao šta bi, prihvati se pera i poče spremati svoj deo rukopisa za sutrašnji dan. Kako je sutra bio dan dečje strane, Andreja, bez dugog razmišljanja, nastavi „avanture majmun-Đoke, kad je bio kod pop-Proke":

Bila je noć...
Da nastavi put,
On sačeka da izađe mesec žut...

Kada se Bajkić vratio od direktora, Andreja je već pisao treću pesmicu, čiji je početak glasio:

Mali Pera iz kolevke plače,
Hoće junak da uhvati mače.

— Slušajte Andreja — otpoče Bajkić očigledno raspoložen. — Ostavite pisanje. Ni vi ni ja ne možemo više stići na večeru. Da pređemo časom na ćevapčiće?

— Na ćevapčiće? Uvek...

To mutno vreme gripa i opšte pometnje ubrzo prođe. Stari saradnici su se vraćali na svoja mesta i Bajkić dobi vremena da se prihvati pravog posla, ostavljajući makaze i lepak u isključivo nasledstvo Andreji. On poče uvoditi nove rubrike (između kojih jednu malu, oporu, na prvoj strani: *Da se zna*); nagovori Burmaza da u list uvede stalnog karikaturistu; uobičaji da saradnici uz svaki veći dnevni događaj, samoubistvo, bankrotstvo, razvod, istražuju socijalni uzrok događaja; otvori anketu o higijenskim uslovima grada, o noćnom radu pekarskih radnika, o vodi, o stanovima; stvori veliku reportažu sa bezbroj aktuelnih slika. Sve to bez ikakve smetnje od strane Burmaza i Raspopovića. Oko „Štampe" se okupi nekoliko naprednih pisaca i umetnika, kojima Burmaz dade stalne rubrike. „Štampa" sasvim otvoreno dobi boju liberalnog, naprednog i slobodoumnog lista. I sa te strane Bajkić doživе prvo razočaranje, jer je Burmazovo oko budno bdelo da „Štampa", kraj sveg svojeg humanitarnog i slobodnjačkog pravca, ostane u granicama građanske pristojnosti. Humanizam bez vređanja uglednih lica, slobodnjaštvo bez rušenja svetih tradicija.

U nekoliko mahova, u već odštampanim brojevima, Bajkić beše primetio male članke ili kratke vesti koje ne behu prošli kroz njegove ruke i koji se nisu slagali sa informacijama što ih je on imao. Sve što je dolazilo preko saradnika, išlo je preko njega Burmazu; jedini put koji je ostajao i kojim su ove vesti mogle dospeti u list bio je put iz direktorskog kabineta; ili iz ličnih Burmazovih izvora. Bajkić pomisli da greške, ukoliko ih ima, dolaze od nedovoljne obaveštenosti. On skrete pažnju Burmazu, a ticalo se neke poništene licitacije impregniranih železničkih pragova.

— Obaveštenja koja imam daju potpuno za pravo državnim organima, a ne društvu. Naša vest, međutim...

— Je li moguće? — Burmaz polako pročita vest (a videlo se da je ne čita prvi put) i obeleži je crvenom olovkom. — To je zabuna. Videću...

I na tome se svrši. Bajkić je očekivao ispravku, ali je Burmaz ne dade. Tek nekoliko dana kasnije stiže od nadleštva koga se to ticalo zvanična ispravka, i Burmaz je ne pusti, jer poništenje licitacije beše učinjeno i licitacija ponovo dosuđena istom društvu. U drugom slučaju Burmaz dočeka Bajkića prilično osorno:

— Znam, znam! Dopustite mi da vam skrenem pažnju da i ja sam pratim šta se u listu događa.

U tkivo tačnih vesti utkivale se tako i niti laži.

„Glavno je", pomisli Bajkić, „da ja moralno ne odgovaram za njih. I onda, ja sam učinio svoju dužnost i obavestio."

On je mislio na dužnost prema listu, kome će, bio je uveren, te netačne vesti prvo škoditi. Andreja je imao pravo: Bajkić je još uvek bio naivan. Pa ipak, posle ona dva slučaja on udvoji pažnju. Da dolasku u redakciju izvesnog poznatog književniika, budućeg člana

Akademije, uvek sleduje pohvalan članak sa Burmazovim potpisom, Bajkić je znao još izranije; a da onaj književnik tu pohvalu donosi gotovu u džepu, u to se uverio još kao korektor, jer članak koji je nosio potpis Burmazov, nije bio nikad pisan Burmazovom rukom. Da postoje sitne pakosti, male kamuflaže, „ubijanja ćutanjem" — naročito u čuvenoj Burmazovoj književno-kulturnoj hronici — moralo je biti jasno i čoveku koji nema nikakve veze s novinarstvom. Da u delu posvećenom politici ima „korisnih laži" ili laži „u opštem interesu", Bajkić je tako isto znao — i pravdao ih time što one nisu delo urednika već samih političara, koji iskorišćavaju opštu službu štampe za svoja razračunavanja. Ali, da sam list, iz svojih ličnih razloga, može da krivi i nateže istinu, jedva je verovao. List koji ne služi istini gubio je svoj osnovni razlog postojanja. Savesnost i iskrenost novinara, polazeći od sebe, nije dovodio u sumnju. A na vlasnike, međutim, nije mislio. Burmaz mu pomože da se i njih seti.

Bilo je oko deset časova, jednog mlakog prolećnog dana, bez sunca. U redakcijskoj sali, iako je kroz prozore od bliskog slepog zida susedne zgrade ulazio odblesak belih oblaka, gorela je na stropu velika zelena svetiljka. Utonuli u duvanski dim i u tu dvojnu svetlost, ljudi su se kretali, sa velikim senkama ispod očiju, između stolova, pisaćih mašina i telefona, kao kroz tešku, nepokretnu vodu nekog podmorskog pejzaža. U opštoj žurbi, niko se ne beše setio da zatvori centralno grejanje, i u sali je vladala suha i mrtva toplota, koja je samo još više dražila ionako nervozne i u poslu žučne ljude.

— Buhštabirajte, buhštabirajte! — drao se u telefon, izbuljenih očiju, Jojkić. — Smederevo, Todor, Obrad, Šabac, Ilija, Ćuprija... Stošić, da, čuo sam, dobro je, napred. Ne gnjavite, kolega, tako vam Hrista!

Jojkićev je sto bio kod ulaznih vrata; već nekoliko minuta pred stolom je stajala jedna siromašno obučena žena, sva uplakana, ogrnuta iznošenom vunenom maramom neodređene boje, slabe crne kose, začešljane iza prozračnih ušiju i smotane u malu, rđavo začešljanu pundu. Stajala je unezverena, uzdržavajući plač, što joj je svaki čas prolazio u lakom podrhtavanju celim mršavim telom, prelazila pogledom (koji je dolazio odozdo, ispod crvenih, umorom nagrizenih očnih kapaka) po tim skupljenim ljudima u tom akvarijumu bez vode i ponovo ga obarala na Jojkića. On je najzad primeti, pokaza palcem iza sebe i ponovo potonu u žučno objašnjavanje, praćeno psovkama, sa nevidljivim kolegom. Žena proguta suze, stište maramu još jače uza se i pomače se za jedan sto dalje. Saradnici su pokazivali jedan za drugim sve dalje stolove.

— Tamo...

— Ja to ne radim. Tamo...

Uplakana se žena najzad nađe pred Bajkićem.

— Vi želite nešto? Od mene? — Pri tom je, prateći jednim okom pero, završavao jednu rečenicu.

Žena učini natčovečanski napor da zadrži suze: tanke i bezbojne usne joj se skupiše, uglovi zgrčiše, oči joj se zacakliše (u toj svetlosti podmorskog sveta, gde se umesto algi i polipa lelujaju izduženi ljudski likovi i ruke), nosnice se uvukoše — ona se najzad savlada i iz dubine grudi, zajdno sa uzdahom, prošapta:

— Pomognite mi, gospodine, pomognite mi, tako vam svega na svetu!

Bajkić se zbuni začas; zatim se ljutnu, misleći da žena prosi milostinju; onda ga bi stid tog osećanja i htede da se maši za džep, da udeli, da se što pre oprosti tog prisustva. Međutim, i pored krajnje iznošenog odela i bezbojne vunene marame na mršavim ramenima, bilo je jasno da žena ne prosi. Sav crven u licu, Bajkić odbaci pero i, nagnuvši se preko stola da bi umirio ženu, koja je jecala, lica u izmršavelim prstima, upita blago:

— Vas je neko uvredio?

— Jeste, gospodine, uvredio, do Boga uvredio! — Njoj blesnuše oči: — Sme li čovek da tuče slabu, nezaštićenu ženu? Ako sme, gde to piše? Vi u novinama znate sve, recite mi, sme li i gde to piše?

Nije bilo ni vremena ni mesta za ispovesti.

— Ko vas je tukao?

— Gazda, gospodine, gazda! On nema prava da me tuče. Ja nisam njemu ništa, za kiriju je uzeo mašinu, zašto bi me još i tukao?

Bajkiću bi jasno: soba, ili soba i kujna, u mnogoljudnom uzanom i praljavom dvorištu, dani provedeni nad šivaćom mašinom i grubim vojničkim košuljama, i onda jedna mala nevolja, bolest od nedelje dana, i sve je poremećeno, kirija ostala neisplaćena, posao izgubljen, dani bez hleba, moljakanje gazde, preklinjanje, novi meseci bez kirije, grubosti, psovke — i jednog dana zaplenjena mašina (jedini izvor rada), ona druga bezoblična sirotinja, izbačena iz memljivih soba na vlažno dvorište, razlupan ormar, gvozden krevet, zakrpljen štednjak i pri tom nove grubosti — i, eto, tuča.

— Recite mi sve: vaše ime, gazdino ime, ulicu, broj. Poslaću saradnika, i videću šta se može.

Ali, kada žena ode, Bajkić promeni odluku. On sam krete u naznačenu ulicu. Dan je bio blag; nebo pokriveno mekim belim oblacima. Bajkić se spusti malim stepenicama u Kosovsku ulicu i posle malog traženja nađe kuću. Spolja je to bila niska, prizemna, žuto okrečena kuća, trbušastih zidova i nejednakih, iskrivljenih prozora. Uzan i ljigav hodnik, čiji je ulaz okićen objavama za izdavanje samačkih soba, delio ju je napola; iz toga hodnika se izlazilo pravo u strmo, kao klisura mračno dvorište, koje se na dnu završavalo oronulom zgradom opšteg zahoda. Jedno krivo kiselo drvo dizalo je svoju još golu krunu iznad smrdljive jame zajedničkog đubrišta. Sa obe strane dvorišta nizali su se jednolično prozori i vrata. Prvobitno, to su bili stanovi, letnje kujne i šupe daščare. Ali, kada je Vesa, prvenac trgovca N, čija je kuća bila, otišao u Švajcarsku da studira više komercijalne nauke, stari je gazda, iskusivši na kesi kojom brzinom njegov sin tamo u svetu stiče znanja i po koju cenu, prilegao da povisi na neki način svoje prihode: tako su kraj stanova i sve letnje kujne, pa i šupe daščare, postepeno pretvorene u ljudske stanove. Kako mu je trebao brz i čist prihod, on u to pretvaranje, naravno, ne hte da uloži nikakav veći kapital, već je šupe prepravljao onim što je imao: ciglama od drugih svojih starih kuća, koje su rušene da bi se zidale nove, gredama sa građevina, starim „kolmovanim" limom, običnim daskama. U vreme Vesinog odlaska u Gštad na ono čuveno sanjkanje, čak i praznine između dve šupe ili dva spoljna zida biše veštim načinom pretvorene u odaje za stanovanje. Stanari su, istina, zimi stradali od hladnoće, vode i dima, leti od smrada i vrućine, ali svako njihovo žaljenje na nedostatke „stanova" i visoke kirije, trgovac N. je odbijao objašnjenjem da treba da budu srećni što stanuju za te novce usred centra.

— To je mesto, gospodine! I kada bih vam ja dao još pored toga tamo neke parkete i porcelanske šolje, trebalo bi da vas prodam zajedno sa sve decom, pa da ne platite kiriju ni za jedan mesec!

Čim stupi u dvorište, Bajkić spazi u dnu gomilu kućevnih stvari, polomljene stolice, ulupljene sulundare, nešto malo posteljnog rublja — sve to kraj samog đubrišta, sklonjeno pod nisku strehu zahoda, a pokriveno, da se zaštiti od nevremena, pocepanim krparama. Jedna šarena mačkica uplašeno je virila ispod toga krša. Bajkić potraži stan. Na najnižem kraju dvorišta trebalo je — protivno svakoj logici — sići niz tri stepenika od rđave opeke i tek onda se naći u jednom malom šancu, odakle se kroz staklena vrata ulazilo u jedno vlažno sopče i kujnu. Iz te kujne, tako duboko zakopane pod zemljom, stanari su mogli u najboljem slučaju videti od sveta, a iznad ivice šanca, samo cipele onih što tuda prolaze u zahod; i ništa više.

„I zbog toga groba onoj sirotici prodato je sve!", pomisli s gorčinom Bajkić. „I na toj štenari još piše: *stan za izdavanje!*"

Svršivši anketu — svi domoroci i sve babe iz dvorišta potvrdiše da je ona žena „poštena žena, a ne, ne daj Bože, kakva belosvetska" — Bajkić se odmah vrati u redakciju i pola časa docnije uđe u urednikovu sobu Burmazu sa jednom kratkom ali oštrom hronikom: *Da se zna!*

— Ja bih vas molio da pustite za večerašnji broj. Žena je potpuno pod vedrim nebom.

Burmaz prelete pogledom redove i odmah podiže oči na Bajkića.

— Ovo ne može da izađe u našem listu, ne samo večeras nego uopšte. — Burmaz poćuta malo, pa onda nastavi polako: — Vi biste trebali drugojačije i potpunije da poznajete odnose u društvu. To me primorava da govorim otvoreno, o-tvo-re-no. Da ste običan saradnik, ja bih rukopis bacio u korpu, ne trudeći se da vam objašnjavam razloge. Ali vi ste sekretar, vi sami teba da bacate ovakve rukopise u korpu. Humanizam, socijalna nota... naravno, to su i naše namere, i ja sam, u svom književnom feljtonu, orijentišem se socijalno. Samo — Burmaz podiže svoj kratki kažiprst uvis — cela ta orijentacija mora da ostane na idejnom planu, jer mi smo, to ne treba da zaboravite, ne organi izvesne partije ili izvesnog pogleda na svet, već nezavisan informativan list, dakle pre svega trgovačko preduzeće koje samo sebe hrani. Prema tome, i naša politika mora u izvesnim trenucima da bude trgovačka, ne zaboravite, tr-go-vač-ka.

— Ali...

— Razumem: veza između svega onoga što sam rekao i slučaja pred nama. Pričekajte. — On se okrete na svojoj stolici, dohvati sa police nekoliko starih brojeva „Štampe", nađe traženi datum, razvi novine, neđe jedan članak, zaokruži ga crvenom olovkom: — Ovaj ste rukopis vi čitali, ako se ne varam?

Fabrika obuće Sibina Majstorovića posle nameravanih proširenja biće najveća fabrika na Balkanu. U podnaslovu: *Snaženje naše*

domaće industrije — od tri hiljade pari cipela dnevno na pet hiljada!
— *Zgrade će izlaziti na četiri ulice.*

— Jesam — odgovori Bajkić, pročitavši naslove.

— Pročitali i ništa niste zapamtili! Zapamtite bar ovog puta: *G. Majstorović vodi poslednjih dana pregovore sa sopstvenicima okolnih imanja, od kojih najveći deo zauzima jedan prazan plac našeg poznatog trgovca g. N.* Je li vam sada jasno? Naravno. Kao sekretar vi biste morali imati jedan mali spisak osoba u poslovnim vezama sa našim glavnim akcionarima. A donde, mogli biste bar da zapamtite imena onih ljudi koji kod nas na duže ili kraće vreme imaju zakupljeno mesto za oglase. Dakle, počnite imenom g. N, koji svake nedelje ima celu poslednju stranu. I to godinu dana. Pedeset i dve nedelje! Lepa cifra, zar ne?

Kada je ponovo čuo ono stenjanje, on je odmah otvorio vrata sobe br. 14, ušao unutra i, na svoje veliko zaprepašćenje, spazio jednu mladu ženu kako leži na krevetu, poluobučena, žuta u licu i sa penom na ustima. G. Čajkoviću je odmah bilo jasno da je posredi samoubistvo.

Pre mesec dana Bajkić bi rukopis vratio sav ispodvlačen crvenom olovkom. Danas ga, napisavši mu naslov, baci nepopravljena na gomilu kao gotov. On sa zlim zadovoljstvom pročita i pusti bez ispravke jedan drugi, koji je imao i ovakvo mesto:

Mala devojčica od tri godine ušla je veselo u pekaru da kupi hleb... Uzalud je ona plakala i molila. Nečovek je preveo u delo svoju nameru i izvršio nad nevinim stvorenjem preljubu.

Rukopisi su se nizali.

Jedna superiorna žena, organizatorske inteligencije, obdarena taktom koji već prelazi u suptilnost; za svoju artističku i moralnu sreću ona duguje svojoj stalnoj volji da uspe, ne tražeći pomoći u „protekcijama" ili čekajući kakav srećan slučaj. Eto čime odskače gospođa X... od časa kada čovek ima zadovoljstvo da je poznaje drugojačije nego pod striktno profesionalnim uglom.

Bajkić nije morao da gleda potpis: ženski rukopis pozorišnog kritičara poznavao je kao svoj rođeni. Da bi se malo raspoložio, on „prevede" na francuski nekoliko redova.

Une femme supérieure, à l'intelligence organisatrice, douée d'un tact qui confine à la subtilité; elle doit sa fortune artistique et morale à sa constante volonté de réussir, sans recherche de l'appoint des „protections" ou l'attente d'un hasard heureux: voilà ce qui frappe chez madame X. dès qu'on a eu le plaisir de la connaître autrement que sous un angle strictement profesionnel.

Ali starog zadovoljstva u toj maloj igri više nije bilo. On napisa naslov i baci rukopis na gomilu, ne dočitavši ga. Dan se odmotavao tmurno, bez radosti.

Juče se pojavilo prvo voće u ovoj godini. Cene trešnjama kretale su se od 25-35 dinara po kilogramu. Mlad krompir se, zajedno sa tikvicama, prodaje već nekoliko dana. — Jedno gramofonsko preduzeće počinje u sali „Kasine" sa snimanjem naših narodnih pesama. — Desno krilo crvenih, u burnom naletu, uspeva da iz voleja u trećoj minuti drugog poluvremena izjednači. — Sinoć je opozicija, posle trodnevne opstrukcije, u poslednjem trenutku napustila sednicu i time omogućila legalno donošenje budžeta. — Manevar g. Soldatovića u potpunosti uspeo. — Pitanje verifikacije mandata Agrarne stranke ponovo dolazi u prvi red. — U Beograd je stigla još jedna grupa agraraca, koji će i sami podneti Skupštini svoja punomoćja čim bude rešeno pitanje već predatih mandata. — Ka sređivanju našeg političkog života — g. Despotović oštro ustaje protiv sporazuma koji je skopila Zemaljska stranka sa Agrarnom.

Parlamentarne izveštaje Markovca, najboljeg parlamentarnog izveštača u Beogradu, Bajkić obično nije čitao: Markovac je svojim beskonačnim izveštajima davao sam naslove i podnaslove, uvek su tako bili spremni za štampu. Ali, ovoga puta, njega privuče Despotovićevo ime (Matori protestuje... zanimljivo. Još uvek, Bajkić je, ne dajući sebi računa o tome, stalno pratio šta se sa Despotovićem zbiva.). Zatrpan izveštajima sa skupštinskih sednica, Markovac bi jedva dočekao po kakav veliki događaj — a za njega je veliki događaj uvek bio kada bi se skupštinske sednice odložile — da bi dao, kao uvod svojoj „političkoj situaciji", po desetak redi svoga sopstvenog komentara. U moru govora i interpelacija, u vihoru reči i hartije, ti komentari bili su za Bajkića mala ostrva jasnosti i odmora. Ako mu uzroci ne postadoše ništa jasniji, Bajkić bar dozna de za mehanizam poslednjih događaja u Skupštini.

Sve dok je Agrarna stranka apstinirala i ostajala van Skupštine, ne pokazujući čak ni najmanju volju da dođe u Beograd, Narodna stranka sa Soldatovićem pravila se nevešta i vladala manje-više normalno, uveravajući ceo svet i sebe samu da je ona njaveći pobornik sporazuma i da bi dolazak agraraca u Skupštinu, njihovo priznanje osnovnog zemaljskog zakona i centralne vlasti, obradovao naročito Narodnu stranku, koja se uvek borila za pravu demokratiju. Ali, tek što su se agrarci rešili da dođu u Skupštinu i poslali prve mandate — što je bilo rezultat dugogodišnjeg napora opozicionih stranaka, a među njima, u poslednje vreme, naročito Zemaljske stranke — vlada je prvo odložila verifikaciju mandata, izgovarajući se da se budžet mora doneti do zakonskog roka, 1. aprila. A onda, potpuno iznenada, podnela ostavku, iako se u samoj Skupštini nije desilo ništa naročito što bi ovu ostavku izazvalo. Soldatovićeva većina bila je, i pored opstrukcije, netaknuta: 110+15+6 prema 49+24+18+20. Istina, ta većina je bila rezultat podešenih cifara, zbog kojeg je i sprečena, bar u tom času, verifikacija mandata, ali bile te cifre podešene ili ne, nov mandat za sastav vlade mogao je, tako, samo Soldatoviću ponovo da se da. Soldatović je bio i suviše iskusan političar da bi mislio kako može — posle tolikih uzaludnih pokušaja — razbiti Agrarnu stranku parlamentarnim vicevima; još manje da sasvim spreči njen dolazak u Skupštinu, ako se ona rešila da prizna Ustav i dođe u Beograd. Međutim, nemajući nikakvog sporazuma sa agrarcima, Soldatović bi se odjednom, sa celom svojom strankom, našao ne samo u manjini prema celoj Skupštini, već i u prinudnoj opoziciji. Drugim rečima, prvi put posle tolikih godina, situacija bi ispala iz njegovih ruku. I poslednji Soldatovićev manevar znači pre svega pokušaj da se razbije blok opozicije, a da sam Soldatović, u međuvremenu, makar i sa nekom otcepljenom frakcijom agraraca, nađe teren za sporazum. Dokaz za ovo jeste pisanje Soldatovićevih listova i izjave njegovih najbližih saradnika, koji se ubiše dokazujući — dok u Skupštini odlažu verifikaciju mandata — da Agrarna stranka, kao najveća stranka iz novih krajeva, greši što ne prihvata sporazum koji joj nudi Narodna stranka, koja je po svojoj veličini jedini pravi predstavnik starih krajeva. Ali Soldatovićeva ostavka imala je da postigne još jedan, mnogo zamašniji cilj: odloživši verifikaciju mandata da bi se, kao, na vreme svršio budžet, a davši ostavku vlade usred budžetske debate, Soldatović je računao da u prvom redu uplaši opoziciju: polazeći od činjenice da se naše krize rešavaju sporo i traju dugo, Soldatović je mogao zaista preći krajnji rok za donošenje budžeta, a tada, oslonjen na fiktivnu većinu, na osnovu koje mu je već poveren mandat za sastav vlade, tražiti i dobiti i izborni mandat, budući da se nelegalno stanje može izbeći, jer Ustav u tom slučaju, u svome 114. članu, dopušta produženje starog budžeta za još četiri meseca. A za četiri meseca Soldatović je mogao da stvori novu većinu. Sa svoje strane, Soldatović je imao manje opasne namere: sa otvorenom krizom, računao je, pregovori sa agrarcima mnogo će lakše ići; u slučaju da tu ne uspe, opozicija, terorisana mogućnošću produženja budžeta i novih izbora pod Soldatovićem, omogućiće makar i prećutno donošenje budžeta. Što se i desilo: juče izjutra obrazovana je vlada ista kao i pre krize, a sinoć, u poslednjem času — jedan čas pre ponoći — opozicija je napustila „u znak protesta" skupštinsku dvoranu, i Soldatović je sam sa svojim ljudima izglasao budžet. Ako nije uspeo kod agraraca, bar je dobio budžet. Sve je išlo kao po voznom redu. Nikakvih novih momenata u rasporedu snaga. Jedino što se u toku poslednje diskusije u klubu poslanika Zemaljske stranke o sporazumu sa agrarcima moglo zapaziti, jeste energičan protest Despotovića protiv tog sporazuma u obliku u kome je napravljen, jer ide protiv interesa same Zemaljske stranke i dostojanstva države. Ostavka na položaj potpredsednika stranke nije mu uvažena. — Članak se završavao predviđanjem Markovca da novi stav Despotovićev može biti od presudnog značaja za dalji razvitak situacije.

Dalji razvitak situacije... Bajkiću i same reči postadoše bljutave. Gomila rukopisa stalno je rasla.

— Šta je, mladiću? Ne ide? — upita Andreja nagnuvši se preko stola.

— Tako... dobro je — odgovori Bajkić. Pa posle malog lomljenja: — Ne, mislim da neću izdržati. Gnusan sam sâm sebi. Uzmite i pročitajte ovo. I ja to moram da pustim jer smo „informativan" list!

Prva beleška glasila je:

DRVO UMESTO ZLATA

Varoš Tenino, u saveznoj državi Vašington, isplaćivala je nedavno svoje radnike i činovnike umesto novcem — malim daskama u vrednosti jednog, pola i četvrt dolara. Opštinska banka morala je usled finansijskih teškoća za jedno vreme da zatvori svoje šaltere i opština je ovako isplaćivala svoje radnike. Radnici se nisu bunili, jer varoš Tenino je poznat američki industrijski centar i za tamošnje prerađeno drvo se uvek može dobiti lepa cena. Radnici su vrlo dobro prošli, jer su bogati skupljači retkosti i antikviteta pokupovali sav „drveni novac", plaćajući najvišu cenu. Radnici su tako napravili sjajan posao.

Druga beleška:

IZ POTOPLJENOG BRODA „GLORIJA" IZVAĐENE SU PRVE POLUGE ZLATA

Javljaju iz Mikene da su sinoć na brod „Minervu II", specijalni parobrod konstruisan za vađenje potonulih lađa, izvučene prve zlatne šipke iz broda „Glorije", koji je potonuo na pučini prema Mikeni sa bogatim tovarom zlata. Posle četiri godine velikih napora koje je izdržala posada „Minerve", juče je otpočelo vađenje basnoslovnog bogastva, koje je ležalo na dnu mora već čitave četrdeset dve godine, od sudara do kojeg je došlo između nekog francuskog teretnog parobroda i „Glorije". Ovaj uspeh posade skupo je plaćen pošto je, kao što se zna, „Minerva I" pre izvesnog vremena potonula povodom eksplozije dinamita, koja se desila na parobrodu, i tom je prilikom poginulo šest članova posade. Avasov dopisnik, koji se nalazio na parobrodu „Minerva II", javlja o sledećim pojedinostima ovog znamenitog događaja:

„Juče ujutru gnjurači sa „Minerve II" radili su na čišćenju prostora oko mesta na kojem se nalazi zlato i posle kraćeg vremena uspeli su da specijalnim korpama zahvate izvesnu količinu šipki zlata. Posle znaka koji su dali električnim zvoncem, na parobrodu se čula zapovest

da se počne sa vađenjem korpi. Nije prošlo mnogo vremena i korpe sa skupocenim tovarom nalazile su se na krovu broda, a na korpama je bilo svakovrsne morske trave.

Pošto je prošlo prvo uzbuđenje, komandant parobroda „Minerva II" sakupio je sve članove posade i održao je tom prilikom govor u kome je podsetio posadu da se sete u ovom svečanom trenutku uspomene poginulih drugova, koji su ostavili svoje živote za obezbeđenje uspeha ovog velikog podviga. Zatim je dignuta velika zastava i svi članovi posade kliknuli su jednodušno: „Živela Amerika!" Bežična je telegrafija istoga časa objavila veselu vest celom svetu.

Kada je pao prvi mrak, na krovu „Minerva II" nalazilo se već četrdeset sanduka blaga sa potonule „Glorije". Gnjurači su sa „Glorije" doneli četiri i po tone zlata u šipkama, sto četiri hiljade devet stotina sedamdeset i devet komada zlatnih funti sterlinga i četrdeset i tri tone srebra."

Pošto je pročitao obe vesti, Andreja ih položi na sto, i šakom se osloni na njih.

— Ja osećam šta te u svemu tome vređa, ali moraš priznati da su obe vrlo dobre vesti: zanimljive, sentimentalne, u prvoj dobri radnici prave dobar posao, u ovoj drugoj basnoslovno blago, pomen na moru... njoj samo nedostaje jedna lepa mlada aristokratkinja (ili recimo žena predsednika kompanije), koja bi gnjurača, koji izlazi sa prvom šipkom zlata, poljubila u obraz.

— Ne terajte glupe viceve, Andreja, laž ostaje laž. I zar „dobro" novinarstvo mora biti zasnovano na laži?

— A šta nije zasnovano na laži? I gde nema laži? — upita polako i što je mogao mekše Andreja.

— Slušajte! Vi strašno demoralizujete čoveka. Neću danas više o tome da govorim, samo još ovo: tu laž ne moram ja praviti; niti učestvovati makar i prećutno u njenom pravljenju. Baciću do đavola sve i ponovo se vratiti za korektora. Radio bih, ako me puste, i običnu reportažu. U tome bih mogao ostati pošten. Pisao bih samo o proverenim stvarima, pošteno i nezavisno, bez obzira da li će mi rukopis dospeti u korpu. Glavno je da ja ne učestvujem u tom bacanju istine u korpu. Toliko. — On se besno zagnjuri u rukopise ispred sebe.

Andreja je stajao neodlučno pred stolom; pošao, zastao, vratio se, stavio Bajkiću ruku na rame.

— U stvari i ja mislim sasvim tako kao i ti.

Kako Bajkić ne odgovori, Andreja se vrati na svoje mesto. Bio je zbunjen i išao kao krivac na prstima.

Jojkić tresnu telefon.

— Samoubistvo! — i već je bio kod vrata.

— Samoubistvo...

Bajkić prihvati bačenu slušalicu.

— Gde? Topčider? Dobro. Kada? Ne razumem. Još leži na mestu? Odmah.

Burmaz proturi glavu načas kroz staklena vrata sa zelenim zavesicama.

— Zanimljivo?

Bajkić ga mrko pogleda.

— Izgleda.

U monotoniju sve istog posla uvlačila se naglo razdraganost, tek pristojnosti radi prevučena ozbiljnim izrazima lica.

— Šta je to, kolega?

— Samoubistvo.

— Godine?

— Gimnazistkinja, izgleda.

— Oho, fina stvar!

Kroz otvorene prozore poče dopirati, prvo retko i sporo, pa onda učestano i sve brže, praskanje motora. Zatim se u zvižduku naglo izgubi u huci ulice: fotoreporter je hitao na lice mesta.

— Alo, da. Kako? Čekajte! Šop, primite!

— Isterana iz gimnazije, maturantkinja.

— Zbog čega?

— Ne znam još.

Nit po nit, istina se izvlačila iz crnih čeljusti telefonskih aparata. Već gotov broj prelamao se nanovo; izlivale se nove ploče; jedan linotip već je kuckao i iz usijanog olova se slagali mali redovi uvoda:

Na onom delu Topčiderske pruge koji vodi od Topčidera ka Rakovici, gde obično vlada tišina i poljski mir... jutarnji šetači mogli su primetiti jednu skromnu mladu devojku, sa plavim bereom na glavi, kako, sedeći u malom šumarku, koji na tom mestu pokriva obronak ispred koga prolazi pruga, gorko plače. Ali, kako je to bio običan svet koji je izašao ovog lepog proletnjeg dana u šetnju udvoje — ili obični prolaznici sa okolnih imanja — to niko nije obraćao neku naročitu pažnju na uplakanu i usamljenu devojku. „Ljubavni jadi" — mislili su i prolazili... Jedan jeziv krik... gospodin Desnica pritrčao je i video jeziv prizor... Nesretnoj žrtvi... voz... glava... Šef stanice je odmah telefonski... Pisar trinaestog kvarta...

Gore, u redakciji, telefoni su i dalje radili.

— Alo. Da, ja sam, ja sam... Ne, buhštabirajte. Avala, Leskovac, Evropa, Kosovo, Sava, Avala... Aleksandra? Kako? Aleksandra? — Bajkiću zadrhta ruka; lice, ionako bledo, bilo je bez kapi krvi. — Dalje... Ristić... Da, čuo. Dobro. Dalje... Isprave... Kada? Pre podne? — Jagodice na obrazima bile su mu sada rumene. — Dalje... Ne gnjavite! Ne gnjavite!

— Šta je to, kolega?

— Samoubistvo.

Dilberov je turpijicom čistio nokte.

— U gimnaziji još ne znaju ništa. Dilberov, molim vas...

Dilberov, sa ljubičicom u rupici kaputa, kreće.

— Gledajte da odmah dođete u vezu sa drugaricama.

Linotip slaže nove olovne redove. Rukopis pristiže. I drugi linotip stupa u rad.

— Brže, gospodo, brže!

Iako je tek tri i po časa, pred zgradom se skupljaju prodavci novina. Jedni ležu uza zid; drugi sedaju po trotoaru. Osećaju: senzacija je u vazduhu. I računaju: možda dvadeset ili trideset brojeva više prodato nego obično.

Stojkov stiže sa prvom slikom: mlado, nelepo lice, očiju što se same smeju, mali prćav nos pun nestašluka, male kovrdže po slepoočnicama, kapica zavaljena mangupski... U cinkografiji majstor je već nameštao aparate.

— Alo... da. Ne. Slušajte, Dilberov. Uzmite kola i idite dalje. Šop, primite!

Treći linotip pomaže. Fotoreporter stiže u huku svoga motora. Prva slika izlazi iz cinkografije. U slagačnici se slaže naslov na četiri stupca: *Tragično samoubistvo jedne maturantkinje*. Burmaz je iz uredničke sobe prešao u redakcijsku salu, svaki čas zagleda u svoj zlatni časovnik.

— Brže, gospodo, brže!

Najzad je kostur događaja izrađen. Čas veronauke. Popravljaju se godišnje ocene. Profesor veronauke smatra da je to najvažniji i najsvečaniji čas u godini. Pun je ozbiljnosti i uzdržane strogosti — neobično je zadovoljan svojim glasom, pokretima, dostojanstvom. Ali nosi crvene čarape. Ispod stola i zadignute mantije vidi se par mršavih nogu, srozanih čarapa. Naravno, on ne polaže na telesno, on traži moralno dostojanstvo; svoga moralnog dostojanstva on je svestan, zato mu je potpuno svejedno kakve čarape nosi i kakav prizor ispod katedre pruža razredu. Ima bogobojažljivih duša koje i ne vide crvene čarape, ali Aleksandra Ristić ih vidi. Nekoliko poteza crnom i crvenom olovkom, i popa sedi za katedrom, retke brade i dignutog kažiprsta, a ispod stola crvene čarape. Ristićeva se nije ni nasmejala. Crtanje je za nju isto što za druge igranje: izraz životnosti, mladosti. Ona crta sigurno, lako, sve što se ukaže njenom oku: jednu žensku nogu, staricu koja prodaje pogačice, profesore, mačku koja se sunča. Crtež ide od klupe do klupe. Ruke krišom dotiču jedne druge, dodaju crtež. Smeh bukne čas na jednoj strani učionice, čas na drugoj.

— Šta je to?

Jedna šaka, i suviše mala, pokušava da sakrije list hartije.

— Dajte ovamo.

U razredu je grobna tišina. Profesor jedva nalazi reči. Krv mu udara u glavu.

— Ko je ovo crtao?

Ristićeva ustaje.

— Ja, gospodine profesore.

— I ovo predstavlja?

Ristićeva ne ume da laže.

— Vas, gospodine profesore.

— Šta? Vi terate šegu!

Ovde nov podnaslov: *Profesor veronauke napušta čas i traži satisfakciju.*

Nauka, koju je trebalo da usadi u duše, nije više za njega postojala. On lično smatrao se uvređenim i ismejanim („ona se sprda sa mnom pred celim razredom, a ja sam sveštено lice"), i pred tom činjenicom ne misli više da je osnovna dogma njegove vere: opraštaj! Ako te ko udari po jednom obrazu, okreni drugi. U gimnaziji vlada uzbuna. Kao stado ovaca pred buru, devojke, oko svoje drugarice, čekaju da Gospod ošine munjom. Profesorsko veće je sazvano. Šta se iza zatvorenih vrata događalo, ko je tražio da se maturantkinja

Ristić kazni „egzemplarno", ko ju je branio, ne zna se. Jasno je samo da ona strašna kazna ne bi bila doneta da je profesor veronauke oprostio, da je hteo da se zadovolji izvinjenjem i suzama velike grešnice (A Isus je oprostio Mariji Magdaleni — iako su grehovi Magdalenini bili zaista teži od grehova nestašne Ristićeve. Da, ali Magdalena nije nanela ličnu uvredu svome profesoru, koji je uz to još i svešteno lice!). Dakle, nekoliko dana docnije iza tih vrata sedeli su mali bogovi i većali. Kakvo je materijalno stanje Ristićeve, kako živi njena porodica, i šta ova očekuje od tog još neformiranog deteta i njene mature? Glupa pitanja! To je privatna stvar učenice. Mi ovde, gospodo, razmatramo slučaj discipline... Nov naslov: *Većinom glasova profesorsko veće donosi odluku kojom se Ristićeva za godinu dana uklanja iz gimnazije.* Vrata se otvaraju. Oko zelenog stola sedi ceo Olimp. Mršava brada profesora veronauke puna je dostojanstva i samouvaženja; i trunja od duvana. Gde je taj krivac? A roditelji? Zar se ta presuda ne može prvo saopštiti roditeljima? Šta se to profesora tiče! Ristićeva sluša presudu, izlazi iz škole, napolju drugarice, koje žele da je uteše. „Ništa to nije — veli ona — brinem samo kako ću kazati mami." Kada drugarice ponude da idu s njom, ona odbija: „Ne, ne, ja ću sama, bolje je". I udaljava se ulicom, potpuno sama, sa svojim mislima. Mesec i po dana pre mature! Tolike žrtve, tolika odricanja cele porodice — a sada, mesec i po dana pre mature, pred samim ciljem, slom! Vazduh je topao, pun mirisa novog lista, drveća u cvetu. Insekti grozničavo žive svoj kratki vek, laste prave svoje geometrijske šare po divnom i mekom plavom nebu... sve je puno života, puno radosti života. Devojka luta, lomi se, u lutanju dolazi do Topčidera. Ne, kući ne može, kući ne može! Sedi u šumarku na obronku, ispod nje prolaze tračnice, ona plače, vreme prolazi, ona još uvek plače, insekti sladostrasno žive svoj kratki život, ptice u dubini Košutnjaka pevaju, zagrljeni parovi prolaze, a ona neprestano plače.

I na kraju: raskomadan leš, železnička policija, okupljeni radoznalci, pisar trinaestog kvarta.

— Sasvim pristojna senzacija! Samo, gospodo, blago. Mi ovde stvarno imamo samo podatke jedne strane. — Pa kako mu mračni izraz Bajkićevog lica nije govorio ništa dobro, Burmaz sede kraj njega, zgrabivši crvenu olovku: — Da vam pomognem, kolega. Zadocnićemo ovako. — I, pod vidom korekture, crvena olovka poče da izbacuje čitave rečenice.

Celoga dana Bajkić ostade zamišljen. Kada bi ga neko pozvao, on bi se trzao i s mukom snalazio. On ostavi redakciju čim posao za sutrašnji dan bi svršen i odmah pođe kući, protivno navikama. Po varoši su prodavci još uvek skandirali: sa-mo-u-bi-stvo ma-tu-rant-ki-nje — no-vi-ne — no-vi-ne — Štam-pa — no-vi-ne! Kod kuće Jasna ga je, kao i uvek, čekala. On se jedva dotače jela, poljubi Jasnu i pređe u svoju sobu. Svi planovi Jasnini behu se izjalovili, kao i Nenadovi: niti je ona uspela da od uštede kupi Nenadu nov sto, da uzme stan, niti je Nenad uspeo da Jasni uzme devojku. Bilo je neverovatno, ali novac je proticao nerazumljivom brzinom.

„Treba uzeti devojku!", pomisli Bajkić, ulazeći u sobu. „Ovako se više ne može."

„Prvoga svakako moram odvojiti štogod za sto!", pomisli Jasna, gledajući za Nenadom.

Zatvorivši se u svoju sobu, umesto da sedne za sto i pokuša da radi — on se još uvek nadao da će jednoga dana završiti svoje ispite na univerzitetu; možda se čak odati nauci, proučavati biologiju ili sociologiju, živeti među istinama, raditi za istine! Mali sto, onaj što se klati, čekao ga je strpljivo, pretrpan knjigama — Bajkić se skide i odmah leže u postelju. Hteo je da zaspi, da sve najednom zaboravi, ali mu san nije dolazio na oči. Zapali cigaretu, osloni se na jednu ruku: pred sobom je neprestano video ono samoubičino lice, šeretski nasmejane oči, onu lolinski a naivno izvučenu kosu ispod berea — jer školski propisi nalažu da kosa bude začešljana i nevidljiva. Noć je oko Bajkića bila tiha. Kroz tanak zid čulo se kako u kujni Jasna polako zvecka posuđem uz svileno oticanje vode.

„Moramo uzeti devojku!", ponovi nesvesno u sebi Bajkić. Pa bez prelaza: „Mala nikako nije bila toliko kriva da zasluži takvu kaznu."

Bajkić se seti Cesarske i kraljevske realne gimnazije, sa njenom vojničkom disciplinom, brojnim stanjem, melde-gehorzamima, sa njenim „areštima"; on se skoro fizički seti one stege, onog nasilja nad dušama — uprkos pojedinaca, uprkos profesora kao što je bio lajtnant Zlatar ili profesor Mališa, uprkos činjenice da je gimnazija u odnosu prema ostaloj okupaciji, interniranju, vešanju, hroničnoj gladi, pretresima, Vidmarovim kamdžijama, bila zaista jedan tihi kut; nasilja, makar samo moralnog, kroz vojničku stegu oficira jedne tuđe vojske. Onda se Bajkiću škola u oslobođenoj državi, u kojoj neće biti ni tuđinskih vojnika, ni čizama, ni šibanja, pričinjavala kao neki nedostižni san, neko oslobođenje ne samo spoljašnje i fizičko već duhovno. A danas vidi da formalna sloboda ne mora značiti oslobođenje čoveka, da je i s jedne i s druge strane granice sve isto i da postoje druge, mnogo značajnije granice, koje treba preći, kojih se treba osloboditi da bi se došlo do stvarne slobode.

„Profesori nisu tu da izriču kaznu!", nastavi da misli Bajkić. „Oni nisu nikakav sud. Cela ta krvava šala sa ocenama za znanje i kaznama za greške besmislena je! Njihovo je da upućuju i pokazuju — da novim generacijama predaju svoje znanje, svoju zapaljenu buktinju, i ništa drugo!"

Bajkić ustade iz kreveta i poče šetati po sobi. Oni od pre, oni oficiri, nalazili su se u osvojenoj zemlji; sve što je strčalo, što je u dece bilo slobodnije i nezavisnije, moralo je biti sasečeno i suzbijeno u ime jedne „više ideje" (ideja koja govori o pobediocima i pobeđenim, o podaništvu, o kulturnijim i nekulturnijim narodima, o inferiornim i superiornim civilizacijama, o pravima; šta prema takvim idejama znači lična uglađenost, ili lična samilost, ili lična blagost pojedinih obrlajtnanta i kapetana cesarske i kraljevske vojne sile). A eto, i ovi od danas, usred slobodne države, seku sve što je samostalnije, življe, što na bilo koji način strči iz jednolike mase društvenog stada. Okupatori su to radili za svoju prejasnu Monarhiju, a ovi danas?... Za društvo, bez sumnje! Da sjajnog društva čiji se budući članovi spremaju dresurom! I zbog disciplinskih ogrešenja kažnjavaju se kao zločinci!

„Sam sluga! Sve same sluge, za parče hleba!"

Svuda oko Bajkića vladala je duboka tišina. Kroz prozor se, u čistoj prolećnoj noći, nazirao Savski most sa svojim zelenim i crvenim svetiljkama. Bajkić se seti onog starog, njegove raznesene konstrukcije, izvitoperenog gvožđa, njegovih lukova, koji su, onoga leta kada se to dogodilo, jednim krajem ležali zagnjureni u vodi. Gledajući most, on odjednom oseti svu pustoš svog detinjstva, čitave svoje mladosti. Zašto je bilo potrebno da se sve ono strašno dogodi, da toliki mladi ljudi izginu, tolike kuće unište, tolika deca ostanu bez sladosti detinjstva? Zašto se gladovalo, umiralo, mučilo... kada je sve ostalo isto?

Čim sutradan stiže u redakciju — a bio je neispavan i loman — Bajkić se raspita za kada je određena sahrana one nesrećne gimnazistkinje.

— Ukop će biti u dva po podne — odgovori Jojkić.

— Ukop? Zašto ne sahrana?

— Crkva je odbila da je sahrani. Biće ukopana kao samoubica... bez sveštenika, molitava, zvona.

— Kao pregaženo pašče! — Sav crven u licu, Bajkić se zasmeja: — Sasvim! I bila je ta devojka veliki grešnik. Zar nije uvredila jedno sveštено lice? U pakao s njom! U pakao! Ni molitva, ni zvona, ni sveštenika! Pravo u pakao, gospodo! Ha! ha! Solidarnost, pre svega, zar ne?

On naglo ućuta i besno zgrabi pero. Jojkić se nelagodno osmehivao.

— Je li vam rukopis gotov? — upita Bajkić, ne dižući glave.

— Gospodin urednik ga je već uzeo.

— A... Sasvim! — Brada mu je podrhtavala. — Sasvim! Mi smo, pre svega, informativni list, je li? — Bajkić upravi jedan svetao i vatren pogled na Jojkića. — I trgovačko preduzeće? Je li?

Jojkić obori pogled i vrati se polako za svoj sto. Bajkić se savlada i psovku skresa sebi u stisnute pesnice.

Nekoliko dana kasnije jedna otmena beogradska gospođica rastvorila je u svojoj čaši dvadeset tableta veronala i popila. „Okolnosti koje su je naterale na taj korak" bile su mračne i tek pred kraj dana, posle ogromnih muka reportera, nešto rasvetljene. U tragediju je bilo umešano puno lica iz najboljeg društva; znalo se za neku noćnu automobilsku šetnju na Dedinje i Avalu, za neku prepirku, za neku terevenku u nekom rakovičkom vinogradu, za izgubljenu žensku cipelu. Skandal je bio velik i sraman. Celoga dana, međutim, u redakciju su dotrčavale neke ozbiljne osobe i tražile da govore sa direktorom i urednikom. Bajkić je za sve to vreme bio miran i hladan. Ali, kada na njegov sto stigoše rukopisi i slike, a sve to tek drugog dana, posle svečane sahrane, kada pročita prve dve rečenice, koje je Dilberov sastavio u slavu lepe i nesrećne gospođice; kada, malo dalje, pronađe da se sve ono nedozvoljeno i mračno pretvorilo u neke teške duševne borbe; kada, najzad, nađe da je na opelu činodejstvovalo četiri sveštenika, sa vladikom H. na čelu, uz učešće Prvog pevačkog društva — Bajkić tresnu sve, diže se od stola i pojuri Burmazu, ponavljajući u sebi:

„Same sluge... sve same sluge... za novac!"

Pod ispitivačkim pogledom Burmazovim, Bajkić se savlada.

— Ja ne želim više da budem sekretar. Molim vas, razrešite me te dužnosti.

— Ali kako... dragi, Bajkiću! Ne, dozvolite.

— Ama nema tu šta! — planu ponovo Bajkić. — Neću, i gotovo! Dovde mi je! Ja, uostalom, nisam više čovek za vas... moji pojmovi o novinarstvu se ne slažu sa vašim. Ako mogu da ostanem prost saradnik, onaj što će pisati — a ja ću pisati bez obzira hoće li mi rukopis dospeti u koš ili ne — dobro, ako ne, idem do đavola! Idem u pisare, idem u testeraše! Hoću da imam čistu i mirnu savest.

— Ali... dopustite, dragi Bajkiću! — Burmaz se beše snašao: — Kako to: neću i gotovo? Molim vas, to mesto se ne može popuniti od danas do sutra. Ja vas potpuno razumem i cenim vaša poetska osećanja, ali... tu rok mora postojati. Dajte mi bar petnaest dana, koliko da nađem čoveka za to odgovorno mesto.

— Imate Andreju.

— Dopustite mi da ja sam sebi biram saradnika i pomagača.

— Ja govorim o njemu kao zameni, jer ja neću raditi ni časa više.

— Vi ste plaćeni i vi ćete raditi do prvog! — uzviknu Burmaz. U istom času mu blesnu pred očima Bajkićevo prijateljstvo sa Aleksandrom Majstorović, i on, spustivši glas do blagosti, koji ispuni nekom vrstom prijateljskog i proročkog prekora: — Rđavim ste putem pošli, Bajkiću. Vaše ideje nisu zdrave. — Pa ustavši od stola i stavivši mu ruku na rame (Bajkić se malo uvi da bi izbegao ovaj dodir), dodade: — Uostalom, bićete na tome mestu do prvog tek onako... da se održi forma. Pomagaće vam Andreja. Ja...

Bajkić ne dočeka kraj rečenice.

— Hvala — reče suho i, osmehnuvši se samo jednim krajičkom usana, izađe iz uredničke sobe.

Ostavši sam, Burmaz se, sav crven, zagnjuri u hartije.

— Ah, čekaj, imaćemo mi još vremena da govorimo o moralnoj čistoti! I o savesti!

Jedan zao osmejak osvetli mu začas lice: sav uzdrhtao, pomisli da tog istog dana ima da se reši njegova budućnost, njegova velika budućnost. Toliko se od te pomisli uzbudi da baci pero i krupnim koracima poče šetati po sobi.

Velika igra

Kabinet Despotovićev, u koji ga propustiše posle vrlo kratkog čekanja, nije bio osvetljen, iako se suton već uveliko pretvarao u noć. Otvoreni prozori gledali su na bašticu, tihu i pustu između ograda drugih bašta, i ti prozori, uokvireni teškim draperijama, još su jedino u tome času svetleli slabo. Sve ostalo tonulo je u meke i tople senke. Burmazu je trebalo nekoliko časaka da među njima otkrije još jednu: Despotovića. Morao je da izusti bar jednu reč kao pozdrav, a stajao je, ukočen, kraj samih vrata, u mučnom očekivanju. Kabinet je bio pun nekog teškog parfema i vrlo aromatičnog duvanskog dima, i ti mirisi — podsetivši ga na nekadašnju direktorsku sobu u „Štampi" — još više ukočiše Burmaza.

— Sedite.

Despotović je govorio brzo i prigušeno, kao da mu je preko glasa prebačen gust veo. Taj glas, izgledalo je, i nije dolazio iz čoveka, toliko je bio monoton i bezličan: mrak je bio zvučnik kroz koji su šaputale senke.

Burmaz se spusti na stolicu i odmah zažali: stona lampa koju Despotović upali osvetli ga punom svetlošću, dok Despotović, oslonjen o ivicu svoga velikog stola, okrenut leđima prozorima i lampi, ostade i dalje u polusenci. Despotović je nervozno pušio i samo s časa na čas žar cigarete osvetlio bi mu donji deo lica: dva bela brka, upale obraze i smežuranu kožu oko ivica tankih, grozničavo stisnutih usana.

Ćutanje potraja nekoliko trenutaka. Burmaz je osećao kako ga Despotović nepomično i pažljivo posmatra, kako mu iz senke proučava svaku crtu lica. Morao je ostati miran, što nepokretniji! Ne dopustiti da mu se lice grči! Dlanovi su mu bili oznojeni. Koliko će to još trajati? Tako... osmehnuti se malo! Još malo, disati slobodnije! Ova neizvesnost nije mogla da traje dugo, rešiće se ovako ili onako. Burmazu, prikovanom na stolici, bi odjednom svejedno kako će se rešiti. Samo da se reši!

— Zapalite!

Jednim odsečnim korakom Despotović pruži tabakeru. Mađija koja je držala Burmaza paralizovanog iščeze u času, grudi mu se napuniše vazduhom, on se zaista i sasvim prirodno osmehnu, ali teško osećanje nečega nezdravog ostade i dalje u vazduhu.

— Koliko vam je godina, Burmazu? — upita neočekivano Despotović.

Burmaz se sav zacrveni. Htede da ustane sa stolice.

— Trideset i dve — promuca.

— I suviše ste vešti za te godine. Pazite da i vas samog ta veština jednog dana ne slomije. To je i suviše opasna veština.

Burmaz zamuca. Bio je kao đak koji ne zna lekciju.

— Nemojte se truditi! — Ruka sa cigaretom pređe do usta i natrag, a žar opisa još jednom kroz senku svoju vatrenu liniju. — Ja vas nisam zvao da vam držim pridike. — Despotović ugasi cigaretu i, pošto je postojao malo gledajući kako dim iz pepeljare struji pod zaklon lampe, okrete se ponovo Burmazu. — Gospodin Majstorović vas je već uputio u stvar?

— Da.

— Utoliko bolje. Mislite li da ćete sve moći svršiti neprimetno?

— Mislim. Ja... — Burmaz ustade. Bio je uzbuđen. Ili se činio. — Za vašu velikodušnost hteo bih biti iskren, iskren. Hteo bih ponovo da zaslužim vaše poverenje.

Despotović učini pokret kao da se brani, ali je Burmaz bio već u zamahu, ništa ga više nije moglo zaustaviti. Pokret Despotovićev samo ga razdraži i naljuti. — Meni treba mogućnosti da se razvijem, da budem koristan društvu, da se usavršim. Meni je trideset i dve godine, imam porodicu... dva brata, koja treba izvesti na put, ne može mi se zameriti ako se brinem o svojoj budućnosti. Svi brinu samo svoju brigu, vi svoju, Majstorović svoju, zašto ja ne bih brinuo svoju, kada smo već svaki za sebe? Kada smo svaki za sebe i svi protiv svih? Ovo govorim zato da ne biste cenili i suviše strogo tuđe postupke. Ja imam isto toliko prava na mesto pod suncem koliko i vi. Samo ja nisam okoreo. I imam ideja. Dosada sam uvek bio onaj koji došaptava drugome, odsada više neću.

Burmaz se odjednom zaustavi. Promuca (oči su mu za to vreme sevale podsmešljivo):

— Oprostite...

Despotović se snađe. I, kao da Burmaz ništa nije rekao, naređujući:

— Počećete sasvim izdaleka. — Pa razmislivši malo: — Imate pred sobom, tako... još mesec, mesec i po vremena.

Despotović postoja časak ćuteći.

— U redu?

— Da, gospodine ministre.

— Onda do viđenja. Da. Ne pojavljujte se vi lično. Pošaljite nekog saradnika. Najbolje nekoga koji nije radio te stvari.

I ne pruživši Burmazu ruku, Despotović zađe za sto.

Tek sada, kada je već sve bilo svršeno — i to tako lepo svršeno! — Burmaza uhvati prava drhtavica: biti rođen pod tako srećnom zvezdom, davalo je vrtoglavicu! Morao je, pre nego što izađe pred

Majstorovića, da se smiri, da pribere misli, da se sredi. On se skoro u trku vrati u redakciju. U redakciji već nije bilo nikoga. Stvarnost mu se u još neprovetrenim prostorijama učini bedna i prljava. On sam, međutim, nije bio ni bedan ni prljav. Prvi put oseti da ne čini deo sa tim jadnim, isprljanim, naglo ostarelim stvarima. Nasmeja se samome sebi zbog trčanja. Dok je prolazio kroz veliku redakcijsku salu, on sasvim jasno oseti da više nije isti čovek. Ispuni ga tolika radost da poče skakutati.

— Tra-la-la, tra-la-la...

Jedna mu se stolica nađe na putu, on je potkači nogom.

— Tra-la-la, tra-la-la...

Bio je pred vratima svoje sobe. Nagnuvši šaljivo glavu, on ih širom razjapi.

— Gospodine direkto... Ah, pardon, gospođo! Ja... kakvo iznenađenje... dozvolite!

— Kladim se da dolazite sa sastanka! — Gospođa Marina Raspopović ga vragolasto preseče pogledom. — Znate li da vas ovde čekam već čitavih četvrt časa.

— O, kakav sastanak, draga, draga, gospođo! — Burmaz pogleda iskosa zatvorena staklena vrata direktorskog kabineta; bila su mračna; Raspopović nije, znači, bio u zgradi; Burmazu se srce nervozno zgrči. — Sastanak... Vi mi se podsmevate, draga gospođo. Ja nemam vremena ni Bogu da se pomolim, sve je palo na mene, a vi mi govorite o sastanku. Ali, Bog vidi! — I Burmaz podiže ruke k nebu (u jednoj su mu bili štap i rukavice, u drugoj šešir, koji još ne beše stigao da okači na čiviluk). I onda, kao u poverenju, nagnuvši se prema mirisu koji je strujao sa Marine: — Ali Bog vidi da ništa više ne bih želeo nego jedan sastanak...

— Nevaljalče! — Marina ga, uz bolećiv osmeh, dotače svojim rukavicama po obrazu. — Dajte mi šibicu. I pustite me da sednem, tako sam umorna! Primaknite mi fotelju. Ne... sedite ovde, kraj mene, htela sam nešto da govorim sa vama. Ah, ne... čekajte! — Ona izvuče lagano svoju ruku iz Burmazovih ruku i sama skide rukavicu. — Trebalo bi više da me poštujete, na, lažljivče.

„Opet želi nešto da dozna", pomisli Burmaz igrajući se skinutom rukavicom (udisao je s uživanjem razdražujući miris crne kože; između njegovih maljavih prstiju rukavica je bila malo živo biće, još toplo).

— Sećate li se našeg razgovora o Frojdu? Ja sam posle toga vrlo mnogo razmišljala o svemu onome, o refulmanu, kompleksima, o snovima i njihovom značaju... Može li nas ko čuti?

— Ne, niko.

— Jeste li videli skoro Koku? — Marina sama uhvati Burmaza za ruku.

— Jesam, mislim juče. — Burmaz je bio u nedoumici.

— Ne čini li vam se bleda? Promenila se jako, jelte? Priznajte, priznajte... Nemojte zato što sam majka... Bolje je biti otvoren sa mnom! Da znate kako je teško biti majka, dragi prijatelju!

— Ja... zbilja ne znam...

— To vam je čitava tragedija! Takvi kompleksi! Ja sam uverena da su tu u pitanju kompleksi. Samo ćuti, razmišlja, kosa da vam se digne. I ništa čovek da razume. Kada sam bila u njenim godinama... znate li da je njoj tek dvadeset i prva? Mile joj je sasvim drug, nekoliko nedelja stariji. Vama je poznata ona druga tragedija? Ta deca su tako nerazumna! Jako se bojim za sve troje otkako se Mile vratio. Jedna zaljubljena — kod Koke je to kompleks, u to sam potpuno uverena — druga teška... strašno!

— Jeste li sigurni da je ona mala...?

— Oh, sasvim... njena mati je vrlo gruba žena, napala je pre neki dan Koku, čeka je sve pred vratima, kao da je jadno moje dete nešto tu krivo! Oni su vrlo, vrlo siroti; otac te devojke, mislim, da radi tu kod vas. Koka je dobrog srca, pa onda škola, znate kako je, drugarice;

bilo je žao jadnice, davala joj haljine i tako, vodila je sa sobom da je malo uputi i obraduje — i eto zahvalnosti!

Burmaz se još uvek činio da ništa ne razume, vreme prolazilo, Marina postajala sve nervoznija. Ona najednom prestade sa uvijanjem.

— Znate li da se Mile ponovo počeo sastajati sa Stankom?

Burmaz nije ništa znao. Ali ipak reče:

— Znam, ali, Bože moj...

— Da li su se sastali svega jednom ili dva puta, nema mnogo značaja; glavno je da su se sastali, i mene je strah za Koku.

Burmaz ne odgovori. Marina ode još jedan korak dalje.

— Jeste li videli Mileta?

— Nekoliko puta.

— I?...

— Ne razumem.

— Mislite li da bi on mogao... da li je on zbilja toliko zaljubljen u tu nesrećnicu da bi je mogao i uzeti?

Burmazu bi sve jasno. Mamica bi da osigura kćerku!

— Ah, to... znate kako je, zaljubljen je svakako, ali za dalje ne, zaista ne znam, ne znam, verujte, mada, u tim godinama...

Marina ga je gledala sa nepoverenjem. Nije mogla da dovoljno jasno razluči koliko se Burmaz pretvara, a koliko ne. Osmehnu mu se. Uzdahnu. Uze sa stola rukavice. Poče ih polako navlačiti.

— Ali, na vaše prijateljstvo mogu uvek računati, zar ne? — Pa, ne dopustivši da je Burmaz uverava u to, dodade: — Ja bih volela da o svemu progovorimo još jednom, na miru. Možete li sutra? Sutra u ovo doba? Bićemo sami. Da? Onda do viđenja! — I, stegnuvši mu ovlaš prste, na pola glasa: — Ovo još malo, pa kao sastanak. Nikako ne mogu da se naljutim na vas, nevaljalče!

Nekoliko dana kasnije Burmaz pozva Bajkića.

— Sedite, dragi, dragi Bajkiću... Ta, molim vas... tako. Najzad da progovorimo reč-dve kao stari prijatelji. Ne, novinarski poziv je prokletstvo, ne dopušta nam da imamo ni privatnog ni ličnog života. On uopšte ništa ne dopušta. Verujete li vi meni da mi pod rukom stoji jedna vanredna priča, a ja ne mogu da je nastavim? Ne mogu! Ne stižem!

Bajkić je ćuteći slušao bujicu Burmazove rečitosti. On je poznavao sada ne samo svaki njegov naglasak nego i svaku njegovu misao. Gledao ga je i znao unapred šta će ovaj učiniti ili reći. „Ja sam tome čoveku poveravao nekada svoje najtajnije misli", pomisli sa gađenjem, „pričao mu o ocu, o sebi!"

— Vi ste jamačno već bili uvereni da nisam uzeo u obzir onu vašu molbu... dopustite, u radu se čovek neki put ponese kao pravi tiranin, posle mi je na samog sebe gadno, ali onda čak ni to gađenje ne pomaže! — nastavljao je Burmaz. — Force majeur! — On podiže kažiprst uvis. — Vi ste, uostalom, razumeli...

Bajkić je za to vreme mislio: „Ni ja ništa bolji nisam od njega. Svi smo mi konformiste. Onaj razlog da bi i u drugim redakcijama naišao na druge Burmaze, pa verovatno i na slične uslove rada, da bi mi svuda bilo isto — pa i gore — samo je izgovor. Izgovor, jer sam kukavica i bojim se neizvesnosti; i jer ne smem da izvedem prave zaključke".

— Ja sam, međutim, razmišljao — nastavljao je Burmaz. — Ja i sam uviđam šta vas, kao čoveka prekomereno osetljivog, vređa u našem zanatu. Ali svaki zanat, kao i svaka medalja, ima svoje naličije. Vi ćete se u to uveriti. I videćete da naše naličije nije najgore. Ima i gorih. Ali vi ste pesnik...

— Nisam ja pesnik — prekide ga hladno Bajkić.

— Ah, da? Koješta! Čak i po ovoj upadici se primećuje da ste to. Kakva osetljivost. Slušajte, prelazim na stvar: vaše je pitanje rešeno. Vi ćete raditi što god hoćete...

— Kako to: što god hoćete? — prenu se Bajkić.

— Pi, brate, kako ste osetljivi! Ne mislimo mi da vi prosto sedite i primate platu. To ne! Ali mislimo da za vas nije potrebno određivati rubriku. Pisaćete o čemu god hoćete. Pravite veliku reportažu. Pišite kritiku društvenih događaja. Možete ići u parlament, u sud. Možete putovati. Što god vam se učini vredno, vi to uzmite. Ja mislim da sam vam se pokazao kao prijatelj. I verujem da mi više ne zamerate što ste na ovo čekali čitav mesec i po.

— Ah, to ne!

Bajkić je zbunjen stajao kraj stola. Burmaz mu pruži ruku i on je toplo steže. „Ipak nije sasvim ono što sam mislio da je", pomisli u sebi. „Bar prema meni nije. A čovek koji može da ima makar i senku naklonosti za drugog čoveka, već nije potpuni egoista." Bajkić je izlazio iz sobe, kad ga Burmaz zadrža:

— Slušajte... nešto mislim, za početak... čini mi se da mi je Andreja govorio kako želite da malo bolje upoznate naš politički život. Zašto da ne? Počnite sa parlamentom. Bez obzira na Markovca. On daje skupštinske izveštaje. Vi nam dajte atmosferu, dajte nam reportažu o životu u Skupštini. Dakle? U redu...

Zatvorivši za sobom vrata, Bajkić prvo pomisli da on uopšte nikada sa Andrejom nije govorio da bi voleo da izbliže upozna Skupštinu. „Možda je on to sam zaključio", pomisli. Pa kako je i suviše bio zadovoljan raspletom, on zaključi: „Uostalom, to sada ne igra nikakvu ulogu. Glavno je da ću moći slobodno raditi. I pošteno".

Spolja: još uvek stara konjička kasarna, sitnih a često poređanih prozora. Uz nju, sve u nekim glupim betonskim stubovima, dozidani stepenište i ulaz, a iznad njih terasa. Ni zastava na krovu, ni cveće na terasi, ni taj betonski peron i stubovi nisu mogli da promene utisak koji je zgrada ostavljala. Taj hladni i neprijatni utisak daju još, pored kasarni, samo protestantske bogomolje.

Unutra: dugi hodnici, novi tepisi, miris još neisušenih zidova, jer se zgrada stalno pregrađuje i doteruje, miris nove drvenarije, koja treba da je masivna, a u stvari je jeftina čamovina, pa stepenice, galerije zastrte pirotskim ćilimovima, klupske sobe i njihov raznovrstan, skoro kafanski nameštaj, i, najzad, sala, probijena kroz dva sprata, sa svojim čamovim gredama, koje drže tavanicu, sa svojim klupama i kraljevskim slikama više predsedničkih stolova. Ali, sve to novo, ta drvenarija što pucka i miriše na smolu, ti lusteri, tepisi, zvona, signali, telefoni, sve se to gubi u sivoći nedovoljno osvetljenih prostorija, u zadahu bivše kasarne, zahoda, starih bronzanih peći, koje se dime i na kojima odadžije kuvaju kafu i čajeve. Sobe su niske i ugibaju se pod teretom nagomilanih stvari. Stepenice kojima se ide na galerije podsećaju na stepenice kojima se penje na tavane; ili na balkone i stajanje improvizovanih pozorišta. I sam svet što se mota tim hodnicima bez kraja, obavijen uvek polutamom i plavkastim duvanskim dimom, liči na svet koji je došao u pozorište: mnogima je dosadno, mnogi puše; grupe se stvaraju čas ovde, čas onde. Iz daljine zabruji električno zvono i vrata na klupskim sobama počinju da se otvaraju: — Ih, na mene red! — I ljudi, sa hartijama pod miškom, iščezavaju i smanjuju se u beskrajnoj perspektivi hodnika. Drugi se vraćaju, brišu oznojene vratove i lica: — Stanko — govore — trči po flašu piva. 'Ladnog samo, 'ladnog, čuješ li? — Kada se otvore izvesna vrata, zgradom se razlegne nečiji zvonak glas, koji uzalud pokušava da nadviče stalno i monotono zujanje mnoštva. Uslužni mladi ljudi, sa kožnim torbama za akta, začešljani holivudski, cupkaju u svojim lakovanim cipelama oko belih brada, oko crvenih lica, oko teških trbuha. Čas su im s jedne strane, čas s druge, već prema tome sa koje strane pristižu molitelji, obično izmršavele seljačke prilike u iznošenim gunjevima ili koporanima, po kojima zveckaju medalje; a ne retko i povijene žene, u crnim ubradačama. — Odmah, braćo, odmah... — Meko i kao neotporno govori crveno lice i klizi dalje hodnikom, dok ga ne progutaju neka od onih bezbrojnih vrata. A braća meću svoje masne šubare i šajkače na glavu i ponovo sedaju na izlizane klupe; i ponovo čekaju satima, dok se teški vonj njihovih vlažnih gunjeva meša sa duvanskim dimom, sa mirisom nove drvenarije, sa amonijačnim zadahom koji se šunja kroz pukotine zahoda. To su oni srećniji. Oni što će biti primljeni. A oni drugi, ona još grđa sirotinja, u ličkim kapicama ili širokim paorskim gaćama, čekaju tamo na ulici, ispod drvoreda mladih lipa, i, preplašeni, gledaju kako teški i blistavi automobili ulaze i izlaze kroz ružnu kapiju od betonskih stubova.

Bajkiću je trebalo nekoliko dana da se snađe u celoj toj gužvi; i da se oslobodi. Svaki čas je morao da prođe kraj skupštinske straže u belim končanim rukavicama, kraj žandarma po hodnicima i ispred vrata, kraj skupštinskog komesarijata. Svaki čas odnekud je dolazio ili nekuda išao ako ne po kakav gospodin ministar, a ono bar bivši gospodin ministar; ili gospodin predsednik, potpredsednik, gospodin sekretar, gospodin... Najviše je bilo gospode predsednika: ministarskog saveta, skupštine, partija, disidentskih partija, odbora, pododbora, komiteta, potkomiteta, anketnih komisija, sekcija, klubova... Novinari su čak i glavnog poslužitelja, dostojanstvenog starca dugih crnogorskih brkova, nazivali predsednikom. Svi su bili predsednici. Oni drugi se nisu ni videli. Prvih dana je Bajkić malo zazirao i od svojih kolega, mračnih i ozbiljnih parlamentarnih izveštača, njihovih crnih sako-kaputa i prugastih pantalona. Sve što su oni na po glasa govorili — i to kao mrzovoljno — bilo mu je zagonetno i nerazumljivo. Dve-tri reči dobačene s kraja na kraj novinarske sobe, i onda se po čitavo po časa neprekidno piše. Svuda gomile daktilografisanih hartija. A sve novi i novi tabaci stižu. Izveštači se grabe, tu i tamo podvuku poneku rečenicu, prepišu ili je pročitaju u telefon i već je cela ona gomila hartija bačena, mrtva, iscrpljena. Kada je i sam pokušao da što pročita, Bajkić nije umeo da se snađe: sve je ostalo ono što i jeste — haos. Prvog dana Bajkić, u svoj toj pometnji i groznici, nije uhvatio čak ni šta se u tom času u Skupštini događa. Markovac, sićušan žut čovek, sa pokvarenim zubima, kada ga je video, upitao ga je prosto:

— A šta ćete vi ovde, kolega? — i otrča hodnikom, ne sačekavši odgovor, za nekim predsednikom. Bajkić ga je video tek posle nekoliko časova gde stoji sam kraj prozora u bifeu, sa praznom čašom od piva u jednoj i nagrizenim sendvičem u drugoj ruci. Bio je zamišljen i zagledan u zgradu ministarstva građevina, na kojoj se dograđivao drugi sprat. Bajkić htede da se povuče, ali ga Markovac spazi i osmehnu mu se.

— Gledam kako rade — reče polako. — Ti ljudi zaista nešto grade, nešto stvaraju... — on se prekide: — Sada je u Topčideru jamačno se u cvetu. Nisam u Topčideru bio više od dve godine, ali ću otići čim stignem. Volite li vi šumu, polje, travu, jednom rečju, zelenilo, prirodu?

— Mene zanima šta se ovde dešava — prekide ga Bajkić.

— Pogađaju se — promrmlja Markovac i zagrize u sendvič. — Vi, naravno, ne možete da se snađete?

— Ne, zaista ne mogu.

— Znam, telefonirao mi je urednik da vas uputim. Koliko vam je godina?

— Dvadeset i jedna.

— Godine u kojima čovek još uvek misli da je zlato sve što sija. — Markovac uze nov sendič. — Kao osnova... neka vam ovo bude pravilo: čim se nešto dogodi, pitajte se u sebi: zašto? Zašto se dogodilo baš tako a ne drugojače? Kada znate da ništa ne može postati iz ničega, da su sve stvari vezane i uslovljene, da sve stvari od danas imaju korene u prošlosti, u zbivanjima od juče, onda će vam sve biti lako. Pod uslovom, naravno, da poznajete objektivno prošlost. Uzgred budi rečeno, to ljudi znaju, i zato je istorija najviše falsifikovana od svih nauka. Na primer, da biste potpuno tačno shvatili današnji sukob političkih stranaka, nije dovoljno reći da su Narodna i Zemaljska centralističke, a da je Agrarna autonomistička, već se treba pitati zašto su one to — pa ćete videti, kada se da caru carevo i vođama ono što pripada njihovom ličnom značaju, da se iza tih sukoba kriju različiti istorijski razvoji pojedinih pokrajina, različite religije, različiti mentaliteti, različita shvatanja, koja sva počivaju na različitim ekonomskim uslovima, koji diktiraju različite potrebe i različite „politike" — i kada stanete tako pred našu stvarnost, onda vam postaje jasno da ljudi pa i stranke delaju ne po nekim čistim idejama, već po čitavim kompleksima složenih uticaja. Ako znate ekonomsko stanje starih krajeva, pa tome dodate istorijske težnje pojedinih novih pokrajina i upotrebljene metode, onda tačno znate odakle dolazi snaga Narodne i, donekle, Zemaljske stranke. Ako začeprkate u postavljene odnose u nekim drugim novim pokrajinama, u njihove privilegije, u njihove institucije, onda tačno možete da nađete razlog njihovom autonomizmu i separatizmu. 1918. godine trebalo je izvršiti nacionalnu revoluciju, a mi smo izvršili tek političko ujedinjenje. I to kako! S jedne se strane ušlo u ujedinjenje sa nemogućom idejom da i u novoj državi ima da se nastavi puni, neizmenjeni kontinuitet starog srbijanskog državnog života, s druge se ušlo sa idejom, isto tako nemogućom, da se, i u odnosu na novu državu, istorija ponavlja. Sami apsurdi — u času kada se s jedne strane postavljalo pitanje poreze i ratne štete, s druge likvidacija starog novca. Događaj od 1. decembra 1918. godine — dok jedni izjavljuju da žele i hoće da se ujedine u jednu jedinstvenu državu, a drugi im odgovaraju da se ujedinjuju u jedinstveno kraljevstvo — nije početak današnjeg nesporazuma nego tek prvi vidljivi znak već postojećeg, osnovnog sukoba, koji se, prikriven, vukao još od Krfa.

Sve što se posle dogodilo, kolega, i što se događa, moralo je doći. I određivanje naziva države običnim vladinim dekretom; i način na koje je sazvano Privremeno predstavništvo i donet poslovnik Ustavotvorne skupštine; i kako je rešeno pitanje kvalifikovane većine, koja je imala doneti nov ustav; i sam Ustav — Vidovdan je za nas uvek bio fatalan dan! — za koji je glasalo samo 223 od 419 poslanika. Na taj osnovni nesporazum i sukob — koji je tek nekoliko ljudi videlo, ali koji su zato odmah i slomljeni od većine — nadovežite sada još i lično rivalstvo, lične mržnje i lične interese — a stranke u svom današnjem stadijumu nisu ništa drugo do konglomerati ličnih interesa u najužem smislu te reči — i smisao celog ovog haosa je tu. Vidite, da govorimo samo o velikim strankama, za ustav su glasale četiri stranke, Narodna, Poljoprivredna, Islamska i Zemaljska (jedina stranka nastala iz stanja posle ujedinjenja skupljanjem ostataka raznih partija; sve ostale su, a to treba zapamtiti, uglavnom stare formacije). I šta biva: Poljoprivredna stranka, izašla iz jedne provincije, biva na prvim izborima do nogu potučena od Katoličke stranke, protivnika novog centralističkog Ustava, dok Islamska stranka, čije je glasanje u stvari dobijeno teškim pregovorima i velikim administrativnim ustupcima, čim je izglasan Ustav, postavlja zahtev za autonomijom svojih pokrajina, drugim rečima i sama prelazi u antiustavni i anticentralistički tabor. I sad dolazi najlepše parče. Jedno krilo ove stranke pokušava da ostane verno datoj reči, ali drugo krilo upotrebljava ne samo verski razlog — setite se kulturnog nivoa muslimanskih masa — već i kreditne ustanove, koje su skoro sve u njihovim rukama, i ustavno krilo Islamske stranke isto tako na prvim izborima nestaje sa lica zemlje. U stvari, iza svega toga stoji veliki posed: begluci i grofovska imanja. Možete li da me pratite? Ja izlažem ovo i suviše brzo i šematski.

— Pomalo. Ali sve ne shvatam podjednako dobro — priznade Bajkić.

— Na primer?

— Agrarnu stranku i njenu apstinenciju.

— Pa počnite time, kolega, što ćete prvo pogledati gde se ta stranka začela i gde se danas širi, koga hoće da predstavlja i ko je vodi. Ako to uradite, onda ćete videti pre svega jedan narod kako stolećima živi u zavisnosti od tuđih naroda, u jednoj nenacionalnoj državi, i kako stolećima pokušava da svoju slobodu ili bar autonomiju osigura stavljajući se pod visoke zaštitnike, sklapajući paktove i državne „nagodbe", da bi se onda opet decenijama i stolećima odupirao pasivnom rezistencijom tim zaštitnicima i nagodbama. Sem jedne krvave i slavne bune, cela njihova politička istorija prožeta je tim pasivnim elementom: ćutanjem, muklim trpljenjem (masa, ne gospode, ne plemenitaša sa mađarskim i nemačkim titulama i pravima), otporom. Dodajte da su s jedne strane feudalni sistem — zaostao sve do naših dana u svojim glavnim karakteristikama — s druge građanski stalež, uglavnom tuđinskog, doseljeničkog i činovničkog porekla, podelili narod na dva dela, da su sve doskorašnje političke formacije bile većinom ograničene na gornje i građanske slojeve — i uspeh, ne uspeh, nego elementarno širenje Agrarne stranke sa njenim pozivom na seljaštvo, sa njenim buđenjem seljaštva, postaje potpuno jasno. Metode vođa Agrarne stranke odgovaraju intimnom osećanju naroda. Rezultat svega toga: borba za autonomiju, koja ide do separatizma, sredstvima — vekovima oprobanim — pasivne rezistencije. Ali raspadom dvojne monarhije i ulaskom u novu državu našao se veliki broj oficira, činovnika ili plemenite gospode naglo deklarisan. Suviše slabi samo za sebe, oni su ušli — ili prišli — ovom seljačkom pokretu, i otuda žestina, neodmerenost, tvrdoglava otpornost. Molim vas, baron Cvingl na istoj liniji sa seljakom Mukotrpićem?

— Čemu onda sve to vodi?

— Ostvarivanju što većih privilegija, novim nagodbama itd., jer agrarci ovakvi kakvi su, pojačani baronima i oficirima, i profesorima, i činovnicima, i bankarima, pored svih pojedinačnih izdajstava na koje se može računati i koja ih svakako čekaju — baroni i bankari imaju mnogo bliže ciljeve od svojih trenutnih saveznika seljaka — predstavljaju silu koja se ne može obići.

— To znači bezizlazno okretanje u krugu?

— Ni najmanje. Jednoga dana ili će se oni odreći svoga pasivnog otpora da bi pokušali da urade nešto pozitivno, to se može desiti od danas do sutra; ili će početi gubiti svoje snage; ili će druga strana pribeći sili. Svaka politika ima svojih granica koje se ne smeju bez opasnosti preći.

— Ali, jednom, u Skupštini, antiustavni blok će biti jači od ustavnog.

— Teorijski. Ali stvarno taj broj ne predstavlja nikakvu opasnost ni po sadašnji oblik državni ni po Ustav. Teorijski, jelte, u ovom času, glavni branioci Ustava su Narodna i Zemaljska stranka; i, pred opasnošću da se taj Ustav obori, morali bi ići uvek zajedno. Međutim, vi vidite da se ustavna borba vodi skoro paralelno sa borbom za prevlast između te dve stranke. Najteže se kod nas slažu one partije čije su razlike u vodećim ličnostima, a ne idejne. U pitanju je, jelte, uvek prestiž vođa; a kako se obraćaju istim biračima, istoj sredini i — istim programima, u pitanju je i samo održanje partije. Zato je, na primer, Soldatoviću mnogo draže da vlast deli sa Turcima ili Nemcima i da sa njima provodi svoju nacionalnu politiku: Turci nikad neće Soldatoviću oteti birače, jer treba biti Turčin pa glasati za Turke, dok jedan naš čovek uvek može glasati i za Zemaljsku stranku. Samo se izuzetno dešava da stvarni interesi većeg broja partija dođu u saglasnost. Zato i ne verujem da će dolazak agraraca u Skupštinu promeniti štogod u redu koji vlada. Možda će samo složiti izvesne dosadašnje protivnike. Ta, molim vas — kada se ostave krajnji levičari, kojih sada i nema više u Skupštini — šta hoće jedni a šta drugi? Dobro, jedni su za centralizam a drugi za autonomiju. Ali, u suštini, kakva je razlika u onome čime treba da ispune taj centralizam i tu autonomiju? Svi oni, na primer, misle i govore da politiku treba da vode ljudi utvrđenog imovnog stanja, školovani i već na položajima, da bi time, kao, izbegli da politika postane sredstvo bogaćenja pojedinaca; svi oni veruju da je za zemlju jedina sreća i jedini spas da postane što nezavisnija od inostranstva podizanjem domaće industrije, da se bogatstvo zemlje izražava u novcu, a da se novac najlakše stvara što većim izvozom i što manjim uvozom. I svi oni, bratski, bez prestanka udaraju glavama u pitanja kao što su ova: kako naterati nekoga da kupuje sve više tvoje proizvode, kada ti sve manje kupuješ njegove? Kako se emancipovati inostrane industrije podizanjem domaće kada se kapitali — a zar sa njima ne idu i trgovački ugovori? — moraju uvoziti? Kako podići unutrašnje tržište povećanjem kupovne moći masa, kada se od tih masa — u interesu ekonomske slobode, koja je moguća samo u nacionalnoj državi, sa nacionalnom vojskom — traže sve veće žrtve i sve veći napori u ljudima za vojsku, i novcu za porez? Da ne govorimo o skupljim industrijskim proizvodima zbog zaštitnih carina! Kako, najzad, u tom pritiskivanju pritiskati baš mase koje vas nose? Imajući, dakle, istu ideologiju, oslanjajući se na iste mase, podeljeni na stranke jedino ličnim rivalstvom i terenskom — metnimo i plemenskom ili verskom — pripadnošću, stranke su primorane da vode borbu za vlast istim sredstvima. I treba reći da je ta borba utoliko bezočnija ukoliko su snage stranaka približno jednake. Naravno, to im krvno neprijateljstvo ne smeta da prave svaki čas — čim pronađu neki „vrhovni interes" — sporazume, paktove, nacionalne koncentracije i razne koalicije. Tako su izvesne stranke išle zajedno u pitanju državnog uređenja. Ali su druge išle i kad su bili u pitanju manji „vrhovni interesi", recimo, kupovina Šnajderovih topova, ili poništenje mandata jedne stranke koja im je smetala. Neki put se obični izborni ključ proglašava „vrhovnim interesom". Međutim, promena ustava se nikad ne može proglasiti „vrhovnim interesom", jer će se uvek naći dobar broj onih kojima je i ovaj ustav dobar, i nema izgleda da će ma koji parlament bez neke spoljne sile stvoriti potrebnu većinu za promenu ustava.

— Onda ceo napor Zemaljske stranke da stvori blok s Agrarnom strankom?...

— Čisto stranačka taktika, koja može uspeti i dati dobru vladu. Ali, kolega, i ovo je opet teorijsko objašnjenje. Vratimo se konkretnom. Uzmimo Narodnu i Zemaljsku stranku da bismo videli zašto Zemaljska stranka mora da pribegava ovako očajnim i po sebe opasnim eksperimentima. Vi jamačno znate kako se i zašto pojavila Narodna stranka. Dobro: u vidu bune na postojeću autokratiju i birokratiju, za suverenost naroda, koji je izvor i utoka vlasti, slobodu štampe i tako dalje — Bakunjin, Marković, tamo kasnije engleski parlamentarizam i, na kraju, stranka za koju glasa većina seljaka, činovnika, zanatlija, građana. Jedna oružana buna, jedan izmišljen atentat, za koji padaju glave, i stranka ima i svoju mistiku. Kako jedna stranka postaje od revolucionarne nacionalistička i građanska, a od ove rakcionarna, najbolje se može videti na primeru Narodne stranke, kao što se na njenom primeru može videti i to kako pravi ideolozi i šefovi stranke postepeno bivaju potisnuti od veštijih taktičara, od ljudi veće savitljivosti. U politici, kolega, ne treba meriti običnim merilima. U politici savitljiviji znači sposobniji, znači otporniji. Naravno, reč je o parlamentarnim demokratijama. Dakle, ostavljam po strani ceo taj razvoj Narodne stranke i konstatujem pre svega da je već pre rata u političkom životu strarih krajeva dominirala nekih deset godina Narodna stranka, a u njoj stari Soldatović. Pripreme i vođenje balkanskog rata, osvećenje Kosova, jelte, dogodilo se pod raznim vladama Narodne stranke, odnosno pod vladama u kojima je u najviše slučajeva bio predsednik Soldatović. Pod njim se ušlo u svetski rat, pod njim se dočekalo oslobođenje. Ovo dugo ostajanje Soldatovića na vlasti stvorilo je od nekadašnjeg prijatelja Bakunjinovog, čoveka koji ne ume da preda vlast; stvorilo čoveka koji je postepeno izjednačio interes svojih poslovnih ljudi — svaka stranka mora da ima svoje poslovne ljude — sa interesom stranke, a interes stranke sa interesom države. Centralizam, tako, kao ideja koju nosi Soldatović, dobija jednu naročitu boju, naročito kada se zna da je pod Soldatovićevom rukom parlamentarizam danas sveden na njegov najuži, najprostiji izraz, na vladu većine. Postići broj, „pustiti da brojevi govore", eto vam suštine Soldatovićevog parlamentarizma. To dugo ostajanje na vlasti uticalo je isto tako i na samu stranku, na izbor ljudi koji je vode, pa i na sam kvalitet njenih biračkih masa, što, opet, primorava vođe da postaju sve veštiji taktičari, sve neobuzdaniji demagozi, sve veći cinici. Danas nema sredstva koje Narodna stranka sa Soldatovićem ne bi iskoristila i ne iskorišćava da bi ostala na vlasti: intrige, nevidljive veze i lični uticaji, tamne sile, špijunaža, i kreditni zavodi, dispozicioni fondovi, partijsko činovništvo, sve to danas služi ciljevima stranke. Iznuriti jednog fizički slabog čoveka konferencijama, zatvoriti drugog u novčane neprilike, trećem stvoriti uslove za razvrat, sve to sasvim je normalno, ako od tih ljudi Soldatović očekuje nešto. Zatvaranje opozicionih govornika, rasturanje protivničkih zborova, blokiranje puteva, ometanje da izborne liste opozicije budu na vreme overene, danas su osveštana i priznata pravila „izborne borbe", kao i „glasanje" mrtvih i „gubljenje" biračkih spiskova i „napadi" opozicije na birališta. A ako to ne pomogne, onda se prosto rezultati falsifikuju. Cela država je blokirana preko administracije, i nijedna druga stranka ne uspeva da se dugo sa tim aparatom održi na vladi. Na toj sili lomili su zube i drugi činioci. Pokušaji cepanja stranke, željeni i podržavani od najuticajnijih ličnosti, uvek su se svršavali propašću otcepljenih frakcija i slomom njihovih vođa. Narodna stranka silazi s vlasti samo onda kada joj je, zbog i suviše očite korupcije, suviše glasnih skandala ili nepopularnih zakona, potrebno malo osveženja u opoziciji.

— Ali valjda i među strankama ima nekih razlika!

— Naravno... inače progresa u demokratijama ne bi bilo. Svaka stranka koja se diže iz stvarnih potreba sredine, kada se javlja kao nosilac progresivnih ideja trenutka, može značiti u tom času jednu progresivnu snagu. Ali, sve živi, sve je u pokretu, ničeg nema stalnog i večnog. Ja idem i dalje: demokratija kod nas još nije završila svoju ulogu; ona je, istina, brzo završava, kao i sve što kod nas brzo prolazi, jer u svome razvoju pregaramo etape, ali demokratija ima još zadataka koji moraju biti rešeni da bi se moglo dalje. Opet da vam dam primer: ono što radi Zemaljska stranka danas, dovodeći Agrarnu stranku u Skupštinu, pokušavajući da se, ako je moguće, oduzme monopol vlasti Narodnoj stranci — pozitivno je. Samo, ja time nisam dao blagoslov celom sistemu — setite se šta sam vam maločas rekao o metodama. Najviše što mogu reći, to je da je ona, imajući da se bori sa Narodnom strankom, i na istom terenu, primorana da se bori istim sredstvima. I, drugo, da ona, kao nova stranka, bolje je reći kao skorašnja, jer je sastavljena iz ostataka starih partija, koje su rat i vreme pregazili, ili koje su svršile svoju ulogu, da ona ima vrlo malo mogućnosti da u toj borbi bira sredstva. Uzmimo Despotovića. Pre rata je bio strah i trepet. Pripadnik jedne građanske partije koja je prosto slišćena naletom Narodne stranke, on se protiv nje i protiv svih novih partija borio na krv i nož. Nije se kolebao u toj borbi iskoristiti čak i političku hajdučiju. Ali... šta vam je? Vama je zlo, kolega?

Bajkić povrati boju.

— Ništa. Nastavite samo.

— Pa eto, hteo sam da kažem da je Despotović sve doskoro važio kao čovek teške ruke; on se i održao i održava se i dalje što ima uza se uglavnom privrednike, izvoznike, bankare i trgovce na veliko, sve ljude koji su za „čvrstu ruku" u politici, ali ujedno i kao pošten čovek. Njemu se nije moglo prići ni kroz gurmanluk, ni preko žena, najmanje novcem. Iza njegovih čistih ruku mogla se skriti cela jedna stranka. Ali, eto, ono što on lično za sebe nikad ne bi učinio, učinio je za stranku.

— Mislite na ono skidanje sekvestra?

— Da. — Markovac se zamisli časak. — Uostalom, i tu treba jedna korekcija. Kaže se, stanka kao celina, stranka hoće, stranka neće, a šta je u stvari stranka? Šta je u stvari biće jedne stranke, od čega se ono sastoji u građanskom društvu? Od pojedinaca, jelte, koji biraju i pojedinaca, jelte, koji su izabrani da budu poslanici i vode poslove svoje, svojih birača i države. A kakvi su ti pojedinci? Tu je smrtna slabost demokratije. Jedan od tih pojedinaca je, recimo, Majstorović, Despotović ili baron Cvingl, dok je drugi ili neki radnik u fabrici cipela „Stela", ili ja, ili vi, ili neki seljak koji još uvek ore drvenim plugom i sa celom porodicom stanuje u jednoj jedinoj odaji bez poda. Pa, dalje, ne treba zaboraviti da jedna stranka ima svoje glavne i mesne odbore, svoje predsednike i svoje agitatore, a ovi opet imaju svoje lične interese, svoje vodenice ili rudnike, svoje šume ili kuće za izdavanje. Jednom treba mesto za zeta; drugi želi da novi državni put skrene preko njegovog sela, upravo preko njegovog imanja; treći treba, jer mu je fabrika u deficitu, povišenje carinske tarife. I tako u beskonačnost. A „opšti" državni interesi? Prvo, šta su uopšte „opšti" interesi? Opšti interesi su, jelte, samo zbir posebnih interesa? Naravno. Ali kako između posebnih interesa — na bazi bratstva i jednakosti, slobodne volje i individualnosti — vlada zakon slobodne utakmice, koji vodi, kraj svih zastajkivanja, jačanju jakih i slabljenju slabih, to u krajnjoj liniji oni opšti interesi nisu zbir svih, već samo zbir onih jakih i sve jačih posebnih interesa — pošto samo oni mogu doći do punog izraza. Jedna stranka je živo i vrlo složeno tkanje, koje se svaki čas kida i na drugi način sraščuje. Sukob interesa, sukob ljudi i njihovih pravnih ili spolja stvorenih uverenja stvaraju svakog časa nove grupice, koje se posle izvesnog vremena ponovo razlamaju i nanovo grupišu: male ljudske jedinke polari, čas prema jednom magnetnom polju, čas prema drugom, čas prema jednom čoveku, čas prema drugom, već prema tome koliko koji od tih ljudi pruža onim drugim nade da će pod njegovim okriljem najpotpunije zadovoljiti svoje potrebe. Iznutra, to je još i borba tih malih „vođa" za mesto glavnog, jer tek sa vrha jedan vođa može da zadovolji one koji ga nose na svojim plećima. Iznutra, dakle, prvo sukob pojedinaca za svoje lične interese, a onda sukob frakcija za vođstvo, a spolja sukob partija za vlast. I ne jednom ispadne da jedna frakcija ima više veze sa suparničkom partijom nego sa sopstvenom. Kada sam ono maločas rekao da se Despotović isprljao radi partije, ja sam bio i suviše uopštio stvar: Despotović je to učinio za svoju frakciju u Zemaljskoj stranci, za despotovićevce. Zakon džungle, koji vlada našim ekonomskim i društvenim životom, vlada i političkim. A sada, dosta, za danas. Treba da vidim šta ima novo po klubovima. — Pa kako se Bajkić nije micao: — Bojim se da sam vas i suviše zaplašio.

— Ne... ali moram vam priznati da sada tek ne znam s koje strane da počnem.

— Pa lepo, počnite... upoznajte prvo sve njuške. To vam je osnovna stvar. I ne ustručavajte se. Idite u biblioteku, čitajte stare skupštinske izveštaje. Budite kao kod svoje kuće. Zaustavljajte, pitajte, makar šta, tek se napravite važnim. Ovde su ljudi brbljivi, reći će vam i ono što ih ne pitate. Samo, pazite, čim vide da ste nov i ne poznajete prilike i ljude, gledaće da vam podmetnu ili kakvu reklamu za sebe ili kakvu optužbu protiv drugoga. Ne pišite prvih dana ništa. Ili bar pitajte mene. — Markovac ustade od stola; na veliku gomilu pikavaca dobaci još jedan. — A sada, do viđenja, kolega. Jedan dobar konkretan primer objasniće vam sve ovo bolje nego ja, videćete. — I mali, žustar, krezub, crnog sako-kaputa i prugastih pantalona, iščeze kroz vrata.

Bajkić ostade nepokretan. U glavi mu je vrilo. Jedva je shvatio da je tužan. Gubljenje iluzija uvek prati tuga.

Prva skupštinska sednica kojoj je posle onog razgovora sa Markovcem prisustvovao — a očekivao je da će sada sve mnogo bolje razumeti — samo još više smuti Bajkića. Dok je sekretar monotono i skoro nečujno čitao pred punom čašom vode zapisnik prošle sednice; dok je više njega predsednik Skupštine živo razgovarao s jednim gospodinom birokratskog izgleda i zlatnog cvikera; dok su stenografi sređivali svoje hartije i u ministarskim klupama sedeo jedan jedini član vlade — dotle su u dvorani, polupraznoj uostalom, poslanici radili najraznovrsnije poslove: čitali novine, pisali pisma, dremali; ili pravili jedan drugom posete. Dok su jedni ulazili, drugi su izlazili, treći stajali u grupi i smejali se nečemu; onda se razilazili, ponovo skupljali i ponovo se razilazili. Jedan poslužitelj, sa nekim spiskom u ruci, išao je od poslanika do poslanika, stavljao onaj list pred njih, i ovi potpisivali. Predsednik bi, prekidajući se i sam začas u onom razgovoru, udarao s vremena na vreme u zvono pred sobom, pa, bez obzira na postignuti efekat, odmah nastavljao svoju konferenciju. Svi su bili kao kod svoje kuće, slobodni i ravnodušni, i nimalo ih se nije ticalo šta sekretar u tom času čita. Bar se Bajkiću tako činilo.

Međutim, tek što sekretar sklopi svoje tabake, pred govornicom se stvori gužva: kroz troja otvorena vrata poslanici su pristizali trčeći i još u trku počinjali sa vikom i galamom. Predsednik je pomamno udarao u zvono, koje je bedno cijukalo, zagušeno burom. Jedan omalen i dežmekast čovek, čvrsto zakačen za govornicu, udarao je iz sve snage, uz pljesak jednih i zvižduk drugih, po dasci ispod sebe. Više njega predsednik je nešto govorio, što, izgleda, niko nije čuo. Odjednom ona oštra vika umuče. Predsednički sto je bio prazan.

Poslanici se komešali još nekoliko trenutaka, a onda se sala naglo ispraznila.

Sutradan, pomažući se izveštajima u novinama, Bajkić poče razmrsivati jučerašnju zagonetku. I ne malo bi začuđen kada, u sređenim opisima sednice, otkri da se juče dogodila pored čitanja zapisnika još jedna značajna stvar: da je saopšteno da prva tačka dnevnog reda posle zapisnika, verifikacija podnetih mandata Agrarne stranke, ne može biti danas pretresena, jer je predsednik verifikacionog odbora, zbog nastalih sukoba, bio primoran da podnese ostavku. Dok se pitanje te ostavke ne reši, predsednik žali, ali je, eto, primoran... kako je dnevni red iscrpen, da zaključi sednicu, a drugu će zakazati pismenim putem.

— Dok se Despotović ne pogodi sa Soldatovićem — primeti jedan poslanik iz opozicije.

— Bolja je trezvena pogodba nego glupi „sporazum"! — odgovorio je Despotović.

Ovaj odgovor neobično zbuni Bajkića.

— Jedva sam ga spazio u dvorani — govorio je Markovcu — i nikakvu upadicu njegovu nisam čuo.

— On ju je rekao tiho da je čuju stenografi, a to je dovoljno — odgovori Markovac. — Samo oni koji nemaju uticaja na opšti tok stvari, recimo jedan Pavlov, jedan Žabalj, jedan pop Kragić, moraju da viču. Despotoviću je dovoljno da šapne jednu primedbu u krugu svojih prijatelja, i već dvojca trče u novinarsku sobu da nas pitaju: jeste li čuli šta je rekao gospodin predsednik? Već sam vam rekao: da biste tačno shvatili šta se pod ovim krovom događa, nije dovoljno samo gledati i slušati. Tako nećete ništa ni videti ni čuti. Treba se upoznati s ljudima. I oni treba da znaju ko ste. Pođite sa mnom.

Celo prepodne Markovac je vodio Bajkića i predstavljao ga ljudima. Svaki od njih imao je da saopšti Markovcu poneku pojedinost, koja se morala šaputati na uho. Bajkića poče da muči izvesno neodređeno gađenje, ali je i dalje pažljivo slušao uputstva svoga starijeg kolege, i dalje se osmehivao najrazličitijim ljudskim fizionomijama, i dalje poslušno uzimao iz zlatnih tabakera ponuđene dvorske cigarete. Međutim, u ljude se ne ulazi kao u kuće. Ovde su svi pokazivali samo osmehe, poštenje, patriotizam, odanost narodu, pa, iako je u sebi govorio da su to većinom samo okrečeni grobovi, Bajkić ipak nije mogao da se otrese izvesnog poštovanja za te ljude. Utoliko pre što među njima upoznade nekoliko finih i kulturnih ljudi, nekoliko poznatih pisaca i poštenih zanesenjaka, nekoliko vanredno trezvenih i otresitih seljaka, nekoliko starih boraca za pravdu i slobodu, a još nije umeo da ih razluči jedne od drugih. „Ovde je, mora biti, kao i kod nas u redakciji", mislio je ironično Bajkić, „nekoliko čistih, poštenih i pametnih radi i tegli, a oni drugi galame i žive."

Nekoliko dana, uvek upućivan od Markovca, prisluškivao je Bajkić podzemni šum klupskih pregovora i stranačkih intriga. Neočekivano, ljudi su postali ćutljivi i povučeni. Zazirali su jedni od drugih. Vladala je neizvesnost, mučno osećanje nesigurnosti. Najfantastičnije vesti širile su se čas u jednom čas u drugom kraju zgrade da bi nekoliko časaka kasnije bile demantovane; ili potisnute drugim, još fantastičnijim. Uglavnom se tvrdo verovalo da je Soldatović najzad bio doguran do zida, da je sa poslednjim odlaganjem verifikacije upotrebio poslednje sredstvo i da težište situacije prelazi na Zemaljsku stranku i opoziciju, agrarce, islamce i katolike. Čim bude verifikovano onih prvih deset podnetih mandata, agrarci će podneti i ostatak, i za tri dana u Skupštini će biti jedna nova i čvrsta većina. Nastaće nova era konsolidacije države i konstruktivnog rada. Naravno, sve to pod pretpostavkom da se Zemaljska stranka ne pocepa. Ali se verovalo da do toga neće doći, da su poslednji bučni istupi Despotovićevi imali za cilj da mu u budućoj koaliciji Zemaljske i Agrarne stranke osiguraju vodeći položaj. U prilog ovom verovanju išlo je i to što je Despotović još uvek išao u svoj stari klub. Ne, ništa se neće dogoditi. Šta bi Despotović sam? Kuda bi? I to u ovom času? Pa ipak je nervoza u hodnicima rasla. Prelazila je i na Bajkića. On se već snalazio u poplavi suprotnih vesti. Očekivao je, kao završetak cele ove groznice, nekoliko lepih govora, izmenu prekora i na kraju jednu lepu gužvu kao apoteozu sporazumu. Ali vrtlog koji zahvati toga julskog dana staru konjičku kasarnu, pređe potpuno sva njegova očekivanja. Zbunjeno se probijao uzvitlanim hodnicima; smeteno stajao u uzavreloj novinarskoj loži; uzalud pokušavao da pomogne Markovcu. Poslanici su leteli kao bez glave. Šefovi partija i frakcija, zatvoreni po kabinetima, slali su jedan drugom svoje poverljive ljude; sekretari ispred vrata čitali novinarima klupske odluke i komunikeje. U dvorani se bez prekida smenjivali govornici: primedbe na zapis-nik pljuštale su sa svih strana, reč za lična objašnjenja deljena je bez milosti, klupče se sve više zamotavalo, uz smeh jednih i opšte proteste drugih, koji su tražili da se već jednom pređe na dnevni red. Predsednik Skupštine konferisao je sa potpredsednikom; ministri, u punom broju, vrteli su se između svojih fotelja i ministarske sobe. Grupe poslanika obrazovale su se čas ovde, čas onde. Sukobi opozi-cije sa vladinom većinom postajali su sve oštriji. Događalo se nešto neverovatno: većina, primorana da se pokori, pravila je opstrukciju. U jednom času dva razjarena poslanika, posle kratke borbe rečima, izmenjaše nekoliko udaraca. Predsednik je svakoga časa prekidao sednicu, što je, umesto da smiri, samo još više raspaljivalo duhove. Sednica se tako od dnevne pretvarala u večernju, od večernje u noćnu. Kroz težak vazduh, pun isparenja i duvanskog dima, koji se uvlačio iz hodnika, u monotonom zujanju električnih ventilatora, pod krečnim snopovima prejake svetlosti sa tavanice, ljudske prilike počinjale su da se premorenom Bajkiću pričinjavaju kao prikaze. Pomahnitali mali duhovi radili su tamo dole, usred one dvorane, nešto nerazumljivo i bezumno, i tek velikom snagom volje uspevao bi Bajkić da se vrati u stvarnost i da vidi da oni nisu nikakvi duhovi već oznojeni i razbarušeni ljudi, koji viču jedan drugom najbestidnije pogrde; da su ono dole potpuno obični ljudi, koji sa govornice mlataraju rukama, ponavljajući do nesvestice: gospodo! braćo!

Oko jedanaest časova Bajkić zameni na telefonu Markovca da bi ovaj otišao da pojede štogod, a onda i sam ode do bifea. Slabo osvetljeni hodnici bili su pusti; poslužitelji po klupama su kunjali i dremali. Svaki korak odzvanjao je trostruko, i Bajkić, ne dajući sebi računa, pođe na prstima. Ukoliko se više udaljavao, utoliko je žamor iz dvorane postajao nerazgovetniji. Kada stiže u prazan bife, njega obvi sa svih strana duboka tišina. Prirodni glas momka, koji je prao čaše, pričini se Bajkiću, posle one huke, kao glas sa drugog sveta. Morao je da se strese, da za časak stisne oči, da bi došao sasvim k sebi. Pa ipak, bife, momak i njegov glas ostadoše Bajkiću kao stvari, bića i glasovi koji se vide u teškim snovima i koji more svojom jasnoćom detalja. Tišina ga poče mučiti. On popi čašu piva i pojede pola pogačice, pa se žurno vrati na svoje mesto. U sali je još uvek hujalo nezadovoljstvo. Poslanička mesta nisu bila sva popunjena. Međutim, negde u unutrašnjosti zgrade morali su grozničavo raditi telefoni, jer su zadocneli poslanici svaki čas automobilima pristizali. U sredini svojih ljudi stajao je sada i Despotović. Kao i uvek kada bi se našao u njegovom prisustvu, Bajkić se oseti opsenjen: njegove oči više nisu mogle da se odvoje od toga visokog, starošću već malo pogurenog čoveka. Despotović je stajao sa rukama u džepovima i neprimetno se, ispod svojih sedih brkova, osmehivao. Ogroman mir i strašna, čelična volja zračili su iz samog njegovog stava, okruglih ramena, čvrsto uz telo pripijenih laktova, položaja glave, malo nagnute unapred. Po samom tom stavu slutilo se da su mu šake u džepovima stisnute u koščate pesnice. Čvrsto postavljen na zemlju, on je bio spreman za napad. Stajao je tako čitavo pola časa, smeškao se i prelazio pogledom po dvorani, a onda najednom izvadio časovnik, pogledao ga i žurno, krčeći sebi put desnom rukom, došao do desne govornice, na koju se popeo lako, svojim nervoznim, mladićkim korakom. Jednom na govornici, on se uhvati rukom za njenu ivicu (druga mu je svejednako bila zabijena u džep od kaputa) i ponovo zauze svoju nepomičnu i prkosnu pozu. Potpuno neosetljiv na zviždanje i povike — zviždao mu je jedan deo njegove sopstvene stranke — on je mirno i hladno prelazio pogledom po klupama. Ovde-onde pogled bi mu se zadržao duže, kao da po licima ljudi želi da oceni njihovu stalnost. To što je gledao bila su lica, najraznovrsnija lica. Ali on je video drugo: iza onog crvenog čoveka krila se menica; iza onog mršavog, kostur jednog mrtvog čoveka; iza onog od koga se vide samo razjapljena crvena čeljust i zlatni zubi, državne šume na Tari. Tamo su bili majdani, ovde koncesije; onde razgraničenja, komisije, putovanja u inostranstvo, banke, vicinalne pruge. Jedan je umesto glave imao Šelovu, drugi Standardovu pumpu za benzin. Iza jednog je stajala mitropolitska mitra, iza drugog trospratna kuća, iza trećeg beglučki i agrarni zajam. Najtiši, i tako blag i tako otmen, umesto lica imao je sedampostotnu Blerovu obligaciju. Despotović se jedva primetno osmehnu i zvonko, u odgovor na jednu upadicu, dobaci (Bajkić ga nikad ne beše čuo u Skupštini, i taj zvonki glas, u tome starom telu, zaprepasti ga više od svega):

— Zašto se mučite, gospodo? Ma šta radili, sve vam je uzalud!

Protesti, poneseni negodovanjem i ogorčenjem, zapljusnuše sa svih strana drvenu govornicu. Starac ostade nepokretan. Celu svoju političku budućnost igrao je u tome času! Pa šta! Dokle čekati? Dokle biti večito drugi? Dokle se uzalud boriti protiv Soldatovića? Dvadeset godina bio je dovoljan rok. Dvadeset godina borbe iz dana u dan, iz nedelje u nedelju. U sali neko poče da zviždi. Ona leva ruka u džepu kaputa postade još prkosnija.

— Zviždite sami sebi u lice!

Predsedničko zvono je uzalud čengrtalo: u opštoj buci jedva se čuo njegov prigušen i razbijen zvek. Većina poslanika beše izašla iz klupa. Desetak njih stajalo je oko same govornice. Upadice i pitanja padali su sa svih strana. Despotović se odjednom uozbilji. Ruka kojom se držao za ivicu govornice zgrči se još više: prsti pod naporom pobeleše.

— Ja sam u ovoj kući već dvadeset godina i imam bar toliko prava da iskažem svoje mišljenje koliko pojedina gospoda, koju ja u ovom času prvi put vidim pred sobom. — Glas Despotovićev ispuni sve kutove prostrane dvorane. — Vi, gospodine, što me ometate u govoru — i njegov mršav prst upre se u grudi jednog mladog gospodina na stepenicama govornice — vi ste još sisali prste kad sam ja upravljao sudbinom ove zemlje, i ja neću dopustiti da me baš vi sprečite u vršenju moje poslaničke dužnosti. I ja skrećem pažnju gospodinu predsedniku Skupštine da ćemo ja i moji prijatelji, u slučaju da nas on ne zaštiti od ovih prostačkih napada, umeti — i imati snage — da sebi obezbedimo pravo koje nam je Ustavom zagarantovano.

Sve je to rekao u jednom mahu, nadlanicom po zubima. Pa odmah, iskoristivši trenutnu zabunu, nastavi, naglašavajući svaku reč:

— Ja nemam običaj da uzimam reč u ovakvim prilikama. To je moj princip, od koga nikako ili vrlo retko odustajem. Ali težina unutrašnje situacije, lakomislenost sa kojom se, kao predmetom međustranačkog cenkanja i pogađanja, izlažu i same osnove naše državne zgrade, primoravaju me, gospodo, da sa ovoga mesta najenergičnije ustanem u odbranu naših najsvetijih tekovina. Gospodo, ja ću biti kratak. Svi mi želimo da i Agrarna stranka zauzme svoje mesto u ovom domu, mesto koje joj već i po samom poverenju njenih biračkih masa pripada. Mislim da među nama nema ni jednog jedinog čoveka — ma koliko partijski bio zagrižen — koji bi želeo drukčije. Ali, gospodo, ta želja da i Agrarnu stranku vidimo ovde, ne može ići tako daleko da joj i zvanično priznamo pravo izuzetnosti i naročitog povlašćenja. Sporazum koji je legalna skupštinska opozicija (— A šta si ti? — upita jedan glas, ali Despotović oćuta)... napravila sa Agrarnom strankom, daje ovoj takvo jedno naročito povlašćenje protiv koga se mora protestovati. Čak i kada bi Agrarna stranka bila zaslužna za zemlju (Onaj isti glas upita: — A ti... ti si zaslužan?)... Ja sam bar dao sina za slobodu ove zemlje, nitkove! — Despotović lupi snažno po pultu ispred sebe. — Sina! I još? Želite li još šta da pitate? — Osluškivao je punu tišinu dvorane. Smiri se. — Hteo sam da kažem da smo mi demokratska zemlja i da ako imamo ista prava imamo i iste dužnosti. „Sporazum", međutim, osigurava Agrarnoj stranci samo prava, bez dužnosti. Smatrao sam da ovo treba reći javno, a pošto se samim punomoćjima sa formalne strane nema šta zameriti, to izjavljujem, u ime svojih drugova i svoje...

— Čije? Da čujemo?

— U čije ime govorite?

Ču se ponovo zviždanje. Dvorana je opet hujala. Bajkić oseti kako mu se znoj sliva niz kičmu; kako ga prolaze žmarci.

— ...to izjavljujem, u ime svojih drugova i svoje, u ime Nezavisne zemaljske stranke, da nećemo glasati protiv, ali ćemo se ipak uzdržati od glasanja, zadržavajući sebi pravo da prema Agrarnoj stranci, kada bude zakleta na Ustav, zauzmemo odgovarajuće stanovište.

U dvorani nastade pometnja. Dakle, ipak... Nezavisna zemaljska? Ali, koliko je poslanika išlo sa Despotovićem? Koliko ostaje u Zemaljskoj stranci? Da li je za Despotovićem pošao toliki broj da bi mogao osujetiti veliki plan opozicije? Niko nije gledao na predsednika Skupštine, koji je stajao i čekao da dođe do reči. Verifikacija je bila sigurna, nikoga se ona nije više ticala. Da se svrši što pre! Ceo interes je bio sada na drugoj strani. U dvorani više nije bilo ni Soldatovića ni Despotovića. Možda?... Predsednik najzad dođe do reči.

— Gospodo, svestan istorijskog značaja ovog trenutka...

Glasanje je izvršeno ustajanjem.

— Objavljujem da je Narodna skupština većinom glasova primila izveštaj Verifikacionog odbora. Pozivam gospodu narodne poslanike...

Desetak ljudi, među kojima se isticalo nekoliko seljaka u plavim čojanim kaputima, sjajnih mesinganih dugmadi, uđe u dvoranu. I odmah potonuše u pružene ruke, u pljesak. Ali se po svemu osećalo da su misli svih prisutnih na drugoj strani.

— Predsednik Skupštine je soldatovićevac, zar ne? — upita Bajkić polako Markovca.

— Da. Kao što je potpredsednik despotovićevac — odgovori isto tako šapatom Markovac.

— To onda... — Bajkića odjednom uhvati smeh. — Istorijski značaj trenutka!... Radost što vas možemo pozdraviti!... Bajkić se gušio od smeha. — Bolje od Molijera! Bolje, sto puta bolje!

Markovac ga je gledao sa simpatijom. „Završava tek prvu etapu", pomisli, „već mu je sve smešno."

Kada se oko dva sata po ponoći našao na ulici Miloša Velikog, ispod tamnih svodova lipa, Bajkić je već imao u glavi potpuno gotovu reportažu: opsene, opsenari... iznad njega velika, mirna noć — noć ta nije bila laž, ni opsena!... sa širokim i zvezdanim nebom — ni nebo nije bila opsena! — obuhvatala je sve: i tamne mase zgrada, i nizove uličnih sijalica, i usamljenu pisku lokomotiva u daljini, i izgubljene korake u praznim ulicama, i drvored lipa, i Bajkića ispod lipa. I nijedna od tih stvari nije bila laž ni opsena. Bajkić je bio u pravom nadahnuću. On stiže kući sav znojav, otkopčane ogrlice na košulji; ne dotače se večere, koja ga je čekala na stolu, već odmah sede i skoro nesvesno poče da piše svoj članak. Gotove rečenice, gotove slike, odmotavale su se bez kraja i konca ispod njegova pera. Glava mu je bila jasna; ali jasna kao što je jasna u jednom potpuno preciznom snu, gde se čak i misli, a ne samo stvari, vide i osećaju. Sve mu je čarobno blisko, lako, dostupno. Tajne, koja obvija svet, više nema. Bajkić i sam oseti tu sličnost između tih lepih i strašnih snova i stanja u kome se nalazio pišući. I on odjednom oseti strepnju da od svega toga neće ostati ništa, kao posle istinskog sna, i da on to u stvari sanja da piše te poletne i oštre rečenice. Međutim, redovi su se nizali. On napisa, najzad, i poslednju rečenicu. Odloži pero. Očekivao je da se probudi. Umesto toga on oseti strašan umor sa glavoboljom. Sat je pokazivao četiri časa izjutra. Prozor je već bio potpuno svetao. U daljini se Sava, otičući ispod mosta, blago iskrila. On ustade od stola, priđe krevetu u nameri da se skine, ali ga umor savlada pre: baci se ničice u uzglavlje i na mestu zaspa tvrdim snom bez snova.

Sutradan, u prisustvu šefova opozicije, stajali su u kabinetu predsednika Skupštine ona desetorica agraraca i podignute desne ruke u jedan glas ponavljali zakletvu koju je iz teksta čitao sam predsednik.

— ... i da ću svim silama...

— ... i da ću svim silama...

— ... raditi na dobro države...

— ... na dobro države...

— ... pridržavajući se u svemu i poštujući u svemu osnovni zemaljski zakon.

— ... osnovni zemaljski zakon.

— Gospodo, ja sam neobično srećan — i predsednik pruži ruku najbližem poslaniku. Njegova bela brada puna dobrote, njegove zamorene oči, ispod stakla naočara, pune blagosti, zvuk njegovog očinskog glasa, sve je to izražavalo stvarno uzbuđenje.

U tom istom času — to je znao Bajkić, to su znali svi, i već mu cela ta komedija nije više bila smešna — sa pisanom ostavkom u ruci „jer se odnos snaga u parlamentu promenio" — čekao je Soldatović, u ministarskoj sobi. Čim zakletva bi objavljena, svi novinari potrčaše izlazu. Ali stigoše dockan: Soldatovićev automobil već je izlazio na kapiju. On zavi nagore, prema Dvoru.

Prolazeći hodnikom, Bajkić ču jednog poslanika kako govori drugome:

— A vi ste očekivali da vam prvo overi sve mandate, ovako goloruk, pa tek onda da daje ostavku? Dragi kolega, šala tek počinje!

Bajkić nije znao ništa sigurno. Tek ono malo što se zuckalo. On ipak priđe poslaniku.

— Može li se znati proporcija? — upita poverljivo.

Poslanik se malo začudi.

— Za?

— „Štampu".

— Ah... A koju biste to proporciju hteli da znate?

— Na koliko poslanika Despotović dobija portfelj?

Odmakoše se u jedan kut.

— Naravno, da se ne spominje moje ime. Stavite: iz dobro obaveštenih krugova.

— O, naravno, budite sigurni!

Poslanik šiknu na nos.

— Šest prema jedan, za šest poslanika jedan portfelj. — On poćuta. — Ah, uhvatio nas, uhvatio nas gadno, uhvatio, moramo priznati!

Doznavši cifru koja je mogla biti tačna, Bajkić je dostavi Markovcu.

— Pročitao sam maločas vaš članak. Dobro je. Samo... budite obazrivi ovih dana.

— Zar se ministri obračunavaju sa novinarima koji ih uvrede? — Bajkić se u neverici osmehnu.

— Niste me razumeli. Velim vam da budete obazrivi, jer će vas najrazličitiji ljudi zasuti najrazličitijim „podacima". Spremite se da čujete lepih stvari. Ali ni za živu glavu ne objavljujte od tog materijala ništa. Ne dajte da se preko vaših leđa ma šta uradi. Jer ulazimo ne u smirenje i sređivanje, kako mnogi misle, već u još oštriju borbu. Ni Soldatović ni Despotović ne mogu više natrag. A u novoj kombinaciji glavni je Despotović, jer omogućava Soldatoviću i dalje vladanje.

— Ne razumem.

— Za Despotovićem je pošlo dvadeset i tri poslanika. Narodnoj stranci, za većinu, uz pomoć usamljenih i disidenata, treba još petnaest glasova. Despotović im daje te glasove.

Prvi put posle toliko meseci Bajkić se osećao srećan i smiren. Pisao je sa zadovoljstvom i mnogo. Iako je ono što je gledao bilo ružno, samo to što gleda i vidi nove stvari, ispunjavalo ga je jednim novim osećanjem. Čak je i Aleksandra po tonu njegovih pisama naslutila promenu koja beše nastupila kod njega. On se hvalio: *To vam je, draga Aleksandra, kao da gledam život insekata. Nagnut sam nad ovaj džinovski mravinjak i beležim ono što vidim; studiram običaje i naravi insekta koji se zove homo politikus. Poneki put se osetim potpuno izdignut, nečovečanski objektivan, kao da sam postao zaista ono što sam još u detinjstvu tako vatreno želeo: naučnik. U početku mi je bilo odvratno: kao da dotičem puževe-golaće, gliste, zmije, gađenje do fizičke muke. Zatim mi je bilo smešno do suza, toliko je sve to i glupo i pametno i strašno: toliko energije ljudske, toliko napora i stvarne inteligencije upotrebljeni na prostačke, kaplarske podvale. Sada sam i to prešao. Cela ta komedija tiče se zbiljskih ljudi, ljudi od krvi i mesa, tiče se svih nas. Čini mi se da sam objektivizirao svoje čovečanske i suviše osetljive reflekse. I imam utisak da vršim jedan koristan posao.* U odgovor na ovo pismo, Aleksandra posla iz Pariza jedan paketić knjiga: *Život termita* od Meterlinka i *Izabrane strane* od Fabra. I prvi put ga u pismu nazva dragim Nenadom.

Čudno osećanje sopstvene jačine, dotada nepoznato Bajkiću, uvek prekomerno bojažljivom, ispunjavalo ga je sada i zanosilo. Grudi su mu bile najmanje pet santimetara šire, bar tako se njemu činilo, tako je disao slobodno i duboko. I kao da beše dobio u težini, tako je čvrsto gazio po zemlji i zemlju osećao pod nogama. Mogao je sada da gleda ljude pravo u oči, da drži ruke u džepovima i da se smeška. Mogao je da kaže ne — i da ne trepne. I da se, posle toga, vrlo ljubazno (i stvarno sa puno simpatije) razgovara sa odbijenim. To osećanje jačine bilo je uz to i puno neke naročite sladosti: osećao se krepko (uprkos svome bledom i mršavom licu); osećao se pun poštenja i svesti; osećao se koristan. I sami njegovi članci promeniše se: oslobođen strahovanja, svestan svoje uloge, on je sada pisao razdragano, slobodno; rečenice su mu bile pune boja, neočekivanih obrta, šibao je pravo, i ukoliko je udarao otvorenije utoliko je napad dobijao u zdravlju, mladosti, obesnosti. U jednom času on je pred sobom video prav i širok put, kojim je samo trebalo da korača.

Nekoliko dana kasnije kriza vlade bila ja rešena: Soldatović u predsedništvu, Despotović u finansijama; ostatak mandata Agrarne stranke verificiran i odmah cela Skupština ukazom poslata na dva meseca odmora „da bi se poslanici odmorili od napornog rada i razdraženost duhova stišala". Čovek nije morao da bude naročito upućen u politiku pa da vidi da se tu uopšte ne radi ni o odmoru ni o stišavanju duhova: Soldatović je trebalo da urazumi opoziciju u sopstvenoj stranci, kojoj se nije dopadao sporazum sa Despotovićem; Despotović je morao da, u predviđanju izbora, što pre i što bolje organizuje svoju novu stranku, reorganizuje stare odbore. Dva čoveka uopšte nisu mislila da puštaju vlast iz ruku.

Bajkić se toga večera već spremao da pođe iz redakcije, kada ga zovnu Burmaz. Od prvog pogleda vide da Burmaz ima nešto da ga moli: izraz Burmazovog lica bio je tup, a on sam trudio se na sve moguće načine da bude ljubazan, u superlativu.

— Zaista, ja ne znam... — mučio se kao u neprilici — da li bih toliko mogao tražiti... ne, ne ja, vi me razumete, ja sam samo... u stvari, da ste lekar, u nekom mestu gde nema drugog lekara, pa vas pozovu vašem najgorem neprijatelju, kome treba bez premišljanja izvaditi slepo crevo, šta biste radili? Jasno je da biste, zar ne, odgovorili glasu svoje savesti i dužnosti. Novinarstvo ima...

— O čemu se radi? — upita Bajkić, već malo razdražen Burmazovim otezanjem.

— Molim vas... pre svega, ja vas ne gonim. To bi trebalo da bude moj posao. Dakle, ako hoćete, biću vam zahvalan, ako ne, neću praviti pitanje. Stvar je u ovome: ja... vi me razumete? Imam jedan onako... mali sastanak. — Burmaz vragolasto namignu. — Bilo bi mi žao da ga izgubim. Zato i molim vas da me zamenite. Ali, ako nećete, poslaću drugog, mada je posao ozbiljan i voleo bih da ga poverim vama, bio bih potpuno miran. Naravno, na vama je...

— Ali o čemu se radi?

— Treba otići do Despotovića.

Bajkić se neprimetno trže (što Burmaz uhvati krajičkom oka) i odmah nadvlada taj prvi pokret.

— I vi mislite?

— Pokušati! — Burmaz podiže kažiprst uvis. — Pokušati! Da je u pitanju jedan običan i siguran, velim si-gu-ran intervju, ja ne bih tražio od vas ovu žrtvu. Ja potpuno razumem i cenim vaša osećanja prema tome čoveku. Ali vesti koje imamo o ratnoj šteti su strašne, strašne! Moramo doći ma do kakvih podataka. U slučaju da vas kao saradnika „Štampe" ne primi — što bi bilo sasvim čovečanski i razumljivo — ili primi i odbije da dâ odgovora, vi ćete — zato vas baš i molim — napraviti jednu reportažu: kako nisam intervjuisao g. Despotovića — vrlo lep naslov! Ostaju, dakle, samo vaši lični...

— Ja prelazim preko ličnih razloga — odgovori Bajkić, već potpuno gospodar svojih osećanja. — Ja sam u ovom času pre svega novinar.

— Odgovor dostojan Napoleonovih maršala! — utače se Burmaz.

Bajkić ne primeti kako Burmazu pri tom krajevi usana načiniše jednu nemilu i podsmešljivu boru.

— Ovde su vam pitanja. I srećno!

Ministarstvo finansija, utonulo u svoje zelenilo, bilo je mračno i prazno. Jedino je bilo osvetljeno stepenište i tri prozora na prvom spratu. Dok se spuštao alejom starih kestenova, Bajkiću se učini da je pokušaj — i to u ovo neobično vreme — unapred osuđen na neuspeh. Takve pokušaje može da zamišlja samo Burmazova grandomanija. Vratar ga jedva pogleda i propusti. Služitelj pred vratima ga odmah prijavi šefu kabineta. Šef kabineta se bez reči izgubi iza teških dvokrilnih vrata da bi se samo nekoliko časaka kasnije vratio:

— Izvolite.

Kao da su ga čekali! Ali Bajkić nije imao vremena da o tome razmišlja: nalazio se pred Despotovićem. Uzbudi se. Krv mu udari u glavu. Jedva je video predmete oko sebe. Nalazio se tačno u onakvom položaju kakav je nekada želeo: veliki, tihi kabinet, noć, i njih dvojica jedan prema drugom. Mogao je sada da mu postavi ono dugo spremano pitanje o svome ocu. Sama misao da može, zaguši ga. U jednom času učini mu se da mu je srce ispunilo cele grudi, do grla. Jedva je došao do daha.

— Sedite za onaj sto, tamo.

Bajkić napipa sto i sede. I u istom času odahnu što je sve prošlo, što ništa nije rekao. Vrhovi prstiju bili su mu vlažni: jedva je držao olovku. Šta bi, uostalom, i mogao reći? On najednom zažele da što pre izađe iz ove sobe, da se što pre udalji od toga čoveka. I oseti da to uzalud želi, da više ne može ni da izađe, da ja zatvoren kao

Jedina obaveza koju primate jeste da svratite neizostavno u Blaževce. Tamo ćete potražiti gospodina Vranića... Čudno ime, a, kao kod Balzaka? Ali ja znam i boljih, na primer Stopara ili Šapinac... Dakle, naći ćete gospodina Vranića, on očekuje posetu izvesne osobe — Burmaz namignu — zašto to ne biste bili vi? Ja opet nešto sumnjam, voleo bih da vi, onako, istaja, vidite kako izgleda u izbornom srezu gospodina Despotovića. Naravno, ma šta da čujete, ćutite, pravite se kao da znate... Novinar ne sme da pokaže da mu nešto nije poznato, inače je propao! Dakle, tako, to za Blaževce. Za ostala mesta, po volji, mada bih vam ja savetovao da se uvek obraćate na naše prijatelje. Upoznati naše palanke bez ličnog poznanstva, nemoguće je. Da se tek slučajno upoznajete, opasno je. Svaki ima neku svoju idejicu da proturi. Ovako imate poštene i oprobane ljude. I još nešto: ovako izbegavate da spavate po prljavim i neudobnim kafanama. Gde god dođete, imaćete dobru postelju, dobar ručak i dobru čašu — uz sigurne prijatelje. Samo, ne zaboravite da uvek, kada se opraštate od domaćina, upitate polako da nema kakvu poruku za Beograd. To im laska. I pitajte ih uvek kako idu poslovi. Tako, dragi Bajkiću. Pa budite vredni. Ne dajte da vas u kakvom manastiru zahvati dobra kujna i lenstvovanje. Ja sam jednom kao sasvim mlad novinar... umesto da obilazim Rašku, ja se lepo uvukao u Studenicu, u manastirski mir, i pisao, ne izveštaje, već pesme, uostalom dobre pesme, koje bi sada trebalo samo malo da uglačam, pa da ih slobodno uporedite sa Rakićevim kosovskim ciklusom. Ne da se hvalim... ali eto! Prokleti novinarski poziv! Ah, da! — On otvori jednu fioku svoga stola. — Vi ćete ići poneki put, i sami, seoskim putevima, možda kroz noć, neće biti zgoreg... umete li da se služite brovningom? Fina stvarčica. — On istrese na sto šaržer, otkoči, zakoči, pokaza kako se okida. — Uostalom, nek vam se nađe u džepu. Dobro je to kada s vremena na vreme umesto kutije za cigarete izvučete brovning, kao zabunili ste se, pa pogrešili džep! Da vidite samo kako vam kočijaš posle skida šubaru do zemlje!

Sišavši u administraciju da primi novac za put, Bajkić kraj visoke tezge zateče Andreju. Glavni administrator je stajao s druge strane: bez kaputa, sa zavrnutim rukavima na košulji, nizak, temeljan, oblog stomaka, sa koga su mu rosajdske pantalone klizile svakog časa, treskao je svojom mekom i punačkom belom pesnicom po otvorenoj šaci druge ruke. Iza njega je bio njegov crni sto, pokriven računima, pismima, bačenim računskim knjigama, naočarima, kutijom za cigarete; iz poluotvorenih fioka stršile su nabacane i prljave, izgužvane, još nesređene čitave gomile desetica. Sasvim u dnu, zjapila je velika verthajmova kasa. Staklena ograda delila je ovaj deo administracije od opšteg dela, u kome su gospođice u crnim keceljama suho škljocale svojim mašinama.

— To ne ide i ne ide! — piskao je administrator prigušeno, ne primećujući Bajkića. — Svi imaju direktorske plate, a list vodim od dnevnog pazara! Čak i Majstorovićev sin počeo da dolazi po platu. Postao čovek potpredsednik akcionarskog društva! I već izvukao za tri meseca unapred! A ako ovako potraje, ja ni tri meseca neću izdržati, za tri meseca neću moći da izdam platu ni onima što zaista rade. — On ljutito podiže obema rukama pantalone; svežanj ključeva, obešen o kožni kaiš, zazvecka. — I opet će sve na doboš! I opet ćemo mi, preko čijih leđa sve ovo ide, platiti, a oni, naravno, već će se izvući. Kao i uvek. — On primeti Bajkića i naglo zaćuta. — Šta ste vi hteli? Novac? Naravno! Pa vi ste primili svoju platu? Putovanje? — Administrator otrže nalog iz Bajkićevih ruku. — Naravno! Putni toškovi! A kog vraga tražite po unutrašnjosti?

— Naredba — procedi Bajkić.

— Nebo mu ljubim, i sam znam da je naredba! — Pa, podigavši još jednom spale pantalone, priđe stolu i stade odbrajati desetice.

Bajkić se ne usudi da protestuje... Ceo putni trošak bi mu tako izdat u prljavim i nabubrelim deseticama.

— Uh! — Bio je najzad na ulici, sam. Nad gustom gomilom večernjih šetača, čak tamo u dnu Knez Mihailove ulice, blago su zarile svojom mirnom plavom svetlošću dve-tri neonske reklame. *Kolumbija*, pisalo je na jednoj. *Drogerija*, pisalo je na drugoj. Ispod njih se tiskalo mnoštvo, željno razonode, željno odmora i ljubavi. Večernji korzo! Glupi mali vicevi — uvek isti — od uvek istih pretencioznih golobradih mladića. Uvek isti lažni sjaj velikovaroških izloga na starim kućama. Uvek nežne šiparice sa snovima o Holivudu u svetlim očima. I uvek ista stara gospoda, sa rukama prepunim prstenja, sa belim kamašnama i cvetovima u rupicama kaputa, što se melanholično greju na tuđoj mladosti. Bajkić dodirnu džep sa revolverom, džep sa novcem, i trenutna čežnja za Aleksandrom, za šetnjama udvoje, iščeze u času. On natuče svoj šešir još više na desno oko i pusti se u ljudsku bujicu, koja ga dohvati i ponese.

— To si dobro uradio — priznade posle kratkog razmišljanja Majstorović — žestoko dobro. Malo kontrole neće mu škoditi, da znamo, a? Za svaki slučaj, ako nam se računi zamrse.

Bio je raspoložen. Odjednom se seti, namršti.

— A ono... još nisi svršio? Ne bih voleo da se posle objašnavamo... kad se dete rodi. To je uvek skuplje.

— Ah, ništa se ne brinite! Kada ja uzmem nešto u svoje ruke... — Burmaz se osmehnu. — Mogu li računati na onih dvadeset hiljada?

Majstorović se malo ohladi.

— Dvadeset? Zar smo toliko rekli? Videćemo... podseti me.

Skakavci

Dva puna dana Bajkić je putovao bez cilja. Izležavao se u praznim i crvenim kupeima prve klase i sa rukama pod glavom gledao kako između polunavučenih zavesa protiču vrhovi bregova, telegrafske žice, dim iz lokomotive; prelazio u druge vozove, prosto da bi promenio pravac putovanja; ostajao u pojedinim stanicama da bi izvan stanične ograde, kraj seljačkih kola, iz kojih su iskoškani volovi, pojeo krišku lubenice ili dinje. Zbog jednog osmejka neke divne mlade devojke u plavom francuskom bereu, koja je čudesno ličila na Aleksandru, iskočio je iz svog voza, koji je već kretao, i uskočio u onaj drugi. I to bez ikakve namere. Koliko da uplaši i zadivi nepoznatu; a sebi da pokaže kako je slobodan i nezavisan. Bio je kao pijan od tog osećanja slobode; i od umora. Igrao je sam za sebe jedan veliki avanturistički film mladosti, bogatstva, ljubavi i pustolovstva. Toliko je bio zauzet tim da za celo to vreme nije ni video ljude; niti poveo sa kim razgovor. Prolazio je kroz predele kao mesečar; i kada se trećeg jutra probudio u prljavoj sobi jedne drumske mehane, on se samo kao kroz maglu sećao gde je sve u ta dva dana i dve noći bio. Još uvek mu je nejasno treperio pred očima Stalać, sa svojim gradom nad Moravom; kroz gustu hrastovu šumu nazirao raskošne oblike Ljubostinje; u ušima mu je još uvek odjekivao vrisak malih lokomotiva, kratkih širokih odžaka, što ne sviraju kao sve lokomotive, već trube promuklo kao lađe. Ali, otkuda ovde, kako je dospeo do ovog zagađenog kreveta, na kome sada sedi i tare dlanovima gnjati, izujedane od stenica, on ni nejasno nije mogao da se seti. Kroz mali prozor, sa pocepanim zavesama od seljačkih peškira, ulazilo je zadovoljno groktanje čitave porodice svinja. Malo dalje čuo se žubor potoka. I još se čulo kako neko, mumlajući, brezovom metlom čisti utabanu zemlju. S druge strane, kroz ispucana vrata (pukotine su sjale, jer je još koso sunce udaralo na njih), dopirali su mirni i jasni glasovi nekih ljudi. U sobi je, zapletena u paučinu, jedna muva očajno zapevala; sve uzbuđenje od putovanja, dečačko pijanstvo od sopstvene slobode, sve to oteče iz Bajkića u času. „Postajem suh kao rasušeno bure", pomisli rastužen i spusti noge na čamov pod. „Ah, do đavola!", on hitro povuče bose noge natrag i žurno poče stresati buve, koje su u roju pokrivale njegova bela gospodska stopala. „Selo i leto. Kakva poezija!" Pištanje muve, njeno zujanje i zvrndanje, mučilo ga je. On štapom rasturi paukovu mrežu. Zatim priđe prozoru. „Pa naravno! Gde mi je pamet." Tek u tom času oseti pod jezikom gorko-kiseli ukus sinoć popijenog vina. Pod nadstrešnicom ambara, između nekih, za Bajkića misterioznih, poljoprivrednih mašina sa crvenim krilima (kosačice, sejačice, žetelice), stajao je, sav prašnjav i ulubljen, jedan mali ford. Po rasutoj slami čitav jedan narod kokošaka i ćuraka složno je kljucao, dok se kraj drvljanika mator pas, sa otkinutim lancem o vratu, bučno trebio od buva. Bajkiću, koga ponovo behu napale buve, pas bi odjednom neobično simpatičan. Iza ambara prolazila je ograda od trnja, a iza nje se dizalo brdašce zasađeno mladom vinovom lozom. Između čokota loze, plavih od galice, i mrkožute, skoro bakarne boje zemlje, pokretala se u tom času jedna jarkocrvena suknja i dve bele i oble, bose, devojačke noge. Još dalje, tamnozelen, vlažan, od jutarnje rose, šljivik. A sasvim u pozadini: talasasto prostranstvo, mali bregovi, obli ćuvici, crni kvadrati šljivaka i zabrana, žute, požnjevene strnjike, kao voda zeleni pravougaonici deteline, sve u blagoj jutarnjoj izmaglici. Izmaglica je po dubodolinama (gde se slute žustri potoci, što okreću male crne vodenice) srebrnastobela; po prisojnim stranama razvlači se u plavkaste pramenove, kao babja svila. Otvorena i pitoma slika Srbije. Blagost i čvrstina. Na obzorju nepomični runasti oblačići.

Bajkić odjednom prestade da žali što je sinoć skrenuo s puta. Na varošicu Blaževce uopšte nije mislio. Ali, kada je na staničnoj zgradi pročitao to ime, on je bez kolebanja skočio s kola. „Da svršim ono što moram, pa sam slobodan." Pred dućanima su sedeli trgovci i zanatlije, opančari, grnčari, kolari, pekari, terzije, i, raskomoćeni, u košuljama, tražili prvi večernji povetarac. Učtivo je zastao pred jednom radnjom sa maramama, katranom, kosama i krupicama soli, i zapitao čoveka, koji je rashlađivao svoje bose i maljave noge u legenu hladne vode, gde je, hm, Zemljoradnička i kreditna banka.

— Peru tražiš?

— Gospodina Vranića.

— E, kad je Peru, nije on sada u banci, eno ga kod „Srpskog kralja", igra sansa.

Pred „Srpskim kraljem", u zelenim šafoljima cvetali su leanderi. Dva-tri stola, između leandera, zastrta plavim čaršavima, bila su prazna. Kroz otvorene prozore kafane izbijao je na ulicu težak zadah vinske kiseline i buđe, pomešane s hladovinom, kao iz podruma; i sa tim zadahom glasno nadvikivanje. Bajkić zaviri u kafanu: bila je skoro prazna, jer je polovina stolova izneta napolje; obešeni o tavanicu visili su nepomično lepci za muve; sasvim u dnu kafane bleskale su čaše i flaše na kelneraju; i mesing na pivskom aparatu. Odmah kraj prozora sedela su tri raskomoćena čoveka i burno treskala po uglačanoj dasci izmašćenim kartama.

— U bulu, pet u bulu, nemoj da se znojiš badava! — uzvikivao je bucmast čovek, vlažnih crnih brkova, u raskopčanom prsniku, preko koga je prelazio zlatan lanac sa obešenim napoleonom kao ukrasom. — Bolje da ti pišem. — I on odmaknu nadlanicom svoju čašu sa pivom, uze kredu i zamahnu nad crnom tablom.

— Evo ti ga na! — skresa onaj kome je bucmasti govorio i tresnu ogromnom ručerdom sa kartom po stolu: — Kec erac... i kralj erac, i pub erac, i deset erac... — pljas! pljas! kafana je treštala od udaraca... — Pet u ercu i kec u trefu... i šta mi kog klinca...

Čovek koji je imao u ruci toliko „eraca" bio je krupan, crne masti, kosa mu je bila podšišana na šiške i padala mu po malom čelu sve do čupavih obrva. Brci su mu visili, oštri, crni i sjajni kao krila u lastavice. Ispod čiste košulje od finog sprskog platna, videla se plava pamuklija. Bio je opasan tankim, kicoškim crvenim tkanicama, ali ne po seljački, preko pantalona, nego ispod, gazdinski. Polugospodski kaput od debele čoje, sa velikim rožnatim dugmetima, bio je prebačen preko naslona stolice. Treći čovek bio je pop; bakarni, topli tonovi njegovog oblog lica divno su se slagali sa lepom, uređenom bradom svetlokestenjaste boje i crvenom postavom na njegovim zagrnutim rukavima.

Bajkić stade uz prozor.

— Oprostite, gospodo, ja sam saradnik „Štampe" i tražim gospodina Vranića.

— E, dobro ste stigli! — ljutnu se čovek sa šiškama i tresnu karte. Zatim se okrete popu: — Ovo ćeš mi, pope, platiti, a sad moram sa ovim gospodičićem. Ili 'oćeš da popiješ štogod? — obrati se Bajkiću kroz prozor. Pa, ne čekajući odgovor, grmnu: — Života, još četiri krigle... i ne meri jeksik, ne muziraj, polomiću ti rebra! Uđite, brate, ne stojte tako kao tele pred šarenim vratima. Ovo vam je naš popa, pop Stojan, a ovo je naš predsednik opštine, gazda Jova. Ako si video one krečane i one nove kuće kraj stanice, to ti je sve njegovo.

Tek kada se nađe između ove trojice, Bajkić vide koliko je malen i nerazvijen: nijedan od ova tri čoveka oko stola nije merio manje od sto kilograma.

— Novinarski poziv je težak — reče blago pop Stojan, duvajući sa ivice čaše pivsku penu da ne bi umočio u nju svoje rasčešljane brkove. — Poznavao sam ja jednog, tanak, tanak, ufitiljio, ovako. — I pokaza svoj mali prst.

— Pa... — oteže Bajkić — kako se uzme.

— A to može da vam donese, recimo, koliko, jedno na drugo? — upita zainteresovano gazda Jova.

— Pa tako, zavisi od lista, dve, tri, pet hiljada mesečno.

— A šta tebi plaćaju? — grmnu gazda Pera.

Bajkić nije ni mislio da se može odupreti ovom ispitivanju. Sav crven slaga:

— Ja svega tri i po. Ali tu vam je još i putni trošak kada putujete i besplatna karta za vozove i lađe.

— Bre, bre! Dosta.

— A imate li kartu, da vidimo kako izgleda? — upita gazda Jova.

Tri čoveka su svojim debelim prstima dugo premetala kartu, čitala naglas njen tekst, klimala glavama.

— I ti samo pokažeš, kao poslanik — divio se gazda Jova — i kondukter salutira.

Tek pošto su se siti narazgovarali o raznim prihodima, i popili „još samo po jednu kriglu piva", i pojeli po „parčence" džigernjače na žaru, i videli gazda-Perine svinje, i obišli krečane i građevine gazda-Jovine, i uzgred pogledali izdaleka na četiri hektara pop-Stojanovog uglednog voćnjaka „kakvog nema u tri okruga" — tek posle svega toga mogao je Bajkić da ostane nasamo sa gazda-Perom, koji ga je onda odveo u svoju „banku". Malo prizemno dućanče, ne veće nego susedna berbernica, u čijem je izlogu stajala tegla puna pijavica. Ovde u izlogu slagala se prašina po nekim paketima starih novina i po cigljama složenim u piramidu. Po spoljnom staklu bilo je krupnim zlatnim slovima izmalano: *Banka — Zajmovi*. I to je bilo sve. Unutra je prostor bio pregrađen, kao u malim poštama, drvenom pregradom, iza koje se videla stara i sva ulubljena kasa. Za stolom, zastrtim hartijom za pakovanje, sedeo je mlad momak, u plavom čojanom gunju, izvezenom crnim gajtanima, i večerao sa jedne novine hleba, sira i mladog belog luka. Na kraju staklenog divita videlo se malo sitne soli, u koju je mladić pažljivo zamakao strukove luka. I to je bio pisar i knjigovođa banke. Dok je mladić zbunjeno gurao svoje jelo u fioku, gazda Pera uvede Bajkića iza pregrade i, raširivši ruke, uzviknu:

— Mi ovde svake godine biramo za poslanika Despotovića. Što mi kažemo, to i bude. Malo, ali solidno. Sve sigurni poslovi i pošteni. Ja radim samo pošteno. Po zakonu. I za pet godina, pola će sreza da bude moje. Pola. Ja ne govorim u vetar. Kad ja nešto kažem — kazano, ale! Možete biti sigurni. Poznajem svoj posao. Seljaka moraš da stegneš, jer je tvrd i suh ko dren. Ne da se. Ali je tu zakon. Kad ne da — na doboš. Sada me već dovoljno znaju i prodaju sami, hvataju bolju cenu. Ne smetam im. Nemam ja tvrdo srce, nek prodaju sami, pravo je da i oni sami što uhvate, ako uhvate. Samo, seljak nam se kvari. I sâm sam seljak. Odrastao sam na selu i znam kako je. Ovako ne može dugo da traje. Nije istina kao da mi seljaka davimo kamatama. Bože sačuvaj! I tu postoji zakon, i mi samo po zakonu. Ali se seljak promenio, ne radi kao pre; deda mu se znojio i orao drvenim plugom i drljao drljačom pletarom pa navalja odozgo kamenja — divota! — a sada svaki to golja hoće da zaturi kapu i da peva, hoće gvozdene mašine, hoće selekcionisano žito, seme, hoće — on opsova — preko hleba pogače, a sa čim? Zajmom! Ako hoćete da znate, tome su najviše krivi ovi okružni agronomi. I žene! Ne znate vi kako se svet iskvario. Ale! Pre, u dobro staro vreme, sve se ženskinje upregne i prede, i tka, i drugo, a sada svaka ti to hoće kupovnu reklicu i varoške cipele. Odakle, molim vas? Pre trideset godina ceo svet je bio srećan, ali ljudi nisu znali da su srećni. A danas, nabacuju na kljun bez prestanka, kao plovke. Da bi otplatili jednu manju, prave dve veće menice, i onda smo mi krivi. A u stvari mi držimo zemlju. Dajemo kredite. Kupujemo seme. Nema tu šta.

Bajkić je slušao, a dlanovi mu se znojili u džepovima kaputa. Ali ga gazda Pera, još više nego ovim otkrićima o seljačkoj lakomislenosti i lenjosti, zbuni kada poče, u polutami malog dućana, da mu se u poverenju žali na neko neodržano obećanje Despotovićevo.

— Meni treba para, a oni mi šalju mašine! Neće više svet, to je jednom upalilo, seljaku trebaju pare.

Kako nije znao šta na to da odgovori, Bajkić se seti Burmazove preporuke. Upita:

— Imate li još štogod da poručite za Beograd?

— Kažite vi njemu... — gazda Pera zausti psovku, ali se uzdrža. — Znaš šta. Hajde ti sad kod mene na večeru. A kad izgreje mesec, krenućemo na vršaj... vršem moje žito na selu. Prenoćićemo u moga kuma, na Glavici, pa ćeš sutra sa mnom malo po srezu. Lepo vidi šta se radi i kako, pa ispričaj, kad su te poslali da gledaš. — Pa dodade žučno, a Bajkić se ponovo zbuni: — Kao da i mi sami ne umemo, nego nam trebaju nadzornici. — Dok su išli glavnom ulicom, između krava što se vraćaju kući, gazda Pera je objašnjavao Bajkiću:

— Pop je dobar čovek, ali je lopov. Video si voćnjak. Ukrao ga sinovcu. I nije siguran. Dva puta je cepao Despotovićevu listu. Ali oba puta propao, jer mi okrug držimo čvrsto, ni da makne. Hteli smo da ga premestimo, ali teško ide, okumio se, zagazdio. Gazda Jova se obogatio otkako smo ga izabrali za predsednika. Ali je i on dobar čovek, veliki župan mu je brat od strica, a sinovac mu sudija u Kragujevcu. I pošten: sve svoje licitacije deli sa mnom. Mnogi su me molili da idem u poslanike. I Despotović me zvao. Samo, ale! meni lepše ovako. A sina Mišu spremam za gospodina i ministra. Eno ga već peta godina u Parizu. Kad završi ispite i napuni tridesetu, odmah ću ga u poslanike. Imam i kćerku. Nju sam poslao u Belgiju. Tamo ima, kažu, dobrih škola u nekim manastirima, kako li, sve same kaluđerice uče — uči da svira na klaviru i da govori razne jezike i sve drugo što treba.

— Pa to su katolički manastiri — ne uzdrža se Bajkić — šta će ona tamo?

— Ako su katolički, i to je vera. A tamo je sve fino. Piše Stanojka kako se samo mole Bogu; nije to kao kod nas, smandrljaš Očenaš, pa gotovo, nego knjižice, pa kleče, pa muzika svira, pet puta na dan! I sve na francuskom. A gde bi to moglo biti u Srbiji? Nemamo mi takvih škola — za fine devojke.

— Zar ne bi bolje bilo da ste je dali da studira? — promrmlja Bajkić.

— Nije za nju rad. Ja, hvala Bogu, imam dosta, ne moraju moja deca da se muče i rade. Dosta je za nju da nauči kako se razgovara i tako — a posle ću joj dati miraz kakav nemaju ni generalske kćerke i udati je za kakvog doktora ili inženjera, to su sigurne struke.

On odjednom uhvati za ruku Bajkića i zaustavi ga. Sa kraja ulice približavao se jedan stari seljak. Za njim i kraj njega išla je čitava gomila ljudi.

— Pa to je poslanik M! — uzviknu polako Bajkić.

— Pst!

Stajali su u senci uličnih bagremova. Grupa prođe na nekoliko koračaji kraj njih i u živom razgovoru uđe u nisku kafanu „Srpska kruna", koja se nalazila tačno preko puta kafane „Srpski kralj"; na terenu, partije su strogo odeljene, iz istih čaša ne piju. Gazda Pera pljunu.

— Jesi li ga video? Seljak! Po Beogradu ne skida lakovane cipele, za advokata i jeste, a ovamo dolazi u seljačkom. Vozaka se vozom u prvoj klasi, kao i svi, a odavde, kad pođe u sela, on peške. Dođe pred selo, sedne pod drvo, jede luka, tek da zamiriše, onda podmetne torbicu pod glavu, odmara se i spava čovek! A glupi seljak prolazi, gleda: hvalim te, Bože, živi kao i mi, peške putuje, brani narod od haramija! Fuj, gada! Ovde, uđi samo.

Gvozdena kapija. Strma pošljunčana staza. Na visini, velika nova kuća. Pred kućom nigde drveta. Sve posečeno da se zgrada bolje vidi. Sve miriše na boju.

— Tu su gostinske sobe. Ima i klavir. Platio sam ga dvadeset hiljada. A mi živimo u staroj kući.

Zaobiđoše. Mala palanačka kuća na trem. Iza nje šumi gust voćnjak. Na tremu, prema osvetljenim i otvorenim vratima kujne, postavljen sto. Iz dubine dvorišta javi se pas.

— Čibe, Mujo!

Iz mraka istrča jedan sluga.

— Gde je gazdarica?

Mršava mala žena, ispijena bela lica i glatko začešljane kose, izađe iz kujne, noseći obema rukama, i vrlo pažljivo, veliku lampu sa mlečnom kuglom.

— Doveo sam ti gosta. Daj da se peru ruke.

Žena spusti lampu na sto i zakloni malo šakom svetlost da bi bolje videla došljaka. Jedva primetan osmeh, kao pozdrav Bajkiću, zacakli joj u uglovima krupnih, bolnih očiju. Bila je uvijena, kraj sve omorine, u crne vunene marame, koje su joj naročito stezale mršave bokove.

— Jede je neki đavo — reče muž gledajući za njom. — Moram je jedanput voditi u Beograd da je pregledaju doktori. Sve naše žene ovde slabo se drže. Do tridesete, trideset i pete kojekako, posle ili se razdebljaju, kao plovke, ili se slomiju, kao ova moja nesrećnica.

Sedeli su posle večere i pili dobro crno domaće vino; i razgovarali. Gazda-Peru je jela ljubomora što ima samo „Svetog Savu" četvrtog, dok je predsednik dobio već i trećeg stepena. „On jeste predsednik, ali da nije mene, ne bi bio ništa." Govorio je o sreskom načelniku, koji vrda, „trebalo bi ga promeniti". Govorio o učiteljima, trgovcima, njihovim poslovima — Bajkiću se vrtelo u glavi. Jedan je platio da se ubije njegov protivnik, drugi se krivo zakleo, treći falsifikovao potpis: cela varošica, izuzevši njega, gazda-Pere („pa ako hoćemo — i gazda Jova nije rđav čovek, ali je slab, zavlači poneki put ruku u masene pare"), bio je preispoljni lopov, razbojnik, ubica. Koje od toga, koje od vina, Bajkiću je počinjalo da biva zlo. I baš tada, iza krovova usnule palanke i tamne kupole jednog starog oraha, diže se sasvim neočekivano pun mesec...

Iz mraka i lajanja pasa odvi se odjednom divna talasasta krajina, puna srebrnastih isparenja. Senke su naglo bežale. U daljini se začu prvo buljina, pa odmah zatim ravnomerno škripanje teško natovarenih seoskih kola.

— E, a sada na put!

Do kapije, do koje je tresući se pomalo dotandrkao jedan ford, isprati ih gazda-Perina žena. I pored mesečine, ona je, onako bleda, ispijena i u šalovima, osvetljavala pažljivo putanju kojom su silazili.

U početku Bajkić se trudio da prati šta njegov domaćin govori, čak je pokušavao i da odgovara, ali ga je ford toliko treskao po neravnoj kaldrmi da je sam sebe jedva čuo. Am-um-am — on se ujede za jezik, zadnji točkovi upadoše u neku rupu, on polete u provaliju, raspali bradom u kolena, federi kao da pod njim nestadoše — ford je već veselo ševrdao po mesečini, kao da ništa nije bilo — Bajkić polete naviše i jedva se zadrža da ne ispadne iz kola — um — ista šala ponovi se još jednom. Bajkić oseti da se popijeno vino u njemu ljuti. Bi mu muka. Ford se dokopa mekog druma između nekih kukuruza. Bajkić malaksa. „Da mi je korica hleba! Ili da mogu da metnem prst u usta!" Ljuljuškao se, svaljen kraj gazda-Pere, oči su ga pekle, on ih poče polako sklapati i zapade polako u dremež, protkan mučnim snovima: kako mu je kao muka i kako kao ne može da povraća. Automobil je frktao između živica, prolazio kraj mračnih zabrana, budio zaspale pse na dva kilometra u krug, prelazio preko mostića od brvana, a jednom čak pregazio hitru i bistru reku, koja se, pod mesecom, blistala kao rastopljeno srebro, i najzad na jednoj uzbrdici stao. Rekao: ah, ah — i stao.

Tišina, pa naporno: ksi-ah — ksi-ah-ksi-ah! izvuklo je načas Bajkića iz more. U svetlosti farova video je nejasno šofera, mlado crveno momče, oznojeno i sa zaturenim kačketom, kako se, sa levom rukom na hladnjaku, muči da potpali motor. Ah-ah-ah! pa tišina. Pa opet uz škripanje i klackanje celih kola: ah-ah-ah! Bajkić je u tom času bio automobil kome je muka i ječi: ah-ah-ah! Bilo mu je malo čudno što se pretvorio u automobil, ali, najzad... da nije pio onoliko: ah-ah-ah! „To je zato što vino nije bilo dovoljno rashlađeno", seti se s gađenem. Ah-ksi-ksi-ksi — ah-ksi-ksi-ksi... Motor uhvati, šofer preskoči vrata, dohvati ručicu za gas. U jednom času je izgledalo da ford ima nameru da se na mestu raspadne na sve svoje sastavne delove — ukoliko ih je još imao, ali se onda predomislio i glatko pošao uz breg. Bajkić ponovo zadrema.

Kada se trgao, Bajkić je video pred sobom gomilu ljudi osvetlenih vatrom. Ford je stajao u uskoj i crnoj ulici, između zdepastih četvrtastih kuća. Mesec je, već negde na sredini neba, uglačan komad čelika, plovio kroz providne oblake; i opet ostajao u mestu. Oštar miris izgorele slame i sveže žitne prašine sasvim ga razbudi. Gađenje i muka ga behu sasvim prošli, ali se osećao grozno umoran, slab i napušten. Pa ipak jasno vide lokomobilu, u čije je crveno ždrelo jedan čovek, lica i ruku crvenih od plamena, neumorno gurao sve nove i nove naviljke slame; vide zavitlan točak, crnu zmiju transmisionog kaiša, tamnu siluetu ogromnog dreša i na njegovom krovu, prema svetlom nebu, dve snažne i visoke ljudske prilike kako pognuto rade: svaki čas bi u ruci jednog blesnuo kosijer, kojim je sekao veze na snopovima. Pa vide, dalje: ljude što vilama, u snažnom naporu krsta i celog tela, bacaju snopove na dreš; i druge, što razdevaju ono što je držao da su kuće; i treće, što u oblaku prašine i pleve pune i zavezuju vreće sa žitom; i četvrte, što mere žito, kraj karbidske lampe, na velikoj vagi. Jedan mršav čovek, ispijenih očiju, trepavica potpuno belih od popadale prašine, nagnut nad svetlost jednog fenjera, zapisivao je cifre. Sav oblaporno zanesen, mrdajući usnama, nagnut preko njegovog ramena, stajao je gazda Pera i pratio šta čovek piše. Lokomobila je dobroćudno pućkala, gusti oblaci varnica izbijali su iz njenog čeličnog dimnjaka, neko je u polutami jedne kamare pevao visokim i toplim tenorom jednu tužnu pesmu. Bajkić siđe sa automobila i pođe između kamara. U toploj slami, koja je blago mirisala na sunce, spavali su momci i devojke. Zbunjen veličinom kamara, Bajkić se skoro u strahu provlačio uzanim prolazima koji su, ovako u noći, ličili na duboke klisure mirisa. On najzad izađe na čistinu. Široko pokošeno polje. U dnu tamna linija vrbaka kraj reke. Pod drvećem rumena zvezda vatre. Kraj vatre dve ljudske prilike. Na samoj obali kola sa burićima, koje su druga dva čoveka punila vodom. Bajkić pođe vatri. Lokomobila se sada čula pritajeno, kao disanje neke velike, zaspale životinje, popci su vriskali u strnjici, sa reke se dizao vlažan i truo vonj obalskog bilja; i ribe. On pozdravi seljake. Bili su to stari ljudi; ili su tako izgledali pod svojim bradama od sedam dana. Ogrnuti iznošenim i pocepanim gunjevima, sedeli su na velikim žilama vrba, koje voda beše podlokala. Oba čoveka su pušila i kroz polusklopljene trepavice gledala u tanak plamen, koji je palacao, čas crven, čas ljubičasto-plav, između suhog pruća. Oni mirno prihvatiše pozdrav i jedan od njih se pomače malo u stranu da napravi Bajkiću mesta. Preko vatre, ispod niskih grana, bleskala je glatka i crvena površina reke. Nije se videlo da otiče.

— A ti... da slučajno i ti ne kupuješ štetu? — upita polako i oprezno jedan od dva čoveka.

— A zar ko kupuje? — trže se Bajkić.

— Ima ih... nekolicina, pali kao skakavci.

— Otkad?

— Od juče. Daju mašine za šivenje, pare, neke mućkalice za maslo, ko šta izabere. Navalili na žene, žena ti je stvor neotporan, uplašile se da šteta sasvim ne propadne, daju sad pošto ko 'oće. Milan Nikolin juče bio čak do Kragujevca, ali u Kragujevcu ne daju više od pe'-šes' banki. Propast!

— Čujemo, i gazda Pera preuzima štetu, ali on samo za stare menice — reče drugi seljak, pljucnuvši u vatru. — Ko mu je dužan, on ne dobije gotove pare nego samo može da otplati staro; a nama treba para, treba za porez da ti stoku ne rasprodadu, a treba i za zimu kupiti obuće, soli.

— A pošto je ti preuzimaš? — upita prvi, okrenuvši se celim licem Bajkiću.

Bio je to snažan čovek, preko četrdesetih godina, energična mršava lica. Ispod neobrijane svetloplave brade videla se preko jedne jagodice velika modra brazgotina. Rđavo zašivena, sa okrnjenim uhom, sa okom koje je prisiljeno da žmiri, ova stara rana davala je čoveku neki neprijatno iscrpen izraz. Međutim, druga strana lica — i Bajkić se trudio da samo u nju gleda — bila je pravilna i lepa, prav nos, čulne i izrazite usne ispod čupavih brkova, čisto plavo oko, u kome se prelivaju odsjaji vatre.

— Ja... ja ne kupujem, prijatelju, ništa. Ja... onako, putujem, gledam kako živite, ja sam novinar.

— Imam još dvadesetak komada — reče sa žaljenjem seljak sa brazgotinom i okrete ponovo lice vatri.

Bajkić bi malo iznenađen: on se nadao da će se seljaci začuditi kada čuju da je novinar; međutim, oni prelaze preko toga. Ona druga dvojica, što pune burad vodom, prilaze načas vatri, nazivaju Bajkiću Boga, sedaju da ugreju bose noge, prave svojim grubim i čvornovatim prstima cigarete, pale ih žiškama uzetim iz vatre, povlače u ćutanju dva-tri dima, jedan primećuje da se vreme ni sutra neće menjati, onda odlaze, tromi i nezgrapani, zasukanih gaća do preko kolena, i čas docnije Bajkić čuje kako se uz neveselu škripu točkova kola sa vodom udaljavaju. Ponovo mir, popci, pokošeno polje obasjano mesečinom i, sasvim na kraju, tamna masa grada od snopova složenih u kamare; a u sredini crveni, vulkanski dah vršalice.

— Mašinu za šivenje računaju — reče uzdahnuvši manji seljak — tri i po hiljade, a jednu štetu osam banke. Kad 'oćeš gotov novac, onda samo pet.

— Ja imam dvadeset komada štete — ponovi zamišljeno onaj sa brazgotinom — ni mašinu ženi ne mogu da uzmem. — On poćuta. — Sem da uzmem bućkalicu!

Bajkić nije znao šta da im kaže. Da čuvaju štetu? A ako ona sasvim propadne? Da im savetuje da je prodaju? Zar ne mogu to uzeti kao podsmeh? Ili ponovo pomisliti da je on agent? I šta se tu moglo govoriti? On upita sasvim nasumice, otkrivajući tako sam sebi tok svojih misli:

— A gazda Pera... kakav je čovek taj gazda Pera?

Manji seljak se saže i poče džarati vatru.

— Dobar... — odgovori drugi otežući i ponovo okrete celo svoje rovašeno lice Bajkiću. — Dobar, nema šta. Gazda. I vredan. 'Oće, istina, da te oglobi, da ti proda na doboš poslednju kravu, ali sve to po zakonu. Nije on kao neki, to se mora priznati. — Seljak je gledao Bajkića pravo u oči i smeškao se tiho: — Dobar... svi su oni dobri, gospodine. Zašto da ti o tome pričam? Ti si sam video one kamare sa žitom. Vršemo ga dva dana i dve noći, i biće ga još za dva dana i dve noći. Sve je to pola naše a pola njegovo. — Pa, spustivši usne i nagnuvši se prema Bajkiću, dodade: — Samo što je nas na našu polovinu — pola sreza, a on na njegovu jedan. Ali, sve je po zakonu, nema šta, nije on da nas vara... kao neki.

On se okrete od Bajkića, povuče poslednji dim iz cigarete, koju je već držao između kažiprsta i palca, i pažljivo ugasi ostatak. Zatim pikavac ne baci, već ga vrati u šarenu plehanu kutiju. S vremena na vreme čulo se kako voda negde uvire: gluk... gluk... Pa opet tišina i popci.

— A narod i kod vas mnogo zadužen? — upita Bajkić tiho.

— Mnogo, gospodine, do guše.

— Pa kako, zašto?

Seljak sa brazgotinom ga pogleda postrance, jednim okom, i odgovori podsmešljivo:

— Što smo narod lenj. I sami vidite: radimo samo danju... i tek kad ima mesečine, onda i noću. Inače badavadišemo i cele noći od petlova do petlova spavamo. I što svaki naš golja hoće da proslavi slavu, kad ženi sina da priredi gozbu! Znamo mi sve to, gospodine. Seljak malo radi, mnogo svetkuje, mnogo spava, rasipa, zadužuje se. Čitamo i mi novine i vidimo šta vi o nama mislite. Treba se poviti i raditi, raditi, do sudnjega dana, crći na radu za drugoga! — On odjednom promeni ton i, zagledavši se u vatru, poče polako: — Slušajte, gospodine. Ja sam, ovakav kakvog me vidite, od dvanaeste do osamnaeste proveo na frontu, borio sam se na Skadru, bio sam na Ceru i Rudniku, prešao sam Albaniju i bio na Krfu, lomio se po Dobrom polju i postao rezervni kapetan. Nisam poginuo. Nisam postao ni invalid. Ovo što me zakačilo po glavi, vele, ne smeta u poslu. I eto, od nas četvoro braće ja sam se vratio. Go kao prst. Obukao seljačko. Ordenje metnuo u sanduk i zasukao rukave. Kuća nije bila opravljana četiri godine, imanje razgrađeno, jer su ogradu pogorele vojske i narod. Sve zdrava vrljika od po dva metra. Stoka potamanjena, staje porušene i zabataljene, žene bolesne i izgladnele, sprave zarđale i polomljene, njive zaparložene, zarasle u travu i korov, polja zakržljala. Kad se ne kosi, trava potruli i propadne sama po sebi, polje ti se pokvari, boca ponikne, a nova trava onda bude niska i kržljava i nejednaka. A ja sâm. Goloruk. Prijatelji i kumovi kao ja: goloruki. Negde i gore: zatrti domovi. Šta čovek da radi? Tukli smo se i borili za ono malo slobode — a sloboda gola i gladna. Sad znaš kako je počelo. Pitali me za štetu. Ja računao na srebrne dinare, predratne. Ispalo, ovamo-onamo, da mi je uništeno imanja za dvadeset hiljada. Dadoše mi odozgo jednog bika — priplodnog. Bik sâm ne može da ore. Trebalo opraviti kuću. Kupiti alatke. Tako je počelo. Negde sam plaćao na sto dinara banku mesečno. Pa se nakupilo. Jer živ stvor mora da jede. Moraš i porezu da platiš. Pre zasadimo koliko nam je potrebno — svoje ovce, svoje sirenje, svoja konoplja i svoje odelo. Šta nam je tada trebalo? Malo soli i porez da platimo. Naša kuća je imala svoje trgovce, kojima je prodavala kad im šta zatreba: vreću brašna, kola kukuruza, bundeve za svinje, kola drva. Znao si cenu unapred. Ako nam pretekne konoplje, znali smo kome ćemo je odneti: u svakom gradu bilo majstora što predu konopce. Sada nam treba sve. Trgovci neće da ti uzmu pšenicu ako nije od iste vrste, jer je ne kupuju kao pre, za sebe, već za druge, veće trgovce. I cena ti više nije sigurna. Pre se znalo: bolja žetva, veći prihod. Danas: veća žetva, manja cena. A mi kupili odabrano seme, zadužili se i za njega. I kupili đubre. I oremo novim plugom. I dižemo prinos, jer sve to treba otplatiti. Krvavimo zemlju i nas same da isteramo više. Svi radimo. Nema žena više vremena da tka i prede kao nekad, i ona radi za kamate. Nikad mi, gospodine, nismo radili više, ni imali bolja žita, ni bolje šljive, ni bolje staje, ni bolji prinos po hektaru. Podigli smo rasadnike, podigli sušnice, znamo na kojoj njivi šta treba sejati, koja je zemlja za šta dobra, nikad se kod nas nije radilo ni više ni bolje, veruj. Ali, ništa to ne pomaže! Jer, što više mi proizvodimo — jer nam više treba za prodaju — cene manje, i kad pogledaš, mi sve u mestu, nikako da stanemo na svoje noge, nikako da se otmemo — sve što radimo, za drugog radimo. Mnogo naroda sasvim propalo, otišlo u varoš ili služi po selu, jede patlidžane i šljive. — Čovek malo poćuta, naslonjene brade na pesnice, zagledan u žar, koji se, oblizujući se još ponegde ljubičastim jezičcima, prekrivao polako puhorom. — Kad sam bio u ratu, pa me skole mučne misli, ili me stegnu jad i nesreća, ja znam šta je: rat je; narodi se za svoju slobodu i gospodstvo tuku; ne može to trajati dugo, svršiće se, i ko ne izgine, zaboraviće muku, oraće ponovo ko je orao. Ovo danas — sa ovog ne može više da se vrati na ono što je bilo. Ja, danas, kad orem, ne znam čije će zrno biti. Sloboda moja, kao tuđe ropstvo.

Mali seljak je uznemireno gledao na čoveka sa brazgotinom. On se očevidno bojao njegovih daljih reči, i tiho, umirujući, progovori:

— Bog, Milija... i to će proći.

Milija sevnu očima.

— Ne govori, brate, kao ludo dete! Bog... Od Boga, to je ova lepa noć, zemlja crnica, kiše i vetrovi. Od Boga je kako pšenica zri, kako šljiva cveta, kako pčela med skuplja. To je od Boga. Od njega je kako reke teku i šume rastu. Ali od Boga nije ni kamata, ni hipoteka na zeleno žito! Niti je od Boga da ja radim a drugi da bere! Niti će to po Bogu proći!

Milija se diže. Tanak i košutnjav, ali visok i gibak, on je odavao strašnu energiju i snagu.

— Sad će skoro i moje žito i moj red. Zbogom vam, gospodine. Pa kad pišete po novinama, pišite pravo. I pišite malo o nama, težačkoj sirotinji. Bivali su u nas i drugi novinari, slušali naše muke, a posle po novinama pisali o gazdama i popovima, o njihovim ajgirima... U zdravlje!

Milija je već prelazio polje, kada mali seljak poče da gasi vatru. Bio je hrom.

— Ti me gledaš što sam ovaki... Uredio me bik dok sam bio dete, pa ostao. — Mali seljak se smeteno smeškao. On pođe polako kraj Bajkića.

Bajkić mu ne odgovori. Svetla noć se polako obavijala u daljini plavkastom paučinom. Kod vršalice bilo je sve nepromenjeno. Ložač je ložio lokomobilu, transmisija zmijala, na drešu mladići radili svoj opasan posao, žene i ljudi razdevali kamare i dodavali vilama snopove, čovek kraj vage buljio svojim crnim očnim kapcima u otvorenu knjigu sa računima. Jedino što je u kraju, kraj jedne kamare, jedan mladić sa rukom zavijenom do lakta polako ječao. I što se gazda Pera, kraj jedne kamare snopova, objašnjavao sa Milijom. Gazda spazi Bajkića i žurno mu priđe:

— Slušaj, gospodine, umoran si, idi i spavaj, pa ćemo sutra dalje, a ja moram noćas ovde, kod ovih lopova. Sam lopov. Da može, iz očiju bi ti ukrao. Ti idi pa spavaj. Odvešće te momak. To je kod mog kuma, tu preko reke.

Gazda Pera je govorio, činilo se Bajkiću, očinski. Đavo će razumeti sve te ljude! Ili se njemu kroz umor, koji ga ponovo beše skolio, samo tako pričinilo. Dremao je u hodu, bio je sav izlomljen. Predeo osvetljen mesečinom okretao se oko njega. Preko brvna na reci prešao je potpuno kao mesečar. Da se trgao, pao bi u vodu. U nekoliko mahova pitao je momka, koji je išao ispred njega, je li još daleko, i momak je uvek zaspalo odgovarao: „Tu, iza brda". Bajkić je bio jedva svestan da je stigao. Video je jednu sveću, čoveka koji ju je nosio, naslutio krevet, u koji je odmah pao.

Trebalo mu je mnogo snage da prirodu i ljude vrati — posle teških čarolija noćašnje mesečine — na njihovu pravu meru; ljudi nisu bili divovi, zabrani prašume, bregovi planine; niti je reka, što u daljini pod kosim suncem bleska, bila onako široka kao što mu se noćas beše učinilo. Više ni traga od misterija: čuju se svetli i prosti ljudski glasovi; čuju se kola što u dugom nizu, teško natovarena, prolaze drumom; i čuje se, uz zveckanje posuđa, kako devojke u kuhinji pevaju, dok konji, u obližnoj štali, ržu i lupaju kopitama o kameno tle, prekriveno slamom.

— Šta je to bilo, šta se to dogodilo? — upita Bajkić stegnuta grla. Kafedžija ga pogleda mrko. Na kafanskom tremu u tome času bilo je desetak seljaka prljavog i umornog izgleda. Među njima je stajao zadignute mantije i mesni pop.

— Upalio čovek žito... eto šta se desilo! — odgovori kafedžija okrenuvši glavu.

Drumom, u oblaku prašine, približavala se grupa ljudi; oštro svetlucanje noževa na puškama odavalo je u toj crnoj gomili dva žandarma. Jedan ženski glas ispunjavao je celo jutarnje nebo upornim naricanjem. Seljaci na tremu bili su mrki. Gledali su ćuteći, kao i Bajkić, kako se ona grupa polako približava. Ukoliko su se bliže primicali, utoliko su likovi postajali jasniji i određeniji. Bajkića odjednom štrecnu pod grudima: vezani čovek, između sivih žandarmskih uniformi, bio je Milija. Razdrljene košulje na bakarnom vratu, oznojen i garav, išao je on gipko i ravnomerno, ukorak. I cela povorka, nekoliko koračaji iza njih, išla je ukorak. Jedino je jedna mala žena u žutoj marami trčkarala čas ispred povorke, čas sa strane, svaki čas zbog toga primorana da strčava u jendek kraj puta. Ali niko, pa ni Milija, nije obraćao pažnju na nju, ni na njeno kukanje. Tek kada se cela gomila zaustavi na tren pred kafanom, Bajkić među ljudima primeti gazda-Peru: bez šešira, ulepljene kose po čelu, krvavog pogleda, garav po licu i rukama, razdrljene i prljave košulje, on, sav zaduvan, sede na klupu kraj zida.

— Što ogreši dušu, Milija! — uzviknu prekorno pop sa trema.

— Kuku, Milija, oči moje što nas osramoti! — naricala je mala žena.

— Što ogreših dušu? Ja ne! — odgovori mrgodno Milija popu, pogledavši ga odjednom pravo u lice.

— Hleb božji, ruka ti se osušila!

— Mani me se, pope! — otrese se Milija. — Ni moj, ni božji.

— Ali moj, moj! — skoro vrisnu gazda Pera i sunu na Miliju. — Po majci te tvojoj!

Mnogo pre nego što gazda Pera uspe i da podigne ruku, Milija zamahnu svojim napred vezanim rukama i udarac, uz sitan zveket lisica, pogodi gazdu posred lica. On se zaklati, podiže ruke licu i nadlanicom otra krv koja mu se iz nosa slivala na brkove i bradu, pa onda, iako su žandrmi već držali Miliju, zalete se i svom snagom ga udari pesnicom po glavi. Mala žena vrisnu, neki ljudi pritrčaše, uhvatiše pobesnelog gazdu za mišice i odvojiše od Milije. Nekoliko trenutaka gledala su se dva protivnika oči u oči.

— Platićeš mi! — prosikta gazda. — Teraću te do groba, dušu ću ti uzeti, da znaš!

— Možeš, gazda. Uzeo si mi ionako sve — što će mi sama duša! Samo pazi, nema sile koja je trajala doveka.

Žandrmi ga munuše, on pođe. Kako i veliki broj seljaka pođe za njim, on im se okrete:

— Nemojte, braćo. Vratite se. Ne gubite vreme. A ti, ženo, umesto što kukaš, idi kući pa gledaj decu.

Bio je miran. Iz povređene rane na licu, niz neobrijan obraz, tekla mu je u tankom mlazu krv. Niko ne priđe da mu je obriše. Nenad oseti kako mu se zbog te krvi, koja teče a koju niko ne prilazi da obriše, neizreciva muka spušta na grudi.

Sve dok žandrmi sa Milijom nisu zamakli za okuku na putu, ljudi su stajali nepomično i gledali kao opčinjeni. I sam gazda Pera ne pomače se sve dok put ne ostade sasvim prazan. Onda opsova i uđe u kafanu da se umije.

— Šta je, gospodine, nećeš dalje, smučilo ti se? A ti nemoj. — Gazda Pera, sa rukama u džepovima, gledao je podsmešljivo u

Bajkića. — Ja sam hteo da te provedem, nećeš, šta ti ja mogu! A ako ćemo pošteno, ale! dosta si i video, pa im kaži tamo u Beogradu: ne lete ovuda pečene ševe, niti teče med i mleko, nego se valjano krvavimo. Smiljan će ti dati kola, pa se vrati. Ja moram dalje.

On uđe u svoj ford i čas docnije nad drumom se diže duga i teška pruga prašine, koja ostade da lebdi u vazduhu.

Prošavši kolima kraj vršaja, Bajkić stade da vidi zgarište. I nemalo se začudi kada mu, između plastova, ukazaše na jednu malu gomilu pepela, ne dužu i širu od četiri koraka.

— Njegovo upalio, njegovo izgoreo.

Konj je bio arum. Zastajao je svaki čas i, kraj svih udaraca, po desetak minuta ostajao u mestu. Ispred kola se širila zemlja, njive i pašnjaci, lišće kukuruza šumilo je samo od sebe, odnekud je dopirao žubor zatvorenog vodeničnog jaza, debele i trome prepelice su uzletale sa strnjišta i padale malo dalje, srećne što žive. Bajkić tek pred podne stiže, prašnjav i znojav, u varošicu. Jedva je imao vremena da napiše članak o uzbuni koja je zavladala među narodom zbog nenadnog pada ratne štete, i da ga izdiktira preko telefona Šopu, a već je trebalo da trči na voz. Članak se zvao: *Praznik zrelog žita*.

— Pošto je danas šteta? — upita na kraju Bajkić.

— Juče je bila sto i dvadeset, danas u početku sto i deset, u završetku samo sto. Vaš je članak napravio lom.

— Koji moj članak? Ali, on nije moj; ja sam imao samo intervju, i ništa drugo! — Ta glupa istorija sa prelomom, znači, ima da ga progoni. — Ima li još čega novog?

— Urednik se nekoliko puta raspitivao za vas, nervirao se što ste propali u zemlju i ostavili nas četiri dana bez vesti.

— Tako? Hvala vam, Šop.

U vozu je vladala grozna zapara. Bajkić pokuša da se sredi, ali je išlo teško. Gazda Pera, Milija, vršidba, pognuti ljudi, pad obveznica ratne štete i hipoteka na zeleno žito, sve se to burno kovitlalo njegovim mozgom. U izvesnim časovima mu se činilo da njegov tek poslati članak nije dovoljno jasan, ni dovoljno oštar; čas i da je i suviše jasan, i suviše oštar; da je čak i suviše jednostran. „Ja sam video samo jedan izuzetan slučaj, izuzetan i u pogledu gazda-Pere i u pogledu Milije", govorio je u sebi. Međutim, jedna druga misao uporno je rovila u njegovoj svesti: moć Despotovića kao političara leži na ljudima kao što je gazda Pera. Bajkić se opirao, ali se veza stalno i ponovo uspostavljala: dole narod, nad narodom gazda-Pere, Jove, popovi i njihovi sinovci, sudije i braća od stričeva veliki župani, a na vrhu piramide Despotovići i Soldatovići. — Bajkić napusti svoju prvu klasu i poče prolaziti kroz vagone. Osluškivao je šta ljudi govore, i sam stupao u razgovor i svuda je nalazio lepše ili blaže tragove dva suprotna mišljenja: gazda-Perino i Milijino. Dva neprijateljska sveta putovala su istim vozom. A većina njih nije znala kome svetu pripada.

Niš je bio tih i miran. Bajkić potraži kuću u kojoj su stanovali. U sutonu vide čardakliju od vinove loze, niske prozore, vide trem na kome je staramajka trebila stvari od gamadi, krivu kajsiju. Sve mu se učini strašno malo, potonulo u zemlju. Pod čardaklijom je cela jedna porodica večerala. Ljudi su bili u košuljama, deca galamila. Nenad ne uspe da među ženama pozna Vasku. Rastužen, on ode dalje. Zgarišta gde su se igrali više nije bilo. Ni one kuće u napuštenoj bašti gde su jedno veče on i Vojkan ugledali onu lepu nagu ženu. Svršivši tako to sentimentalno hodočašće, on potraži, po Burmazovoj ceduljici, čoveka koga je trebalo posetiti u Nišu. Našao je jednog uzdržanog gospodina, koji ga je pozvao na večeru u jednu kafanu u blizini gvozdenog mosta. Tek uz vino, dok su Cigani svirali, rekao mu je da se Niš polako diže, da treba samo kapitala, da se više ne radi kako se radilo nekad, da se svet prolenjio i stalno traži neka prava, da se domaća industrija polako razvija, ali da za nju nema dovoljno razumevanja. Podaci koje mu tako dade bili su neznatni. Bajkić je već unapred video da će, da bi napisao članak o Nišu, biti primoran da govori o onom prošlom: o bolestima, o blatu, o crnim zastavama, o bežaniji. Pre nego što će se rastati, Bajkić zapita uzdržanog gospodina ima li što da poruči za Beograd. Pošto je prvo dugo birao cigaretu, a zatim je još duže i pažljivije palio, on odgovori otežući:

— Pa... ne, ne bi bilo šta... poslovi idu dobro. — On poćuta, zagledan u daljinu: — Poslovi idu dobro, mada ovaj pad štete nije došao u najbolje vreme: u ovo doba godine, seljak, pa i građanin, najmanje oseća potrebu za gotovim novcem. — On ponovo napravi jednu malu pauzu: — Uostalom, za naša sredstva ponuda je dovoljna. Ja sam zadovoljan... sasvim zadovoljan.

Bilo je, dakle, ljudi koji su bili zadovoljni! Bajkić se opravda da mora pisati članak, oprosti se i napusti kafanu. Park beše već pust. Nišava žistoreći oticaše kraj bedema. Bajkić dođe do drvenog mosta što vodi u Beograd-malu. S druge strane obale žmirkale su slabo crvene svetlosti; i dopiralo umorno lajanje pasa. Mrak. Sirotinja. U tim kućama jamačno se ne raduju padu štete. U njima jamačno nisu svi zadovoljni. Članak je pisao u bezličnoj i rđavo osvetljenoj hotelskoj sobi. Čaša i boca sa vodom, izbledeo kalendar na zidu, zastirač na stolu sumnjive beline, sve je to bilo odvratno hladno i tuđe. Put mu se pretvarao u rđav san.

Leskovac je ostavio nekoliko časaka po dolasku, tek koliko da nađe čoveka iz spiska, koji mu je govorio o „gospodinu direktoru" i nekoj banci. Bio je nestrpljiv da vidi klisuru. U Grdelici je uzalud tražio onaj bunar zbog koga je zamenio voz. Od Džepa pa sve do Vladičinog Hana tražio je uzalud, stojeći na prozoru, ono mesto gde je voz bio zaustavljen. Na brdima, na kućama, na putevima, pod uvek istim nebom, nije bilo ni traga od one krvave noći, obasjane mirnim sjajem čeličnih zvezda; i plamenom zapaljene Velikine kuće. Bajkić siđe u Hanu, naumi da se kolima ili peške vrati niz prugu ne bi li kako otkrio ono selo kome nije znao imena i u njemu makar zgarište Velikine kuće. Ali, još dok je tražio kola, on odustade od toga. Šta je imao da vidi? Sve je to već trava pokrila. Nove se kuće podigle. Novi ljudi došli. A u sebi dodade: „Na istom mestu, pod istim zvezdama, novi ljudi biju jednu novu bitku: bitku za komad zemlje, za komad hleba, možda isto kao i pre deset godina, za go život".

Osećao se sasvim malaksao i bez volje da dalje putuje. Do voza je imao još čitava tri sata. Bajkić svrati u prvu kafanu da pregleda najnovije brojeve beogradskih listova, i da se potkrepi. Kafana je bila prazna. Muve uhvaćene na lepak očajno su zujale. Momak, čisteći karbitske lampe, pevušio je. Dohvati prve novine koje mu dođoše do ruku. Na prvoj strani krupan naslov govorio je o ratnoj šteti. Jedan pasus je bio iz masnih slova. Srce mu zastade. Trudio se da dobro shvati: iako je dobro shvatio, nije mogao da veruje da shvata. Ne, to je besmisleno! Ta on i nije... i sada — nedopušteni metodi u novinarstvu! Grozničavo dohvati druge novine, „Štampu". Svuda isti demanti, ne Despotovića, već ministarstva. Poricanje čak i intervjua! — I „Štampa" ćuti! Bajkić pređe rukom preko lica, pogleda kroz prozor u kafanu, pogleda u momka, koji je sada prao ruke, vide na zidu, kraj kafanskog prava, sliku kraljevu; i još jednu, koja je predstavljala krunisanje Dušanovo. On sam sedeo je za čistim i još praznim stolom, krajevi zastirača bili su zakačeni štipaljkama da ga vetar ne odnese. Sve je to bilo jasno i precizno. Bajkić vrati, sav sleđen, pogled na novine. Sva odgovornost za paniku padala je na „lažne i tendenciozne vesti". „Vešto organizovana kampanja..." Cela kafana, sa momkom, sa lepkom za muve, sa krunisanjem Dušanovim, okretala se dostojanstveno oko Bajkića. On stisnu oči i ostade tako časak. Onda baci novine, dokopa šešir i jurnu na poštu.

— Beograd, gospođice, uredništvo „Štampe", molim vas.

Šetao je nervozno po mračnom hodniku pošte. Pod je bio namazan uljem i gasom i zaudarao strašno. „To znači da sam ja... Ah, poslovi idu dobro, poslovi idu dobro! Novinarska nesavesnost... moja nesavesnost! I moj puni potpis! Po tome znači da sam ja u službi bankara, u službi gazda-Pere, da sam jedan mali propali tip, koji je potplaćen da podvaljuje redakcijama! Ali videćemo već, videćemo!" On priđe šalteru.

— Još nema veze?

Poče gledati na časovnik. Cigarete je palio i, zanet mislima, odmah bacao; ili ih donde držao među prstima dok ga ne bi opekle. Odjednom ga jedna misao probode kao nož: „Možda je u sve to umešan Burmaz? Onda bi ona „greška" pri prelomu... I njegovi „prijatelji" „Štampe"..." Ali se odmah umiri: „Nemoguće je da bi Despotović ma šta radio u dogovoru sa „Štampom"! I još odozgo sa Burmazom, sa bivšim svojim činovnikom!" Međutim, nova misao nadovezivala se na staru: „Ali svi „prijatelji" „Štampe" koje sam video govorili su mi samo o kupovini ratne štete, isto kao i glavni birač Despotovićev, gazda Pera. Tu je ipak moralo biti nekog sporazuma. A ako je bilo, onda sam ja..." Čitav minut stajao je Bajkić bez daha; oči mu se od nemoćnog besa napuniše suzama. Nova misao ga odjednom ohrabri: „Ali... pa ja sam lud, Burmaz je rekao da nešto sluti... on me je zbog toga i poslao u Blaževce. Da, tako, a otkud onda ovo ćutanje u „Štampi"? Zašto me nisu uzeli u odbranu? Zašto Burmaz nije demantovao, zašto nije potvrdio istinitost moga intervjua?" Glava je htela da mu prsne od suprotnih misli. Burmaz čeka možda druge podatke, čeka tačne podatke da bi napao Despotovića, a njega uzeo u odbranu. Bajkić jasno vide kakvu bi ulogu u tome demaskiranju trebao i morao da odigra. Oseti ono što dosada nikako nije osećao: da mrzi Despotovića. „Mi ionako imamo između sebe jedan stari račun! Jedan mali, sasvim mali račun!" Bio je toliko zanet da jedva shvati da ga gospođica zove. On ulete u malu i mračnu kabinu. Slušalica je odvratno mirisala na stotine ruku koje su je držale, na stotinu dahova koji su padali na nju, na stari ebonit. Daljine su tiho zujale i krčale u njenim isluženim kalemima. Iz redakcije se javljao Šop. Glas se čuo slabo. Dolazio je sa drugog sveta. Bajkić jedva dozva

Burmaza. Čim začu njegovo prvo „alo", on poče kao u groznici da govori. Burmaz na drugom kraju žice ćutao je strpljivo. Daljine su melodično brujale, kalemi klokotali. Bajkić je bio sav oznojen. On je hteo makar jednu reč ohrabrenja. Hteo je da tu, odmah, tako preko telefona, dozna da li je i koliko njegovo otkriće o vezi onih ljudi sa kupovinom obveznica ratne štete i Despotovićem značajno; i jesu li njegove sumnje ispravne; i je li Burmaz hteo da on to otkrije; i, ako jeste...

— Pa onda?... — prekide ga Burmazov glas.

Kabina je bila mala, Bajkić se gušio. On odjednom razumede da je to što radi bezumno; da gubi vreme. I zakačivši se za aparat, zaurla:

— Vi terate šegu sa mnom! Zašto niste porekli... on mi je ono zaista kazao, zaista kazao, od reči do reči! Onaj demanti je laž, laž, čujete li me, laž! Alo, ne zatvarajte, alo, donesite moju ispravku, razumete li, alo, moju ispravku, poreknite u sutrašnjem broju, alo, poreknite...

Krrr... Mirno klokotanje, melodično zujanje daljina, pustoš. Bajkić pokuša da zvoni. Onda malaksa. Obesi slušalicu, obrisa šakom lice, izađe u hodnik, dođe do šaltera, plati razgovor, izađe na ulicu.

Krug

Kada je sutradan stigao u Beograd, Bajkić je znao šta treba da radi: nateraće ih da speru ljagu sa njega. U novinama nije bilo više ni reči o ratnoj šteti. *Živo konferisanje opozicije — Većina ministara je otputovala u svoje izborne okruge — Ide li se skorom sazivu Skupštine ili novim izborima?* Od njegove izjave u „Štampi" nije bilo ni traga.

Jutro je bilo svetlo i mirno. Tek poliveni asfaltni trotoari bleskali su kao duga crna ogledala. Retki zvukovi automobilskih truba, na raskršću pred „Moskvom", dizali su se, kristalno čisti, u isto tako čisto nebo. Pred kafanama su prvi gosti pili crne kafe; momci, da bi zaštitili izloge od sunca, spuštali su store i platnene nadstrešnice.

Jasna je bila na trgu. Bajkić ostavi svoju putnu torbu kod pazikuće i krenu odmah, onako prljav i neizbrijan, gluh za sve, u uredništvo. Ni sam nije tačno znao šta očekuje od Andreje. Ali je morao prvo s njim govoriti. Mladost umivenog jutra, harmonija boja, blagost neba, sve ga je to bolelo, iako stvarno nije ni mislio na sve te stvari; niti ih video. Osećao se zaprljan, a nije mogao da se očisti. On sam, u svoj toj čistoći dana što počinje, bio je prljav.

Tišina u uredništvu ga zbuni. Stolovi su bili prazni, sobe puste. Tek u velikoj sali Bajkić vide za stolom, kraj upaljene stone lampe,

Andreju, koji je pisao nešto, grozničavo brzo, sav izgubljen. Trebalo je da ga Bajkićeva senka dotakne po licu, pa da se trgne.

— Gle, otkud ti? — ruka mu pođe da zakloni ono što je pisao, ali kao da ga bi stid od toga pokreta: ne završi ga. Ruka besmisleno zaokruži, ne znajući kuda će.

Bajkiću bi neprijatno. On skide šešir i, skrivajući oči, upita:

— Šta sve ovo znači? Gde su ti ljudi?

— Pa... da, ti to ne znaš. Ukinuto je večernje izdanje. Čitav mesec radili smo sa deficitom... daj Bože da opet ne pređemo u nove ruke.

— Daj Bože!... — podsmehnu se Bajkić. — Je li tu Burmaz?

— Nije još.

Andreja najzad savlada prvu odvratnost od svoje namere i, kao da sređuje čistu hartiju za pisanje, on pokri ono napisano. Bajkić, sa svoje strane, iako je osećao potrebu da govori, sa velikom mukom se savlada: zar Andreja ništa ne vidi na njemu? Zar je slep? Ili ravnodušan? Bajkić se odjednom oseti strašno usamljen — i, kada ga Andreja, posle jedne mučne i teške pauze, zapita kako je proveo na putu, on odgovori:

— Dobro... malo sam samo premoren.

Svaki je krio ponešto, i osećao u isto vreme da tim kida onu vezu što ih je dotle spajala — da je u stvari već sve pokidano, da se između njih već nalazi procep.

Velika fotelja u kraju bila je produžena običnom stolicom. Andreja je spavao u redakciji.

— Vi opet ne idete kući? — upita Bajkić, ne mogavši da se uzdrži.

Andreja obori oči.

— Ne... imao sam posla.

Gluhi mir pokrivao je sve: prazne sobe, stolove, telefone, čiste duvanske pepeljare.

— Ne... — Andreja digne glavu — zašto da ti krijem. Nisam imao nikakvog posla.

Bajkić je po svaku cenu hteo da uguši u sebi ono osećanje: ništa se nije dogodilo, nikakve veze nisu popucale između njih, Andreja je još uvek onaj stari dobri prijatelj...

— Zašto onda niste išli kući? Da niste ponovo pijančili?

— Ne. — Andreja se načas osmehnu. — Tek imam nameru da počnem.

— Onda žena? Ili deca?

— Stanka... — U unutrašnjosti Andrejinoj puče mehanizam koji ga je držao krutog i uspravnog: bio je to sada sam u sebe srušen čovek, posivela lica, opuštenih, tužnih brkova.

— Bolest?

— Ne.

— Neka neprijatnost?

Andreja zaklima glavom potvrdno. Skide cviker da bi ga obrisao, i oči mu dođoše male, sitne i slepe. Svetlost lampe mu je smetala. Još više ispitivački Bajkićev pogled. Već se kajao što je počinjao da govori. On ugasi lampu, i redakcija potonu u polarnosivu svetlost koju je davao slepi zid susedne zgrade. Način na koji je nameštao cviker, govorio je Bajkiću da Andreja plače.

— Postajem osetljiv na svetlost kao krtica! — govorio je Andreja, kao da se pravda. — Sasvim ću kraj ovakvog života izgubiti oči. Čim malo više radim, odmah mi suze.

Bajkić se ne dade zavarati. On sasvim nasumce zapita, pa se i sam začudi određenom smislu koji dade pitanju:

— Zar se više ne može pomoći?

— Ne. Dockan je. Sada je dockan i za lekara. Kada je trebalo ići lekaru, žena ju je vukla kod baba vračara da joj proriču sudbinu iz šoljice kafe! — Andreja ponovo skide cviker. — Do pre neki dan nisam znao ništa. Krile od mene. Od mene nije teško sakriti. Šta se ja u tome razumem! Verovatno da sam i ja mnogo kriv. Ali, eto: nikako da stignem do dece. Ja radim. Dođem kući umoran. Ako se žena potuži na koje dete, ja ga izdevetam. To je bilo celo moje vaspitanje, koje sam kao otac mogao pružiti svojoj deci. Rasla su i rastu tako, bez mene. U strahu od mene. I u mržnji prema meni, jer im žena stalno govori protiv mene. A ja decu volim. Volim i Stanku. Nju i više od svih ostalih. Lepa. I dobra. Možda i suviše dobra. Ja i sada verujem da ona to nije uradila ni iz obesti, ni iz lakomislenosti, već po dobroti srca, naivnosti. Ona ne može biti ni zla ni pokvarena. Ona to još nije ni sada. Da sam doznao na vreme, ja bih učinio... da, sigurno da bih prvo oprostio, tu se mora opraštati, a onda bih učinio sve da je spasem poruge i sramote. Za nas — ne za nas, već za ženu, za nju je sve to neizdržljivo, ona je tuče, zatvara, kinji — ali za mene, za mene... ja na sve to ne gledam strogo... ne bih gledao strogo. Gde jedu šestora usta, mogu jesti i sedma. Da sam doznao, ja bih gledao da je spasem, jer je ovako i sa školom i sa društvom svršeno. Ja ne znam, ali sam čuo da se družila sa decom iz dobrih kuća... Sada su te kuće za nju zatvorene. — On poćuta, časak zagledan u Bajkića. — Preksinoć sam ih tukao do nesvesti, i Stanku i ženu. I kao da sam tukao kamen: ni reči, ni jedne jedine reči, ni prvog slova... veruj mi da bi mi lakše bilo da su mi priznali ko je, ali se boje da im ja ne pokvarim svojom naglošću plan, jer žena ima plan, ona uvek ima neke planove. Eto ti zašto sam ostao ovde i ne idem kući! Ako odem, a one opet budu ćutale, i budu opet onako tvrde, i gluve, i neme, mogu ih ubiti. Ti to ne možeš razumeti... kada se neko boji sebe, kada se krije da ne vidi svoje da ih ne bi potukao!

Cviker je Andrejin ležao na stolu; očne duplje, u onoj prljavoj svetlosti, bile su dve krvave jame. On ih pokri šakama. Bajkić se nije usuđivao da diše punim grudima.

— Andreja! Andreja, šta vam je?

On ga sčepa za ramena, poče drmusati. Andreja odmaknu šake sa lica: smejao se.

Bajkić oseti zadah rakije.

— Vi ste ipak pili! — uzviknu revoltiran.

— Kulise! — Andreja diže prst. — Kulise, a iza kulisa trulež, oni trule, i mi trulimo s njima! Slušaj... — On izvuče ono što je pisao. *Poštovani gospodine, Vama je dobro poznato naše materijalno stanje. Kao kukavica, koja ne sme da učini ono što bi trebalo da učini — odgojen vašim popovima u smirenoj poniznosti — najpokornije vas molim da mi zakažete mesto i čas gde bih mogao doći da biste mi, posle onoga što ste učinili s mojim detetom, mogli na miru pljunuti u lice.* Ovo za onaj ponuđeni novac. Odani vam itd. Ili ovo: *Gospodine, dete će se roditi, dali vi novac ili ne. Vaš podli postupak potpuno odgovara principima kojih se držite u vašem prljavom životu. Ovo pismo pišem vam samo zato da bi vaša rodbina mogla od prvog dana znati ko vas je poslao u pakao, gde vam je i mesto. Primite i ovog puta uverenje moga najdubljeg prezira.* Ne prekidaj me, sam ću ti sve kazati: nijedno od ova dva pisma neće otići.

— Čekajte, vi znate ko je?

— Znam. Mile Majstorović.

— Ah... — Bajkić s mukom proguta pljuvačku. — I?...

— Šta ti misliš, šta bi jedan ovakav čovek kao što sam ja mogao početi sa pedeset hiljada?

— Vi ste pijani!

— Ne, trezan, potpuno trezan.

— Ako niste pijani, vi ste ludi! Pustite me!

— Ne, moraš čuti! Ja nisam lud; računaj: ako bih kupio jednu kućicu negde više Novog smederevskog đerma, ili na Pašinom brdu, onda bi mi ovo što zarađujem bilo dovoljno. Ovako, nije. Svi smo i gladni i bosi. Uzmi sada drugu stranu: odem, napravim lom, on nju za ženu uzeti neće, suda nema, jer je ona onda bila već punoletna, a on nije, jer oni imaju para za advokata, a ja nemam... šut se s rogatim, Bajkiću, ne bode. I, kao kruna svega, još dobijam i nogu u leđa, gubim mesto, ostajem potpuno sa celom porodicom na ulici. Ti se toga ne bi setio? Ne beži, moram ti kazati sve. Nije lako biti pošten. Ali ja hoću da ostanem pošten, ja jesam pošten, ja ne radim ništa nepošteno, ja ni prstom neću maći da dobijem ovaj novac...

— Ali vi puštate da vas naprave nepoštenim... vi ste dvogubo nepošteni, nepošteni ovako, spolja, i nepošteni iznutra. Vaše poštenje... običan blef, običan blef formalne logike, još ga možete matematički dokazati kao onu priču o Ahilu i kornjači! — To je, dakle, bio čovek koji mu je bio neka vrsta duhovnog vođe!... — Sećate li se... išli smo jednom po kiši... govorili ste: ako čovek vidi istinu, onda još sve nije izgubljeno, jednoga dana još može poslužiti nečemu... ničemu vi više ne možete poslužiti! Sem da bolje podmetnete leđa... Sa svim vašim znanjem uzroka, vi ste samo jedan očajnik više. Ništa tu ne menja stvar što ne verujete u sudbinu ili Boga — a možda i verujete, đavo će vas znati! — kada ne umete da vidite šta tu može i treba da se uradi. Očajni, kratkovidi, prestrašeni mali miš u dobro zatvorenoj društvenoj mišolovci, eto šta ste vi! — Revolt, razočaranje, žalost, sve se to mešalo u Bajkiću u osećanje neopisivog gađenja. I ne znajući šta bi teže rekao Andreji, on prošišta: — Savršeni ste hrišćanin, savršeni! Verujem da još i uživate u sopstvenom prljanju, u sopstvenom poniženju. Ali sve će vam to biti nadoknađeno... na onom svetu!

— Dobro, a šta bi ti radio da si na mome mestu? — upita sasvim mirno Andreja.

— Ja...

Na stepenicama se začuše glasovi i koraci. Andreja žurno i smeteno upali lampu. Ti koraci oslobađali su Bajkića obaveze da ma šta odgovori. Staklenim hodnikom prođe prvo doktor Raspopović. On se, onako visok, osmehnu Andreji kroz staklo. Za njim je išao Šunjević. Bajkić zgrabi Andreju za ruku. Iako ga odmah poznade, on presečena daha upita:

— Ko je ovaj čovek? Šta će on ovde?

— To?... Pa to nam je u stvari još jedan direktor, Šunjević, prijatelj Raspopovićev.

— I prijatelj „Štampe"!

— Ti ga poznaješ?

— Nešto malo, nešto malo!

Pa da ne bi morao govoriti — zar je i mogao govoriti štogod Andreji? svaki je nosio svog privatnog jastreba ispod građanskog sakokaputa! — Bajkić dokopa svoj šešir i krete izlazu. Ali se na samim vratima sudari sa Petrovićem. Mršavi kriminalista, uprkos letu, bio je promukao. Možda je, da bi očvrsnuo prema gripu, još uvek pio „srpski čaj".

— E, zar peške? — uzviknu podižući obrve.

— Kako peške?

— Pa to, gde vam je automobil, nigde ga ne vidim?

— Kakav automobil?

Petrović se uozbilji — a videlo mu se po očima da mu je ceo razgovor vrlo zabavan i smešan.

— Počinjem da vas cenim, kolega! Diskrecija je danas najređa stvar na svetu.

— Ja bih voleo da najzad objasnite vaš vic! — prekide ga Bajkić, sav crven.

— Ah, oprostite, automobil je bila samo pretpostavka!... Imate pravo, prodavati već danas obveznice ratne štete po dve stotine dinara — lep skok, zar ne? — kada se može za koju nedelju očekivati da dođe do trista, možda i do četiri stotine... — I sasvim poverljivo: — Jer ja se nadam da niste bili toliko naivni da se ne koristite i sami onim što ste napravili za druge — ne računam običan honorar... U tim poslovima, đavolska je to stvar, čovek mora da ima nosić, nosić... i nerve, jake nerve! Oh, pardon, ne mislim da vas vređam... do viđenja, kolega!

Pre nego što je Bajkić uspeo da digne ruku, Petrović se stvori iza vrata. Trenutak samo Bajkić se lomio da li da pojuri za njim ili ne. A onda je slegao ramenima i pošao dalje. Što dalje od ove kuće! Što dalje i što pre! Da ide da se žali direktoru, čiji je prijatelj — a možda i više — jedan Dragutin-Karlo Šunjević? Ne! Šunjević i zaštita seljaka! Šunjević i protest protiv pljačke! Šunjević i lična čast! Da mu Šunjević i sa njim taj doktor Raspopović spiraju ljagu s lica! Sve je imalo svojih granica, pa i apsurd. Ili da ide onoj mešini, Majstoroviću, čiji sin... čiji je sin trebalo samo da se rodi i napuni dvadeset prvu godinu, pa da postane vlasnik jednog lista! Bajkiću nije trebala njihova pomoć.

Bio je već u vestibilu, kada se sukobi sa Burmazom. Svež, namirisan, tek izašao iz berberskih ruku i toplih kompresa, Burmaz je sav sijao.

— Već! Kakvo iznenađenje... Ta mogli ste ostati na putu još koji dan.

— Vi ste gad, pustite me da prođem.

Ono gađenje od maločas osećao je Bajkić sada fizički: učini mu se da bi mu bilo lakše kada bi povratio.

— Skloni mi se!

Burmaz namah prestade sa uvijanjem. Osmehnu se pakosno.

— Pa onda? — upita sasvim polako.

— To ćete videti! Sklonite se.

On učini pokret da ga odgurne, ali se Burmaz sam skloni. I, sklanjajući se, dobaci za Bajkićem:

— Ne zaboravite samo na gospođicu Majstorović! Ah, da... i na kartu!

Zadovoljan ovim poslednjim udarcem, Burmaz se okrete na peti i zviždeći poče da se penje stepenicama. Bajkićeva pretnja ga nije nimalo brinula. U najgorem slučaju malo prašine... sasvim malo — koja se može vrlo lako rasterati jednom prostom izjavom da je dotični mali pakosnik najuren zbog nekih neprijatnih stvari iz „Štampe" i da se sada sveti. Ah, ne... Burmaz nije bio zao čovek. Ovo sredstvo on nije hteo odmah da upotrebi. Ne. Uostalom, možda do njega neće ni morati doći... ta razmisliće dečko, kada bude imao da bira između Aleksandre i... jedne male neprilike.

Sve je to za Burmaza bila samo jedna mala neprilika. Ništa važnija... ne, daleko manje važna nego neprilika Mileta Majstorovića sa Stankom. I ta stvar! Bilo je krajnje vreme da se završi.

Kod kuće Bajkić zateče Aleksandrin telegram: javljala mu je za svoj dolazak; i zvala ga da izađe koju stanicu pred nju. Seti se Burmaza, njegovih reči. Birati... Ali zašto birati uopšte između istine i Aleksandre? Zar se ne može otvoreno, časno? Reći sve? On nije sumnjao u Aleksandru. Lomio se samo čas. Ali od odluke ne oseti nikakvo olakšanje.

Iako je bio premoren, nije mogao da spava, da se odmori. Stotinu glasova i zvukova odjekivalo je u njemu bez prestanka; stotinu reči i rečenica koje beše nekada izgovorio, ili želeo da izgovori. Jedva dočeka veče da bi pobegao od sebe sama.

Negde posle ponoći Bajkić stiže u Rumu. Sve je bilo zatvoreno. Varoš daleko. Iz mraka, uz ćarlijanje vetra sa nevidljivih ravnica, dopirao je gorki miris sagorele trave; i lenjo lajanje seoskih pasa. Nigde jedne osvetljene kuće. Dve-tri zvezde na crnom nebu; i dve-tri signalne svetiljke, zelene i crvene, po skretnicama. Jedina svetla tačka na celoj staničnoj zgradi bila su staklena vrata na telegrafskoj sobi. Dežurni činovnik, nagnut nad aparate, pažljivo je slušao otkucaje, propuštajući kroz prste dugu telegrafsku pantljiku. Više njega, gasna lampa, pod zaklonom od zelene hartije, širila je blagu i mirnu žućkastu svetlost. Časovnik na zidu otkucavao je sekunde sa dostojanstvom svoje masivne šetalice. Električne baterije u crnim drvenim sanducima pod stolom puštale su razdražljiv miris kiseline. U sobi

se osećala misterija prostranstva, noći, šina izgubljenih u mraku, se-
mafora, usamljenih mostova nad nevidljivim rekama. Bajkić kucnu i
uđe. On se predstavi činovniku, reče mu da ekspresom prolazi neka
čuvena ličnost, koju mora da uhvati za intervju.

— Pseći život, morate priznati! Da li biste zapalili? Ta to je
dvorska... Poslužite se samo, izvolite! — I već je sedeo na kožnom
divanu i otimao se dremežu, koji je sada uporno, protkan suhim
škljocanjem aparata, navaljivao na njega.

Činovnik pogleda na sat.

— Do šest i dvadeset ste potpuno slobodni. Samo se odmorite.
Ja ću vas već probuditi na vreme.

Bajkić, kao da je samo čekao na tu dozvolu, namah zaspa.

Probudio se sam i pre vremena, od jutarnje hladnoće. Činovnik
je još uvek sedeo za stolom, kucao i razgledao traku. Bio je mnogo
bleđi nego sinoć. On se umorno osmehnu Bajkiću.

— Eto, odmorili ste se bar nešto. Sada treba da pređete u bife, već
je otvoren, da popijete štogod toplo.

— Hvala na gostoprimstvu. I oprostite.

Napolju je svitalo. Mutno, plavo prostranstvo. Na obzorju rujave
i čađave magle. On prođe kroz ogradu od potkresanog zelenila i
okvasi ruku: sve šiblje, žice, ograde od gvožđa, tračnice i prašnjavi
ladolež, sve je bilo natopljeno rosom. Bajkiću je i samo srce drhtalo.
Od tog rosnog jutra; od zime, od očekivanja. Hladnoća koju je
osećao bila je pre zebnja nego zima. U bifeu treće klase skretničari
i kočničari, u dugim jagnjećim bundama, vraćajući se sa posla ili
hitajući njemu, pili su na brzu ruku svoju jutarnju rakiju. Napolju
su odjekivala signalna zvona. Bajkić jedva popi crnu kafu i odmah se
vrati na peron. Preko ravnih polja, iz isparenja i dima noći, dizala se
crvena sunčana kugla. Bajkić je postajao sve uznemireniji. Niz prugu,
grupa radnika gurala je dresinu natovarenu alatkama; jedan mršav
čovek u plavoj bluzi išao je kraj kompozicije teretnih vagona i udarao,

uvek na isti način, čekićem po točkovima; u tihom jutru, točkovi su nekako prazno i resko odzvanjali; prazna seoska kola, uz škripu točkova, gubila su se u kukuruzima: sve je to bilo puno melanholije, ali i dubokog životnog smisla. Međutim, sve što je oko njega bilo mir i spokojstvo, sve što je pokazivalo smišljenošću svojih pokreta jedan tvrd red, jedan krut zakon reda — pretvaralo se u Bajkiću u nemir i nespokojstvo. On sam nije u sebi osećao nikakvog zakona — bio je pust i prazan, pun odjeka prošlih stvari, kao napuštena crkva — jedini zakon bila je njegova pobunjena savest, mala, nesigurna svetlost u sredini razbesnelih sila sveta. I tu svetlost morao je da štiti sa dva gola dlana. Oseti kako ga obuzima strah. Svuda je sretao samo svoju nemoć. Sve stvari, svi ljudi odbijali su kao ogledala sliku njegove sopstvene nemoći.

— Kako je to dobro što ste izašli!

Aleksandra je stajala pred njim, ispruženih ruku, kose razbarušene vetrom, dečački vitka u plavom kostimu. Bajkić je uzalud pokušavao da progovori ijednu reč. Ruke su ga čekale — on ih uze, smeteno se osmehnu — pre nego što je došao sasvim sebi, po licu ga pomilova njen dah — jedno obećanje poljupca — trebalo je da digne glavu — on je žurno spusti i poče joj ljubiti ruke. Voz je već kretao.

Odjednom, nije više znao šta će. Stajao je, svetlih očiju, svestan svoga poraza, u uskom i praznom hodniku, kroz otvoren prozor ulazio je vetar i ljut dim iz lokomotive, disao je nejednako... i još ju je uvek držao za ruke.

— Kako je to dobro što ste izašli! — ponovi Aleksandra.

Njen pogled ga obavi takvom nežnošću da ga Bajkić oseti kao milovanje.

Trebalo je reći nešto. Šta bilo. Otrgnuti se makar načas.

— Vi niste doručkovali?

Ona jedva dočeka da idu i rade ma šta beznačajno, samo da ne stoje više tako zbunjeni, u tom uzanom hodniku, tako sami. Aleksandra pođe napred; on je uze za mišicu da bi joj pomogao da ide sigurnije po hodnicima, da bi lakše prolazila kroz prolaze iz vagona u vagon. Zbog krivina svaki čas su bili bacani jedno na drugo, i on ju je sve češće stezao uza se. Prisnost njegove ruke na njenoj mišici počinjala je da je boli, ali je ona sada i bol osećala kao tiho strujanje zadovoljstva.

Vagon-restoran je bio pun svetlosti; i svežeg cveća po stolovima. Reklamne slike — sa palmama i plavim morima ili švajcarskim palasima među glečerima — govorile su o daljinama, o lakom životu, o rasipanju novaca i prolaznim ljubavima. Aleksandra i Bajkić zauzeše stočić za dvoje. Čim sedoše, Aleksandra smejući se otkide jedan karanfil iz vaze i zakiti Bajkića.

— Ja neki put sa uživanjem umem da budem sentimentalna.

— Ja sam to često... bez uživanja.

Bio je nezadovoljan sobom. Preko njegovog pogleda pređe senka. On odvrati pogled od nje. Aleksandra i sama poče gledati kroz prozor. Nekoliko časaka posmatrala je u debelom staklu sliku njihovih lica, ispod kojih su oticala nepregledna kukuruzna polja. Odjednom, u strašnom lomu zahuktalih točkova, voz prođe kraj jedne stražare: u stavu mirno, stražar je pozdravljao voz svojim crvenim barjačetom; kapci na stražari bili su zatvoreni; uzan vrt, ograđen jasnozelenom ogradom, plamteo je pod ranim suncem crvenim i žutm georginama. Vrt sinu i ugasi se. Ponovo su kraj prozora promicali telegrafski stubovi; i krpe sivog dima.

— Jeste li videli? — Aleksandra vrhovima prstiju (bili su hladni) dotače Bajkićevu ruku.

Bajkić se trže. Odjednom oseti da je doživeo nešto nečuveno, nešto što se doživljava samo jednom; da je u času koji je prošao, iako tužan, bio najdublje dokle jedan čovek može da dospe u apsolutnom osećanju sreće. A tako malo: vrt, čovek sa barjakom, na kapcima otvori u obliku srca, mlado sunce, on, Aleksandra, visoko nebo, neizrečene reči.

Aleksandra se prva snađe. Poče stavljati šećer u šolje, sipati čaj i mleko.

— Da sam ovo doživeo pre mesec dana... sada bih žalio što ovakvi trenuci ne mogu da traju večno.

— Sada ne žalite?

— Ne. Šta bih sa tom večnošću? I sama želja bila bi strašno glupa... ako bi život ostao isti.

— Ili bi život postao beskrajno glup, ako bi želja mogla da se ispuni. Možda je sva vrednost života baš u tome što čovek ne može da mu zaustavi tok. — I posle malog razmišljanja: — I možda je tako najbolje.

— Možda. — Bajkića obuze gorčina. — Samo, ne ljutite se, Alek, za vas je to tako najbolje, jer bi vam inače bilo dosadno, zar ne? — Počinjao je da se oslobađa! — A ima ljudi kojima je to najbolje samo zato što bi inače mučenje trajalo i suviše dugo. Zamislite ljude koji bi gladovali u večnost! Ovako, boli, ali vreme prolazi... i čovek sa njim. Gluposti! Uprkos svega, ponašam se kao dete. Oprostite!

— Zašto: uprkos svega?

— To je dugačka priča.

Trebalo je samo početi. Nije mogao. Tek prekinute veze ponovo su sraśćivale.

Aeksandra tek u tom času primeti koliko je Bajkić oslabio: jagodice su se sada oštro isticale, oči bile okružene dubokim kolutovima, nos preterano beo, prozračne kože.

— Mogo pušite — reče ona ozbiljno.

On se osmehnu.

— I promenili ste se za ovo nekoliko meseci otkako se nismo videli.

On se ponovo osmehnu.

— Imao sam strašnih iskustava — reče polako. — Iskustava od kojih se stari. Iskustvo da sve te rodne njive ne rađaju uvek za one što ih rade, iskustvo da se iza lepih reči kriju teški zločini, iskustvo...

Bajkić odjednom oseti da to što on govori liči na reči, na obične velike reči bez sadržine, da ih Aleksandra čuje i sluša samo kao velike reči. On to oseti, ni sam ne znajući kako, po zbunjenom osmejku na njenom licu, po njenim prstima koji su igrali krajem zastirača, po celom njenom stavu; i zaćuta. Nadao se da će ona zapitati nešto, tražiti ma kakvog objašnjenja. Ali njoj kao da laknu.

— Ja ne znam... meni se čini da vi sve stvari... da ste suviše osetljivi. Svet treba uzeti onakav kakav je.

— Jedan čovek ga ionako ne može popraviti...

Aeksandra sva planu. Poslednja trunčica radosti zbog susreta iščeze. Oseti se nesigurnom. Bajkić joj je bio suparnik — jedna nepoznata i neprijateljska sila krila se iza njegovih reči. Ona obori glavu.

— Htela sam samo da vas utešim.

— Znam. — Jedva je izgovorio tu reč. Ona je možda znala sve, ili bar ono glavno, a glavno je morala znati... pa ipak, ona to prima, primaće to celog života. Putovaće u Pariz, studirati (za koga?), kupovati slike (za koga?), živeti u snovima (za koga?), ostati celog života na drugoj obali (zbog koga?) — a mogla bi mu biti drug, oteti ga od njega samog, raditi nešto korisno... i uživati u radu — svaki koristan rad donosi sobom uživanje. Samo još jednom u svome životu — kada je iz napuštene prazne kuće spasavao svoju loptu — osećao se ovako kao sada potpuno uzbuđen, ovako ceo angažovan.

— Alek, slušajte... hteo sam da vas pitam, sećate li se onog našeg razgovora pre vašeg odlaska?

— Ne... da! Sećam se.

— Sasvim, sasvim dobro?

Kraj prozora se i dalje okretala ravnica pokrivena pravilnim redovima kukuruza. Dva-tri zvonika blesnuše svojim krstovima i odmah utonuše u daljinu. Sasvim na horizontu već se nazirala beličasta linija Save; i prvi obrisi srbijanskih planina.

— Sećate li se? — uporno je navaljivao Bajkić.

— Da.

— Vi ostajete još uvek pri onom? Vi ćete raditi? Stvarno raditi?

Stvarno? Aleksandra je stvarno učila, stvarno polagala ispite. Ni za čas nije mogla sumnjati u stvarnost toga posla. Ali stvarno raditi... svakako: ona će raditi... jednoga dana. Samo šta i kako, to... nikad na to nije mislila nekako naročito, taj rad je ostajao u daljini, neodređen, kao svetao oblik: menjao je oblik, boju, ukoliko mu se čovek približavao, utoliko je on odmicao — šimera je mogla postati stvarnost — zašto da ne? — ali je čovek, pretvarajući je u stvarnost, ovako odjednom gubio... — Aleksandra nije znala tačno šta — kao deo sebe, kao neki smisao — život je odjednom dobijao određene oblike, dobijao granice, gubio svu svoju poeziju. Zašto ju je primoravao da misli na sve to? Zašto ju je terao da misli na određene, svakodnevne, bez misterije stvari?

— Oh, da, stvarno... pa kako bi se drukčije i moglo raditi nego stvarno?

— Čak i onda ako vam vaši ne budu dozvolili? Ako vam otac bude zabranio?

Ako joj... Ali... ta, ona bi radila, samo... kako on to misli? Ima stvari dozvoljenih i nedozvoljenih. Nije bila sasvim sigurna:

— Zašto da mi ne dozvole? Pošteno raditi...

— Ne, Alek, niste me razumeli; nije reč o poštenom ili nepoštenom radu nego o radu uopšte. Rad preko izvesne granice bogatstva dozvoljava se samo kao zabava, a ja govorim o pravom radu, od koga se živi...

to je zakon sobodnog tržišta... špekulacija, koja je poneki put samo i suviše razvijen stepen lične inicijative, osnovni je dokaz da sloboda postoji, a sloboda je ipak kamen-temeljac... to morate priznati. Dakle, sve u svemu, ni đavo nije tako crn kao što ga slikaju... ali vi ipak pokušajte preko nekog poslanika. I špekulacija mora ostati u granicama pristojnosti. Vidite, pristojnost, to je glavna odlika prave demokratije.

Jedina stvar koju ovaj ljubazni čovek nije spomenuo Bajkiću bila je: da su njegov list i „Štampa" od pre mesec dana u „ugovornom stanju", kojim je regulisano pitanje procenta preprodavcima; da je, dakle, između listova ukinuta konkurencija. Ali ljudi retko govore sve; uvek se nekako desi da zaborave glavno.

— U sobi te čeka jedan gospodin, nisam razumela dobro ko je — Jasna je bila malo uplašena — ne znam šta hoće. Tu je već čitav čas.

Bajkić sav uzdrhta. Možda... možda će mu ipak neko pomoći! Baci šešir u kut, popravi rukama kosu, udahnu punim grudima vazduh...

Čovek je gledao kroz prozor; u ruci je još uvek držao svoj šešir. Kada ču vrata, on se lagano okrete: pred Bajkićem je stajao dr Raspopović.

— Divan izgled imate odavde. Pravo uživanje! Nadam se da nisam vašu gospođu majku uznemirio?

— Mislim da niste.

— Dozvoljavate mi, naravno, da sednem? Da... Čudno je to kako je svet mali! Sa vašim sam pokojnim ocem učio gimnaziju, tako nekako.

— To ste mi već jednom rekli.

Bajkić to izgovori najednom, grubo; i odmah se ujede za usnu.

— Rekao? Tako? Zanimljivo... — Gledao je nepomično svojim staklenim očima u Bajkića. — Zanimljivo. Samo, ja se radi toga ne bih ni peo čak na ovaj vaš čardak. — On se još jednom prekide. — Zašto stojite? Zašto i vi ne sednete? Mislim, ugodnije ćemo razgovarati.

Bajkić se ne pomače.

— Uostalom, po volji! Naravno... — dr Raspopović pogleda prema vratima.

— Naravno, naravno, niko vas neće čuti... moja mati nema običaj da prisluškuje iza vrata!

— Pardon, na gospođu nisam mislio.

Raspopoviću je, izgleda, godilo da draži Bajkića. Bajkić je postajao sve nervozniji.

— Vi ste...

— Da, ja sam želeo... neću ići zaobilaznim putem, vi ćete mi dozvoliti da budem potpuno otvoren, makar to bilo i malo grubo; biće bolje i za mene i za vas. Dakle, pre svega, cela predigra mene se ne tiče: ni šta ste vi ili vaša porodica imali sa Despotovićem, ni šta ste vi imali sa Burmazom — iako je, među nama budi rečeno, taj Burmaz vrlo nepošten i opasan čovek — ništa se to mene ne tiče. To su vaše stvari. Ali, mene su od jutros sa nekoliko strana prijatelji izvestili da ste počeli sa nekom... tako, nekom vrstom kampanje. Vama je, valjda, i dosada već bilo jasno da ništa ne možete nauditi ni „Štampi" ni g. Despotoviću... to čime želite da nam naudite nije nikakvo otkriće, to ceo pametan svet zna već nedelju dana! Pa onda? Znaju se i gore stvari! Čovek mora poneki put filozofski da misli — Raspopović se zvrcnu prstom po čelu. — Sem toga, to su vrlo teške optužbe, za njih se ide u zatvor... ako čovek nema opipljivih dokaza. Ni naši najveći neprijatelji — u ovom slučaju poslanici Zemaljske stranke — ne mogu vam pomoći bogzna koliko. Da podnose interpelacije? Pa već su podnete! Da govore o orobljenom narodu? Da pišu o skandalu? Sve su to i suviše opšte fraze! Šest godina postavljaju svi protivnici matorom Soldatoviću pitanje: šta je bilo sa nekom državnom kasom koja je nestala pri povlačenju kroz Albaniju? —

Sve te činjenice samo su posledice izvesnog stanja, izvesnog ustrojstva, a ne uzroci. To treba da shvatite. A kada budete to shvatili, onda će vam biti jasno da jedan prost vatrogasac sa svojim crevom u rukama može da bude jači od stotinu pobunjenih savesti.

Bajkić oseti odjednom kako ga obuzima slabost. Trebalo mu je oslonca, makar kakvog — Jasna to više nije mogla biti — da bi odoleo silama sveta, da bi pokidao veze kojima je bio vezan spolja, da bi počupao korov koji ga je gušio iznutra. Negde je moralo biti poštenih ljudi. Ljudi koji osećaju kao i on. Ljudi koji odbijaju da se uopšte uzdignu u takvom društvu, koji odbijaju i same osnove takvog društva. Nisu više bili u pitanju broj škola, broj novih bolnica, broj kilometara novih puteva — u pitanju su bili sami principi na kojima su dizane te škole i bolnice, građeni ti putevi, čemu su imali da posluže. On još nije znao ništa tačno, ali je naslućivao da mora biti ljudi u kojima tinjaju, nasuprot sili novca i korupcije, sile pobune. Uspavane sile vekovnog otpora potlačenih. Sile koje su jednoga dana planule u jednom seljačkom ustanku crvenom svetlošću zapaljenih turskih hanova. Sile prignječene, spetljane i vezane, sile zavarane, sile zagušene lažima, opsenom, drugim silama — kao što je i on sam bio spetljan i vezan svojom društvenom zavisnošću, svojim vaspitanjem, svojim navikama, snovima, celim svojim dotadanjim životom. Osećao se kao zarobljenik... nije znao kojim bi putem iz sebe.

Markovac je pažljivo posmatrao Bajkićevo lice. Bilo mu je potpuno jasno šta se u Bajkiću događa.

— Šta ćete sada?

Bajkić se trže. Brada mu zaigra. Trudio se da se osmehne.

— Ne znam! Ne znam ništa, Markovac. Jedino što znam, to je da više ne mogu natrag u „Štampu".

— Biste li išli nekuda kao činovnik? U neko ministarstvo?

— Ne znam... možda.

— Jer to što ste iskusili tek je jedan mali deo iskustva koje vam je potrebno da biste sve razumeli, da biste se potpuno oslobodili. I trebalo bi da završite studije. Vama treba konkretnog znanja, pravog znanja. Da saznate istoriju, da naučite ekonomiju, da upoznate osnove biologije, da biste shvatili kretanje sveta u njegovom punom obimu. Tada se možete vratiti novinarstvu, nisu svi listovi kao „Štampa" — tada će sve ovo što vas danas baca u očajanje biti samo podstrek da izdržite na svom putu. Osetićete zadovoljstvo od života, od rada. Treba da vam je jasno da je put poštenog čoveka put borbe, uvek. Za borbu se mora spremiti. A vi ste već pošli tim putem. — I kao da odgovara na Bajkićeve misli: — Samo jedno veliko i aktivno drugarstvo, Bajkiću, može da izdigne čoveka iznad njegove društvene zavisnosti, da ga pomogne u njegovoj borbi za dostojanstvo ljudsko. Sam za sebe čovek ne znači ništa, ne može da znači ništa.

— Vi ćete mi biti taj prvi drug?

— Pa ja već jesam vaš drug, Bajkiću! Od početka.

Prošavši pored „Štampe", Bajkić se odjednom reši da uđe. Da vrati železničku kartu. Da uzme svoje stvari (rukopis o ocu stajao mu je, od onog dana kako ga je čitao Aleksandri, u stolu). Da se oprosti od drugova. Da, najzad, prekine i poslednju vezu koja ga drži za „Štampu". Bio je miran. Upravo premoren. Jedno gluho stanje posle velikih uzbuđenja. Stanje blisko padanju u san posle injekcije morfijuma; skoro sreća. Veče je bilo tiho, mirisao je tek poliven asfalt. Sve je bilo kao i obično: upaljena crvena firma „Štampe" palila se i gasila, saobraćajac na raskršću davao pravac, ravnomerni tok korza ispunjavao celu ulicu, plavkasta maglica i miris izgorelog benzina lebdeli između kuća... Jedino je zgrada „Štampe" izgledala pusta. Negde su morali raditi ljudi, zvoniti telefoni, jer su prozori bili osvetljeni; ali čovek nije morao da bude novinar pa da oseti da list jedva diše. Ne postoji mera kojom bi se merile promene u ljudima; tek odnosi prema stvarima ili drugim ljudima mogu posredno da pokažu koliko se ko promenio. Još pre desetak dana, prolazeći kroz ovaj isti vestibil, Bajkića je žacnula tišina. Nekada, vestibil je bio ispunjen dobrim mirisom ugrejane rotative, mašinskog ulja i čelika, štamparske boje i rotacione hartije, miris koji draži na rad, miris jednog zanata, specijalan i naročit, kao što je naročit miris slikarskog ateljea ili stolarske radionice. A sada, jer rotativa radi svega neki sat, isparenja rada bila su zamenjena isparenjima podruma, buđe i uskisle hartije. Ali sada Bajkića sve to ostavi hladnim: duhovno više nije pripadao „Štampi". On čak sa zadovoljstvom primeti rasulo koje je vladalo po ostalim odeljenjima: u stenografskoj sobi tri saradnika su igrala sansa; u arhivi nije bilo nikog, i meter je sam čeprkao po groznom neredu tražeći potrebna klišeta. Mnogi stolovi nisu bili raspremljeni ko zna koliko vremena, i po njima su se dizala čitava brda hartije, pikavaca, praznih čaša i ostataka jela. U velikoj sali radilo je svega nekoliko ljudi. Za stolom koji je do pre nekoliko dana bio Bajkićev, sedeo je sada Jojkić. Videći Bajkića, on se zbuni.

— Neću ti smetati. Samo da pokupim svoje stvari.

Jojkić se još više zbuni.

— Nema nikakvih tvojih stvari. Što sam zatekao ispražnjen. Uostalom, vidi.

Bajkić otvori samo jednu fioku (onu u kojoj mu je stajao Jasnin rukopis); bila je prazna, obijene brave. On okrete sada nepotreban ključ u ruci, htede da ga vrati u džep, ali se onda predomisli i hitnu ga u praznu fioku.

— Dakle, silom?

— Ja nisam bio tu, veruj mi.

— Pa i da si bio! Je li Burmaz tu?

Bajkić se i sam čudio svom miru.

— Ne.

— Raspopović?

— Ne.

— Pa ko ovde zapoveda?

— Ja trenutno zastupam gospodina urednika.

— Zar uopšte imate urednika? A ja sam, vidiš, mislio da vi... onako. I zar vas još nisu prodali? — Bajkić se odjednom uozbilji. — Ali, šta se ovo kog đavola događa? Gde je Andreja? Da nisu otpustili i njega?

— Ne, Andreja... — Jojkić je izbegavao da sretne Bajkićev pogled. — Andreji se dogodila velika neprilika u porodici. Ja o tome, uostalom, ne bih smeo da govorim.

Predosećanje nečeg gadnog ispuni Bajkića.

— U interesu Andrejinom... ili u interesu „Štampe"? Ili u interesu gospodina — kako bih kazao? — vlasnika? Ti vidiš, i mi znamo nešto.

Jojkić ne odgovori. Bajkićevo prisustvo postajalo mu je sve neprijatnije. Bajkić sede na ivicu stola.

— Ti bi sada voleo da budeš vrlo zvaničan sa mnom, jer misliš da je to u tvome interesu, a ipak te je sramota, priznaj! A bliži si meni, iako poneki put lumpuješ sa gospodinom vlasnikom... mislim sa gospodinom Miletom.

Jojkić podiže, sav crven, pogled na Bajkića.

— Ne. I suviše rđavo misliš o meni. Ali, ima stvari o kojima nije lepo govoriti — kada ih čovek nije doznao na najkorektniji način. — On poćuta. — Andrejina kći je nestala; jutros su je pustili iz Uprave grada, a kući se nije vratila; jedan dečko doneo je još pre podne Andreji pismo od nje...

— Čekaj, kakva Uprava grada? — Bajkić beše skočio.

— Gadno je, suviše je gadno! Ne pitaj me, molim te, čućeš ionako.

— Zašto Uprava grada, ne zavijaj?

— Ti nećeš reći da si doznao od mene?

— Budalo! Kome hoćeš da govoriš? Gospodinu uredniku? Ili gospodinu direktoru?

— Ja sam to čuo slučajno — uneo sam rukopise uredniku, vrata od direktorske sobe bila su otvorena, i tako... Raspopović je bio van sebe, vikao je na Burmaza kao na magarca.

— Opet Burmazovi prsti?

— Kako sam čuo, da...

— Ali ti znaš i drugo, znaš sve od početka?

— Pa to znaju svi. Andreja se ne trezni već nekoliko dana; svi smo znali da treba da dobije pedeset hiljada; ja mislim da je toliko tražila Andrejina žena, a oni nudili samo petnaest, šta li, da ne bi išli na sud.

Samo veliko drugarstvo... Bajkića poče da muči misao da je, možda, mogao sa malo pažnje sačuvati Andreju od tog poslednjeg poniženja. Andreja je bio izgubljen, Bajkiću je to bilo jasno, ali ga nije trebalo grditi; niti ostavljati onako samome sebi. On promrmlja:

— I je li... jesu li dobili?

— Ne. Mile je, izgleda, dobio od oca novac s tim da ga preda Andrejinoj ženi, a on svratio usput negde, zakockao se i do zore izgubio sve. Celo jutro posle toga proveo je zaključan sa Burmazom; mislim da je tu u direktorskoj sobi i odspavao malo... vidiš, ja ne znam, celo ovo vreme muči me sumnja: da li su oni hteli da dođe do stvarnog hapšenja, ili su hteli samo da je kompromituju, toliko da ne može na sud, da bi Mile mogao da kaže kako on nije bio jedini koji je imao sa njom veze. Čuo sam kako se Burmaz brani da nije znao da će baš toga večera sanitetska policija vršiti pretrese hotela, ali ja ne verujem da nije znao. Petrović mu je to mogao saopštiti; i Petrovića, uostalom, nema već dva dana.

Bajkiću je polako postajalo jasno: zakazan sastanak, hotelska soba, nailazak policije, legitimisanje, ah, ptičice! plač, hod kroz mrak, noć u opštoj sobi, sutradan ponižavajući i strašni pregled u ambulanti, grube reči, pretnja progonstvom u rodno mesto i ime zauvek zapisano u policijske knjige — prostitucija. No, ptičice, a sada pamet u glavu! I tu nisu mogle pomoći ni suze, ni očajanje, ni zakletve... Kako te nije sramota! Jesi li bila gladna? Ili si bila bez krova? I...

— Ta Mile je mogao samo da javi Burmazu, Burmaz je mogao da izdejstvuje da je ne zatvaraju!

— Pa u tome je stvar. Mile nije ni išao — to im nije ulazilo u plan — poslali su šofera, kao da kaže kako je Mile zadržan, ali kako će sad, odmah — tako ih i uhvatili. Trebalo se izvući: onemogućiti tužbu i ne platiti. Ili kasnije dati koju hiljadu — naravno, da ne zna stari Majstorović. Bar tako sam ja razumeo.

— A Andreja?

— Celo prepodne trči od kvarta do kvarta, od pristanišne policije do Uprave grada... još se nije javio.

Bajkić odbaci šešir, privuče jednu stolicu i sede. Poče čekati. Nekoliko minuta prođe u dubokom ćutanju.

— Ono za šofera... kada si doznao? — upita odjednom.

— Kako kada? Ah, ne! — Jojkić sav planu. — Misliš li, da sam znao pre, da bih ćutao!

— Pa, sudeći po tvome nećkanju...

— Biću iskren, Bajkiću. Ovamo ponovo dolazi Despotović, uzima ceo list on sam, svi ostali idu, digli su pare i idu, ide i Burmaz, i prosto, kako bih ti rekao?... pa eto, ćutim sada da bi me promene zatekle na ovom mestu. To je kukavički, znam. Ali ja sam u gorem položaju nego ti — ti ne znaš koliko nas je u kući sem mene; ja moram zarađivati, ja moram živeti; to što je moja porodica bila nekada bogata, što idem u društva, što su mi ljudi kao Mile nekada bili drugovi, to je sve samo otežavajuća okolnost. Čuvanje dekora! Održavanje ranga!

— Zašto to sada govoriš meni? — prekide ga Bajkić nervozno. Jojkić ga se ticao vrlo malo. Bar u tom času.

— Jer mi je stalo do tvoga mišljenja. Ti si, vidiš, imao hrabrosti koje ja nemam.

— O kakvoj hrabrosti govoriš?

Bajkiću bi smešno. Jojkić je tražio od njega ono što je on tražio od drugog: podrške. Ljudi se na ljude oslanjaju. Njemu senu u glavi: možda i Markovac! Svaki krije u sebi po jedno očajanje, i tek prema drugome može da bude čvrst i jak, tek varka čvrstine i jačine, ali dovoljno da održi ljude na površini. U stvari, svaki čovek je pre svega morao da nauči da nosi svoju samoću; tek preko te samoće moglo se ući u veliku solidarnost ljudi. Samo to što je ćuteći pružio ruku Jojkiću, dade samome Bajkiću više čvrstine.

Čekanje je Bajkiću padalo teško. On se okretao po redakciji kao u kavezu. Možda će Andreja stići na vreme, pronaći devojku, spasti je očajanja. Oko osam časova javi se odnekud telefonom Šop: bio je bez vesti i, kako je tvrdio, bolestan. Laku noć! Nervoza Bajkićeva beše prešla i na Jojkića. Zvonio je čas ovamo, čas onamo, svađao se sa ljudima. Odjednom se obojica behu uplašila i za Andreju. Ako u očajanju... Bajkić se diže: neko je prolazio hodnikom. U salu, međutim, uđe Petrović. Kriminalista je imao na sebi ispeglano odelo; i bio u jednom od svojih svečanih raspoloženja. Svečana raspoloženja su ga hvatala obično posle velikih bekrijanja: išao bi berberinu i kresao brkove, kupovao novu košulju i kragnu — jedini način da zameni prljavu — i to mu je davalo toliko dostojanstva da bi dva dana svima govorio vi, sa svima opštio vrlo ljubazno, ali uzdržano, svima se izvinjavao za ranije uvrede, i, naravno, u tim trenucima nije bio sposoban ni za šta, najmanje da drži pero. Posao koji je vršio gledao bi tada sa visine i s prezirom. Tek udvostručen broj „srpskih čajeva", uz kisele krastavce i paprike-mesečarke, vraćao bi mu kroz dan-dva energiju, volju za rad. Upravo taj naročiti režim slamao je u njemu otpor i gađenje prema radu, postajao bi ponovo pun rečitosti i žaoke, i život se nastavljao.

Jojkić pokuša da ga ispituje.

— Da idem u policiju? — uzviknu Petrović. — Za kakvu me vi nulu držite? Da njuškam za pregaženim psima? Ako vam je milo da znate, onda znajte: napuštam kriminal, napuštam novinarstvo! — On se spusti za svoj sto. — Vas sam, Bajkiću, uvredio. Oprostite. Vi imate ono što svi mi nemamo: hrabrosti!

Izgledalo je da je čistoća oklop, i da mu taj oklop smeta: sedeo je kruto, sa navučenim rukavicama, zagledan ispred sebe. Bio je neupotrebljiv.

U salu odjednom upade Šop.

— Slušajte. Andreja dole stoji i plače. Našao sam ga na pristaništu i jedva dovukao dovde. Ali sada neće da se popne.

— Znam — reče odjednom Petrović. — Samoubistvo.

Bajkić je već bio na vratima. On se okrete sav bled.

— Kakvo samoubistvo?

— Leš jedne nepoznate devojke izvukli su ribari kod Višnjice. Identitet leša još nije utvrđen — izdeklamova Petrović.

— Pa šta tu sedite kao mamlaz! — uzviknu razdraženo Bajkić.

— Mamlaz ste vi — odgovori mirno Petrović. — A ja, ako vam je drago znati, imam plan: napuštam kriminal, napuštam novinarstvo.

Jojkić je već vodio Andreju. Bez cvikera, poluslep, on se dotetura do svoga stola i odmah zari glavu u dlanove. Sva vrata su bila načičkana glavama. I svi su ćutali. Bajkić se prvi snađe. Neko mu je morao reći. Naže se nad Andreju, dotače mu rame (rame mršavo, deformisano radom).

— Andreja, smirite se, treba prvo proveriti; nemojte tako, ona se možda samo sklonila gde, otputovala.

Andreja diže glavu.

— Misliš, misliš? To se dešava, pobegnu jadnice, kud bilo, sklone se. — Njegovo izobličeno lice, njegove male, ranjave oči izražavale su za časak nadu. Bajkić nije mogao da podnese taj pogled, koji je preklinjao... Andreja ponovo klonu: — Ne, nije moguće, znam i sam! Ona nikad nije lagala. Ali ne mogu, ne mogu! Bio sam krenuo, ali ne mogu!

Govorio je to ne skidajući pogled sa Bajkića. Sav se tresao od plača, ali pogled nije skidao.

— Hoćete li mi obećati da ćete ostati ovde? Da nećete nikud ići.

Andreja skoči. Pesnicom je zaustavljao ridanje.

— Uzeću kola, biću ovde za jedan čas. — I, sileći se, Bajkić dodade: — Videćete, sve će biti dobro! Pustite me.

On se progura kroz gomilu i odjednom se nađe pred Raspopovićem. Raspopović se pravio da ne vidi Bajkića.

— Šta to znači, gospodo? Kakav je to nered? Zašto se ne radi?

U sali je vladala duboka tišina.

— No? — povisi Raspopović glas.

Očekivao je da se ljudi rasture, da što pre svaki ode na svoje mesto. Jedan telefon je uporno zvonio u drugoj sobi. Niko se nije micao.

— Vi ne čujete telefon, Jojkiću?

Ponovo dubok muk.

— Ah, tako! Ne čujete!

— Pardon, gospodine direktore — začu se miran Petrovićev glas — telefon, to čujemo svi, svi imamo uši, kao i gospodin direktor. Ali se niko od nas neće taći posla pre nego što se utvrdi ko je ona devojka koju su ribari izvukli kod Višnjice. A dotle, i vi ste slobodni. — Stajao je pred samim Raspopovićem, prav u svojoj novoj košulji, svetlih očiju. — Hajdete, Bajkiću.

Petrović je znao sve, poznavao sve. Neobičnom sigurnošću tražio je telefonske brojeve i onda po imenu ili nadimku oslovljavao dežurne činovnike, raspitivao se, tražio da mu na telefon dozovu ovoga ili onoga, ugovarao sastanke.

— Pa tek je devet, nepunih devet. Za sat si gotov. I tebi je bolje. Da. Pa prijava postoji. Pogledaj kod Nikole. Kako? Bićemo kod Pozorišta.

Svečano raspoloženje ga je držalo još uvek. Ali je ovog puta bilo ispunjeno jednim mračnim, pritajenim besom.

Napolju ih dočeka čista noć već umirene ulice. Na Pozorišnom trgu četiri kandelabra nosila su svojom svetlošću tešku masu bronzanog konja. Iz senke se pružala kneževa ruka i pokazivala uporno na nešto što je moralo postojati negde u dubini mraka. Kod malog skvera nađoše jedan otvoren automobil.

— Koliko vas ima?

— Dvojica.

— Jedan mora u koš.

Šofer podiže poklopac sa zadnjeg sedišta, i Bajkić se ćuteći uvuče. Tek kada kola kretoše, on poznade u čoveku koji je sedeo između šofera i Petrovića jednog od šefova istražne službe. Kola su jurila ne dajući skoro nikakav signal. Tako prominuše kraj crne mase Botaničke bašte, kraj nekoliko osvetljenih kafanica ispred kojih su Cigani svirali. Za nekoliko sekundi šum bi motora bio natkriljen pesmom i zvukom daira — pa bi opet tišinu noći ispunjavalo ujednačeno zujanje motora i meko zviždanje vazduha u karoseriji. Dve-tri fabrike, dugi zidovi štofare, napuštene ciglane, jedna krčma, i kola uleteše u puni mrak polja. Išla su sada pažljivo, ševrdala, krivila se. Svakog časa iz mraka bi sevnule po dve žute, fosforne tačke, ostajale časak nepomične i naglo se gasile: napuštene mačke, seoski psi. Na jednom raskršću farovi otkriše jednog žandarma. On se pope na stepenik, i kola nastaviše svoj mučni put. Naiđe jedna krčma, slabo osvetljena. Onda jedna ograda od trnja. Nekoliko prozora, žuto osvetljenih, ukazaše se s desne strane, razasuti po padini. Još jedan zaokret. Opet kafana. Za jednim stolom na tremu sedela je grupa seljaka. Kola stadoše. Šofer ugasi osvetljenje. Oni ljudi ustadoše, priđoše.

— Pokažite — naredi policajac.

U selu su lajali psi. Iako se još nije videla, voda se osećala. Vazduh je bio pun isparenja trulog obalskog bilja, vlažnog peska; i mirisa vrbe i ribe. Prvo su prošli kraj jednog plota, onda kroz neki voćnjak odjednom se našli pred crnim ogledalom Dunava. Ogromna ploča vode svetlucala je slabo, prepuna zvezda. Nastaviše da idu pored obale. Voda je negde lagano uvirala: gluk-gluk. Noge su upadale u sitan pesak. Najzad dođoše do jedne barake. Između starih vrba morale su biti razapete ribarske mreže, ležati izvučeni čamci: vazduh je sada oštro mirisao na smolu i vlažnu pređu. Otvoriše vrata, upališe sveću. Sve je bilo mirno, bez ijednog pokreta. Neko dotače Bajkića po ramenu. On kao automat pođe još korak.

Jedno ukočno telo ležalo je na vlažnoj zemlji, pokriveno ukrućenom ceradom. U prvi mah, dok je plamen sveće lelujao iza jedne grube seljačke šake, Bajkić vide ispod cerade samo dve tanke noge: jedna bosa, druga još uvek u maloj beloj cipeli. Sveća se spuštala. Jedna ruka odiže gornji deo platna, druga teškim i nevještim prstima ribara ukloni sa lica još vlažnu i slepljenu kosu. Svetlost je, svojim žutim i nesigurnim talasima, plavila za trenutak strašnu nepokretnost otvorenih usta. Onda se ruka sa svećom udalji, kraj cerade spusti. Bajkić se odjednom seti: bilo je to jednog vlažnog večera, muzika je u obližnjoj kafani svirala, na uglu je stajala jedna devojka... neki automobil je naišao i oblio celu njenu priliku rastopljenim srebrom svojih upaljenih farova. Srebro po rukama, srebro po kosi — devojka se osmehnula, on je uzeo za ruku... A sada blato po kosi, blato po rukama, uskoro trulež!

— Poznajete li utopljenicu?

To su govorili njemu. Neizreciva žalost ispunjavala ga je svega.

— Da, poznajem. To je Stanka... Stanka Drenovac.

Nebo je i dalje iskrilo i treperilo svojim zvezdama; zvezde su se i dalje kotrljale crnim ogledalom vode — sve je bilo kao i maločas: mirisi smole i ribe, lavež pasa, hod po vlažnom pesku, ali od svega toga Bajkić nije video ništa. S vremena na vreme vratio bi se malo u stvarnost, primetio da sedi u automobilu, da više Beograda nebo plamti crveno, da iz mirisa vode i skoro sečene vrbe ulaze u miris sumpora i gara, u suh vazduh tople varoši, u prašinu, pa bi ponovo video onu grubu seljačku ruku kako zaklanja sveću. Njegovo sećanje išlo je samo do te ruke sa svećom, sve uvek istim redom, od početka do onog časa kada je počela da se spušta, ali dalje nije smelo. Samo jednom iz mraka izađe i druga ruka, koja podiže kosu sa lica, i on vide, strašno jasno, zavaljenu glavu u svoj njenoj zagrobnoj strahoti. Ali kola su već stajala kod Pozorišta, i Bajkić, stupivši nogama na zemlju, sasvim se pribra.

Petrović i Bajkić pođoše ukorak, i taj ritmički hod, stvarajući vezu između njih dvojice, učini Bajkiću dobro. U dnu ulice, okružena tamnim zgradama, „Štampa" je sjala sa svim svojim osvetljenim prozorima. Bajkić stade.

— Jelte, Petroviću, da li ste vi Burmazu govorili o raciji?

— Jesam... uostalom, on je mene pitao, i ja sam mu kazao.

— Zar vam se to nije učinilo sumnjivo?

— Što? Ne. To je u redu. Više puta te racije prate novinari... onako izdaleka, uvek ima zanimljivih stvari.

— Vi ovoga puta niste pratili?

— Zašto? Ne. Ja sam dobio jedan svoj stari honorar, imao sam preča posla.

— Ni to vam nije bilo sumnjivo?

— U onom času ne. Ah, nitkov!

Petrović stade.

— Napuštam kriminal, napuštam novinarstvo! Ali večeras bar neće niko raditi! Makar se tukli.

Nastaviše da idu. „Štampa" se dizala ispred njih. Oslušnuše. Nije se čulo ništa.

— Rotativa ne radi.

Uđoše u vestibil. Sve je bilo osvetljeno, tiho, pusto.

— Ni linotipi ne rade — prošapta Bajkić.

Petrović zastade.

— Ne rade.

Nastaviše da se penju. U stenografskoj sobi ne nađoše nikog. U arhivskoj sobi nikog. Na stolovima su gorele lampe, sve je bilo na svome mestu, odsustvo ljudi padalo je kao rđav san. Petrović je skoro trčao. Vrata od velike sale bila su pritvorena. Petrović ih otvori nogom. Na jednoj strani sale stajalo je i sedelo dvadesetak ljudi, na drugoj, sam, zavaljen u stolicu, pušeći, dr Raspopović. Nijedan prozor nije bio otvoren — jedva se disalo od gustog duvanskog dima. Sve glave se okrenuše Petroviću i Bajkiću. Niko nije mogao da postavlja pitanje.

— Da — potvrdi Petrović.

Ču se malo cviljenje. Pa žamor. Oko mesta gde je sedeo Andreja stvori se mala zabuna.

— Da — povisi glas Petrović — da, gospodine direktore.

Raspopović polako ugasi cigaretu. Zatim se diže. Njegove plave riblje oči nisu odavale ništa.

— A sada, gospodo, dosta ove komedije.

— Da — urliknu Petrović, unoseći se Raspopoviću u lice. — Vi ne razumete ništa? Ili ste gluvi?

— Za pet minuta želim da svaki bude na svome mestu. — Raspopović ostade potpuno miran; igrao se svojim džepnim satom.

Nekoliko saradnika, oklevajući, odvoji se od grupe.

— Da se niko nije makao! — viknu promuklo Petrović.

— Vi ste, Petroviću, otpušteni.

— Ja sam otpustio samog sebe još pre jednog sata.

— Kao što će biti otpušten svaki onaj koji odmah ne ode na svoje mesto. — Raspopović vrati sat u džep. — Otpušten bez otpustnine! Vas, Petroviću, pozivam da odmah napustite zgradu lista. Kao i Bajkića.

— Ta nije valjda! Da gospodin direktor ne namerava slučajno da zove policiju?

— Ako se za pet minuta...

— Kod vas sve ide za pet minuta!

— Ja ću zvati policiju.

— Onda vam je broj telefona trista petnaest!

— Mislite li da je to što radite vrlo pametno?

— Ne znam. Ali je pravo.

— Pravo! Pravo za koga? — Raspopović najednom prsnu u smeh. — Pravo za sve one koji ostaju bez posla i bez otpustnine? Pa neka vam bude!

— Nitkove!

— Ali krivična odgovornost ostaje. I odšteta listu. A sada, laku noć, gospodo!

Raspopović se okrete i kruto pođe izlazu.

— Gospodine direktore! — glas je bio nesiguran.

Raspopović stade.

— Omogućite nam da radimo! — ponovi isti glas.

— Želi li još kogod da radi?

— Ja.

— Ja.

— I ja.

Glasovi su bili sve određeniji.

— Vrlo mi je žao, gospodine Petroviću. Vi vidite da sam primoran da se koristim vašim savetom. Trista petnaest, jesam li dobro zapamtio?

Raspopović htede da se vrati u salu, ali ga zaustaviše glasovi u hodniku. Neko se glasno smejao, ženski i muški glasovi, neko je u tom času mogao da se smeje. Sve do toga časa, Bajkić je nepomično stajao na vratima. Smeh ga ošinu kao bič. Okrete se. Imao je u tom času samo jednu misao: sprečiti da Andreja ne čuje smeh. Stubištem su se peli gospođa Marina, Koka i Burmaz, a ispred svih Mile Majstorović. Krv u Bajkiću učini samo jedan krug. Oseti kako mu se mrak navuče na oči.

— Vratite se! I prestanite sa smehom!

Mile iznenađeno zastade. Dame prestadoše sa smehom. Mile nije shvatao. Poče se još više smejati. Burmaz se provuče ispred dama.

— Šta ćete vi ovde?

— Natrag!

— Mais il est fou! — uzviknu Marina. — Zaštitite nas, zaboga!

Mile se još uvek cerio. Bez smisla. Sve je to trajalo samo nekoliko trenutaka. Pre nego što Burmaz stiže do njega, Bajkić izvuče revolver. Bio je toliko uzbuđen, sopstvena krv mu je šumela takvom jačinom u ušima da jedva ču pucanj. Bio je svestan samo jednoga: da onaj smeh mora da prestane...

Kada mu se mrak skinuo s očiju, bio je već savladan. Ležao je na podu, pritisnut nebrojenim rukama. Iz nosa i zuba tekla mu je krv. Osećao je njen slan ukus, osećao kako mu se celo lice pokriva krvlju, ali nije mogao da se obriše. Nečiji glas govorio je s druge strane sobe:

— Prenesite Burmaza ovamo. Neće biti ništa. Ogrebotina. Za tri dana biće na nogama. I pomozite gospođama.

Drugi glas upita:

— Gde je revolver?

Glas je bio Miletov. Bajkić stegnu zube: promašio!

Pokuša da se otme. Ali ga jedan udarac, i suviše jak, onesvesti. I ne ču kako Koka vrišti:

— Ali i Mile je krvav, i Mile je krvav!

BELEŠKA O PISCU I DELU

Branimir Ćosić, jedan od najznačajnijih pisaca međuratnog perioda, takođe novinar, rođen je 1903. godine u mačvanskom selu Štitar, kod Šapca, u učiteljskoj porodici.

Najranije detinjstvo provodi u homoljskom mestu Laznica, gde Branimirov otac Dragomir dobija mesto učitelja i upravitelja lazničkih škola.

Budući da mu otac rano umire od posledica ranjavanja na političkom zboru Srpske narodne seljačke sloge (stranke čiji je bio član, ali i osnivač njenog Glavnog odbora), kada je Branimir imao svega dve godine, brigu o detetu preuzima majka Darinka, i sama učiteljica. Zbog njenih čestih premeštaja, osnovnu školu Ćosić pohađa u Kraljevu, mestima u kosmajskom i negotinskom srezu, a završava u Beogradu gde se porodica definitivno smešta početkom Prvog svetskog rata.

Nakon što je maturirao 1922. godine, u Beogradu upisuje studije prava, a ubrzo zatim i književnost. Studirao je i opštu istoriju i sociologiju u Lozani, kao i književnost na Sorboni. Nijedne od ovih studija nije dovršio što zbog novinarskog angažmana kojem se svesrdno predavao, što zbog bolesti koja ga je neumorno sputavala.

Od ranog detinjstva Ćosić je, naime, bio veoma krhkog zdravlja. Obolevši rano od tuberkuloze, često je boravio po sanatorijumima u zemlji i inostranstvu.

Tokom jednog takvog lečenja u Dubrovniku angažovan je kao korektor i saradnik srpskog radikalskog lista „Narod". Po povratku u Beograd počinje da radi kao korektor kulturne rubrike „Pravde". Istu funkciju obavljaće u dnevniku „Novi list", a kao novinar radio je i za „Politiku".

Od posledica tuberkuloze preminuo je 1934. godine, u trideset prvoj godini života.

Njegova majka Darinka ličnu biblioteku svoga sina posle njegove smrti poklonila je Univerzitetskoj biblioteci Svetozar Marković u Beogradu. U njoj se nalazilo oko 1.300 knjiga iz domaće i strane književnosti.

Legat Branimira Ćosića danas se nalazi u Muzeju grada Beograda. Zaostavština je muzeju predata 1947. godine i sadrži 2.284 predmeta, uglavnom piščevih prepiski, rukopisa, dokumenata i fotografija.

Roman *Pokošeno polje* (1933) najznačajnije je delo Branimira Ćosića. Ovo je ujedno i njegovo poslednje napisano delo. Dovršeno je svega pet meseci pre piščeve smrti u sanatorijumu u kome se lečio od tuberkuloze. Roman pripada epohi urbanog, modernog realizma međuratne književnosti i protkan je naglašenom osećajnošću prema životu obespravljenih ljudi tokom i u periodu posle Velikog rata. Sastoji se iz dva dela — u prvom, koji je svojevrsna autobiografija, pisac kroz lik glavnog junaka priča o svom ratom uništenom detinjstvu i porodici, dok u drugom, takođe kroz svojevrsni autobiografski pristup, daje sliku društvenih odnosa i života onoga vremena sa snažnim kritičkim osvrtom na društvene nepravde i nemoralnost ondašnjih elita.

SADRŽAJ

SADRŽAJ

Branimir Ćosić
POKOŠENO POLJE

London, 2023

Izdavač
Globland Books
27 Old Gloucester Street
London, WC1N 3AX
United Kingdom
www.globlandbooks.com
info@globlandbooks.com

Naslovna fotografija
Theodor Vasile
(http://tinyurl.com/3ty42277)

Milton Keynes UK
Ingram Content Group UK Ltd.
UKHW010714050224
437294UK00018B/675